Fruttero & Lucentini
Charles Dickens
Die Wahrheit über den Fall D.

SERIE PIPER
Band 1915

Zu diesem Buch

Eine illustre Schar von Meisterdetektiven versammelt sich in Rom zum Kongreß des »Internationalen Forums zur Vervollständigung unvollendeter Werke in Musik und Literatur«: Sherlock Holmes und Dupin, Pater Brown und Maigret, Marlowe, Wolfe, Poirot & Co. – sie alle haben sich zum gemeinsamen Ziel gemacht, den faszinierendsten und meistdiskutierten Kriminalfall der Literaturgeschichte aufzudecken: »Das Geheimnis des Edwin Drood«, das durch den plötzlichen Tod Charles Dickens' am 9. Juni 1870 ungelöst geblieben ist.

Drei Folgen dieses spannenden Romans waren bereits zu Lebzeiten des berühmten englischen Autors erschienen, drei weitere folgten postum. Doch dabei blieb es – keine Notiz, kein Entwurf, keine noch so kleine Anmerkung verrät den Ausgang der Geschichte.

Bei einem so komplizierten Fall (an die zweihundert Lösungsvorschläge wurden bis heute angeboten) scheint es doch gescheiter, sich auf die Spezialisten zu verlassen, die sich jeder mit seiner ganz persönlichen Methode ans Werk machen...

Ein neuer *Coup de maître* des italienischen Autorenduos – Fruttero & Lucentini weisen sich damit wieder einmal als glänzende Unterhalter aus, aber auch als passionierte Kenner der englischen Literatur – von Shakespeare bis zum Krimi. Last not least rücken die beiden die frappierende Modernität des großen Dickens hier ins beste Rampenlicht. Für die vorliegende Ausgabe wurde auch der Dickens-Text neu übersetzt.

Carlo Fruttero, geboren 1926 in Turin, lebt in Turin. Lektor, Journalist und Übersetzer.
Franco Lucentini, geboren 1920 in Rom, lebt in Turin. Lektor, Journalist und Übersetzer.

Berühmt geworden sind beide Autoren vor allem durch ihre gemeinsam verfaßten Romane, die Kriminalistik, Romanze und Satire verbinden. Im Piper Verlag liegen vor: »Die Sonntagsfrau« (1974), »Wie weit ist die Nacht« (1981), »Der Palio der toten Reiter« (1986), »Der Liebhaber ohne festen Wohnsitz« (1988), »Das Geheimnis der Pineta« (1993) und der Essayband »Ein Hoch auf die Dummheit« (1992).
Charles Dickens (Pseudonym Boz), geboren 1812 in Landport bei Portsmouth, gestorben 1870 in Gadshill Place bei Rochester. Advokatenschreiber, Parlamentsberichterstatter, später freier Schriftsteller. Zu seinen berühmtesten Werken gehören u. a.: »Die Pickwickier« (1836–37), »Oliver Twist« (1837–38), »David Copperfield« (1849–50).

Carlo Fruttero & Franco Lucentini
Charles Dickens

Die Wahrheit über den Fall D.

Roman

Aus dem Englischen und Italienischen
von Burkhart Kroeber

Piper
München Zürich

Von Fruttero & Lucentini liegen in der Serie Piper außerdem vor:
Du bist so blaß (694)
Der Palio der toten Reiter (1029)
Der Liebhaber ohne festen Wohnsitz (1173)
Die Farbe des Schicksals (1496)

Serie Piper Spannung
Die Sonntagsfrau (5501)
Wie weit ist die Nacht (5565)

Die Originalausgabe erschien 1989 unter dem Titel »La verità sul caso D.« bei Giulio Einaudi Editore in Turin.

ISBN 3-492-11915-8
Neuausgabe 1994
3. Auflage, 58.–77. Tausend, April 1994
(1. Auflage, 1.–20. Tausend dieser Ausgabe)

Umschlag: Federico Luci,
unter Verwendung einer Collage von G. Bosio
(Ausschnitte der Gemälde »Die Kathedrale von Rochester« von E. Daves und »Die Cestius-Pyramide« von G. P. Panini).
Satz: Kösel, Kempten
Druck und Bindung: Clausen & Bosse, Leck
Printed in Germany

Erster Teil
Die Aprilnummer

I

Die Ruine liegt unter dem Regen wie eine große ausgebrannte Augenhöhle, das erloschene Auge eines unnütz gewordenen Zeugen, verblaßt zur bloßen Verkehrsinsel zwischen den Strömen der Autos. Aus einer gewissen Entfernung betrachten sie ratlos, schon seit geraumer Zeit, ein schwarzer Regenschirm und ein grauer Regenschirm.

– Ich weiß nicht, sagt der graue Regenschirm schließlich, vielleicht ist es vor allem der Anachronismus, der mich irritiert. All diese mechanisierten Vehikel, diese von selbst sich bewegende Invasion...

Ein einzelner gelbgrüner Lieferwagen beschleunigt, um die soeben vorübergeschwappte Welle noch zu erreichen, und ein paar Sekunden lang glänzt der Asphalt vor ihnen leer.

– Ja schon, aber wo beginnt der Anachronismus, *mon cher*? fragt der schwarze Regenschirm lächelnd. Würden Ihnen etwa barocke Kutschen oder Fiaker oder Pferdebahnen weniger unangemessen erscheinen, weniger... degradierend?

– Sie haben recht. Nach den Bigen wirkt hier alles andere deplaziert.

– Einschließlich unserer Regenschirme, *évidemment*.

Zwei böse kleine Autos tauchen, einander mit wildem Gehupe bedrohend, fast Seite an Seite aus dem Regen auf, Vorhut der kompakten Masse, die zuckend und bebend vor der Ampel drüben wartet.

– Entschuldigen Sie, aber was denn für *Bigen*? mischt sich lebhaft ein vorübergehender Regenschirm ein. Hier in dieser Gegend sind keine Wagenrennen veranstaltet worden. Und übrigens...

Das neue Autorudel braust mit Getöse dazwischen, spritzt da und dort große Fontänen hoch und zersprüht jeden Wassertropfen, den es vorfindet, zu einem dichten Nebel.

– Und übrigens, in dieser Stadt..., setzt der neu Hinzugekommene nochmals an, gibt es dann aber auf und wartet, bis, als das nächstliegende Getöse aufgehört hat, das unaufhörliche dumpfe Brausen, das in dieser Gegend die Stille vertritt, sich schüchtern wieder vernehmen läßt und der Regen, der auf die drei Schirme trommelt, eine schwache lautliche Unabhängigkeit wiedergewinnt.

– Und übrigens, in dieser Stadt, wenn mich meine Seminarerinnerungen nicht täuschen, verbot die Lex Julia Municipalis aus dem Jahre 45 v.Chr. die Zirkulation aller Arten von Fahrzeugen während der Tagesstunden. Ausnahmen bildeten nur die Wagen der Feuerwehr und der Straßenreinigung.

– Ah, sagt Grauer Regenschirm pikiert, aber ist denn diese Lex respektiert worden? Nach *meinen* Schulerinnerungen beklagte der Dichter Juvenal sich darüber, daß der Straßenverkehr...

Schwarzer Regenschirm hat unterdessen den dritten Regenschirm (von undefinierbarer Farbe, so alt und abgenutzt ist er) erkannt und begrüßt ihn jetzt überschwenglich:

– Welche Freude, Sie zu sehen, *mon Père!* Ich wußte gar nicht, daß auch Sie hier sind!

– Ich glaube, wir sind hier so ziemlich alle versammelt. Aber ich habe noch nicht ganz begriffen, wann dieser gebenedeite Kongreß nun eigentlich eröffnet werden soll. Um drei? Um fünf? Im Hotel konnte man's mir heute morgen noch nicht genau sagen.

– Uns hat man geraten, gegen halb vier zurück zu sein, sagt Grauer Regenschirm, und so haben wir unser *Cab* gleich behalten. Wie wär's, wollen Sie nicht mit uns fahren? Bei diesem Regen werden Sie schwer ein anderes finden.

– *By all means*! Tausend Dank!

Sie steigen alle drei in das Taxi, das am Bordstein wartet, und bald verschwimmt hinter ihnen die große Ruine und verschwindet in einem wäßrigen Pointillismus.

*

Was für eine Ruine? Aus verschiedenen Indizien hat der aufmerksame Leser gewiß schon erschlossen, daß es sich um das Kolosseum handelt. Was die drei Regenschirme betrifft, so hat er sicher auch schon erraten, daß sie drei Ausländern gehören, die als Spezialisten einer noch ungeklärten Disziplin zu einem der vielen internationalen Kongresse nach Rom gekommen sind. Vermutlich sind sie alle drei heute vormittag eingetroffen. Der Wolkenbruch, der jetzt etwas nachläßt, hat sie überrascht, als sie gerade einen kleinen Stadtbummel machten. Aber wer sind sie?

Einer ist ein englischer Priester, aber offenbar ein katholischer. Auch die beiden anderen würde man, jedenfalls nach ihren Regenschirmen zu urteilen, für Engländer halten. Es sei jedoch darauf hingewiesen, daß der Kleinere ab und zu eine französische Wendung einschiebt. Im übrigen läßt sich ihre Identität durch die beschlagenen Scheiben nicht genauer bestimmen, und so wird sich der Leser gedulden müssen, bis das Taxi zum Hotel gelangt ist.

Zum Glück handelt es sich bei dem Hotel nicht um das Excelsior oder das Grand Hotel, auch nicht um ein anderes im historischen Zentrum, das der Verkehr im Augenblick unzugänglich machen würde. Statt dessen fährt das Taxi jetzt (obwohl das Verb »fahren« auch hier übertrieben klingt) bereits durch Außenbezirke mit breiten Alleen, weiten Plätzen und langen anonymen Geraden, die uns jedoch zu einem sehr eindeutigen architektonischen Anhaltspunkt bringen, einem monumentalen würfelförmigen grauen Gebäude mit sechs Reihen übereinandergetürmter Arkaden.

Wir nähern uns also dem modernen Viertel E.U.R., lassen es aber dann rechts liegen, um uns zwischen die struppigen Grasflächen, die Kräne, die vielen noch frischen und wilden Baustellen der Cecchignola zu begeben. Und plötzlich erhebt sich vor uns ein mächtiger Kasten, der dem eben passierten Kubus an Monumentalität kaum nachsteht: das Hotel Urbis et Orbis, abgekürzt U&O, wie eine überdimensionale Leuchtschrift auf dem Dach verkündet.

Es ist ein Gebäude aus Stahl und Glas, umgeben von einem Park mit vielleicht ein bißchen spärlichem Rasen, aber vielen Büschen und kleinen Bäumen, Bänken und Kieswegen. Und ein rotes, zwischen den Eingangspfeilern gespanntes Transparent informiert ...

Es informiert nicht. Ein Windstoß hat es gepackt und so gründlich verdreht, daß man in die Halle treten muß, um aus einer Tafel auf einer Staffelei zu erfahren, was für ein Kongreß heute eröffnet wird:

COMPLETENESS IS ALL
An International Forum on the Completion
of Unfinished or Fragmentary Works
in Music and Literature

Schubert: *Symphonie Nr. 8*	Poe: *The Narrative of Arthur Gordon Pym*
Bach: *Die Kunst der Fuge*	Dickens: *The Mystery of Edwin Drood*
Puccini: *Turandot*	
Livy: *Ab urbe condita*	

Die italienische Tafel ist noch nicht fertig, sagt man uns an der Rezeption, aber zum Glück läßt sich die englische leicht übersetzen: »Vollständigkeit ist alles. Ein internationales Symposion über die Vervollständigung unvollendeter oder fragmentarischer Werke in Musik und Literatur.« Was die sechs genannten Werke betrifft – angefangen mit der *Symphonie Nr. 8 in h-moll* (der »Unvollendeten«) von Franz Schubert –, so sind sie offensichtlich diejenigen, deren Vervollständigung diskutiert und erreicht werden soll.

In der Tat sind sowohl Bachs *Kunst der Fuge* wie auch die *Turandot* von Puccini und *Das Geheimnis des Edwin Drood* von Charles Dickens durch Tod ihrer jeweiligen Autoren unvollendet geblieben; während Poe, vielleicht aus Angst vor dem Gespenst, das plötzlich am Ende des 23. Kapitels erscheint, seinen beunruhigenden *Bericht des Arthur Gordon Pym aus Nantucket* mitten im schönsten Fortgang selbst abgebrochen hatte. Von den sechs hat also nur Titus Livius seine monumentale Arbeit glücklich beendet, von der uns jedoch nur LXV von CXLII Büchern erhalten geblieben sind. Offenbar glauben die Veranstalter des Kongresses, die mißliche Lage beheben zu können. Aber wie hoffen sie ihr Ziel zu erreichen?

Oder besser: wie hoffen sie, es besser als ihre Vorgänger zu erreichen? Denn außer im Falle von Livius, in dem man sich mit den antiken Zusammenfassungen begnügt hat, sind Vervollständigungsversuche schon für alle im Programm angeführten Werke gemacht worden. Und für Dickens' verwirrendes *Mystery* sind sogar nicht weniger als zweihundert verschiedene Lösungen vorgeschlagen worden.

Gerade das aber ist der springende Punkt. Gerade die Diskrepanz der Lösungen (oder Dissonanz, im Falle der musikalischen Werke) beweist, daß die Probleme bisher nur sozusagen handwerklich angepackt worden sind, ohne angemessene Mittel, ohne adäquate Methode und vor allem ohne eine starke Organisation im

Rücken. Diesmal werden die Bedingungen ganz andere sein. Hinter dem Kongreß stehen Leute, die äußerst methodisch vorgehen und bestens organisiert sind, echte Meister in der Planung, Programmierung und Durchführung jedes x-beliebigen Vorhabens. Sie sind es, die das gesamte Urbis et Orbis für eine volle Woche gemietet haben (vierhundert Zimmer, Halbluxusklasse), um Experten aus allen Ländern und Zeiten mit unwiderstehlichen Teilnahmehonoraren zu ködern. Sie sind es, die das Ganze bezahlen. Sie sind die Sponsoren.

Dieses Wort in diesem Kontext wird sicherlich auch dem zerstreutesten Leser die Augen öffnen. Jawohl, es handelt sich um Japaner. Niemand sonst hätte ein so kühnes und anspruchsvolles Programm zur »integralen Restauration« konzipieren können. Andererseits spendiert bekanntlich niemand etwas umsonst, und so werden *sie* es sein, die für die nächsten fünfzig Jahre die Rechte an den vervollständigten Werken wahrnehmen wollen. Doch der unmittelbare Gewinn, auf den sie zählen, ist ohne Zweifel einer »an Image«, wie man heute zu sagen pflegt, zumal die beiden an dem kühnen Joint Venture beteiligten Firmen ihrer Natur nach auf Vollständigkeit erpicht sind – die eine beherrscht den Weltmarkt der Automobilersatzteile, und die andere produziert ohne Unterlaß elektronische Bauelemente.

*

In der kosmopolitischen Menge, die das Atrium des U&O füllt, haben wir unsere drei Regenschirme aus den Augen verloren. Doch jetzt entdecken wir sie wieder, wie sie, natürlich geschlossen, den Pfeilen folgen, die durch einen Arkadengang zur Bar ihrer speziellen Sektion führen. Die offizielle Eröffnung des Kongresses soll in einer halben Stunde stattfinden, sie haben also noch Zeit, sich nach all der Nässe mit einem Cappuccino zu stärken.

Soeben sind sie in die schummrig beleuchtete Bar getreten, in der eine sanfte Backgroundmusik erklingt und wo, am Tresen wie an den Tischchen, schon viele andere Experten ihrer Branche sitzen. Es ist das erste Mal, daß sie einander leibhaftig begegnen, aber sie kennen sich mehr oder weniger alle, so wie auch der passionierte Krimileser sie großenteils kennt.

Als sie bemerken, daß ihre Kollegen es schon getan haben, ziehen Schwarzer und Grauer Regenschirm ihre Namensschildchen aus der Tasche und stecken sie sich ans Revers: »H. Poirot« und »Capt. Hastings«, indes der farblose Regenschirm sich das seine an die Kutte heftet: »Father Brown«. Während sie ihre Cappuccinos schlürfen, kommt ein hochgewachsener Mann, gut erkennbar an seinem weiten Umhängemantel und seiner charakteristischen Schirmmütze, um ihre Namensschildchen mit einer dicken Lupe zu inspizieren.

– Gestatten, Holmes, sagt er und stellt auch seinen Begleiter vor, auf dessen Revers steht »Dr. Watson«.

*

Jawohl, Leser! Dem genialen Unternehmergeist der japanischen Industrie ist es gelungen, sie alle, oder fast alle, hier zusammenzubringen, die berühmten Spezialisten der Ermittlung, die Zauberer der Intuition und der Deduktion, die Herren des merkwürdigen Zufalls und der verdächtigen Auslassung, die großen Rätsellöser.

Von den bekanntesten Paaren, außer den beiden, die wir bereits identifiziert haben, sehen wir an dem Tischchen dort drüben Auguste Dupin, den Stammvater aller *private eyes*, mit seinem ebenso unzertrennlichen wie namenlosen Begleiter; dort hinten in der Fensternische stehen Dr. Thorndyke mit seinem Kollegen Astley und der dicke Nero Wolfe mit seinem Sekretär Archie Goodwin, während hier vorn am Tresen, jeder mit einem doppelten Bourbon in der Hand, Philip Marlowe und Lew Archer zu erkennen sind. Was die detektivischen Einzelgänger und die Gelegenheitsdetektive wie Pater Brown angeht, so sind sie zu zahlreich, um hier aufgezählt zu werden. Andererseits fehlt es auch nicht an Vertretern der Polizeipräsidien, natürlich mit Scotland Yard an der Spitze, doch ohne Vernachlässigung der Pariser Préfecture de Police und sogar – zu unserer Ehre sei es gesagt – einiger italienischer Quästuren.

Sie alle bilden im Rahmen dieses Kongresses (einschließlich, wie es scheint, eines eben eingetroffenen Colonnello der Carabinieri) die sogenannte »Arbeitsgruppe Drood«. Ihnen wird es obliegen, den äußerst undurchsichtigen Fall aufzuklären, Licht in das Geheimnis zu bringen, das der sterbende Dickens ungelöst hinterlassen hat. Danach wird es für die Computer der beiden Sponsoren ein Kinderspiel sein, den Lesern in aller Welt den vollständigen Roman zu liefern.

*

Eine lächelnde Hosteß in lavendelfarbenem Kostüm (ihr Name ist Loredana) tritt nun ans Mikrofon und verkündet den versammelten Kongreßteilnehmern (in *Basic English*) »eine kleine Programmänderung«.

Der italienische Leser – und mit einer kurzen Verzögerung auch der nichtitalienische – wird vor sich hin knurren, das sei ja wohl zu erwarten gewesen. Als Ort des Kongresses die unbestrittene Hauptstadt der Ruinen und der Restauration zu wählen, war ja vielleicht unvermeidlich. Aber Rom ist auch die ebenso unbestrittene Hauptstadt der Streiks und der Mißwirtschaft, der Verkehrsverstopfungen, der nicht funktionierenden Flughäfen und der in Dauerkrise befindlichen Stadtverwaltung. Weshalb es kein Wunder ist, daß der Bürgermeister, Dreh- und Angelpunkt der feierlichen Eröffnung, durch eine Dauersitzung im Kapitol aufgehalten wird, daß der Minister für die Kulturgüter wegen verspäteter Ankunft der Maschine aus Catania in Lamezia Terme festsitzt und daß, aus ähnlichen Gründen, die Maschine aus Tokio mit den Sponsoren an Bord nach Pisa umgeleitet worden ist.

Dies alles teilt uns die liebenswerte Loredana mit, ohne dabei einen Augenblick aufzuhören, ihre langen kastanienbraunen Haare abwechselnd dahin und dorthin zu werfen; und ihrem gelassenen Ton ist unschwer zu entnehmen, daß ihr in puncto Verspätungen, Zwischenfälle und Fehlleitungen nichts fremd sein kann. Die Eröffnung (Haare nach rechts) werde selbstverständlich trotzdem stattfinden, aber sie sei auf circa 19 Uhr verschoben worden. Infolgedessen werde sich der Begrüßungscocktail auf 20.30 Uhr verschieben und in ein Akklimatisierungsdinner verwandeln. Die Arbeit könne jedoch sofort beginnen, und sie persönlich, Loredana (Haare nach links), werde jetzt die Gruppe Drood in den für sie vorgesehenen Saal führen.

Daraufhin (Haare nach hinten) führt die dynamische Signorina ihre Gruppe ins Untergeschoß des U&O, das sich als ein weitläufiges, wimmelndes Kongreßzentrum erweist, wo auch die anderen Gruppen, geführt von anderen lächelnden oder ein Lächeln andeutenden Hostessen, in die für sie reservierten Säle streben: in den Schubert Room, den J.S. Bach Room usw.

Unserer ist der Dickens Room, und obwohl natürlich nicht so geräumig wie die Musiksäle oder der Livy Room, verfügt er doch über viele Reihen eleganter schwarzer Sessel mit Seitentischchen für die Notizen und Kopfhörer für die Simultanübersetzung. Vorn erhebt sich ein Podium mit einem langen Tisch und vier Stühlen, vier Mikrofonen und ebenso vielen Flaschen Mineralwasser. Neben dem Tisch steht ein Rednerpult, ebenfalls mit einem Mikrofon bestückt, an welches jetzt Loredana tritt, um fröhlich einen erneuten »kleinen Zwischenfall« zu vermelden. Die Simultanübersetzung sei garantiert, sagt sie, aber aus technischen Gründen könne sie fürs erste nur in Latein erfolgen, einer immerhin schließlich (Haare nach vorn) universalen Sprache.

Die Ansage wird mit Unmutsbekundungen von einem gewissen »H. Popeau« aufgenommen, den übrigens niemand im Saal zu kennen scheint, aber mit zustimmendem Nicken von Porphyrij Petrowitsch, dem humanistischen Untersuchungsrichter, der Raskolnikows Schuld geahnt und ihn schließlich dazu gebracht hatte, sie zu gestehen.

– *Roma caput mundi*, doziert in der ersten Reihe der Colonnello der Carabinieri.

Dann applaudieren alle, als das erste Referententrio (das sogenannte *panel*) auf dem Podium Platz nimmt, begleitet von einem Herrn mit Tweedjackett und einem vagem Oxford-Akzent, den einige für Philo Vance halten.

Es handelt sich aber nicht um den berühmten Spezialisten für Verbrechen »hinter verschlossenen Türen«. Dr. Wilmot sei vielmehr, erklärt uns die Hosteß am Rednerpult, der Direktor des *Dickensian*, jener angesehenen Zeitschrift, in der seit 1904 die gründlichsten Untersuchungen und Studien über Charles Dickens erscheinen. Als höchste Autorität in der Sache werde er die Rolle des Moderators in dieser konstruktiven Debatte übernehmen, zu der im übrigen alle nach vorausgegangener Handaufhebung jederzeit mit Fragen und Bemerkungen beitragen könnten.

Die Hosteß tritt ein paar Schritte zurück, während

der Moderator sich den Querbinder zurechtrückt und die Stimme freiräuspert. Aber da hebt sich schon eine Hand in der sechsten Reihe.

– Bitte, sagt der Moderator.

– Ist dies hier, fragt der obskure Kongreßteilnehmer namens Popeau, die Art von Kongreß, bei der man davon ausgeht, daß alle schon alles wissen?

Loredana kehrt prompt ans Mikrofon zurück.

– Nein, nein, ganz im Gegenteil. Bitte entschuldigen Sie, daß ich es nicht gleich gesagt habe: Der Text des MED wird vollständig vorgelesen von …

– Der Text des *was*? unterbricht sie Popeau, dessen Kombinationsvermögen offenbar nicht gerade brillant ist.

– In den einschlägigen Studien wird der Titel *The Mystery of Edwin Drood* der Einfachheit halber mit der Abkürzung MED bezeichnet, erklärt Dr. Wilmot. Und um jeden Zweifel auszuräumen, präzisiert er: M = Mystery, E = Edwin, D = Drood.

– Ah, ecco, nickt zustimmend in der ersten Reihe der Colonnello der Carabinieri.

*

– Also, fährt Loredana fort, der ein Hotelboy inzwischen eine Nachricht gebracht hat, also der Text des Romans wird vollständig … das heißt natürlich beschränkt auf die Kapitel, die wir besitzen … im Laufe der verschiedenen Sitzungen vorgelesen. Weshalb sowohl die Zuhörer als auch das *panel* … das heißt natürlich die verschiedenen *panels* der verschiedenen Sitzungen …

Aber offenbar hat die junge Frau ein bißchen an Schwung verloren, sie fühlt sich nicht mehr ganz auf der Höhe. Vielleicht weil sie es sein soll, die den ganzen Text des MED vorlesen muß?

Nein, die Sache ist die – wie sie nun etwas verlegen erklärt –, um die Lesung ausdrucksvoller und fesselnder zu machen, haben die Veranstalter des Kongresses ... das heißt die beiden Promoting Societies ... sich die Mitwirkung einer exzellenten Vortragskünstlerin gesichert ... einer erlesenen Sprecherin und Schauspielerin ... die jedoch ...

– ... die jedoch wegen einer Indisposition und/oder unaufschiebbaren anderweitigen Verpflichtung nicht vor morgen früh hier sein kann, vervollständigt den Satz der Referent Auguste Dupin, der diese Einzelheiten aus dem Format und der Farbe des Bogens in Loredanas Hand erschlossen hat.

– Elementar, mein lieber Dupin! lächelt Holmes, der sich in Wirklichkeit ärgert, daß ihm jemand zuvorgekommen ist.

Der dritte *panelist* auf dem Podium ist Maigret, der sich, nachdem er seine Pfeife angezündet hat (»SMOKING« verkünden zum Glück die Leuchtanzeigen im Dickens Room), nun in väterlichem Ton an die Hosteß wendet.

– Wie wär's, Mademoiselle, warum lesen Sie uns nicht selber vor, wenigstens das erste Kapitel? Ich bin sicher, daß alle Anwesenden ...

Lebhafter, allgemeiner Applaus, eine regelrechte Ovation der Sympathie und Ermunterung bewegt die zögernde Loredana schließlich, am Pult zu bleiben, indes Dr. Wilmot persönlich aufsteht, um ihr ein Heft mit illustriertem Deckblatt zu reichen (der Roman – erinnert er – kam ab April 1870 in monatlichen Fortsetzungen heraus und brach dann im September nach der sechsten Lieferung ab).

»Erste Lieferung«, liest Loredana. »Kapitel eins.«

Kapitel 1 *Dämmerung*

Der Turm einer alten englischen Kathedrale? Wie kommt der Turm einer alten englischen Kathedrale hierher? Der wohlvertraute massige graue quadratische Turm der alten Kathedrale? Wie kommt der hierher? Da gibt es doch keine rostige eiserne Spitze in der Luft, zwischen dem Auge und ihm, wenn man ihn von irgendwoher in seiner realen Umgebung betrachtet! Was ist das für eine Spitze, die sich da vordrängt, und wer hat sie aufgestellt? Vielleicht ist sie auf Befehl des Sultans aufgestellt worden, um eine Horde türkischer Räuber darauf zu pfählen, einen nach dem andern. Ja, so ist es, denn Zimbeln ertönen, und der Sultan zieht mit großem Gefolge vorbei zu seinem Palast. Zehntausend Krummsäbel blitzen im Sonnenlicht, und dreimal zehntausend tanzende Mädchen streuen Blumen. Dann folgen weiße Elefanten, aufgezäumt in zahllosen prächtigen Farben, unendlich viele mit unendlich vielen Wärtern. Noch immer steht der Turm der Kathedrale im Hintergrund, wo er nicht sein kann, und noch immer windet sich keine Gestalt auf der grimmigen Spitze. Halt! Ist diese Spitze womöglich nichts weiter als die rostige Spitze auf dem Eckpfosten eines alten, halb umgekippten Bettgestells? Dem Gedanken an diese Möglichkeit sei ein müdes Lächeln gewidmet.

Der Mann, dessen wirres Bewußtsein sich so phantasierend zusammengestückelt hat, richtet sich langsam auf, von Kopf bis Fuß zitternd, stützt den Oberkörper auf die Ellbogen und sieht sich um. Er befindet sich in der elendesten und stickigsten Kammer, die man sich vorstellen kann. Durch den zerfetzten Fenstervorhang stiehlt sich das frühe Tageslicht aus einem tristen Hof herein. Der Mann liegt angekleidet quer auf einem breiten zerwühlten Bett, dessen Gestell tatsächlich unter der Last zusammengebrochen ist. Gleichfalls angekleidet und gleichfalls quer, nicht der Länge nach, liegen auf demselben Bett ein

Chinese, ein ostindischer Matrose und eine ausgemergelte Frau. Die beiden ersteren schlafen oder sind betäubt, die Frau bläst in eine Art Pfeife, um sie anzuzünden. Und während sie hineinbläst und ihre magere Hand schützend über sie hält, um die rote Glut zu entfachen, dient diese Glut im dämmrigen Morgenlicht als eine Lampe, die dem Manne erlaubt, ein bißchen von ihrem Gesicht zu sehen.

»Noch eine?« sagt die Frau in einem klagenden, heiseren Flüsterton. »Willste noch eine?«

Er sieht sich um, die Hand an der Stirn.

»Ganze fünfe haste geraucht, seit du um Mitternacht reingekommen bist«, fährt die Frau in ihrem Jammerton fort. »Ach ich Arme, ich Arme, mir tut der Kopf so weh! Die zwei da sin' nach dir gekommen. Ach ich Arme, das Geschäft geht so mies, so mies! Wenig Chinesen in den Docks und noch weniger ostindische Matrosen, und keine Schiffe kommen, sagen die zwei da! Hier is noch eine fertig für dich, Süßer. Wirst doch dran denken, nich wahr, bist doch 'ne treue Seele, der Marktpreis is im Augenblick ziemlich hoch. Mehr als drei Schilling und Sixpence für'n Fingerhut voll! Und wirst auch nicht vergessen, daß niemand außer mir (und Jack dem Chinesen auf der drüberen Seite im Hof, aber der macht's nicht so gut wie ich) das Geheimnis der richtigen Mischung kennt. Wirst doch entsprechend zahlen, nich wahr, Süßer?«

Sie bläst beim Reden weiter in die Pfeife, und indem sie zwischendurch daran schnüffelt, inhaliert sie einen Großteil des Inhalts.

»Oje, oje, meine Lungen sind schwach, meine Lungen sind schlecht! Gleich hab ich se fertig für dich, Süßer. Oje, ich Arme, ich Arme, meine arme Hand zittert, als ob sie mir abfallen wollte! Ich hab dich aufwachen sehen, und da hab ich zu mir gesagt: Ich mach ihm noch eine fertig, und er wird an den Marktpreis für Opium denken und wird dementsprechend zahlen ... Oh, mein armer Kopf! Ich mach meine Pfeifen aus alten Penny-Tintenfäßchen ... sieh mal her, Süßer, hier, das is so eins ... und ich steck 'n Mundstück rein, so ... und ich nehm meine Mischung aus diesem Fingerhut mit diesem kleinen Hornlöffel hier... und so stopf ich sie, siehst du, Süßer? Ach, meine armen Nerven! Sechzehn Jahre lang hab ich gesoffen wie'n Loch, bevor ich das hier genommen hab, aber schaden tut's mir nich, nich die Bohne! Und den Hunger vertreibt's genauso wie die Flausen, Süßer.«

Sie reicht ihm die fast leergerauchte Pfeife, sinkt zurück und dreht sich auf das Gesicht.

Der Mann steht schwankend auf, legt die Pfeife auf den Herd, zieht den zerfetzten Vorhang beiseite und betrachtet angewidert seine drei Kumpane. Ihm fällt auf, daß die Frau durch das viele Opiumrauchen eine merkwürdige Ähnlichkeit mit dem Chinesen bekommen hat. Dieselbe Form der Wangen, der Augen und Schläfen, dieselbe Gesichtsfarbe. Der besagte Chinese ringt krampfhaft mit einem seiner vielen Götter oder Teufel und keucht entsetzlich. Der ostindische Matrose kichert leise vor sich hin, wobei ihm der Speichel aus dem Mund läuft. Die Wirtin liegt still.

»Was für Visionen *sie* wohl hat?« fragt sich der nun hellwach gewordene Mann, während er ihr Gesicht umdreht und es sinnend betrachtet. »Visionen von vielen Fleischerläden und Wirtshäusern und von einem großem Kredit? Von einer Zunahme ihrer widerwärtigen Kundschaft, und daß dieses gräßliche Bett wieder aufgerichtet und dieser gräßliche Hof wieder mal sauber gefegt wird? Wie könnte sie sich, soviel Opium sie auch nehmen mag, zu höheren Träumen aufschwingen?«

Er beugt sich nieder, um auf ihr Gemurmel zu lauschen.

»Nichts zu verstehen.«

Während er die krampfhaften Zuckungen und Verrenkungen beobachtet, die aus ihrem Gesicht und ihren Gliedern hervorbrechen wie Blitze aus einem dunklen Himmel, fühlt er eine Art Ansteckung von ihr ausgehen, die ihn zu ergreifen droht, so daß er sich in einen wackligen Lehnstuhl am Herd flüchten muß – der vielleicht extra für solche Notfälle dort hingestellt worden ist –, um sich darin festzuklammern, bis er den krankhaften Nachahmungsdrang überwunden hat.

Dann kommt er zurück, stürzt sich auf den Chinesen, packt ihn mit beiden Händen an der Kehle und wirft ihn heftig auf dem Bett hin und her. Der Chinese klammert sich an die Hände des Angreifers, wehrt sich und protestiert keuchend.

»Was sagst du?«

Er lauscht eine Weile.

»Nichts zu verstehen.«

Langsam lockert der Mann den Griff, während er mit gerunzelter Stirn auf das zusammenhanglose Kauderwelsch des Chinesen lauscht, wendet sich dann zu dem ostindischen Matrosen und zerrt ihn mit einem Ruck auf den Boden hinunter. Im Fallen richtet sich der Matrose halb auf, stiert glasig vor sich hin, schlägt wild mit den Armen um sich und zieht ein eingebildetes Messer. Dann stellt sich heraus, daß die Frau das Messer sicherheitshalber an sich genommen hatte; denn auch sie fährt hoch, hält ihn zurück und beschimpft ihn, und als sie schläfrig wieder Seite an Seite zurücksinken, sieht man das Messer in ihrer Kleidung, nicht in seiner.

Die beiden haben genug gezankt und geschimpft, aber ohne jedes Ergebnis. War ab und zu ein einzelnes Wort aus ihrem Gefasel herauszuhören, so ergab es doch keinerlei Sinn oder Zusammenhang. »Nichts zu verstehen« ist darum erneut der Kommentar des Lauschenden, den er mit einem erleichterten Kopfnicken und einem düsteren Lächeln begleitet. Dann legt er ein paar Silbermünzen auf den Tisch, sucht und findet seinen Hut, tastet sich die morsche Treppe hinunter, wünscht einem von Ratten geplagten Türhüter, der in einem schwarzen Bettkasten unter der Treppe schläft, einen guten Morgen und geht hinaus.

*

Am Nachmittag desselben Tages erhebt sich der massige graue quadratische Turm einer alten Kathedrale vor den Augen eines müden Wanderers. Die Glocken läuten zum täglichen Vespergottesdienst, an dem er offenbar unbedingt teilnehmen muß, nach der Eile zu schließen, mit welcher er zu der offenen Kirchentür strebt. Die Chorknaben ziehen sich gerade ihre fleckigen weißen Chorhemden über, als er bei ihnen eintrifft, sich rasch das seine überstreift und sich in die Prozession einreiht, die zum Gottesdienst schreitet. Dann schließt der Küster die eisernen Gittertore, die den Altar vom Chorraum trennen, und alle Prozessionsteilnehmer, die an ihre Plätze geeilt sind, verbergen das Gesicht in den Händen. Und eine Stimme beginnt zu singen »*Wenn aber der Gottlose . . .*«, und der Gesang steigt zwischen den Rippenpfeilern empor zu den Kreuzgewölben und weckt einen dumpfen Donner.

II

Voilà, das wäre das erste Kapitel. Sehr kurz. Und Loredana, die nach ein paar anfänglichen Unsicherheiten allmählich zu einer schönen Zwanglosigkeit gefunden hat, möchte offensichtlich am liebsten gleich weiterlesen, so wie es ein Mädchen im Jahre 1870 getan hätte, mit jenem selben Heft in der Hand und im Kreise der viktorianischen Familie, die an seinen rosigen Lippen hängt. Endlich ein neuer Dickens! Seit 1865, als *Unser gemeinsamer Freund* erschienen war, hatte der große Romancier sein Publikum warten lassen, die riesige Schar seiner Anhänger, von der Königin abwärts ...

Doch hier denkt niemand an ein bloß lustvolles Zuhören. Hier befinden wir uns – der Leser vergesse das nicht – auf einem Kongreß skrupulöser, bisweilen fanatischer Analytiker. Man muß sie verstehen: zum einen wollen sie ihre beruflichen Pflichten gegenüber den japanischen Sponsoren nicht vernachlässigen, zum anderen dürfen sie sich von Anfang an kein einziges der vielen Geheimnisse des MED entgehen lassen. Und manchen von ihnen fehlt es auch nicht, wie der Leser wohl weiß, an einem Schuß Exhibitionismus.

Darum stoppt nun der Moderator Dr. Wilmot mit einer Handbewegung die eifrige Loredana, um Holmes das Wort zu erteilen, der seine Lupe erhoben hat.

– Da ist, sagt der Experte für phosphoreszierende Hunde, ein Pünktchen, das ich gleich auf ein bestimmtes *i* setzen möchte. Ist der Mann, der gegen Abend erschöpft bei der Kathedrale von X eintrifft, um sich schnurstracks in den Chor zu begeben und dort »Wenn aber der Gottlose« anzustimmen, derselbe wie der, den wir am frühen Morgen aus der Opiumhöhle treten sahen? Der Autor sagt es nicht ausdrücklich, das gebe ich zu bedenken.

Der Direktor des *Dickensian* unterdrückt ein Seufzen. Die Sitzungen werden ziemlich anstrengend sein, mit einem Haarspalter dieses Kalibers!

– Eine interessante Frage, räumt er höflich ein, die ich jedoch jetzt lieber nicht diskutieren würde. Für den Augenblick können wir als gegeben nehmen, daß der Opiumsüchtige und der Mann im Chor ein und dieselbe Person sind, deren Namen uns Dickens nicht gleich enthüllt, um sie uns – und zwar meisterhaft, wenn ich das sagen darf – in einem geheimnisvollen Zwielicht erscheinen zu lassen oder, wenn man so lieber will, in einer evidenten Doppelrolle. Doch wenn wir die Geduld aufbringen – fährt er mit einem Lächeln fort –, auf das nächste Kapitel zu warten, wird sich die Doppelrolle dieser Person noch evidenter erweisen.

– Danke, lächelt Holmes seinerseits. Das ist es, was ich befürchtet habe.

– Zu evident, zu evident! tönt eine heisere Stimme von hinten.

Die dunkle Äußerung hat einen Moment verblüfften Schweigens zur Folge, den eine Dame ohne Namensschild nutzt, um sich direkt an Pater Brown zu wenden.

– Hieße das dann, will sie wissen, daß diese Person der Gottlose wäre? Ich meine, der Opiumsüchtige?

– Die Anspielung, sagt Pater Brown in das Mikrofon, das Loredana ihm rasch hinhält, scheint mir klar. Aber...

– Zu klar, zu klar, krächzt erneut die heisere Stimme von hinten.

– ... aber, fährt der Pater in seraphischer Ruhe fort, man kann nicht sagen, daß sie gesucht sei, gewollt oder gar an den Haaren herbeigezogen. Der betreffende

Vers aus Hesekiel (18,27) eröffnet den Abendgottesdienst in der anglikanischen Liturgie, und Dickens hat ihn sich zwanglos zunutze gemacht. Und ich möchte hinzufügen, daß der vollständige Vers dem Ganzen in gewisser Weise eine neue Wendung gibt: »Wenn aber der Gottlose abläßt von seiner Gottlosigkeit und hinfort Gutes tut und rechtschaffen handelt, dann wird er seine Seele lebendig erhalten.« Auch für ihn gibt es also eine Erlösungshoffnung, trotz seines schändlichen Geheimnisses.

Die Dame wundert sich.

– Wieso schändlich? Mein Bruder, der Chefarzt in Arezzo ist, hat mir erzählt, daß Drogensucht zur Zeit von Dickens nicht als sonderlich skandalös galt und keine gesellschaftliche Mißbilligung hervorrief. Das Opium wurde normal als Schmerzmittel verschrieben, und wer danach süchtig war, schämte sich nicht besonders deswegen.

Hier ist Takt geboten. Die Dame hat nicht begriffen, daß das Geheimnis des Opiumsüchtigen keineswegs seine Opiumsucht ist. Und der unvermeidliche Popeau (der die Gelegenheit ergreift, sich als »ehemaliger hoher Beamter der Pariser Kriminalpolizei, danach Privatdetektiv im Dienst von Mrs. M. A. Belloc-Lowndes« vorzustellen) zeigt, daß er noch weniger begriffen hat.

– *Mais si secret il y a*, meint er jetzt nämlich, wenn es denn hier ein Geheimnis gibt, ist es nicht eher das, welches *le sujet*, das Subjekt, von den Lippen seiner Kumpane in der Opiumhöhle zu erlauschen sucht?

Der Moderator hüstelt und dreht sich zu Maigret, der gerade mit ostentativer Konzentration seine Pfeife neu stopft.

– Vielleicht können Sie die Interpretation Ihres Herrn Kollegen . . .

– Gewiß. Aber man muß zugeben, daß der Text,

zumal wenn man ihn in ... äh ... lateinischer Übersetzung rezipiert, zu Mißverständnissen führen kann. Denn es ist wahr, daß der hier als Subjekt oder Protagonist fungierende Mann begierig horcht, was seine Kumpane im Halbschlaf murmeln, und es ist ebenfalls wahr, daß dank eines höchst raffinierten Autorentricks sein erstes »Nichts zu verstehen« enttäuscht klingen kann. Aber alles liegt in jenem »düsteren Lächeln« und »erleichterten Kopfnicken«, mit dem er am Ende Zufriedenheit ausdrückt. Daraus ist zu schließen, daß *er* es sein muß, der ein schreckliches Geheimnis hat und kontrollieren wollte, ob es ihm nicht womöglich im Opiumrausch entschlüpft ist.

– Ein offenes Geheimnis, ein offenes Geheimnis, krächzt von neuem die heisere Stimme.

Der Leser will nun gewiß erfahren, wer dieser beharrliche Störenfried ist, auch wenn man seinen richtigen Namen leider nicht kennt. De Quincey nennt ihn in seinem Essay über den *Mord als schöne Kunst* bloß »Toad in the Hole«, also »Unke« oder »Kröte im Loch« (was eine Art Fleischpastete wäre, im übertragenen Sinne aber auch »Ekel« oder »Quälgeist« bedeuten kann), doch dieser Name sollte uns nicht dazu verleiten, seinen Träger zu unterschätzen. Denn der Kröterich, wie wir ihn hier nennen wollen, ist ein kriminalistischer Feinschmecker, ein unersättlicher Gourmet des detektivischen Rätsels, der sich sogar für einige Zeit aufs Land zurückgezogen hatte, weil er vom platten Niveau der Londoner Morde zu Beginn des 19. Jahrhunderts angeödet war. Also ein hyperkritischer, überstrenger, nie zufriedenzustellender Connoisseur, von dem wir sicher noch andere ätzende Einwürfe zu gewärtigen haben.

Jetzt aber nähert Dupin, der schon seit einigen Augenblicken Zeichen der Ungeduld von sich gibt, die Lippen dem Mikrofon.

– Ich habe durchaus nichts gegen Anspielungen, erste Eindrücke und mehr oder minder offenkundige Zusammenhänge, die dann später gute oder weniger gute Resultate zeitigen können. Aber ich erlaube mir darauf hinzuweisen, daß niemand bisher das höchst subtile Problem der Zeit und des Ortes aufgeworfen hat. Wo befindet sich diese Opiumhöhle? Und wo die Kathedrale? Und wie lange hätte man, zur Zeit der Handlung, mit den damaligen Verkehrsmitteln gebraucht, um von der einen zur anderen zu gelangen?

Ein zustimmendes Gemurmel erhebt sich aus dieser wunderbaren Versammlung von Fahrplanstudierern und Uhrzeitkontrollierern, die es gewohnt sind, die Wahrheit in den kleinsten Fältchen der Zeit zu suchen. Und der Direktor des *Dickensian* stellt sie auch prompt zufrieden.

– Die Opiumhöhle befindet sich in London. Von unverdächtigen Zeugen wissen wir, daß Dickens, als er das Material für seinen Roman zusammenzutragen begann, eine ganz ähnliche Opiumhöhle besucht und zum Modell genommen hatte, ein Lokal mit einer ganz ähnlichen Wirtin und ganz ähnlichen Stammgästen, in dem berüchtigten Hafenviertel Shadwell gelegen, genauer gesagt an ... Aber das tut nichts zur Sache, und wenn wir andere hier nicht weiterführende Details übergehen ...

Wie aber, Leser, können wir die Präzisierung übergehen, daß die Opiumhöhle nicht nur allgemein in Shadwell war, sondern genau an der Ecke von Ratcliffe Highway, dem Schauplatz jener *Ratcliffe-Highway-Morde*, welche De Quincey zufolge den »Rang eines nationalen Ereignisses« hatten und dem Kröterich seinen Glauben an das Verbrechen wiedergaben? Und wie können wir unerwähnt lassen, daß Dickens seine Ortsbesichtigung in Gesellschaft eines Beamten von Scotland Yard unternahm, der in seinem Roman *Bleak-*

haus unter dem Namen Bucket auftritt und damit der erste *detective inspector* der ganzen englischen Literatur ist?

Wie können wir schließlich verschweigen, daß ein Sammler aus Baltimore, der nach dem Tod des Romanciers die gute Idee hatte, in jene Opiumhöhle zurückzukehren, dort das »zerwühlte Bett« noch genauso vorfand, es für ein Pfund Sterling erwarb und in die Vereinigten Staaten mitnahm, wo es sich noch heute befindet?

– Was das Städtchen angeht, in dem die Kathedrale steht, erklärt Dr. Wilmot weiter, so hat es im Roman den fiktiven Namen Cloisterham. Doch nach übereinstimmender Ansicht aller Dickens-Forscher handelt es sich um Rochester, wo der große Schriftsteller einen guten Teil seiner Kindheit verbracht hatte, wo er unsterbliche Szenen der *Pickwickier* spielen ließ und wo er schließlich ganz in der Nähe am 9. Juni 1870 starb. Die Handlung des Romans muß übrigens zu Anfang der vierziger Jahre spielen, als die Eisenbahnverbindung nach London noch nicht durchgängig war. Ist doch gerade aus dem MED zu entnehmen, daß die Fahrt damals teilweise im Zug und teilweise im Pferde-Omnibus absolviert werden mußte und insgesamt drei Stunden dauerte.

– Aber dann, gibt der Colonnello der Carabinieri zu bedenken, kann der Gesuchte nicht vor 13 Uhr aus London abgefahren sein, wenn er gerade noch rechtzeitig zum Abendgottesdienst eintrifft. Wo hat er sich bis zur Abfahrt in London herumgetrieben?

– Eine berechtigte Frage, stimmt Dr. Wilmot zu, die jedoch leider unbeantwortet bleiben muß. Was sehr bedauerlich ist, zumal da sich im 22. Kapitel, dem letzten, das wir haben, die Situation wiederholen wird. Wieder wird der... nun, er ist noch nicht der Gesuchte, aber sagen wir: der aufgrund starker Indizien Verdächtige... wieder wird er am frühen Morgen aus der Opiumhöhle treten und erst mit einem Zug am späten Nachmittag, ja am Abend nach Cloisterham zurückkehren. Aber nichts wird uns darüber gesagt werden, wie er die Zwischenzeit bis zur Abfahrt verbracht hat.

Dr. Wilmot blickt mit einem höflichen Lächeln in die Runde, aber sein Ton hat jetzt die Schärfe einer geschliffenen Sichel, die bereit ist, alle erhobenen Arme gnadenlos niederzumähen.

– Und apropos Zwischenzeiten, mir scheint, die unsere hat jetzt lange genug gedauert und es ist an der Zeit, das Wort wieder unserer liebenswerten Vorleserin zu erteilen.

Loredana errötet für einen Moment, dann faßt sie sich ein Herz und liest: »Kapitel zwei...«

Kapitel 2
Ein Dekan und auch ein Kapitel

Wer je den würdevollen und klerikalen Vogel, die Krähe, beobachtet hat, wird vielleicht bemerkt haben, daß, wenn sie des Abends heimwärts fliegt, in würdevoller und klerikaler Gesellschaft, sich plötzlich zwei Krähen von den anderen absondern, ein Stückweit zurückfliegen und dann wiegend und kreisend dort verweilen; womit sie im schlichten Menschen die Vorstellung wecken, es sei von einer geheimen Bedeutung für die Politik der Gruppe, daß dieses schlaue Paar so tut, als habe es jede Beziehung zu ihr abgebrochen.

In ähnlicher Weise kehren, als der Gottesdienst in der alten Kathedrale mit dem quadratischen Turm zu Ende ist und die Chorknaben wieder herausgeströmt kommen und diverse ehrwürdige Personen von krähenähnlichem Äußeren sich zerstreut haben, zwei der letzteren zurück und spazieren gemeinsam über den hallenden Kirchplatz.

Nicht nur der Tag geht zur Neige, sondern auch das Jahr. Die untergehende Sonne steht glutrot und doch kalt hinter der Klosterruine, und der wilde Wein an den Mauern der Kathedrale hat schon die Hälfte seiner tiefroten Blätter auf das Pflaster gestreut. Am Nachmittag hat es geregnet, eine winterliche Brise fährt über die kleinen Pfützen zwischen den geborstenen, unebenen Steinplatten und durch die riesigen Ulmen, die mit einem Tränenguß antworten. Ihre abgefallenen Blätter häufen sich rings umher. Einige dieser Blätter suchen in einem schüchternen Anlauf Zuflucht unter dem niedrigen Bogen des Kirchenportals; aber zwei Männer, die gerade herauskommen, hindern sie daran und stoßen sie mit den Füßen zurück; dann verschließt der eine von ihnen die Tür mit einem stattlichen Schlüssel, während der andere mit einem großen Notenheft unter dem Arm davoneilt.

»War das Mr. Jasper, Tope?«

»Ja, Herr Dekan.«

»Er ist lange geblieben.«

»Ja, Herr Dekan. Ich hab auf ihn gewartet, Euer Hochwürden. Ihm ist nicht ganz gut gegangen.«

»*Gewesen*, Tope, sagen Sie *gewesen*, wenn Sie mit Hochwürden sprechen«, wirft der jüngere Schwarzrock mit leisem Tadel ein, als wolle er sagen: mit ungepflegter Sprache können Sie meinetwegen dem Laienvolk oder dem niederen Klerus kommen, aber nicht dem Herrn Dekan.

Mr. Tope, Küster der Kathedrale und Fremdenführer und als solcher gewohnt, bei Touristengruppen hochgeachtet zu sein, lehnt es würdevoll schweigend ab, zur Kenntnis zu nehmen, daß ihm ein Vorschlag unterbreitet worden ist.

»Und wann und wieso ist ihm nicht gut gewesen – denn wie Mr. Crisparkle richtig bemerkt hat, ist es besser, *gewesen* zu sagen – *gewesen*«, wiederholt der Dekan. »Wann und wieso ist Mr. Jasper nicht gut...«

»... gewesen, Sir«, murmelt Tope ehrerbietig.

»Nun, Tope?«

»Nun, Sir, als Mr. Jasper hier ankam, war er so aus der Puste...«

»Ich würde nicht ›aus der Puste‹ sagen, Tope«, wirft Mr. Crisparkle mit derselben Miene wie vorher ein. »So redet man nicht mit Hochwürden.«

»Außer Atem«, sagt leutselig der Dekan (der nicht unempfänglich für diese indirekte Hommage ist), »würde sich besser anhören.«

»Mr. Jasper war so kurzatmig«, umschifft Mr. Tope elegant die Klippe, »als er hier ankam, daß es ihm mächtig schwergefallen ist, seine Töne rauszubringen, und das war vielleicht auch der Grund, warum er dann nach 'ner Weile so eine Art Anfall gekriegt hat. Sein Gedächtnis war *getrübt*.« Die Augen fest auf den Reverend Crisparkle gerichtet, schleudert der Küster dieses Wort hervor, als wolle er ihn herausfordern, es zu verbessern. »Und eine Schwummrigkeit und eine Mattigkeit ist auf einmal über ihn gekommen, wie ich sie noch nie gesehn hab – und dabei schien's ihm selber gar nicht so viel auszumachen. Nach 'ner

Weile und mit'm bißchen Wasser ist er dann wieder rausgekommen aus seiner *Getrübtheit.*« Mr. Tope wiederholt das Wort mit besonderem Nachdruck, als wolle er sagen: Wenn's einmal gutgegangen ist, will ich's gleich noch mal versuchen.

»Und jetzt ist Mr. Jasper wieder ganz normal nach Hause gegangen?« fragt der Dekan.

»Jawohl, Hochwürden, jetzt ist er wieder ganz normal nach Hause gegangen. Und es freut mich zu sehen, daß er seinen Kamin gut eingeheizt hat, denn es ist kühl geworden nach dem Regen, und in der Kathedrale ist es heut nachmittag feucht gewesen, daß man's hat fühlen können, und er hat ganz schön gebibbert.«

Sie schauen alle drei zu einem alten steinernen Torhaus auf der anderen Seite des Kirchplatzes, unter dem eine überwölbte Passage hindurchführt. Aus einem vergitterten Fenster flackert ein Feuerschein auf den rasch dunkelnden Platz hinaus, so daß die dichte Masse von Efeu und wildem Wein an der Vorderseite des Hauses in Schatten getaucht wird. Als die große Glocke der Kathedrale die Stunde schlägt, raschelt ein Windstoß durch dieses Laub, wie angestoßen von dem tiefen feierlichen Klang, der im nahen Gemäuer von Gruft zu Turm, von geborstener Mauernische zu kopfloser Statue hallt.

»Ist Mr. Jaspers Neffe bei ihm?« fragt der Dekan.

»Nein, Sir«, antwortet der Küster. »Wird aber erwartet. Was Sie da sehn, ist der Schatten von Mr. Jasper, wie er allein hin- und hergeht zwischen den beiden Fenstern, die er hat – das eine hier raus, das andere zur High Street rüber –, und wie er jetzt seine Vorhänge zuzieht.«

»Schön, schön«, unterbricht ihn der Dekan, offensichtlich bemüht, die kleine Konferenz zu beenden. »Ich hoffe nur, daß Mr. Jaspers Herz nicht allzusehr an seinem Neffen hängt. Unsere Zuneigungen, so löblich sie auch sein mögen in dieser vergänglichen Welt, sollten niemals die Herrschaft über uns gewinnen. Im Gegenteil, *wir* sollten *sie* beherrschen, *wir sie.* – Mir scheint, das Läuten der Glocke erinnert mich auf eine keineswegs unangenehme Weise an mein Abendessen. Wie wär's, Mr. Crisparkle, vielleicht schauen Sie, ehe Sie heimgehen, auf einen Sprung bei Mr. Jasper vorbei?«

»Gewiß, Herr Dekan. Ich werde ihm sagen, daß Sie die Güte hatten, sich nach seinem Befinden zu erkundigen.«

»Gut, gut, tun Sie das. Genau. Habe mich nach seinem Befinden erkundigt. Gewiß doch. Nach seinem Befinden erkundigt.«

Huldvoll lüftet der Dekan seinen schmucken Hut so weit, wie es sich für einen huldvoll gestimmten Dekan eben ziemt, und lenkt seine stramm geschnürten Gamaschen zu dem rot tapezierten Speisezimmer des behaglichen alten Backsteinhauses, in welchem er gegenwärtig mit seiner Frau Gemahlin und seinem Fräulein Tochter »residiert«.

Mr. Crisparkle, Hilfskanonikus, blond und rosig, immer bereit, sich kopfüber in jedes tiefere fließende Wasser der Gegend zu stürzen; Mr. Crisparkle, Hilfskanonikus, Frühaufsteher, musikalisch, klassisch gebildet, munter, freundlich, gutmütig, gesellig, genügsam und jungenhaft; Mr. Crisparkle, Hilfskanonikus und guter Kerl, vor kurzem noch Erzieher auf den Hauptstraßen der heidnischen Kultur, dann aber von einem Gönner (aus Dankbarkeit für gelungene Erziehung eines Sohnes) in seine jetzige christliche Stellung befördert – Mr. Crisparkle also, auf dem Heimweg zu seinem frühen Tee, verfügt sich zu dem alten Torhaus.

»Höre zu meinem Leidwesen von Mr. Tope, Sie hätten sich nicht ganz wohl gefühlt, Jasper.«

»Och, das war nichts, nicht der Rede wert.«

»Sie sehen ein bißchen abgespannt aus.«

»So? Ach, das glaube ich nicht. Und was noch besser ist, ich fühle mich gar nicht so. Tope hat bestimmt wieder fürchterlich übertrieben. Sie wissen doch, es ist geradezu sein Metier, alles, was mit der Kathedrale zusammenhängt, so groß wie möglich aufzubauschen.«

»Dann kann ich also dem Herrn Dekan – ich bin nämlich auf ausdrücklichen Wunsch des Herrn Dekans hier – mitteilen, daß es Ihnen wieder gutgeht?«

Die Antwort, begleitet von einem feinen Lächeln, lautet: »Gewiß – mit meinem besten Dank und meiner Empfehlung an den Herrn Dekan.«

»Es freut mich zu hören, daß Sie den jungen Drood erwarten.«

»Ich erwarte den lieben Jungen jeden Moment.«

»Ach ja? Er wird Ihnen besser tun als ein Arzt, Jasper.«

»Besser als ein Dutzend Ärzte. Denn ihn mag ich sehr, aber die Ärzte und ihre Arzneien mag ich gar nicht.«

Mr. Jasper ist ein dunkler, ungefähr sechsundzwanzigjähriger Mann mit dichtem, glänzend schwarzem, gepflegtem Haar und Backenbart. Er sieht älter aus, als er ist, wie es bei dunklen Männern ja öfter vorkommt. Er hat eine schöne tiefe Stimme, ein schönes Gesicht und eine gute Figur, aber sein Wesen ist ein wenig düster. Auch sein Zimmer ist ein wenig düster und mag sein Wesen beeinflußt haben. Es liegt zum größten Teil im Schatten. Sogar wenn die Sonne hell hereinscheint, erreicht sie nur selten den Flügel im Hintergrund oder die Notenhefte auf dem Ständer oder die Bücherregale an der Wand oder das unvollendete Bildnis eines blühenden jungen Mädchens über dem Kamin, eines Schulmädchens, dessen wallendes braunes Haar mit einem blauen Band zusammengehalten wird und dessen Schönheit durch ein kindliches, ja fast babyhaftes, dabei auf komische Weise seiner selbst bewußtes Schmollen um so stärker hervorgehoben wird. (Das Bild hat nicht den geringsten künstlerischen Wert, es ist bloß ein Gekleckse; aber daß ihm der Maler aus Spottlust – oder man möchte fast sagen: aus Bosheit – eine gewisse Ähnlichkeit mit dem Original verliehen hat, springt ins Auge.)

»Wir werden Sie heute abend beim ›Musikalischen Mittwoch‹ vermissen, Jasper. Aber zweifellos tun Sie besser daran, zu Hause zu bleiben. Gute Nacht. Gott behüte Sie! – ›Sagt mir, Hir-ten, sagt mi-hir an, wo ich (wo ich, wo ich, wo-ho ich) mahei-ne Flo-ho-ra fi-hin-den kann ...‹« So trällernd überläßt sich der wackere Hilfskanonikus Reverend Septimus Crisparkle dem Rhythmus der Musik, während er sein liebenswertes Gesicht von der Eingangstüre abwendet und die Treppe hinuntersteigt.

Laute des Wiedererkennens und der Begrüßung zwischen Reverend Septimus und jemand anderem tönen vom Fuß der Treppe herauf. Mr. Jasper horcht, springt von seinem Stuhl auf, und schon hält er einen jungen Mann in den Armen.

»Mein lieber Edwin!«

»Mein lieber Jack! Wie schön, dich wiederzusehen!«

»Leg deinen Mantel ab, mein prächtiger Junge, und setz dich hier in deine Lieblingsecke. Hast du nicht nasse Füße? Zieh dir die Stiefel aus. Komm schon, zieh sie dir aus!«

»Lieber Jack, ich bin knochentrocken. Fang bitte nicht gleich wieder an, mich so zu betütteln. Wenn ich etwas nicht leiden kann, dann betüttelt zu werden.«

So barsch in einem Ausbruch überschwenglicher Herzlichkeit abgeblockt, steht Mr. Jasper still und schaut gespannt auf den jungen Mann, der jetzt Mantel, Hut, Handschuhe und so weiter ablegt. Um es ein für allemal zu sagen, ein Ausdruck gespannter Aufmerksamkeit – ein Ausdruck hungriger, fordernder, wachsamer und doch hingebungsvoller Zuneigung – liegt jedesmal, jetzt und später, auf dem Jasper-Gesicht, wann immer das Jasper-Gesicht in Richtung des jungen Mannes blickt. Und wann immer sein Blick auf den jungen Mann gerichtet ist, läßt er sich niemals, weder bei dieser noch einer anderen Gelegenheit, durch irgend etwas ablenken, sondern bleibt stets konzentriert.

»So, Jack, jetzt bin ich soweit, jetzt will ich mich in meine Ecke setzen. Hast du was zu essen da, Jack?«

Mr. Jasper öffnet eine Tür am hinteren Ende des Zimmers, durch die man in ein kleines, freundlich erleuchtetes und geschmücktes Hinterzimmer sieht, in dem eine adrette, rundliche Dame dabei ist, den Tisch zu decken.

»Was bist du doch für 'n lustiger alter Knabe!« ruft der junge Mann und klatscht in die Hände. »He, hör mal, Jack – hat etwa heute jemand Geburtstag?«

»Du nicht, das weiß ich«, antwortet Mr. Jasper und macht eine Pause, um zu überlegen.

»Ich nicht, das weißt du? Nein, ich nicht, das weiß ich selber. Pussy!«

So fest der Blick ist, der dem des jungen Mannes begegnet, so hat er doch die seltsame Macht, blitzartig das Bild über dem Kamin mit einzubeziehen.

»Pussy hat Geburtstag, Jack! Wir müssen auf ihr Wohl anstoßen, auf daß dieser schöne Tag noch viele Male wiederkehre! Komm, Onkel, führ deinen pflichtgetreuen und ausgehungerten Neffen zu Tisch.«

Der Junge (denn er ist kaum mehr als ein Junge) legt eine Hand auf Jaspers Schulter, Jasper legt fröhlich und liebevoll eine Hand auf die Schulter des Jungen, und so schreiten sie à la Marseillaise zu Tisch.

»Mein Gott, das ist ja Mrs. Tope!« ruft der Junge. »Und hübscher denn je!«

»Lassen Sie's nur gut sein, Master Edwin«, erwidert die Küstersfrau. »Ich kann schon selber ganz gut auf mich aufpassen.«

»Können Sie nicht. Sie sind viel zu hübsch. Geben Sie mir einen Kuß, weil Pussy heute Geburtstag hat.«

»Ich würd Ihnen schon was pusseln, junger Mann, wenn ich Pussy wäre, wie Sie das Mädel nennen«, versetzt Mrs. Tope errötend, als sie geküßt worden ist. »Ihr Onkel verwöhnt Sie zu sehr, das ist es! Ich meine, er ist so sehr in Sie vernarrt, daß Sie glauben, Sie brauchen bloß zu pfeifen, und die Pussys kommen gleich dutzendweise!«

»Sie vergessen, Mrs. Tope«, wirft Mr. Jasper ein, während er sich mit breitem Lächeln zu Tisch setzt, »und auch du vergißt, Ned, daß in diesem Hause die Wörter Onkel und Neffe kraft gemeinsamer Übereinkunft und ausdrücklicher Abmachung verboten sind. Gepriesen sei der Name des Herrn für die Gaben, die wir von ihm empfangen haben!«

»Schöner kann's auch der Dekan nicht sagen. Das bezeugt dir Edwin Drood! Schneid' du bitte auf, Jack, ich kann das nicht.«

Mit diesen munteren Worten beginnt das Mahl. Und solange es währt, wird wenig gesprochen, was mit vorliegender Geschichte oder mit sonst irgendeiner Geschichte zu tun hat. Schließlich wird abgedeckt, und auf den Tisch kommen eine Schale mit Walnüssen und eine Karaffe mit farbenprächtigem Sherry.

»Sag mal, Jack«, fängt der Jüngere wieder an, »meinst du wirklich, die Erwähnung unserer Verwandtschaft könnte uns irgendwie trennen? Ich nicht.«

»Ein Onkel ist in der Regel so viel älter als sein Neffe«, antwortet Mr. Jasper, »daß ich unwillkürlich diesen Eindruck habe.«

»In der Regel, ja, das mag sein. Aber was ist schon ein Altersunterschied von einem halben Dutzend Jährchen oder so? Und manchmal, in großen Familien, ist ein Onkel sogar jünger als sein Neffe. Herrje, ich wünschte, das wäre bei uns der Fall!«

»Warum?«

»Weil *ich* dann *dich* anleiten könnte, Jack, und meine Leitlinie wäre: ›Fort, finstre Sorge, die dem Jüngling gab graues Haar!‹ Und: ›Fort, finstre Sorge, die den Alten warf auf die Totenbahr'!‹ ... Halt, Jack! Nicht trinken!«

»Warum nicht?«

»Das fragst du noch, wenn Pussy heute Geburtstag hat und wir noch nicht auf sie angestoßen haben?! Auf Pussy, Jack, und noch recht viele davon – Geburtstage, meine ich.«

Lächelnd und zärtlich die ausgestreckte Hand des Jungen berührend, als wäre sie zugleich sein unbesonnener Kopf und sein leichtes Herz, trinkt Mr. Jasper wortlos auf Pussys Wohl.

»Hoch, hoch, hoch soll sie leben, neunmal hoch neun und eins obendrein und alles, was sonst noch dazugehört! Hurra, hurra, hurra! So, Jack, und jetzt laß uns ein bißchen über Pussy plaudern. Hast du zwei Nußknacker? Gut, gib mir einen und nimm du den andern.« Knack. »Wie kommt Pussy denn so voran?«

»Mit ihrer Musik? Sehr gut.«

»Was bist du doch für ein schrecklich rücksichtsvoller Geselle, Jack! Aber laß nur, ich weiß schon Bescheid. Sie paßt überhaupt nicht auf, stimmt's?«

»Sie kann alles lernen, wenn sie will.«

»*Wenn* sie will. Sicher, das ist es ja gerade! Aber wenn sie nicht will?«

Knack! tönt es auf Mr. Jaspers Seite.

»Wie sieht sie denn aus, Jack?«

Mr. Jaspers konzentrierter Blick streift erneut das Porträt, als er erwidert: »Sie ähnelt tatsächlich sehr deiner Zeichnung.«

»Nun ja, ich *bin* auch ein wenig stolz darauf«, sagt der junge Mann mit einem selbstgefälligen Blick auf das Porträt, kneift dann ein Auge zu, hält den Nußknacker wie ein Gewehr vor das andere Auge und mustert das Bild wie über Kimme und Korn: »Nicht schlecht getroffen, aus dem Gedächtnis. Aber freilich, diesen Ausdruck *mußte* ich auch gut kennen, den hatte ich ja oft genug gesehen.«

Knack! Auf Edwin Droods Seite.

Knack! Auf Mr. Jaspers Seite.

»Wirklich«, beginnt der erstere wieder, nachdem er ein Weilchen schweigend mit leicht gereizter Miene in seinen Walnußresten gestochert hat, »ich sehe diesen Ausdruck jedesmal, wenn ich zu Pussy komme. Und wenn ich ihn nicht schon beim Kommen vorfinde, hinterlasse ich ihn beim Gehen auf ihrem Gesicht – und das weißt du sehr gut, Jungfer Schmolleschnut!« Und drohend schwingt er den Nußknacker gegen das Bild.

Knack. Knack. Knack. Gemächlich auf Mr. Jaspers Seite.

Knack! Scharf auf Edwin Droods Seite.

Schweigen auf beiden Seiten.

»Hast du deine Sprache verloren, Jack?«

»Hast du deine wiedergefunden, Ned?«

»Nein, aber mal ganz ehrlich . . . ist es nicht letzten Endes . . .«

Mr. Jasper zieht fragend seine dunklen Brauen hoch.

»Ist es nicht unbefriedigend, in einer solchen Frage keine Wahl zu haben? Weißt du, Jack, ich sage dir, wenn ich wählen könnte – von allen hübschen Mädchen in der Welt würde ich Pussy wählen.«

»Aber du kannst eben nicht wählen.«

»Das ist es ja, worüber ich mich beklage! Warum bloß mußten mein Vater selig und Pussys Vater selig uns beide unbedingt füreinander bestimmen? Warum zum ... zum Teufel, hätte ich beinah gesagt, wenn ich ihr Andenken nicht ehren würde ... Warum konnten sie uns nicht in Ruhe lassen?«

»Na na, mein Junge!« protestiert Mr. Jasper im Ton sanfter Mißbilligung.

»Na na? Ach Jack, *du* hast gut reden! *Du* kannst die Sache leicht nehmen. *Dir* ist das Leben nicht bis ins Kleinste vorgeschrieben, mit allen Punkten und Linien vorgezeichnet wie eine Generalstabskarte. *Du* wirst nicht von dem unangenehmen Verdacht geplagt, daß du jemandem aufgezwungen werden sollst, oder daß dir jemand aufgezwungen werden soll. *Du* kannst dein Leben selbst bestimmen. Für *dich* ist das Leben noch wie eine Pflaume mit ihrem ganzen natürlichen Schmelz. Niemand hat den Schmelz überfürsorglich für dich abgewischt ...«

»Sprich weiter, mein Junge. Sprich nur weiter.«

»Habe ich irgendwie deine Gefühle verletzt, Jack?«

»Wie könntest du meine Gefühle verletzen?«

»Mein Gott, Jack, du siehst ja ganz krank aus! Als hätte sich plötzlich ein Schleier über deine Augen gelegt!«

Mit einem forcierten Lächeln streckt Mr. Jasper die rechte Hand vor, als wolle er gleichzeitig jede Besorgnis ausräumen und Zeit gewinnen, sich wieder zu erholen. Nach einer Weile sagt er mit schwacher Stimme:

»Ich habe Opium genommen, gegen einen Schmerz, einen quälenden Schmerz, der mich zuweilen überfällt. Die Wirkung der Medizin kommt wie ein Gluthauch oder eine Wolke über mich und klingt dann wieder ab. Man sieht sie, wenn sie abklingt, sie wird gleich vorüber sein. Schau weg – um so schneller ist es vorbei.«

Mit erschrockener Miene gehorcht der Jüngere und senkt die Augen auf die Asche im Kamin. Der Ältere starrt eine Weile reglos ins Feuer, ohne den Blick ermatten zu lassen, ja eher ihn noch verstärkend, indem er mit einem wilden, harten Griff die Armlehnen seines Sessels umklammert; dann treten dicke Schweißperlen auf seine Stirn, und schwer atmend kommt er langsam wieder zu sich. Während er zurückgesunken im Lehnstuhl liegt, umsorgt ihn sein Neffe behutsam und umsichtig, bis er sich ganz erholt hat. Als Jasper wieder wohlauf ist, legt er seinem Neffen zärtlich eine Hand auf die Schulter und sagt in sorgloserem Ton, als es der Sinn seiner Worte hätte erwarten lassen, ja fast ein wenig neckisch oder schelmisch zu ihm:

»Es heißt doch, in jedem Hause gebe es ein verborgenes Skelett im Schrank. Du hast wohl geglaubt, bei mir gebe es keins, was, Ned?«

»Freilich habe ich das geglaubt, Jack. Allerdings, wenn ich mir überlege, daß auch in Pussys Haus, wenn sie eins hätte, und in meinem, wenn ich eins hätte...«

»Du wolltest doch vorhin sagen – als ich dich unfreiwillig unterbrach –, wie ruhig das Leben sei, das ich hier führe. Kein Trubel und Lärm um mich her, keine ablenkenden Geschäfte oder Spekulationen, kein Risiko, keine Ortswechsel, nur volle Hingabe an meine Kunst, die mein Beruf und zugleich mein Vergnügen ist.«

»So etwas in der Art wollte ich tatsächlich sagen, Jack. Aber siehst du, wenn du von dir selber sprichst, läßt du natürlich vieles aus, was ich auch noch erwähnt hätte. Zum Beispiel hätte ich hervorgehoben, wie hoch du als Chorleiter – oder Kantor, oder wie das hier heißt – der hiesigen Kathedrale geschätzt wirst; welchen Ruf du aufgrund der wunderbaren Leistungen deines Chors genießt; daß du dir selber aussuchen kannst, in welchen Kreisen du verkehrst, und dir eine so unabhängige Position in diesem Provinznest bewahrt hast; auch was für ein begabter Lehrer du bist – denk nur, sogar Pussy, die sich nicht gern belehren läßt, sagt, sie hätte noch nie so einen Lehrer wie dich gehabt! Und was für Beziehungen du hast.«

»Ja, mir war schon klar, worauf du hinauswolltest. Ich hasse das alles.«

»Du haßt es, Jack?« (*Sehr verblüfft.*)

»Ich hasse es. Die beklemmende Monotonie meines Daseins erstickt mich allmählich. Wie findest du unseren Gesang beim Gottesdienst?«

»Herrlich. Ganz himmlisch!«

»Ich finde ihn oft ganz höllisch. Ich habe ihn satt. Das Echo meiner eigenen Stimme unter den Gewölben klingt mir wie ein Hohn auf meinen Alltagstrott. Kein elender Mönch, der vor mir sein Leben an diesem tristen Ort vertan hat, kann ihn so satt gehabt haben wie ich. Er konnte sich immerhin noch damit trösten (und tat es), Dämonenfratzen in die Lehnen und Sitze und Bänke des Chorgestühls zu schnitzen. Was aber kann ich tun? Soll ich sie mir ins Herz schnitzen?«

»Ich hatte wirklich gedacht, du hättest genau die richtige Nische für dich gefunden, Jack«, antwortet Edwin Drood erstaunt, während er sich in seinem Stuhl vorbeugt, um mitleidig eine Hand auf Jaspers Knie zu legen und ihn besorgt anzusehen.

»Ich weiß, daß du so gedacht hast, alle denken so.«

»Ja, da hast du wohl recht«, sagt Edwin laut überlegend. »Auch Pussy denkt so.«

»Wann hat sie dir das gesagt?«

»Als ich das letzte Mal hier gewesen bin. Du erinnerst dich. Vor drei Monaten.«

»Wie hat sie sich genau ausgedrückt?«

»Och, sie sagte nur, Sie wäre jetzt deine Schülerin geworden, und du wärst für deinen Beruf wie geschaffen.«

Der jüngere Mann wirft einen Blick auf das Porträt. Der ältere sieht es in ihm.

»Nun, jedenfalls, mein lieber Ned«, schließt Jasper und schüttelt den Kopf in heiterem Ernst, »ich muß mich in meinen Beruf schicken – was wohl von außen betrachtet auf dasselbe hinausläuft. Jetzt ist es zu spät, mir noch einen anderen zu suchen. Aber das bleibt bitte unter uns.«

»Ich werde es eifersüchtig bewahren.«

»Ich habe es dir anvertraut, weil ...«

»Ich weiß schon. Weil wir wahre Freunde sind, und weil du mich gern hast und mir vertraust, so wie ich dich gern habe und dir vertraue. Beide Hände drauf, Jack!«

Sie stehen beide auf und sehen einander in die Augen, und während der Onkel die Hände des Neffen hält, fährt er fort:

»Jetzt weißt du, nicht wahr, daß selbst ein armer eintöniger

Chorleiter und Musikpauker – in seiner Nische – von einem streunenden Ehrgeiz geplagt werden kann, von einem Streben nach Höherem, einer Unruhe, Unzufriedenheit, nenn's wie du willst.«

»Ja, lieber Jack.«

»Und du wirst es nicht vergessen?«

»Sehe ich so aus, als ob ich vergessen würde, was du mir so feierlich anvertraut hast?«

»Dann nimm's als eine Warnung.«

Während Edwin seine Hände freimacht und einen Schritt zurücktritt, schweigt er einen Augenblick, um über den Sinn dieser letzten Worte nachzudenken. Nach diesem Augenblick sagt er mit bewegter Stimme:

»Ich fürchte, ich bin bloß ein seichter, oberflächlicher Knabe, Jack, und mein Kopf taugt nicht eben viel. Aber ich muß dir nicht sagen, daß ich noch jung bin, und vielleicht werde ich ja mit den Jahren nicht schlechter. In jedem Fall hoffe ich, eine sensible Stelle in mir zu haben, die fühlt – tief innen fühlt –, wie uneigennützig es von dir ist, so schmerzlich dein Innerstes als eine Warnung für mich offenzulegen.«

Mr. Jaspers Miene und Haltung sind jetzt so starr geworden, daß ihm sogar der Atem zu stocken scheint.

»Es konnte mir schließlich nicht entgehen, Jack, daß es dich eine große Anstrengung gekostet hat und daß du tief bewegt warst und ganz anders als sonst. Natürlich wußte ich, daß du mir außerordentlich zugetan bist, aber daß du dich in dieser Weise, wenn ich so sagen darf, für mich aufopfern würdest, darauf war ich wirklich nicht gefaßt.«

Mr. Jasper, der wieder ein atmender Mensch geworden ist, ohne die geringste Übergangsphase zwischen den beiden Extremzuständen, zuckt mit den Schultern, lacht und winkt mit der rechten Hand ab.

»Nein, Jack, ich bitte dich, wisch das Gefühl nicht einfach so weg, ich meine es sehr ernst. Ich habe keinen Zweifel, daß der ungesunde Gemütszustand, den du mir so lebhaft beschrieben hast, von echten Schmerzen begleitet und schwer zu ertragen ist.

Aber glaub mir, Jack, es besteht keine Gefahr, daß dieser Zustand auch mich überfällt. Ich bin in einer ganz anderen Lage. Du weißt doch, in ein paar Monaten, in nicht einmal einem Jahr werde ich Pussy von der Schule holen und als Mrs. Edwin Drood heimführen. Ich werde als Ingenieur in den Orient gehen, und sie wird mitkommen. Auch wenn wir uns jetzt manchmal ein wenig streiten, was an der unvermeidlichen Spannungslosigkeit einer Liebesgeschichte liegt, deren Ausgang von vornherein festgelegt und als glückliches Ende vorbestimmt ist, habe ich doch keinen Zweifel daran, daß wir prächtig miteinander auskommen werden, sobald die Sache gelaufen ist und nicht mehr geändert werden kann. Kurzum, Jack, um noch mal auf das alte Lied zurückzukommen, das ich vorhin bei Tisch frei zitiert habe (und wer kennt alte Lieder besser als du?), mein Weib soll tanzen, und ich will singen, so gehn die Tage lustig dahin. Daß Pussy schön ist, kann niemand bestreiten ... und wenn du auch noch lieb bist, Kleines Fräulein Schnippisch«, erneuter Blick zu dem Bild an der Wand, »werde ich dein dummes Porträt da verbrennen und deinem Musiklehrer ein neues malen.«

Mr. Jasper, die Hand am Kinn und einen Ausdruck sinnenden Wohlwollens auf dem Gesicht, hat aufmerksam jeden lebhaften Blick und jede Geste beobachtet, die den Strom dieser Worte begleitet haben. Als die Rede zu Ende ist, bleibt er in dieser Haltung stehen, wie verzaubert durch den lebhaften Geist des Jungen, den er so liebt. Dann sagt er mit einem ruhigen Lächeln:

»Du willst also nicht gewarnt sein?«

»Nein, Jack.«

»Du *kannst* also nicht gewarnt werden?«

»Nein, Jack, nicht von dir. Und abgesehen davon, daß ich mich wirklich nicht in Gefahr glaube, mag ich es auch nicht, wenn du dich so aufspielst.«

»Wollen wir einen Spaziergang auf den Friedhof machen?«

»Ja, sehr gern. Hättest du was dagegen, wenn ich rasch beim Nonnenhaus vorbeispringe und ein Päckchen abgebe? Bloß Handschuhe für Pussy, so viele Paare, wie sie heute alt wird. Ist doch poetisch, was, Jack?«

Mr. Jasper brummt, ohne seine Haltung zu ändern: »›Nichts Süß'res gibt es im Leben‹, Ned!«

»Ich habe das Päckchen hier in meiner Manteltasche. Es muß unbedingt noch heute abend überreicht werden, sonst ist die ganze Poesie hin. Die Hausordnung erlaubt mir zwar keine Besuche am Abend, aber ein Päckchen kann ich schon abgeben. Ich bin soweit, Jack.«

Mr. Jasper löst sich aus seiner Erstarrung, und die beiden gehen zusammen hinaus.

III

So vieldeutig schließt das zweite Kapitel. Bewundern wir noch einmal, Leser, das feine Wortspiel im Titel, vergegenwärtigen wir uns die herrliche Szene auf dem Kirchplatz, die Dickens dazu benutzt hat, die ersten Fäden für seine Verwicklung zu spannen, und vergessen wir nie, daß hierin letzten Endes die Kunst des Romanciers liegt, der um so besser ist, je besser es ihm gelingt, den Lesern bestimmte Informationen »unterzujubeln«, ohne daß sie es merken, ein bißchen nach Art der Taschenspieler (und Dickens war ein passionierter Amateurtaschenspieler, der keine Gelegenheit versäumte, sich vor staunenden Kindergruppen zu präsentieren).

Aber die Experten der Verbrechensaufklärung sind gerade dabei, sie aufmerksam zu prüfen, die reichlichen Informationen des zweiten Kapitels. Hören wir ihnen zu.

Das heißt, wir hören noch nichts, weil Holmes gerade nach einem kurzen Gespräch mit dem Moderator das Podium verläßt und sich ins Parkett setzt. Wieso das? Der berühmte Detektiv, begnügt sich Dr. Wilmot anzukündigen, werde eine Erklärung am Ende des dritten Kapitels abgeben. Auf den frei gewordenen Platz wird Porphyrij Petrowitsch gerufen, der Untersuchungsrichter, der von Anfang an das Verbrechen in *Schuld und Sühne* durchschaut hatte.[1]

– Und was denken Sie über dieses große Geheimnis

[1] Porphyrij Petrowitsch vom St. Petersburger Kriminalamt hat in Dostojewskis Roman keinen Nachnamen. Wir behelfen uns hier ersatzweise mit seinem Vatersnamen.

von Jasper? Sagen Sie bloß nicht, Sie fänden es obskur? attackiert ihn sofort der Kröterich. – Der Onkel ist krankhaft eifersüchtig auf seinen Neffen und hat beschlossen, ihn aus dem Weg zu räumen, das ist alles! Ein Dreigroschengeheimnis, genauso billig wie die Groschenhefte, in denen es erschienen ist!

– Tatsächlich steht hier »Price One Shilling«, präzisiert Loredana nach einem Blick auf das Titelblatt ihres Heftes.

Der zaristische Untersuchungsrichter lächelt das Mädchen durch den Rauch seiner unvermeidlichen Zigarette an, aber der Ton, in dem er sich an den Kröterich wendet, ist ehrlich betrübt: – Nein, nein, lieber Herr, erlauben Sie mir, Ihnen zu widersprechen. Dickens ist zwar ein Volksschriftsteller, aber alles andere als schludrig, derb oder flach. Lassen Sie mich an dieser Stelle daran erinnern, welch große Bewunderung, ja geradezu kultische Verehrung unser Dostojewski für ihn hegte. Weshalb in vielen seiner Werke, insbesondere in den *Erniedrigten und Beleidigten* – Dr. Wilmot mag mich korrigieren, wenn ich irre – ein deutlich Dickensscher Einfluß zu spüren ist.

Dr. Wilmot korrigiert ihn nicht, und so fährt der Richter fort, nachdem er sich für die Abschweifung entschuldigt hat.

– Kurzum, was ich sagen wollte, der Dickenssche Mr. Jasper ist durchaus kein gewöhnlicher Dutzendheuchler, kein banaler Groschenromanbösewicht (und übrigens, was das betrifft, auch die Geschichte von Raskolnikow ist in Fortsetzungen im *Russki Westnik* erschienen!), keiner, der sein Zähnefletschen hinter einem Lächeln verbirgt. Er ist ein vielschichtiger, geplagter, zerrissener Mensch. Seine Zuneigung zu Edwin Drood ist echt und spontan, seine Aufmerksamkeiten für den Neffen haben nichts Forciertes an sich. Sein Bewußtsein kämpft verzweifelt gegen …

Ja, ja, gewiß, und wir sind überzeugt, daß niemand unter den Kongreßteilnehmern dieses schöne und ausgefeilte Plädoyer für Jasper unterbrechen will (für Jasper als Romanfigur wohlgemerkt, ganz unabhängig von jeder wirklichen oder vermeintlichen Schuld). Aber begeben wir uns für einen Moment hinaus, Leser, um uns die beiden Grundtendenzen zu vergegenwärtigen, die beiden Denkschulen sozusagen, die sich während des Kongresses abzeichnen werden, bevor Drood ermordet wird (*wenn* er ermordet wird).

Die eine könnte man diejenige »à la Porphyrij Petrowitsch« oder der *Porphyrianer* nennen, die im MED nicht so sehr einen Kriminalroman als vielmehr einen Psycho-Thriller sehen, eine psychologische, wenn nicht gar, siehe die Droge, psychiatrische Fallstudie. Die andere dagegen, nennen wir sie diejenige »à la Agatha Christie« oder der *Agathisten*, hält die Krimi-Ambitionen des Romans von Anfang an für gegeben und verlangt daher ein entsprechend überraschendes Ende.

Mehr oder minder verständliche Satzfetzen, die aus dem Drood Room herausdringen, bestätigen uns im übrigen, daß die beiden Schulen bereits heftig aneinandergeraten sind:

– ... ologie des Mörders. Meines Erachtens ist es vor allem dies, was der Autor...

– ... beileibe nichts gegen die Psychologie, aber bedenken wir bitte auch...

– ... uldige auf jeden Fall ein anderer sein! Denn in einem echten Kriminalroman kann der Hauptverdächtige nie und nimmer...

– ... außer im Falle, daß er selbst falsche Indizien ausgelegt hat, die ihn belasten. Damit dann, wenn diese hinfällig werden...

– Aber hier ist von Dickens die Rede, heiliger Himmel, und nicht von irgendeinem hergelaufenen Schreiberling wie...

– Kein Grund, irgendwen zu beleidigen! Dickens ist zweifellos Dickens, aber wenn wir anfangen ...

Die Debatte geht ebenso heiß wie ergebnislos weiter, bis schließlich die Appelle des Moderators eine gewisse Ordnung wiederherstellen. Als wir in den Saal zurückkehren, ist Loredana gerade dabei, nach Dupins Diktat eine Liste auf die Tafel neben dem Pult zu schreiben:

Der namenlose Opiumsüchtige
Die Inhaberin der Opiumhöhle
Zwei andere Kunden derselben
Der Chinese (Inhaber einer anderen Opiumhöhle)
Mr. Tope (Küster der Kathedrale)
Die Chorknaben
Der Dekan
Die Gattin des Dekans
Die Tochter des Dekans (ledig)
Der Rev. Crisparkle
John Jasper (Chorleiter und Onkel von Drood; vermutlich identisch mit dem Opiumsüchtigen zu Beginn und womöglich auch mit dem Gottlosen bei Hesekiel)
»Pussy« (Pensionatsschülerin, Verlobte von Drood; bisher kennen wir nur ihr Porträt)
Edwin Drood (junger Ingenieur, Neffe von Jasper und Verlobter von Pussy)
Mrs. Tope (Küstersfrau und gelegentlich Haushälterin bei Jasper)

– Sehr gut, bedankt sich Dupin. So haben wir nun für die beiden ersten Kapitel eine komplette Liste der auftretenden Personen – oder, wenn Sie's so lieber wollen, der Verdächtigen.

– Der Verdächtigen, der Verdächtigen, fordert einhellig die Schule der Agathisten.

– Der Personen! protestieren die Porphyrianer, nach deren Ansicht die Verdächtigung einer Pensionatsschülerin oder gar eines Dekans und seiner Tochter die Seriosität der Debatte gefährden würde.

Der Moderator erteilt das Wort jetzt dem Superintendent Battle von Scotland Yard, der, obwohl eng vertraut mit Poirot, nie einer Schule angehört hat. Er ist ein ruhiger, positiv denkender Mann, für den stets und allein die Resultate zählen.

– Ich erinnere daran, sagt er phlegmatisch, daß ich vor vielen Jahren, als ich mit einem meiner Inspektoren den Fall Waynflate besprach...

– Der Fall Waynflate, *parfaitement*, nickt Poirot.

– ...als Beispiele für, ich sage nicht verdächtige, aber *zu verdächtigende* Personen anführte: ein Schulmädchen, ein höchst ehrbares Fräulein und einen hohen Würdenträger der anglikanischen Kirche.

– Aber... sagen Sie das hier... mit verdeckter Anspielung auf unsere Personen?

– Nein, nein, mit offener Bezugnahme auf die Tatsache, daß *jeder* ein Verbrecher sein kann.

Dieser unbestreitbaren Feststellung kann niemand widersprechen, und so wird nun der Direktor des *Dickensian*, der die Literatur über den Fall Drood wie seine Westentasche kennt, an die Tafel gebeten.

– Theoretisch, sagt Maigret, während er ihm die Kreide reicht, sind alle diese braven Personen »verdächtig« in bezug auf den Fall, den wir zu untersuchen haben. Aber um uns das Leben ein wenig zu erleichtern, würden Sie bitte so gut sein und alle diejenigen streichen, die noch keiner unserer Vorgänger jemals verdächtigt hat?

Als erste streicht Dr. Wilmot den Dekan samt Gattin und Tochter. Danach den Rev. Crisparkle, die »zwei anderen Kunden der Opiumhöhle« und, nach kurzem Zögern, auch Edwin Drood. Dann aber hält er inne.

– Natürlich muß man bedenken, sagt er, daß die bisher versuchten »Rekonstruktionen« nicht alle von gleichem Niveau sind. Viele sind geradezu ...

– Natürlich.

– Und darum bleibt uns jetzt nur noch der Opiumsüchtige zu streichen; denn wie gesagt, niemand hat jemals bezweifelt, daß er und Jasper ... identisch sind.

– Aber Sie *haben* ihn nicht gestrichen, sagt Maigret, seine Pfeife betrachtend. Warum nicht?

– Ah, sagt Dr. Wilmot, Sie bringen mich in eine schwierige Lage, Herr Kommissar.

*

Leser, die es vorziehen, sich Dr. Wilmot in Maigrets Büro am Quai des Orfèvres vorzustellen, wie er von ihm verhört wird, während auch die Inspektoren Lucas und Janvier ihn mit Fragen bedrängen, können das selbstverständlich tun. Aber sie sollten nicht erwarten, ihn nachgiebiger und aussagebereiter zu finden. Sein Verhalten bleibt vorsichtig, ausweichend, reserviert. Er weigere sich durchaus nicht – sagt er nochmals –, Angaben über die bisher durchgeführten Ermittlungen und die gesammelten Indizien zu machen. Im Gegenteil, dazu sei er ja da. Aber er meine – fügt er mit Nachdruck hinzu –, daß gewisse »vielleicht allzu gewagte« Theorien nicht weiter verfolgt werden sollten, jedenfalls nicht im Moment, »um den normalen Gang der Ermittlungen nicht zu stören«. Und zwar – betont er abschließend –, »im ureigensten Interesse der Gerechtigkeit, wenn ich mich so ausdrücken darf«.

Kurzum, alles, was sie ihm am Quai des Orfèvres aus der Nase ziehen können, ist die Anregung, »auf die plötzlichen Verwandlungen von Jasper zu achten« – von Jasper, der nämlich (vielleicht infolge des Opiums, das er angeblich als Medizin nimmt?) manchmal bei sich und manchmal außer sich zu sein scheine und manchmal, wie Drood an einem bestimmten Punkt zu ihm sagt, »ganz anders als sonst«.

Maigret nickt. Dann aber gibt er zu bedenken, ihm scheine, daß in der Diskussion zwischen Onkel und Neffe das Seltsamste nicht die Verwandlungen des ersteren seien, sondern die Einfältigkeiten des letzteren. Sollte es möglich sein, daß der junge Mann die kaum verhüllten Drohungen Jaspers als »Zeichen der Zuneigung« auffaßt? Und daß er, nachdem er sie zurückgewiesen hat, noch nicht einmal etwas Bedrohliches in der abschließenden Aufforderung erblickt, einen »Spaziergang auf den Friedhof« zu machen?

Der Moderator breitet die Arme aus.

– Nun, in der Tat scheint der Intelligenzquotient des jungen Drood nicht eben sehr hoch zu sein. Aber warten wir doch mit der Diskussion dieser Frage – fügt er mit einem Wink an die Hosteß hinzu – bis nach dem dritten Kapitel.

Kapitel 3 *Das Nonnenhaus*

Aus triftigen Gründen, die sich im Laufe dieser Erzählung von selbst ergeben werden, müssen wir der kleinen Stadt mit der alten Kathedrale einen fiktiven Namen geben. Nennen wir sie hier Cloisterham. Sie war den Druiden vermutlich unter einem anderen Namen bekannt, und sicherlich hatten die Römer sie anders genannt, und die Sachsen wieder anders und die Normannen wiederum; und ein Name mehr oder weniger im Verlauf so vieler Jahrhunderte kann für ihre verstaubten Chroniken kaum von Belang sein.

Ein altes Städtchen, dieses Cloisterham, und kein geeigneter Wohnort für Leute, denen der Sinn nach dem Trubel der Welt steht. Ein stilles, eintöniges Städtchen, erfüllt von einem erdigen Geruch aus der Kathedralengruft und so reich an Resten monastischer Gräber, daß die Cloisterhamer Kinder im Staub von Äbten und Äbtissinnen kleine Salatköpfe ziehen und aus Nonnen und Mönchen Sandkuchen formen; während jeder Bauer, der seine Pflugschar in die umliegenden Felder senkt, den einst so mächtigen Lordschatzmeistern, Erzbischöfen, Bischöfen und Konsorten dieselbe Aufmerksamkeit zollt, die der Menschenfresser im Märchen ungebetenen Besuchern zu erweisen pflegt, indem er ihre Knochen zermalmt, um daraus sein Brot zu bereiten.

Ein verschlafenes Städtchen, dieses Cloisterham, dessen Einwohner mit einer mehr sonderbaren als seltenen Ungereimtheit zu glauben scheinen, es habe alle Veränderungen längst hinter sich und keine neuen mehr zu erwarten. Ein eigenartiger Glaube, der wohl dem Leben inmitten von Altertümern entspringt, jedoch älter als alle erhaltenen Altertümer ist. So still sind die Straßen von Cloisterham (wenngleich bereit, auf die kleinste Provokation mit lautem Echo zu antworten), daß an Sommertagen die Jalousien vor den Läden kaum wagen, im

Südwind zu klappern; während die sonnenverbrannten Landstreicher, die spähend vorbeikommen, ihre humpelnden Schritte ein wenig beschleunigen, um möglichst rasch wieder aus dem Bereich dieser drückenden Ehrbarkeit hinauszugelangen. Was kein besonders schwieriges Unterfangen ist, da die Straßen von Cloisterham City kaum mehr sind als eine einzige schmale Straße, durch die man hinein- und hinausgelangt; der Rest sind meistens enttäuschende Höfe mit Pumpen darin und ohne Durchgang – ausgenommen der Platz um die Kathedrale und eine gepflasterte Quäkersiedlung, die in Farbe und allgemeiner Form der Haube einer Quäkerin sehr ähnlich sieht und in einem schattigen Winkel liegt.

Mit einem Wort, ein Städtchen aus anderen, fernen Zeiten ist dieses Cloisterham mit seiner heiseren Kathedralenglocke, seinen heiseren Krähen, die um den Kathedralenturm kreisen, und seinen noch heisereren und noch weniger unterscheidbaren Krähen auf den Bänken tief darunter. Reste von alten Mauern, eine Heiligenkapelle, ein Kapitelhaus, ein Nonnen- und ein Mönchskloster sind als absurde oder störende Fremdkörper in viele seiner Häuser und Gärten eingebaut worden, gerade so, wie sich ein wirres Knäuel antiquierter Vorstellungen in den Köpfen vieler seiner Bürger festgesetzt hat. Alles hier gehört der Vergangenheit an. Sogar der einzige Pfandleiher nimmt schon seit langem keine Pfänder mehr an, sondern bietet nur noch vergeblich die nicht ausgelösten Wertgegenstände feil, von denen die wertvollsten alte, asthmatisch tickende Uhren mit verblaßten Zifferblättern, rostige Zuckerzangen mit ausgeleierten Armen und einzelne Bände trostloser literarischer Werke sind. Die üppigsten und erfreulichsten Zeugnisse blühenden Lebens in Cloisterham sind die Zeugnisse pflanzlichen Lebens in den zahlreichen Gärten; sogar das bröckelnde und verzagte kleine Theater hat sein kümmerliches Stück Garten, das den altbösen Feind, wenn er von der Bühne in die Höllenregionen niederfährt, je nach der Jahreszeit zwischen Feuerbohnen oder Austernschalendüngerschichten empfängt.

Mitten in Cloisterham steht das Nonnenhaus, ein ehrwürdiges Backsteingebäude, das seinen jetzigen Namen zweifellos der Legende von seiner einst klösterlichen Bestimmung verdankt. An dem schmucken Tor, das seinen alten Innenhof abschließt, prangt ein blitzendes Messingschild mit der Inschrift: »Anstalt für Junge Damen. Miss Twinkleton«. Die Vorderseite des Hauses ist so alt und abgeblättert und das Messingschild so blitzblank und schimmernd, daß der Anblick bei phantasievollen Fremden die Assoziation an einen klapprigen alten Stutzer weckt, der sich ein großes modernes Monokel in sein blindes Auge gekniffen hat.

Ob die Nonnen von einst, als Angehörige einer eher unterwürfigen denn halsstarrigen Generation, gewohnheitsmäßig die sinnenden Köpfe beugten, um nicht an die Balken der niedrigen Decken in den vielen Zimmern ihres Hauses zu stoßen; ob sie an den breiten niedrigen Fenstern saßen und ihre Rosenkränze beteten, um sich zu kasteien, anstatt sich Halsketten daraus zu machen, um sich zu schmücken; ob sie jemals lebendig eingemauert worden sein mögen in einem etwas zu schiefen Winkel oder einem zu weit vorspringenden Giebel, weil sie einen unaustilgbaren Rest von jenem Sauerteig der emsigen Mutter Natur in sich trugen, der seit jeher die gärende Welt am Leben erhielt – all diese Fragen interessieren vielleicht die Hausgespenster (falls vorhanden), aber in Miss Twinkletons Halbjahresabrechnungen sind sie keine Posten. Sie gehören weder zu ihren laufenden Kosten noch zu ihren Sonderausgaben. Die Dame, die den Poesieunterricht der Anstalt für soundsoviel (oder soundsowenig) pro Vierteljahr versieht, hat auf der Liste ihrer Deklamationsstücke keines, das sich mit derart unprofitablen Fragen befaßt.

Wie es in manchen Fällen von Trunkenheit oder auch von Hypnose zwei Bewußtseinszustände gibt, die einander nie ins Gehege kommen, sondern jeder für sich seinen Lauf nehmen, als wäre er nicht unterbrochen (wenn ich zum Beispiel in betrunkenem Zustand meine Uhr versteckt habe, muß ich mich erst von neuem betrinken, ehe mir das Versteck wieder einfällt), so hat Miss Twinkleton zwei verschiedene und streng voneinander getrennte Existenzphasen. Jeden Abend, kaum sind die jungen Damen zu Bett gegangen, macht sich Miss Twinkleton die Locken ein bißchen zurecht, hellt sich die Augen ein bißchen auf und wird eine munterere Miss Twinkleton, als die jungen Damen sie jemals gesehen haben. Jeden Abend zur selben Zeit greift Miss Twinkleton die Themen vom Abend zuvor wieder auf, wozu die eher intimen Skandale von Cloisterham gehören, von denen sie tagsüber keine Ahnung hat, sowie Anspielungen auf eine gewisse Saison in Turnbridge Wells (von Miss Twinkleton in diesem Stadium ihres Daseins leichthin »The Wells« genannt), genauer gesagt die Saison, in welcher ein gewisser vollendeter Gentleman (von Miss Twinkleton in diesem Stadium ihres Daseins mitleidig »dieser närrische Mr. Porters« genannt) eine zarte Herzensregung enthüllt hat, von welcher Miss Twinkleton in ihrem Lehrerinnendasein so wenig weiß wie ein Granitpfeiler. Miss Twinkletons Vertraute in beiden Phasen ihres Daseins – und beiden gleich gut angepaßt – ist eine gewisse Mrs. Tisher: eine fügsame Witwe mit einem schwachen Rücken, einem chronischen Seufzen und einem feinen, dünnen Stimmchen, die sich um die Garderoben der jungen Damen kümmert und allseits durchblicken läßt, daß sie bessere Tage gesehen hat. Vielleicht aus diesem Grund ist es für das Dienstpersonal ein Glaubensartikel, der von Generation zu Generation weitergegeben wird, daß der verstorbene Mr. Tisher ein Friseur gewesen sein muß.

Das Nesthäkchen unter den Schülerinnen im Nonnenhaus ist Miss Rosa Bud, natürlich Rosebud, Rosenknospe genannt; eine ausnehmend hübsche, ausnehmend kindische und ausnehmend launische junge Dame. In den Augen der anderen jungen Damen verbindet sich mit ihr ein etwas heikles (weil romantisches) Interesse, da sie erfahren haben, daß ihr per letztwilliger Verfügung ein Gatte bestimmt worden ist und daß ihr Vormund verpflichtet ist, sie diesem Gatten zuzuführen, sobald sie die Volljährigkeit erreicht hat. Miss Twinkleton, in ihrer pädagogischen Daseinsphase, hat den romantischen Aspekt dieses Schicksals zu bekämpfen versucht, indem sie hinter Miss Buds zartem Rücken ostentativ den Kopf schüttelte, wie um das unglückliche Los der armen Kleinen zu bedauern. Doch alles, was sie damit erreichte, war (vielleicht weil ein unmerklicher Einfluß dieses närrischen Mr. Porters ihre Bemühungen untergrub), daß die jungen Damen einstimmig in den Schlafsaalruf ausbrachen: »Oh, was für'ne eingebildete alte Ziege diese Miss Twinkleton ist!«

Nie gerät das Nonnenhaus so in Aufruhr, wie wenn dieser testamentarisch bestimmte Gatte die kleine Rosenknospe zu sehen wünscht. (Die jungen Damen sind einhellig der Meinung, daß er einen gesetzlichen Anspruch auf dieses Privileg habe und daß Miss Twinkleton, wollte sie es ihm bestreiten, auf der Stelle verhaftet und abgeführt würde.) Wenn sein Läuten an der Türglocke erwartet wird oder ertönt, streckt jede junge Dame, die unter irgendeinem Vorwand den Kopf aus dem Fenster strecken kann, den Kopf aus dem Fenster; während jede junge Dame, die gerade ihre Klavierübungen macht, aus dem Takt gerät, und die Französischklasse dermaßen zuchtlos wird, daß der Tadel so flott die Runde macht wie früher bei einem Saufgelage die Flasche.

Am Nachmittag des Tages nach dem Abendessen zu zweit im Jasperschen Torhaus wird die Glocke geläutet, mit den üblichen Aufregungen im Gefolge.

»Mr. Edwin Drood wünscht Miss Rosa zu sehen.«

Mit diesen Worten meldet das erste Hausmädchen den Besucher. Mit einem beispielhaft melancholischen Ausdruck wendet sich Miss Twinkleton an das Opfer und sagt: »Du kannst hinuntergehen, mein Kind.« Miss Bud geht hinunter, von aller Augen verfolgt.

Mr. Edwin Drood wartet in Miss Twinkletons privatem Empfangszimmer, einem geschmackvoll möblierten Raum, in welchem nichts direkt an die Schule erinnert, außer einem Erd- und einem Himmelsglobus. Diese imposanten Geräte sollen den Eindruck erwecken (bei Eltern und Vormündern), daß Miss Twinkleton, selbst wenn sie sich in ihre privaten Gemächer zurückzieht, jeden Moment von der Pflicht gedrängt werden kann, sich in eine Art Ewige Jüdin zu verwandeln, die rastlos die Erde durchstreift und den Himmel durchforscht auf der Suche nach Wissensstoff für ihre Schüler.

Das letzte neu gekommene Hausmädchen, das den mit Miss Rosa verlobten jungen Herrn noch nie gesehen hat und seine Bekanntschaft durch den Türspalt macht, der extra für diesen Zweck offengelassen worden ist, stolpert schuldbewußt die Treppe hinunter, als eine reizende kleine Erscheinung, das Gesicht unter einem rasch über den Kopf geworfenen seidenen Schürzchen verhüllt, in das Empfangszimmer huscht.

»Ach, es ist so lächerlich!« sagt die Erscheinung, während sie innehält und zurückweicht. »Nicht, Eddy!«

»Was nicht, Rosa?«

»Nicht näher kommen, bitte. Es ist so absurd!«

»Was ist so absurd, Rosa?«

»Alles, die ganze Geschichte. Es ist so absurd, eine verlobte Waise zu sein. Es ist so absurd, daß einem die Mädchen vor den Füßen umherhuschen wie die Mäuse hinter der Täfelung. Und es ist so absurd, Besuch zu bekommen!«

Die Erscheinung scheint einen Daumen im Mundwinkel zu haben, während sie diese Klage vorträgt.

»Du bereitest mir ja einen reizenden Empfang, Pussy, ich muß schon sagen!«

»Na ja, ich will's ja gleich tun, Eddy, aber jetzt kann ich noch nicht. Wie geht's dir?« (*Sehr knapp.*)

»Ich kann leider nicht antworten, daß es mir gleich viel besser geht, wenn ich dich sehe, Pussy, weil ich so gut wie nichts von dir sehe.«

Dieser zweite Vorwurf bringt ein dunkles, schimmerndes und schmollendes Auge unter einem Zipfel der Schürze zum Vorschein, das aber gleich wieder verschwindet, während die Erscheinung ausruft: »Mein Gott, du hast dir ja die Haare halb abschneiden lassen!«

»Vielleicht hätte ich besser daran getan, mir gleich den ganzen Kopf abschneiden zu lassen«, sagt Edwin, während er sich mit einem wilden Blick in den Spiegel durch die fraglichen Haare fährt und ungeduldig mit dem Fuß aufstampft. »Soll ich wieder gehen?«

»Nein, geh lieber noch nicht, Eddy. Die Mädchen würden sonst alle fragen, warum du gegangen bist.«

»Also zum letzten Mal, Rosa, willst du jetzt endlich diese alberne Schürze von deinem albernen Köpfchen nehmen und mich vernünftig begrüßen.«

Die Schürze wird von dem Kindskopf gezogen, indes seine Trägerin sagt: »Herzlich willkommen, Eddy. Bitteschön, so ist's doch nett gesagt, oder? Gib mir die Hand. Nein, einen Kuß kann ich dir nicht geben, weil, ich lutsche grad einen sauren Drops.«

»Freust du dich überhaupt ein bißchen, mich zu sehen, Pussy?«

»Aber ja, ich freue mich riesig. Setz dich doch. Da kommt Miss Twinkleton.«

Es ist eine Angewohnheit dieser trefflichen Dame, bei solchen Besuchen alle drei Minuten aufzukreuzen, sei's in eigener Person oder in derjenigen von Mrs. Tisher, um ein Opfer auf dem Altar der Schicklichkeit darzubringen, indem sie irgend etwas zu suchen vorgibt. In diesem Fall sagt Miss Twinkleton im Vorbeigehen, während sie graziös herein- und wieder hinausschwebt: »Wie geht es Ihnen, Mr. Drood? Sehr erfreut, Sie zu sehen. Bitte, entschuldigen Sie ... Meine Pinzette ... Danke.«

»Ich hab die Handschuhe gestern abend bekommen, Eddy, und sie gefallen mir sehr. Sie sind ganz süß.«

»Nun, das ist ja mal wenigstens *etwas*«, antwortet der Verlobte halb brummend. »Man muß ja schon für die kleinste Ermutigung dankbar sein. Und wie hast du deinen Geburtstag verbracht, Pussy?«

»Wundervoll! Alle haben mir was geschenkt. Und wir haben ein Festessen gemacht. Und abends einen Ball.«

»Ein Festessen und einen Ball, soso! Scheint ja, daß diese Vergnügungen ganz gut ohne mich abgehen.«

»Ganz groß-ar-tig!« ruft Rosa impulsiv und ohne sich den geringsten Zwang anzutun.

»Hmhm! Und was gab's zum Essen?«

»Törtchen, Orangen, Kompott und Krabben.«

»Irgendwelche Tänzer zum Ball gekommen?«

»No Sir, wir haben natürlich miteinander getanzt. Aber einige Mädchen haben zum Spiel so getan, als wären sie ihre Brüder. Oh, es war *so* lustig!«

»Hat auch eine so getan, als wäre sie...«

»Als wäre sie du? Na klar doch!« ruft Rosa mit fröhlichem Lachen. »Damit fing das Ganze ja an!«

»Ich hoffe, sie hat ihre Sache gut gemacht«, sagt Edwin in zweifelndem Ton.

»Oh, ganz ausgezeichnet! Ich wollte nicht mit dir tanzen, weißt du?«

Eddy scheint den Grund dafür nicht ganz einzusehen und erkundigt sich höflich, ob er so frei sein dürfe zu fragen, warum.

»Weil ich dich so über hatte«, antwortet Rosa. Fügt aber rasch hinzu, und zwar entschuldigend, als sie das Mißfallen in seinen Zügen liest: »Lieber Eddy, du hast mich genauso über gehabt, weißt du?«

»Habe ich dir das gesagt, Rosa?«

»Gesagt? Sagst du das je? Nein, du hast es nur gezeigt... Oh, sie hat es so gut gemacht!« ruft Rosa in einem Anfall von nachträglicher Begeisterung über die gelungene Imitation ihres Verlobten.

»Muß ja ein verdammt freches Mädchen sein, scheint mir«, brummt Edwin Drood. »Und so hast du also deinen letzten Geburtstag in diesem alten Haus verbracht.«

»Ach ja!« Rosa klappt die Hände zusammen, schaut seufzend zu Boden und schüttelt den Kopf.

»Scheint, als ob es dir leid tut, Rosa.«

»Es tut mir leid für das arme alte Haus. Ich hab irgendwie das Gefühl, als müßte es mich vermissen, wenn ich so weit fortgegangen sein werde, so jung an Jahren.«

»Vielleicht sollten wir's lieber lassen, Rosa?«

Sie schaut mit einem raschen, leuchtenden Blick zu ihm auf,

schüttelt im nächsten Moment den Kopf, senkt die Augen und seufzt wieder.

»Soll das heißen, Pussy, daß wir uns beide drein schicken müssen?«

Sie nickt erneut, schweigt ein Weilchen und platzt dann drollig heraus: »Du weißt, daß wir heiraten *müssen*, Eddy, und zwar in diesem Haus hier, sonst sind die Mädchen schrecklich enttäuscht!«

Für einen Moment liegt im Blick ihres versprochenen künftigen Gatten mehr Mitleid, mit ihr wie mit sich selbst, als Liebe. Dann reißt er sich zusammen und sagt: »Soll ich dich zu einem kleinen Spaziergang ausführen, liebe Rosa?«

Die liebe Rosa scheint sich keineswegs über diesen Punkt im klaren zu sein, bis ihr Gesicht, das bis dahin eine komische Nachdenklichkeit zur Schau getragen hat, sich mit einemmal aufhellt. »O ja, Eddy, laß uns einen Spaziergang machen! Und ich will dir auch sagen, was wir tun werden: Du mußt so tun, als ob du mit einer anderen verlobt wärst, und ich tue so, als ob ich mit niemand verlobt wäre, und dann werden wir uns nicht mehr zanken.«

»Du meinst, das wird uns davor bewahren, wieder aus der Rolle zu fallen?«

»Bestimmt... Achtung! Tu so, als ob du zum Fenster rausschaust... Mrs. Tisher!«

Ganz zufällig kreuzt die würdevolle Matrone am Horizont auf, sagt, während sie wie der legendäre Geist einer adligen Witwe in seidenen Röcken durchs Zimmer rauscht: »Ich hoffe, Mr. Drood ist bei guter Gesundheit – obwohl ich nicht lange danach zu fragen brauche, wenn ich nach seinem Äußeren urteilen darf... Ich möchte nicht stören, aber da *war* ein Brieföffner... Oh, danke, ich wußte es doch!« – und verschwindet mit ihrer Trophäe.

»Noch einen Gefallen mußt du mir tun, Eddy«, sagt Rosebud. »Sobald wir zur Tür raus sind, mußt du mich außen gehen lassen und dich an der Hauswand halten – drück dich so eng wie möglich an der Wand entlang.«

»Aber gewiß doch, Rosa, wenn du das möchtest. Darf ich fragen, warum?«

»Och, weil ich nicht will, daß die Mädchen dich sehen.«

»Es ist zwar schönes Wetter heute, aber vielleicht möchtest du auch, daß ich einen Regenschirm aufspanne?«

»Sei nicht albern. Es ist nur, weil ... deine Stiefel sind nicht ordentlich blankgeputzt!« mault sie mit hochgezogener Schulter.

»Vielleicht entgeht das der Aufmerksamkeit deiner Mädchen, auch wenn sie mich sehen«, meint Edwin und schaut mit plötzlichem Widerwillen auf seine Stiefel.

»Nichts entgeht ihrer Aufmerksamkeit. Und ich weiß schon, was dann passieren wird. Einige fangen an, über mich nachzudenken, und sagen – denn *sie* sind ja frei –, sie würden sich nie und nimmer mit Liebhabern ohne blankgeputzte Stiefel verloben ... Horch! Da kommt Miss Twinkleton. Ich werde sie um die Ausgangserlaubnis bitten.«

In der Tat wird die diskrete Dame – die draußen zu hören ist, wie sie näher kommend in lockerem Plauderton zu jemand Nichtvorhandenem sagt: »Ach ja? Wirklich? Bist du ganz sicher, daß du mein perlmuttenes Knopfkästchen auf dem Arbeitstisch in meinem Zimmer gesehen hast?« – sofort um die Ausgangserlaubnis gebeten, die sie gnädig erteilt, und kurz darauf geht das junge Paar aus dem Nonnenhaus, wobei es alle Vorsichtsmaßnahmen gegen die Entdeckung der so peinlich mangelhaften Stiefel von Mr. Drood ergreift; Vorsichtsmaßnahmen, die sich, so wollen wir hoffen, als wirksam für den Seelenfrieden der künftigen Mrs. Drood erweisen.

»Wo wollen wir hingehen, Rosa?«

Rosa antwortet: »Ich möchte zu dem Namnam-Klumpen-Laden.«

»Zu dem ...?«

»Namnam-Klumpen, ein türkisches Zuckerwerk ... Mein Gott, Eddy, was weißt du denn überhaupt? Nennst dich Ingenieur und kennst *das* nicht?«

»Wieso, woher soll ich denn das kennen, Rosa?«

»Na, von mir, weil ich ganz wild darauf bin! Aber, oje, ich hab ganz vergessen, was wir spielen wollten! Nein, du brauchst nichts davon zu wissen, vergiß es.«

So läßt er sich finster schweigend zu dem Namnam-Klumpen-Laden schleppen, wo sie ihren Einkauf tätigt und, nachdem sie ihm etwas davon angeboten hat (was er ziemlich indigniert ablehnt), sich sogleich mit großem Eifer darüber herzumachen beginnt – nachdem sie zuvor ein Paar kleine rosa Handschuhe ausgezogen und wie Rosenblätter zusammengerollt hat und indem sie danach immer wieder ihre kleinen rosigen Finger an die rosigen Lippen führt, um sie von den Namnam-Flöckchen zu säubern, die aus den Klumpen stieben.

»Jetzt komm, sei ein lieber Eddy und spiel deine Rolle. Du bist also verlobt?«

»Ich bin also verlobt.«

»Ist sie hübsch?«

»Reizend.«

»Groß?«

»Riesig!« Während Rosa ja klein ist.

»Muß ziemlich unförmig sein, sollte ich meinen«, lautet Rosas seelenruhiger Kommentar.

»Bitte um Vergebung, keine Spur«, regt sich Widerspruch in ihm. »Sie ist das, was man eine gut gewachsene Frau nennt, eine prächtige Frau!«

»Hat bestimmt 'ne große Nase«, lautet erneut der seelenruhige Kommentar.

»Jedenfalls keine kleine«, lautet die prompte Antwort. (Da Rosas Nase sehr klein ist.)

»Eine lange blasse Nase mit 'nem roten Fleck mittendrauf. Ich kenne die Sorte Nasen«, sagt Rosa mit zufriedenem Nikken, während sie seelenruhig ihre Namnam-Klumpen schleckt.

»Die Sorte kennst du ganz und gar nicht«, ereifert sich Edwin, »weil sie nämlich keine Spur davon hat!«

»Keine blasse Nase, Eddy?«

»Nein!« Entschlossen, nicht nachzugeben.

»Also 'ne rote Nase? Oje, ich mag keine roten Nasen. Na, egal, sie kann sie ja immerhin pudern.«

»Sie würde nicht mal dran *denken*, sie zu pudern!« Edwin wird immer hitziger.

»Würde sie nicht? Was für ein dummes Ding sie sein muß! Ist sie in allem so dumm?«

»Nein, in nichts!«

Nach einer Pause, in der ihre launisch boshaften Augen nicht von ihm abgelassen haben, sagt Rosa:

»Und dieses sensibelste und verständigste aller Geschöpfe findet Gefallen an der Idee, nach Ägypten verschleppt zu werden, Eddy?«

»Jawohl. Sie hat ein reges Interesse an den Triumphen der Technik, besonders wenn diese dazu angetan sind, die Lebensbedingungen in einem unterentwickelten Lande von Grund auf zu ändern.«

»Donnerwetter!« sagt Rosa und zieht mit einem kleinen verwunderten Lachen die Achseln hoch.

»Hast du was dagegen?« fragt Edwin mit einem hoheitsvollen Blick auf die zarte Gestalt hinunter. »Hast du was dagegen einzuwenden, Rosa, daß sie dieses Interesse hat?«

»Einzuwenden? Mein lieber Eddy, ich bitte dich! Aber mal ehrlich, haßt sie nicht Dampfkessel und so Zeug?«

»Ich kann dir versichern, daß sie nicht so idiotisch ist, Dampfkessel zu hassen«, erwidert er in verärgertem Ton, »obwohl ich natürlich nicht sagen kann, was sie von ›so Zeug‹ hält, da ich beim besten Willen nicht weiß, was damit gemeint sein soll.«

»Aber haßt sie nicht Araber, Türken, Fellachen und solche Leute?«

»Bestimmt nicht!« Mit großer Entschiedenheit.

»Aber wenigstens die Pyramiden, die *muß* sie doch hassen! Nicht wahr, Eddy?«

»Warum sollte sie denn so eine kleine – große, wollte ich sagen – Gans sein, die Pyramiden zu hassen?«

»Ach, du solltest nur mal Miss Twinkleton hören«, antwortet

Rosa eifrig nickend und ihre Namnam-Klumpen genießend, »wie sie uns damit anödet, dann würdest du nicht mehr fragen. Langweilige alte Grabstätten! Isisse und Ibisse und Cheopse und Pharaos, wen scheren die noch? Und dann war da dieser Belzoni oder wie der hieß, den sie an den Beinen rausgezogen haben, als er schon halb erstickt war unter Fledermäusen und Staub. Alle Mädchen sagen: geschieht ihm ganz recht, und hoffentlich hat's ihm ordentlich weh getan, und wär' er doch bloß gleich ganz erstickt!«

Mißvergnügt gehen die beiden jugendlichen Gestalten Seite an Seite, aber nicht Arm in Arm, um die alte Kathedrale; abwechselnd bleibt mal die eine, mal die andere stehen, um mit dem Fuß in den Blättern am Boden zu scharren.

»Na ja«, sagt Edwin nach einem langen Schweigen. »Wie üblich. Wir kommen mal wieder nicht klar miteinander.«

Rosa wirft den Kopf in den Nacken und sagt, sie wolle auch gar nicht klarkommen.

»Ein schöner Vorsatz, Rosa, wenn man's bedenkt.«

»Wenn man was bedenkt?«

»Wenn ich dir das sage, wirst du wieder böse.«

»Du meinst, *du* wirst wieder böse, Eddy. Sei nicht nachtragend.«

»Nachtragend? Das gefällt mir!«

»Aber *mir* gefällt's nicht, und das sage ich dir ganz offen«, schmollt Rosa.

»Also hör mal, Rosa! Wer hat hier eben meinen Beruf verunglimpft, meinen Bestimmungsort …?«

»Du hast doch wohl nicht vor, dich in einer Pyramide begraben zu lassen, hoffe ich?« unterbricht sie ihn, die zarten Brauen runzelnd. »Davon hast du noch nie was gesagt. Wenn du das vorhast, warum hast du's dann mir gegenüber nie erwähnt? Ich kann doch deine Pläne schließlich nicht mit dem Instinkt erraten!«

»Also Rosa, ich bitte dich, du weißt sehr gut, was ich meine.«

»Na schön, und wieso hast du dann mit deiner scheußlichen rotnasigen Riesin angefangen? Und sie würde sich doch, doch,

doch die Nase pudern!« ruft Rosa in einem kleinen Ausbruch von komisch widersprüchlichem Ärger.

»Ich weiß nicht, irgendwie komme ich mit diesen Diskussionen nie zurecht«, sagt Edwin mit einem resignierten Seufzer.

»Und wie solltest du denn auch jemals zurechtkommen, wenn du immer unrecht hast? Und was Belzoni betrifft, der ist doch wohl, denke ich, tot – ich will es jedenfalls hoffen –, also was kümmern dich da noch seine Beine und seine Erstickungsanfälle?«

»Rosa, es ist gleich Zeit, daß du wieder zurückmußt. War nicht gerade sehr erquicklich, unser Spaziergang, was?«

»Erquicklich? Abscheulich war er! Wenn ich nachher gleich ins Zimmer rauflaufe und mir die Augen ausheule, so daß ich nicht an der Tanzstunde teilnehmen kann, bist du dran schuld, merk dir das!«

»Rosa, laß uns gute Freunde sein.«

»Ach, Eddy!« ruft Rosa kopfschüttelnd und bricht in echte Tränen aus. »Ich wollte, wir *könnten* gute Freunde sein! Aber gerade weil wir nicht gute Freunde sein können, plagen wir uns immer so. Ich bin ein zu junges kleines Ding, um ein altes Herzeleid zu haben, aber manchmal habe ich wirklich eins, ein ganz echtes. Nimm's mir nicht übel, Eddy, ich weiß, auch du hast manchmal eins, sogar zu oft. Wir wären beide besser dran, wenn das, was sein *muß*, das, was sein *könnte*, geblieben wäre. Ich bin jetzt ein ganz ernsthaftes kleines Ding und will dich nicht hänseln. Versuchen wir beide ein bißchen Geduld zu haben, wenigstens dieses eine Mal, jeder um seinet- und um des anderen willen.«

Entwaffnet durch dieses Aufblitzen einer Fraulichkeit in dem verzogenen Kind, wenn auch für einen Moment geneigt, darin eine verletzende Anklage gegen sich zu erblicken, als ob er schuld an ihrem erzwungenen Verhältnis wäre, steht Edwin Drood da und schaut ihr zu, während sie wie ein kleines Kind schluchzt, das Taschentuch mit beiden Händen an die Augen gedrückt. Dann, als sie sich langsam wieder beruhigt und in ihrer jugendlichen Flatterhaftigkeit sogar anfängt, über sich selbst und die eigene Rührung ein bißchen zu lachen, führt er sie zu einer nahen Bank unter den Ulmen.

»Ein offenes Wort, damit wir uns recht verstehen, liebe Pussy. Ich bin kein besonderes Kirchenlicht außerhalb meines Gebietes – und wenn ich's recht bedenke, weiß ich nicht mal, ob ich es *in* ihm bin –, aber ich möchte mich richtig verhalten. Es gibt da keinen ... es könnte ja einen ... wie soll ich sagen ... also, ich weiß nicht, wie ich mich ausdrücken soll, aber ich muß dich das fragen, bevor wir uns trennen ... Gibt es da keinen anderen jungen ...«

»O nein, Eddy! Wie edel von dir, mich das zu fragen, aber nein, nein, nein!«

Die Bank steht dicht vor den Fenstern der Kathedrale, und in diesem Moment ertönen Orgel und Chor mit erhabenen Klängen. Während sie dasitzen und der feierlichen Musik lauschen, kommt dem jungen Edwin Drood in den Sinn, was ihm am Abend zuvor anvertraut worden ist, und er denkt im stillen, wie wenig doch dieser jetzige Wohlklang der gestrigen Mißstimmung gleicht.

»Mir scheint fast, ich kann die Stimme von Jack heraushören«, sagt er leise im Zuge dieser Gedanken.

»Bitte, bring mich sofort nach Hause«, drängt ihn seine Verlobte und legt ihm sanft ihre kleine Hand auf den Arm. »Gleich werden sie alle herauskommen, laß uns schnell hier verschwinden. Oh, was für ein schöner Akkord! Aber laß uns nicht warten und zuhören, laß uns rasch gehen!«

Ihre Eile legt sich, sobald sie den Kirchplatz verlassen haben. Jetzt gehen sie Arm in Arm, ernst und gefaßt, die High Street hinunter zum Nonnenhaus. Am Tor angelangt, nachdem auf der Straße weit und breit niemand zu sehen ist, nähert Edwin sein Gesicht dem von Rosebud.

Sie sträubt sich lachend und ist wieder ganz ein kleines Schulmädchen.

»Nein, Eddy, nicht! Ich bin viel zu klebrig, um geküßt zu werden. Aber gib mir deine Hand, und ich puste dir einen Kuß hinein.«

Er gibt ihr die Hand. Sie haucht zart hinein und fragt, während sie die Hand festhält und betrachtet:

»Na, was siehst du?«

»Was ich sehe, Rosa?«

»Herrje, ich dachte, ihr Ägypter könnt eine Hand betrachten und darin alle Arten von Geistern sehen. Kannst du keine glückliche Zukunft sehen?«

Sicher ist, daß keiner der beiden eine glückliche Gegenwart sieht, als das Tor sich öffnet und wieder schließt und einer hinein- und der andere davongeht.

IV

Säßen statt einfacher Detektive hier Literaten und Philologen (denen im übrigen der scharfe Blick des *private eye* nicht abträglich wäre), so dürfte der Leser gewiß sein, daß niemand, nach einem Kapitel wie dem vorstehenden, sich gelehrter Ausführungen über die Beziehungen zwischen Charles Dickens und Alessandro Manzoni enthalten könnte.

So aber wagt nur der Colonnello der Carabinieri einen patriotischen Hinweis auf den großen Mailänder Schriftsteller: Seien der junge Edwin und seine Rosa nicht letzten Endes Verlobte, also *promessi sposi*? Und sei nicht ein Echo von Monza in jenem ehemaligen Kloster zu hören, in dem, wie der Autor uns suggeriere, die Gespenster rebellischer Nonnen umgingen, lebendig eingemauert wegen ihrer unbezähmbaren, sagen wir: natürlichen Instinkte?

Ein Colonnello der Carabinieri verdient immer Respekt, und so dankt ihm Dr. Wilmot denn auch gebührend für die reizvolle Anregung. Aber der Verweis auf die düsteren, kerkerähnlichen Aspekte des Klosterlebens sei bei dem antiklerikalen Dickens eher von Reminiszenzen an Diderot und Voltaire inspiriert als von dem frommen Manzoni; und was die *Promessi Sposi* betreffe, so sei doch die Situation von »Eddy« und »Rosebud« schon ein wenig anders geartet als die von Renzo und Lucia, um nicht zu sagen, äh, entgegengesetzt.

Andererseits – fügt der Direktor des *Dickensian* hinzu – wissen wir, daß genau dies die erste Idee zu dem Roman war. Es ist April 1869. Erschöpft von einer langen Vortragsreise durch Amerika und ärztlicherseits zur Ruhe verpflichtet, hat Dickens sich in sein schönes Landhaus in Gadshill zurückgezogen und sitzt am Fenster seines Arbeitszimmers, aus welchem man in der Ferne den Turm der Kathedrale von Rochester/Cloisterham sehen kann. Er ist körperlich angegriffen, kein Zweifel, und im Kreise seiner Vertrauten macht man sich ernste Sorgen über den Zustand seines Kreislaufs. Doch seine enorme kreative Energie hat nicht nachgelassen, und im übrigen ist es mehr als vier Jahre her, daß er keinen Roman mehr in Angriff genommen hat. Und was ihn vielleicht auch anstachelt, ist eine Art von professioneller Eifersucht auf den alten Freund Wilkie Collins, mit dem er seit dem Riesenerfolg von dessen *Moonstone*, dem Bestseller von 1869, nicht mehr so gut befreundet ist.

In der grünen Ruhe von Kent macht Dickens sich also auf die Suche nach einem Plot, und das erste, was ihm einfällt, ist die Geschichte von zwei jungen Leuten, die sich nicht nur lieben (oder zu lieben meinen), sondern auf ausdrücklichen Wunsch ihrer verstorbenen Eltern, sobald sie volljährig sind, auch heiraten sollen. Eine nicht banale Umkehrung des Gewohnten, bei der das traditionelle Hindernis für die Erfüllung der Liebe und ein glückliches Ende gerade darin besteht, daß erfüllte Liebe und glückliches Ende so gut vorprogrammiert sind. Wenige Wochen später hat Dickens den Plot radikal geändert, ohne jedoch auf sein mehr oder minder zwangsverlobtes Paar zu verzichten.

Ersparen wir dem Leser die Kommentare über die fraglichen Verlobten, die Philip Marlowe und Lew Archer halblaut miteinander tauschen. Billige Sarkasmen von *tough guys*, »harten Burschen«, die zudem durch den Mangel an jedweder alkoholischen Stärkung nervös geworden sind, so daß ihr Denken inzwischen ganz auf die feierliche Eröffnung und die ihr hoffentlich folgende generöse Erfrischung fixiert ist.

Aber zum Glück sind andere noch in der Lage, hinter dem Geturtel und Getue dieses Kapitels Indizien von unterschiedlicher Wichtigkeit zu entdecken. Poirot schweigt, aber im stillen brütet er über einem scheinbar ganz marginalen Detail. Gadshill ... Gadshill ... denkt er immerfort. Wieso läßt ihn dieser Name nicht los? Wo hat er ihn schon einmal gehört? Wie jeder anglisierte Ausländer hat er das Gesamtwerk des englischen Nationaldichters, einschließlich der Sonette, von A bis Z gründlich gelesen, und nun wird seine Sorgfalt belohnt. Gadshill. Aber ja, natürlich, in *König Heinrich IV.* (Erster Teil)! Es ist genau der Ort, wo der dicke Falstaff, auf Raub ausgezogen, schmählich beraubt und verprügelt wird von zwei »Männern in Steifleinen«, die dann in seiner Version des von übermächtigen Kräften bezwungenen Helden erst vier, dann sieben, dann neun, dann elf werden ... Seither bedeutet der Ausdruck »Männer in Steifleinen« sprichwörtlich soviel wie »eingebildete, imaginäre Männer«, und durch Poirots Gedanken dümpelt für einen Augenblick, weich wie ein vorbeitreibender Streifen Seetang, eine Verbindung zwischen jenen phantomatischen Angreifern und den »sonnenverbrannten Landstreichern«, die eiligen Schrittes durch Cloisterham ziehen. Ein bloßer Farbtupfer, um den mürrischen Provinzialismus des Städtchens hervorzuheben? Oder müssen wir uns nicht eher darauf gefaßt machen, daß, wenn dort ein Verbrechen geschieht, der wahre Täter versuchen wird, die unfähigen Ermittler dazu zu bewegen, den Fall als ungeklärt zu den Akten zu legen unter Verweis auf den klassischen »zufällig vorbeigekommenen Fremden«?

Derweil ist jedoch auf der anderen Seite Porphyrij Petrowitsch seit ein paar Minuten in die geheimen Gänge der Psychologie eingedrungen.

Porphyrij Petrowitsch (*eifrig*): Ja, zwei infantile

Charaktere, zwei arglose Seelen. Aber nur bis zu einem bestimmten Punkt. Edwin betont auch hier treuherzig, er sei »kein besonderes Kirchenlicht außerhalb seines Gebietes«, und wir sehen ja, daß er, wie es typisch für sein Alter ist, die Launen und Stimmungen seiner Verlobten weder versteht noch zu lenken weiß. Aber sie läßt erkennen, daß sie kein oberflächliches Dummchen ist. Als sie die Stimme von Jasper hört, der in der Kathedrale singt, zeigt sie sich sehr erregt und erschrocken und bittet Edwin dringend, sie fortzubringen. Und auf der anderen Seite gerät sie ins Schwärmen, als sie an ihren Tanz mit der als Mann verkleideten Mitschülerin denkt. Ist es übertrieben, solche Erscheinungsformen von erotischen Turbulenzen, seien sie auch noch unförmig und unbewußt, als typisch für jenes Alter zu betrachten?

PATER BROWN (*mit bekümmerter Schicksalsergebenheit*): Sex, Sex, Sex... Armer Dickens!

ARCHER (*knurrend*): Nein, also wirklich, ich meine, wem soll denn hier bitte was vorgemacht werden? Bei all seinem viktorianischen Etepetete war Dickens doch nun weißgott kein verdammter Heiliger! Er zog mit dem Lebemann Wilkie Collins durch die Pariser Nachtlokale auf der Suche nach verbotenen Genüssen; er hielt heimlich eine Tänzerin aus, eine gewisse Ellen Lawless Ternan, dreißig Jahre jünger als er; und es gab da sogar eine ziemlich zweideutige Geschichte mit der Schwägerin, wie gemunkelt wird.

PATER BROWN (*trocken*): Also das ist pure Verleumdung.

DR. WILMOT (*konziliant*): Andererseits ist es undenkbar, daß ein so blutvoller, großzügiger und überbordender Schriftsteller nicht auch eine persönliche Kenntnis von den Passionen des Lebens hatte, von Liebe, Eifersucht, Neid, Geiz und den verschlungenen Niederungen...

Aber NERO WOLFE unterbricht den Streit mit einer ungeduldigen Geste.

– Meine Herren, meine Herren, halten wir uns an den Text und übersehen wir nicht das wichtigste Indiz in diesem Kapitel: Miss Twinkleton! Ein Autor wie Dickens weiß, daß jeder Überraschungseffekt dem Leser um so plausibler und annehmbarer vorkommt, je besser er von langer Hand vorbereitet und auf subtile Weise in anderer Form vorweggenommen worden ist. Und wenn wir hören, daß Miss Twinkleton, die typische komische alte Jungfer, eine Art Doppelleben führt, müssen wir die Ohren spitzen. Es gibt *zwei* Miss Twinkletons, sagt uns der Autor, zwei getrennte und ganz verschiedene, die voneinander nichts wissen. Und er zitiert sogar das kanonische Beispiel von der Uhr, die man in betrunkenem Zustand versteckt hat und nur im selben Zustand wiederfindet. Es handelt sich um eine regelrechte Persönlichkeitsspaltung, und wenn Dickens sie uns so früh präsentiert, und zwar in einem »lockeren« Kontext, dann habe ich kaum Zweifel, daß sie früher oder später in einem dramatischen Kontext wiederkehren wird, womöglich gar in der Auflösung am Ende.

KRÖTERICH (*heiser, aber kategorisch*): Und das wäre dann ein schönes Plagiat!

Das Wort klingt böse, Leser. Der Kröterich hat ein gewisses Prestige in diesen Kreisen, aber auch er kann sich nicht erlauben, einen der phantasievollsten, einfalls- und erfindungsreichsten Schriftsteller, die es je gegeben hat, ungestraft des Plagiats zu zeihen. Der Frevler wird angefeindet, beschimpft, aufgefordert, den Saal zu verlassen, vor allem von der – bei keinem Kongreß fehlenden – Minderheit derer, die nur zum Zeitvertreib gekommen sind, mit wer weiß wo ergatterten Einladungen, und sich ohne ein bißchen Aufregung langweilen.

Wenn ein älterer Rechtsanwalt, eine Grundschullehrerin und ein junger Mann mit dem Kult der Partizipation anfangen, sich in einer Debatte gegenseitig zu überschreien, dann weiß der Leser, daß der Moment gekommen ist, in dem man nichts mehr versteht. Vergeblich ruft Dr. Wilmot in Erinnerung, daß dies ein spezifischer Kongreß über einen spezifischen Roman ist; vergeblich wiederholt er, daß die Plagiate von D'Annunzio, die viktorianische Heuchelei, die erste industrielle Revolution und das Tierkreiszeichen von Dickens nichts mit dem Thema zu tun haben.

Es rettet ihn (war daran zu zweifeln?) die chronosensible LOREDANA, die den Anwesenden eine große Wahrheit in Erinnerung ruft: Die Zeit rast, und bis zur feierlichen Eröffnung bleibt nur noch eine knappe halbe Stunde. Aber keine Angst. Jeder Kongreßteilnehmer wird, wenn er in sein Zimmer hinaufgeht, um sich frisch zu machen, eine kleine Überraschung in seinem Begrüßungsfruchtpräsentkörbchen finden: eine Schriftrolle, zusammengehalten von einem gelben Seidenband, mit dem Text der beiden letzten Kapitel, des vierten und fünften, der ersten Lieferung des MED. Die effizienten Organisatoren haben nämlich in der Zwischenzeit dafür gesorgt, daß eine ausreichende Anzahl Exemplare zur Verfügung steht, fotomechanisch auf feinstes Japanpapier gedruckt, numeriert und in Faksimile vom Autor signiert, so daß alle Anwesenden Gelegenheit haben, sie im Laufe des Abends zu lesen, zu bedenken und sogar zu diskutieren, sofern sie sich nicht von der turko-brasilianischen Big Band angelockt fühlen, die sich nach dem Akklimatisierungsdinner auf der Dachterrasse des Hotels präsentieren wird.

Archer und Marlowe springen beide gleichzeitig auf, fahren sich prüfend mit einer Hand über die stachligen Wangen, verzichten jedoch auf eine zweite Rasur und begeben sich unverzüglich auf die Suche nach dem Eröffnungssaal. Beziehungsweise nach jenem Nebenraum, in dem auf allen Kongressen eine Kellnerriege bereitsteht, um die Gläser klirren und die Flaschen gluckern zu lassen.

Die anderen Kongreßteilnehmer eilen auf ihre Zimmer, und niemand achtet mehr auf Sherlock Holmes und seine versprochene Erklärung, so daß er schließlich resigniert und schweigend den anderen folgt.

*

COMPLETENESS IS ALL, wiederholen die rings um den Saal aufgespannten Transparente, und man muß zugeben, die feierliche Eröffnung dieses Kongresses ist schon an sich ein Triumph der Vollständigkeit. Mindestens ein Dutzend TV-Kameras nehmen jede Phase auf, mindestens dreißig Fotografen halten jedes Bild fest, und sei es noch so unbedeutend. Vollzählig versammelt sind die Autoritäten, in nachtblauem oder dunkelgrauem *Complet.* Voll aufgetakelt mit Nagellack, Lippenrot, Rouge und Juwelen sind die schönen und nervösen Damen, die einander erleichtert zulächeln: nein, sagen ihre vergleichenden Blicke, die Veranstaltung ist nicht unter dem Niveau unserer kompletten Großen Toiletten.

Aber sie übersteigt unsere Kapazitäten als Berichterstatter, Leser. Wie zum Beispiel sollen wir den Gruß der Ewigen Stadt referieren, der nicht vom Bürgermeister überbracht wird (der sich leider nicht hat freimachen können), sondern von dessen Stellvertreter, der einer anderen Partei angehört, aber ihm zu achtundsiebzig Prozent gleicht? Es ist eine vollendete Rede, in der nichts fehlt, vom Dank an die Sponsoren bis zu den Verbeugungen vor den illustren Kongreßteilnehmern, von klassischen Zitaten bis zu Bezugnahmen auf die internationale Zusammenarbeit, den Weltfrieden und die universale Verbrüderung.

Nicht minder vollendet, wenn auch kaum enden wollend, sind die Reden der folgenden Redner, die mit unerhörter Subtilität den Begriff der Vollständigkeit auseinandernehmen und wieder zusammensetzen, jeder mit Aufbietung seiner Zitate, seiner Beispiele, seiner Analogien und theoretischen Säulen. Platon und Dante, Perikles und die Renaissance, Leibniz und die französische Aufklärung, dazu selbstredend die Physik, die Astronomie, die Mengenlehre, der Ehebund, das Ökosystem, die Unesco, die Interpol, ein bloßer Wassertropfen, eine einfache wilde Rose.

Lauter vollmundige, vollmundig vorgetragene Reden. Aber wozu sie anhören, Leser, wenn uns das satirische Genie von Dickens die Quintessenz der Aufgeblasenheit in Mr. Sapsea bietet? Warum tun wir's nicht der Arbeitsgruppe Drood nach, die nun einer nach dem andern, sachte sachte, daß man nichts hört, ihre Schriftrollen öffnet und sich in die Lektüre der beiden letzten Kapitel des ersten Heftes vertieft? Vertiefen also auch wir uns.

Kapitel 4 *Mr. Sapsea*

Nimmt man den Esel als Sinnbild für selbstgefällige Dummheit und Eitelkeit – eine verbreitete Vorstellung, die vielleicht, wie noch ein paar andere verbreitete Vorstellungen, eher konventionell als berechtigt ist –, so ist der reinste Esel in Cloisterham Mr. Thomas Sapsea, Auktionator.

Mr. Sapsea pflegt sich wie der Dekan zu kleiden; man hat sich schon irrtümlich vor ihm verbeugt wie vor dem Dekan, man hat ihn sogar schon mit »My Lord« angesprochen, als ob er der Bischof wäre, der unerwartet und ohne seinen Kaplan zu Besuch gekommen ist. Mr. Sapsea ist sehr stolz darauf, ebenso stolz wie auf seine Stimme und auf seinen Stil. Er hat sogar schon (beim Versteigern von Grundbesitz) das Experiment gemacht, seine Formeln ein wenig singend zu rezitieren, um noch mehr dem zu gleichen, was er für einen authentischen Kirchenmann hält. So beendet er die öffentlichen Auktionen gewöhnlich in einem Ton, als erteilte er den versammelten Trödlern seinen Segen, womit er den echten Dekan, einen bescheidenen und würdigen Herrn, weit hinter sich läßt.

Mr. Sapsea hat viele Bewunderer; tatsächlich betrachtet ihn eine große Mehrheit im Ort, zu der auch Leute gehören, die nicht an seine Weisheiten glauben, als eine Zierde für Cloisterham. Er besitzt die großen Qualitäten, aufgeblasen und unempfindlich zu sein sowie ein Wogen in seiner Sprache und ein weiteres Wogen in seinem Gang zu haben; ganz abgesehen von einer gewissen gravitätisch fließenden Art, die Hände zu bewegen, als wolle er seinen Gesprächspartner gleich konfirmieren. Bald sechzigjährig, hat er einen wohlgerundeten Bauch und waagerechte Falten in der Weste; er gilt als reich, stimmt bei Wahlen stets im Interesse der striktesten Ehrbarkeit und ist moralisch überzeugt, daß nichts außer ihm selbst größer geworden ist, seit er ein Baby war. Wie könnte ein solcher Hohlkopf etwas anderes sein als eine Zierde für Cloisterham und für die Gesellschaft?

Mr. Sapseas Haus steht an der High Street, direkt gegenüber dem Nonnenhaus. Es stammt ungefähr aus derselben Zeit wie das Nonnenhaus und ist sporadisch hier und da modernisiert worden, wenn zunehmend dekadente Generationen zunehmend fanden, daß Licht und Luft besser seien als Fieber und Pestilenz. Über der Eingangstür befindet sich eine Holzfigur in ungefähr halber Lebensgröße, die Mr. Sapseas Vater in Lockenperücke und Robe beim Versteigern darstellt. Die Reinheit der Konzeption und die Natürlichkeit des kleinen Fingers, des Hammers und des Pultes sind oft bewundert worden.

Mr. Sapsea sitzt in seinem trüben, ebenerdigen Wohnzimmer, das zuerst auf einen gepflasterten Hinterhof und dahinter auf einen umzäunten Garten hinausgeht. Mr. Sapsea hat eine Flasche Portwein auf einem Tisch vor dem Kamin stehen (das Feuer im Kamin ist ein verfrühter Luxus, aber angenehm an diesem kühlen und feuchten Herbstabend), und er wird charakteristischerweise umgeben von seinem eigenen Porträt, seiner Acht-Tage-Wanduhr und seinem Wetterglas. Charakteristischerweise deshalb, weil er sich selbst gegen die ganze Menschheit, seinem Wetterglas gegen das Wetter und seiner Uhr gegen die Zeit recht geben würde.

Neben Mr. Sapsea auf dem Tisch befindet sich ein Schreibpult mit Schreibutensilien. Mr. Sapsea blickt auf einen handgeschriebenen Zettel und liest ihn für sich mit gewichtiger Miene, dann geht er gemessenen Schrittes, die Daumen in die Armlöcher seiner Weste gehakt, im Zimmer auf und ab und rezitiert das Gelesene aus dem Gedächtnis; aber so leise, wenn auch mit großer Würde, daß nur das Wort »Ethelinda« zu verstehen ist.

Auf dem Tisch stehen drei saubere Weingläser auf einem Tablett. Als Mr. Sapseas Dienstmädchen eintritt und meldet: »Mr. Jasper ist da, gnädiger Herr«, winkt er ihr, den Besucher hereinzuführen, und nimmt der Lage entsprechend zwei Gläser aus der Reihe.

»Sehr erfreut, Sie zu sehen, Sir. Ich gratuliere mir zu der Ehre,

Sie das erste Mal hier empfangen zu dürfen.« Auf diese Art und Weise macht Mr. Sapsea die Honneurs seines Hauses.

»Sie sind sehr liebenswürdig. Aber der Geehrte bin ich, und nur ich habe mir zu gratulieren.«

»Sehr gütig von Ihnen, Sir, das zu sagen. Aber ich versichere Ihnen, es ist mir eine Genugtuung, Sie in meinem bescheidenen Heim zu empfangen. Und das würde ich nicht zu jedermann sagen.« Unsäglicher Hochmut begleitet diese Worte, als sollte man sie wie folgt verstehen: Sie werden es kaum für möglich halten, daß Ihre Gesellschaft für einen Mann wie mich eine Genugtuung sein kann, und doch ist es so.

»Ich wollte Sie schon längst einmal kennenlernen, Mr. Sapsea.«

»Und ich, Sir, kenne Sie schon lange dem Namen nach als einen Mann von Geschmack. Erlauben Sie mir, Ihr Glas zu füllen. Ich möchte auf Ihr Wohl anstoßen«, sagt Mr. Sapsea und füllt sich das seine.

Soll'n die Franzosen doch rüberkommen
In Dover wer'n sie in Empfang genommen!

Das war ein patriotischer Trinkspruch in Mr. Sapseas Kinderjahren, weshalb er voll überzeugt ist, daß dieser Spruch in jede folgende Ära paßt.

»Sie können schwerlich verleugnen, Mr. Sapsea«, bemerkt Jasper, während er lächelnd beobachtet, wie der Auktionator die Beine vor dem Feuer ausstreckt, »daß Sie ein Mann sind, der die Welt kennt.«

»Nun ja, Sir«, lautet die selbstgefällige Antwort, »ich denke, ich kenne sie ein wenig – ein klein wenig.«

»Ihr Ruf als erfahrener Mann von Welt hat mich seit jeher interessiert und in Erstaunen versetzt und in mir den Wunsch geweckt, Sie kennenzulernen. Denn Cloisterham ist ein kleines Nest. Eingesponnen in mich selbst, wie ich hier lebe, kenne ich nichts außer diesem Nest und empfinde es als sehr klein und eng.«

»Wenn ich auch keine fremden Länder besucht habe, junger Mann«, beginnt Mr. Sapsea und hält dann inne: »Sie verzeihen doch, daß ich Sie ›junger Mann‹ nenne, Mr. Jasper? Sie sind weit jünger als ich.«

»Aber selbstverständlich.«

»Wenn ich also auch keine fremden Länder besucht habe, junger Mann, so sind doch die fremden Länder zu mir gekommen. Sie sind auf dem Geschäftswege zu mir gekommen, und ich habe die Gelegenheiten, die sich mir boten, wahrzunehmen gewußt. Gesetzt, ich nehme ein Inventar auf oder stelle einen Katalog zusammen. Ich sehe eine französische Pendeluhr. Ich habe sie vorher noch nie im Leben gesehen, aber ich lege sofort den Finger drauf und sage: Paris! Ich sehe ein paar Tassen und Schüsseln in chinesischer Machart, die mir persönlich ebenso fremd sind: Ich lege den Finger drauf und sage: Peking, Nangking und Kanton! Das gleiche geschieht mit Japan, Ägypten, mit Bambus und Sandelholz aus Ostindien, ich lege den Finger auf alles. Ich habe den Finger sogar schon auf den Nordpol gelegt und gesagt: Harpune in Eskimo-Machart, für 'ne halbe Pintflasche weißen Sherry!«

»Wirklich? Eine sehr bemerkenswerte Art, Mr. Sapsea, sich eine Kenntnis von Menschen und Dingen zu verschaffen.«

»Ich erwähne das nur«, erklärt Mr. Sapsea mit unsäglicher Selbstgefälligkeit, »weil es, wie ich immer sage, keinen Zweck hat, sich dessen zu rühmen, was man *ist*. Man muß vielmehr zeigen, wie man dazu *gekommen* ist, und es dann beweisen.«

»Sehr interessant. Aber wir wollten von der verstorbenen Mrs. Sapsea reden.«

»Das wollen wir, Sir.« Mr. Sapsea gießt beide Gläser voll und verwahrt die Karaffe wieder an sicherem Ort. »Bevor ich Sie als einen Mann von Geschmack um Ihr Urteil in dieser Lappalie hier bitte« – er hält den Zettel hoch –, »die gewiß nur eine Lappalie ist, aber dennoch einiges Nachdenken erfordert hat, einiges Kopfzerbrechen, Sir, sollte ich vielleicht den Charakter der verstorbenen Mrs. Sapsea beschreiben, die jetzt ein Dreivierteljahr tot ist.«

Mr. Jasper, der sich gerade anschickt, hinter dem vorgehaltenen Weinglas zu gähnen, reißt sich zusammen, stellt das Glas ab und bemüht sich, ein interessiertes Gesicht zu machen. Das Gesicht fällt jedoch nicht ganz ungetrübt aus, da er noch mit einem unterdrückten Gähnen zu kämpfen hat, das ihm die Tränen in die Augen treibt.

»Vor ungefähr einem Halbdutzend Jahren«, hebt Mr. Sapsea an, »als ich meinen Geist so weit ausgedehnt hatte – ich will nicht sagen, daß er schon das war, was er heute ist, denn das könnte zu hoch gegriffen klingen, aber doch so weit, daß es ihn nach einem anderen Geist verlangte, der in ihm aufgehen könnte –, ließ ich meinen Blick umherschweifen auf der Suche nach einem Ehegespons. Denn, wie ich immer sage, es ist nicht gut, daß der Mensch allein sei.«

Mr. Jasper scheint bemüht, sich diesen originellen Gedanken gut einzuprägen.

»Miss Brobity leitete damals, ich will nicht sagen, das Konkurrenzinstitut zu der Anstalt im Nonnenhaus gegenüber, sondern ich möchte sagen, das Pendant dazu in der Innenstadt. Die Welt war dahintergekommen, daß Miss Brobity eine Passion für meine Versteigerungen an den Tag legte, wenn diese an halbfreien Tagen oder zur Ferienzeit stattfanden. Die Welt legte es dahingehend aus, daß Miss Brobity meinen Redestil bewunderte. Die Welt bemerkte, daß mein Stil allmählich Spuren in den Diktaten von Miss Brobitys Schülerinnen hinterließ. Ja, junger Mann, es gab sogar ein aus trüber Bosheit geborenes Gerücht, demzufolge ein ignoranter und törichter Grobian (ein Vater) sich soweit entblößt hatte, mit vollem Namen dagegen zu protestieren! Aber das glaube ich nicht. Denn ich frage Sie, ist es wahrscheinlich, daß ein Mensch, der seine fünf Sinne beisammen hat, sich so offen dem aussetzt, was ich das Gespött der Welt nennen würde?«

Mr. Jasper schüttelt den Kopf. Ganz und gar unwahrscheinlich. Mr. Sapsea scheint, in eine großsprecherische Geistesabwesenheit versunken, das Glas seines Gastes neu zu füllen, das noch voll ist, und füllt dann tatsächlich sein eigenes, das leer ist.

»Miss Brobitys Wesen, junger Mann, war zutiefst von der Liebe zum Geist durchdrungen. Sie *verehrte* den Geist geradezu, wenn er darauf gerichtet war oder, wie ich immer sage, wenn er *bestrebt* war, sich eine umfassende Kenntnis der Welt zu erwerben. Als ich ihr meinen Antrag machte, tat sie mir die Ehre an, von einer Art heiligem Schauder derart überwältigt zu sein, daß sie nur die zwei Worte ›Oh, Du...‹ hervorbrachte. ›*Oh, Thou*...‹ sagte sie wörtlich, womit sie mich meinte. Ihre hellblauen Augen waren fest auf mich gerichtet, ihre fast durchsichtigen Hände waren gefaltet, Todesblässe breitete sich über ihre Adlerzüge, und wiewohl zum Weitersprechen ermuntert, fügte sie kein weiteres Wort mehr hinzu. Ich verkaufte das Pendantinstitut in der Innenstadt mit privatem Kontrakt, und wir wurden so sehr eins, wie es unter den obwaltenden Umständen zu erwarten war. Doch nie fand sie Worte, die ihrer vielleicht allzu großen Hochschätzung meines Intellekts zu genügen vermochten. Bis ganz zuletzt (ihre Leber versagte) sprach sie mich stets in derselben unvollendeten Weise an.«

Während der Auktionator die Stimme senkte, hat Jasper die Augen geschlossen. Jetzt öffnet er sie abrupt und sagt unisono mit der gesenkten Stimme »Ah...«, und es klingt fast, als hielte er sich gerade noch davor zurück, die Silbe »men« anzufügen.

»Seither bin ich«, sagt Mr. Sapsea, die Beine weit ausgestreckt und wohlig den Wein und die Wärme des Feuers genießend, »was Sie vor sich sehen. Seither bin ich ein einsamer Leidtragender, seither bin ich einer, der, wie ich immer sage, seine Abendunterhaltung an die leere Luft verschwendet. Ich will nicht sagen, ich hätte mir Selbstvorwürfe gemacht, aber es hat Zeiten gegeben, in welchen ich mir die Frage vorgelegt habe: Was, wenn ihr Gatte ein bißchen mehr auf ihrem Niveau gewesen wäre? Wenn sie nicht gar so hoch zu ihm hätte aufblicken müssen? Dann hätte sich das vielleicht positiv auf ihre Leber ausgewirkt.«

Mr. Jasper sagt mit einer Miene, als ob er in schlimmste Depressionen versunken wäre, es habe »vermutlich so kommen müssen«.

»Wir können es nur vermuten, Sir«, stimmt Mr. Sapsea zu. »Wie ich immer sage, der Mensch denkt und Gott lenkt. Man kann denselben Gedanken vielleicht auch anders ausdrücken, aber dies ist die Art, wie *ich* ihn ausdrücke.«

Mr. Jasper murmelt etwas Zustimmendes.

»Und nun, Mr. Jasper«, hebt der Auktionator von neuem an und zieht seinen handgeschriebenen Zettel wieder hervor, »da Mrs. Sapseas Grabmonument inzwischen Zeit genug hatte, sich zu setzen und trocken zu werden, lassen Sie mich Ihre Meinung hören, Ihr Urteil als ein Mann von Geschmack, über die Inschrift, die ich dafür – und wie ich vorhin schon bemerkte, nicht ohne einiges Kopfzerbrechen – ersonnen habe. Hier, sehen Sie, nehmen Sie das Papier in die Hand. Der Zeilenfall muß mit den Augen verfolgt werden, so wie der Inhalt mit dem Geist.«

Mr. Jasper nimmt, sieht und liest das Folgende:

ETHELINDA,
Ehrfürchtige Gemahlin des
MR. THOMAS SAPSEA,
AUKTIONATOR, TAXATOR, MAKLER etc.,
HIESELBST IN DIESER STADT,
Der bei aller Kenntnis der Welt,
So umfassend sie war,
Nie fand einen
GEIST,
Der verständiger
ZU IHM EMPORBLICKEN KONNTE.
FREMDLING, HALT INNE!
Und frage dich:
KANNST DU EIN GLEICHES TUN?
Wo nicht,
WEICHE BESCHÄMT VON HINNEN.

Mr. Sapsea, der aufgestanden ist und sich mit dem Rücken zum Kamin gestellt hat, um die Wirkung dieser Zeilen auf die Contenance eines Mannes von Geschmack zu beobachten, steht infolgedessen mit dem Gesicht zur Tür, als das Dienstmädchen neuerlich eintritt und meldet: »Mr. Durdles ist da, gnädiger Herr.« Prompt zieht Mr. Sapsea das dritte Weinglas vor und füllt es, der neuen Lage entsprechend, bevor er antwortet: »Bring Durdles herein.«

»Wunderbar!« urteilt Jasper und gibt das Papier zurück.

»Sie sind also zufrieden, Sir?«

»Unmöglich, nicht zufrieden zu sein. Treffend, charakteristisch und vollkommen.«

Der Auktionator neigt den Kopf wie einer, der in Empfang nimmt, was ihm zusteht, und dafür eine Quittung ausstellt. Dann fordert er den eintretenden Durdles auf, das Glas Portwein zu nehmen (das er ihm reicht), da es ihn aufwärmen werde.

Durdles ist Steinmetz, hauptsächlich in der Branche Grabsteine, -mäler und -monumente und gänzlich von deren Farbe, von Kopf bis Fuß. Niemand ist stadtbekannter in Cloisterham. Er ist der patentierte Liederjan des Ortes. Die Fama preist ihn als einen ausgezeichneten Arbeiter, was niemand bestreiten, aber auch niemand bestätigen kann (da er nie arbeitet), und als einen ausgezeichneten Säufer, was jeder bestätigen kann. Die Kathedralengruft kennt er besser als jede lebende Autorität, vielleicht sogar besser als jede tote. Es heißt, er verdanke diese intime Kenntnis seiner Gewohnheit, sich an jenen verborgenen Ort zurückzuziehen, um dem Cloisterhamer Straßenjungenpack zu entgehen und seinen Rausch auszuschlafen – was möglich ist, da er als Beauftragter für grobe Reparaturen jederzeit Zutritt zur Kathedrale hat. Sei dem, wie ihm wolle, jedenfalls weiß er viel über sie und hat beim Forträumen von störenden Mauerteilen, Pfeilern und Bodenplatten sonderbare Dinge gesehen. Er spricht oft von sich selbst in der dritten Person; vielleicht, weil ihm seine eigene Identität nicht ganz klar ist, wenn er erzählt; vielleicht, um zwanglos die in Cloisterham übliche Nomenklatur für anerkannt distinguierte Persönlichkeiten zu übernehmen. So sagt er etwa, wenn er auf seine sonderbaren Visionen zu sprechen kommt: »Durdles is auf den alten Knaben gestoßen« – womit er einen in der Kirche begrabenen hohen Herrn aus alter

Zeit meint –, »wie er mit der Spitzhacke direkt in den Sarg reingetroffen hat. Der alte Knabe hat Durdles mit seinen offenen Augen angesehn, wie wenn er hätt' sagen wollen: ›Ist dein Name Durdles? Na endlich, Freundchen, verdammt lange hab ich auf dich gewartet!‹ Und dann isser zu Staub zerfallen.« Mit seinem zwei Fuß langen Zollstock, den er stets in der Tasche hat, und seinem Steinmetzhammer, den er so gut wie stets in der Hand hat, geht Durdles immerzu klopfend und pochend in der Kathedrale umher, und immer wenn er zu Tope sagt: »Tope, hier is wieder so'n alter Knabe drin!«, meldet es Tope dem Dekan als sichere Entdeckung.

In einem Anzug aus grobem Flanell mit Hornknöpfen, dazu ein gelbes Halstuch mit herabhängenden Enden, ein abgenutzter, inzwischen mehr rostroter als schwarzer Hut und Schnürstiefel in der Farbe seines steinigen Metiers, führt Durdles ein unstetes, zigeunerhaftes Leben; seine Brotzeit trägt er stets in einem kleinen Bündel mit sich herum und setzt sich auf alle Arten von Grabsteinen zu Tisch. Diese Durdlessche Brotzeit ist in Cloisterham zu einer förmlichen Institution geworden; nicht nur, weil er nie ohne sie in der Öffentlichkeit auftritt, sondern auch, weil sie bei einigen berühmt gewordenen Gelegenheiten zusammen mit Durdles (als betrunken und seiner Sinne nicht mächtig) in Gewahrsam genommen und im Rathaus vor dem Richtertisch ausgebreitet worden ist. Doch solche Gelegenheiten sind nur hin und wieder in großen Abständen aufgetreten, weil Durdles ebenso selten betrunken wie nüchtern ist. Im übrigen ist er ein alter Junggeselle und wohnt in einem verfallenen Loch von Haus, das nie fertig geworden ist; es heißt, es sei, soweit es steht, aus gestohlenen Steinen der alten Stadtmauer erbaut. Zu dieser Bleibe führt ein Gang, in dem man knöcheltief durch Steinsplitter watet und der einem versteinerten Wald von Grabsteinen, Urnen, Girlanden und Säulenstümpfen aus allen Epochen der Bildhauerei gleicht. In diesem Gang sind zwei Tagelöhner unablässig am Steineklopfen, während zwei andere, die sich gegenüberstehen, unablässig Steine zersägen, wobei sie in so regelmäßigem Takt aus ihren schützenden Schilderhäuschen vor- und zurückwippen, daß es scheint, als wären sie mechanische Symbolfiguren für die Zeit und den Tod.

Als Durdles seinen Portwein getrunken hat, übergibt ihm Mr. Sapsea das kostbare Werk seiner Muse. Durdles zieht ungerührt seinen Zollstock hervor und mißt bedächtig die Zeilen aus, wobei er sie mit Steingrieß befleckt.

»Is für das Grabmonument, stimmt's, Mr. Sapsea?«

»Die Inschrift, jawohl.« Mr. Sapsea ist gespannt, welche Wirkung sie auf ein schlichtes Gemüt haben mag.

»Kommt auf'n Achtelzoll hin«, sagt Durdles. »Ihr Diener, Mr. Jasper. Hoffe, 's geht Ihnen gut.«

»Danke, und Ihnen, Durdles?«

»Hab'n bißchen Gruftismus abgekriegt, aber das war ja zu erwarten.«

»Sie meinen Rheumatismus«, sagt Sapsea in schroffem Ton. (Er ist verärgert über die bloß technische Rezeption seiner Kreation.)

»Nee, mein' ich nich, Mr. Sapsea. Ich meine Gruftismus. Das is was anderes als Rheumatismus. Mr. Jasper weiß, was ich meine. Gehn Sie mal in die Gruft mang die Gräber, an 'nem Wintermorgen, wenn's noch nich hell is, und dann bleimse da und wandeln darin alle Tage bis an Ihres Lebens Ende, wie's im Katechismus heißt, dann wissen Sie, was Durdles meint.«

»Es ist bitterkalt dort«, bestätigt Jasper mit einem unbehaglichen Schaudern.

»Und wenn's schon bitterkalt für Sie oben im Chor is, mit all dem lebendigen warmen Atem, der da um Sie rum dampft, wie bitterkalt muß es dann erst für Durdles sein, in der Gruft unten zwischen dem kalten Erdhauch und dem toten Atem der alten Knaben«, ergänzt der Steinmetz. »Soll ich das gleich in Arbeit nehmen, Mr. Sapsea?«

Mit der Ungeduld eines Autors, der sich publiziert sehen möchte, antwortet Mr. Sapsea, es könne gar nicht schnell genug fertig werden.

»Dann wär's besser, Sie geben mir den Schlüssel«, sagt Durdles.

»Wieso, das soll doch nicht *innen* in das Monument!«

»Durdles weiß schon, wo das hin soll, niemand weiß das besser als er. Fragen Sie hier in Cloisterham, wen Sie wollen, ob Durdles sein Handwerk versteht.«

Mr. Sapsea steht auf, nimmt einen Schlüssel aus einer Schublade, schließt einen in die Wand eingelassenen Stahlschrank auf und entnimmt ihm einen anderen Schlüssel.

»Wenn Durdles letzte Hand anlegt, egal ob drin oder draußen, dann sieht er sich seine Arbeit gern noch mal rundherum an und schaut, ob sie ihm auch Ehre macht«, erklärt Durdles pikiert.

Da der Schlüssel, den der trauernde Witwer ihm reicht, von beachtlicher Größe ist, schiebt Durdles den Zollstock in die dafür vorgesehene Seitentasche seiner Flanellhose, knöpft bedächtig seine Flanelljacke auf und in ihrem Innern eine geräumige Brusttasche, bevor er den Schlüssel entgegennimmt, um ihn darin zu verstauen.

»He, Durdles!« ruft Jasper und mustert ihn amüsiert. »Sie sind ja ganz übersät mit Taschen!«

»Und ich schlepp' darin auch'n ganz schönes Gewicht mit mir rum, Mr. Jasper. Hier, heben Sie die mal!« Er fördert zwei andere große Schlüssel zutage.

»Geben Sie mir auch den von Mr. Sapsea. Bestimmt ist er der schwerste von den dreien.«

»Ach, die sind einer wie der andre, Sie werden sehn. Gehören alle zu Monumenten. Öffnen lauter Werke von Durdles. Durdles behält meist die Schlüssel zu seinen Werken. Nicht daß sie viel benützt würden...«

»Übrigens, da fällt mir gerade ein«, sagt Jasper, während er versonnen die Schlüssel betrachtet, »ich wollte Sie schon immer mal fragen und habe es immer wieder vergessen: Sie werden doch manchmal Stony Durdles genannt, nicht wahr?«

»Cloisterham kennt mich als Durdles, Mr. Jasper.«

»Natürlich, das weiß ich. Aber die Jungs...«

»Oh, wenn Sie auf diese kleinen Teufel hören...« unterbricht ihn Durdles schroff.

»Ich höre sowenig auf die wie Sie. Aber neulich gab's im Chor eine Diskussion, ob Stony für Tony steht...« Er klickt die Schlüssel gegeneinander.

(»Geben Sie acht mit den Bärten, Mr. Jasper!«)

»... oder ob Stony für Stephen steht...« Er klickt die Schlüssel anders gegeneinander.

(»Sie könn' keine Stimmgabel daraus machen, Mr. Jasper.«)

»... oder ob der Name von Ihrem Handwerk kommt. Wie steht es damit?«

Jasper wägt die drei Schlüssel in der Hand, hebt dann den Kopf, den er versonnen vor dem Kaminfeuer hatte sinken lassen, und gibt Durdles die Schlüssel mit einem harmlos freundlichen Lächeln zurück.

Aber der steinige Durdles ist auch ein schroffer Durdles, und in seinem immer ein bißchen konfusen Zustand ist er auch immer ein bißchen unsicher, sehr auf seine Würde bedacht und leicht beleidigt. Er steckt seine zwei Schlüssel nacheinander in die Tasche und knöpft sie zu; er nimmt sein Brotzeitbündel von der Stuhllehne, an die er es beim Eintritt gehängt hatte, verteilt die Lasten, die er mit sich herumschleppt, indem er den dritten Schlüssel in das Bündel packt, als wäre er ein Vogel Strauß, der gern von kaltem Eisen speist, und geht hinaus, ohne die anderen noch eines Wortes zu würdigen.

Alsdann schlägt Mr. Sapsea eine Partie Backgammon vor, die, gewürzt mit seiner erbaulichen Unterhaltung und beendet mit einem Abendessen aus kaltem Roastbeef und Salat, den goldenen Abend bis in recht späte Stunde verlängert. Da Mr. Sapseas Weisheit, wenn er sie an die Sterblichen austeilt, eher der weitläufigen als der epigrammatischen Art angehört, ist sie auch da noch längst nicht erschöpft; doch sein Besucher deutet an, daß er bei späterer Gelegenheit wiederkehren werde, um mehr von dieser kostbaren Austeilung zu empfangen, und Mr. Sapsea läßt ihn für diesmal ziehen, auf daß er über die empfangene Portion nachsinne.

Kapitel 5 *Durdles & Co.*

Auf dem Heimweg über den Kirchplatz hält John Jasper plötzlich inne, als er Stony Durdles samt Brotzeitbündel und allem an das Eisengitter gelehnt sieht, das den Friedhof gegen den alten Kreuzgang abschließt, während ein gräßlicher kleiner Bengel in Lumpen ihn mit Steinen bewirft wie ein gut im Mondlicht erkennbares Ziel. Manche Steine treffen, manche verfehlen ihn, aber Durdles scheint sich um beides nicht weiter zu kümmern. Der gräßliche kleine Bengel dagegen pfeift jedesmal, wenn er Durdles getroffen hat, triumphierend schrill durch eine bestens dafür geeignete Zahnlücke vorne im Mund, wo ihm die Hälfte der Zähne fehlt, und jedesmal, wenn er Durdles verfehlt hat, schreit er gellend »Wieder daneben!« und versucht, den Fehler wettzumachen, indem er sein Ziel genauer und schärfer anvisiert.

»Was machst du denn da mit dem Mann?« fragt Jasper, während er aus dem Schatten ins Mondlicht tritt.

»Nehm ihn als Zielscheibe«, antwortet der gräßliche Bengel.

»Gib mir die Steine, die du da in der Hand hast.«

»Jawoll, in die Fresse stopf' ich se Ihn'n rein, wennse mich anfassen«, sagt der Bengel, windet sich los und weicht zurück. »Das Auge schmeiß ich Ihn'n kaputt, wennse sich nich vorsehn.«

»Du kleiner Teufel du, was hat dir der Mann denn getan?«

»Er will nich nach Hause.«

»Was geht dich das an?«

»Er gibt mir'n halben Penny, daß ich'n nach Hause treib, wenn ich'n zu spät noch draußen seh«, sagt der Junge. Dann trällert er wie ein kleiner Wilder, halb tanzend, halb stolpernd zwischen den Fetzen und Schnürsenkeln seiner zerrissenen Stiefel:

Widdy widdy wehn
Wenn ich ihn treff nach zehn
Widdy widdy waus
Dann jag ich ihn nach Haus
Widdy widdy wumm
Paß auf, sonst haut der Stein dich um!

Das letzte Wort unterstreicht er mit einer suggestiven Handbewegung und einem weiteren Steinwurf auf Durdles.

Es handelt sich offenbar um eine vorher vereinbarte, in poetische Form gefaßte Warnung an Durdles, entweder dem Stein auszuweichen, wenn er kann, oder sich umgehend auf den Heimweg zu machen.

John Jasper lädt den Bengel mit einer Kopfbewegung ein, ihm zu folgen (da er spürt, daß es sinnlos ist, ihn zerren oder zwingen zu wollen), und geht zu dem Eisengitter hinüber, wo der Steinige (und Gesteinigte) in tiefer Meditation versunken steht.

»Kennen Sie das ... Dingsda, das Kind da?« fragt Jasper, auf der Suche nach einem passenden Wort für das Dingsda.

»Vize«, sagt Durdles und nickt.

»Ist das ... sein Name?«

»Vize«, nickt Durdles.

»Ich bin 'n Hausbursche im Traveller's Twopenny, oben im Park bei die Gaswerke«, erklärt das Dingsda. »Alle wir Hausburschen im Traveller's heißn Vize. Wenn wir fertig sin' und die Travellers alle penn', geh ich raus un' mach'n Spaziergang inner frischen Luft.« Dann tritt er zurück auf die Straße, zielt und fängt wieder an:

Widdy widdy wehn
Wenn ich ihn treff nach ...

»Halt!« ruft Jasper. »Untersteh dich zu werfen, wenn ich so nahe bei ihm bin, sonst schlag ich dich tot! Kommen Sie, Durdles, heute abend begleite ich Sie nach Hause. Darf ich Ihr Bündel tragen?«

»Kommt nich in Frage«, antwortet Durdles und drückt das Bündel fester an sich. »Durdles war gerade in Betrachtungen versunken, als Sie kamen, Sir, in Betrachtungen hier, wo er von seinen Werken umgeben is wie ein berühmter Autor... Da liegt Ihr eigener Schwager« (er weist durch das Gitter auf einen Sarkophag, der weiß und kalt im Mondlicht steht). »Dort Mrs. Sapsea« (er zeigt auf das Grabmonument der ehrfürchtigen Gemahlin). »Der selige Herr Dekan« (er deutet auf die gebrochene Säule des hochwürdigen Herrn). »Der verstorbene Steuerinspektor« (er stellt eine Schüssel mit darübergebreitetem Handtuch vor, die auf etwas wie einer großen Seifenschale steht). »Und der dort war Pasteten- und Muffinbäcker, sehr angesehen« (ein schlichter Grabstein). »Alles solide und gut erhalten, Sir, und alles Durdles sein Werk. Vom gewöhnlichen Volk, das bloß innem Sarg unterm Rasen liegt, wolln wir lieber nich reden. Schlecht begraben, arme Raben, Würmerfressen, bald vergessen.«

»Dieses Wesen... dieser Vize ist immer noch hinter uns«, sagt Jasper zurückblickend. »Soll er uns folgen?«

Die Beziehungen zwischen Durdles und Vize sind recht eigenwilliger Art, denn als Durdles sich nun langsam mit bierschwerer Würde umdreht, macht Vize einen weiten Bogen auf die Straße hinaus und bleibt abwartend stehen.

»Du hast heut abend gar nicht deine Widdy-Warnung gerufen, bevor du angefangen hast«, sagt Durdles, der sich plötzlich erinnert oder einbildet, daß ihm ein Unrecht angetan worden ist.

»Lüge, hab ich *wohl*«, sagt Vize in der einzigen ihm verfügbaren Weise, höflich zu widersprechen.

»Ein leiblicher Bruder, Sir«, bemerkt Durdles, während er sich wieder umdreht und das ihm angetane Unrecht so schnell vergißt, wie es ihm in den Sinn gekommen ist. »Ein leiblicher Bruder von Peter dem Wilden! Aber ich hab ihm ein Ziel im Leben gegeben.«

»Auf das er mit Steinen schmeißt?« fragt Jasper.

»Genau«, sagt Durdles zufrieden, »auf das er mit Steinen schmeißt. Ich hab ihn an der Hand genommen und ihm ein Ziel gegeben. Was isser vorher gewesen? Einer, der alles kaputtmacht. Was hat er getan? Nix als Kaputtmachen. Was hat er damit verdient? Paar Tage im Knast von Cloisterham. Kein' Menschen hat's gegeben, kein Stück Eigentum, keine Fensterscheibe, kein' Gaul, kein' Hund, keine Katze, kein' Vogel, kein Huhn und kein Schwein, auf die er nicht mit Steinen geschmissen hat, weil er kein klares Ziel vor Augen gehabt hat. Ich hab ihm ein klares Ziel gegeben, und jetzt kann er sich ehrlich jeden Tag 'n halben Penny verdienen, das sind immerhin drei Penny die Woche.«

»Hat er denn keine Konkurrenten?«

»Jede Menge hat er davon, Mr. Jasper, aber er verjagt sie alle mit seine Steine. Jetz frag ich mich gerade, wohin mein System eigentlich führt«, fährt Durdles mit derselben bierschweren Ernsthaftigkeit fort. »Ich weiß gar nich, wie man das genau nennen soll. Is das 'ne Art von ... 'n System für ... Volkserziehung?«

»Das würde ich nicht sagen«, meint Jasper.

»Würd' ich auch nich«, stimmt Durdles zu. »Dann wolln wir nich versuchen, ihm einen Namen zu geben.«

»Er ist immer noch hinter uns«, sagt Jasper nach einem erneuten Blick über die Schulter. »Muß er uns wirklich folgen?«

»Wir kommen gar nicht drumrum, am Traveller's Twopenny vorbeizugehn, wenn wir den kurzen Weg nehmen«, antwortet Durdles, »und da lassen wir ihn dann.«

So gehen sie weiter; während Vize, als Nachhut in loser Ordnung folgend, die um diese Zeit an diesem Ort herrschende Stille attackiert, indem er jede Mauer, jeden Pfosten, jeden Pfeiler oder sonstigen leblosen Gegenstand am verlassenen Wegrand mit Steinen bewirft.

»Gibt's was Neues in der Gruft unten, Durdles?« fragt John Jasper.

»Was Altes, meinen Sie wohl«, knurrt Durdles. »Das ist kein Ort für Neuigkeiten.«

»Ich meinte, ob Sie eine neue Entdeckung gemacht haben.«

»Na ja, unterm siemten Pfeiler links, wenn man die kaputten

Stufen runterkommt, wo früher die kleine unterirdische Kapelle war, da liegt wieder so'n alter Knabe; so weit ich's bisher rausgekriegt hab, muß er einer von den Burschen mit'm Krummstab gewesen sein. Nach der Größe der Mauerdurchbrüche und Treppen und Türen zu schließen, durch die sie rein- und rausgingen, müssen diese Krummstäbe den alten Knaben ganz schön in die Quere gekommen sein. Wenn sich zufällig zwei von ihnen da unten begegnet sind, müssen sie ziemlich oft mit der Mitra aneinandergeraten sein, möcht ich meinen.«

Ohne jedes Bemühen, die Umstandslosigkeit dieser Meinung zu korrigieren, sieht Jasper seinen Gefährten an – der von Kopf bis Fuß mit altem Mörtel, Kalk und Steingrieß bedeckt ist –, als erfüllte ihn, Jasper, ein romantisches Interesse an der ausgefallenen Daseinsform dieses Mannes.

»Sie führen ein seltsames Leben.«

Ohne im geringsten erkennen zu lassen, ob er das als ein Kompliment oder als das genaue Gegenteil auffaßt, antwortet Durdles mürrisch: »Na, Sie aber auch.«

»Nun ja, insofern sich mein Schicksal an demselben alten, dumpfen, bitterkalten, immergleichen Ort entscheidet. Gewiß. Aber Ihre Verbindung mit der Kathedrale ist doch sehr viel geheimnisvoller und interessanter als meine. Um die Wahrheit zu sagen, ich liebäugle mit dem Gedanken, Sie zu bitten, mich als eine Art Schüler oder Lehrling anzunehmen und mir zu erlauben, ab und zu mit Ihnen zu gehen, um mir ein paar von diesen seltsamen Winkeln anzusehen, in denen Sie Ihr Leben verbringen.«

Der Steinige antwortet vage: »Is gut. Jeder weiß, wo man Durdles finden kann, wenn man ihn braucht.« Was, wenn nicht ganz, so doch annähernd wahr ist, wenn es besagen soll, daß man Durdles stets irgendwo beim Herumstreunen finden kann.

»Was mich am meisten wundert«, sagt Jasper, sein romantisches Interesse weiterverfolgend, »ist die bemerkenswerte Genauigkeit, mit der Sie offenbar immer aufspüren, wo jemand begraben liegt ... Was ist? Stört Sie das Bündel? Geben Sie her, ich halte es Ihnen.«

Durdles ist stehengeblieben und ein paar Schritte zurückgegangen (woraufhin Vize, der aufmerksam alle seine Bewegungen verfolgt, sofort auf die Fahrbahn retiriert ist) und hat sich nach einem Mauervorsprung umgesehen, wo er sein Bündel ablegen kann, als Jasper ihn davon befreit.

»Geben Sie mir mal meinen Hammer daraus«, sagt Durdles, »dann will ich Ihnen was zeigen.«

Metallisches Klicken. Und der Hammer wird ihm gereicht.

»Jetz passen Sie mal auf. Sie stimmen doch Ihre Töne ab, nich wahr, Mr. Jasper?«

»Ja.«

»Genauso horch' ich auf meine. Ich nehm' mein' Hammer und klopfe.« (Er klopft auf das Pflaster, und der wachsame Vize retiriert noch weiter, als fürchte er um seinen Kopf.) »Ich klopfe, tap, tap, tap. Alles fest. Ich klopfe weiter. Immer noch alles fest. Ich klopfe noch mal. Holla! Hohl! Tap, tap, weiter. Festes im Hohlen! Tap, tap, tap, um's genauer abzuklopfen. Festes im Hohlen – und innen im Festen wieder hohl! Da ham wirs: 'n alter Knabe, vermodert in 'nem Steinsarg in 'nem Gewölbe!«

»Erstaunlich!«

»Ich hab sogar das hier gemacht«, sagt Durdles und zieht seinen Zollstock hervor (Vize rückt etwas näher, als argwöhnte er, daß da ein Schatz entdeckt würde, der irgendwie zu seiner Bereicherung führen könnte – und zu dem köstlichen Anblick, wie die Entdecker auf seine Aussage hin am Halse gehenkt würden, bis sie tot sind). »Sagen wir, mein Hammer is eine Mauer – mein Werk. Zwei... vier... und zwei is sechs«, er mißt auf dem Pflaster. »Sechs Fuß in dieser Mauer drin liegt Mrs. Sapsea.«

»Doch nicht wirklich Mrs. Sapsea?«

»Sagen wir Mrs. Sapsea. Ihre Mauer is dicker, aber sagen wir Mrs. Sapsea. Durdles klopft diese Mauer ab, die von diesem Hammer dargestellt wird, und sagt, nachdem er gut hingehorcht hat: ›Da is was zwischen uns.‹ Bestimmt haben Durdles' Leute in dem sechs Fuß tiefen Raum zwischen uns etwas Schutt gelassen!«

Jasper meint, solche Genauigkeit sei »eine Gabe«.

»Als Gabe würd ich das nich ham wolln«, antwortet Durdles, der die Bemerkung keineswegs als ein Kompliment auffaßt. »Ich hab's mir selber erarbeitet, auf meine Art. Durdles kommt zu *seim* Wissen und Können, indem er tief danach gräbt und es bei den Wurzeln packt, wenn's nich rauskommen will... He, du da, Vize!«

»Widdy!« ist Vizes schrille Antwort, jetzt wieder aus größerer Entfernung.

»Da, fang den halben Penny auf. Und laß dich heut abend nich mehr blicken, wenn wir zum Traveller's Twopenny gekommen sind.«

»Widdy wumm!« antwortet Vize, nachdem er den halben Penny aufgefangen hat, und es klingt, als sollten diese mystischen Worte Einverständnis signalisieren.

Sie haben jetzt nur noch den ehemaligen Weingarten des ehemaligen Klosters zu durchqueren, um zu der schmalen Seitengasse zu gelangen, an welcher das baufällige Holzhaus steht, das allgemein als Traveller's Twopenny bekannt ist: ein Haus mit zwei niederen Stockwerken, krumm und verzogen, wie die Moral seiner Gäste, mit spärlichen Resten eines Gitterwerk-Portikos über der Eingangstür sowie eines rustikalen Zauns vor dem zertretenen Garten – die Reisenden sind diesem Anwesen durch so zarte Gefühle verbunden (oder sind so begeisterte Freunde eines kleinen Feuers am Wegrand im Laufe des Tages), daß sie sich nie zur Abreise überreden oder nötigen lassen, ohne sich irgendein hölzernes Vergißmeinnicht anzueignen und mitzunehmen.

Den Anschein einer Herberge versuchen dieser Bruchbude Fetzen von traditionellen roten Vorhängen an den Fenstern zu geben, fadenscheinige Lumpen, zur Nachtzeit trübe erleuchtet von schwachen Talgkerzen mit Baumwolldochten, die in der stickigen Luft im Innern nur schwelend brennen. Als Durdles und Jasper näher kommen, werden sie von einer beschrifteten Papierlaterne über der Tür begrüßt, die den Zweck des Hauses verkündet. Desgleichen werden sie von einem halben Dutzend anderer gräßlicher kleiner Bengel begrüßt – ob Herbergsgäste oder Hausburschen oder deren Schmarotzer, ist nicht auszumachen –, die, als würden sie durch einen Aasgeruch von Vize angelockt, ins Mondlicht gerannt kommen, wie Geier sich in der Wüste versammeln, und sofort anfangen, ihn und einander mit Steinen zu bewerfen.

»Hört auf, ihr kleinen Bestien!« ruft Jasper wütend. »Und laßt uns vorbei!«

Da die Aufforderung mit Geschrei und fliegenden Steinen beantwortet wird, gemäß einem Brauche, der sich in den letzten Jahren fest in den Normen und Regeln unserer englischen Gemeinden eingebürgert hat, wo Christen von allen Seiten gesteinigt werden, als wären die Tage des heiligen Stephanus wiedergekommen, bemerkt Durdles über die jungen Wilden nicht ganz ohne Grund, ihnen sei »kein Ziel gegeben worden«, und geht tapfer voran durch die Gasse.

Am Ende der Gasse hält Jasper, nun kochend vor Wut, seinen Gefährten an und blickt zurück. Alles ist ruhig. Im nächsten Moment, als ihm sausend ein Stein an den Hut fliegt und aus der Ferne ein gellendes »Widdy widdy wumm!« ertönt, gefolgt von einem Krähen, wie es ein in der Hölle ausgebrüteter Hahn nicht schöner ausstoßen könnte, womit klar wird, unter wessen siegreichem Beschuß er steht, bringt er sich rasch in Sicherheit und Durdles nach Hause. Durdles stolpert zwischen die Splitter seines steinernen Gartens, als wolle er sich kopfüber in eins der unfertigen Grabmäler stürzen.

John Jasper kehrt auf einem anderen Wege zu seinem Torhaus zurück, und als er leise eintritt, findet er sein Feuer noch glimmend. Aus einem verschlossenen Wandschrank nimmt er eine eigenartig geformte Pfeife, stopft sie – aber nicht mit Tabak –, klopft den Inhalt sehr sorgfältig mit einem kleinen Instrument fest und steigt dann eine innere Treppe hinauf, die nur aus wenigen Stufen besteht und zu zwei Zimmern führt. Das eine davon ist sein eigenes Schlafzimmer, das andere das seines Neffen. In beiden brennt Licht.

Sein Neffe schläft ruhig und sorglos. John Jasper steht vor

seinem Bett, die unangesteckte Pfeife in der Hand, und beobachtet ihn eine Weile mit tiefer und regloser Konzentration. Dann geht er auf Zehenspitzen in sein Zimmer, steckt seine Pfeife an und überläßt sich den Gespenstern, die sie zu mitternächtlicher Stunde beschwört.

V

Ein rauschenderer Applaus als die vorigen, fast eine Ovation, begrüßt das Ende der letzten Rede, und den Mitgliedern der Gruppe Drood, die fast im selben Augenblick ihre Lektüre beendet haben, kommt es einen Moment lang so vor, als klatsche das Publikum so begeistert für Dickens. So muß es gewesen sein, als der große Schriftsteller von Theater zu Theater ziehend einen Haufen Geld einnahm, indem er feurig, mit der Bravour eines exzellenten Schauspielers, die dramatischsten Stellen aus seinen Romanen vortrug.

Doch hier geht nur die feierliche Eröffnung des Kongresses zu Ende, und keiner von denen, die jetzt zu den Erfrischungen strömen, hat eine Eintrittskarte bezahlt. Lohnt es die Mühe, sich in das Handgemenge zu stürzen, das jetzt in Kürze vor dem endlosen Tisch entbrennen wird, um etwas von den farbenprächtigen Leckereien des Stehempfangs zu ergattern? Der Leser kennt ohne Zweifel jeden Fußtritt, jeden Rippenstoß, jedes Verschütten von Soßen und Getränken im Verlauf derart kriegerischer Bankette; er versäumt also nichts, wenn wir unsere raumzeitliche Aufmerksamkeit etwas weiter nach vorn verlagern, nämlich auf den Moment, wenn die Arbeitsgruppe Drood wieder einigermaßen vollzählig, ein Detektiv mehr, einer weniger, in einer Art langgestrecktem Vorraum versammelt ist.

Die Teller – blind gefüllt in der verzweifelten Hast, die bei solchen Gelegenheiten herrscht – weisen nicht wenige Rätsel auf, und die Sätze, die wir als erste verstehen, haben diesen Tenor:

– Eine Dattel mit innen drin ... einer Garnele! *Ça alors!*

– Was zum Teufel ist unter dieser grünlichen Soße?

– Meins ist allen Anzeichen nach eine Taube, aber die Füllung ist jenseits aller vernünftigen Zweifel ... Mango.

– Crème Caramel auf einer ... Salami-Basis? *Well, did you ever!*

– Aber die Absicht ist gut, sagt DR. WILMOT, während er eine frittierte Banane von ihren Sauerkrautbeilagen trennt –, auch hier hat man es vermutlich auf die kulinarische Vollständigkeit abgesehen. In diesem Dinner gibt es wirklich von *allem* etwas.

– Die gute Küche, doziert NERO WOLFE, der sich, um Überraschungen zu vermeiden, auf einen rohen Selleriestengel beschränkt hat, die gute Küche macht man nicht mit chaotischen Zutaten. Die Kochkunst besteht aus Kalkül und minutiös vorbedachter Planung, wie die Romankunst. Sehen Sie sich Dickens an, meine Herren. Beachten Sie, wie er vorgeht. Was macht er mit Giovanni Battista Belzoni (1778–1823), einem italienischen Archäologen, der beinahe in einem Gang der zweiten Pyramide von Gizeh verschüttet worden wäre? Er läßt ihn im dritten Kapitel von Rosa erwähnen, die auf sein gefährliches Abenteuer zu sprechen kommt, ohne sich etwas dabei zu denken. Aber so antizipiert er die Glaubwürdigkeit von Durdles, der auf seine Weise, in einem komischen und strikt englischen Kontext, ebenfalls ein Archäologe ist und sich der gleichen gewissermaßen echographischen Methoden bedient. Die ihrerseits den vermutlichen *modus operandi* des Mörders antizipieren sowie, auf lange Sicht, die schließliche Wiederauffindung des Ermordeten. Mit solchen Finessen geht man in der Haute Cuisine zu Werk!

DUPIN: Ganz zu schweigen von der raffinierten Geschichte mit den Schlüsseln. Die Idee, einen Musiker mit drei aneinanderklickenden Schlüsseln spielen zu lassen, damit er zu gegebener Zeit den richtigen am Ton erkennt, scheint mir wirklich erlesen – was ich von dieser Mousse au chocolat nicht sagen kann.

KRÖTERICH: Finessen? Ich bitte Sie, wo denn?... Wenn doch alles nur eine Anhäufung durchsichtiger Indizien gegen Jasper ist – wie dieses Pfund Peperoni, das man mir auf einen einzigen Frosch gekippt hat! Jasper, der sich den fadenscheinigen Vorwand mit der Grabinschrift ausdenkt, um Sapsea zu besuchen und Durdles bei ihm zu treffen und die Schlüssel in der Hand zu wägen, die ihm das Grabmonument öffnen werden, in dem er die künftige Leiche zu verbergen beschlossen hat! Und dann auf dem Heimweg die erneute »zufällige« Begegnung mit Durdles, noch dazu ausgerechnet vor dem Friedhof!

DR. WILMOT (*die Haifischstäbchen wieder ordnend, die sich vorwitzig aus seiner Crèpe gelöst haben*): Die Pflicht drängt mich zu präzisieren, daß dieser letztgenannte Zufall nicht Ergebnis von Oberflächlichkeit oder Schlampigkeit ist, Untugenden, deren man Dickens zuweilen beschuldigt hat. Vielmehr sah sich der Autor dazu gezwungen, nämlich durch den Umstand, daß der Roman in Fortsetzungen erschien. Dickens hatte die erste Lieferung mit dem vierten Kapitel beendet und war schon viel weiter mit der nächsten Lieferung gediehen, in der die spätabendliche Begegnung mit Durdles das achte Kapitel füllte. Im letzten Moment bemerkte jedoch der Drucker, daß das Heft zu dünn werden würde: es fehlten sechs Seiten an den angekündigten zweiunddreißig. Daher die Verwandlung des ursprünglich achten Kapitels in das fünfte und seine Anfügung an den ersten Block.

Wolfe: Haute Cuisine auch das! Nur ein wirklich großer Küchenchef weiß Unvorhergesehenes so vorteilhaft zu nutzen. Denn es stimmt ja, daß über den hier beklagten »Zufall« hinaus noch ein weiteres sperriges Detail übrigbleibt, nämlich daß Jasper auf dem Heimweg von Mr. Sapsea, dessen Haus in der High Street direkt gegenüber dem Nonnenhaus liegt, überhaupt keinen Grund hat, am Friedhof vorbeizugehen...

Aus dem Kreise der vollen Münder erhebt sich ein höfliches Anerkennungsgemurmel für diesen Exploit de Haute Pédanterie.

Wolfe: ... und doch gewinnt dadurch meines Erachtens das Finale des Aprilheftes ganz beträchtlich: Es gibt der Figur von Durdles mehr Kontur und führt den Straßenjungen Vize ein, der eine vielleicht etwas zu großstädtische Figur ist, die eher nach London paßt und im Umkreis der alten Kathedrale ein bißchen grell wirkt, aber der im rechten Moment auftritt, um die provinzielle Respektierlichkeit von Cloisterham zu korrigieren. Mit ihm wissen wir nun, daß in diesem stillen Städtchen eine soziale Schicht existiert, die, wenn nicht direkt kriminell, doch eher zur Übertretung neigt.

Kröterich: Mag sein, aber es geht ja pausenlos weiter mit den Indizien gegen Jasper! Der verdächtige Onkel will sogar bei Durdles in die Lehre gehen, um sich im Umgang mit Gräbern und Begräbnissen zu üben. Und als er nach Hause kommt, sehen wir ihn zuerst lange über den schlafenden Neffen gebeugt, mit signifikanter Konzentration, und dann überläßt er sich den Gespenstern, die das Opium um Mitternacht weckt. Was für Gespenster sollen das bitteschön sein, wenn nicht die des nächsten Verbrechens? Nein, das alles ist viel zu einfach, zu offenkundig.

Holmes, der das Dinner zu Ehren der Vollständigkeit als vollständig ungenießbar eingeschätzt hat und darum nur ein Glas kohlensäurefreies Mineralwasser in der Hand hält, überläuft bei dem Wort Gespenster ein Schauder. Er trinkt einen Schluck und wendet sich bleich an den Kröterich.

– Zu einfach, sagen Sie? Für Sie ist der Schuldige evident und der Fall schon erledigt? Ja ... So könnte es scheinen ... Und doch war Conan Doyle, der Mann, für den ich lange gearbeitet habe, nicht dieser Meinung. So wenig, daß er, der fest an den Spiritismus glaubte – er war Präsident der Britischen Gesellschaft für spiritistische Forschungen – im Jahre 1927 beschloß, dem Fall Drood eine Séance zu widmen, in der Absicht, dabei den Geist von Charles Dickens persönlich zu beschwören.

POIROT: Wollen Sie damit sagen, er hat Dickens direkt gefragt, wer der Mörder sei?

HOLMES: Ja. Er beschwor den Geist von »Boz«, wie Dickens sich in seinen ersten Jahren als Journalist genannt hatte.

POIROT: Und kam Boz? Hat er geantwortet?

HOLMES: Jawohl, mein Freund. Er kam. Und hat geantwortet.

ALLE: Und darf man wissen, was ...?

In diesem Moment ertönt eine leicht verzerrte Stimme aus dem hinteren Teil des Vorzimmers.

– Endlich habe ich Sie gefunden!

Es ist Loredana, die sich auf etwas schwankenden Beinen nähert.

ALLE: Herrgott, Holmes, nun reden Sie doch!

HOLMES (*in einem Atemzug*): Boz sagte, unter dem Geheimnis des Edwin Drood verberge sich etwas, von dem er inzwischen vorziehe, daß es nicht herauskomme. Und ich selbst hatte an einem bestimmten Punkt unserer Sitzung ... und habe noch ... das Gefühl, daß es vielleicht besser wäre, die Sache fallen zu lassen und sich nicht weiter damit zu beschäftigen.

Poirot: Nun, jedenfalls für heute mag es genug sein, einverstanden.

Daraufhin begeben sich alle gehorsam auf die Terrasse, wo Loredana sich schon seit einiger Zeit (wie man sehen kann!) mit Archer und Marlowe niedergelassen hat, um zu trinken und nach den turko-brasilianischen Rhythmen zu tanzen.

Zweiter Teil
Die Nummern von Mai und Juni

VI

Wie jeder weiß, der sich nach sechs, sieben Stunden Warten auf dem Flughafen fragt, ob sein Flug AZ 437 nach Frankfurt wohl überhaupt noch jemals starten wird, gibt es über Verspätungen aus »technischen Gründen« keine Diskussion. Aufgrund ihrer innersten Wesensart können, ja *dürfen* diese Gründe dem gewöhnlichen Reisenden nicht erklärt werden, da jede weitere Präzisierung für ihn unnütz, wenn nicht schädlich wäre. Im übrigen gibt es ja, um sich die Zeit zu vertreiben, immer noch – wenn er nicht gerade geschlossen ist – den Zeitungskiosk; wo man mit ein bißchen Glück auch etwas weniger Deprimierendes als die üblichen Wochenmagazine finden kann.

Hier zum Beispiel die Nr. 2 des *Mystery of Edwin Drood*, datiert auf Mai 1870, aber im Handel schon seit gestern, dem 30. April. Gibt es eine bessere Gelegenheit, sich schnell mal ein paar Kapitel reinzuziehen? Zumal wir ja nicht auf ein Flugzeug warten, sondern auf die eben genau aus technischen Gründen verzögerte Fortsetzung der Arbeiten des Drood-Teams im Dickens Room.

Kapitel 6
Philanthropie im Hilfskanonikuswinkel

Der Reverend Septimus Crisparkle (Septimus, weil vor ihm sechs kleine Crisparkle-Brüder einer nach dem andern gleich nach der Geburt erloschen waren wie sechs kleine Windlichter gleich nach dem Anzünden) war gerade dabei, nachdem er das dünne morgendliche Eis am Cloisterham-Wehr mit seinem liebenswürdigen Kopf durchstoßen hatte, was sehr zur Ertüchtigung seines Leibes beitrug, seinen Kreislauf anzuregen, indem er mit großem Können und Kampfgeist vor einem Spiegel boxte. Der Spiegel zeigte ein frisches und gesundes Porträt des Reverend Septimus, der mit größter Kunstfertigkeit täuschte und parierte und mit größtem Schneid gestreckte Geraden aus der Schulter hervorschoß, wobei seine strahlenden Züge vor Harmlosigkeit überflossen und weichherzige Güte seinen Boxhandschuhen entströmte.

Es war noch nicht ganz Frühstückszeit, denn Mrs. Crisparkle – die Mutter, nicht die Gattin des Reverend Septimus – kam eben erst herunter, um den Tee zu bereiten. Und genau in dem Moment, als sie eintrat, unterbrach sich der Reverend Septimus, um das hübsche Gesicht der alten Dame zwischen seine Boxhandschuhe zu nehmen und es zu küssen. Nachdem er das zärtlich getan hatte, fing er von neuem an, mit der Linken zu kontern und mit der Rechten nachzustoßen, daß es einem angst und bange werden konnte.

»Jeden Morgen, den Gott werden läßt, sage ich dir, du wirst es schließlich noch irgendwann einmal tun, Sept«, bemerkte die alte Dame, während sie ihm zusah. »Und du *wirst* es auch tun.«

»Was denn, liebe Mama?«

»Den Spiegel zerbrechen. Oder dich so anstrengen, daß dir ein Blutgefäß platzt.«

»Keins von beiden, so Gott will, liebe Mama. Ich hab eine gute Lunge. Schau mal her.«

In einer rasanten Schlußrunde versetzte und parierte der Reverend Septimus alle erdenklichen Hiebe und endete damit, daß er die Morgenhaube der alten Dame in den Schwitzkasten nahm (wie der Terminus technicus in den Fachkreisen dieser Noblen Kunst lautet), jedoch mit einer so zarten Berührung, daß nicht einmal die leichtesten lavendel- oder kirschfarbenen Bänder auf ihr verrutschten. Dann gab er die Besiegte großmütig frei, gerade noch rechtzeitig, um seine Handschuhe in einer Schublade zu verstauen und scheinbar gedankenversunken aus dem Fenster zu sehen, als ein Dienstmädchen eintrat und der Reverend Septimus sich der Teekanne sowie den anderen Frühstücksvorbereitungen zuwenden mußte. Als diese beendet und die beiden wieder allein waren, war es ein hübscher Anblick (oder wäre einer gewesen, wenn jemand dagewesen wäre, der es hätte betrachten können, was aber nie der Fall war), wie die alte Dame stehend das Vaterunser sprach und ihr Sohn, Hilfskanonikus immerhin, dem nur noch fünf Jahre bis zum vierzigsten Geburtstag fehlten, gesenkten Hauptes neben ihr stand und zuhörte, ganz so wie er einst denselben Worten auf denselben Lippen zugehört hatte, als ihm noch fünf Monate bis zum vierten Geburtstag fehlten.

Was ist hübscher als eine alte Dame – ausgenommen eine junge Dame –, wenn ihre Augen glänzen, wenn sie eine wohlgeformte dralle Figur hat, wenn ihr Gesicht freundlich und ruhig ist, wenn ihr Kleid dem einer porzellanenen Schäferin gleicht, so zart abgetönt in den Farben ist es, so individuell auf sie zugeschnitten und so gutsitzend? Nichts ist hübscher, dachte der gute Hilfskanonikus oft, wenn er sich seiner seit langem verwitweten Mutter gegenüber zu Tisch setzte. Was *sie* in solchen Momenten dachte, läßt sich in den zwei Worten zusammenfassen, die in ihren Gesprächen am häufigsten vorkamen: »Mein Sept!«

Sie waren ein treffliches Paar, wie geschaffen zum gemeinsamen Frühstück im Hilfskanonikuswinkel von Cloisterham. Denn der Hilfskanonikuswinkel war ein stiller Ort im Schatten der Kathedrale, den das Krächzen der Krähen, die hallenden Schritte der raren Passanten, das Läuten der Kirchenglocke oder das Tönen der Orgel in der Kathedrale noch stiller als völlige Stille zu machen schienen. Großmäulige Krieger hatten jahrhundertelang im Hilfskanonikuswinkel gerauft und geplündert, geprügelte Leibeigne hatten sich dort jahrhundertelang zu Tode geschuftet, mächtige Mönche hatten dort andere Jahrhunderte lang ihr bald segensreiches, bald verderbliches Wesen getrieben, und siehe, sie alle waren dahingegangen, hatten den Hilfskanonikuswinkel verlassen, und das war auch besser so. Vielleicht der größte Gewinn, den ihre einstige Anwesenheit erbracht hatte, war die gesegnete Stille, die über dem Hilfskanonikuswinkel lag, und die heiter-romantische Stimmung (die so förderlich für die Entstehung von Mitleid und Nachsicht ist), welche durch eine zu Ende erzählte Leidensgeschichte oder durch ein zu Ende gespieltes bewegendes Drama erzeugt wird.

Rote Backsteinmauern, deren Rot mit der Zeit harmonisch abgestumpft war, kräftiger Efeu, vergitterte Fenster, holzgetäfelte Zimmer, schwere Eichenbalken in kleinen Räumen und von Steinmauern eingefaßte Gärten, in denen Bäume aus der Zeit der Mönche noch immer jedes Jahr Früchte trugen, bildeten die Hauptumgebung der schmucken alten Mrs. Crisparkle und des Reverend Septimus, während sie beim Frühstück saßen.

»Und was, liebe Mama«, fragte der Hilfskanonikus, während er einen gesunden und kräftigen Appetit an den Tag legte, »steht in dem Brief?«

Die hübsche alte Dame hatte ihn eben gelesen und auf den Frühstückstisch gelegt. Sie gab ihn ihrem Sohn.

Nun war die alte Dame entschieden stolz auf ihre klaren Augen, die noch so gut waren, daß sie ohne Brille lesen konnte. Ihr Sohn war gleichfalls so stolz auf diesen Umstand und so eifrig bemüht, seine Mutter den größtmöglichen Gewinn daraus ziehen zu lassen, daß er den Vorwand erfunden hatte, er selbst könne *nicht* ohne Brille lesen. Deshalb setzte er nun eine auf, eine riesengroße und schwere, die nicht nur seine Nase und sein

Frühstück ernstlich störte, sondern auch seine Lektüre des Briefes behinderte. Denn seine Augen leisteten ihm die kombinierten Dienste eines Mikro- und eines Teleskops, wenn sie unbewehrt waren.

»Er ist natürlich von Mr. Honeythunder«, sagte die alte Dame und verschränkte die Arme.

»Natürlich«, stimmte ihr Sohn zu. Dann begann er stockend zu lesen:

»›Hafen der Philanthropie,
Hauptbüro, London, Mittwoch.

Verehrte gnädige Frau,

ich schreibe in diesem ...‹, in was? Worin schreibt er?«

»In diesem Stuhl«, sagte die alte Dame.

Der Reverend Septimus nahm sich die Brille ab, um ihr Gesicht zu sehen, während er ausrief: »Wieso, wo sollte er denn sonst schreiben?«

»Lieber Himmel, Sept«, antwortete die alte Dame, »du mußt doch den Zusammenhang sehen! Komm, gib mir den Brief zurück, mein Lieber.«

Glücklich, seine Brille loszuwerden (da sie seine Augen immer tränen ließ), gehorchte ihr Sohn – nicht ohne zu murmeln, seine Fähigkeit zum Lesen von Handgeschriebenem würde von Tag zu Tag schlechter.

»›Ich schreibe‹«, las seine Mutter sehr klar und deutlich vor, »›in diesem Stuhl, an den ich vermutlich für ein paar Stunden gefesselt sein werde.‹«

Septimus sah mit halb vorwurfsvoller, halb flehender Miene auf die Stuhlreihe an der Wand.

»›Wir veranstalten gerade‹«, las die alte Dame mit leicht erhobener Stimme weiter, »›eine Sitzung unseres Zusammengetretenen Vereinten Hauptausschusses der Zentral- und Bezirks-Philanthropen in unserem obengenannten Haupthafen; und es war ihr einhelliger Wunsch, daß ich den Stuhl des Präsidenten einnähme.‹«

Septimus atmete auf und knurrte: »Ach so, wenn's weiter nichts ist ...«

»›Um nicht die heutige Post zu versäumen, nutze ich die Gelegenheit der Verlesung eines langes Berichts, in dem ein öffentlicher Missetäter angeklagt wird ...‹«

»Es ist doch sehr merkwürdig«, unterbrach sie der sanfte Hilfskanonikus, während er Messer und Gabel auf den Teller legte, um sich erstaunt am Ohr zu reiben, »daß diese Philanthropen immerzu jemanden anklagen müssen. Und es ist gleichfalls sehr merkwürdig, daß sie immer so reich mit Missetätern gesegnet sind.«

»›...in dem ein öffentlicher Missetäter angeklagt wird‹«, wiederholte die alte Dame, »›um unsere kleine geschäftliche Angelegenheit zu erledigen. Ich habe mit meinen zwei Mündeln, Neville und Helena Landless, über ihre lückenhafte Erziehung gesprochen, und sie haben in den vorgeschlagenen Plan eingewilligt; wofür ich in jedem Falle schon gesorgt hätte, ob es ihnen gepaßt hätte oder nicht.‹«

»Und es ist gleichfalls sehr merkwürdig«, warf der Hilfskanonikus erneut ein, »daß diese Philanthropen immer so darauf erpicht sind, ihre Mitmenschen am Kragen zu packen, um sie – wie man wohl sagen kann – mit Gewalt auf den Weg des Friedens zu stoßen ... Verzeih, liebe Mama, daß ich dich unterbrochen habe.«

»›Deswegen, verehrte gnädige Frau, wollen Sie bitte Ihren Herrn Sohn, den Rev. Mr. Septimus, darauf vorbereiten, Neville am kommenden Montag als Schüler und Pensionsgast zu erwarten. Am selben Tage wird Helena ihn nach Cloisterham begleiten, um sich dortselbst ins Nonnenhaus zu begeben, das sowohl von Ihnen wie von Ihrem Herrn Sohn empfohlene Institut. Bitte haben Sie die Güte, auch dort das Nötige für ihren Empfang und ihre Unterbringung zu veranlassen. Die Bedingungen in beiden Fällen verstehen sich als exakt dieselben, welche Sie mir in Ihrem Schreiben dargelegt hatten, als ich eine Korrespondenz mit Ihnen über diesen Gegenstand eröffnet hatte, nachdem mir die Ehre zuteil geworden war, Ihnen im Hause Ihrer Frau Schwester hier in der Stadt vorgestellt worden zu sein. Mit meinen Empfehlungen an den Rev. Mr. Septimus verbleibe ich, gnädige Frau, Ihr in Verehrung Ihnen zugetaner Bruder (in Philanthropie), LUKE HONEYTHUNDER.‹«

»Nun, Mama«, sagte Septimus, nachdem er sich erneut hinter dem Ohr gekratzt hatte, »wir müssen es versuchen. Es ist ja nicht zu bezweifeln, daß wir Platz für einen Pensionsgast haben und daß ich Zeit habe, mich mit ihm zu beschäftigen, und Lust auch. Ich muß gestehen, ich bin sehr froh, daß es sich nicht um Mr. Honeythunder selbst handelt. Obwohl das wie ein sehr ungerechtes Vorurteil klingt – nicht wahr? –, da ich ihn noch nie gesehen habe. Ist er ein imposanter Mann?«

»Ich würde ihn imposant nennen, mein Lieber«, antwortete die alte Dame nach einigem Zögern, »wenn seine Stimme nicht noch viel imposanter wäre.«

»Als er selbst?«

»Als irgendwer.«

»Ah!« sagte Septimus. Und beendete sein Frühstück, als ob der Super-Familien-Souchong-Tee sowie der gebratene Schinken mit Rührei und Toast etwas von ihrem Geschmack verloren hätten.

Mrs. Crisparkles Schwester, ebenfalls eine Figur aus Meißener Porzellan und ihr so vollkommenes Gegenstück, daß die beiden Schwestern ein entzückendes Nippespaar für die zwei Enden einer geräumigen altmodischen Kaminkonsole abgegeben hätten und sich eigentlich nie hätten getrennt sehen lassen dürfen, war die kinderlose Frau eines Geistlichen, der ein Ehrenamt im Londoner Stadtrat bekleidete. Mr. Honeythunder hatte Mrs. Crisparkle in seiner öffentlichen Eigenschaft als Professor der Philanthropie während der letzten Wiedervereinigung der beiden Porzellanfiguren (mit anderen Worten, während ihres letzten Jahresbesuchs bei ihrer Schwester) kennengelernt, nach einer öffentlichen Veranstaltung philanthropischer Natur, bei der einige schüchterne Waisenkinder in zartem Alter mit kleinen Rosinen in Kuchen und großen Rosinen in Köpfen vollgestopft worden waren. Das war alles, was man im Hilfskanonikuswinkel über die beiden zu erwartenden Zöglinge wußte.

»Du wirst sicher mit mir einer Meinung sein, Mama«, sagte

Mr. Crisparkle, nachdem er die Sache überdacht hatte. »Vor allem müssen wir dafür sorgen, daß diese jungen Leute sich hier möglichst wohl fühlen. Das ist übrigens kein uneigennütziger Gedanke, denn wir können uns mit ihnen nicht wohl fühlen, wenn sie sich nicht mit *uns* wohl fühlen. Nun ist zufällig gerade in diesen Tagen der Neffe von Mr. Jasper da, und wie man weiß, gleich und gleich gesellt sich gern, Jugend gesellt sich zu Jugend. Er ist ein freundlicher junger Mann, wir werden ihn zusammen mit den Geschwistern zum Essen einladen. Das wären drei. Wir können ihn nicht einladen, ohne auch Jasper einzuladen. Das macht vier. Nimm dazu Miss Twinkleton und Droods hübsche kleine Verlobte, macht sechs. Nimm dazu uns beide, dann sind es acht. Wären dir acht Personen bei einem häuslichen Mittagessen zuviel, Mama?«

»Neun wären es, Sept«, erwiderte die alte Dame sichtlich nervös.

»Liebe Mama, ich sagte doch acht.«

»Gerade soviel, wie an den Tisch und ins Zimmer passen, mein Lieber.«

So wurde die Sache entschieden; und als Mr. Crisparkle mit seiner Mutter bei Miss Twinkleton vorsprach, um die Aufnahme von Miss Helena Landless im Nonnenhaus zu arrangieren, wurden die beiden anderen Einladungen, die diese Anstalt betrafen, vorgetragen und angenommen. Miss Twinkleton warf einen kurzen Blick auf die beiden Globen, als wollte sie ihr Bedauern darüber ausdrücken, daß die Form dieser Instrumente nicht dazu angetan war, sie in Gesellschaft mitzunehmen, versöhnte sich dann aber mit dem Gedanken, sie zu Hause zu lassen. Anschließend wurden Instruktionen an den Philanthropen gesandt betreffend die Abfahrt und Ankunft von Mr. Neville und Miss Helena, damit sie rechtzeitig zum Essen kämen, und der Duft einer würzigen Suppe erfüllte die Luft des Hilfskanonikuswinkels.

Zu jener Zeit gab es noch keine Eisenbahnlinie nach Cloisterham, und Mr. Sapsea sagte, es werde nie eine geben. Er ging sogar noch weiter: er sagte, es *dürfe* nie eine geben. Und doch, es klingt wie ein Wunder, inzwischen ist es so weit gekommen, daß Schnellzüge es nicht für nötig erachten, in Cloisterham einen Halt einzulegen, sondern heulend durchbrausen zu ihren ferneren Zielen und nur den Staub von ihren Rädern schütteln als Zeichen für die Bedeutungslosigkeit des Städtchens. Es gab bislang nur ein abgelegenes Teilstück einer Hauptlinie, die woandershin führte und nach Meinung vieler dazu bestimmt war, den Geldmarkt zu ruinieren, wenn sie Pleite machte, die Kirche und den Staat, wenn sie reüssierte, und in beiden Fällen (natürlich) die Verfassung; schon jetzt hatte sie den Verkehr nach Cloisterham dermaßen aus der Bahn geworfen, daß er von der Landstraße abwich und verstohlen von einer unerwarteten Seite her in die Stadt kam, auf einem ungepflasterten Seitenweg, an dessen Ecke jahrelang ein Schild mit der Aufschrift »Vorsicht! Bissiger Hund!« gehangen hatte.

Zu dieser schändlichen Einfahrt hatte sich Mr. Crisparkle zu begeben, um die Ankunft eines kurzen, gedrungenen Pferde-Omnibusses zu erwarten, der – mit einem unverhältnismäßig großen Haufen Gepäck auf dem Dach, der ihm das Aussehen eines kleinen Elefanten mit einem viel zu mächtigen Turm auf dem Rücken gab – damals den täglichen Dienst zwischen Cloisterham und der äußeren Menschheit versah. Als dieses Fuhrwerk auftauchte, konnte Mr. Crisparkle kaum etwas von ihm sehen, da ein sehr umfangreicher Passagier draußen auf dem Kutschbock saß, der, die Ellenbogen gespreizt und die Hände auf die Knie gestemmt, den Kutscher in eine höchst unbehagliche Randlage drängte und mit starrem Blick in die Runde glotzte.

»Ist das Cloisterham?« fragte der Passagier mit dröhnender Stimme.

»Jawohl«, antwortete der Kutscher, während er sich rieb, als ob ihm alle Glieder weh täten, nachdem er die Zügel dem Stallknecht zugeworfen hatte. »Und ich war noch nie so froh, endlich dazusein.«

»Dann sagen Sie Ihrem Chef, er soll den Kutschbock verbreitern lassen«, erwiderte der Passagier. »Ihr Chef ist moralisch verpflichtet – und sollte es auch gesetzlich sein, bei ruinöser Strafe –, für die Bequemlichkeit seiner Mitmenschen zu sorgen.«

Der Kutscher nahm mit den Handballen eine oberflächliche Untersuchung seines Knochengerüstes vor, dessen Zustand ihm besorgniserregend schien.

»Habe ich auf Ihnen gesessen?« fragte der Passagier.

»Allerdings«, sagte der Kutscher in einem Ton, als ob es ihm gar nicht gefallen hätte.

»Nehmen Sie diese Karte, mein Freund.«

»Ich möchte Sie nicht Ihres Vorrats berauben«, erwiderte der Kutscher, nachdem er einen Blick auf die Karte geworfen hatte, ohne sie zu nehmen. »Was soll ich damit?«

»Werden Sie Mitglied dieser Gesellschaft.«

»Was habe ich davon?«

»Brüderliche Gemeinschaft«, antwortete der Passagier mit Donnerstimme.

»Danke«, sagte der Kutscher sehr entschieden, während er vom Bock stieg. »Meiner Mutter war ich genug, und mir geht's genauso. Ich will keine Brüder.«

»Aber Sie *haben* zwangsläufig welche«, entgegnete der Passagier, während er ebenfalls vom Bock stieg, »ob Sie wollen oder nicht. Ich bin Ihr Bruder.«

»Jetzt reicht's aber«, protestierte der Kutscher, der sich langsam erregte. »Gehen Sie nicht zu weit! Selbst der Wurm wird, wenn er...«

Aber hier griff Mr. Crisparkle ein, indem er den Kutscher beiseite nahm und freundlich ermahnte: »Joe, Joe! Vergiß dich nicht, Joe, mein Guter!« und indem er dann, als Joe friedlich an seinen Hut tippte, den Passagier ansprach: »Mr. Honeythunder?«

»Das ist mein Name, Sir.«

»Mein Name ist Crisparkle.«

»Reverend Mr. Septimus? Erfreut, Sie kennenzulernen, Sir. Neville und Helena sitzen drinnen im Wagen. Da mich die Last meiner öffentlichen Verpflichtungen in letzter Zeit etwas arg bedrückt hat, habe ich beschlossen, ein bißchen frische Luft zu schnappen und mit den beiden hinauszufahren, um erst am Abend wieder zurückzukehren. Soso, also Sie sind der Reverend Mr. Septimus...?« Er musterte ihn von oben bis unten mit unverhohlener Enttäuschung und drehte dabei einen Kneifer am Bändel, als ob er ihn rösten wollte, ohne ihn jedoch aufzusetzen. »Aha! Ich hätte Sie älter erwartet, Sir.«

»Ich hoffe, ich werde es noch«, lautete die gutgelaunte Antwort.

»Hä?« fragte Mr. Honeythunder.

»Nichts. War nur ein kleiner Witz. Lohnt nicht, wiederholt zu werden.«

»Ein Witz? Ach so. Witze verstehe ich nie«, erwiderte Mr. Honeythunder stirnrunzelnd. »Witze sind bei mir verschwendet. He, wo sind denn die beiden? Helena und Neville, kommt heraus! Mr. Crisparkle ist gekommen, euch zu begrüßen.«

Ein ungewöhnlich schöner junger Mann und ein ungewöhnlich schönes junges Mädchen; einander sehr ähnlich; beide schwarzhaarig und von ziemlich dunklem Teint, sie fast wie eine Zigeunerin; etwas Ungezähmtes in beiden; ein Hauch von Jäger und Jägerin; zugleich aber auch, als wären sie eher das Wild als die Jäger; schlank, geschmeidig, mit flinken Augen und Bewegungen; halb scheu, halb trotzig; herausfordernder Blick; und immer wieder eine undefinierbare Art von Lauern in ihrem ganzen Ausdruck, in Gesicht und Haltung, auch dies vergleichbar dem Lauern vor einem Ducken oder einem Sprung. So hätten die Stichwortnotizen, die Mr. Crisparkle sich in den ersten fünf Minuten im Geiste machte, *verbatim* gelautet.

Er lud Mr. Honeythunder zum Essen ein (schweren Herzens, denn das zu erwartende Unbehagen der lieben alten Porzellanschäferin bedrückte ihn sehr), und bot Helena den Arm. Sowohl sie wie ihr Bruder zeigten sich, als sie zusammen durch die alten Straßen gingen, sehr entzückt von allem, was er ihnen über die Kathedrale und die Klosterruinen erzählte, und bestaunten es – so gingen seine mentalen Notizen weiter –, als ob sie zwei schöne gefangene Wilde aus einem tropischen Lande wären.

Mr. Honeythunder stolzierte mitten auf der Straße, stieß die Eingeborenen mit den Schultern beiseite und erklärte lauthals, was für einen Plan er entwickelt habe, um mit der Arbeitslosigkeit fertig zu werden, nämlich alle Arbeitslosen im Vereinigten Königreich zusammenzutreiben, sie in Lager zu sperren und sie bei Androhung der sofortigen Liquidation zu zwingen, Philanthropen zu werden.

So kamen sie zum Hilfskanonikuswinkel. Mrs. Crisparkle mußte ihre ganze Portion Philanthropie zusammennehmen, als sie diesen so raumgreifenden und geräuschvollen Auswuchs an ihrer kleinen Party erblickte. Schon immer so etwas wie ein Pickel auf dem Gesicht der Gesellschaft, schwoll Mr. Honeythunder im Hilfskanonikuswinkel zu einem entzündeten Furunkel an. Mochte es auch nicht wörtlich stimmen, was notorische Skeptiker scherzhaft von ihm behaupteten, nämlich daß er seinen Mitmenschen lauthals zuriefe: »Fluch über eure Seelen und Leiber, kommt her und lasset euch segnen!«, so war doch seine Philanthropie von jener knalligen Art, die es schwer machte, sie von Menschenhaß zu unterscheiden. Die Armee sollte abgeschafft werden, aber zuerst sollten alle Offiziere, die ihre Pflicht getan haben, wegen dieses Verbrechens vor ein Kriegsgericht gestellt und erschossen werden. Der Krieg sollte abgeschafft werden, aber zum Frieden sollte man die Menschen bekehren, indem man gegen sie Krieg führte und sie bezichtigte, den Krieg zu lieben wie ihren Augapfel. Die Todesstrafe sollte abgeschafft werden, aber zuvor sollten alle Gesetzgeber und Juristen, die gegenteiliger Meinung waren, vom Antlitz der Erde hinweggefegt werden. Allgemeine Eintracht sollte herrschen, und die erreichte man, indem man alle Menschen, die nicht einträchtig sein wollten oder es beim besten Willen nicht konnten, eliminierte. Seinen Nächsten sollte man lieben wie sich selbst, aber erst nachdem man ihn eine unbestimmte Zeit lang verleumdet und (ganz so, als ob man ihn haßte) auf jede nur mögliche Weise beschimpft hatte. Vor allem aber durfte man nichts privat oder auf eigene Rechnung tun. Sondern man sollte zum Büro des Hafens der Philanthropie gehen und sich dort als

Mitglied und Bekennender Philanthrop einschreiben. Dann sollte man seinen Beitrag bezahlen, seine Mitgliedskarte und seine Medaille am Band in Empfang nehmen und fortan wie auf einem Podium leben und immer das sagen, was Mr. Honeythunder gesagt hat und was der Schatzmeister gesagt hat und was der Unterschatzmeister gesagt hat und was der Ausschuß gesagt hat und was der Unterausschuß gesagt hat und was der Sekretär gesagt hat und was der Vizesekretär gesagt hat. Und das stand dann gewöhnlich in der einstimmig beschlossenen, mit Unterschrift und Siegel versehenen Resolution, in der es hieß: »Die zusammengetretene Körperschaft Bekennender Philanthropen sieht mit Empörung und zorniger Verachtung, nicht ohne tiefen Abscheu und Ekel…« usw. usf., mit einem Wort: auf die Niedrigkeit aller derer herab, die nicht zu ihr gehören, und verpflichtet sich, so viele häßliche Dinge wie irgend möglich über sie zu sagen, ohne es dabei mit den Tatsachen allzu genau zu nehmen.

Das Mittagessen wurde ein Desaster. Der Philanthrop ruinierte die Symmetrie der Tischordnung, setzte sich an die Seite, wo serviert werden sollte, versperrte den Durchgang zur Küche und brachte Mr. Tope (der dem Dienstmädchen beim Servieren half) an den Rand des Wahnsinns, indem er die Schüsseln und Teller über seinen Kopf weiterreichte. Keiner konnte mit einem anderen reden, weil der Philanthrop immer alle gleichzeitig ansprach, als wäre die Tischgesellschaft nicht eine Anzahl von Individuen, sondern eine Versammlung. Er nahm sich den Reverend Septimus Crisparkle vor, als eine Art Amtsperson zum Ansprechen oder als eine Art menschlichen Haken zum Aufhängen seines rhetorischen Hutes, und verfiel in die aufreizende, aber bei solchen Rednern verbreitete Gewohnheit, sein Gegenüber als einen niederträchtigen und elenden Gegner anzusprechen. So sagte er zum Beispiel: »Sie werden sich doch nicht lächerlich machen und mir erzählen wollen…« und so weiter, während der Angesprochene weder den Mund aufgetan noch die Absicht dazu gehabt hatte. Oder er sagte: »Da sehen Sie nun, in was für eine Lage Sie sich gebracht haben! Ich werde Ihnen keinen Ausweg lassen. Nachdem Sie über Jahre und Jahre alles ausgeschöpft haben, was Lug und Trug nur hergaben, nachdem Sie eine Mischung aus feiger Niedertracht und schnöder Frechheit vorgeführt haben, wie sie die Welt nur selten gesehen hat, legen Sie jetzt die Heuchelei an den Tag, vor dem verkommensten aller Menschen das Knie zu beugen und heulend und winselnd um Gnade zu flehen!« Wozu der unglückliche Hilfskanonikus ein halb indigniertes, halb perplexes Gesicht machte, indes seine werte Mutter bestürzt und mit Tränen in den Augen dasaß und der Rest der Tafelrunde in einen gallertartigen Zustand versank, der weder Geschmack noch Festigkeit hatte und nur sehr wenig Widerstand bot.

Jedoch der Schwall von Philanthropie, der sich ergoß, als Mr. Honeythunders Aufbruch zu drohen begann, muß diesen vortrefflichen Mann sehr befriedigt haben. Sein Kaffee kam dank der speziellen Bemühungen von Mr. Tope eine volle Stunde, bevor er bestellt wurde. Mr. Crisparkle saß fast die nämliche Zeit mit der Uhr in der Hand, damit der Gast nur ja nicht zu spät aufbrach. Die vier jungen Leute waren einhellig der Meinung, die Uhr der Kathedrale habe drei Viertel geschlagen, als sie in Wahrheit erst ein Viertel geschlagen hatte. Miss Twinkleton schätzte den Fußweg bis zur Haltestelle des Omnibusses auf fünfundzwanzig Minuten, während es in Wirklichkeit nur fünf waren. Die überströmende Freundlichkeit der ganzen Party half dem Mann in den Mantel und schob ihn hinaus ins Mondlicht, als wäre er ein flüchtiger Hochverräter, mit dem sie sympathisierten, und ein Trupp Berittener wäre schon an der Hintertür. Mr. Crisparkle und sein neuer Zögling, die ihn zum Omnibus brachten, waren so innig in ihrer Besorgnis, er könnte sich eine Erkältung holen, daß sie ihn sofort hineinsetzten und allein darin ließen, als es immer noch eine gute halbe Stunde bis zur Abfahrt war.

Kapitel 7
Vertrauliche Mitteilungen

»Ich kenne diesen Herrn nur sehr flüchtig«, sagte Neville zu dem Hilfskanonikus, als sie zurückgingen.

»Sie kennen Ihren Herrn Vormund nur flüchtig?« wunderte sich der Hilfskanonikus.

»Fast gar nicht!«

»Und wie kommt es dann, daß er...«

»Daß er mein Vormund ist? Ich will es Ihnen erzählen, Sir. Ich nehme an, Sie wissen, daß wir, meine Schwester und ich, aus Ceylon kommen.«

»Nein, das wußte ich nicht.«

»Das wundert mich. Wir lebten dort bei einem Stiefvater. Unsere Mutter ist gestorben, als wir noch klein waren. Wir hatten ein schweres Leben. Sie hatte ihn zu unserem Vormund bestimmt, und er erwies sich als ein elender Geizkragen, der uns mit Essen und Kleidung knapp hielt. Bei seinem Tod übergab er uns an diesen Mann hier – aus keinem anderen Grund, soviel ich weiß, als daß er ein Freund oder Bekannter von ihm war, dessen Name dauernd in der Zeitung stand und so seine Aufmerksamkeit erregt hatte.«

»Das war erst vor kurzem, nehme ich an?«

»Vor ganz kurzem, Sir. Unser Stiefvater war ein brutaler, gemeiner Schinder. Es war ein Glück, daß er starb, sonst hätte ich ihn womöglich umgebracht.«

Mr. Crisparkle blieb ruckartig im Mondlicht stehen und sah konsterniert seinen hoffnungsvollen Zögling an.

»Es überrascht Sie wohl, daß ich so rede, Sir?« sagte dieser in schnellem Wechsel zu einem unterwürfigen Ton.

»Es schockiert mich, es schockiert mich ganz ungemein.«

Der Zögling ließ eine Weile den Kopf hängen, während sie weitergingen, dann sagte er: »Sie haben ihn nie Ihre Schwester schlagen sehen. Ich habe ihn gesehen, wie er meine schlug, mehr als bloß ein- oder zweimal, und das werde ich nie vergessen.«

»Nichts«, sagte Mr. Crisparkle, »nicht einmal die Tränen einer geliebten und schönen Schwester, die schwer mißhandelt wird« – er wurde gegen seinen Willen mit wachsender Empörung weniger streng – »kann die abscheulichen Worte rechtfertigen, die Sie gebraucht haben.«

»Es tut mir leid, sie gebraucht zu haben, besonders Ihnen gegenüber, Sir. Ich nehme sie zurück. Aber erlauben Sie mir, Sie in einem Punkt zu korrigieren: Sie sprachen von den Tränen meiner Schwester. Meine Schwester hätte sich eher in Stücke reißen als jenen Mann glauben lassen, er sei imstande, sie zum Weinen zu bringen.«

Mr. Crisparkle sah seine mentalen Notizen durch und war weder im mindesten überrascht von der Auskunft noch im mindesten geneigt, sie in Frage zu stellen.

»Vielleicht kommt es Ihnen sonderbar vor, Sir« – dies wurde mit zögernder Stimme gesagt –, »wenn ich Sie so früh schon um die Erlaubnis bitte, mich Ihnen anvertrauen und ein paar Worte zu meiner Verteidigung sagen zu dürfen.«

»Verteidigung?« wiederholte Mr. Crisparkle. »Sie müssen sich nicht verteidigen, Mr. Neville.«

»Ich denke, ich muß, Sir. Zumindest weiß ich, daß ich es müßte, wenn Sie meinen Charakter besser kennen würden.«

»Nun, Mr. Neville«, war die Antwort. »Wie wär's, wenn Sie es mir überließen, ihn kennenzulernen?«

»Da es Ihnen beliebt, Sir«, antwortete der junge Mann in einem plötzlichen Wechsel zu düsterer Enttäuschung, »meinen spontanen Impuls abzublocken, muß ich mich wohl fügen.«

Es lag etwas im Ton dieser kurzen Rede, was den gewissenhaften Mann, an den sie gerichtet war, beunruhigte. Es ließ ihn befürchten, er könnte ungewollt eine Vertraulichkeit abgewiesen haben, die sich wohltuend auf jenes ungestalte junge Gemüt ausgewirkt hätte, vielleicht auch wohltuend auf seine Macht, es zu lenken und zu formen. Sie sahen schon das Licht in seinen Fenstern, als er stehenblieb.

»Lassen Sie uns umkehren und noch eine oder zwei Runden drehen, Mr. Neville, sonst haben Sie nicht genug Zeit für das, was Sie mir sagen wollten. Sie haben zu rasch geglaubt, ich wollte Sie abweisen. Ganz im Gegenteil. Ich lade Sie ein, sich mir anzuvertrauen.«

»Sie haben mich schon die ganze Zeit, seit ich hier bin, unbewußt dazu eingeladen, Sir. Ich sage ›die ganze Zeit‹, als ob ich schon seit einer Woche hier wäre. Die Wahrheit ist: wir sind mit dem Vorsatz hierhergekommen, meine Schwester und ich, mit Ihnen Streit anzufangen, Sie vor den Kopf zu stoßen und wieder abzufahren.«

»Wirklich?« sagte Mr. Crisparkle, dem nichts anderes zu sagen einfiel.

»Sehen Sie, wir konnten ja vorher nicht wissen, wie Sie sind, nicht wahr?«

»Natürlich nicht.«

»Und da wir noch nie jemanden kennengelernt hatten, den wir leiden konnten, hatten wir beschlossen, auch Sie nicht leiden zu können.«

»Wirklich?« sagte Mr. Crisparkle abermals.

»Aber wir mögen Sie leiden, Sir, und wir sehen einen unverkennbaren Unterschied zwischen Ihrem Haus und der Art, wie Sie uns empfangen haben, und allem anderen, was wir je kennengelernt haben. Dies – und daß ich plötzlich mit Ihnen allein war – und die friedliche Ruhe, die uns hier umgibt, seit Mr. Honeythunder weg ist – und dieses alte und ernste und schöne Cloisterham im Mondlicht – das alles hat mich dazu bewogen, Ihnen mein Herz zu öffnen.«

»Ich verstehe das gut, Mr. Neville. Und es ist wohltuend, auf solche Eingebungen zu hören.«

»Wenn ich meine Unvollkommenheiten beschreibe, muß ich Sie bitten, nicht anzunehmen, daß ich damit auch die Unvollkommenheiten meiner Schwester beschriebe. Sie ist aus den Widrigkeiten unseres elenden Lebens um soviel besser herausgekommen als ich, wie dieser Kathedralenturm höher ist als jene Schornsteine dort.«

Mr. Crisparkle war sich dessen in seinem Innern nicht so sicher.

»Seit meinen frühesten Kindheitserinnerungen hatte ich einen bitteren, tödlichen Haß in mir zu unterdrücken. Das hat mich verschlossen und rachsüchtig gemacht. Immer bin ich mit eiserner Hand niedergehalten worden. Das hat mich in meiner Schwäche dazu getrieben, mich in Gemeinheit und Falschheit zu flüchten. Alles hat man mir knapp gehalten: Bildung, Freiheit, Geld, Kleidung, die Grundbedürfnisse des Lebens, die normalsten Freuden der Kindheit, die normalsten Güter der Jugend. Daher nun mein ausgesprochener Mangel an ich weiß nicht welchen Gefühlen oder Erinnerungen oder guten Instinkten – Sie sehen, ich habe nicht mal einen Namen dafür! –, auf denen Sie bei anderen jungen Männern, mit denen Sie sich beschäftigen, aufbauen können.«

›Das ist wohl wahr, aber nicht ermutigend‹, dachte Mr. Crisparkle, als sie wieder umkehrten.

»Und um zu Ende zu kommen, Sir: Ich bin unter verworfenen, kriecherischen, unfreien Menschen einer minderen Rasse aufgewachsen, und es kann leicht sein, daß ich etwas von ihrer Natur angenommen habe. Manchmal ist mir, ich weiß nicht, als hätte ich einen Tropfen von dem, was tigerisch in ihrem Blut ist.«

Wie bei der Bemerkung vorhin, dachte Mr. Crisparkle.

»Ein Wort noch über meine Schwester (wir sind Zwillinge). Sie sollten zu ihrer Ehre wissen, Sir, daß nichts in unserem Elend sie jemals hat beugen können, obwohl es mir oft allen Mut nahm. Wenn wir fortliefen (wir sind viermal in sechs Jahren fortgelaufen, um jedesmal bald wieder zurückgebracht und grausam bestraft zu werden), war es immer sie, die unsere Flucht geplant und geleitet hatte. Jedesmal verkleidete sie sich als Junge und bewies den Mut eines Mannes. Ich glaube, wir waren sieben Jahre alt, als wir das erste Mal fortliefen. Aber ich erinnere mich, als ich das Taschenmesser verloren hatte, mit dem sie sich die Haare kurz schneiden wollte, wie verzweifelt sie versuchte, sich die Haare auszureißen oder abzubeißen. Ich habe nichts weiter zu sagen, Sir, höchstens noch, daß ich hoffe, Sie werden Geduld mit mir haben und mir mildernde Umstände einräumen.«

»Da können Sie ganz beruhigt sein, Mr. Neville«, versetzte der Hilfskanonikus. »Ich predige nicht gern mehr als ich helfen kann, und ich werde Ihnen Ihr Vertrauen nicht mit einer Predigt vergelten. Aber ich bitte Sie dringend, stets im Kopf zu behalten und nie zu vergessen, daß ich, wenn ich Ihnen irgend etwas Gutes tun kann, es nur mit Ihrem Beistand werde tun können. Und daß Sie den nur leisten können, wenn Sie die Hilfe des Himmels erbitten.«

»Ich will mich bemühen, mein Bestes zu tun.«

»Und ich das meine. Hier meine Hand drauf, Mr. Neville. Möge Gott unsere Bemühungen segnen!«

Sie standen jetzt vor der Haustüre, und von drinnen war fröhliches Stimmengewirr und Gelächter zu hören.

»Drehen wir noch eine Runde, bevor wir hineingehen«, sagte Mr. Crisparkle. »Ich möchte Sie noch etwas fragen. Als Sie vorhin sagten, Sie hätten Ihre Meinung über mich geändert, da sprachen Sie doch nicht nur für sich, sondern auch für Ihre Schwester, nicht wahr?«

»Gewiß, Sir.«

»Entschuldigen Sie, Mr. Neville, aber ich dachte, Sie hätten gar keine Gelegenheit gehabt, mit Ihrer Schwester zu sprechen, seit wir uns begegnet sind. Mr. Honeythunder war ja sehr eloquent, aber vielleicht darf ich, ganz ohne böse Absichten, die Bemerkung wagen, daß er die Gelegenheit eher monopolisiert hat. Könnte es sein, daß Sie ohne ausreichende Rücksprache für Ihre Schwester gesprochen haben?«

Neville schüttelte mit einem stolzen Lächeln den Kopf.

»Sie wissen noch nicht, Sir, wie vollkommen wir uns verstehen, meine Schwester und ich, auch ohne daß wir ein einziges Wort – höchstens vielleicht einen Blick – gewechselt haben. Sie empfindet nicht nur genauso, wie ich es beschrieben habe, sondern sie weiß auch sehr gut, daß ich jetzt diese Gelegenheit nutze, um mit Ihnen sowohl über mich wie über sie zu sprechen.«

Mr. Crisparkle sah ihn etwas ungläubig an, aber Nevilles Gesicht drückte eine so absolute und feste Gewißheit über die Wahrheit dessen aus, was er gesagt hatte, daß Mr. Crisparkle den Blick zu Boden senkte und nachdenklich neben ihm herging, bis sie wieder vor seiner Haustüre angelangt waren.

»Diesmal möchte ich um noch eine Runde bitten, Sir«, sagte der junge Mann, während ihm eine recht lebhafte Farbe ins Gesicht stieg. »Wenn da nicht Mr. Honeythunders ... ich glaube, Sie nannten es Eloquenz, Sir« (etwas zögernd).

»Ich ... ja, ich nannte es Eloquenz«, sagte Mr. Crisparkle.

»Wenn da nicht Mr. Honeythunders Eloquenz gewesen wäre, hätte ich vielleicht kein Bedürfnis, Sie zu fragen, was ich Sie jetzt fragen werde. Dieser Mr. Edwin Drood, das ist doch der Name?«

»Ganz recht«, sagte Mr. Crisparkle. »D, R, doppel-O, D.«

»Ist er – oder war er – Ihr Schüler, Sir?«

»Weder – noch, Mr. Neville. Er kommt hierher, um seinen Verwandten zu besuchen, Mr. Jasper.«

»Ist Miss Bud auch seine Verwandte?«

(›Wieso fragt er das jetzt plötzlich mit einer solchen Geringschätzung?‹ dachte Mr. Crisparkle.) Dann erklärte er, was er von der Geschichte mit ihrer Verlobung wußte.

»Ach so, deswegen!« sagte der junge Mann. »Jetzt verstehe ich seine Besitzermiene!«

Das war so offenkundig zu sich selber gesagt, oder jedenfalls zu einem anderen Menschen als Mr. Crisparkle, daß dieser instinktiv das Gefühl hatte, es zur Kenntnis zu nehmen wäre ebenso taktlos wie eine Passage in einem Brief zur Kenntnis zu nehmen, die man zufällig über die Schulter des Schreibers gelesen hat. Einen Augenblick später traten die beiden ins Haus.

Als sie ins Wohnzimmer traten, saß Mr. Jasper am Klavier und begleitete Miss Rosebuds Gesang. Da er ohne Noten spielte und sie ein unachtsames kleines Ding war, das sehr leicht aus dem Takt geriet, folgte er ihren Lippen sehr aufmerksam, mit den Augen ebenso wie mit den Händen, und schlug sorgfältig und leise von Zeit zu Zeit den Grundton an. Neben ihr, einen

Arm um sie geschlungen, aber mit einem Gesicht, das weit mehr Interesse für Mr. Jasper als für ihren Gesang zeigte, stand Helena, die sofort einen raschen Blick mit ihrem Bruder wechselte, in dem Mr. Crisparkle das erwähnte tiefe Einverständnis aufblitzen sah oder zu sehen meinte. Dann nahm Mr. Neville seine bewundernde Haltung ein, indem er sich der Sängerin gegenüber an das Klavier lehnte; Mr. Crisparkle setzte sich zu der Porzellanschäferin; Edwin Drood klappte galant Miss Twinkletons Fächer auf und zu, während diese passiv dasaß und gewissermaßen Eigentum an der laufenden Darbietung für sich beanspruchte, ganz wie es der Küster Mr. Tope tagtäglich beim Gottesdienst in der Kathedrale tat.

Das Lied ging weiter. Es war ein trauriges Abschiedslied, und die frische junge Stimme war sehr klagend und zart. Während Jasper die hübschen Lippen beobachtete und immer wieder den einen Ton anschlug, als wär's ein Flüstern auf *seinen* Lippen, wurde die Stimme zunehmend unsicher, bis die Sängerin auf einmal in Tränen ausbrach und, während sie ihr Gesicht mit den Händen bedeckte, schluchzend aufschrie: »Ich halte das nicht mehr aus! Ich habe Angst! Bringt mich hier weg!«

Mit einer raschen Drehung ihres geschmeidigen Körpers legte Helena das schöne Kind auf ein Sofa, als hätte sie es gar nicht erst auffangen müssen. Dann sagte sie, halb neben der Zitternden kniend, eine Hand auf ihren rosigen Mund gelegt und die andere abwehrend zu den anderen erhoben: »Es ist nichts, es ist schon vorbei, laßt sie für einen Moment in Ruhe, und sie wird gleich wieder wohlauf sein.«

Jasper hatte im selben Moment die Hände von den Tasten gehoben und hielt sie jetzt in der Luft über ihnen, als wartete er, daß es weiterginge. Er blieb sehr ruhig in dieser Haltung sitzen und schaute sich nicht einmal um, während alle anderen die Plätze gewechselt hatten und einander beruhigend zuredeten.

»Pussy ist es nicht gewöhnt, vor Publikum zu singen, das ist alles«, sagte Edwin Drood. »Sie ist nervös geworden und hat's nicht mehr ausgehalten. Und übrigens, Jack, du bist ein so gewissenhafter Lehrer und verlangst so viel, daß sie sich, glaube ich, ein bißchen vor dir fürchtet. Kein Wunder.«

»Kein Wunder«, wiederholte Helena.

»Da, hörst du's, Jack? Auch Sie würden sich unter solchen Umständen vor ihm fürchten, nicht wahr, Miss Landless?«

»Unter keinen Umständen«, antwortete Helena.

Jasper senkte die Hände, sah über seine Schulter und dankte Miss Landless für die Freundlichkeit, seinen Charakter in Schutz genommen zu haben. Dann ließ er die Finger lautlos über die Tasten gleiten, als spielte er, ohne eine Taste zu berühren, während seine Schülerin an ein offenes Fenster gebracht wurde, damit sie frische Luft schnappen konnte, und anderweitig umsorgt und umhegt wurde. Als sie zurückgebracht wurde, war sein Platz leer. »Jack ist gegangen, Pussy«, erklärte Edwin. »Ich fürchte fast, es mißfiel ihm, als ein Monster hingestellt zu werden, das dir angst gemacht hat.« Aber sie sagte kein Wort und schauderte nur leicht zusammen, als hätte man sie ein bißchen zu lange der kalten Luft ausgesetzt.

An diesem Punkt gab Miss Twinkleton gegenüber Mrs. Crisparkle zu verstehen, es sei in der Tat schon recht spät, um sich noch außerhalb der Mauern des Nonnenhauses aufzuhalten, »und wir, die wir es auf uns genommen haben, uns um die Erziehung der künftigen Frauen und Mütter Englands zu kümmern« (die letzten Worte mit leiserer Stimme, als handle es sich um eine vertrauliche Mitteilung), »sind wirklich gehalten« (wieder mit lauterer Stimme), »ein besseres Beispiel zu geben als das ausschweifender Gewohnheiten.« So wurden nun Schals und Mäntel geholt, und die beiden jungen Herren erboten sich, die Damen nach Hause zu bringen. Gesagt, getan, und bald darauf schloß sich das Tor des Nonnenhauses hinter ihnen.

Die Mädchen waren schon schlafen gegangen, nur Mrs. Tisher hielt noch einsame Wacht, um die neue Schülerin zu erwarten. Da diese das Zimmer mit Rosa teilen sollte, war jedoch nur wenig zur Einführung oder Erklärung nötig, bevor sie ihrer neuen Freundin anvertraut und mit ihr allein gelassen werden konnte.

»Was für eine schöne Überraschung, meine Liebe!« sagte Helena. »Den ganzen Tag lang habe ich gefürchtet, daß mich bei meiner Ankunft hier alle anstarren würden.«

»Wir sind nicht viele«, antwortete Rosa, »und wir sind gutartige Mädchen. Jedenfalls die anderen, ich kann für sie bürgen.«

»Und ich kann für dich bürgen«, lachte Helena, musterte das hübsche Gesichtchen mit ihren dunkel glühenden Augen und streichelte zärtlich die kleine Gestalt. »Wir werden Freundinnen sein, ja?«

»Ich hoffe. Allerdings kommt mir der Gedanke, deine Freundin zu sein, absurd vor.«

»Wieso?«

»Ach, ich bin ein so unbedeutendes Ding, und du bist schon so fraulich und schön. Du kommst mir so stark und entschieden vor, daß du mich zermalmen könntest. Neben dir schrumpfe ich zu nichts zusammen.«

»Ich bin ein vernachlässigtes Geschöpf, meine Liebe, ungebildet und ohne alle Fertigkeiten, ich bin mir schmerzlich bewußt, daß ich alles noch lernen muß, und tief beschämt über meine Ignoranz.«

»Aber mir traust du alles zu!« sagte Rosa.

»Meine Schöne, kann ich denn anders? Du hast so etwas Bezauberndes.«

»Ach ja?« schmollte Rosa halb im Spaß, halb im Ernst. »Wie schade, daß Eddy nichts mehr davon merkt.«

Natürlich waren ihre Beziehungen zu dem jungen Mann schon im Hilfskanonikuswinkel angesprochen worden.

»Wieso, er *muß* dich doch von ganzem Herzen lieben!« rief Helena mit einem Ernst, der in wilden Zorn umzuschlagen drohte, falls es nicht so sein sollte.

»Was? Oh, ja sicher, das tut er vielleicht«, sagte Rosa wieder schmollend. »Ich bin sicher, ich habe kein Recht, das Gegenteil zu behaupten. Vielleicht ist es meine Schuld. Vielleicht bin ich nicht so nett zu ihm, wie ich sollte. Nein, ich denke, ich bin es nicht. Aber es ist so lächerlich!«

Helenas Augen fragten, was.

»*Wir* sind es«, antwortete Rosa, als wäre die Frage laut gestellt worden. »Wir sind ein so lächerliches Paar. Und wir zanken uns dauernd.«

»Wieso?«

»Weil wir beide wissen, wie lächerlich wir sind, meine Liebe!« Rosa gab diese Antwort, als ob sie die schlüssigste Antwort der Welt wäre.

Helenas herrischer Blick ruhte ein paar Sekunden auf Rosas Gesicht, dann streckte sie ihr impulsiv beide Hände entgegen und sagte:

»Willst du meine Freundin sein und mir helfen?«

»Gewiß will ich das!« antwortete Rosa in einem zutraulich-kindlichen Ton, der Helena direkt zu Herzen ging. »Ich werde sosehr deine Freundin sein, wie so ein unbedeutendes Ding wie ich die Freundin eines so edlen Geschöpfes sein kann, wie du es bist. Und bitte, sei du auch meine Freundin. Ich verstehe mich selbst nicht und brauche sosehr eine Freundin, die mich verstehen kann.«

Helena Landless küßte sie und sagte, während sie ihre beiden Hände festhielt:

»Wer ist Mr. Jasper?«

Rosa wandte den Kopf zur Seite und sagte: »Eddys Onkel. Und mein Musiklehrer.«

»Du liebst ihn nicht?«

»Huh!« Rosa schlug sich schaudernd die Hände vor das Gesicht.

»Du weißt, daß er dich liebt?«

»Oh, nein, nein, nein!« schrie Rosa auf, fiel in die Knie und klammerte sich an ihre neue Stütze. »Sprich nicht davon! Er macht mir angst. Er verfolgt mich in meinen Gedanken wie ein böser Geist. Ich fühle mich nirgends sicher vor ihm. Mir ist, als könnte er durch die Wand hereinkommen, wenn man von ihm spricht.« Sie schaute sich tatsächlich um, als fürchtete sie, ihn im Dunkeln hinter sich stehen zu sehen.

»Versuch trotzdem, mir davon zu erzählen, Liebes.«

»Ja, ich will's versuchen. Weil du so stark bist. Aber du mußt mich dabei festhalten, und bleib hinterher bei mir.«

»Kindchen, du sprichst ja, als ob er dich irgendwie dunkel bedroht hätte.«

»Er hat nie zu mir über... über *das* gesprochen. Nie.«

»Was hat er denn getan?«

»Er hat mich mit seinen Blicken zur Sklavin gemacht. Er hat mich gezwungen, ihn zu verstehen, ohne daß er ein Wort zu sagen brauchte. Und er hat mich gezwungen, darüber zu schweigen, ohne daß er mich zu bedrohen brauchte. Wenn ich spiele, läßt er keinen Blick von meinen Fingern. Wenn ich singe, läßt er keinen Blick von meinen Lippen. Wenn er mich korrigiert und einen Ton anschlägt oder einen Akkord oder eine Stelle vorspielt, steckt er selbst in den Tönen und raunt mir zu, daß er mich als Liebender verfolgt und mir befiehlt, sein Geheimnis zu wahren. Ich vermeide es, ihm in die Augen zu sehen, aber er zwingt mich, sie zu sehen, auch wenn ich nicht hinsehe. Selbst wenn sie sich plötzlich verschleiern, was manchmal vorkommt – wobei er sich dann in einen schrecklichen Traum zu verlieren scheint, der ihn noch bedrohlicher macht –, selbst dann zwingt er mich, es zu wissen und seine Nähe noch schrecklicher als sonst zu spüren.«

»Und was ist das für eine imaginäre Drohung, Liebes? Was droht er dir an?«

»Ich weiß nicht. Ich habe nie gewagt, auch nur daran zu denken oder mich zu fragen, was es sein könnte.«

»Und das war alles, heute abend?«

»Das war alles. Nur daß ich heute abend, als er meine Lippen so scharf beobachtete, während ich sang, außer Angst auch noch Scham empfand und mich tief verletzt fühlte. Es war, als ob er mich küßte, und ich konnte es nicht mehr ertragen und mußte schreien. Du darfst kein Sterbenswörtchen von all dem weitersagen. Eddy liebt ihn sehr. Du hast heute abend gesagt, du würdest dich unter keinen Umständen vor ihm fürchten, und das hat mir Mut gemacht – mir, die ich soviel Angst vor ihm habe –, dir und nur dir davon zu erzählen. Halt mich fest! Bleib bei mir! Ich fürchte mich so, allein zu sein.«

Das leuchtende Zigeunergesicht beugte sich über die flehenden Arme und den bebenden Busen, und das wilde schwarze Haar fiel schützend über die kindliche Gestalt. Ein düsterer Funke von Haß glomm in den eindringlichen dunklen Augen, obwohl sie von Mitleid und Bewunderung noch verschleiert waren. Möge, wer immer davon am meisten betroffen sein mag, sich gut davor hüten!

VII

Das bedrohliche, unheilverkündende Ende des siebten Kapitels hat uns etwas ratlos gelassen. Anscheinend gibt es jemanden, den Helena Landless glühend haßt und der also gut daran täte, sich vor ihr zu hüten. Aber wer ist es? Nach der Logik müßte es Jasper sein. Und doch haben wir den Eindruck, daß es der Leser ist, der sich am meisten hüten muß.

Denn es stimmt zwar, daß der Autor selbst sagt, das Objekt des Hasses, den wir in Helenas Augen aufglimmen sehen (mehr noch: der von diesem Haß am meisten Betroffene), könne jeder Beliebige sein. Aber es klingt so, als ob er das nur zum Spaß gesagt hätte, aus reiner Freude am literarischen Spiel, ohne im mindesten selber daran zu glauben.

»Natürlich ist es Jasper!« scheint er uns in Wirklichkeit zu versichern, mit dem breiten Lächeln dessen, der mit offenen Karten spielt. »Wer sollte es denn sonst sein?«

»Drood«, erwidern wir schließlich, die wir den offenen Karten von Dickens nicht im mindesten trauen.

Aber wir haben das nur so hingesagt, um irgendeinen Namen zu nennen. Nutzen wir lieber die Zeit bis zur Fortsetzung des Kongresses, um uns noch einmal die Liste der Personen anzusehen. Wie steht es inzwischen mit der Verdächtigkeit oder Unverdächtigkeit jedes einzelnen?

In der Mitte der zweiten Nummer ist John Jasper mehr denn je der Verdächtige Nummer eins. Die Indizien, die gegen ihn sprechen werden, ohnehin bereits zahlreich genug, verdichten sich von Seite zu Seite und verdüstern sein Bild immer mehr. Dagegen kann der Reverend Crisparkle ohne weiteres ausgeschieden werden: nicht, weil ihn noch nie jemand verdächtigt hat (auch Helena ist noch nie verdächtigt worden, wenn's darum geht), sondern weil er, im Gegensatz zu dem »Philanthropen« Honeythunder, die von Dickens hochgeschätzten Ideen der Toleranz und des freien Zusammenlebens der Menschen verkörpert. Wie könnte er da zugleich ein kaltblütiger Mörder sein? Aus demselben Grunde werden wir auch den Notar Grewgious, eine weitere unbeschreibliche Dickens-Figur, die bald auftreten wird, nicht verdächtigen. Und aus entgegengesetzten Gründen (es sei denn, wir hätten es auf paradoxe oder burleske Lösungen abgesehen) auch nicht komische Figuren wie Durdles, das Ehepaar Tope, die Dame Twinkleton oder Karikaturen wie den Dekan und Mr. Sapsea. Selbst Honeythunder, so verabscheuungswürdig er sein mag, ist zu grotesk, um anderer Missetaten verdächtigt zu werden als der des Betrugs und der Veruntreuung zum Schaden seiner Schutzbefohlenen. Womit uns abgesehen von Rosa (die wir der Einschätzung durch Superintendent Battle überlassen) als Alternative zu Jasper in der Rolle des potentiellen Mörders nur die Geschwister Landless bleiben.

Aber die wenigen Elemente, die Neville und Helena belasten könnten, sind, anders als die minutiös gegen Jasper zusammengetragenen, eher überdeutlich als überzeugend. Welchen Wert haben so grobe, dick aufgetragene »Indizien« wie die orientalische Herkunft und das möglicherweise »gemischte Blut« der Zwillinge, ihr »wilder« Charakter oder Nevilles plötzliche Schwärmerei für Rosa?

Andererseits, wie kann man ausschließen, daß es sich dabei um echte Indizien handelt, die absichtlich überzeichnet worden sind, damit sie wie falsche wirken? Freilich, Dickens kannte Agatha Christie nicht.

Aber er kannte Wilkie Collins und seinen *Moonstone*, den T. S. Eliot als den »ersten, längsten und besten der englischen Kriminalromane« gerühmt hat.

Auch im MED müssen wir also gut aufpassen, daß wir keine »allzu offenkundigen« Indizien übersehen; und daß uns auch keine anderen entgehen, die der Autor im Gegenteil zwischen den Zeilen versteckt oder als kuriose Marginalien kaschiert haben könnte, als bloße Farbtupfer ohne jeden Bezug zu dem Verbrechen.

Zu diesen Kuriositäten gehört die Hypnose und die Telepathie.

Dickens glaubte nicht an Spiritismus, und in seinen Gespenstergeschichten macht er sich stets nur über ihn lustig. Aber er interessierte sich sehr für die paranormale Psychologie. Er praktizierte selber den »Mesmerismus«, wie wir wissen; und obwohl es ihm nie gelungen ist, seine Tochter Kate zu hypnotisieren, nicht einmal aus der Nähe, war er doch überzeugt, daß die mesmerischen Kräfte auch über große Distanzen telepathisch ausgeübt werden könnten. Deshalb fürchtet die sensible Rosa, daß der magnetische Jasper sie sogar »durch die Wand« erreichen könnte. Und deshalb sagt umgekehrt Helena, daß sie ihn nicht fürchtet: Selber magnetisch und telepathisch begabt, hat Helena nicht nur sogleich ihren »Kollegen« erkannt (man sehe nur, wie sie ihn im Hause Crisparkle beobachtet, während er heimlich Rosa hypnotisiert), sondern sie hält sich wohl auch für die Stärkere. Nicht umsonst sind ihre Augen »eindringlich dunkel« und ihr Gesicht irgendwie zigeunerisch. Nicht umsonst kommt sie aus Ceylon.

Außerdem scheinen die Zwillinge sich gewohnheitsmäßig auf telepathischem Wege zu verständigen. Sie verständigen sich miteinander, ohne ein Wort wechseln zu müssen, hat schon Crisparkle notiert.

Und später, wenn er Neville Unterricht gibt, wird er den Eindruck haben, »nicht nur eine, sondern zwei Personen zu unterrichten«.

Womit sich uns, wenn wir zum Schluß des siebten Kapitels zurückkehren, nun die Frage aufdrängt: Wo und mit wem ist Neville zusammen, während Helena bei Rosa ist? Der Titel des achten Kapitels läßt uns vermuten, daß er schon mit Drood aneinandergeraten ist, und ein rascher Blick bestätigt es: Der zornige junge Mann, tödlich beleidigt von seinem Rivalen, ist drauf und dran, über ihn herzufallen, sogar in Gegenwart von Jasper. Aber nicht nur in dessen Gegenwart. Auch die Schwester ist anwesend, wenn die telepathische Beziehung zum Bruder funktioniert. Und gegen wen wäre dann der »düster glimmende Haß« gerichtet, den wir in ihren Augen aufblitzen sehen, wenn nicht gegen Drood?

Unsere Hypothese war also gar nicht so unbegründet, sagen wir uns. Und unser Rat an Drood wäre, wenn wir ihm einen geben könnten, sich vor allem vor Helena zu hüten.

*

Wir sind wieder im Dickens Room, wo die Sitzung endlich beginnen soll. Und wir müssen zugeben, daß die technischen Gründe tatsächlich technische waren. Um kostbare Zeit zu gewinnen und nicht länger auf die berühmte Sprecherin warten zu müssen, haben die Sponsoren für eine neue Höranlage gesorgt, ein Übertragungssystem, das nicht nur simultan, sondern auch *subliminal* funktioniert. Techniker in weißen Kitteln haben die Anlage gerade installiert.

Jeder Teilnehmer wird daher jetzt, wie unsere Hosteß mit passenden Gesten erklärt, seinen Kopfhörer aufsetzen und konzentriert auf ein kaum sekundenlanges Zirpen lauschen (das in Wirklichkeit aus Milliarden von subliminalen Impulsen besteht), durch welches ihm die gesamte zweite Lieferung des MED in den Kopf gepflanzt wird Achtung!

Zzz, zzz – hier die Kapitel sechs und sieben (die wir ja schon kennen). *Zzz, zzz* – hier die Kapitel acht und neun.

Kapitel 8 *Gezückte Dolche*

Die beiden jungen Männer, die gewartet haben, bis die ihrem Schutz anbefohlenen Damen in den Hof des Nonnenhauses getreten sind, und die sich nun von dem Messingschild an der Tür kalt angestarrt fühlen, als wäre der klapprige alte Stutzer mit dem Monokel im Auge anmaßend geworden, sehen einander an, sehen die mondbeschienene Straße hinunter und gehen langsam zusammen fort.

»Bleiben Sie lange hier, Mr. Drood?« fragt Neville.

»Diesmal nicht«, lautet die achtlos hingeworfene Antwort. »Morgen fahre ich wieder nach London. Aber ich werde ab und zu herkommen, bis nächsten Sommer; danach werde ich Cloisterham und ganz England wahrscheinlich für längere Zeit verlassen.«

»Gehen Sie ins Ausland?«

»Ich will mal Ägypten ein bißchen auf Trab bringen«, lautet die herablassende Antwort.

»Studieren Sie?«

»Studieren?« wiederholt Edwin Drood mit einem Anflug von Verachtung. »Nein. Ich *tue* etwas, ich arbeite, ich bin Ingenieur. Mein Vater hat mir als kleines Vermögen einen Anteil am Kapital der Firma hinterlassen, bei der er Teilhaber war und bei der ich jetzt arbeite. Die Firma sorgt für meinen Lebensunterhalt, bis ich volljährig bin, danach trete ich meine bescheidene Teilhabe an. Bis dahin ist Jack – Sie haben ihn ja beim Mittagessen kennengelernt – mein Vormund und Treuhänder.«

»Mr. Crisparkle hat mir auch von Ihrem anderen großen Glück erzählt.«

»Was meinen Sie mit meinem anderen großen Glück?«

Neville hat seine Bemerkung in einem lauernd provozierenden, dabei jedoch scheuen und verschlagenen Ton gemacht, der sehr bezeichnend für seine bereits notierte Eigenart ist, zugleich als Jäger und als Wild zu erscheinen. Edwin hat seine Frage mit einer keineswegs höflichen Schroffheit gestellt. Sie bleiben stehen und wechseln gereizte Blicke.

»Ich hoffe«, sagt Neville, »Sie finden nichts Beleidigendes, Mr. Drood, in meiner harmlosen Anspielung auf Ihre Verlobung.«

»Zum Teufel!« ruft Edwin und geht mit rascheren Schritten weiter. »Jeder in diesem alten Klatschnest spielt darauf an. Ein Wunder, daß noch keiner einen Gasthof ›Zum Goldenen Verlobten‹ eröffnet hat, mit meinem Porträt als Wirtshausschild. Oder mit dem von Pussy. Mit dem einen oder dem anderen.«

»Es ist nicht meine Schuld, wenn Mr. Crisparkle das Thema ganz offen angesprochen hat«, beginnt Neville.

»Nein, das stimmt, das ist es nicht«, gibt Edwin zu.

»Aber ich bin schuld daran«, fährt Neville fort, »daß ich es Ihnen gegenüber erwähnt habe. Und das habe ich in der Meinung getan, daß Sie nicht anders können als sehr stolz darauf zu sein.«

Zwei eigenartige Züge des menschlichen Wesens bilden die geheimen Triebfedern dieses Dialogs. Neville Landless ist bereits tief genug von der kleinen Rosenknospe beeindruckt, um darüber empört zu sein, daß Edwin Drood (der doch so weit unter ihr steht) seinen kostbaren Besitz so leicht nimmt. Und Edwin Drood ist bereits tief genug von Helena Landless beeindruckt, um darüber empört zu sein, daß Helenas Bruder (der doch so weit unter ihr steht) so kühl mit ihm umspringt und ihn so gänzlich beiseite schiebt.

Gleichwohl sollte die letzte Bemerkung lieber beantwortet werden, und darum sagt Edwin jetzt:

»Ich weiß nicht, Mr. Neville« (derart die Form der Anrede von Mr. Crisparkle übernehmend), »ob die Leute über das, worauf sie am meisten stolz sind, gewöhnlich am meisten reden; und ich weiß auch nicht, ob sie es gern haben, wenn sie andere darüber reden hören. Aber ich lebe ein tätiges Leben und lasse mich gerne von euch Studierten belehren, die ihr alles wissen solltet und sicher auch alles wißt.«

Jetzt sind beide wütend geworden, Neville macht kein Hehl

daraus, Edwin Drood verbirgt seine Wut unter der durchsichtigen Hülle einer populären Weise, die er vor sich hin pfeift, wobei er gelegentlich stehenbleibt, um so zu tun, als bewundere er die malerischen Effekte im Mondlicht vor seinen Augen.

»Ich finde es nicht sehr zivilisiert von Ihnen«, sagt Neville schließlich, »so hochnäsig mit einem Fremden umzugehen, der nicht Ihre gute Erziehung genossen hat und nun herkommt, um das Versäumte nachzuholen. Aber freilich, *ich* bin ja auch nicht im ›tätigen Leben‹ aufgewachsen, und meine Vorstellungen von Zivilisiertheit haben sich unter Heiden gebildet.«

»Vielleicht besteht die höchste Zivilisiertheit darin, egal unter was für Menschen man aufgewachsen ist«, erwidert Edwin Drood, »sich um seine eigenen Angelegenheiten zu kümmern. Wenn Sie mir *darin* vorangehen wollen, werde ich Ihnen gerne folgen.«

»Wissen Sie, daß Sie sich entschieden zuviel herausnehmen«, entgegnet Neville wütend, »und daß Sie in dem Teil der Welt, aus dem ich komme, dafür zur Rechenschaft gezogen würden?«

»Von wem, beispielsweise?« fragt Edwin Drood, während er stehenbleibt und den andern geringschätzig mustert.

Da aber legt sich plötzlich eine Hand auf seine Schulter, und Jasper steht zwischen ihnen. Auch er hat offenbar einen Spaziergang zum Nonnenhaus gemacht und ist den beiden auf der Schattenseite der Straße gefolgt.

»Ned, Ned, Ned!« sagt er. »Nichts mehr davon. Ich mag das nicht. Ich habe euch heftige Worte wechseln hören. Vergiß nicht, mein Junge, du bist heute abend fast in der Position eines Gastgebers. Du gehörst praktisch hierher und vertrittst den Ort gegenüber Fremden. Mr. Neville ist ein Fremder, und du solltest die Pflichten der Gastfreundschaft achten. Und Sie, Mr. Neville« – er legt die andere Hand auf die Schulter des jungen Mannes, so daß er nun zwischen den beiden geht, die rechte Hand auf der Schulter des einen, die linke auf der des andern –, »Sie werden verzeihen, aber ich muß auch Sie bitten, Ihr Temperament zu zügeln. Was ist denn passiert? Aber wozu die Frage? Sagen wir einfach, nichts ist passiert, und die Frage erübrigt sich. Wir verstehen uns doch alle drei prächtig, nicht wahr?«

Nach einem stummen Zweikampf der beiden jungen Männer um das Vorrecht, als letzter zu antworten, wirft Edwin Drood schließlich hin: »Also was mich betrifft, Jack, ich hege keinen Groll.«

»Ich auch nicht«, sagt Neville Landless, wenn auch nicht ganz so unbefangen – oder nicht ganz so achtlos. »Aber wenn Mr. Drood wüßte, was ich fern von hier alles durchgemacht habe, würde er besser verstehen, warum mich heftige Worte so tief verletzen.«

»Vielleicht tun wir besser daran«, sagt Jasper besänftigend, »unser gutes Einvernehmen nicht weiter zu qualifizieren. Wir sollten lieber nichts sagen, was noch den Anschein eines Vorwurfs oder Vorbehalts hat, es könnte sonst kleinlich wirken. Frank und frei, Mr. Neville, Sie sehen, daß Ned keinen Groll gegen Sie hegt. Frank und frei, hegen auch Sie keinen Groll gegen ihn?«

»Nicht die Spur, Mr. Jasper!« Aber es klingt noch nicht ganz so frank und frei; oder vielleicht auch, wie vorhin, nicht ganz so achtlos.

»Nun, dann ist ja alles in Ordnung! Bis zu meiner Junggesellenwohnung sind es nur noch ein paar Schritte, das Feuer brennt im Kamin, Wein und Gläser stehen auf dem Tisch, und von dort ist es kein Steinwurf bis zum Hilfskanonikuswinkel. Ned, du fährst morgen früh ab. Laß uns Mr. Neville auf einen Abschiedstrunk mit hinaufnehmen.«

»Von mir aus herzlich gern, Jack.«

»Von mir aus ebenso gern, Mr. Jasper.« Neville spürt, daß er nicht weniger sagen kann, aber er würde lieber nicht mit hinaufgehen. Er ahnt, daß er die Selbstbeherrschung verloren hat, und spürt, daß Edwin Droods kühle Art, weit entfernt, ihn anzustekken, ihn rasend macht.

Mr. Jasper, der immer noch zwischen den beiden geht, die

Hände beiderseits auf ihren Schultern, trällert mit seiner schönen Stimme den Refrain eines Trinkliedes vor sich hin, und so erreichen sie alle drei seine Wohnung. Dort ist das erste sichtbare Objekt, sobald er das Licht einer Lampe dem Schein des Feuers hinzugefügt hat, das Porträt über dem Kamin. Es ist nicht gerade dazu angetan, das Einvernehmen zwischen den beiden jungen Männern zu steigern, zeigt es doch in eher plumper Manier den Grund ihrer Differenzen. Entsprechend betrachten es beide schuldbewußt, sagen aber nichts. Jasper hingegen (der durch sein Verhalten den Eindruck erweckt, als hätte er nur eine unzulängliche Vorstellung von der Ursache ihres Streits) lenkt ihre Aufmerksamkeit direkt auf das Porträt.

»Erkennen Sie das Bild da, Mr. Neville?« fragt er und hält die Lampe so, daß ihr Licht darauf fällt.

»Ich erkenne es, aber es ist alles andere als schmeichelhaft für das Original.«

»Oh, Sie sind zu streng! Es ist ein Werk von Ned, der es mir geschenkt hat.«

»Oh, Pardon, Mr. Drood«, entschuldigt sich Neville in der ehrlichen Absicht, sich zu entschuldigen. »Wenn ich gewußt hätte, daß der Künstler anwesend ist...«

»War nur'n Scherz, Sir, 'n kleiner Scherz«, unterbricht ihn Edwin mit einem provozierenden Gähnen. »Wollte nur mal Pussys Eigenheiten 'n bißchen karikieren. Ich werde sie dieser Tage mal ernsthaft malen, wenn sie hübsch brav und artig ist.«

Der betont gönnerhafte und gleichgültige Ton, in dem diese Worte gesprochen werden, während der Sprecher sich lässig auf einen Stuhl wirft und weit zurückgelehnt die Hände im Nacken verschränkt, bringt den reizbaren und gereizten Neville in Rage. Jasper blickt aufmerksam vom einen zum anderen, lächelt fein und dreht sich dann zum Kamin, um einen Glühwein zu bereiten. Die Zubereitung scheint viel Mixen und Rühren zu erfordern.

»Ich nehme an, Mr. Neville«, sagt Edwin, prompt beleidigt über den empörten Protest gegen ihn, der sich auf dem Gesicht des jungen Landless ebenso deutlich abzeichnet wie das Porträt an der Wand oder wie die Lampe, »ich nehme an, wenn Sie das Porträt Ihrer Liebsten malen würden ...«

»Ich kann nicht malen«, unterbricht ihn Neville.

»Das ist Ihr Pech, aber nicht Ihre Schuld. Sie würden's schon tun, wenn Sie's könnten. Aber *wenn* Sie's könnten, ich nehme an, dann würden Sie wohl Ihre Liebste – egal wie sie in Wirklichkeit ist – als Juno, Minerva, Diana und Venus gleichzeitig malen, was?«

»Ich habe keine Liebste und kann daher nichts dazu sagen.«

»Wenn ich meine Hand mal an einem Porträt von Miss Landless versuchen würde, und zwar im Ernst, verstehen Sie, im Ernst«, sagt Edwin, den eine knabenhafte Prahlsucht erfaßt, »dann sollten Sie mal sehen, was ich kann!«

»Vorausgesetzt, meine Schwester hätte sich vorher bereit gefunden, Ihnen dafür Modell zu sitzen, nicht wahr? Und da sie das niemals tun wird, steht leider zu befürchten, daß ich nie sehen werde, was Sie können. Ich muß den Verlust ertragen.«

Jasper dreht sich mit dem fertigen Glühwein zu den beiden um, füllt ein großes Stielglas für Neville, füllt ein großes Stielglas für Edwin und reicht jedem das seine; dann schenkt er sich selbst ein und sagt:

»Kommen Sie, Mr. Neville, wir müssen auf das Wohl meines Neffen trinken. Da er's ist, der sich verabschieden wird, ist unser Abschiedstrunk ihm gewidmet. Ned, mein bester Junge, alles Liebe und Gute!«

Jasper gibt das Beispiel, indem er sein Glas fast bis zur Neige leert, und Neville tut es ihm gleich. Edwin Drood sagt: »Allerbesten Dank euch beiden!« und folgt dem doppelten Beispiel.

»Sehen Sie ihn an, Mr. Neville!« ruft Jasper und streckt seine Hand bewundernd und zärtlich, wenn auch ein wenig spöttisch aus. »Sehen Sie nur, wie er sich genüßlich räkelt. Die ganze Welt liegt ihm zu Füßen, er braucht nur zu wählen. Ein Leben voll anregender und interessanter Arbeit, ein Leben voller Abwechslung und Spannung, ein Leben in behaglicher Häuslichkeit und Liebe! Sehen Sie ihn an!«

Edwin Droods Gesicht hat sich schnell und bemerkenswert

heftig vom Wein gerötet, desgleichen Nevilles Gesicht. Edwin sitzt immer noch weit zurückgelehnt auf seinem Stuhl, die Hände im Nacken verschränkt.

»Und sehen Sie nur, wie wenig er sich aus alledem macht!« fährt Jasper in neckischer Laune fort. »Er hält es kaum für der Mühe wert, die goldenen Früchte zu pflücken, die reif für ihn am Baume hängen. Und bedenken Sie den Gegensatz, Mr. Neville. Sie und ich haben keinerlei Aussicht auf anregende und interessante Arbeit oder auf Abwechslung und Spannung oder auf behagliche Häuslichkeit und Liebe. Sie und ich haben keine andere Aussicht – es sei denn, Sie sind glücklicher dran als ich, was leicht sein kann – als auf das fade, immergleiche Einerlei dieses öden Kaffs.«

»Bei meinem Ehrenwort, Jack!« sagt Edwin selbstgefällig. »Ich fühle mich ja schon ganz so, als müßte ich mich dafür entschuldigen, daß mir der Weg so schön geebnet worden ist, wie du's beschreibst. Aber du weißt auch, was ich weiß, Jack, und vielleicht ist doch nicht alles ganz so leicht, wie es aussieht. Stimmt's, Pussy?« Und zu dem Porträt gewandt, mit einem Fingerschnalzen: »Wir beide müssen erst noch lernen, miteinander klarzukommen, was, Pussy? Du weißt, was ich meine, Jack.«

Seine Zunge ist schwer und träge geworden. Jasper blickt ruhig und selbstbeherrscht zu Neville hinüber, als erwarte er seine Antwort oder Stellungnahme. Als Neville zu sprechen beginnt, ist auch *seine* Zunge schwer und träge.

»Es wäre vielleicht besser für Mr. Drood gewesen, wenn er ein paar Härten erlebt hätte«, sagt er herausfordernd.

»Bitte?« sagt Edwin und dreht nur ein wenig den Kopf zu ihm. »Bitte, warum wäre es vielleicht besser für Mr. Drood gewesen, wenn er ein paar Härten erlebt hätte?«

»Ja«, stimmt Jasper mit interessierter Miene zu, »sagen Sie uns, warum.«

»Weil sie ihn vielleicht etwas sensibler gemacht hätten«, antwortet Neville, »sensibler für ein Glück, das keineswegs zwangsläufig ein Ergebnis seiner Verdienste ist.«

Mr. Jasper blickt rasch zu seinem Neffen hinüber in Erwartung der Antwort.

»Haben *Sie* denn Härten erlebt, wenn ich fragen darf?« sagt Edwin Drood und setzt sich aufrecht.

Mr. Jasper blickt rasch zu dem anderen hinüber.

»Allerdings.«

»Und wofür haben sie *Sie* sensibel gemacht?«

Mr. Jaspers Blick wechselt bis zum Ende des Dialogs zwischen den beiden hin und her.

»Das habe ich Ihnen heute abend schon mal gesagt.«

»Sie haben nichts dergleichen getan.«

»O doch, das habe ich. Ich habe Ihnen gesagt, daß Sie sich entschieden zuviel herausnehmen.«

»Hatten Sie nicht noch etwas hinzugefügt, wenn ich mich recht entsinne?«

»Ja, ich hatte noch etwas gesagt.«

»Sagen Sie's noch einmal.«

»Ich hatte gesagt, daß Sie in dem Teil der Welt, aus dem ich komme, dafür zur Rechenschaft gezogen würden.«

»Nur dort?« ruft Edwin Drood mit einem verächtlichen Lachen. »Ist das nicht ziemlich weit weg von hier? O ja, ich verstehe schon! Jener Teil der Welt ist in sicherer Entfernung.«

»Na schön, dann eben auch hier«, erwidert Neville mit steigender Wut. »Hier und überall! Ihre Eitelkeit ist unerträglich, Ihr Dünkel ist nicht zum Aushalten, Sie reden, als ob Sie was Seltenes und Kostbares wären und nicht bloß ein ganz gewöhnlicher Prahlhans. Sie sind ein ganz gewöhnlicher Kerl und ein ganz gewöhnlicher Prahlhans.«

»Pah!« faucht Edwin jetzt ebenso wütend, aber beherrschter. »Woher wollen Sie denn das wissen? Sie können vielleicht einen *schwarzen* gewöhnlichen Kerl und einen *schwarzen* gewöhnlichen Prahlhans erkennen, wenn Sie einen sehen – und Sie haben sicher viele Bekannte in jenen Kreisen –, aber wie wollen *Sie* einen *Weißen* beurteilen?«

Diese beleidigende Anspielung auf seine dunkle Hautfarbe bringt Neville derart in Rage, daß er Edwin Drood den Rest seines Weins ins Gesicht schleudert und eben das Glas hinterherwerfen will, als sein Arm von Jasper gepackt wird.

»Ned, lieber Junge!« ruft dieser laut. »Ich flehe dich an, ich befehle dir, bleib ruhig!« Alle drei sind aufgesprungen, Gläser haben geklirrt, und Stühle sind polternd umgefallen. »Mr. Neville, schämen Sie sich! Geben Sie mir dieses Glas. Lassen Sie es los, machen Sie Ihre Hand auf! Ich *will* es haben!«

Aber Neville stößt ihn zurück und steht einen Augenblick in rasender Wut unschlüssig da, das Glas noch in der erhobenen Hand. Dann schleudert er es mit solcher Kraft in den Kamin, daß ein Schauer von Splittern herausgeflogen kommt, und stürzt aus dem Haus.

Als er in die Nachtluft eintaucht, ist zuerst nichts um ihn her fest und stabil; nichts um ihn her scheint zu sein, was es ist. Er weiß nur, daß er barhäuptig mitten in einem blutroten Wirbel steht, wartend, von ihm gepackt zu werden und bis auf den Tod mit ihm zu kämpfen.

Aber da nichts geschieht und der Mond auf ihn herabsieht, als wäre er an seinem Wutanfall gestorben, hält er sich den Kopf und das Herz, die wie Dampfhämmer dröhnen, und taumelt davon. Dann wird ihm vage bewußt, daß er gehört hat, wie hinter ihm die Tür verriegelt und er ausgesperrt worden ist, als wäre er ein gefährliches Tier, und er überlegt, was er jetzt tun soll.

Ein paar wild verzweifelte Gedanken an den Fluß zerfließen im Zauber des Mondlichts, das auf der Kathedrale und den Gräbern liegt, und er erinnert sich an seine Schwester sowie an das, was er dem guten Manne schuldig ist, der sich gerade erst vor wenigen Stunden sein Vertrauen erworben und ihm sein Wort gegeben hat. Er begibt sich zum Hilfskanonikuswinkel und klopft leise an die Tür.

Mr. Crisparkle hat die Gewohnheit, als letzter in seinem Frühaufsteherhaushalt noch auf zu sein und so leise wie möglich auf dem Klavier seine Lieblingsstellen aus Oratorien zu spielen. Der Südwind, der weht, wo er will, kann in stillen Nächten, wenn er um den Hilfskanonikuswinkel streicht, nicht leiser sein als Mr. Crisparkle um diese Zeit, wenn er darauf bedacht ist, den Schlaf der Porzellanschäferin nicht zu stören.

Auf Nevilles Klopfen erscheint daher unverzüglich der Hilfskanonikus selbst. Kaum hat er die Tür geöffnet, in der Hand eine Kerze, weicht die heitere Laune aus seinem Gesicht und macht einem Ausdruck enttäuschter Verwunderung Platz.

»Mr. Neville! In diesem Zustand! Wo sind Sie gewesen?«

»Ich war bei Mr. Jasper, Sir. Mit seinem Neffen.«

»Kommen Sie herein.«

Mr. Crisparkle faßt ihn mit einem festen Griff am Ellbogen unter (streng nach den Regeln der Kunst, die er jeden Morgen trainiert), führt ihn in sein kleines Studierzimmer und schließt die Tür.

»Ich habe schlecht angefangen, Sir. Ich habe schrecklich schlecht angefangen.«

»Wie wahr! Sie sind nicht nüchtern, Mr. Neville.«

»Ich fürchte, Sie haben recht, Sir, obwohl ich Sie zu anderer Zeit überzeugen könnte, daß ich heute abend wirklich nur sehr wenig getrunken habe und daß es mich ganz plötzlich auf die seltsamste Weise überkommen hat.«

»Mr. Neville, Mr. Neville«, sagt der Hilfskanonikus und schüttelt mit einem besorgten Lächeln den Kopf, »das habe ich schon öfter gehört.«

»Ich denke... meine Gedanken sind zwar verworren, Sir, aber ich denke gleichwohl..., dasselbe gilt auch für Mr. Jaspers Neffen.«

»Höchstwahrscheinlich«, lautet die trockene Antwort.

»Wir haben uns gestritten, Sir. Er hat mich aufs schlimmste beleidigt. Er hat das Tigerblut, von dem ich heute nachmittag sprach, in Wallung gebracht.«

»Mr. Neville«, erwidert der Hilfskanonikus sanft, aber bestimmt, »ich muß Sie bitten, Ihre rechte Hand nicht so zu ballen, wenn Sie mit mir sprechen. Entkrampfen Sie Ihre Hand.«

»Er hat mich dermaßen gereizt«, fährt der junge Mann fort, nachdem er unverzüglich gehorcht hat, »daß ich es nicht mehr aushalten konnte. Ich weiß nicht, ob er's von Anfang an so gemeint hatte oder nicht, jedenfalls hat er's getan. Und am Ende hat er's dann sicher auch so gemeint. Kurzum, Sir« – bricht es unbändig aus ihm heraus –, »er hat mich so in Rage gebracht, daß ich ihn hätte zu Brei schlagen können, und ich hab's auch versucht.«

»Sie ballen schon wieder diese Hand«, ist Mr. Crisparkles ruhiger Kommentar.

»Verzeihung, Sir.«

»Sie wissen, wo Ihr Zimmer ist, ich habe es Ihnen vor dem Essen gezeigt, aber ich will Sie noch einmal hinführen. Ihren Arm bitte. Und leise, alles schläft schon im Haus.«

Er umfaßt mit demselben sicheren Griff wie zuvor den Ellbogen seines Zöglings, stützt ihn mit der ruhigen Kraft seines Arms, geübt wie ein Experte der Polizei und mit einer Gelassenheit, wie sie kein Neuling erreichen könnte, und führt ihn so zu der freundlichen alten Kammer, die für ihn hergerichtet worden ist. Dort angekommen, läßt sich der junge Mann auf einen Stuhl fallen, streckt die Arme auf dem Schreibtisch aus und legt den Kopf darauf mit einem Ausdruck tiefster Zerknirschung.

Der gute Hilfskanonikus hatte sich vorgenommen, ohne ein Wort hinauszugehen. Doch als er sich an der Türe noch einmal umdreht und die geknickte Gestalt des jungen Mannes erblickt, geht er zurück, legt ihm sanft die Hand auf die Schulter und sagt: »Gute Nacht.« Ein Seufzer ist die einzige Antwort, die er erhält. Er hätte manch eine schlechtere bekommen können und vielleicht nur wenige bessere.

Während er die Treppe hinuntergeht, hört er es abermals leise an der Haustüre klopfen. Er öffnet, und draußen steht Mr. Jasper mit dem Hut seines Zöglings in der Hand.

»Es hat eine schreckliche Szene mit ihm gegeben«, sagt Jasper leise.

»War es wirklich so schlimm?«

»Mörderisch!«

Mr. Crisparkle protestiert: »Nicht doch, nicht doch! Gebrauchen Sie nicht so starke Worte!«

»Er hätte meinen lieben Jungen vor meinen Augen totschlagen können. Es war nicht sein Verdienst, daß er's nicht getan hat. Wenn ich ihm nicht, Gott sei Dank, rasch und kräftig genug in den Arm gefallen wäre, hätte er ihn in meinem eigenen Hause zu Brei geschlagen.«

Der Satz trifft. ›Ah!‹ denkt Mr. Crisparkle. ›Seine eigenen Worte!‹

»Nach dem, was ich heute abend gesehen und gehört habe«, erklärt Jasper sehr ernst, »werde ich keine Ruhe finden, solange die Gefahr besteht, daß diese beiden zusammentreffen, ohne daß ein Dritter dabei ist, der eingreifen kann. Es war fürchterlich. Er hat etwas von einem Tiger in seinem dunklen Blut.«

›Ah!‹ denkt Mr. Crisparkle. ›Genau das hat er selber gesagt.‹

»Auch Sie, mein Lieber«, fährt Jasper fort, während er Mr. Crisparkles Hand ergreift, »auch Sie haben eine gefährliche Aufgabe übernommen.«

»Um mich brauchen Sie sich keine Sorgen zu machen, Jasper«, antwortet Mr. Crisparkle mit einem ruhigen Lächeln. »Ich fürchte nichts für mich.«

»Ich fürchte auch nichts für *mich*«, erwidert Jasper mit Betonung des letzten Wortes, »denn nicht ich bin der Gegenstand seiner Feindseligkeit und drohe es auch nicht zu werden. Aber Sie könnten es sein, und mein lieber Junge ist es bereits gewesen. Gute Nacht!«

Mr. Crisparkle geht hinein, in der Hand den Hut, der so leicht, so fast unmerklich das Recht erworben hat, in seiner Diele zu hängen, hängt ihn an den Haken und geht nachdenklich zu Bett.

Kapitel 9 *Tauben auf dem Dach*

Rosa hatte, soweit sie wußte, keine Verwandten in der Welt und kannte daher seit ihrem siebten Lebensjahr kein anderes Zuhause als das Nonnenhaus und keine andere Mutter als Miss Twinkleton. Ihre richtige Mutter hatte sie in Erinnerung als ein hübsches kleines Ding, sehr ähnlich ihr selbst (und auch nicht viel älter als sie, wie ihr schien), das eines Tages in ihres Vaters Armen heimgebracht worden war – ertrunken. Das Unglück hatte sich auf einer Lustpartie ereignet. Jede einzelne Falte und jede Farbe des hübschen Sommerkleides und sogar das lange nasse Haar, in dem noch vereinzelte Blätter zerfetzter Blumen hingen, als die tote junge Gestalt in ihrer ganzen traurigen Schönheit auf dem Bette lag, hatte sich unauslöschlich in Rosas Gedächtnis eingegraben. Desgleichen die wilde Verzweiflung und der nachfolgende stumme Schmerz ihres armen jungen Vaters, der dann genau ein Jahr nach jenem grausamen Tag an gebrochenem Herzen starb.

Die Verlobung Rosas war aus dem Trost erwachsen, den ihm sein alter Studienkollege und treuer Freund Drood, der ebenfalls früh schon Witwer geworden war, während dieses schweren Jahres gespendet hatte. Auch er war jedoch die stille Straße gegangen, in die alle Erdenpilger früher oder später einmünden, und so war das junge Paar in die Lage geraten, in der es sich nun befand.

Das Klima des Mitleids, das die kleine Waise bei ihrer Ankunft in Cloisterham umgeben hatte, war seither nie ganz verflogen. Es hatte sich in dem Maße, wie sie älter, fröhlicher, hübscher wurde, in den Farbtönen aufgehellt, war bald golden, bald rosig, bald azurblau gewesen, aber stets hatte es sie in ein eigentümliches weiches Licht getaucht. Der allgemeine Wunsch, sie zu trösten und zu streicheln, hatte anfangs bewirkt, daß sie wie ein viel kleineres Kind behandelt wurde, als sie war;

derselbe Wunsch hatte dann später dazu geführt, daß sie noch immer gehätschelt wurde, als sie kein Kind mehr war. Wer ihre liebste Freundin sei, wer ihr zuerst dieses oder jenes kleine Geschenk machen, diesen oder jenen kleinen Dienst erweisen würde, wer sie in den Ferien mit zu sich nach Hause nehmen dürfe, wer ihr am häufigsten schreiben würde, wenn sie getrennt waren, und auf wen sie sich am meisten freuen würde, wenn sie dann wieder zusammenkamen – nicht einmal diese kleinen Rivalitäten gingen im Nonnenhaus ohne einen Anflug von Bitterkeit ab. Wohl den armen Nonnen von einst, wenn sie keine ernsteren Zwistigkeiten unter ihren Schleiern und Rosenkränzen verbargen!

So war Rosa zu einem liebenswürdigen, lebhaften, eigensinnigen und attraktiven Persönchen herangewachsen; verwöhnt in dem Sinne, daß sie auf die Zuneigung aller zählen konnte, nicht aber in dem, daß sie diese Zuneigung mit Gleichgültigkeit vergolten hätte. Da sie einen unerschöpflichen Quell an Liebe in ihrem Wesen besaß, hatten seine sprudelnden Wasser das Nonnenhaus über Jahre hin erquickt und erfreut, ohne daß bisher je seine Tiefen aufgewühlt worden wären. Was geschehen würde, wenn es einmal dazu kommen sollte, welche Entwicklungen und Veränderungen dann über das gedankenlose Köpfchen und das leichte Herz hereinbrechen würden, blieb erst noch abzuwarten.

Auf welchen Wegen die Nachricht, daß es am Abend zuvor einen Streit zwischen den beiden jungen Herren gegeben habe, der sogar in einem tätlichen Angriff von Mr. Neville auf Mr. Edwin Drood kulminiert haben sollte, noch vor dem Frühstück in Miss Twinkletons Anstalt gelangt war, ist unmöglich zu sagen. Ob sie von den Vögeln durch die Luft gebracht worden oder mit der Luft selbst hereingeweht war, als man die Fenster geöffnet hatte; ob der Bäcker sie in sein Brot geknetet oder der Milchmann sie neben anderen verfälschenden Zutaten seiner Milch beigemengt hatte, oder ob die Hausmädchen, die den Staub aus den Fußmatten an den Torpfosten ausklopften, sie zum Tausch dafür als Ablagerung der Stadtluft auf den Matten empfangen hatten – sicher ist nur, daß die Nachricht bereits jeden Winkel des alten Gebäudes durchdrungen hatte, noch ehe Miss Twinkleton unten war, und daß Miss Twinkleton selbst sie von Mrs. Tisher erfuhr, während sie noch beim Ankleiden war, beziehungsweise (wie sie es zu einem Vater oder Vormund mit einer Schwäche für Mythologie gesagt hätte) während sie den Grazien ihr Opfer brachte.

Miss Landless' Bruder hatte eine Flasche nach Mr. Edwin Drood geworfen.

Miss Landless' Bruder hatte ein Messer nach Mr. Edwin Drood geworfen.

Ein Messer suggeriert den Gedanken an eine Gabel, und so hatte Miss Landless' Bruder eine Gabel nach Mr. Edwin Drood geworfen.

Wie man es in dem maßgebenden Präzedenzfall von Fischers Fritz, der angeblich frische Fische gefischt haben soll, in physischer Hinsicht für wünschenswert hielte, einen Beweis für die Existenz der angeblich von Fischers Fritz gefischten frischen Fische zu haben, so hielt man es hier in psychologischer Hinsicht für wissenswert, warum Miss Landless' Bruder eine Flasche, ein Messer oder eine Gabel – oder Flasche, Messer *und* Gabel, denn wie die Köchin die Sache verstanden hatte, waren es alle drei gewesen – nach Mr. Edwin Drood geworfen hatte.

Also gut. Miss Landless' Bruder hatte gesagt, er bewundere Miss Bud. Mr. Edwin Drood hatte Miss Landless' Bruder gesagt, es sei nicht seine Sache, Miss Bud zu bewundern. Daraufhin war Miss Landless' Bruder »hochgegangen« (so die exakte Information der Köchin), hatte sich Flasche, Messer, Gabel und die Karaffe geschnappt (denn seelenruhig flog nun auf einmal auch die Karaffe durch die Luft, ohne daß sie im mindesten eingeführt worden wäre) und hatte sie allesamt nach Mr. Drood geworfen.

Die arme kleine Rosa stopfte sich die Zeigefinger in die Ohren, als diese Gerüchte umzulaufen begannen, flüchtete sich in eine Ecke und wollte nichts mehr von alledem hören. Miss Landless, die zuerst Miss Twinkleton um die Erlaubnis gebeten hatte, ihren Bruder besuchen zu dürfen (wobei sie unmißverständlich zu verstehen gab, daß sie sich die Erlaubnis nehmen würde, falls man sie ihr nicht geben werde), entschied sich dann aber für den direkteren Weg und ging zu Mr. Crisparkle, um sich genaue Informationen zu holen.

Als sie zurückkam (und nachdem sie zunächst Miss Twinkleton hatte Bericht erstatten müssen, damit alles irgendwie Anstößige aus ihrem Bericht herausgefiltert werden konnte), berichtete sie Rosa unter vier Augen, was vorgefallen war. Mit geröteten Wangen sprach sie von der Provokation, mit der ihr Bruder gereizt worden sei, beschränkte sich dabei aber fast nur auf jene letzte grobe Beleidigung, in der »einige andere zwischen ihnen gewechselte Worte« gegipfelt hätten, und überging aus Rücksicht auf ihre neue Freundin den Umstand, daß diese anderen Worte der Gewohnheit ihres Verlobten entsprungen waren, immer alles so schrecklich leicht zu nehmen. An Rosa selbst überbrachte sie ein Bittgesuch ihres Bruders, daß sie ihm verzeihen möge, und erklärte sodann, nachdem sie es mit schwesterlichem Ernst vorgetragen hatte, den Fall für erledigt.

Miss Twinkleton blieb es vorbehalten, die erregten Gemüter im Nonnenhaus zu besänftigen. Besagte Dame trat also voll majestätischer Würde in das, was die Plebejer das Schulzimmer genannt hätten, was jedoch in der Patriziersprache der Direktorin des Nonnenhauses gespreizt, um nicht zu sagen umständlich, »der den Studien gewidmete Raum« genannt wurde, sprach in forensischem Ton: »Meine Damen!«, und alle erhoben sich von ihren Plätzen. Zugleich baute sich Mrs. Tisher hinter ihrer Chefin auf, als gelte es, Queen Elizabeths erste historische Freundin in Tilbury Fort darzustellen. Sodann hob Miss Twinkleton an und erklärte, das Gerücht, meine Damen, sei von dem Barden des Avon dargestellt worden – müßig zu sagen, daß es sich um den unsterblichen SHAKESPEARE handelt, auch Schwan seines Heimatflusses genannt, vermutlich unter Bezugnahme auf jenen alten Aberglauben, demzufolge dieser edel gefiederte Vogel (Miss Jennings, stehen Sie bitte gerade!) beim Nahen des Todes lieblich zu singen pflege, was jedoch von keiner ornithologischen Autorität bestätigt werde –, das Gerücht, meine Damen, ist von jenem Barden, der... äh...,

der uns gemalt
des Juden gefeiertes Bildnis,[1]

als ein Monster mit tausend Zungen dargestellt worden.[2] Das Gerücht in Cloisterham (Miss Ferdinand wird mich gütigst mit ihrer Aufmerksamkeit beehren) bildet keinerlei Ausnahme von des großen Malers Gerüchtebildnis im allgemeinen. Ein leichter *fracas* zwischen zwei jungen Herren, der sich gestern abend innerhalb der Hundert-Meilen-Zone um diese friedlichen Mauern zugetragen hat (Miss Ferdinand wird, da sie offenbar unbelehrbar ist, die Güte haben, heute abend die ersten vier Fabeln unseres geistreichen Nachbarn Monsieur La Fontaine in der Originalsprache abzuschreiben), ist durch Gerüchtesstimme aufs gröblichste übertrieben worden. In der ersten Aufregung und Besorgnis, verursacht durch unsere Sympathie mit einer reizenden jungen Freundin, die nicht ganz ohne Beziehung zu einem der Gladiatoren in der fraglichen unblutigen Arena ist (die Ungehörigkeit von Miss Reynolds' gespielter Durchbohrung ihres Halsbandes mit einer Nadel ist zu evident und zu eklatant undamenhaft, um ausdrücklich hervorgehoben zu werden), sind wir von unserer jungfräulichen Höhe herabgestiegen, um dieses so unangebrachte wie ungehörige Thema zu diskutieren. Nachdem nun verantwortliche Untersuchungen uns versichert haben, daß es sich bei der ganzen Affäre nur um eines von diesen *airy nothings* handelt, wie der Dichter sie nennt (dessen Namen und Geburtsdatum uns Miss Giggles binnen einer halben Stunde beibringen wird), können wir dieses Thema *ad acta* legen und die Aufmerksamkeit unseres Geistes ungeteilt den dankbaren Mühen des Tages zuwenden.

[1] Original »who drew / The celebrated Jew«: Anspielung auf den sowohl Pope wie Johnson zugeschriebenen Vers über eine Shylock-Darstellung von 1741: »This is the Jew / That Shakespeare drew« (*A.d.Ü.*).

[2] Vgl. *King Henry the Fourth, Second Part,* wo in der ersten Szene »Rumor, painted full of tongues« auftritt (*A.d.Ü.*).

Dennoch blieb das Thema den ganzen Tag lang so lebhaft im Schwange, daß Miss Ferdinand sich neue Unannehmlichkeiten zuzog, als sie sich heimlich bei Tisch einen Papierschnurrbart anklebte und so tat, als werfe sie eine Wasserkaraffe nach Miss Giggles, die mit einem Eßlöffel parierte.

Rosa dachte viel über diesen unseligen Streit nach und hatte dabei das unangenehme Gefühl, irgendwie selbst in ihn verwikkelt zu sein, als seine Ursache oder Folge oder werweißwas, wegen der falschen Lage, in der sie sich hinsichtlich ihrer Verlobung befand. Nie ganz frei von solch einem Unbehagen, wenn sie mit ihrem Verlobten zusammen war, konnte sie schwerlich frei davon sein, wenn sie von ihm getrennt war. An diesem Tage war sie überdies ganz auf sich selbst gestellt und hatte nicht einmal den Trost der zwanglosen Unterhaltung mit ihrer neuen Freundin, da der Streit ja mit Helenas Bruder gewesen war und Helena das Thema unverhohlen als eine auch für sie heikle und schwierige Sache vermied. In diesem kritischsten aller Momente wurde Rosa gemeldet, daß ihr Vormund da sei und sie zu sprechen wünsche.

Mr. Grewgious eignete sich für dieses Amt vorzüglich, da er ein Mann von unbestechlicher Redlichkeit war, sonst aber ließ sein Äußeres auf den ersten Blick keine besonderen Gaben erkennen. Er war ein dürrer, staubtrockener Mensch, der aussah, als würde er, wenn man ihn in eine Mühle steckte, augenblicklich zu feingemahlenem Schnupftabak zerbröseln. Er hatte schütteres kurzgeschnittenes Haar, das in Farbton und Dichte einem sehr mottenzerfressenen gelben Pelzbesatz glich und so wenig wie echtes Haar aussah, daß man es für eine Perücke gehalten hätte, wenn es nicht so schreiend unwahrscheinlich gewesen wäre, daß jemand freiwillig solch einen Kopfputz trug. Das bißchen Mienenspiel, das sein Gesicht bot, war tief darin eingeschnitten in Gestalt weniger harter Linien, die das Ganze eher wie Schnitzarbeit aussehen ließen; auf der Stirn hatte er ein paar Furchen, die aussahen, als wäre Mutter Natur gerade dabei gewesen, ihm etwas mehr Feingefühl oder Adel zu verleihen, als sie plötzlich den Meißel wegwarf und ausrief: »Was vertue ich meine

Zeit damit, diesen Menschen fertig zu machen! Er soll gehen, wie er ist!«

Mit einem zu langen Hals am oberen Ende und zu knochigen Füßen am unteren, mit einem linkischen und gehemmten Wesen, einem schlurfenden Gang und einer Kurzsichtigkeit – die ihn vielleicht daran hinderte zu bemerken, wieviel er von seinen weißen Baumwollsocken, kontrastierend mit seinem schwarzen Anzug, den Blicken der Welt darbot – hatte Mr. Grewgious trotzdem eine gewisse merkwürdige Fähigkeit, im Ganzen einen angenehmen Eindruck zu machen.

Sein Mündel fand ihn sichtlich verunsichert durch den Umstand, daß er sich in Gesellschaft von Miss Twinkleton in Miss Twinkletons Privatsalon befand. Ein vages Gefühl, irgendwie examiniert zu werden und dabei nicht besonders gut abzuschneiden, schien den armen Mann zu bedrücken, als ihn Rosa in dieser Lage fand.

»Mein liebes Kind, wie geht es dir? Ich freue mich, dich zu sehen. Mein liebes Kind, wieviel besser du aussiehst. Erlaube mir, dir einen Stuhl anzubieten.«

Miss Twinkleton erhob sich von ihrem kleinen Schreibtisch und sagte mit einer allumfassenden Milde, als spräche sie zu der ganzen wohlerzogenen Menschheit: »Erlauben Sie mir, mich zurückzuziehen?«

»Aber nicht doch, Madam, nicht meinetwegen. Bitte bleiben Sie sitzen!«

»Ich muß Sie ersuchen, mir zu erlauben, mich zu *bewegen*«, erwiderte Miss Twinkleton, das letzte Wort mit bezaubernder Anmut betonend. »Aber ich werde mich nicht zurückziehen, da Sie so liebenswürdig darauf bestehen, daß ich bleibe. Wenn ich meinen Schreibtisch in diese Fensternische hier schiebe, werde ich Ihnen dann wohl im Wege sein?«

»Aber Madam! Im Wege!«

»Sie sind sehr großmütig. Rosa, Liebes, du wirst dich doch nicht behindert fühlen, nicht wahr?«

Wonach Mr. Grewgious, mit Rosa am Kamin allein gelassen, neuerlich anhob: »Mein liebes Kind, wie geht es dir? Ich freue mich, dich zu sehen«, um dann zu warten, bis sie sich gesetzt hatte, und sich gleichfalls zu setzen.

»Meine Besuche sind«, fuhr Mr. Grewgious fort, »gleich denen der Engel ... nicht daß ich mich mit einem Engel vergleichen wollte ...«

»Nein, Sir«, sagte Rosa.

»Auf keinen Fall«, versicherte Mr. Grewgious. »Ich beziehe mich nur auf meine Besuche, die selten und in großen Abständen erfolgen. Die Engel sind, wie wir sehr wohl wissen, eine Treppe höher.«

Miss Twinkleton sah erschrocken auf.

»Ich beziehe mich, mein liebes Kind«, sagte Mr. Grewgious und legte seine Hand auf Rosas Hand, da ihm die Möglichkeit durch den Kopf schoß, es könnte andernfalls so scheinen, als nehme er sich die schreckliche Freiheit heraus, Miss Twinkleton sein liebes Kind zu nennen, »ich beziehe mich auf die anderen jungen Damen.«

Miss Twinkleton schrieb beruhigt weiter.

Mr. Grewgious, der das Gefühl hatte, seinen Eröffnungssatz nicht ganz so gut zu Ende gebracht zu haben, wie er es sich gewünscht hätte, strich sich von hinten nach vorne über den Kopf, als wäre er gerade getaucht und drückte sich nun das Wasser aus den Haaren – dieses Haareglattstreichen war, obwohl überflüssig, bei ihm eine Gewohnheit –, und zog ein Notizbuch aus seiner Rocktasche sowie einen Bleistiftstummel aus seiner Weste.

»Ich habe mir«, sagte er, während er die Seiten umblätterte, »eine Art Memorandum gemacht – wie ich es immer tue, da mir jedes Talent zur freien Rede abgeht –, einen Leitfaden, an den ich mich mit deiner Erlaubnis, mein liebes Kind, halten werde. Also, erstes Stichwort: *Wohlauf und glücklich.* Richtig. Bist du wohlauf und glücklich, mein Kind? Wenn man dich ansieht, möchte man's meinen.«

»Jawohl, Sir, ich bin es«, sagte Rosa.

»Dafür«, sagte Mr. Grewgious mit einer Drehung des Kopfes zur Fensternische, »gebührt unser wärmster Dank – und wird, wie ich sicher bin, auch erstattet – der mütterlichen Güte und beständigen Fürsorge und Bemühung der Dame, die vor mir zu sehen ich jetzt die Ehre habe.«

Auch dieser Satz kam nur stockend aus Mr. Grewgious heraus und verfehlte sein Ziel; denn Miss Twinkleton, die das Gefühl hatte, daß ihr die Höflichkeit jetzt gebot, sich ganz aus dem Gespräch herauszuhalten, kaute nur auf ihrem Federhalter herum und blickte nach oben, als erwartete sie, daß eine Idee auf sie niederkäme von irgendeiner der Neun Musen, die vielleicht eine übrig hätte.

Mr. Grewgious strich sich von neuem über das glattgestrichene Haar, schaute dann in sein Notizbuch und strich die Worte »Wohlauf und glücklich« durch, da dieser Punkt nun erledigt war.

»*Pfund, Schilling und Pence*, lautet mein nächster Punkt. Ein trockenes Thema für eine junge Dame, aber doch auch ein wichtiges Thema. Leben ist Pfund, Schilling und Pence. Tod ist...« Eine plötzliche Erinnerung an den Tod ihrer beiden Eltern schien ihn zu stoppen, und etwas leiser sagte er, die Negation offenbar als nachträgliche Korrektur einschiebend: »Tod ist *nicht* Pfund, Schilling und Pence.«

Seine Stimme war hart und trocken wie er selbst, und mit einiger Phantasie konnte man sich auch sie, wie ihn selbst, zu feingemahlenem Schnupftabak zerbröselt vorstellen. Und doch, durch die sehr begrenzten Ausdrucksmittel, über die er verfügte, schien er Güte auszudrücken. Wenn Mutter Natur ihn fertig ausgeformt hätte, wäre in diesem Moment vielleicht Güte in seinem Gesicht erkennbar gewesen. Doch wenn die Furchen auf seiner Stirn sich partout nicht glätten und sein Gesicht nur vereinzelte Falten, aber keinen organischen Ausdruck bilden wollte, was konnte der arme Mann dafür?

»*Pfund, Schilling und Pence*. Reicht dir dein Taschengeld immer für deine Wünsche, mein liebes Kind?«

Rosa hatte keine besonderen Wünsche, und darum war es reichlich.

»Und du hast keine Schulden?«

Rosa lachte über den Gedanken, sie könnte Schulden haben. In ihrer Unerfahrenheit kam ihr die Vorstellung wie eine komische Ausgeburt der Phantasie vor. Mr. Grewgious strengte seine kurzsichtigen Augen an, um sicher zu sein, daß sie die Sache so sah. »Ah!« sagte er als Kommentar, warf einen raschen Blick zu Miss Twinkleton und strich die Worte »Pfund, Schilling und Pence« durch. »Habe ich nicht gesagt, daß ich unter die Engel geraten bin? So ist es tatsächlich!«

Rosa ahnte, was sein nächster Punkt sein würde, und zupfte errötend an ihrem Kleid, lange bevor er die Eintragung fand.

»*Hochzeit*. Hm!« Mr. Grewgious fuhr sich mit der glättenden Hand die Stirn hinunter bis über die Augen, die Nase und sogar das Kinn, rückte seinen Stuhl etwas näher und sagte in vertraulicherem Ton: »Jetzt, mein liebes Kind, komme ich auf den Punkt, der den eigentlichen Grund darstellt, warum ich dich mit meinem Besuch behellige. Sonst wäre ich, der ich ein ausnehmend hölzerner Mensch bin, hier nicht eingedrungen. Ich bin der letzte, der in eine Sphäre eindringen würde, für die er so ganz und gar nicht geschaffen ist. Ich komme mir hier in diesem Hause vor wie ein Bär, der – an der Kette – einen jugendlichen Kotillon mittanzen muß.«

Seine Schwerfälligkeit ließ den Vergleich in der Tat so treffend erscheinen, daß Rosa laut auflachen mußte.

»Nicht wahr, du empfindest es auch so«, sagte Mr. Grewgious vollkommen ruhig. »Ganz genauso. Aber zurück zu meinem Stichwort. Mr. Edwin hat dich hin und wieder besucht, wie es abgemacht war. Du hast es in deinen vierteljährlichen Briefen an mich erwähnt. Und du hast ihn gern, und er hat dich auch gern.«

»O ja, Sir, ich habe ihn *gern*«, pflichtete ihm Rosa bei.

»Was ich gesagt habe, mein Kind«, fuhr ihr Vormund fort, für dessen Ohr die schüchterne Betonung viel zu fein war. »Gut. Und ihr korrespondiert miteinander.«

»Wir schreiben uns«, sagte Rosa und zog eine Schnute im Gedanken an ihre brieflichen Differenzen.

»So habe ich das Wort *korrespondieren* in diesem Zusammenhang gemeint, mein Kind«, sagte Mr. Grewgious. »Gut. Alles läuft, wie es laufen soll, die Zeit vergeht, und dieses Weihnachten wird es nötig sein, der musterhaften Dame in der Fensternische, der wir so vieles schulden, durch eine formelle Geschäftsanzeige mitzuteilen, daß du die Anstalt im folgenden Halbjahr verlassen wirst. Deine Beziehungen zu ihr sind natürlich viel mehr als nur geschäftlicher Art, kein Zweifel; aber ein Rest von Geschäft verbleibt ihnen, und Geschäft ist Geschäft. Ich bin ein ausnehmend hölzerner Mensch«, fuhr Mr. Grewgious fort, als wäre ihm plötzlich eingefallen, das zu erwähnen, »und ich bin es nicht gewohnt, eine Braut vor den Altar zu führen. Wenn also ein passender Stellvertreter dich zum Altar führen könnte, wäre ich sehr erleichtert.«

Rosa gab mit gesenkten Augen zu verstehen, sie glaube, ein Stellvertreter werde sich zu gegebener Zeit schon noch finden.

»Sicher, sicher«, sagte Mr. Grewgious. »Zum Beispiel der Herr, der hier die Tanzstunden gibt – er würde es mit Anmut und Anstand zu bewerkstelligen wissen. Er würde in einer Weise vor- und zurücktreten, die den Gefühlen des Geistlichen ebenso gut entspräche wie den deinen, denen des Bräutigams und denen aller anderen Beteiligten. Ich bin... ich bin ein ausnehmend hölzerner Mensch«, sagte Mr. Grewgious, als hätte er sich gerade entschlossen, es endlich auszusprechen, »und würde nur alles verderben.«

Rosa saß starr und schweigend da. Vielleicht waren ihre Gedanken noch nicht bis zur Hochzeitsfeier gelangt, sondern zögerten noch unterwegs.

»Nächster Punkt: *Testament*. Nun, mein liebes Kind«, sagte Mr. Grewgious, während er das Wort »Hochzeit« in seinem Notizbuch durchstrich und ein Papier aus der Rocktasche zog, »obwohl ich dich bereits früher mit dem Inhalt der letztwilligen Verfügung deines Vaters bekannt gemacht habe, halte ich es für angebracht, dir jetzt eine beglaubigte Abschrift davon zu überlassen. Und obwohl auch Mr. Edwin den Inhalt kennt, halte ich es für richtig, auch Mr. Jasper eine beglaubigte Abschrift zu übergeben...«

»Nicht ihm selbst?« fragte Rosa rasch aufblickend. »Kann Eddy die Abschrift nicht selbst bekommen?«

»Nun ja, gewiß doch, mein liebes Kind, wenn du Wert darauf legst. Ich sprach nur von Mr. Jasper, weil er doch sein Vormund ist.«

»Bitte, ich lege sehr großen Wert darauf«, sagte Rosa rasch und drängend. »Ich möchte nicht, daß Mr. Jasper sich irgendwie in unsere Angelegenheiten einmischt.«

»Ich nehme an, es ist ganz natürlich«, sagte Mr. Grewgious, »daß dir dein künftiger Gatte alles ist. Jawohl. Du hast bemerkt, daß ich gesagt habe ›ich nehme an‹. Tatsache ist nämlich, daß ich ein ausnehmend unnatürlicher Mensch bin und nicht aus eigener Erfahrung sprechen kann.«

Rosa sah ihn verwundert an.

»Ich meine damit«, erklärte er, »daß die Gefühle der Jugend nie meine Gefühle waren. Ich war das einzige Kind schon recht betagter Eltern, und ich glaube fast, ich bin selber schon etwas betagt zur Welt gekommen. Es soll durchaus keine persönliche Spitze gegen den Namen sein, den du in Kürze auswechseln wirst, wenn ich bemerke, daß, während die meisten Menschen als Knospen ins Leben zu treten scheinen, ich als ein Holzspan ins Leben getreten zu sein scheine. Ich war ein Holzspan – und zwar ein sehr trockener –, als ich mir zum erstenmal meiner selbst bewußt wurde. Was die andere beglaubigte Abschrift angeht, so soll dein Wunsch in Erfüllung gehen. Über dein Erbe weißt du, denke ich, alles. Es ist eine Jahresrente in Höhe von zweihundertfünfzig Pfund. Die Sparerträge aus dieser Rente plus einige andere dir gutgeschriebene Posten, alle ordentlich verbucht, mit Belegen, bringen dich in den Besitz einer Gesamtsumme von etwas mehr als siebzehnhundert Pfund. Ich bin befugt, die Kosten für deine Hochzeit aus diesem Fundus zu bestreiten. Das ist alles.«

»Sagen Sie mir bitte«, fragte Rosa, während sie das zusammengefaltete Stück Papier mit hübsch gerunzelten Brauen in die Hand nahm, ohne es jedoch zu entfalten, »ob ich mit dem Folgenden recht oder unrecht habe: Ich kann das, was Sie mir erklären, viel besser verstehen als das, was ich in Gesetzbüchern lese. Mein armer Papa und Eddys Vater haben doch ihre Vereinbarung als sehr gute und treue und engverbundene Freunde getroffen, damit auch wir dann sehr gute und treue und engverbundene Freunde sein sollten, nicht wahr?«

»Ganz recht.«

»Zu unser beider andauerndem Besten und unser beider andauerndem Glück, nicht wahr?«

»Ganz recht.«

»Damit wir einander sogar noch viel mehr sein sollten, als sie einander gewesen waren, nicht wahr?«

»Ganz recht.«

»Und es sollte kein Zwang auf Eddy und keiner auf mich ausgeübt werden durch irgendwelche Strafandrohungen, im Falle daß ...«

»Beruhige dich, mein Kind. Für den Fall, der dir schon Tränen in die liebenden Augen treibt, wenn du ihn dir bloß vorstellst – für den Fall, daß ihr einander nicht heiraten solltet –, nein, keine nachteiligen Folgen, weder für dich noch für ihn. Du würdest bis zur Volljährigkeit mein Mündel bleiben. Nichts Schlimmeres würde dir drohen. Wäre ja auch wohl schon schlimm genug!«

»Und Eddy?«

»Er würde die von seinem Vater geerbte Teilhaberschaft an der Fabrik antreten und die ihm gutgeschriebenen Rücklagen – sofern vorhanden – ausgezahlt bekommen, sobald er volljährig ist, genau wie jetzt.«

Rosa knabberte mit ihrem perplexen Ausdruck und ihren gerunzelten Brauen auf einer Ecke ihrer beglaubigten Abschrift herum, während sie mit leicht zur Seite geneigtem Kopf dasaß, zerstreut auf den Boden blickte und mit dem Fuß darauf hin und her scharrte.

»Kurzum«, sagte Mr. Grewgious, »diese Verlobung ist ein Wunsch, der Ausdruck eines Gefühls, eine freundschaftliche, zärtlich von beiden Seiten gehegte Idee. Daß ihre Verwirklichung heftig herbeigesehnt worden ist, daß es eine kräftige

Hoffnung auf ihr Gedeihen gab, steht außer Zweifel. Als ihr beide noch Kinder wart, bist du an den Gedanken gewöhnt worden, und die Verwirklichung der Idee *ist* gediehen. Doch Umstände ändern die Verhältnisse, und mein heutiger Besuch hat zum Teil, nein, hat sogar hauptsächlich den Zweck, mich der Pflicht zu entledigen, dir mitzuteilen, mein liebes Kind, daß zwei junge Leute nur dann miteinander verlobt werden können – außer in Fällen der bloßen gesellschaftlichen Konvention und somit der Lächerlichkeit und der Erbärmlichkeit –, wenn sie es aus freien Stücken wollen, aufgrund ihrer Zuneigung füreinander und ihrer Gewißheit – die sich als trügerisch oder nicht trügerisch herausstellen kann, aber das muß man riskieren –, daß sie zueinander passen und einander glücklich machen werden. Wäre es zum Beispiel denkbar, gesetzt, daß einer eurer Väter noch leben würde und in diesem Punkt irgendwie Zweifel hätte, daß er dann seine Meinung nicht ändern würde angesichts der im Laufe der Jahre veränderten Umstände? Das wäre doch ganz und gar undenkbar, unvernünftig, inkonsequent und absurd!«

Mr. Grewgious sagte das alles, als ob er es laut vorläse; ja, mehr noch, als ob er eine auswendig gelernte Lektion aufsagte – so hölzern war sein Gesicht, so unfähig sein gesamtes Gebaren, auch nur den geringsten Anflug von Spontaneität auszudrükken.

»Somit habe ich mich, liebes Kind«, fügte er hinzu, während er das Wort »Testament« durchstrich, »einer in diesem Falle zwar formellen, aber doch mir obliegenden Pflicht entledigt. Nächster Punkt: *Wünsche*. Hast du irgendwelche Wünsche, mein Kind, die ich dir erfüllen kann?«

Rosa schüttelte den Kopf mit einer fast kläglichen Miene, als schämte sie sich ihrer Wunschlosigkeit.

»Gibt es sonst irgend etwas, das ich für dich tun kann, um deine Angelegenheiten zu regeln?«

»Ich ... ich würde sie lieber erst mit Eddy regeln, wenn Sie erlauben«, sagte Rosa, während sie eine Falte in ihrem Kleid glattstrich.

»Sicher, sicher«, erwiderte Mr. Grewgious. »Ihr beide solltet in allen Dingen einer Meinung sein. Wird der junge Herr bald erwartet?«

»Er ist gerade heute morgen erst abgefahren. Er kommt zu Weihnachten wieder.«

»Das trifft sich bestens. Wenn er zu Weihnachten wiederkommt, besprichst du mit ihm alle Einzelheiten. Dann setzt du dich mit mir in Verbindung, und ich meinerseits regele – im rein geschäftlichen Sinne – meine geschäftlichen Verpflichtungen gegenüber der vollendeten Dame in der Fensternische. Sie werden ohnehin zu der Jahreszeit fällig sein.« Erneuter Bleistiftstrich. »Letzter Punkt: *Abschied*. Ja, mein liebes Kind, jetzt will ich mich von dir verabschieden.«

»Dürfte ich Sie bitten«, fragte Rosa im Aufstehen, während er sich in seiner ungelenken Art von seinem Stuhl erhob, »dürfte ich Sie um die Freundlichkeit bitten, zu Weihnachten herzukommen, für den Fall, daß ich Ihnen etwas Besonderes mitzuteilen hätte?«

»Aber gewiß doch, gewiß!« erwiderte er, anscheinend (wenn man ein solches Wort bei einem Menschen gebrauchen kann, der keinerlei Lichtschein noch Schatten um sich verbreitet) geschmeichelt von der Frage. »Als ausnehmend hölzerner Mensch passe ich nicht sehr gut in die geselligen Kreise, und infolgedessen habe ich zur Weihnachtszeit keine andere Verpflichtung, als am Fünfundzwanzigsten einen gebratenen Truthahn mit Selleriesoße zu verspeisen, in Gesellschaft eines... eines ausnehmend hölzernen Kanzleiangestellten, den zu haben ich mich glücklich schätze und dessen Vater, ein Landwirt in Norfolk, ihn herschickt – den Truthahn – als ein Geschenk für mich, aus der Gegend von Norwich. Ich würde ganz stolz sein, liebes Kind, wenn du den Wunsch äußern solltest, mich zu sehen. Da ich von Beruf unter anderem auch Pachtzinseinnehmer bin, haben so wenige Menschen wirklich den Wunsch, mich zu sehen, daß mir die Neuigkeit eine Wohltat wäre.«

Dankbar für diese prompte Bereitschaft, legte Rosa ihre Hände auf seine Schultern, stellte sich auf die Zehenspitzen und gab ihm einen Kuß.

»Herr im Himmel!« rief Mr. Grewgious aus. »Danke, mein liebes Kind! Die Ehre ist beinahe ebensogroß wie das Vergnügen. Miss Twinkleton, Madam, ich habe ein höchst befriedigendes Gespräch mit meinem Mündel gehabt und werde Sie nun von der Last meiner Anwesenheit befreien.«

»Ich bitte Sie, Sir«, erwiderte Miss Twinkleton, während sie sich mit huldvoller Anmut erhob, »was reden Sie da von Last. Sie sind mir nicht im geringsten lästig. Ich kann Ihnen nicht gestatten, so zu reden.«

»Ich danke Ihnen, Madam. Ich habe einmal in der Zeitung gelesen«, sagte Mr. Grewgious ein wenig stammelnd, »daß, wenn ein distinguierter Besucher – nicht daß ich einer wäre, weit gefehlt – eine Schule besucht – nicht daß dies eine wäre, weit gefehlt –, daß er dann für die Schüler einen freien Tag oder eine andere Vergünstigung erbittet. Da es bereits Nachmittag in der... in dieser Anstalt ist, deren hervorragende Leiterin Sie sind, würden die Schülerinnen lediglich einen nominellen Gewinn davon haben, wenn ihnen der Rest des Tages freigegeben würde. Falls es aber zufällig eine junge Dame geben sollte, über deren Kopf sich eine Wolke zusammengezogen hat, könnte ich da vielleicht eine Fürbitte einlegen...«

»Ah, Mr. Grewgious, Mr. Grewgious!« rief Miss Twinkleton mit einem neckisch drohenden Zeigefinger. »Oh, ihr Männer, ihr Männer! Pfui, ihr solltet euch schämen, so hart zu uns armen verleumdeten Erzieherinnen zu sein, die wir unsere Geschlechtsgenossinnen um euretwillen zur Disziplin erziehen! Da aber nun Miss Ferdinand gerade von einem Krampf befallen ist« – Miss Twinkleton hätte auch sagen können: von einem Schreibkrampf wegen der Aufgabe, Monsieur La Fontaine abzuschreiben –, »geh hinauf zu ihr, liebe Rosa, und sag ihr, daß ihr dank der Fürsprache deines Vormundes, Mr. Grewgious, die Strafe erlassen ist.«

Nach diesen Worten vollführte Miss Twinkleton einen Hofknicks, der auf Wunder in ihren Knien schließen ließ und aus dem sie sich mit vollendeter Grazie drei Schritte weiter hinten wieder erhob.

Da er es für seine Pflicht hielt, vor seiner Abfahrt aus Cloisterham einen Besuch bei Mr. Jasper zu machen, begab sich Mr. Grewgious zu dem Torhaus und stieg die Hintertreppe hinauf. Doch Mr. Jaspers Tür war verschlossen, und da auf einem daran befestigten Zettel das Wort »Kathedrale« stand, fiel Mr. Grewgious ein, daß es die Stunde des Abendgottesdienstes war. So stieg er die Treppe wieder hinunter, überquerte den Kirchplatz und blieb vor dem großen Westportal der Kathedrale stehen, das an diesem schönen, klaren, wenn auch nur kurzen Nachmittag offenstand, um das Innere zu durchlüften.

›Mein Gott!‹ dachte Mr. Grewgious, als er hineinspähte, ›das ist ja beinahe, als blickte man in den Schlund der Vergangenheit!‹

Die Vergangenheit ließ einen muffigen Seufzer aus Gräbern und Bögen und Wölbungen aufsteigen, düstere Schatten vertieften sich in den Ecken, und feuchte Schwaden erhoben sich aus dem grün bemoosten Mauerwerk; und die Juwelen, die von der sinkenden Sonne durch die bunten Glasfenster auf den Steinboden des Kirchenschiffes geworfen wurden, begannen zu verblassen. Hinter dem Gittertor, das den Altarraum abgrenzte, auf den Stufen, über denen sich düster schimmernd die rasch dunkelnde Orgel erhob, waren undeutlich weiße Gewänder zu sehen, und eine einzelne dünne Stimme, steigend und fallend über einem stockenden monotonen Gemurmel, war schwach zu vernehmen. Draußen in der freien Luft wurden der Fluß, die grünen Wiesen, das braune Ackerland, die fruchtbaren Hügel und Täler von der sinkenden Sonne rot gefärbt, und in der Ferne leuchteten die kleinen Fenster in Windmühlen und Gehöften wie getriebenes Gold. Indessen wurde im Innern der Kathedrale alles grau, düster und grabesdunkel, während das stockende monotone Gemurmel weiterging wie eine ersterbende Stimme, bis die Orgel und der Chor aufbrausten und es mit einer Flut von Tönen überschwemmten. Dann sank die Flut, und die sterbende Stimme machte noch einen schwachen Versuch, und dann stieg die Flut hoch empor und ertränkte die Stimme unter sich und schwappte ans Dach und wogte zwischen den Bögen und spritzte hinauf bis zu den Höhen des großen Turms; und dann verebbte die Flut und alles war still.

Mr. Grewgious war unterdessen bis zu den Stufen des Altarraums vorgegangen, wo er auf die lebendigen Wasser traf, die herausgeströmt kamen.

»Ist was passiert?« fragte ihn Jasper etwas überstürzt. »Sind Sie gerufen worden?«

»Durchaus nicht, durchaus nicht. Ich bin aus eigenem Antrieb hergekommen. Ich habe mein hübsches Mündel besucht und fahre nun wieder nach Hause.«

»Haben Sie die Kleine wohlauf und munter gefunden?«

»Blühend, würde ich sagen, rundum blühend! Ich bin nur gekommen, um ihr zu erklären, was eine durch verstorbene Eltern verfügte Verlobung bedeutet.«

»Und was bedeutet sie – Ihrer Meinung nach?«

Mr. Grewgious bemerkte die Blässe der Lippen, die diese Frage stellten, und schob sie auf die feuchte Kälte im Innern der Kathedrale.

»Ich bin nur gekommen, um ihr zu sagen, daß eine solche Verlobung nicht als bindend betrachtet werden kann, wenn so triftige Gründe für ihre Auflösung sprechen wie beispielsweise ein Mangel an Zuneigung oder ein Mangel an Bereitschaft zu ihrem Vollzug auf einer der beiden Seiten.«

»Darf ich fragen, ob Sie einen besonderen Grund hatten, ihr das zu sagen?«

Mr. Grewgious antwortete etwas schroff: »Nur den besonderen Grund, meine Pflicht zu tun, Sir. Nichts weiter.« Dann fügte er hinzu: »Hören Sie, Mr. Jasper. Ich weiß, wie groß Ihre Zuneigung zu Ihrem Neffen ist und daß Sie stets bereit sind, für ihn einzutreten. Ich versichere Ihnen, es hat nicht den allergeringsten Zweifel an Ihrem Neffen und nicht den allergeringsten Mangel an Achtung vor ihm gegeben.«

»Sie hätten es«, erwiderte Jasper mit einem freundschaftlichen Druck auf Mr. Grewgious' Arm, während sie nebeneinander hergingen, »nicht schöner sagen können.«

Mr. Grewgious nahm seinen Hut ab, um sich über den Kopf

zu streichen, nickte zufrieden, nachdem er die Geste vollzogen hatte, und setzte den Hut wieder auf.

»Ich möchte wetten«, meinte Jasper lächelnd (seine Lippen waren noch immer so weiß, daß es ihm bewußt war und er beim Sprechen auf sie biß und sie befeuchtete), »ich möchte wetten, daß Rosa nicht im mindesten den Wunsch geäußert hat, von Ned loszukommen.«

»Und Sie würden die Wette gewinnen«, erwiderte Mr. Grewgious. »Wir sollten jedoch einen gewissen Spielraum für mädchenhafte Empfindlichkeiten lassen, zumal bei einem so jungen mutterlosen Geschöpf, das unter solchen Umständen lebt, denke ich. Aber davon verstehe ich nichts. Was denken Sie?«

»Sie haben zweifellos recht.«

»Freut mich, daß Sie das sagen. Die junge Dame scheint nämlich«, fuhr Mr. Grewgious fort, der schon die ganze Zeit vorsichtig das Terrain sondiert hatte, eingedenk dessen, was Rosa ihm über Jasper gesagt hatte, »scheint nämlich einen zarten Instinkt zu haben, der ihr sagt, daß alle vorläufigen Vereinbarungen direkt zwischen ihr und Mr. Edwin Drood getroffen werden sollten, verstehen Sie? Sie möchte uns nicht dabeihaben, wissen Sie?«

Jasper faßte sich an die Brust und fragte mit etwas belegter Stimme: »Meinen Sie mich?«

Mr. Grewgious faßte sich an die Brust und antwortete: »Ich meine *uns*. Also lassen wir sie ihre kleinen Dispute und Beratungen miteinander haben, wenn Mr. Drood zu Weihnachten wieder herkommt, und danach werden Sie und ich dazukommen und letzte Hand an die Sache legen.«

»Also haben Sie mit ihr abgemacht, daß Sie zu Weihnachten herkommen werden?« bemerkte Jasper. »Ich verstehe. Nun ja, Mr. Grewgious, wie Sie eben ganz richtig bemerkt haben, besteht zwischen meinem Neffen und mir eine so außergewöhnliche Zuneigung, daß ich für den lieben, glücklichen und gesegneten Jungen mehr empfinde als für mich selbst. Aber es ist nur recht und billig, auch auf die Gefühle der jungen Dame

Rücksicht zu nehmen, wie Sie es mir nahegelegt haben, und ich werde mich danach richten. Wenn ich es recht verstanden habe, werden die beiden zu Weihnachten ihre Vorbereitungen für den Mai treffen und ihre Hochzeit selbst in die Wege leiten, so daß uns beiden nichts anderes übrig bleibt, als ihnen zu folgen und alles bereit zu machen für die formelle Entbindung aus unseren Vormundschaftspflichten an Eddys Geburtstag.«

»So habe auch ich es verstanden«, stimmte Mr. Grewgious zu, während sie sich zum Abschied die Hände drückten. »Gott segne die beiden!«

»Gott schütze die beiden!« rief Jasper.

»Ich habe *segne* gesagt«, bemerkte der erstere mit einem Blick zurück über die Schulter.

»Und ich habe *schütze* gesagt«, antwortete der letztere. »Ist da irgendein Unterschied?«

VIII

Nach der blitzschnellen Subliminalübertragung breitet sich ein langes Schweigen im Saale aus. Mit trägen, fast schlafwandlerischen Bewegungen nehmen sich die Kongreßteilnehmer einer nach dem andern die Kopfhörer ab, bleiben dann aber wie betäubt sitzen, die Augen halb geschlossen, die Lippen zusammengepreßt. Dr. Wilmot, der als einziger keinen Gebrauch von der wunderbaren neuen Technik gemacht hat, da er, wie wir wissen, das MED so gut wie auswendig kennt, schaut verblüfft auf das mit einem Schlag so schweigsame Publikum.

Als strenger Literaturwissenschaftler, der er ist, fern dem praktischen Leben und indifferent zumal gegenüber den Problemen der neuen Technologien, kann sich der Direktor des *Dickensian* nicht vorstellen, daß die Anwesenden in Wirklichkeit gerade dabei sind, auf geistigem Wege miteinander zu kommunizieren. Aber vielleicht kennt der Leser das Phänomen: Nach einem heftigen subliminalen Bombardement kann es vorkommen, daß sich zwischen den so Bombardierten, besonders wenn sie die Erfahrung zum erstenmal machen, eine Art von telepathischer Verbindung oder Vernetzung bildet, sei's auch nur für kurze Zeit. In unserem Fall mag überdies der Text selbst mit seinen Anspielungen auf die paranormalen Fähigkeiten, über welche Jasper und die beiden Zwillinge angeblich verfügen, zur Verstärkung des Phänomens beigetragen haben.

Nur daß auch diese rein mentalen Austauschprozesse ihre Mißhelligkeiten haben. Denn mehr noch als in einer gewöhnlichen Diskussion überlagern und verfilzen sich dabei die Gedanken der Anwesenden zu einem derart unentwirrbaren Knäuel, daß man nicht einmal mehr weiß, wer sie gerade denkt. Hier zum Beispiel der Beginn (in der wörtlichen Transkription, wie sie anschließend von der Technik geliefert wurde) der Sitzung von heute morgen:

ALSO MIR GEFÄLLT DIESE ROSA GAR NICHT, UND ES WÜRDE MICH NICHT WUNDERN, WENN / WAS MAG JASPER IHNEN IN DEN GLÜHWEIN GETAN HABEN? DAS OPIUM KANN DOCH NICHT SOLCH EINE WIRKUNG / AUF DER ANDEREN SEITE HAT HELENA / AUF DER ANDEREN SEITE IST ROSA / ABER DIE ZEITEN STIMMEN EFFEKTIV ÜBEREIN, WESHALB DIESER DÜSTERE HASSFUNKE DURCHAUS / UNSINN! DICKENS KANN UNS DOCH NICHT WEISMACHEN WOLLEN, DASS / ALSO ZWISCHEN HELENA UND ROSA WÜRDE ICH LOREDANA VORZIEHEN / ABER ER GLAUBTE GANZ ERNSTHAFT AN DIE TELEPATHIE, EBENSO WIE AN VORAHNUNGEN UND AN DIE GABE DER / MAMMA MIA! / DER SEHERKRAFT / MAMMA MIA, ICH SEHE ALLES! JETZT IST MIR ALLES KLAR! DESWEGEN HABEN DIE HUNDE NICHT / UND DANN SIND DIE JA AUCH AUS CEYLON GEKOMMEN / ALSO ICH WÜRDE DIESE LOREDANA / ICH HABE KEIN AUGE ZUGETAN WEGEN DIESER MATRATZE / ICH SEHE ALLES, SAGE ICH IHNEN! DER FALSCHE LANDSTREICHER! DIE KARAFFE AM FENSTER! DIE HAND, DIE DA / ICH WÜRDE MIR DIESE LOREDANA MAL / ABER CEYLON IST SCHLIESSLICH NICHT / DOCH VOM LITERARISCHEN STANDPUNKT BETRACHTET / MÖRDER! MÖRDER! NATÜRLICH, SO MUSSTE ES / INDIEN BLEIBT INDIEN: DIE SIKHS, DIE THUGS, GOTTWEISSWAS NOCH ALLES / COME YOU BACK, YOU BRITISH SOLDIER, COME YOU BACK TO MANDALAY / BESTIMMT HAT SIE UNTER DIESEM LAVENDELFARBENEN KOSTÜM / ALSO HÖREN SIE! / JAWOHL, SO HAT'S DER MÖRDER GEMACHT! MEIN BRUDER HAT MIR NÄMLICH EINMAL ERKLÄRT, DASS / UND DIESES SUPERSCHARFE MESSER, MIT DEM ER IHR DIE HAARE GESCHNITTEN HAT? / ALSO MIR LIEGT IMMER NOCH DIESE VERDAMMTE PASTETE VON

GESTERN ABEND / EIN MALAIISCHER KRIS WOMÖGLICH / MORD! GEMEINER MORD AN EINEM / DENN WIE GESAGT, VOM LITERARISCHEN STANDPUNKT BETRACHTET / IN NULLKOMMANICHTS! AUCH DAMALS AUF DEM BETT IN DER OPIUMHÖHLE / JETZT HÖREN SIE DOCH ENDLICH AUF MIT DIESEN PORNO-GEDANKEN! / DIE BEWUNDERNSWERTE FIGUR DIESES GREWGIOUS, DIE UNTER ANDEREM AUCH STEVENSON INSPIRIERT HAT / HEY, NICHT GLEICH SAUER SEIN, SUGAR BABY! / DIE KATHEDRALE IM / ICH SEHE ALLES! ICH SEHE SCHON WIEDER ALLES! DIE HUNDE, DAS FENSTER, DEN / DIE KATHEDRALE IM ZWIELICHT

Wirklich ein unentwirrbares Knäuel, und das nicht nur, weil sich die einzelnen Diskussionsbeiträge so hoffnungslos überlagern, sondern auch, weil sich mentale Inhalte eindrängen, die – selbst wenn sie an sich diskutabel sein mögen – der Debatte völlig äußerlich sind. Was zum Beispiel sollen die ebenso beharrlichen wie unverständlichen Anspielungen auf irgendwelche Hunde, auf eine Karaffe an einem Fenster und auf einen »falschen Landstreicher«, der sich dann offenbar als der wahre Mörder erweisen soll? Es scheint sich um eine Art Traumphantasie oder Halluzination zu handeln, vielleicht ausgelöst durch den Hinweis auf sogenannte Seherkräfte in einer der anwesenden Personen.[1] Die betreffende Person sagt in der Tat, sie »sehe alles«. Es bleibt jedoch unklar, was sie denn da, wenn auch halluzinierend, sehen könnte. Denn es fehlt zwar in Cloisterham nicht an Landstreichern, wie wir wissen, aber es gibt im ganzen MED keinen einzigen Hund und nicht den kleinsten Hinweis auf eine Karaffe an einem Fenster.

[1] Vermutlich in der Dame, deren Bruder Chefarzt in Arezzo ist. Diese Hypothese wird unterstützt durch das Abklingen des Phänomens parallel zum Verlassen des Saals durch besagte Dame, die in offensichtlich verwirrtem Zustand aufgetaucht war und von diesem Moment an nicht mehr im U&O gesehen ward.

Zum Glück ist nicht das ganze Protokoll so chaotisch. Ab und zu lichtet sich das Gestrüpp und einzelne »Stimmen« werden erkennbar, so daß man den Gang der Debatte einigermaßen verfolgen kann. Der Leser wird jedoch verstehen, daß wir uns mit einer summarischen Wiedergabe ohne allzu ehrgeizige Zuweisungen begnügen müssen. Folgendermaßen stellen sich also, herausgeschält aus den vielerlei Irrelevanzen und so gut es geht katalogisiert, die Meinungen der Arbeitsgruppe Drood nach dem *imprinting* der zweiten Nummer dar:

UNTERGRUPPE DER »PORPHYRIANER«: Größte Bewunderung für die Figur des Mr. Grewgious, die unter anderem R. L. Stevenson zu der unsterblichen Figur des Mr. Utterson in seinem *Seltsamen Fall von Dr. Jekyll und Mr. Hyde* inspirieren sollte. Hier ist Dickens auf der Höhe seines Könnens, bemerkt der Richter Petrowitsch, und der feinsinnige Wolfe hebt noch andere denkwürdige Stellen hervor: zum Beispiel die virtuose Beschreibung der Kathedrale »in Doppelperspektive« bei Sonnenuntergang; oder Miss Twinkletons Intervention, um die Nachricht vom Streit zwischen Drood und Neville in den Augen ihrer Schülerinnen zu entdramatisieren.

PATER BROWN: Also war der Autor nicht so erschöpft, er war nicht »in einer Krise«, wie manche behauptet haben. Und jene, die sein letztes Werk nicht nur für unvollendet, sondern auch für literarisch minderwertig halten, wissen nicht, wovon sie reden. Was das böse Urteil von Wilkie Collins angeht, der den Roman später privatim als »Dickens' letzten bemühten Versuch, das melancholische Alterswerk eines ausgebrannten Hirns« bezeichnet hat, so muß man die Verstimmung berücksichtigen, die seit einiger Zeit zwischen den beiden Schriftstellern herrschte.

UNTERGRUPPE DER »AGATHISTEN«: Die literarische

Qualität steht hier nicht zur Debatte, wohl aber die des kriminalistischen Plots. Und da könnte Collins aus seiner Sicht durchaus recht gehabt haben. Denn falls der Mörder nach Dickens' Plan tatsächlich Jasper sein sollte, also der Hauptverdächtige – na, also dann ist, offen gesagt, das angebliche *mystery* ... (ab hier divergieren die Ansichten, weshalb die Untergruppe noch weiter unterteilt werden muß in Pessimisten und Optimisten).

Pessimisten: Das zweite Heft läßt keine Alternative zu der Annahme, daß Jasper der Schuldige sein sollte. Im Gegenteil, durch die Ankunft der beiden Zwillinge wird sie nur noch bestärkt. Konnte man bisher noch denken, das Verbrechen des Onkels bleibe im Stadium der platonischen Intention, der befreienden Phantasie zwischen Opiumschwaden, so ist es damit nun vorbei. Denn es liegt klar auf der Hand, daß Neville, mit oder ohne Helena, nur eine Pappfigur ist, einzig eingeführt, um dem Bösewicht einen Unschuldigen zu liefern, auf den er den Verdacht lenken kann. Und tatsächlich macht sich Jasper sofort ans Werk, ohne eine Minute zu verlieren: 1.) er sieht teuflischerweise voraus, daß sein Neffe und der Neuangekommene sich auf den ersten Blick nicht leiden können; 2.) er folgt ihnen heimlich im Dunkeln, und kaum hört er sie miteinander streiten, greift er ein, um scheinbar Frieden zu stiften; 3.) als er entdeckt, daß es bei dem Streit um Rosa geht, kommt ihm ein unverkennbar mephistophelisches Lächeln auf die Lippen, und er beeilt sich, einen gewürzten Glühwein zu bereiten, der die beiden in höchste Erregung versetzt und praktisch zu Tätlichkeiten antreibt; 4.) sofort danach eilt er zu Crisparkle, um ihn über die Szene ins Bild zu setzen, wobei er die Farben möglichst dick aufträgt und ihn vor dem mörderischen Temperament jenes »dunkelblütigen« jungen Mannes warnt; 5.) inzwischen ist er so sicher, daß ihm das perfekte

Verbrechen gelingen wird, daß er sich mit Grewgious ein unverhüllt drohendes Wortspiel mit »segnen« und »schützen« erlaubt. Nur daß 6.) ein solches Verbrechen, so perfekt es dem Verbrecher auch vorkommen mag, für uns Leser nur enttäuschend sein kann!

Holmes: Besser eine Enttäuschung als ... Ich weiß nicht, aber ich bin immer mehr überzeugt, daß es besser wäre, die Sache auf sich beruhen zu lassen, ihr nicht zu sehr auf den Grund zu gehen ... Gewisse Dinge, die schon jemand ans Licht gezogen hat, wollen mir gar nicht gefallen.[1]

Optimisten: Es stimmt nicht, daß der Schluß schon gebongt ist, und die beiden Zwillinge sind durchaus nicht bloß Pappfiguren. Dickens hat es nicht versäumt, sie beide außer mit bemerkenswert ... äh ... pittoresken Zügen auch mit einem beträchtlichen Potential an Verdächtigkeit auszustatten. Beide haben eine mysteriöse Vergangenheit voller Leiden, Demütigungen, Gewalttätigkeiten und Rebellionen. Der Bruder lief früher – und läuft vielleicht immer noch – mit einem Messer herum und ist laut eigenem Bekenntnis fähig zu töten, sei's auch nur im Jähzorn, wenn er provoziert wird. Er ist düster, extrem verletzlich und leidet an einem rassischen und sozialen Minderwertigkeitskomplex. Die Schwester macht angst. Ein Mädchen, das es fertigbringt, sich die Haare büschelweise auszureißen, um als Junge durchzugehen, schreckt vor nichts zurück, und sie sagt ja selbst, daß sie sich vor niemandem fürchtet. Als Schuldige »in Reserve« sind die beiden durchaus glaubwürdig.

Maigret: Mir scheinen sie, wenn ich das sagen darf, vor allem glaubwürdig als Vehikel für *coups de théâtre*

[1] Wir haben dieses Fragment Holmes zugewiesen, weil es uns an seine Erklärung von gestern abend erinnert. Aber der Sinn des letzten Satzes entgeht uns.

von der (paff, paff)[1] klassischen Art. Ihre Ankunft aus Ceylon ist schon der erste. Ihre Vergangenheit läßt weitere ahnen. Sie sind Waisen, aber sonst wird uns nichts über ihre Familie gesagt. Wird dieser böse Stiefvater (paff, paff) nicht früher oder später wieder auftauchen? Ist nicht irgendwo eine unbequeme Verwandtschaft in Sicht, ein überraschendes Wiedererkennen? Und erlaubt ihre dunkle Hautfarbe nicht noch höchst exotische Entwicklungen, im Zusammenhang mit den Mysterien, Sekten und Riten (paff, paff) des Fernen Ostens?

DUPIN: Aber der wahre Theatercoup könnte aus der Telepathie kommen: mit den beiden Zwillingen, die an verschiedenen Orten, aber zur selben Zeit in einen glühenden Haß auf Edwin entbrennen und – immer in telepathischer Übereinkunft – das Verbrechen planen und ausführen. Als überraschende Enthüllung am Ende wäre das exzellent, und die Leser würden dem Autor dafür dankbar sein, daß er sie mit so vielen Verdachtsmomenten gegen den – an diesem Punkt dann – armen Jasper irregeführt hat.

KRÖTERICH: Ha, aber Irreführen ist eine Sache und Betrügen eine andere, meine Herren! Darum lassen wir lieber die Telepathie, wo sie ist, und nehmen den Milchmann. Sie werden bemerkt haben, daß im zweiten Heft ein Milchmann vorkommt. Nichts leichter, als irgendein Motiv für ihn zu finden – er war ebenfalls verrückt nach Rosa, oder Edwin hatte ihn beim Verwässern der Milch überrascht und erpreßt – sowie einen dazu passenden *modus operandi*, womöglich im Zusammenhang mit seinem Wagen und seinen Flaschen. Ich wäre mit einer solchen Lösung durchaus zufrieden. Allerdings unter der Bedingung, daß der

[1] Es ist interessant zu bemerken, daß Maigret, während er denkt, nicht aufhört, *mental* an seiner Pfeife zu ziehen.

Autor mir dann klipp und klar auseinandersetzt, warum Jasper sich so merkwürdig verhalten hat, wie er ihn sich hat verhalten lassen. Denn ich wiederhole, Irreführen ist *eine* Sache und …

PATER BROWN und/oder PORPHYRIJ PETROWITSCH: Dickens hat es sich nie träumen lassen, in seinen Romanen jemanden zu betrügen. Aber es stimmt, daß seine Plots oft so kompliziert, ja verworren sind, daß sie auch ein bißchen unzusammenhängend wirken. Deshalb könnte der Schuldige trotz allem auch Neville sein. Was dagegen Helena betrifft, so wäre ihre Mitschuld an dem Verbrechen nun wirklich an den Haaren herbeigezogen, das Motiv des auf telepathischem Wege geteilten Hasses hält nicht stand.

MARLOWE (oder ARCHER): Diese Frömmler werden nie zugeben, daß die schöne Helena außer telepathisch auch lesbisch ist und sich ebenfalls in die kleine Rosa verguckt hat, womit es ein glänzendes weiteres Motiv gibt. Natürlich ist das ein Thema, das der alte Dickens, immer sorgsam darauf bedacht, sich sein viktorianisches Publikum bei der Stange zu halten, nicht schwarz auf weiß auftischen konnte.

ARCHER (oder MARLOWE): Aber die Fingerzeige sind deutlich genug. Die Szene mit den beiden Weibern im Schlafzimmer ist eine einzige Küsserei, ein permanentes Geknutsche, es wimmelt nur so von »du faszinierst mich«, »du machst mir Mut«, »halt mich fest«, »bleib bei mir«. Unschuldige Jungmädchenergüsse? Daß ich nicht lache! Die eine ist hart, autoritär und beschützerisch in ausgesprochen männlicher Weise, die andere verzichtet keinen Moment auf ihr Getue als schutzloses, süßes kleines Kätzchen. Nein, er kannte sie gut, die etwas trüben Seiten des Lebens, der alte Boz! Und außerdem wußte er sehr genau: Wer unter den scheinheiligen Moralisten in seinem Publikum kapieren *wollte*, der kapierte schon.

Hastings: Mag ja sein, daß auch ich ein scheinheiliger Moralist bin, aber das kommt mir doch ein bißchen stark vor. Was halten Sie davon, Poirot?

Poirot: . . . .[1]

Hastings: Poirot?

Loredana (*laut, während sie sich wie erwachend über die Stirne streicht*): Was...? Wo...? Wie spät ist es?

Dr. Wilmot (*immer noch verblüfft*): Es ist genau neun Minuten nach elf. Aber...

Es sind also kaum drei Minuten vergangen, Leser, seit diese einzigartige Sitzung begonnen hat, und die Teilnehmer der Gruppe Drood haben sich praktisch nichts mehr zu sagen. Archer und Marlowe erheben sich mit einem Schlager auf den Lippen in der Gewißheit, daß nun eine Kaffeepause mehr als verdient sei. Aber Watson, dem die Verwirrung des *Dickensian*-Direktors nicht entgangen ist, begreift, daß der Diskussionsleiter an dem telepathischen *network* nicht teilgehabt hat, und beeilt sich, ihn über die Lage aufzuklären. Loredana ist unterdessen ins technische Büro gegangen und kommt jetzt mit der Transkription der Debatte zurück.

Dr. Wilmot (*die Bögen überfliegend*): Gut... Ich würde sagen, dann können wir gleich zum dritten Heft übergehen, also zur Nummer vom Juni.

Aber der Vorschlag wird mit lebhaftem Füßescharren quittiert, denn die Idee einer Kaffeepause hat offensichtlich alle angesteckt. Und es wird eine Pause, die sich bis zum Aperitif ausdehnt, in den Lunch übergeht und sich anschließend auf die Kieswege im Park und die Sessel im Atrium zerstreut. Einige ziehen sich

[1] Poirot hat sich bisher nicht hören lassen und gibt auch jetzt keine Antwort. Man könnte daraus schließen, daß ihn der Fall Drood nicht mehr interessiert. Oder sollte im Gegenteil die Arbeit seiner »grauen Zellen« so intensiv sein, daß sie nicht einmal von den Hochfrequenzsensoren der japanischen Psycho-Receiver registriert werden kann?

sogar, dem römischen Brauch der Siesta folgend, auf ihre Zimmer zurück.

*

Die Techniker nutzen die Pause, um ein paar Justierungen an der Apparatur vorzunehmen, damit das subliminale *imprinting* nicht noch einmal die Nebenfolgen von heute vormittag in den Köpfen der Kongreßteilnehmer hat. Die Frequenz der Impulse wird reduziert, das Tempo der Übertragung etwas verlangsamt. Daher dauert, als die Arbeit am Nachmittag fortgesetzt wird, die Übertragung der dritten Nummer, also der Kapitel 10, 11 und 12, gut eine Minute.

Kapitel 10 *Der Weg wird geebnet*

Es ist oft genug bemerkt worden, daß die Frauen eine eigentümliche Fähigkeit haben, den Charakter der Männer zu erraten; ein Vermögen, das angeboren und instinkthaft zu sein scheint, bedenkt man, daß es nicht durch geduldiges Abwägen des Für und Wider erworben worden ist, daß es sich selbst nicht befriedigend oder hinreichend zu erklären vermag und daß es seine Urteilssprüche in der zuversichtlichsten Weise sogar gegen gehäufte Beobachtungen auf seiten des andern Geschlechts behauptet. Weniger oft ist indessen bemerkt worden, daß dieses Vermögen (ein fehlbares, wie jedes andere menschliche Attribut) in den meisten Fällen absolut unfähig zur Selbstrevision ist; und daß es, hat es einmal ein negatives Urteil abgegeben, das sich anschließend allem menschlichen Ermessen nach als falsch erweist, in seiner Entschlossenheit, sich auf keinen Fall zu korrigieren, nicht vom Vorurteil zu unterscheiden ist. Ja, die bloße Möglichkeit eines Widerspruchs oder einer Widerlegung, so fern sie auch sein mag, verleiht diesem weiblichen Urteil in neun von zehn Fällen schon zu Beginn die Schwäche der Aussage eines parteiischen Zeugen – so sehr identifiziert sich die schöne Wahrsagerin mit ihrer Wahrsagung.

»Nun, meinst du nicht, liebe Mama«, sagte der Hilfskanonikus eines Tages zu seiner Mutter, die mit ihrem Strickzeug in seiner kleinen Bibliothek saß, »daß du ein bißchen zu hart über Mr. Neville geurteilt hast?«

»Nein, Sept, das meine ich *nicht*«, antwortete die alte Dame.

»Laß uns darüber diskutieren, Mama.«

»Ich habe nichts dagegen, zu diskutieren, Sept. Im Gegenteil, mein Lieber, ich glaube, ich bin immer für Diskussionen offen.« Die Haube der alten Dame erzitterte leicht, als fügte sie innerlich hinzu: »Und ich möchte die Diskussion sehen, die *meine* Ansichten ändern könnte!«

»Sehr gut, Mama«, sagte ihr konzilianter Sohn. »Es gibt nichts Schöneres, als offen für Diskussionen zu sein.«

»Das meine ich auch«, versetzte die alte Dame sichtlich verschlossen.

»Also gut. Mr. Neville ist bei jener unseligen Gelegenheit aus der Haut gefahren, weil er provoziert worden war.«

»Und weil er Glühwein getrunken hatte«, fügte die alte Dame hinzu.

»Den Wein kann ich nicht leugnen. Obwohl ich glaube, daß die beiden jungen Herren sich diesbezüglich in nichts nachstanden.«

»*Ich* glaube das nicht«, sagte die alte Dame.

»Warum nicht, Mama?«

»Weil ich's nicht *glaube*«, sagte die alten Dame. »Doch ich bin ganz offen für Diskussionen.«

»Aber liebe Mama, ich sehe nicht, wie wir diskutieren können, wenn du diese Haltung einnimmst.«

»Daran ist Mr. Neville schuld, nicht ich, Sept«, sagte die alte Dame mit majestätischer Würde.

»Aber liebste Mama! Wieso denn Mr. Neville?«

»Weil«, sagte Mrs. Crisparkle mit einem Rückzug auf ihre Grundprinzipien, »weil er betrunken heimgekommen war, womit er unser Haus sehr in Mißkredit gebracht und große Mißachtung vor unserer Familie bezeigt hat.«

»Das ist nicht zu bestreiten, Mama. Es tat und tut ihm noch heute sehr leid.«

»Wenn Mr. Jasper nicht so höflich und rücksichtsvoll gewesen wäre, am nächsten Tag nach dem Gottesdienst direkt zu mir ins Kirchenschiff zu kommen, noch im Talar, um seiner Hoffnung Ausdruck zu geben, daß ich nicht zu sehr beunruhigt oder zu hart aus dem Schlaf gerissen worden sei, ich hätte vermutlich nie etwas von dieser unschönen Sache gehört«, sagte die alte Dame.

»Um ehrlich zu sein, Mama, ich nehme an, ich hätte sie vor dir geheimgehalten, wenn ich gekonnt hätte, obwohl ich noch zu keinem endgültigen Entschluß gekommen war. Ich wollte

Jasper gerade folgen, um mit ihm zu beraten, ob es nicht am besten wäre, wenn wir beide, er und ich, die Sache für uns behielten und vertuschten, als ich ihn mit dir sprechen sah. Da war es zu spät.«

»Da war es allerdings zu spät, Sept. Er war immer noch totenbleich über das, was sich am Abend zuvor in seiner Wohnung zugetragen hatte.«

»*Wenn* ich es vor dir geheimgehalten hätte, Mama, so wäre es nur zu deinem Besten gewesen, um dir deinen Frieden und deine Ruhe zu erhalten, wie auch zum Besten der beiden jungen Männer und um nach bestem Wissen und Gewissen meine Pflicht zu erfüllen, das kannst du mir glauben.«

Die alte Dame stand auf, ging geradewegs zu ihrem Sohn, gab ihm einen Kuß und sagte: »Aber natürlich, mein Sept, das glaube ich dir.«

»Statt dessen wurde es dann zum Stadtgespräch«, fuhr Mr. Crisparkle fort und rieb sich das Ohr, während seine Mutter sich wieder zu ihrem Stuhl begab und ihre Strickarbeit wiederaufnahm, »und ich konnte nichts dagegen tun.«

»Und da sagte ich, Sept«, erwiderte die alte Dame, »daß ich nicht viel von Mr. Neville hielt. Und ich sage noch heute, daß ich nicht viel von Mr. Neville halte. Und ich sagte damals und sage noch heute, ich hoffe, daß Mr. Neville sich bessern wird, aber ich glaube nicht daran.« Bei diesen Worten zitterte die Haube wieder beträchtlich.

»Es tut mir weh, dich so sprechen zu hören, Mama ...«

»Es tut mir weh, so sprechen zu müssen, mein Lieber«, warf die alte Dame ein, während sie munter weiterstrickte, »aber ich kann's nicht ändern.«

»Denn unbestreitbar«, fuhr der Hilfskanonikus fort, »ist Mr. Neville außerordentlich fleißig und aufmerksam und macht rasche Fortschritte und hegt – ich hoffe, ich darf das sagen – eine gewisse Zuneigung für mich.«

»Letzteres ist kein Verdienst, mein Lieber«, sagte die alte Dame prompt, »und wenn er meint, es wäre eins, halte ich wegen der Prahlerei noch weniger von ihm.«

»Aber, liebste Mama, er hat nie so etwas gesagt.«

»Mag sein«, erwiderte die alte Dame, »aber was hat das schon zu bedeuten.«

Es lag keinerlei Ungeduld in dem wohlgefälligen Blick, mit dem Mr. Crisparkle die hübsche alte Porzellanfigur betrachtete, während sie strickte; aber zweifellos lag darin eine gewisse Belustigung über die Tatsache, daß sie keine Porzellanfigur war, mit der man besonders gut diskutieren konnte.

»Außerdem, frag dich doch mal, Sept, was er ohne seine Schwester wäre. Du weißt, was für einen Einfluß sie auf ihn hat; du weißt, wie begabt sie ist; du weißt, daß er alles, was du mit ihm durchnimmst, mit ihr wiederholt. Gib ihr den Anteil von deinem Lob, der ihr gebührt, und wieviel bleibt dann noch für ihn?«

Bei diesen Worten versank Mr. Crisparkle in eine kleine Träumerei, in der ihm verschiedenes durch den Kopf ging. Er dachte daran, wie oft er die beiden Geschwister in tiefem Gespräch über einem seiner alten Studienbücher gesehen hatte, mal in den kalten Morgenstunden, wenn er seine abhärtenden Ausflüge zum Cloisterham-Wehr unternahm, mal an den dämmrigen Abenden, wenn er sich dem Wind bei Sonnenuntergang aussetzte, nachdem er seinen Lieblingsausguck erklommen hatte, ein hoch am Hang aufragendes Stück der Klosterruine, und die beiden lernbegierigen Gestalten unter ihm am Ufer des Flusses vorbeigingen, in dem sich bereits die Lichter der Stadt spiegelten, wodurch die Landschaft noch fahler wurde. Er dachte daran, wie ihm allmählich bewußt geworden war, daß er, während er eine Person unterrichtete, in Wirklichkeit zweien Unterricht gab, und wie er daraufhin seine Erklärungen fast unmerklich beiden Köpfen angepaßt hatte – dem, den er täglich vor sich hatte, und dem zweiten, den er nur durch den ersten erreichte. Er dachte auch an das Gerede, das vom Nonnenhaus zu ihm gedrungen war, nämlich daß Helena, die er fälschlicherweise für so stolz und herrisch gehalten hatte, sich in die Hände der kleinen Märchenbraut (wie er sie nannte) gegeben habe und von ihr lerne, was diese wußte. Er dachte an die pittoreske

Allianz dieser beiden Mädchen, die äußerlich so verschieden waren. Und er dachte – vielleicht vor allem –, wie es nur möglich sein konnte, daß dies alles gerade erst ein paar Wochen alt war und doch schon einen festen Bestandteil seines Leben darstellte.

Jedesmal, wenn der Reverend Septimus ins Grübeln versank, nahm seine gute Mutter es als ein untrügliches Zeichen dafür, daß er »eine Stärkung brauche«, und so begab sich die blühende alte Dame nun eilends zum Eßzimmerschrank, um daraus die Stärkung in Gestalt eines Glases Constantia-Kapwein und eines selbstgebackenen Plätzchens zu holen. Es war ein überaus imposanter Schrank, würdig Cloisterhams und des Hilfskanonikuswinkels. Über ihm prangte ein Bildnis von Händel mit wallender Perücke, der mit einer so wissenden Miene auf den Betrachter herabstrahlte, als ob er bestens über den Inhalt des Schrankes im Bilde wäre, und zugleich mit einer so musikalischen Miene, als wollte er alle seine Harmonien zu einer einzigen köstlichen Fuge verarbeiten. Es war kein gewöhnlicher Schrank mit einer vulgären Tür an seitlichen Angeln, die sich mit einem Schlag öffnen läßt und alles auf einmal enthüllt, vielmehr hatte dieser seltene Schrank ein Schloß auf halber Höhe, wo zwei senkrechte Schieber zusammentrafen, von denen der obere heruntergelassen und der untere hinaufgeschoben werden konnte. Wurde der obere Schieber heruntergezogen (wodurch er sich über den unteren schob und somit dessen Geheimnis verdoppelte), enthüllte er tiefe Fächer mit Krügen voll Eingelegtem, Töpfen voll Marmelade, Konservendosen, Gewürzgläsern und reizvoll exotisch wirkenden blauen und weißen Gefäßen, üppigen Wohnungen für eingelegte Tamarinden und Ingwer. Jeder wohltuende Bewohner dieser Ruhesitze trug seinen Namen auf den Bauch geschrieben. Die Mixed Pickles, uniformiert in prächtigen braunen Röcken mit doppelter Knopfreihe über gelben oder rehfarbenen Beinkleidern, verkündeten ihre schwellenden Formen in großen Druckbuchstaben als Walnuß, Gurken, Zwiebeln, Weißkohl, Blumenkohl, Mischgemüse und andere Mitglieder dieser noblen Familie. Die Marmeladen, von weniger männlichem Temperament und mit Papierschleifchen geschmückt, verkündeten ihre Namen in weiblicher Handschrift, ähnlich einem sanften Raunen, als Himbeeren, Stachelbeeren, Aprikosen, Pflaumen, Zwetschgen, Äpfel und Pfirsiche. Fiel über diese Reize der Vorhang und hob sich der untere Schieber, so kamen Orangen ans Licht, beaufsichtigt von einer großen lackierten Zuckerdose zwecks Linderung ihrer Bitterkeit, falls sie noch unreif waren. Selbstgebackene Plätzchen bildeten das Gefolge dieser Mächte, begleitet von einem tüchtigen Stück Plumcake und schlanken »Damenfingern«, die man in Süßwein stippt und dann zärtlich küßt. Ganz unten schließlich barg ein kompaktes Bleigewölbe den Süßwein sowie einen Vorrat an Likören, aus dem ein Gewisper von andalusischen Orangen, Zitronen, Mandeln und Kümmel aufstieg. Krönend wehte um diesen Schrank der Schränke ein duftiger Klang, als hätten die Glocken- und Orgelklänge der Kathedrale ihn jahrhundertelang durchsummt, bis diese ehrwürdigen Bienen alles, was er enthielt, zu feinstem Honig gemacht hatten; und stets war bemerkt worden, daß ein jeder, der in diese Fächer eintauchte (die, wie gesagt, so tief waren, daß Kopf, Schultern und Ellbogen darin verschluckt wurden), so milden Gesichtes wieder hervorkam, daß man meinen konnte, er hätte sich einer Verwandlung in reines Sacharin unterzogen.

Ebenso willig wie diesem herrlichen Schrank unterwarf sich der Reverend Septimus einem widerwärtigen Heilkräuterschränkchen, das gleichfalls dem Kommando der Porzellanschäferin unterstand. Welche fabelhaften Aufgüsse von Enzian, Pfefferminz, Nelkenblüten, Salbei, Petersilie, Thymian, Rauten, Rosmarin und Löwenzahn hatte sein Magen nicht schon mutig erduldet! In welche wundertätigen Umschläge, einschließlich solcher aus Lagen toter Blätter, hatte er sein rosiges und zufriedenes Gesicht nicht schon einwickeln lassen, wenn seine Mutter argwöhnte, er habe Zahnweh! Welche botanischen Pflästerchen hatte er sich nicht schon gutmütig auf die Wangen oder die Stirn geklebt, wenn die liebe alte Dame ihn überzeugte, daß da ein unmerkliches Pickelchen sei! In dieses Kräuter-Verlies, eine auf dem oberen Treppenabsatz befindliche, enge und niedrige weißgetünchte Zelle, wo Bündel getrockneter Blätter von rostigen Haken an der Decke hingen und auf Regalen ausgebreitet lagen, bewacht von unheilschwangeren Flaschen, pflegte der Reverend Septimus sich gehorsam führen zu lassen gleich dem berühmten Lamm, das so oft widerstandslos zur Schlachtbank geführt worden ist, nur daß er dort, *un*gleich jenem Lamm, niemand anderen langweilte als sich selbst. Nicht einmal dies jedoch zeigend, so daß die alte Dame geschäftig und munter ans Werk gehen konnte, pflegte er brav zu schlucken, was ihm verabreicht wurde, tauchte dann lediglich kurz die Hände und das Gesicht in die große Schale mit getrockneten Rosenblättern und in die andere große Schale mit getrocknetem Lavendel und ging hinaus, ebenso zuversichtlich auf die heilenden Kräfte eines Bades im Cloisterham-Wehr und eines gesunden Geistes vertrauend, wie einst Lady Macbeth an denen aller Meeresfluten verzweifelte.

Im vorliegenden Falle nun trank der gute Hilfskanonikus sein Glas Kapwein mit vortrefflicher Miene und widmete sich, so gestärkt zu seiner Mutter Zufriedenheit, den restlichen Pflichten des Tages. Diese brachten ihm in ihrem ordnungsgemäßen und pünktlichen Ablauf schließlich den Abendgottesdienst und die Dämmerung. Da es in der Kathedrale sehr kalt gewesen war, trabte er nach dem Gottesdienst zu einem frischen Abendspaziergang los, der in einem Angriff auf seine Lieblingsruine enden sollte, die er im Sturm zu nehmen gedachte, ohne eine Atempause einzulegen.

Er führte sein Vorhaben meisterhaft aus und atmete nicht einmal sonderlich schwer, als er oben stand und auf den Fluß hinabsah. Der Fluß ist bei Cloisterham schon so nahe am Meer, daß er nicht selten eine Menge Seetang hereinspült. Mit der letzten Flut war eine ungewöhnlich große Menge gekommen, und dies, im Verein mit dem Strudeln des Wassers und dem unentwegten Kreischen und Tauchen der Möwen und einem bleiernen Himmel über dem Meer jenseits der Boote, deren braune Segel rasch dunkelten, verhieß dem Reverend Septimus eine stürmische Nacht. Gerade verglich er im Geiste das wilde und tosende Meer mit dem stillen Hafen des Hilfskanonikuswinkels, da gingen Helena und Neville Landless unter ihm vorbei. Er hatte den ganzen Tag lang immerfort an die beiden gedacht und stieg sofort hinunter, um mit ihnen zu reden. Der Abstieg war bei dem ungewissen Licht schwierig für jeden Tritt außer dem eines guten Kletterers, aber der Hilfskanonikus war ein guter Kletterer wie nur wenige und stand neben den beiden, noch ehe manch anderer gute Kletterer halb unten gewesen wäre.

»Ein rauher Abend, Miss Landless! Finden Sie Ihren üblichen Abendspaziergang mit Ihrem Bruder nicht etwas zu exponiert und kühl für die Jahreszeit? Jedenfalls nach Sonnenuntergang und wenn das Wasser vom Meer hereindrängt?«

Helena fand das nicht. Es sei ihr Lieblingsweg. Er sei so ruhig.

»Es ist sehr ruhig hier«, stimmte Mr. Crisparkle zu, um die Gelegenheit beim Schopf zu ergreifen und sich den beiden anzuschließen. »Es gibt kaum einen Ort, wo man so ungestört reden kann, wie ich es mit Ihnen gern möchte. – Mr. Neville, ich glaube, Sie erzählen Ihrer Schwester alles, was zwischen uns vorgeht.«

»Alles, Sir.«

»Mithin weiß Ihre Schwester auch, daß ich Sie wiederholt gedrängt habe, sich für den unseligen Vorfall am Abend ihrer Ankunft hier irgendwie zu entschuldigen.«

Da Mr. Crisparkle bei diesen Worten sie und nicht ihn ansah, antwortete sie und nicht er:

»Ja.«

»Ich nenne den Vorfall deshalb unselig, Miss Helena«, fuhr Mr. Crisparkle fort, »weil er zweifellos ein Vorurteil gegen Neville geweckt hat. Es herrscht im Ort allgemein die Ansicht, er sei ein gefährlich leidenschaftlicher Bursche mit einem unbeherrschten und jähzornigen Temperament; er wird regelrecht gemieden deswegen.«

»Ja, das wird er zweifellos, der Arme«, sagte Helena und schaute zu ihrem Bruder mit einer Mischung aus Stolz und

Mitgefühl, die ihre tiefe Überzeugung verriet, daß er ungerecht behandelt wurde. »Ich wäre schon überzeugt davon, wenn Sie es mir nur sagen würden, aber was Sie mir sagen, wird außerdem tagtäglich durch verstohlene Hinweise und Anspielungen bestätigt.«

»Nun, also«, resümierte Mr. Crisparkle im Ton einer sanften, aber beharrlichen Überredung, »ist das nicht bedauerlich und sollte rasch abgestellt werden? Nevilles Aufenthalt in Cloisterham hat erst vor kurzem begonnen, und ich habe keine Sorge, daß es ihm auf die Dauer nicht gelingen wird, solch ein Vorurteil zu widerlegen und zu beweisen, daß er mißverstanden worden ist. Doch wieviel klüger wäre es, gleich zu handeln, anstatt auf den ungewissen Zahn der Zeit zu vertrauen! Und außerdem, abgesehen davon, daß es gute Politik ist, wäre es auch richtig. Denn es steht doch außer Frage, daß Neville im Unrecht war.«

»Er war provoziert worden«, stellte Helena fest.

»Er war der Angreifer«, stellte Mr. Crisparkle fest.

Sie gingen ein Weilchen schweigend nebeneinanderher, bis Helena den Kopf hob, dem Hilfskanonikus ins Gesicht sah und beinahe vorwurfsvoll sagte: »Oh, Mr. Crisparkle, wollen Sie, daß sich Neville dem jungen Drood zu Füßen wirft, oder gar diesem Mr. Jasper, der ihn tagtäglich demütigt und beleidigt? Das kann doch nicht ehrlich Ihr Wunsch sein, und Sie könnten es auch nicht ehrlichen Herzens tun, wenn Sie an seiner Stelle wären.«

»Ich habe Mr. Crisparkle schon erklärt, Helena«, warf Neville mit einem ehrerbietigen Blick zu seinem Lehrer ein, »daß ich es tun würde, wenn ich es ehrlichen Herzens könnte. Aber ich kann's nicht, und gegen den Gedanken, es nur vorzutäuschen, bäumt sich alles in mir auf. Aber du vergißt, daß du mit der Vorstellung, Mr. Crisparkle könnte an meiner Stelle sein, gleichzeitig auch unterstellst, er könnte tun, was ich getan habe.«

»Dafür bitte ich ihn um Verzeihung«, sagte Helena.

»Da sehen Sie«, bemerkte Mr. Crisparkle, erneut die Gelegenheit beim Schopf ergreifend, wenn auch mit einem maßvollen und behutsamen Griff, »Sie beide geben instinktiv zu, daß Neville im Unrecht war! Also warum bleiben Sie dann da stehen, warum gehen Sie nicht noch einen Schritt weiter und geben es offen zu?«

»Gibt es nicht einen Unterschied«, fragte Helena etwas zögernd, »zwischen der Unterwerfung unter einen edlen Geist und der unter einen niedrigen und gemeinen?«

Bevor sich der brave Hilfskanonikus darüber im klaren war, was er auf diese delikate Frage antworten sollte, warf Neville ein:

»Hilf mir, Helena, mit Mr. Crisparkle ins reine zu kommen. Hilf mir, ihm klarzumachen, daß ich nicht ohne Vortäuschung und Heuchelei den ersten Schritt tun kann. Meine Natur müßte erst geändert werden, bevor ich dazu imstande wäre, und sie ist nicht geändert. Ich fühle mich unsäglich tief beleidigt, und zwar mit voller Absicht beleidigt, was die Sache noch schlimmer macht, und darum bin ich sehr wütend. Um die Wahrheit zu sagen, ich bin, wenn ich an jenen Abend zurückdenke, immer noch genauso wütend wie damals.«

»Neville«, mahnte der Hilfskanonikus in strengem Ton, »Sie machen schon wieder diese Handbewegung, die mir so mißfällt.«

»Tut mir leid, Sir, das war nicht mit Absicht. Ich gestehe ja, daß ich immer noch wütend bin.«

»Und ich gestehe«, sagte Mr. Crisparkle, »daß ich mir Besseres erhofft hatte.«

»Es tut mir leid, Sie zu enttäuschen, Sir, aber es wäre noch viel schlimmer, wenn ich Sie betrügen würde, und ich würde Sie gröblich betrügen, wenn ich vorgäbe, daß Sie mich in dieser Beziehung milder gestimmt hätten. Vielleicht kommt ja einmal die Zeit, da Ihr machtvoller Einfluß selbst *das* bei dem schwierigen Schüler erreichen wird, dessen Vergangenheit Sie kennen, aber noch ist diese Zeit nicht gekommen. Ist es so, Helena, und zwar trotz aller meiner Kämpfe gegen mich selbst?«

Sie, deren dunkle Augen beobachteten, welchen Eindruck seine Worte auf Mr. Crisparkle machten, antwortete diesem, nicht ihrem Bruder: »So ist es.« Nach einer kurzen Pause beantwortete sie einen kaum wahrnehmbaren fragenden Blick in den Augen ihres Bruders mit einem ebensolchen Nicken, und er fuhr fort:

»Ich habe bisher nie den Mut gehabt, Ihnen etwas zu sagen, Sir, was ich Ihnen ganz offen hätte sagen sollen, als Sie das erste Mal mit mir über das Thema sprachen. Es fällt mir nicht leicht, darüber zu sprechen, und was mich bisher davon abgehalten hat, war die Angst, daß es lächerlich klingen könnte, und auch jetzt beherrscht mich diese Angst noch so sehr, daß ich, wenn meine Schwester nicht dabei wäre, wohl noch immer nicht ganz offen zu Ihnen sprechen könnte. – Ich hege eine so große Bewunderung für Miss Bud, Sir, daß ich es nicht ertragen kann, sie mit Arroganz oder Gleichgültigkeit behandelt zu sehen, und selbst wenn ich mich nicht in eigener Person von dem jungen Drood beleidigt fühlen würde, würde ich mich *für sie* von ihm beleidigt fühlen.«

Mr. Crisparkle, sichtlich verwundert, blickte zu Helena, auf der Suche nach einer Bestätigung, und fand in ihrem ausdrucksvollen Blick die vollste Bestätigung und eine flehentliche Bitte um Rat.

»Die junge Dame, von der Sie sprechen, Mr. Neville«, sagte er daraufhin ernst, »wird, wie Sie wissen, in Kürze heiraten. Deshalb ist Ihre Bewunderung, sollte sie von jener besonderen Art sein, die Sie anzudeuten scheinen, ganz und gar fehl am Platze. Mehr noch, es ist eine ungeheuerliche Anmaßung von Ihnen, wenn Sie sich zum Beschützer der jungen Dame gegen ihren auserwählten Gatten aufwerfen wollen. Außerdem haben Sie die beiden nur einmal zusammen gesehen. Die junge Dame ist die Freundin Ihrer Schwester geworden, und ich wundere mich, daß Ihre Schwester Sie nicht auch um ihrer Freundin willen von diesen unvernünftigen und ungehörigen Träumen abgebracht hat.«

»Sie hat es versucht, Sir, aber vergebens. Ob zukünftiger Gatte oder nicht, dieser Mensch ist unfähig zu den Gefühlen, die ich für das schöne junge Wesen hege, das er wie eine Puppe behandelt. Ich sage, er ist dazu ebenso unfähig, wie er ihrer unwert ist. Ich sage, sie wird durch die Ehe mit ihm geopfert. Ich sage, daß ich sie liebe – und daß ich ihn hasse und verabscheue!« Bei diesen Worten errötete er so glühend und machte eine so drohende Geste, daß seine Schwester rasch zu ihm trat, seinen Arm ergriff und tadelnd sagte: »Neville, Neville!«

So zur Besinnung gerufen, wurde ihm plötzlich bewußt, daß er ein weiteres Mal die Herrschaft über sein jähzorniges Temperament verloren hatte, und er schlug reuig und zerknirscht die Hände vors Gesicht.

Mr. Crisparkle, der ihn aufmerksam beobachtete und dabei zugleich überlegte, was er tun sollte, ging schweigend ein paar Schritte weiter. Dann sagte er:

»Mr. Neville, Mr. Neville, es betrübt mich sehr, in Ihnen weitere Züge eines Charakters zu finden, der so finster und grimmig und stürmisch ist wie die Nacht, die nun jeden Moment hereinbrechen wird. Diese Züge sind allzu besorgniserregend, als daß ich noch glauben könnte, die Schwärmerei, die Sie mir eben enthüllt haben, bedürfe keiner ernsthafteren Beachtung. Ich beachte sie mit dem größten Ernst, und in diesem Sinne spreche ich zu Ihnen. Diese Fehde zwischen Ihnen und dem jungen Drood muß aufhören. Ich kann nicht erlauben, daß sie noch einen Tag weitergeht, nachdem ich von Ihnen nun weiß, was ich weiß, und Sie unter meinem Dache leben. Was immer für vorurteilsvolle und unberechtigte Vorstellungen Sie sich in Ihrer blinden und eifersüchtigen Wut über seinen Charakter machen, ich sage Ihnen, er hat einen offenen, gutmütigen Charakter. Ich weiß, daß ich ihm darin vertrauen kann. Und nun achten Sie bitte gut auf das, was ich Ihnen sage. Nach reiflicher Überlegung und nach Anhörung Ihrer Schwester bin ich bereit zuzugeben, daß Sie bei Ihrer Versöhnung mit dem jungen Drood ein Recht darauf haben, daß er Ihnen auf halbem Wege entgegenkommt. Ich werde mich dafür einsetzen, daß dies geschieht und sogar, daß der junge Drood den ersten Schritt dazu tut. Ist diese Bedingung erfüllt, werden Sie mir Ihr Ehrenwort als Christ und Gentleman geben, daß der Streit Ihrerseits für immer beendet ist. Was in Ihrem Herzen vorgeht, wenn Sie dem jungen Mann die Hand geben, kann nur der wissen, der unser aller Herzen ergründet, aber es wird Ihnen nicht gut bekommen, wenn dann noch eine Spur von Falschheit darin ist. Soviel dazu. Nun zu dem, was ich noch einmal Ihre Schwärmerei nenne. Ich verstehe das Ganze so, daß Sie es nur mir gestanden haben und daß niemand außer Ihrer Schwester und Ihnen selbst davon wußte. Ist das richtig?«

Helena antwortete mit leiser Stimme: »Von der Geschichte weiß niemand außer uns dreien hier.«

»Die junge Dame, Ihre Freundin, weiß nichts davon?«

»Bei meiner Seele, nein!«

»Dann fordere ich Sie jetzt auf, Mr. Neville, mir ebenfalls Ihr feierliches Ehrenwort darauf zu geben, daß die Sache so geheim bleiben wird, wie sie es ist, und daß Sie diesbezüglich nichts anderes unternehmen werden als den Versuch, und zwar den sehr ernsthaften Versuch, sich das Ganze ein für allemal aus dem Kopf zu schlagen. Ich will Ihnen nicht sagen, daß es bald vorüber sein wird; ich will Ihnen nicht sagen, daß es nur die Grille eines Augenblicks ist; ich will Ihnen nicht sagen, daß solche Launen unter feurigen jungen Leuten jede Stunde kommen und gehen; ich will Sie ungestört in dem Glauben lassen, daß Ihre Neigung kaum oder gar keine Parallelen hat und daß Sie noch lange gegen sie ankämpfen werden und daß es sehr schwer sein wird, sie zu überwinden. Um so höher werde ich das von Ihnen erbetene Ehrenwort bewerten, sobald Sie es mir rückhaltlos gegeben haben.«

Der junge Mann versuchte zwei- oder dreimal zu sprechen, aber vergeblich.

»Nun gut, ich lasse Sie jetzt mit Ihrer Schwester allein, es ist Zeit, daß Sie sie nach Hause bringen«, sagte Mr. Crisparkle. »Sie finden mich dann nachher in meinem Zimmer.«

»Nein, bitte gehen Sie noch nicht«, bat ihn Helena. »Nur noch eine Minute!«

»Ich hätte nicht mal nur noch eine Minute gebraucht«, sagte Neville, die Hand an die Stirne pressend, »wenn Sie nicht soviel

Geduld mit mir gehabt hätten, Mr. Crisparkle, wenn Sie nicht so verständnisvoll für mich, so unprätentiös gut und wahrhaftig zu mir gewesen wären. Oh, hätte ich nur in meiner Kindheit solch einen Lehrer gehabt!«

»Folge deinem Lehrer jetzt, Neville«, murmelte Helena, »und folge ihm bis in den Himmel!«

Es lag etwas in ihrem Ton, das dem guten Hilfskanonikus die Sprache verschlug, sonst hätte er ihre Verklärung seiner Person zurückgewiesen. So aber legte er nur einen Finger auf die Lippen und schaute zu ihrem Bruder.

»Zu sagen, daß ich Ihnen die beiden gewünschten Versprechen aus tiefstem Herzen gebe, Mr. Crisparkle, und zu sagen, daß nicht die Spur von Falschheit in meinem Herzen ist, heißt wenig zu sagen!« rief Neville tiefbewegt. »Ich bitte Sie um Vergebung für meinen kläglichen Rückfall in unbeherrschte Leidenschaftlichkeit.«

»Nicht mich, Neville, bitten Sie nicht mich. Sie wissen, bei wem die Vergebung liegt, als das höchste denkbare Attribut. Miss Helena, Sie und Ihr Bruder sind Zwillinge. Sie sind mit denselben Anlagen zur Welt gekommen, und Sie haben Ihre ersten Jahre zusammen unter denselben widrigen Lebensumständen verbracht. Was Sie in sich selbst überwunden haben, können Sie das nicht auch in ihm überwinden? Sie sehen, welcher Stein ihm im Wege liegt. Wer außer Ihnen könnte ihm helfen, sich davon zu befreien?«

»Wer außer Ihnen, Sir?« gab Helena zurück. »Was ist mein Einfluß oder meine Weisheit im Vergleich zu der Ihren!«

»Sie haben die Weisheit der Liebe«, entgegnete der Hilfskanonikus, »und wie Sie sich erinnern werden, es gibt keine höhere Weisheit auf Erden. Was die meine betrifft ... aber je weniger man von dieser Allerweltsware spricht, desto besser. Gute Nacht!«

Sie nahm die Hand, die er ihr reichte, und hob sie dankbar und fast ehrfürchtig an ihre Lippen.

»Na, na!« sagte Mr. Crisparkle sanft. »Übertreiben wir nicht.« Und ging davon.

Auf dem Rückweg zum Kirchplatz, während er durch die Dunkelheit schritt, überlegte er, wie er am besten erreichen konnte, was er versprochen hatte und nun irgendwie anpacken mußte. »Vermutlich wird man mich bitten, die beiden zu trauen«, überlegte er, »und ich wollte, sie wären schon getraut und fort! Aber dies hier ist dringlicher.« Seine wichtigste Frage war, ob er an den jungen Drood schreiben oder lieber mit Jasper reden sollte. Das Bewußtsein, mit dem ganzen Establishment der Kathedrale auf gutem Fuß zu stehen, ließ ihn zu letzterem neigen, und der prompte Anblick des erleuchteten Fensters im Torhaus brachte ihn zu dem Entschluß, diesen Weg einzuschlagen. »Ich will das Eisen schmieden, solange es heiß ist«, sagte er sich, »und ihn gleich jetzt aufsuchen.«

Jasper lag schlafend auf einer Couch vor dem Kamin, als Mr. Crisparkle, nachdem er die Hintertreppe hinaufgestiegen war und auf sein Klopfen keine Antwort bekommen hatte, leise den Türknauf drehte und hineinspähte. Lange danach hatte er Grund, sich zu erinnern, wie Jasper in einem fiebrigen Zustand zwischen Wachen und Schlafen aufgesprungen war und gerufen hatte: »Was ist? Wer hat es getan?«

»Ich bin es nur, Jasper. Tut mir leid, daß ich Sie geweckt habe.«

Der Fieberglanz in Jaspers Augen milderte sich zu einem erkennenden Blick, und rasch rückte er ein paar Stühle beiseite, um den Weg zum Kamin freizumachen.

»Ich habe gerade ganz schrecklich geträumt und bin froh, daß Sie mich aus einem kleinen Verdauungsschläfchen nach dem Essen geweckt haben. Ganz zu schweigen davon, daß Sie mir immer willkommen sind.«

»Danke. Ich bin nur nicht so sicher«, erwiderte Mr. Crisparkle, während er sich in den Lehnstuhl setzte, der ihm zurechtgerückt worden war, »daß Ihnen der Zweck meines Besuches auf Anhieb ebenso willkommen sein wird wie ich selbst. Doch ich bin ein Diener des Friedens und verfolge mein Ziel im Interesse des Friedens. Mit einem Wort, Jasper, ich möchte zwischen diesen beiden jungen Burschen Frieden stiften.«

Ein sehr verblüffter Ausdruck breitete sich über Jaspers Gesicht; auch ein sehr verblüffender, denn Mr. Crisparkle wußte nichts damit anzufangen.

»Wie?« fragte Jasper leise und langsam nach einem Schweigen.

»Wegen des *Wie* komme ich zu Ihnen. Ich möchte Sie bitten, mir den großen Gefallen und Dienst zu erweisen, bei Ihrem Neffen vorstellig zu werden – ich bin schon bei Mr. Neville vorstellig geworden – und ihn dazu zu bewegen, daß er in seiner frischen Art ein Briefchen an Sie schreibt, in dem er sich bereit erklärt, Mr. Neville die Hand zu reichen. Ich weiß, was für ein gutartiger Junge er ist und welchen Einfluß Sie auf ihn haben. Und ohne Mr. Neville im mindesten verteidigen zu wollen, müssen wir doch zugeben, daß er bitter gekränkt worden ist.«

Jasper drehte sein verblüfft dreinschauendes Gesicht zum Kamin. Mr. Crisparkle, der ihn weiter beobachtete, fand das Gesicht sogar noch verblüffender als zuvor, da ihm schien, als zeichne sich darin (was schwerlich sein konnte) etwas wie heimliche Berechnung ab.

»Ich weiß, daß Sie von Mr. Neville nicht gerade sehr eingenommen sind«, fuhr der Hilfskanonikus fort, worauf Jasper ihn unterbrach:

»Das kann man wohl sagen. Das bin ich wirklich nicht.«

»Kein Zweifel, und ich gebe zu, daß er ein beklagenswert heftiges Temperament hat, obwohl ich hoffe, daß er und ich gemeinsam es schon noch zähmen werden. Aber ich habe ihm ein sehr feierliches Versprechen abgenommen, sich künftig Ihrem Neffen gegenüber wohlzuverhalten, falls Sie sich freundlicherweise bei diesem für ihn verwenden, und ich bin sicher, daß er es halten wird.«

»Sie sind ein verläßlicher und vertrauenswürdiger Mann, Mr. Crisparkle. Sind Sie ganz sicher, daß Sie so zuverlässig für ihn sprechen können?«

»Ja.«

Der verblüffte und verblüffende Ausdruck verschwand.

»Dann nehmen Sie mir damit eine große Sorge und schwere

Last vom Herzen«, sagte Jasper. »Ich werde tun, was Sie wünschen.«

Mr. Crisparkle, entzückt über den schnellen und kompletten Erfolg, dankte ihm mit bewegten Worten.

»Ich werde es tun«, wiederholte Jasper, »um der Tröstung willen, die mir Ihre Garantie gegen meine vagen und formlosen Ängste gibt. Sie werden lachen, aber... führen Sie ein Tagebuch?«

»Eine Zeile pro Tag, mehr nicht.«

»Eine Zeile pro Tag wäre völlig ausreichend für mein ereignisloses Leben, weiß Gott«, sagte Jasper und nahm ein Buch von einem Schreibpult, »nur ist mein Tagebuch praktisch auch ein Tagebuch über Neds Leben. Sie werden lachen, wenn Sie die folgende Eintragung hören, aber Sie werden erraten, wann ich sie geschrieben habe:

> Nach Mitternacht. – Nach dem, was ich eben gesehen habe, quält mich eine krankhafte Angst vor möglichen schlimmen Folgen für meinen lieben Jungen, eine Angst, die ich mir weder ausreden noch irgendwie bekämpfen kann. Alle meine Bemühungen sind umsonst. Der dämonische Jähzorn dieses Neville Landless, die Heftigkeit seiner Wut und die wilde Raserei, mit der er sein Opfer zu vernichten trachtet, entsetzen mich. Der Eindruck war so tief, daß ich seitdem schon zweimal in das Zimmer meines lieben Jungen gegangen bin, um mich zu vergewissern, daß er ruhig schläft und nicht tot in seinem Blute liegt.

Hier noch eine weitere Eintragung, vom nächsten Morgen:

> Ned auf und davon. Leichten Herzens und arglos wie immer. Er lachte, als ich ihn warnte, und meinte, so gut wie Neville Landless sei er noch allemal. Ich antwortete, das sei schon möglich, aber er sei nicht so böse. Er blieb dabei, die Sache leicht zu nehmen, aber ich begleitete ihn, solange ich konnte, und ließ ihn nur sehr widerwillig allein. Ich werde diese

dunklen, ungreifbaren Vorahnungen eines schlimmen Unheils nicht los – wenn man Gefühle, die sich auf handfeste Tatsachen gründen, so nennen kann.

In diese Stimmung«, sagte Jasper abschließend, während er die Seiten seines Tagebuches rasch durch die Finger gleiten ließ, bevor er es weglegte, »bin ich wieder und wieder verfallen, wie andere Eintragungen beweisen. Doch jetzt habe ich Ihre Versicherung als Rückhalt. Ich werde sie in mein Tagebuch schreiben und mir daraus ein Gegengift gegen meine schwarzen Anwandlungen machen.«

»Ein Gegengift, so hoffe ich«, antwortete Mr. Crisparkle, »das Sie bald dazu bringen wird, Ihre schwarzen Anwandlungen in die Flammen zu werfen. Ich sollte der letzte sein, der heute abend irgend etwas an Ihnen zu tadeln hat, nachdem Sie meinen Wünschen so bereitwillig entgegengekommen sind. Aber ich muß doch sagen, Jasper, in Ihrer Liebe zu Ihrem Neffen haben Sie sich hier beim Schreiben ein wenig zu Übertreibungen hinreißen lassen.«

»Sie selbst waren Zeuge«, sagte Jasper achselzuckend, »in welcher Stimmung ich mich an jenem Abend wirklich befand, ehe ich mich zum Schreiben hinsetzte, und mit welchen Worten ich meine Stimmung zum Ausdruck brachte. Erinnern Sie sich, wie Sie gegen ein bestimmtes Wort protestierten, weil es Ihnen zu stark vorkam? Es war ein stärkeres Wort als alle, die ich in meinem Tagebuch gebraucht habe.«

»Schon gut, schon gut. Probieren Sie das Gegengift«, erwiderte Mr. Crisparkle, »hoffentlich läßt es Ihnen den Fall in hellerem Licht erscheinen! Wir wollen jetzt nicht weiter darüber reden. Ich habe Ihnen in meinem Namen zu danken, und ich danke Ihnen aufrichtig.«

»Sie werden sehen«, sagte Jasper, während sie sich zum Abschied die Hände schüttelten, »daß ich Ihrem Wunsch nicht nur halb nachkommen werde. Ich werde dafür sorgen, daß Ned, wenn er überhaupt nachzugeben bereit ist, gleich ganz und vollständig nachgibt.«

Drei Tage nach diesem Gespräch kam Mr. Jasper zu Mr. Crisparkle und zeigte ihm folgenden Brief:

LIEBER JACK,

Dein Bericht über Dein Gespräch mit Mr. Crisparkle, den ich sehr achte und schätze, hat mich bewegt. Ich erkläre hiermit unumwunden, daß ich mich an jenem Abend genauso wie Mr. Landless vergessen hatte und daß ich mir von Herzen wünsche, das Vergangene wäre vergangen und alles wäre wieder in Ordnung.

Paß auf, alter Junge. Lade doch Mr. Landless zum Essen am Weihnachtsabend ein (je besser der Tag desto besser die Tat), sieh zu, daß nur wir drei alleine da sind, und dann reichen wir uns reihum die Hände und reden nicht mehr von der Sache.

Lieber Jack,

wie immer herzlichst Dein

EDWIN DROOD

P.S.: Gruß an Miss Pussy in der nächsten Musikstunde.

»Also erwarten Sie Mr. Neville?« fragte Mr. Crisparkle.

»Ich rechne mit seinem Kommen«, antwortete Mr. Jasper.

Kapitel 11 *Ein Bild und ein Ring*

Hinter dem ältesten Teil der Straße Holborn in London, wo einige jahrhundertealte Giebelhäuser noch immer auf die Straße blicken, als suchten sie verzweifelt nach dem längst trockengelegten Bach, der einst hier floß, befindet sich ein kleiner, aus zwei unregelmäßigen Häusergevierten bestehender Winkel namens Staple Inn. Es ist einer von jenen Winkeln, die dem erleichterten Fußgänger, wenn er von der lärmenden Straße hereintritt, das Gefühl geben, er habe sich Baumwolle in die Ohren gestopft und Samtsohlen unter die Stiefel geklebt. Es ist einer von jenen Winkeln, in denen ein paar rußige Spatzen auf rußigen Bäumen zwitschern, als ob sie einander zuriefen »laßt uns Landleben spielen«, und wo eine Handbreit Rasen und zwei, drei Handbreit Kies ihnen die Möglichkeit geben, ihren Spatzenhirnen diesen erquickenden Zwang anzutun. Darüber hinaus ist es einer von jenen Winkeln, in denen sich die Advokaten tummeln, und er enthält auch eine kleine *hall* mit einer kleinen Laterne an der Decke – welchen obstruktiven Zwecken gewidmet und zu wessen Lasten, weiß diese Geschichte indessen nicht zu vermelden.

Zu der Zeit, als Cloisterham an der Existenz einer weit entfernten Eisenbahnlinie Anstoß nahm, da sie angeblich jene hochempfindliche Verfassung bedrohte, die den kostbarsten Besitz von uns Briten darstellt – jene geheiligte Institution, deren kurioses Schicksal es ist, daß immer, was, wie und wo in der Welt auch geschehen mag, zu exakt gleichen Teilen über sie gejammert, um sie gezittert und mit ihr geprahlt wird –, zu jener Zeit also hatten sich in der Nachbarschaft noch keine mächtigen Bauten erhoben, um Staple Inn zu überschatten. Die Nachmittagssonne warf gleißende Strahlen auf seine Westseite, und der Südwestwind blies ungehindert hinein.

Weder Wind noch Sonne erheiterten jedoch Staple Inn eines

Nachmittags gegen sechs im Dezember, als es in dichtem Nebel lag und Kerzen trübe flackernde Strahlen aus den Fenstern aller damals vermieteten Räume warfen, besonders aus denen eines Zimmertraktes in einem Eckhaus des kleinen inneren Gevierts, über dessen häßlicher Eingangstür schwarz auf weiß die mysteriöse Inschrift stand:

P
J T
1747

In diesem Zimmertrakt lebend, doch ohne sich jemals über die Inschrift den Kopf zerbrochen zu haben, außer wenn er bisweilen zerstreut hinaufsah und bei sich dachte, am Ende heißt es *Perhaps John Thomas* oder *Perhaps Joe Tyler*, saß Mr. Grewgious schreibend an seinem Kamin.

Wer hätte beim Anblick von Mr. Grewgious sagen können, ob er jemals Ehrgeiz oder Enttäuschung gekannt hatte? Er war für die Anwaltslaufbahn erzogen worden und hatte sich auf private Rechtsberatung in Zivilsachen verlegt, auf das Ausstellen von Urkunden zwecks »Eigentumsübertragung«, wie Pistol es nennt.[1] Aber die Kunst der Eigentumsübertragung und Mr. Grewgious waren eine so gleichgültige Ehe miteinander eingegangen, daß sie sich nach kurzer Zeit einvernehmlich wieder getrennt hatten – wenn von Trennung die Rede sein kann, wo nie eine echte Vereinigung stattgefunden hat.

Nein, die spröde Kunst der Eigentumsübertragung wollte nicht zu Mr. Grewgious passen. Er hatte sie umworben, aber nicht gewonnen, und so waren sie jeder seiner Wege gegangen. Doch als ihm ein unerklärlicher Wind danach eine Schlichtung zutrug und er dabei großes Ansehen erwarb als einer, der unermüdlich das Recht zu finden und gerecht zu handeln bemüht ist, wurde ihm durch einen nun schon weniger unerklär-

[1] Anspielung auf Shakespeares *Lustige Weiber von Windsor* (I,3), wo Pistol »übertragen« (*convey*) als Euphemismus für »stehlen« sagt (*A.d.Ü.*).

lichen Wind eine schöne dicke Konkursverwaltung ins Haus geweht. So hatte er durch Zufall seine Nische gefunden. Inzwischen war er Treuhänder und Verwalter zweier großer Vermögen geworden, und nachdem er deren Rechtsgeschäfte an eine Anwaltskanzlei im Stockwerk unter ihm abgetreten hatte, die daran beträchtlich verdiente, hatte er seinen Ehrgeiz ausgeblasen (sofern er ihn jemals entzündet hatte) und sich für den Rest seines Lebens zur Ruhe gesetzt unter dem wilden Wein und dem Feigenbaum, der von P.J.T. im Jahre siebzehnhundertsiebenundvierzig gepflanzt worden war.

Akten und Rechnungsbücher, Ordner mit Korrespondenz und mehrere Panzerschränke füllten Mr. Grewgious' Zimmer, doch kann man nicht sagen, daß sie es *über*füllten, da alles säuberlich und präzise geordnet war. Vor Angst, plötzlich zu sterben und einen Tatbestand oder eine Abrechnung im geringsten ungeklärt oder unabgeschlossen zu hinterlassen, hätte Mr. Grewgious jeden Tag mausetot umfallen können. Größtmögliche Treue zu jeder einmal übernommenen Verpflichtung war das Herzblut dieses Mannes. Es gibt Sorten von Herzblut, die rascher, munterer und attraktiver fließen, aber es ist keine bessere Sorte im Umlauf.

In seinem Zimmer gab es keinerlei Luxus. Sein ganzer Komfort bestand darin, daß es trocken und warm war und daß es einen gemütlichen, wenn auch schlechterhaltenen offenen Kamin gab. Was man seine Privatecke nennen mochte, beschränkte sich auf besagten Kamin, einen Lehnstuhl und einen altmodischen runden Klapptisch, der abends auf den Teppich gestellt wurde, nachdem er tagsüber aufrecht wie ein schimmernder Mahagonischild in einer Ecke gestanden hatte. Hinter ihm, wenn er so in der Defensive stand, befand sich ein Schrank, der gewöhnlich etwas Gutes zum Trinken enthielt. In einem Vorzimmer auf der Straßenseite saß der Schreiber. Mr. Grewgious' Schlafzimmer lag auf der anderen Seite der Haustreppe, und am Fuß dieser Treppe hatte er einen niemals leeren Weinkeller. Dreihundert Tage im Jahr, wenn nicht öfter, ging er zum Abendessen über die Straße in das Hotel in Furnival's Inn und kam nach dem Essen zurück, um es sich in seiner schlichten Häuslichkeit so bequem wie möglich zu machen, bis der neue Arbeitstag wieder anbrach unter dem Zeichen von P.J.T. anno siebzehnhundertsiebenundvierzig.

Wie Mr. Grewgious an jenem Dezembernachmittag an seinem Kamin saß und schrieb, so saß und schrieb auch sein Schreiber an *seinem* Kamin. Ein Mann um die Dreißig mit blassem, aufgeschwemmtem Gesicht, dunklem Haar und großen dunklen, aber völlig glanzlosen Augen sowie einer schlaffen, teigigen Haut, die dringend nach einer Bräunung im Backofen zu verlangen schien, war dieser Gehilfe ein mysteriöser Mensch, der eine seltsame Macht über Mr. Grewgious zu haben schien. Als ob er wie ein dienstbarer Geist im Märchen durch ein Zauberwort herbeizitiert worden wäre, das jedoch, als es ihn wieder fortschicken sollte, versagt hatte, blieb er Mr. Grewgious ständig dicht auf den Fersen, obgleich dessen Wohlbefinden und Behaglichkeit ganz offensichtlich durch seine Entfernung gewonnen hätte. Ein trübseliger Geselle mit wirren Lokken, dessen ganze Erscheinung den Eindruck machte, als sei er im Schatten jenes javanischen Giftbaumes aufgewachsen, über den mehr Lügenmärchen erzählt worden sind als über das ganze Pflanzenreich, wurde er gleichwohl von Mr. Grewgious mit einer unerklärlichen Zuvorkommenheit behandelt.

»Nun, Bazzard«, sagte Mr. Grewgious beim Eintritt seines Gehilfen, nicht ohne den Kopf von seinen Papieren zu heben, die er gerade für die Nacht ordnete, »was bringt uns der Wind außer Nebel herein?«

»Mr. Drood«, sagte Bazzard.

»Was ist mit ihm?«

»Ist vorbeigekommen.«

»Sie hätten ihn hereinführen sollen.«

»Das tue ich gerade«, sagte Bazzard.

Damit trat der Besucher ein.

»Nanu!« rief Mr. Grewgious und schaute verdutzt hinter seinen zwei Schreibtischkerzen hervor. »Ich dachte, Sie wären nur kurz vorbeigekommen, um Ihre Karte dazulassen, und wären wieder gegangen. Wie geht es Ihnen, Mr. Edwin? Nanu, Sie husten ja!«

»Das kommt von diesem Nebel«, antwortete Edwin. »Und er brennt einem in den Augen wie Cayennepfeffer.«

»Ist es wirklich so schlimm? Legen Sie bitte ab. Ein Glück, daß ich so ein schönes Feuer habe. Aber Mr. Bazzard hat für mich gesorgt.«

»Nein, habe ich nicht«, sagte Mr. Bazzard an der Tür.

»So? Na, dann muß ich wohl selber für mich gesorgt haben, ohne es zu merken«, sagte Mr. Grewgious. »Bitte, setzen Sie sich in meinen Sessel. Nein, *bitte*, wer aus solch einem Wetter kommt, in *meinen* Sessel!«

Edwin setzte sich in den Lehnstuhl am Kamin, und der Nebel, den er mit hereingebracht hatte, wurde ebenso wie der Nebel, der aus seinem Mantel und seinem Schal aufstieg, rasch von dem munter prasselnden Feuer aufgezehrt.

»Sieht fast so aus«, meinte Edwin lächelnd, »als wollte ich hier ein Weilchen bleiben.«

»Und warum nicht?« rief Mr. Grewgious. »Entschuldigen Sie, daß ich Sie unterbreche, aber bleiben sie doch! In ein bis zwei Stunden hat sich der Nebel vielleicht verzogen. Wir können uns aus dem Hotel gegenüber ein Menü kommen lassen. Ihren Cayennepfeffer hätten Sie besser hier drinnen genossen. Bitte, bleiben Sie und essen Sie mit mir.«

»Sie sind sehr liebenswürdig«, sagte Edwin und blickte umher, als ob ihn die Aussicht auf eine neue und amüsante Art von Zigeunergelage reizte.

»Keine Ursache«, antwortete Mr. Grewgious, »*Sie* sind sehr liebenswürdig, sich mit einem alten Junggesellen in seiner Kanzlei abzugeben und mit einem Zufallsmenü vorliebzunehmen. Ich werde auch«, fügte er hinzu, wobei er die Stimme senkte und mit einem Auge zwinkerte, als wäre ihm gerade eine glänzende Idee gekommen, »ich werde auch Bazzard mit einladen. Er könnte es sonst übelnehmen. Bazzard!«

Bazzard erschien neuerlich in der Tür.

»Essen Sie mit Mr. Drood und mir.«

»Wenn Sie mir befehlen, mit Ihnen zu essen, dann tue ich es selbstverständlich, Sir«, lautete die griesgrämliche Antwort.

»O Mann Gottes!« rief Mr. Grewgious. »Ich befehle es Ihnen doch nicht, ich lade Sie dazu ein!«

»Danke, Sir«, sagte Bazzard. »In diesem Fall soll es mir auch recht sein.«

»Also abgemacht. Dann könnten sie vielleicht auch, wenn es Ihnen nichts ausmacht«, sagte Mr. Grewgious, »auf einen Sprung zu Furnival's rübergehen und das Essen bestellen. Wir wollen die schärfste und kräftigste Suppe haben, die es gibt, und wir wollen die beste Vorspeise nehmen, die sie empfehlen können, und dann ein ordentliches Stück Braten, wie zum Beispiel eine Hammelkeule, und eine Gans oder einen Truthahn oder sonst irgend etwas schön Knuspriges mit Füllung, was heute eben so auf der Karte steht – kurz, wir nehmen alles, was sie gerade dahaben.«

Diese großzügigen Anweisungen gab Mr. Grewgious in seinem gewohnten Ton, als ob er ein Inventar verläse oder etwas Auswendiggelerntes hersagte oder irgendeine Routinearbeit verrichtete. Bazzard stellte den runden Klapptisch auf und ging, um zu tun, wie ihm geheißen.

»Es war mir ein bißchen peinlich, wissen Sie«, sagte Mr. Grewgious leise, als sein Gehilfe draußen war, »ihn als Laufburschen und Essenholer zu benutzen. Denn er könnte es übelnehmen.«

»Er scheint seinen eigenen Kopf zu haben, Sir«, bemerkte Edwin.

»Seinen eigenen Kopf?« antwortete Mr. Grewgious. »O nein! Der arme Kerl, Sie sehen ihn falsch. Wenn er seinen eigenen Kopf hätte, wäre er nicht hier.«

›Möchte nur wissen, wo er dann wäre‹, dachte Edwin. Aber das dachte er bloß, denn jetzt kam Mr. Grewgious zum Kamin herüber, stellte sich vor die andere Ecke mit dem Rücken zum Feuer, lehnte die Schultern an den Kaminsims und nahm die Rockschöße hoch, um sich für eine zwanglose Unterhaltung zu rüsten.

»Ohne die Gabe der Prophetie zu haben, nehme ich an, daß Sie so freundlich waren, bei mir vorbeizuschauen, um mir zu sagen, daß Sie wieder da hinunterfahren wollen, wo Sie – wie ich Ihnen sagen kann – schon erwartet werden, sowie um mir anzubieten, eine eventuelle Botschaft an mein bezauberndes Mündel zu überbringen, und vielleicht auch, um mich in einer gewissen Angelegenheit ein wenig zur Eile zu treiben. Habe ich recht, Mr. Edwin?«

»Ich bin vorbeigekommen, Sir, um Ihnen, bevor ich wieder da hinunterfahre, meine Aufmerksamkeit zu bezeigen.«

»Ihre Aufmerksamkeit!« sagte Mr. Grewgious. »Ah! Gewiß, nicht etwa Ihre Ungeduld?«

»Ungeduld, Sir?«

Mr. Grewgious hatte gewieft sein wollen – nicht, daß seine Miene diese Absicht im entferntesten ausgedrückt hätte – und hatte sich dabei in bedenkliche Nähe zum Feuer gebracht, als ob er die volle Wirkung seiner Gewieftheit in sich einbrennen wollte, so wie andere subtile Eindrücke in hartes Metall eingebrannt werden. Doch als nun seine Gewieftheit plötzlich vor der gefaßten Miene und Haltung seines Besuchers zerstob und nur das Feuer übrigblieb, fuhr er hoch und rieb sich die verbrannten Stellen.

»Ich bin kürzlich da unten gewesen«, sagte er, während er seine Rockschöße wieder in Ordnung brachte, »und das war's, worauf ich Bezug nahm, als ich Ihnen sagte, daß Sie dort schon erwartet werden.«

»Tatsächlich, Sir! Ja, ich wußte doch, daß Pussy schon nach mir Ausschau hält.«

»Halten Sie sich dort eine Katze?« fragte Mr. Grewgious.

Edwin errötete leicht, als er erklärte: »Ich nenne Rosa Pussy.«

»Ach wirklich?« sagte Mr. Grewgious und strich sich über den Kopf. »Wie nett!«

Edwin starrte ihn an, unsicher, ob das ein ernsthafter Einwand gegen den Namen sein sollte. Aber er hätte ebensogut das Zifferblatt einer Uhr anstarren können.

»Ein Kosename, Sir«, erklärte er weiter.

»Hm«, machte Mr. Grewgious und nickte. Aber mit einem so ungewöhnlichen Kompromiß zwischen unspezifischer Zustimmung und spezifischer Ablehnung, daß er seinen Besucher in größte Verlegenheit stürzte.

»Hat PRosa ...« begann Edwin, als er sich wieder gefaßt hatte.

»PRosa?« wiederholte Mr. Grewgious.

»Ich wollte gerade wieder Pussy sagen und hab's mir dann anders überlegt ... Hat sie Ihnen nichts über die Landlesses gesagt?«

»Nein«, antwortete Mr. Grewgious. »Was ist die Landlesses? Ein Gut? Eine Villa? Ein Hof?«

»Ein Zwillingspaar, Bruder und Schwester. Die Schwester lebt im Nonnenhaus und ist eine enge Freundin von P ...«

»Von PRosa?« fiel Mr. Grewgious ein, ohne sein Gesicht zu verziehen.

»Sie ist ein auffallend schönes Mädchen, Sir, und da hatte ich gedacht, sie wäre Ihnen vielleicht geschildert oder gar vorgestellt worden.«

»Weder – noch«, sagte Mr. Grewgious. »Aber da kommt Bazzard zurück.«

Bazzard kam mit zwei Kellnern herein, einem unbeweglichen und einem fliegenden Kellner, und die drei brachten so viel Nebel mit sich herein, daß die Glut im Kamin neu aufloderte. Der fliegende Kellner, der alles auf seinen Schultern hereingebracht hatte, deckte den Tisch mit erstaunlicher Schnelligkeit und Geschicklichkeit, während der unbewegliche Kellner, der nichts hereingebracht hatte, ständig etwas an ihm auszusetzen fand. Dann polierte der fliegende Kellner alle Gläser, die er mitgebracht hatte, und der unbewegliche Kellner guckte hindurch. Dann flog der fliegende Kellner über die Straße, um die Suppe zu holen, und kam im Fluge mit ihr zurück und flog erneut nach der Vorspeise und kam im Fluge mit ihr zurück und flog erneut nach dem Braten und dem Geflügel und kam im Fluge mit ihnen zurück, und zwischendurch machte er zusätzliche Flüge wegen einer Vielzahl von Dingen, die, wie sich nach und nach herausstellte, der unbewegliche Kellner alle vergessen hatte. Doch so schnell der fliegende Kellner auch die Luft durchpflügte, er wurde jedesmal bei seiner Rückkehr von dem unbeweglichen Kellner getadelt, weil er Nebel mit sich hereinwehte und außer Atem war. Am Ende der Mahlzeit, als der fliegende Kellner schwer schnaufte, nahm der unbewegliche Kellner mit vornehmer Miene das Tischtuch unter den Arm und warf, nachdem er streng (um nicht zu sagen indigniert) zugesehen hatte, wie der fliegende Kellner frische Gläser hinstellte, Mr. Grewgious einen Abschiedsblick zu, der unmißverständlich besagte: »Seien wir uns bitte im klaren, das Trinkgeld gebührt mir allein, dieser Sklave da hat keinerlei Anrecht darauf«, und schob den fliegenden Kellner hinaus.

Es war wie ein feinstvollendetes Miniaturgemälde, das die Herren vom Amt fürs Drumherumreden[1] oder ein beliebiges Oberkommando oder eine Regierung darstellt. Es war ein erbauliches kleines Bild, das einen Platz in der Nationalgalerie verdient hätte.

Wie der Nebel den unmittelbaren Anlaß dieses üppigen Mahles gebildet hatte, so bildete er auch allgemein seine Würze. Zu hören, wie draußen die Angestellten niesten und schnieften und mit den Füßen in den Kies stampften, war ein Genuß, der die Aromen von Dr. Kitchener weit übertraf. Fröstelnd den armen fliegenden Kellner zu bitten, er möge die Türe schließen, noch ehe er sie geöffnet hatte, war eine schärfere Sauce als alle Produkte von Harvey. Und halten wir nebenbei fest, daß des jungen Mannes Bein in der Art, wie er mit der Türe umging, den feinsten Tastsinn bewies, indem es ihm und dem Tablett stets (mit einer angelnden Bewegung) um ein paar Sekunden voraus war, während es immer noch etwas verweilte, wenn er mit dem Tablett schon verschwunden war, ähnlich dem Bein von Macbeth, wenn es seinem

[1] Im Original die Mylords vom »Circumlocutional Department«, vgl. die satirische Beschreibung in Dickens' Roman *Little Dorrit*, Kap. 10, wo es heißt, dieses Amt enthalte »die ganze Weisheit der Regierung« (*A.d.Ü.*).

Besitzer vor der geplanten Ermordung Duncans nur widerstrebend von der Bühne folgt.

Zum Nachtisch holte der Gastgeber aus seinem Weinkeller Flaschen mit roten und goldgelben Inhalten, die vor langer Zeit in Ländern gereift waren, in denen es keinen Nebel gibt, und die seither schlummernd im Schatten gelegen hatten. Funkelnd und prickelnd nach ihrem langen Schlaf drängten sie gegen die Korken, um dem Korkenzieher zu helfen (wie Gefangene Aufrührern helfen, die Gefängnistore zu sprengen), und sprudelten munter hervor. Wenn P.J.T. im Jahre siebzehnhundertsiebenundvierzig oder in einem anderen Jahr seiner Zeit solche Weine getrunken hatte – nun, dann war P.J.T. sicherlich ein Putzfidel Jubelnder Trinker.

Äußerlich zeigte Mr. Grewgious keinerlei Anzeichen einer Auflockerung durch diese glühenden Rebsäfte. Statt daß sie von ihm getrunken wurden, hätte man sie ebensogut auch über ihn in seiner Form als staubtrockener Schnupftabak ausgießen können, und sie wären genauso verschwendet gewesen, ginge es nach den Lichtern und Schatten, die sie über sein Gesicht huschen ließen. Auch sein Gebaren blieb unverändert. Doch in seiner hölzernen Art hatte er ein waches Auge auf Edwin, und als er ihn nach beendeter Mahlzeit zu seinem eigenen Lehnstuhl am Kamin komplimentierte und Edwin sich nach sehr kurzem Sträuben genüßlich hineinfallen ließ, hätte ein guter Beobachter sehen können, wie Mr. Grewgious, als er seinen Stuhl gleichfalls zum Feuer gedreht hatte und sich mit der Hand über Kopf und Gesicht fuhr, zwischen den Fingern hindurch seinen Gast beobachtete.

»Bazzard!« sagte Mr. Grewgious und drehte sich plötzlich zu ihm herum.

»Ich folge Ihnen, Sir«, antwortete Bazzard, der seine Arbeit des Vertilgens von Fleisch und Getränken nach Art eines guten Arbeiters verrichtet hatte, wenn auch meistenteils wortlos.

»Ich trinke auf Ihr Wohl, Bazzard! Mr. Edwin, auf guten Erfolg für Mr. Bazzard!«

»Auf guten Erfolg für Mr. Bazzard!« echote Edwin mit einem

ganz unbegründeten Enthusiasmus – und mit dem unausgesprochenen Zusatz: Möchte nur wissen, worin!

»Und möge –«, fügte Mr. Grewgious hinzu, »– ich bin nicht imstande, es klar und deutlich sagen – Möge! – meine Rednergabe ist so begrenzt, daß ich schon weiß, ich werde es nicht gut hinter mich bringen – Möge! – es müßte phantasievoll ausgedrückt werden, aber ich habe keine Phantasie – Möge! – der Stachel der Sorge ist so treffend, daß mir kaum etwas Treffenderes einfallen wird – Möge der Stachel der Sorge endlich herauskommen!«

Mr. Bazzard lächelte mit gerunzelter Stirn ins Feuer und faßte sich in seine wirren Locken, als wäre der Stachel der Sorge dort, dann faßte er sich in die Weste, als wäre er dort, dann in die Hosentaschen, als wäre er dort. Bei allen diesen Bewegungen folgten ihm Edwins Augen unverwandt, als erwartete er, den Stachel in Aktion treten zu sehen. Der Stachel kam jedoch nicht zutage, und Mr. Bazzard sagte nur: »Ich folge Ihnen, Sir, und danke Ihnen.«

»Ich werde jetzt«, sagte Mr. Grewgious leise, während er sein Glas mit der einen Hand auf der Tischplatte klirren ließ und sich im Schutze der anderen zur Seite neigte, um Edwin zuzuflüstern: »Ich werde jetzt auf das Wohl meines Mündels trinken. Daß ich Bazzard zuerst drangenommen habe, ist nur, weil, er könnte es sonst übelnehmen.«

Das sagte er mit einem geheimnisvollen Blinzeln, beziehungsweise mit etwas, das wohl ein Blinzeln hätte sein können, wenn es bei Mr. Grewgious schnell genug abgegangen wäre. So aber blinzelte Edwin zurück, ohne die geringste Ahnung zu haben, worum es ging.

»Und nun«, sagte Mr. Grewgious laut, »will ich ein Glas auf die schöne und reizende Miss Rosa leeren. Bazzard, auf die schöne und reizende Miss Rosa!«

»Ich folge Ihnen, Sir«, sagte Bazzard, »und trinke Ihnen zu.«

»Ich auch«, sagte Edwin.

»Der Herr vergebe mir!« rief Mr. Grewgious schließlich, um das lastende Schweigen zu brechen, das naturgemäß folgte –

obwohl, wer kann schon sagen, warum eigentlich diese Pausen über uns kommen *müssen*, sobald wir irgendein kleines gesellschaftliches Ritual vollzogen haben, das gar nicht unmittelbar zu einer Gewissensprüfung oder in eine Verzagtheit führen muß? »Ich bin ein ausnehmend hölzerner Mensch, und dennoch kann ich mir vorstellen – wenn ich das Wort ›vorstellen‹ gebrauchen darf, obwohl ich kein Fünkchen Vorstellungskraft besitze –, daß ich heute abend ein Bild vom Gemütszustand eines wahren Liebenden zeichnen könnte.«

»Wir folgen Ihnen, Sir«, sagte Bazzard, »und sind gespannt auf das Bild.«

»Mr. Edwin wird es korrigieren, wo es falsch ist«, fuhr Mr. Grewgious fort, »und wird es mit ein paar Zügen aus dem wirklichen Leben ergänzen. Ich wage vorauszusagen, daß es in vielen Details falsch sein wird und vieler Züge aus dem wirklichen Leben bedarf, denn ich bin als ein trockener Holzspan zur Welt gekommen und habe weder zarte Gefühle noch zarte Erfahrungen. Aber wohlan! Ich wage die Vermutung, daß der Sinn des wahren Liebenden gänzlich von der geliebten Person durchdrungen ist. Ich wage die Vermutung, daß ihr Name ihm teuer ist, daß er ihn nicht ohne Rührung hören oder aussprechen kann und daß er ihn heilig hält. Wenn der Liebende irgendeinen besonders zärtlichen Kosenamen für die Geliebte hat, so ist dieser allein ihr vorbehalten und nicht für gewöhnliche Ohren bestimmt. Ein Name, bei dem er sie nennen darf, wenn er mit ihr allein ist, also ein Privileg, während es eine Taktlosigkeit wäre, ein Zeichen von Kälte und Fühllosigkeit, ja fast ein Treubruch, wenn er anderswo damit prahlte.«

Es war ein wunderbarer Anblick, wie Mr. Grewgious kerzengerade dasaß, die Hände flach auf den Knien, und seine Worte gleichsam wie Späne aus sich heraushackte, etwa so wie ein Armenhausjunge mit einem sehr guten Gedächtnis den Katechismus aufsagen würde, wobei er keinerlei entsprechende Gemütsbewegung erkennen ließ außer gelegentlich einem leichten, kaum wahrnehmbaren Zucken der Nasenspitze.

»Mein Bild«, fuhr Mr. Grewgious fort, »zeigt ferner den

wahren Liebenden – vorbehaltlich Ihrer Korrekturen, Mr. Edwin – als einen Mann, der sich stets ungeduldig danach sehnt, mit der geliebten Person zusammen oder in ihrer Nähe zu sein; dem sehr wenig daran liegt, es sich mit irgendwelchen anderen Leuten wohl sein zu lassen, und den es immerfort nur zu *ihr* hinzieht. Wenn ich sagen würde, daß es ihn zu ihr hinzieht, wie es einen Vogel zu seinem Nest zieht, würde ich einen Esel aus mir machen, da ich mich dann in die Nähe dessen begäbe, was, wenn ich recht sehe, die Poesie ist, und ich bin so weit davon entfernt, je in die Nähe der Poesie zu kommen, daß ich, soviel mir bekannt ist, ihr noch nie näher als bis auf zehntausend Meilen gekommen bin. Überdies bin ich gänzlich unvertraut mit den Gewohnheiten der Vögel, ausgenommen der Vögel von Staple Inn, die ihre Nester auf Mauersimsen, in Dachrinnen oder unter Schornsteinkappen bauen, also an Plätzen, die nicht von der wohltuenden Hand der Natur für sie geschaffen worden sind. Ich bitte daher, den Vergleich mit dem Vogelnest als nicht gemacht zu betrachten. Wohl aber zeigt mein Bild den wahren Liebenden als einen, dessen Dasein nicht von dem der geliebten Person zu trennen ist und der gleichzeitig ein zweifaches und ein halbiertes Leben lebt. Und wenn ich nicht klar ausdrücke, was ich damit meine, ist es entweder deshalb, weil ich mangels Rednergabe nicht ausdrücken kann, was ich meine, oder weil ich mangels Meinung nicht meine, was auszudrücken mir nicht gelingt. Welch letzteres aber, wie ich nach bestem Wissen und Gewissen sagen zu können glaube, nicht der Fall ist.«

Edwin war abwechselnd rot und blaß geworden, je nachdem, welche Züge des Bildes gerade ins Licht gerückt wurden. Jetzt starrte er ins Feuer und biß sich auf die Lippen.

»Die Gedanken eines hölzernen Menschen«, fuhr Mr. Grewgious fort, noch immer genauso dasitzend und in derselben Art sprechend wie zuvor, »sind bei einem so schwer faßbaren Gegenstande vermutlich falsch. Doch ich denke mir – immer vorbehaltlich Mr. Edwins Korrekturen –, daß es bei einem wahren Liebenden keine Kälte, keine Schlaffheit, keinen Zweifel, keine Gleichgültigkeit und keine halben Gefühle geben kann. Nun, was meinen Sie, kommt mein Bild der Wahrheit irgendwie nahe?«

Ebenso abrupt ans Ende seiner Darlegungen gelangt, wie er sie begonnen und fortgeführt hatte, warf er diese Frage hin und verstummte, als man hätte meinen können, er sei noch mitten in seiner Rede.

»Ich würde sagen, Sir«, stammelte Edwin, »da Sie die Frage anscheinend an mich richten ...«

»Ja«, sagte Mr. Grewgious, »ich richte die Frage an Sie als an einen Experten.«

»Dann würde ich sagen, Sir«, fuhr Edwin verlegen fort, »daß das von Ihnen gezeichnete Bild im großen und ganzen richtig ist. Ich gebe nur zu bedenken, daß Sie vielleicht den armen Liebenden ein bißchen zu hart angefaßt haben.«

»Gut möglich«, stimmte Mr. Grewgious zu, »gut möglich. Ich bin ein durch und durch harter Mensch.«

»Es könnte doch sein«, meinte Edwin, »daß er nicht alle seine Gefühle zeigt. Oder es könnte sein ...«

Er verstummte und suchte so lange nach einer Fortsetzung, daß Mr. Grewgious seine Verlegenheit noch tausendmal größer machte, indem er jäh einwarf:

»Ja, gewiß, es *könnte* sein!«

Danach saßen sie alle drei schweigend da; wobei Mr. Bazzards Schweigen daher kam, daß er eingeschlafen war.

»Dennoch trägt er eine sehr große Verantwortung«, sagte Mr. Grewgious schließlich, ins Feuer blickend.

Edwin nickte, gleichfalls ins Feuer blickend.

»Und hoffentlich ist er sicher, daß er mit niemandem leichtfertig herumspielt«, sagte Mr. Grewgious, »weder mit sich selbst noch mit anderen.«

Edwin biß sich erneut auf die Lippen und starrte weiter ins Feuer.

»Er darf einen Schatz nicht wie ein Spielzeug behandeln. Wehe ihm, wenn er das tut! Das sollte er sich sehr gut zu Herzen nehmen«, sagte Mr. Grewgious.

Obwohl er diese Dinge in knappen Sätzen sagte, ungefähr so,

wie der oben erwähnte hypothetische Armenhausjunge einen oder zwei Verse aus dem Buch der Sprüche Salomonis aufgesagt haben könnte, war etwas Träumerisches (für einen so nüchternen Menschen) in der Art, wie er jetzt seinen rechten Zeigefinger mahnend vor den glühenden Kohlen auf dem Kaminrost schwenkte und von neuem verstummte.

Doch nicht für lange. Aufrecht und steif in seinem Lehnstuhl sitzend, schlug er sich plötzlich hart auf die Knie, wie die Holzfigur eines bizarren chinesischen Götzen, der gerade aus seiner Meditation erwacht, und sagte: »Wir müssen noch diese Flasche austrinken, Mr. Edwin. Erlauben Sie, daß ich Ihnen einschenke. Ich werde auch Bazzard noch einschenken, obwohl er *tatsächlich* schläft. Er könnte es sonst übelnehmen.«

Mr. Grewgious verteilte den restlichen Wein auf die Gläser, trank sein Glas leer und stellte es umgestülpt auf den Tisch, als hätte er eine Schmeißfliege darin gefangen.

»Und nun, Mr. Edwin«, fuhr er fort, während er sich den Mund und die Hände mit seinem Taschentuch abwischte, »zu einer kleinen Geschäftsangelegenheit. Ich habe Ihnen kürzlich eine beglaubigte Abschrift des Testaments von Miss Rosas Vater geschickt. Sie kannten den Inhalt bereits, aber ich habe Ihnen das Schriftstück aus geschäftlichen Gründen geschickt. Ich hätte es an Mr. Jasper schicken müssen, wenn Miss Rosa nicht den Wunsch geäußert hätte, es solle lieber direkt an Sie geschickt werden. Haben Sie es erhalten?«

»Gewiß, Sir.«

»Sie hätten mir den Empfang bestätigen sollen«, sagte Mr. Grewgious, »denn Geschäft ist Geschäft, so ist das in der ganzen Welt. Aber Sie haben es nicht getan.«

»Ich wollte Ihnen den Empfang heute abend bestätigen, als ich zu Ihnen kam, Sir.«

»Das wäre keine geschäftsmäßige Bestätigung gewesen«, erwiderte Mr. Grewgious, »aber lassen wir das auf sich beruhen. Sie werden in dem Schriftstück ein paar Worte bemerkt haben, die freundlich darauf anspielen, daß es mir überlassen bleiben solle, mich eines kleinen Auftrags, der mir mündlich im Laufe eines Gesprächs erteilt worden ist, zu einer Zeit zu entledigen, die mir nach meinem Ermessen als dafür am besten geeignet erscheint.«

»Ja, Sir.«

»Nun, Mr. Edwin, als ich eben ins Feuer schaute, ist mir in den Sinn gekommen, daß ich mich dieses Auftrags nach meinem Ermessen zu keiner besseren Zeit entledigen könnte als eben jetzt. Seien Sie bitte so gut und schenken Sie mir für eine halbe Minute Ihre Aufmerksamkeit.«

Er zog ein Schlüsselbund aus der Tasche, suchte im Kerzenlicht den gewünschten Schlüssel heraus, ging mit der Kerze in der Hand zu einem Sekretär, schloß ihn auf, öffnete ein Geheimfach und entnahm ihm ein gewöhnliches Ringschächtelchen, wie es zur Aufbewahrung eines einzelnen Ringes dient. Mit ihm in der Hand kam er an seinen Platz zurück. Als er es vor dem jungen Mann öffnete, zitterte seine Hand.

»Mr. Edwin, diese Rose aus Diamanten und Rubinen, kostbar in Gold gefaßt, war ein Ring, der Miss Rosas Mutter gehörte. Er wurde in meiner Gegenwart von ihrer toten Hand gezogen, und zwar mit einem so verzweifelten Schmerz, daß ich hoffe, nie wieder etwas dergleichen mit ansehen zu müssen. So hart ich bin, dafür bin ich nicht hart genug. Sehen Sie, wie hell diese Steine strahlen!« Er öffnete die Schachtel. »Und doch sind die Augen, die noch viel heller strahlten und die so oft diese Steine mit Freude und Stolz betrachteten, nun schon seit Jahren Asche unter Asche und Staub unter Staub! Wenn ich nur ein Fünkchen Phantasie hätte – das ich, müßig zu sagen, nicht habe –, könnte ich mir vorstellen, daß die anhaltende Schönheit dieser Steine fast etwas Grausames hat.«

Er klappte die Schachtel wieder zu.

»Dieser Ring war der jungen Dame, die durch den Tod des Ertrinkens so früh aus ihrem schönen und glücklichen Eheleben gerissen wurde, von ihrem Gatten geschenkt worden, als sie einander zum erstenmal Treue gelobten. Er war es, ihr Gatte, der den Ring von ihrer erstarrten Hand zog, und er war es, der ihn, als er seinen eigenen Tod nahen fühlte, in meine Hand legte.

Der Auftrag, den er mir dabei erteilte, besagte, daß ich, wenn Sie und Miss Rosa volljährig sein würden und Ihre Verlobung sich bis dahin wunschgemäß entwickelt hätte, Ihnen den Ring übergeben sollte, damit Sie ihn Ihrer Braut an den Finger steckten. Falls es nicht zu diesem erwünschten Ende kommen würde, sollte der Ring in meinem Besitz bleiben.«

Das Gesicht des jungen Mannes war ein wenig verwirrt und die Bewegung seiner Hand etwas zögernd, als Mr. Grewgious, der ihn unverwandt ansah, ihm den Ring übergab.

»Wenn Sie ihn Ihrer Braut an den Finger stecken«, sagte Mr. Grewgious, »wird das die feierliche Besiegelung Ihrer unverbrüchlichen Treue zu den Lebenden und den Toten sein. Sie fahren zu ihr, um die letzten unwiderruflichen Vorbereitungen für Ihre Hochzeit zu treffen. Nehmen Sie ihn mit.«

Der junge Mann nahm das Schächtelchen und steckte es in seine Brusttasche.

»Sollte irgend etwas nicht in Ordnung sein, sollte irgend etwas zwischen Ihnen im geringsten falsch laufen, sollten Sie irgendwie insgeheim das Bewußtsein haben, diesen Schritt aus keinem höheren Grunde zu tun, als weil Sie sich schon so lange an den Gedanken gewöhnt haben, dann«, sagte Mr. Grewgious, »dann beschwöre ich Sie nochmals bei den Lebenden und den Toten, bringen Sie mir den Ring zurück!«

In diesem Moment erwachte Bazzard jäh durch sein eigenes Schnarchen und starrte, wie üblich in solchen Fällen, reglos vor sich hin ins Leere, als wollte er die Leere herausfordern, ihn dafür anzuklagen, daß er eingeschlafen war.

»Bazzard!« rief Mr. Grewgious in schärferem Ton als gewöhnlich.

»Ich folge Ihnen, Sir«, sagte Bazzard, »und ich bin Ihnen die ganze Zeit gefolgt.«

»In Ausführung eines mir anvertrauten Auftrags habe ich Mr. Edwin Drood soeben einen mit Diamanten und Rubinen besetzten Ring übergeben. Sehen Sie?«

Edwin zog die kleine Schachtel hervor und klappte sie auf. Bazzard warf einen Blick hinein.

»Ich folge Ihnen beiden, Sir«, erwiderte Bazzard, »und bezeuge die Transaktion.«

Offensichtlich bestrebt, rasch fortzukommen und allein zu sein, griff Edwin jetzt nach seinem Mantel und murmelte etwas von vorgerückter Stunde und anderen Verabredungen. Der Nebel hatte sich zwar noch nicht gelichtet (wie der fliegende Kellner zu vermelden wußte, der gerade von einem spekulativen Flug in Sachen Kaffee landete), aber Edwin ging trotzdem hinaus, und Bazzard »folgte ihm«, wie es seine Art war.

Allein gelassen, wanderte Mr. Grewgious leise und langsam mehr als eine Stunde lang auf und ab. Er fand keine Ruhe an diesem Abend und wirkte niedergeschlagen.

»Ich hoffe, ich habe richtig gehandelt«, sagte er sich. »Der Appell an seine Verantwortung schien mir notwendig. Es ist mir hart angekommen, den Ring wegzugeben, aber ich hätte mich sowieso bald von ihm trennen müssen.«

Er schob das leere Geheimfach mit einem Seufzen zu, verschloß den Sekretär und kehrte an seinen einsamen Platz am Kamin zurück.

Ihr Ring ..., sagte er sich weiter im stillen. Ob ich ihn wohl jemals wiederbekommen werde? Er geht mir heute abend partout nicht aus dem Sinn ... Aber das ist erklärlich, ich hatte ihn so lange in meiner Obhut und habe ihn so hoch geschätzt! Ich frage mich ...

Er war in einer ebenso grüblerischen wie ruhelosen Verfassung, denn obwohl er sich an diesem Punkt unterbrach, um erneut durchs Zimmer zu wandern, kam er, als er sich wieder setzte, sofort auf den abgebrochenen Gedanken zurück:

Ich frage mich – zum zehntausendstenmal, und was für ein alberner Narr ich bin, denn was kann das schon jetzt noch bedeuten! –, ich frage mich, ob er mir die Vormundschaft über ihre Waise anvertraut hatte, weil er *wußte* ... Herrgott, wie *ähnlich* sie ihrer Mutter geworden ist! ...

Ich frage mich, ob er die leiseste Ahnung gehabt hatte, daß jemand für sie schwärmte, daß jemand sie aus einer hoffnungslosen und sprachlosen Ferne anbetete, als er dazwischentrat und sie gewann. Ich frage mich, ob ihm wohl je in den Sinn gekommen ist, wer dieser unglückliche Jemand war...

Ich frage mich, ob ich heute nacht schlafen werde... Na, jedenfalls will ich unter die Bettdecke kriechen und die Welt ausschließen, um es zu versuchen...

Mr. Grewgious ging durchs Treppenhaus in sein kaltes und nebliges Schlafzimmer und war bald fertig mit seiner Nachttoilette. Als er sein Gesicht undeutlich im trüben Spiegel erblickte, hielt er für einen Moment die Kerze hin.

»Sehr glaubhaft, daß ein Jemand wie *du* in diesem Zusammenhang irgendwem in den Sinn kommt!« rief er sarkastisch. »Schluß jetzt, Schluß! Ins Bett mit dir, alter Narr, und hör endlich auf zu jammern!«

Damit löschte er das Licht, zog sich die Bettdecke über den Kopf und schloß die Welt mit einem erneuten Seufzen aus. Aber so ist das eben, selbst in Menschen, bei denen es am unglaubhaftesten erscheint, gibt es solche unerforschten romantischen Winkel, weshalb es schon sein kann, daß auch der hölzerne und zundertrockene P.J.T. Plötzlich Jammervoll Trauerte, im oder um das Jahr siebzehnhundertsiebenundvierzig.

Kapitel 12 *Eine Nacht mit Durdles*

Wenn Mr. Sapsea gegen Abend nichts Besseres zu tun hat und findet, daß die Betrachtung seiner eigenen Tiefe trotz der Unermeßlichkeit des Gegenstandes etwas eintönig wird, macht er oft einen kleinen Spaziergang zur Kathedrale. Er liebt es, den Friedhof mit einer stolzgeschwellten Eigentümermiene zu durchschreiten und sich dabei als eine Art gnädig-wohltätiger Hausbesitzer zu fühlen, hat er sich doch sehr großzügig gegenüber seiner verdienstvollen Mieterin Mrs. Sapsea erwiesen und ihr öffentlich eine Anerkennung verliehen. Es freut ihn, wenn er hie und da jemanden durch das Gitter spähen und vielleicht seine Inschrift lesen sieht. Begegnet er gar einem Fremden, der raschen Schrittes den Friedhof verläßt, so ist er zutiefst davon überzeugt, daß der Fremdling »beschämt von hinnen weicht«, wie es das Grabmonument dekretiert.

Mr. Sapseas Bedeutung hat kürzlich noch zugenommen, denn er ist nun auch Bürgermeister von Cloisterham geworden. Ohne Bürgermeister, und zwar in großer Zahl, würde unbestreitbar das ganze Gerüst der Gesellschaft – Mr. Sapsea ist überzeugt, diese plastische Metapher erfunden zu haben – zusammenbrechen. Bürgermeister sind schon dafür geadelt worden, daß sie so glänzende Ansprachen hielten: Kampfmaschinen, die unverdrossen Bomben und Granaten auf die englische Grammatik abfeuern. Mr. Sapsea könnte ebenfalls mit einer Ansprache glänzen. Wohlan, Sir Thomas Sapsea! Männer wie Sie sind das Salz der Erde.

Mr. Sapsea hat seine Bekanntschaft mit Mr. Jasper seit jenem Abend, als sie bei Portwein, Grabinschrift, Backgammon, kaltem Roastbeef und Salat begonnen hatte, vertieft. Mr. Sapsea ist mit ausgesuchter Gastfreundschaft in Mr. Jaspers Torhaus empfangen worden, und bei der Gelegenheit hatte Mr. Jasper sich ans Klavier gesetzt und Mr. Sapsea etwas vorgesungen, was diesem aufs angenehmste in den Ohren gekitzelt hatte – die, bildlich gesprochen, so lang sind, daß sie eine beträchtliche Kitzelfläche abgeben. Was Mr. Sapsea an diesem jungen Manne so gefällt, ist, daß er nie zögert, von der Weisheit Älterer zu profitieren, und daß er ein durch und durch, meine Herren, ganzer Kerl ist. Letzteres hat er dadurch bewiesen, daß er Mr. Sapsea an jenem Abend keine sentimentalen Schnulzen vortrug, wie sie bei den Feinden der Nation so beliebt sind, sondern ihm echte vaterländische Kost aus der Ära Georgs III. vorsetzte und ihn (unter der Anrede *my brave boys*) aufforderte, alle Inseln außer der unseren in Klump zu hauen, mitsamt allen Kontinenten, Halbinseln, Landengen, Vorgebirgen und was es sonst noch an geographischen Landformationen geben mag, sowie die Meere kreuz und quer in allen Richtungen zu durchpflügen. Kurzum, er hatte mit wünschenswerter Deutlichkeit klargestellt, daß es ein böser Mißgriff der Vorsehung war, nur eine so kleine Nation von Eisenherzen und so viele verweichlichte andere Nationen hervorzubringen.

Mr. Sapsea, der sich an diesem feuchten Abend unweit des Friedhofs ergeht, die Hände auf dem Rücken verschränkt und langsam umherblickend auf der Suche nach einem beschämt von hinnen weichenden Fremdling, biegt um eine Ecke und erblickt statt dessen die wohlbeleibte Gestalt des Dekans im Gespräch mit dem Küster und Mr. Jasper. Mr. Sapsea verbeugt sich gemessen und schaut sofort weit kirchenfürstlicher drein als irgendein Erzbischof von York oder Canterbury.

»Dann haben Sie wohl die Absicht, ein Buch über uns zu schreiben, Mr. Jasper«, sagt der Dekan gerade. »Ein Buch über uns. Nun ja, warum nicht? Wir sind ja sehr alt und sollten daher ein gutes Buch abgeben. Leider sind wir nicht so reich mit Besitztümern wie mit Alter gesegnet, aber vielleicht werden Sie unter anderem auch *das* in Ihr Buch schreiben und somit die Aufmerksamkeit auf das Unrecht lenken, das wir erleiden.«

Mr. Tope zeigt sich pflichtschuldigst sehr amüsiert über diese Bemerkung.

»Ich habe wirklich keinerlei Absicht, Sir«, antwortet Jasper,

»ein Autor oder ein Archäologe zu werden. Es ist nur so eine Laune von mir. Und selbst an dieser Laune hat unser guter Mr. Sapsea hier mehr Verdienst als ich selbst.«

»Wie das, Herr Bürgermeister?« fragt der Dekan mit einem leutseligen Kopfnicken in Richtung seines Doppelgängers. »Was hat es damit auf sich, Herr Bürgermeister?«

»Ich weiß nicht«, antwortet Mr. Sapsea mit einem unsicher fragenden Blick, »worauf Hochwürden Herr Dekan sich zu beziehen mir die Ehre erweisen.« Dann fährt er fort, sein Vorbild in jedem kleinsten Detail zu studieren.

»Durdles«, regt Mr. Tope an.

»Jaa-a! Durdles, Durdles!« echot der Dekan.

»Die Sache ist die, Sir«, erklärt Jasper, »daß meine Neugier auf Durdles zuerst von Mr. Sapsea geweckt worden ist. Mr. Sapseas große Menschenkenntnis und seine Fähigkeit, noch die verborgensten oder sonderbarsten Seiten des Menschen ans Licht zu ziehen, haben mich allererst dazu veranlaßt, mich näher für den Mann zu interessieren – obwohl ich ihm selbstverständlich dauernd begegnet bin. Sie wären über mein Interesse nicht weiter verwundert, Herr Dekan, wenn Sie, wie ich, Mr. Sapsea in seinem Hause mit Durdles hätten verkehren sehen.«

»Oh!« ruft Sapsea, den ihm zugeworfenen Ball mit unsäglicher Selbstgefälligkeit und Gespreiztheit auffangend. »Jawohl, gewiß. *Darauf* beziehen sich Hochwürden Herr Dekan! Ja, ja, ich hatte zufällig das Vergnügen, Durdles und Mr. Jasper zusammenzubringen. Für mich ist Durdles ein Original.«

»Ein Original, Mr. Sapsea, das Sie mit ein paar geschickten Anstößen dazu bringen können, sein Innerstes offenzulegen«, sagt Jasper.

»Nein, nein, nicht doch«, wehrt der aufgeplusterte Auktionator ab. »Ich mag ja vielleicht ein wenig Einfluß auf ihn haben, und vielleicht auch ein wenig Einsicht in sein Innenleben. Hochwürden Herr Dekan wollen bitte im Gedächtnis behalten, daß ich die Welt gesehen habe.« Bei diesen Worten tritt Mr. Sapsea ein wenig hinter den Dekan, um dessen Rockknöpfe zu studieren.

»Nun denn!« sagt der Dekan und blickt suchend umher, um zu sehen, was aus seinem Imitator geworden ist. »Ich hoffe, Herr Bürgermeister, Sie werden Ihr Studium und Ihre Kenntnis dieses Mannes zu dem guten Zwecke verwenden, ihm einzuschärfen, daß er unserem werten und geschätzten Kantor nicht den Hals bricht. Das können wir uns nämlich nicht leisten, sein Kopf und seine Stimme sind viel zu wertvoll für uns.«

Mr. Tope ist erneut aufs höchste amüsiert, schüttelt sich in einem respektvollen Lachkrampf und läßt diesen sodann zu einem ehrerbietigen Murmeln verebben, in dem er zu verstehen gibt, daß es zweifellos jeder Gentleman als ein Vergnügen und eine Ehre betrachten würde, sich als Gegenleistung für solch ein Kompliment aus solchem Munde den Hals zu brechen.

»Ich werde es auf mich nehmen, Sir«, erklärt Sapsea edelmütig, »für Mr. Jaspers Hals einzustehen. Ich werde Durdles sagen, daß er gut auf ihn achtgeben soll. Er wird sich merken, was *ich* ihm sage. Wodurch ist denn Mr. Jaspers Hals im Moment gefährdet?« erkundigt er sich mit einem großzügigen Gönnerblick in die Runde.

»Nur durch eine Mondschein-Expedition, die ich mit Durdles zu den Gräbern, Gewölben, Türmen und Ruinen machen will«, antwortet Jasper. »Sie erinnern sich, als Sie uns miteinander bekannt machten, deuteten Sie an, daß sich so etwas für einen Liebhaber des Pittoresken lohnen könne.«

»O ja, ich erinnere mich gut«, sagt der Auktionator – und dieser gravitätische Trottel glaubt wirklich, sich daran zu erinnern.

»Ihre Anregung aufgreifend«, fährt Jasper fort, »habe ich schon bei Tag ein paar Erkundungsgänge mit dem ungewöhnlichen alten Burschen gemacht, und heute nacht werden wir im Mondlicht alle Löcher und Winkel erkunden.«

»Da kommt er gerade«, sagt der Dekan.

Tatsächlich wird Durdles mit seinem Brotzeitbündel in der Hand gesichtet, wie er auf sie zugeschlurft kommt. Als er näher herangeschlurft ist und den Dekan erkennt, zieht er den Hut, klemmt ihn sich unter den Arm und will gerade vorbeischlurfen, da hält Sapsea ihn an.

»Kümmern Sie sich gut um meinen Freund«, lautet die Weisung, die er ihm erteilt.

»Was is'n für'n Freund von Ihnen gestorben?« fragt Durdles. »Hab gar kein' Auftrag für irgend'n Freund von Ihnen gekriegt.«

»Ich meine diesen meinen lebendigen Freund hier.«

»Ach den?« sagt Durdles. »Der kann selber ganz gut für sich sorgen, kann der Mr. Jahsper.«

»Aber Sie werden *auch* für ihn sorgen«, erwidert Sapsea. Worauf Durdles ihn (denn sein Ton hatte etwas Befehlerisches) säuerlich von Kopf bis Fuß mustert.

»Mit allem Respekt vor Hochwürden Herrn Dekan, aber wenn Sie sich um Ihre eignen Angelegenheiten kümmern, Mr. Sapsea, wird Durdles sich um *seine* kümmern.«

»Sie sind schlechter Laune«, sagt Mr. Sapsea und zwinkert in die Runde, um ihr zu bedeuten, sie solle jetzt aufpassen, wie elegant er die Sache meistert. »Meine Freunde *sind* meine Angelegenheit, und Mr. Jasper *ist* mein Freund. Und Sie sind *auch* mein Freund.«

»Passn Sie auf, daß Sie sich nich die schlechte Angewohnheit angewöhn' aufzuschneiden«, versetzt Durdles mit einem bedächtigen Nicken. »Das wird sonst immer schlimmer.«

»Sie sind schlechter Laune«, wiederholt Sapsea, der zwar errötet, aber erneut in die Runde zwinkert.

»Ich sag's Ihnen offen«, erwidert Durdles, »ich kann's nich ab, wenn mir einer blöd kommt.«

Mr. Sapsea schickt ein drittes Zwinkern in die Runde, das wohl besagen soll: »Na, dem hab ich's aber besorgt, was?« und stapft verärgert von dannen.

Als er verschwunden ist, wünscht Durdles dem Dekan einen guten Abend, setzt sich den Hut wieder auf und fügt, bevor er davonschlurft, hinzu: »Mr. Jahsper, Sie finden mich wie vereinbart bei mir zu Hause, wenn Sie was von mir wollen. Ich geh jetz nach Hause mich waschen.« Dieses Nach-Hause-Gehen-um-sich-zu-waschen ist einer der unbegreiflichen Kompromisse, die der gute Mann mit den unerbittlichen Tatsachen eingeht; denn weder er noch sein Hut, seine Stiefel und seine Kleider weisen jemals irgendwelche Spuren einer Waschung oder Reinigung auf, sondern sind stets und immerdar mit einer gleichmäßigen Schicht von Staub und Steingrieß bedeckt.

Unterdessen hat der Lampenanzünder den stillen Platz vor der Kathedrale mit Lichterflecken bestreut, zu welchem Zweck er in großer Eile seine kleine Leiter hinauf- und hinuntergeklettert ist (jene unzureichende kleine Leiter, in deren geheiligtem Zeichen Generationen aufgewachsen sind und deren Abschaffung ganz Cloisterham mit Entsetzen erfüllen würde), und so entschwindet nun auch der Dekan zu seinem Abendessen, Mr. Tope zu seinem Tee und Mr. Jasper an sein Klavier. Dort, ohne ein anderes Licht als das des Kaminfeuers, spielt und singt er leise mit seiner schönen Stimme Choräle, zwei bis drei Stunden lang, jedenfalls bis es völlig dunkel geworden ist und der Mond aufgeht.

Dann klappt er leise den Klavierdeckel zu, vertauscht leise seinen Rock gegen eine Seemannsjoppe mit einer stattlichen Korbflasche in der Tasche, setzt sich einen flachen Schlapphut auf und geht leise hinaus. Warum bewegt er sich an diesem Abend immer so leise? Kein äußerer Grund ist dafür zu erkennen. Gibt es vielleicht irgendeinen tief in ihm verborgenen Grund?

Als er zu Durdles' unfertigem Haus gelangt, beziehungsweise zu Durdles' Loch in der Stadtmauer, und ein Licht darin sieht, bahnt er sich leise einen Weg zwischen den Grabsteinen, Statuetten und rohen Blöcken im Hof, auf die hier und da bereits schräg das Licht des aufgehenden Mondes fällt. Die zwei Tagelöhner haben ihre großen Sägen in ihren Steinblöcken steckengelassen, und vielleicht sind gerade zwei Tagelöhnergerippe aus dem Totentanz grinsend dabei, im Schatten ihrer schützenden Schilderhäuschen auszuholen, um die Grabsteine der beiden nächsten Menschen zu behauen, die in Cloisterham sterben müssen. Wahrscheinlich denken diese beiden im Augenblick gar nicht daran, da sie noch am Leben und vielleicht guter Dinge sind.

Kurioser Gedanke, erraten zu wollen, wer sie sein mögen ... oder wenigstens einer von ihnen!

»He, Durdles!«

Das Licht bewegt sich, und Durdles erscheint mit ihm in der Tür. Es sieht so aus, als hätte er seine vielbeschworene »Waschung« mit Hilfe von Flasche, Krug und Glas vorgenommen, denn in dem kahlen Raum mit den nackten Backsteinwänden und den rohen Balken an der unverputzten Decke, in den er seinen Besucher führt, sind keine anderen Geräte zum Waschen oder Saubermachen zu sehen.

»Sind Sie bereit?«

»Ich bin bereit, Mr. Jahsper. Sehn wir mal, ob die alten Knaben sich raustrauen, wenn wir zwischen ihren Gräbern rumspazieren. Mein Geist ist für sie bereit.«

»Meinen Sie Ihren Lebensgeist oder den aus der Flasche?«

»Der eine is wie der andere«, antwortet Durdles, »und ich meinse beide.«

Er nimmt eine Lampe von einem Haken, steckt sich ein paar Streichhölzer in die Tasche, um sie damit anzuzünden, falls es nötig sein sollte, und so gehen sie zusammen hinaus, mit Brotzeitbündel und allem.

Fraglos eine ganz ungewöhnliche Expedition! Daß Durdles, der wie ein Leichenfledderer ständig zwischen alten Gräbern und Ruinen herumstöbert, sich bei Nacht hinausstiehlt, um in altem Gemäuer herumzuklettern, in Grüfte hinabzusteigen und ziellos durch die Gegend zu schweifen, ist nichts Besonderes; aber daß der Kantor oder sonst jemand es für der Mühe wert hält, ihn dabei zu begleiten und in solcher Gesellschaft die Effekte des Mondlichts zu studieren, ist etwas anderes. Also fraglos eine ganz ungewöhnliche Expedition!

»Achten Sie auf den Haufen da am Hoftor, Mr. Jahsper.«

»Ich sehe ihn. Was ist das?«

»Kalk.«

Mr. Jasper bleibt stehen und wartet auf Durdles, der ein Stückchen zurückgeblieben ist.

»Sogenannter *gebrannter* Kalk?«

»Jawoll«, sagt Durdles, »so heiß gebrannt, daß er Ihn'n die Stiefel auffressen würde. Und wenn er 'n bißchen aufgerührt wird, auch die Knochen.«

Sie gehen weiter, passieren zunächst die roten Fenster des Traveller's Twopenny und treten dann ins helle Mondlicht des einstigen Klosterweingartens hinaus. Nachdem sie diesen durchquert haben, gelangen sie zum Hilfskanonikuswinkel, der größtenteils noch im Schatten liegt, solange der Mond nicht höher am Himmel steht.

Das Geräusch einer zuklappenden Haustür dringt an ihre Ohren, und zwei Männer kommen heraus. Es sind Mr. Crisparkle und Neville. Jasper, über dessen Gesicht ein seltsames Lächeln zuckt, legt Durdles die flache Hand auf die Brust, um ihn anzuhalten, wo er steht.

Der betreffende Teil des Hilfskanonikuswinkels liegt tief im Schatten, und obendrein gibt es dort ein brusthohes altes Stück Mauer, einziger Überrest der Umfriedung dessen, was einst ein Garten gewesen war, jetzt aber nur noch ein Durchgang ist. Jasper und Durdles wären im nächsten Augenblick um das Mäuerchen gebogen, aber da sie so plötzlich stehengeblieben sind, haben sie es direkt vor sich.

»Die beiden vertreten sich nur die Beine«, flüstert Jasper, »sie werden gleich ins Mondlicht hinausgehen. Warten wir lieber hier, bis sie weg sind, sonst halten sie uns womöglich auf oder wollen mitgehen oder was weiß ich.«

Durdles nickt zustimmend und beginnt automatisch, ein paar Bissen aus seinem Bündel zu kauen. Jasper verschränkt die Arme auf dem Mäuerchen, legt das Kinn auf die Hände und späht hinüber. Er würdigt jedoch den Hilfskanonikus keines Blickes, sondern beobachtet Neville, und zwar so scharf, als ob sein Auge am Abzug einer geladenen Flinte wäre und er ihn aufs Korn genommen hätte und gleich feuern würde. In seinem Blick liegt ein solcher Ausdruck von zerstörerischer Gewalt, daß sogar Durdles für einen Moment zu kauen aufhört und ihn mit etwas Ungekautem im Munde anstarrt.

Unterdessen gehen Mr. Crisparkle und Neville leise miteinander redend auf und ab. Was sie sagen, ist nicht genau zu verstehen, aber Jasper hat schon mehrmals seinen Namen herausgehört.

»Heute ist der erste Tag der Woche«, hört man Mr. Crisparkle gerade sagen, als sie am entfernten Ende kehrtmachen, »und am letzten Tag der Woche ist Weihnachtsabend.«

»Sie können auf mich rechnen, Sir.«

An dieser Stelle ist das Echo günstig gewesen, aber während die beiden jetzt näher kommen, werden ihre Sätze wieder undeutlicher. Das Wort »Vertrauen«, vom Echo zersplittert, aber noch zusammensetzbar, ist aus Mr. Crisparkles Mund zu vernehmen. Als sie noch etwas näher kommen, ist das folgende Bruchstück einer Antwort zu verstehen: »...bisher noch nicht verdient, Sir, aber in Kürze«. Als die beiden erneut umkehren, hört Jasper nochmals seinen Namen, diesmal im Zusammenhang mit den folgenden Worten von Mr. Crisparkle: »Vergessen Sie nicht, daß ich ihm gesagt habe, ich könnte vertrauensvoll für Sie einstehen.« Danach verschwimmt wieder alles, die beiden bleiben ein Weilchen stehen, und Neville macht dramatische Gesten. Als sie sich wieder in Bewegung setzen, blickt Mr. Crisparkle zum Himmel hinauf und zeigt geradeaus. Dann treten die beiden auf der anderen Seite des Hilfskanonikuswinkels ins Mondlicht und verschwinden langsam.

Jasper rührt sich nicht, bis sie völlig außer Sichtweite sind. Aber dann dreht er sich zu Durdles um und bricht in ein prustendes Gelächter aus. Durdles, der immer noch den ungekauten Brocken im Mund hat und nicht zu erkennen vermag, was es da zu lachen gibt, starrt ihn verwundert an, bis Jasper das Gesicht auf die Arme legt, um sein Lachen zu ersticken. Da erst schluckt Durdles seinen Brocken hinunter, mit einer Miene, als stelle er sich resignierend auf eine Magenverstimmung ein.

In diesem abgelegenen Winkel von Cloisterham regt sich nach Einbruch der Dunkelheit wenig. Auch in den lebhaftesten Tagesstunden herrscht hier nur wenig Verkehr, doch abends kommt er so gut wie ganz zum Erliegen. Abgesehen davon, daß die freundlich belebte High Street nicht weit von hier verläuft (nur durch die Masse der Kathedrale von hier getrennt) und gleichsam die natürliche Ader ist, durch die der ganze Verkehr in Cloisterham fließt, liegt über dem alten Gemäuer, dem Kreuzgang und dem Friedhof eine fast unheimlich wirkende Stille, der viele Menschen lieber ausweichen. Fragt man die ersten hundert Bürger von Cloisterham, denen man zufällig um die Mittagszeit auf der Straße begegnet, ob sie an Gespenster glauben, so sagen sie gewiß nein, aber würde man sie spätabends vor die Wahl zwischen diesem einsamen Winkel und der Hauptgeschäftsstraße stellen, so würden sich neunundneunzig für den längeren, aber belebteren Weg entscheiden. Das liegt allerdings nicht an irgendeinem lokalen Aberglauben, der sich an diese Stätte heftet – mag auch eine mysteriöse Dame mit einem Kind in den Armen und einem Strick um den Hals dort manchmal gesehen worden sein, wie mehrere Zeugen angeblich beschwören, die freilich ebenso ungreifbar sind wie die von ihnen bezeugte Vision –, die Sache beruht vielmehr auf dem angeborenen Schauder des Staubes, der den Lebensodem noch in sich hat, vor dem Staub, aus dem der Lebensodem bereits gewichen ist; desgleichen beruht sie auf der weitverbreiteten, aber fast ebenso weithin angefochtenen Überlegung, die nach dem Muster verläuft: »Wenn es stimmt, daß die Toten sich den Lebenden unter bestimmten Umständen zeigen, dann ist dies hier eine so gut dafür geeignete Umgebung, daß ich als noch Lebender mich hier so schnell wie möglich aus dem Staub machen werde.«

So liegt, als Jasper und Durdles kurz innehalten, um sich noch einmal umzusehen, bevor sie durch eine kleine Seitentür, zu welcher Durdles einen Schlüssel hat, in die Krypta hinuntersteigen, der ganze mondbeschienene Kirchplatz vor ihnen völlig leer und verlassen da. Man könnte meinen, die Wogen des Lebens würden durch Jaspers Torhaus zurückgehalten. Zwar ist das Rauschen der Wogen dahinter zu hören, doch keine Welle schwappt durch den Torbogen, über dem ein Licht hinter einem roten Vorhang brennt, als ob das Gebäude ein Leuchtturm wäre.

Sie treten durch die kleine Tür ein, schließen sie hinter sich zu, steigen die rohen Stufen hinunter und sind in der Krypta. Die

Lampe muß nicht angezündet werden, denn das Mondlicht fällt durch die leeren Spitzbogenfenster herein, deren zerbrochene Rahmen krause Muster auf den Steinboden zeichnen. Die mächtigen Pfeiler, die das Deckengewölbe tragen, werfen breite schwarze Schlagschatten, aber dazwischen gibt es helle Streifen. Diese hellen Lichtstreifen schreiten die beiden ab, während Durdles von den »alten Knaben« spricht, die er noch auszugraben gedenkt, und an eine Mauer klopft, in welcher er »'ne ganze Familie von ihnen« eingemauert und begraben vermutet, als wäre er ein vertrauter Freund der Familie. Seine gewohnte Schweigsamkeit ist für diesmal von Jaspers' Korbflasche bezwungen worden, die munter kreist – in dem Sinne, muß man präzisieren, daß ihr Inhalt munter in Durdles' Kreislauf eingeht, während Jasper nur einmal genippt hat, um sich den Mund auszuspülen und das Spülicht auszuspucken.

Sodann beschließen die beiden, den großen Turm zu besteigen. Auf der Treppe zur Kathedrale bleibt Durdles einen Augenblick stehen, um zu verschnaufen. Die Treppe ist sehr dunkel, aber am unteren Ende können sie die hellen Streifen sehen, die sie eben abgeschritten haben. Durdles setzt sich auf eine Stufe, Jasper auf eine andere. Der Geruch aus der Korbflasche (die irgendwie in Durdles' Obhut übergegangen ist) signalisiert alsbald, daß der Korken herausgezogen worden sein muß, aber das läßt sich nicht durch den Gesichtssinn verifizieren, da keiner der beiden den anderen sehen kann. Trotzdem drehen sie sich beim Sprechen einander zu, als ob ihre Blicke kommunizieren könnten.

»Gutes Zeug das, Mr. Jahsper.«

»Sehr gutes, hoffe ich. Hab's extra deswegen gekauft.«

»Die zeigen sich nich, die alten Knaben, sehn Sie, Mr. Jahsper? Nein, nein, die tun das nich.«

»Die Welt wäre noch verrückter, als sie es ohnehin ist, wenn die das könnten.«

»Da ham Sie recht, das gäbe *wirklich* ein schönes Durcheinander«, stimmt Durdles zu und macht eine nachdenkliche Pause, als ob ihm der Gedanke an Gespenster vorher noch nie in einem unvorteilhaften Licht erschienen wäre, weder in häuslicher noch in chronologischer Hinsicht. »Aber meinen Sie, daß es Gespenster von anderen Dingen gibt, wenn auch nicht von Menschen?«

»Von was für Dingen? Blumenbeeten und Gießkannen? Pferden und Zaumzeug?«

»Nein. Von Lauten.«

»Was meinen Sie für Laute?«

»Rufe.«

»Was meinen sie für Rufe? Von Scherenschleifern?«

»Nein. Schreie mein' ich. Warten Sie, ich erklär's Ihnen gleich, Mr. Jahsper. Muß bloß erst die Flasche wieder richtig verstauen.« Unverkennbar wird der Korken erneut herausgezogen und wieder draufgesteckt. »So! *Jetz* isse richtig! Also, voriges Jahr um diese Zeit, nur'n paar Tage später, wie ich grade dabei war zu tun, was sich für die Jahreszeit gehört, nämlich das Fest so zu begrüßen, wie es das von mir erwarten kann, da fallen diese verdammten Straßenjungs wieder mal wie die Wilden über mich her. Schließlich konnte ich ihnen entkommen und bin hier reingeschlüpft. Und bin dann hier eingeschlafen. Und was hat mich wieder aufgeweckt? Das Gespenst von 'nem Schrei. Das Gespenst von 'nem schrecklichen schrillen Schrei, und nach diesem Schrei ist das Gespenst von 'nem Hundegeheul gekommen, ein langes trostloses Klagegeheul, wie es ein Hund ausstößt, wenn ihm sein Herr weggestorben is. Das war *mein* letzter Weihnachtsabend.«

»Was soll das heißen?« ist Jaspers schroffe, man möchte fast sagen, wütende Reaktion.

»Das soll heißen, daß ich überall rumgefragt hab und daß kein lebendes Ohr außer meinem jemals so einen Schrei und so ein Geheul gehört hat. Deswegen sage ich, es waren beides Gespenster; obwohl ich nie rausgefunden habe, wieso sie gerade zu mir gekommen sind.«

»Ich hatte Sie für einen anderen Kerl gehalten«, sagt Jasper verächtlich.

»Ich mich auch«, erwidert Durdles mit seiner üblichen Unerschütterlichkeit. »Und doch is das grade mir passiert.«

Jasper war ruckartig aufgestanden, als er gefragt hatte, was das heißen solle, und nun sagt er: »Kommen Sie, wir erfrieren sonst hier. Gehen Sie voran.«

Durdles gehorcht, etwas unsicher auf den Beinen, schließt die Tür am oberen Ende der Treppe mit dem Schlüssel auf, den er schon benutzt hat, und so kommen sie auf der Höhe der Kathedrale heraus, in einem Seitengang hinter der Kanzel. Hier ist das Mondlicht wieder so strahlend hell, daß die Farben der nächsten Buntglasfenster auf ihre Gesichter fallen. Der Anblick des ahnungslosen Durdles, wie er seinem Gefährten die Tür aufhält, damit dieser hinter ihm heraustreten kann, als stiege er aus einem Grab, ist reichlich gespenstisch – mit einem roten Streifen quer über dem Gesicht und einem gelben Fleck auf der Stirn. Aber er hält dem forschenden Blick seines Gefährten unerschütterlich stand, auch als dieser ihn unverwandt weiter anstarrt, während er in seinen Taschen nach dem ihm anvertrauten Schlüssel für die Eisentür kramt, durch die man zu der Treppe im großen Turm gelangt.

»An dem und der Flasche haben Sie genug zu tragen«, sagt Jasper, während er Durdles die Flasche reicht. »Geben Sie mir Ihr Bündel, ich bin jünger und kräftiger auf der Lunge.« Durdles schwankt einen Augenblick zwischen Bündel und Flasche, gibt dann aber der Flasche den Vorzug als der weitaus besseren Gesellschaft und händigt die trockene Last seinem Expeditionsgenossen aus.

Dann steigen sie die Wendeltreppe im großen Turm empor, mühselig immer herum und herum, die Köpfe gesenkt, um nicht an die Stufen über ihnen zu stoßen oder an den rohen steinernen Zapfen, um den die Treppe sich windet. Durdles hat seine Lampe angezündet, indem er aus der kalten harten Mauer einen Funken von dem geheimnisvollen Feuer geschlagen hat, das in allem lauert, und im Schein dieser spärlichen Leuchte klettern sie zwischen Spinnweben und Steinstaub hinauf. Ihr Weg führt sie an eigenartigen Stellen vorbei. Zwei- oder dreimal gelangen sie auf ebene, niedrig überwölbte Galerien, von denen aus sie in das mondbeschienene Kirchenschiff hinuntersehen können und wo Durdles, seine Lampe schwenkend, verschwommene Engelsköpfe auf den Deckenkonsolen beleuchtet, die ihren Aufstieg zu beobachten scheinen. Dann wird die Treppe schmaler und steiler, die kühle Nachtluft dringt herein, und dem Krächzen aufgescheuchter Dohlen oder erschrockener Krähen folgt schweres Flügelschlagen auf engem Raum, während Steinstaub und Strohhalme auf ihre Köpfe rieseln. Schließlich, nachdem sie ihr Licht im Schutz einer Treppenstufe gelassen haben – denn hier oben windet es heftig –, schauen sie hinunter auf Cloisterham, das prächtig im Mondlicht zu sehen ist: zu Füßen des Kirchturms die zerfallenen Wohnungen und Sanktuare der Toten, danach eng zusammengedrängt die moosbewachsenen roten Ziegeldächer und roten Backsteinhäuser der Lebenden, dann dahinter der Fluß, der sich aus dem Dunst am Horizont heranwindet, als wäre dieser seine Quelle, und der bereits unruhig schäumt und wogt, als wüßte er um seine Nähe zum Meer.

Nochmals: eine wahrhaft ungewöhnliche Expedition! Jasper (der sich ohne ersichtlichen Grund auch weiterhin möglichst leise bewegt) betrachtet mit großer Aufmerksamkeit die Szene und besonders jenen stillsten Teil von ihr, den die Kathedrale überschattet. Doch mit ebenso großer Aufmerksamkeit betrachtet er Durdles, und Durdles spürt ab und zu den auf ihn gerichteten Blick.

Nur ab und zu, denn Durdles wird nun langsam schläfrig. Wie Luftschiffer Ballast abwerfen, wenn sie aufsteigen wollen, so ähnlich hat Durdles bei seinem Aufstieg die Korbflasche immer leichter gemacht. Schlafanfälle überkommen ihn im Stehen und lassen ihn jäh verstummen. Ein leichtes Delirium erfaßt ihn, in dem er wähnt, der Erdboden, der doch so tief unter ihm liegt, sei in gleicher Höhe mit der Turmspitze und man könne schnurstracks in die Luft hinausspazieren. In diesem Zustand befindet er sich, als sie den Abstieg beginnen. Und wie Luftschiffer sich schwerer machen, wenn sie absteigen wollen, so ähnlich beschwert sich Durdles mit noch mehr Flüssigkeit aus der Korbflasche, um besser hinunterzukommen.

Nachdem sie die Eisentüre erreicht und hinter sich wieder verschlossen haben – nicht ohne daß Durdles zweimal gestolpert ist und sich dabei einmal die Augenbraue aufgeschlagen hat –, steigen sie wieder zur Krypta hinunter, um an derselben Stelle hinauszugehen, wo sie hereingekommen sind. Doch während sie in umgekehrter Richtung den Lichtstreifen folgen, wird Durdles auf einmal so unsicher, auf den Füßen ebenso wie im Sprechen, daß er halb fallend, halb sich hinwerfend neben einem der schweren Pfeiler, kaum weniger schwer als dieser, zu Boden sinkt und lallend seinen Gefährten bittet, ihn ein Momentchen schlafen zu lassen.

»Wenn Sie das so dringend wollen oder so dringend brauchen«, antwortet Jasper, »will ich Sie nicht allein lassen. Schlafen Sie ein Momentchen, ich gehe solange hier auf und ab.«

Durdles schläft auf der Stelle ein, und in seinem Schlaf hat er einen Traum.

Es ist kein besonders großartiger Traum, bedenkt man die Größe des Reiches der Träume und welche Wunder es schon hervorgebracht hat; er ist nur bemerkenswert, weil er so ungewöhnlich unruhig und so ungewöhnlich realistisch ist. Durdles träumt, daß er schlafend auf dem Boden der Krypta liegt und dennoch dabei die Schritte seines auf und ab gehenden Gefährten zählt. Er träumt, daß sich diese Schritte in räumlicher und zeitlicher Ferne verlieren und daß ihn etwas berührt und daß ihm etwas aus der Hand fällt. Dann klimpert etwas, und etwas tappt umher, und er träumt, daß er so lange allein in der Krypta liegt, bis die Lichtstreifen mit dem Vorrücken des Mondes ihre Richtung geändert haben. Nach einer anschließenden Bewußtlosigkeit folgt ein Traum, in dem er undeutlich träumt, daß er friert; dann wacht er langsam auf und erkennt mühsam die Lichtstreifen – die tatsächlich ihre Richtung geändert haben, ganz wie er's geträumt hat – und sieht Jasper zwischen ihnen umhergehen und sich in die Hände schlagen und mit den Füßen aufstampfen.

»Holla!« ruft Durdles unwillkürlich erschrocken.

»Na, endlich aufgewacht?« sagt Jasper, während er zu ihm

tritt. »Wissen Sie, daß aus Ihrem Momentchen fast ein Stündchen geworden ist?«

»Nein!«

»O doch.«

»Wie spät isses?«

»Still! Die Glocken schlagen im Turm!«

Sie schlagen viermal, dann ertönt dröhnend die große Glocke.

»Zwei!« ruft Durdles und rappelt sich auf. »Warum haben Sie mich nich zu wecken versucht, Mr. Jahsper?«

»Hab ich ja. Aber ich hätte ebensogut versuchen können, einen Toten zu wecken – oder Ihre ganze Familie von Toten dort oben im Eck.«

»Haben Sie mich berührt?«

»Berührt? Ja sicher. Geschüttelt.«

Durdles erinnert sich, daß er geträumt hat, von etwas berührt worden zu sein; er blickt auf den Boden und sieht den Schlüssel zur Tür der Krypta dicht neben der Stelle liegen, wo er selber gelegen hatte.

»Dich hab ich fallen gelassen, hä?« sagt er zu dem Schlüssel, während er ihn aufhebt und sich diesen Teil seines Traumes vergegenwärtigt. Als er sich wieder zu einer aufrechten Haltung erhebt, beziehungsweise zu der annähernd aufrechten Haltung, die er gewöhnlich hat, spürt er von neuem den wachsamen Blick seines Gefährten auf sich ruhen.

»Na?« fragt Jasper lächelnd. »Sind Sie wirklich wieder auf dem Damm? Übereilen Sie sich bloß nicht!«

»Lassen Sie mich nur noch mein Bündel in Ordnung bringen, Mr. Jahsper, dann bin ich wieder soweit.«

Während er sein Bündel neu schnürt, merkt er wieder, daß er scharf beobachtet wird.

»Warum sehn Sie mich dauernd so argwöhnisch an, Mr. Jahsper?« fragt er in beschwipster Gekränktheit. »Wer 'nen Verdacht gegen Durdles hat, der soll's offen sagen!«

»Ich habe keinen Verdacht gegen Sie, lieber Mr. Durdles. Ich habe nur den Verdacht, daß meine Flasche mit etwas Stärkerem gefüllt war, als wir es beide vermutet hatten. Und ich habe den

Verdacht«, fügt Jasper hinzu, während er die Flasche vom Boden aufhebt und mit der Öffnung nach unten hält, »daß sie leer ist.«

Durdles läßt sich zu einem Gelächter herab, dann schlurft er immer noch leise vor sich hin kichernd, als wolle er sich selber wegen seiner geringen Trinkfestigkeit verspotten, zur Tür der Krypta und schließt sie auf. Sie gehen beide hinaus, Durdles schließt die Tür hinter sich wieder zu und steckt den Schlüssel in seine Tasche.

»Haben Sie tausend Dank für die anregende und interessante Nacht«, sagt Jasper und reicht ihm die Hand. »Finden Sie jetzt allein nach Hause?«

»Das will ich meinen!« antwortet Durdles. »Wenn Sie Durdles etwa die Beleidigung antun wollten, ihm zu zeigen, wie er nach Hause kommt, tät' er nicht nach Hause gehn!

Nach Hause tät' Durdles nicht gehn bis morgen
Nach Hause tät' er auch dann nicht gehn!

Tät' er nicht, sag ich Ihnen!« schließt er voller Trotz.

»Na dann, gute Nacht.«

»Gute Nacht, Mr. Jahsper.«

Jeder geht seiner Wege, als ein scharfer Pfiff die Stille durchschneidet und der rhythmische Singsang ertönt:

Widdy widdy wehn
Wenn ich ihn treff nach zehn
Widdy widdy waus
Dann jag ich ihn nach Haus
Widdy widdy wumm
Paß auf, gleich haut der Stein dich um!

Im nächsten Augenblick prasselt ein Hagel von Steinen gegen die Mauer der Kathedrale, und der gräßliche kleine Bengel tanzt auf der anderen Straßenseite im Mondlicht.

»Was? Hat dieser kleine Teufel da etwa auf uns gewartet?« schreit Jasper plötzlich so wild und wütend, daß er selbst wie ein größerer Teufel wirkt. »Ich werde diesen verdammten Gnom umbringen! Jawohl, das werde ich tun!« Ohne auf die fliegenden Steine zu achten, obwohl er mehr als einmal getroffen wird, rennt er zu Vize hinüber, packt ihn am Kragen und versucht ihn über die Straße zu zerren. Aber Vize läßt sich nicht so leicht abschleppen. Mit teuflischem Blick für die Stärke seiner Position zieht er, kaum daß er am Hals gepackt wird, die Beine an und zwingt damit seinen Angreifer, ihn gleichsam aufzuhängen, dabei stößt er gurgelnde Laute aus und krümmt und windet sich, als litte er schon die ersten Todesqualen der Strangulation. Es bleibt Jasper nichts anderes übrig, als ihn fallen zu lassen. Sofort springt der Knirps wieder auf, flüchtet sich hinter Durdles' Rücken und schreit seinem Angreifer zu, während er seine große Zahnlücke bösartig fletscht:

»Ich mach Sie blind mach ich Sie, das könnse mir glaum! Die Augen tu ich Ihn'n ausschmeißen tu ich, das könnse mir glaum! Verrecken will ich, wenn ich Ihn'n nich die Augen ausschmeiß!« Dabei duckt er sich hinter Durdles und keift mal rechts, mal links hinter ihm hervor, immer bereit, im Falle eines erneuten Angriffs wieselflink zu entfliehen und, falls er doch umgerannt werden sollte, sich im Staube zu wälzen und zu schreien: »Na schlaangse mich doch, jetz wo ich am Boden lieg! Na schlaangse doch!«

»Tun Sie dem Jungen nichts, Mr. Jahsper«, ruft Durdles und stellt sich schützend vor ihn. »Beruhigen Sie sich.«

»Er ist uns den ganzen Abend gefolgt, seit wir hierhergekommen sind!«

»Lüge, bin ich nich!« antwortet Vize in der einzigen ihm verfügbaren Weise, höflich zu widersprechen.

»Er hat sich die ganze Zeit in unserer Nähe herumgetrieben!«

»Lüge, hab ich nich!« widerspricht Vize erneut. »Bin bloß grad eben mal raus an die frische Luft, da seh ich Sie beide aus der Katterale rauskomm'. Wenn ...

Wenn ich ihn treff nach zehn

(mit dem üblichen wilden Tanz, aber hinter Durdles' Rücken) ... dann isses doch nich *meine* Schuld, oder?«

»Also schaffen Sie ihn nach Hause!« faucht Jasper wütend, obwohl sichtlich bemüht, sich zu beherrschen. »Und du komm mir ja nicht noch mal unter die Augen!«

Mit einem erneuten scharfen Pfiff, der zugleich seine Erleichterung und den Beginn einer milderen Steinigung des guten Durdles signalisiert, beginnt Vize den ehrbaren Gentleman mit Steinwürfen vor sich herzutreiben, als ob er ein widerspenstiger Ochse wäre. Jasper kehrt gedankenverloren in sein Torhaus zurück. Und so geht, da alles einmal ein Ende hat, auch diese ungewöhnliche Expedition zu Ende – für den Augenblick.

IX

Am Ende des *imprinting*, als die dritte Nummer gut in alle Köpfe eingepflanzt ist, hebt Dr. Wilmot den seinen und nimmt die Hände auseinander, die er mit unbestimmter, oxfordianischer Nonchalance unter dem Kinn gekreuzt hatte.

– Subliminale Rezeption ist gewiß eine wunderbare Sache, aber wie wär's, Loredana – sagt er zu der Hosteß, während er ihr die Originalausgabe der Fortsetzung reicht –, würden Sie uns den Gefallen tun, den letzten Satz noch einmal laut vorzulesen?

Stolz, daß sie von Dr. Wilmot so vertraulich Loredana genannt worden ist, liest sie mit größtmöglicher Lebendigkeit und Ausdruckskraft: »Und so geht, da alles einmal ein Ende hat, auch diese ungewöhnliche Expedition zu Ende – für den Augenblick.«

Dr. Wilmot: Perfekt, vielen Dank. Wir sind also am Ende der Nummer sowie der Expedition – für den Augenblick. Aber *welcher Augenblick ist das?* Es scheint mir angebracht, ihn genauer zu bestimmen, sowohl innerhalb wie außerhalb des Romans.

Alle *(obwohl sie nicht recht verstanden haben)*: Gut.

Dr. Wilmot: Was das erzählte Geschehen betrifft, so dürfte es, als Jasper nach Hause kommt, etwa halb drei Uhr nachts sein, ein paar Minuten mehr, ein paar weniger. Und die Nacht ist diejenige von Sonntag, dem 18., auf Montag, den 19. Dezember.

Loredana *(unsicher hüstelnd, verlegen)*: Ähm.

Wilmot *(die Brauen hochziehend)*: Was ist, Signorina?

Loredana *(enttäuscht, daß sie nicht Loredana genannt worden ist, aber dennoch entschieden)*: Die Nacht müßte die von Montag auf Dienstag sein! Denn am Anfang der

Expedition haben wir gehört, wie Crisparkle zu Neville gesagt hat: »Heute ist der erste Tag der Woche, und am letzten ist Weihnachtsabend.«

Ein dichtes Gemurmel von »ja«, »tatsächlich«, »der erste Tag der Woche ist Montag« usw. erhebt sich aus dem Publikum (aber nicht von Pater Brown), und der Direktor des *Dickensian* wartet, bis es sich gelegt hat, bevor er antwortet:

– Sie sind eine aufmerksame Leserin und eine wertvolle Assistentin, Loredana. Aber ich sehe dort – er deutet auf ein dem Saal zur Verfügung gestelltes Bücherbord – zwei Bände des *Shorter Oxford Dictionary* der englischen Sprache. Wollen Sie bitte so gut sein und einmal nachsehen, was da unter *monday* steht?

Heftige Spannung bemächtigt sich der Zuhörer, als die junge Frau, blaß vor Erregung, die Seiten des Buchstabens M vor und zurück blättert, ohne das Wort zu finden. Als sie es dann endlich gefunden hat, sehen wir sie bis über beide Ohren erröten.

»Monday: *second* day of the week«, stammelt sie vernichtet vor Scham.

Der Moderator tröstet sie, so gut er kann, während Pater Brown, der gleichfalls gekommen ist, um ihr Mut zuzusprechen, direkt vom Podium herab den Grund des Irrtums erklärt:

– Es ist nicht die Schuld dieser lieben jungen Dame, wenn in der modernen Ära des *Weekend* der Tag des Herrn zum letzten Tag der Woche geworden ist. Für die Kirche ist er stets der erste gewesen, und das ist er immer noch in unseren größeren Wörterbüchern, und es gibt keinen Zweifel, daß er es auch für Dickens noch war – zumal wenn er einen Kirchenmann sprechen ließ. Somit kann als gesichert gelten, daß die erste Expedition in der Nacht zum Montag stattfand.

*

Das ist der Vorteil von Kongressen, Leser. Wie viele von uns wären nicht, wenn sie das MED auf eigene Faust gelesen hätten, in denselben Irrtum wie Loredana verfallen? So daß sie dann, wenn die »zweite Expedition« stattfindet (oder mutmaßlich stattfindet), nämlich in der Weihnachtsnacht, glauben würden, sie befänden sich in einer Nacht von Sonntag auf Montag anstatt in einer von Samstag auf Sonntag. Ein bedeutungsloses Detail? Ah, nichts ist bedeutungslos in der Geschichte eines Verbrechens!

Dr. Wilmot: Zumal wenn es eine Geschichte in monatlichen Fortsetzungen ist, die noch dazu in der Mitte tragisch abbrechen wird. Deshalb sagte ich, daß es außer der inneren Chronologie des Romans auch die äußere zu bedenken gilt. Wollen wir das Heft noch einmal zur Hand nehmen?

Wieder völlig erholt, nimmt Loredana das Heft beflissen zur Hand, und der Moderator fährt fort:

– In der letzten Zeile haben wir den 19. Dezember. Das Jahr könnte 1842 sein. Es sind nur noch sechs Tage bis Weihnachten. Aber welches Datum haben wir in der ersten Zeile?

Loredana schlägt das Heft auf der ersten Seite auf. Aber nach einem kurzen Blick schlägt sie es wieder zu, blickt fragend zu Dr. Wilmot, der ihr aufmunternd zunickt, und fixiert schließlich einen Punkt oben auf der Umschlagseite.

»Juni 1870«, liest sie vor. Und kommentiert nach einer verdutzten Pause selber: Nur noch acht Tage bis zu Dickens' Tod!

Dr. Wilmot: Genau. Die dritte Nummer ist die letzte, die noch zu Lebzeiten des Autors erschienen ist. Die übrigen drei werden ebenfalls regulär erscheinen, aber postum. Ein Unterschied, den zu beachten wir guttun werden.

Der mysteriöse Teilnehmer namens Popeau, dem es

an diesem Nachmittag gelungen ist, sich in das *panel* zwischen Gideon Fell und Dr. Thorndyke einzuschmuggeln, protestiert mit seiner üblichen Bissigkeit: Ich verstehe nicht, was zum Teufel das für einen Unterschied machen soll. Ich meine, wir sollten keine Zeit mehr verlieren und lieber sehen, wie es inzwischen mit den Indizien steht.

– Aber betrifft der Unterschied nicht gerade das Gewicht oder besser die Stichhaltigkeit der Indizien? fragt Poirot aus dem Saal. Ist es nicht das, was Sie uns andeuten wollten, Monsieur Wilmot?

DR. WILMOT: In der Tat. In dem Sinne, daß die Bilanz der Indizien, wie sie sich bis Montag, den 19. Dezember 1842, im Roman ergibt und bis Mittwoch, den 1. Juni 1870, in der Realität, nunmehr...

POPEAU: Einspruch, Monsieur! Vorhin sagten Sie aufgrund eisenbahntechnischer Überlegungen, der Roman *könnte* im Jahr 1842 spielen. Jetzt soll das auf einmal umstandslos einfach der Fall sein. Wie erklären Sie das?

POIROT: Ich könnte mir denken, daß Dr. Wilmot, genau wie ich, inzwischen seinen Permanenten Gregorianischen Kalender konsultiert und festgestellt hat, daß der 19. Dezember 1842 tatsächlich ein Montag war.

DR. WILMOT: In der Tat. Aber wir sprachen von den Indizien. Diejenigen in den drei bisher erschienenen Nummern (von denen jeweils um die 100000 Exemplare verkauft worden sind) konnten natürlich nicht mehr geändert oder beseitigt werden. Bei den folgenden Nummern war das anders: die vierte und fünfte befanden sich zwar schon im Verlag, und der Autor hatte auch schon die Fahnen korrigiert, aber er hätte sie noch einmal revidieren können, und die sechste war zum guten Teil noch nicht geschrieben.

Nun wissen wir von verschiedenen Zeugen, daß

Dickens am 1. Juni (als er aus London nach Gadshill zurückkam, um dort just die sechste Nummer zu Ende zu schreiben) Schwierigkeiten mit dem Fortgang der Geschichte hatte. »Ich sehe nicht recht, wie ich es schaffen soll, mich da herauszuwinden«, hatte er insbesondere William Wills anvertraut. Es ist also denkbar, daß er vorhatte, einige allzu deutliche, allzu »bindende« Indizien nachträglich zu ändern, sei's um freier über seinen Plot verfügen zu können oder um die Überraschung am Ende besser vorzubereiten.

POPEAU: Einspruch! Wer sagt, daß es ein überraschendes Ende geben sollte?

KRÖTERICH: Das frage ich auch. Ich bin immer mehr überzeugt, daß die ganze Geschichte auf eine große Tirade über Jaspers Bewußtseinsspaltung hinauslaufen sollte, auf die ich sehr gut verzichten kann!

DR. WILMOT: Diesen Punkt haben wir schon diskutiert. Manche glauben in der Tat, wie Dickens' Tochter Kate, daß der Autor vorgehabt habe, »den Akzent eher auf gewisse tragische Geheimnisse der menschlichen Seele als auf die traditionelle Entlarvung des Schuldigen zu legen«. Andere glauben oder wünschen das Gegenteil. Nach dem allerdings, was Dickens selber an seinen amerikanischen Verleger James T. Field geschrieben hat, war es seine Absicht, »den Leser von der fünften oder sechsten Nummer an bis zum Ende in Atem zu halten«. Und wer von angehaltenem Atem bis zum Ende spricht, der scheint mir ganz entschieden von einem überraschenden Ende zu sprechen.

*

Lebhafter Applaus hat die ruhige, unparteiische Antwort des Moderators begrüßt. Porphyrij Petrowitsch, der Colonnello der Carabinieri und sogar der Kröterich sind zum Podium gekommen, um ihm die Hand zu drücken. Und Loredana fährt fort, ihm längere und intensivere Blicke zuzuwerfen, als es sich für eine normale Hosteß vielleicht gehört. Doch schon befassen sich die Referenten Thorndyke und Fell, Experten der kriminaltechnischen Untersuchung, mit den »unwiderruflichen Indizien« der dritten Nummer.

– *Übersinnliche Wahrnehmungen.* Wenn der Reverend Crisparkle Neville unterrichtet, hat er das sonderbare Gefühl, daß ihm auch Helena zuhört. Die ihrerseits irgendwie auf hypnotischem oder telepathischem Wege seine Psyche zu beeinflussen scheint – so nachhaltig, daß der Reverend, nachdem er sie anfangs für nicht weniger gefährlich als ihren Bruder gehalten hatte, am Ende eine Art Heilige in ihr sieht. Nach Ansicht von Dr. Fell hat das jedoch nicht unbedingt etwas mit paranormalen Fähigkeiten zu tun. In Wirklichkeit tut Helena alles, um dem jungen Pfarrer den Kopf zu verdrehen, ja sie verwirrt ihn sogar mit einem unterwürfigen, frömmlerischen Getue, das bei einer wie ihr nur überraschen kann. Bleibt zu prüfen, was sie damit erreichen will.

– *Nevilles Hände.* »Sie machen schon wieder diese Handbewegung, die mir so mißfällt«, sagt Crisparkle, als sein Zögling in einem erneuten Anfall von Haß auf Drood wieder anfängt, seine Hände konvulsivisch zusammenzudrücken. Und man beachte – hebt Thorndyke hervor –, daß der Autor tatsächlich »Handbewegung« (*action of hands*) und nicht etwa »Faust« gesagt hat, wie es normal gewesen wäre, um eine minder spezifische Aggressivität zu bezeichnen. Dieses Indiz wird also seine Bedeutung haben, falls sich bei einer eventuellen Obduktion herausstellen sollte, daß Drood, bevor er vom Turm gestürzt wurde (wenn er es wird), erwürgt worden ist ... Gewiß, aber in diesem

Falle – greift Dr. Wilmot ungerührt vor – wird man auch feststellen müssen, *wie* er erwürgt worden ist: ob mit den Händen oder mit einem gewissen Schal, den wir in der nächsten Nummer um Jaspers Hals sehen werden.

– *Heilkräuter*. Im Unterschied zu dem Schrank mit den Leckereien, der eifersüchtig bewacht und verschlossen wird, ist das »widerwärtige Heilkräuterschränkchen« von Mrs. Crisparkle jedem zugänglich; und es enthält auch ein »Mittel gegen Zahnschmerzen« (lies: *Laudanum*). Warum gibt der Autor zwei ganze Seiten dran, um dieses Indiz einzuführen (und zu maskieren)? Vermutlich – nach Ansicht beider Referenten – um bereits hier festzulegen, daß auch Neville Zugang zu Drogen hatte.

– *Mehrdeutiger Ausruf*. »Was ist? Wer hat es getan?« ruft Jasper, als er aus Träumen erwacht, die er dann im Gespräch mit Crisparkle auf Verdauungsstörungen schiebt. In Wahrheit muß es sich um seine üblichen »Visionen« im Opiumrausch gehandelt haben. Aber die Frage »Wer hat es getan?« impliziert eher die Angst, daß eine gewisse Tat begangen worden ist, als den Vorsatz, sie zu begehen. Oder liegt Jasper soviel daran, seinen Neffen eigenhändig zu töten, daß er bedauern würde, wenn es ein anderer täte?

– *Der Ring*. Könnte er eventuell zur Identifizierung dienen? Auf die Frage von Pater Brown, der in chemischen Dingen unbewandert ist, ob ein Ring wie der beschriebene der zersetzenden Wirkung von ungelöschtem Kalk widerstehen würde, zitiert Dr. Thorndyke mehrere Fälle von Leichen, die durch CaO (Kalziumoxid) halb zerfressen waren, aber intakte Ringe trugen. Gideon Fell weist allerdings darauf hin, daß in ungelöschtem Kalk aufgefundene menschliche Überreste bei Fehlen von Ringen oder anderem Schmuck auch an den Nägeln ihrer Schuhe identifiziert werden können.

– *Machtbefugnisse des Bürgermeisters.* Auf Bitten des Podiums werden diese Befugnisse von Dr. Wilmot geschildert, der die Gelegenheit nutzt, um aus dem Kopf die unsterblichen Seiten der *Pickwick Papers* über G. Nupkins Esq., den Bürgermeister von Ipswich, zu zitieren. In Städtchen wie Ipswich und Rochester war der Bürgermeister nämlich auch Polizeichef. Deswegen umschmeichelt Jasper den eitlen Sapsea so sehr und versucht, ihn schon jetzt gegen den »Bastard« Neville aufzuhetzen. Aber es ist nicht gesagt – bemerken die Referenten unparteiisch –, daß er das tut, um den künftigen Verdacht von sich abzulenken. Im Gegenteil, er könnte es auch tun, weil er kalkuliert, daß bei dem Zusammenstoß, dem er selber »den Weg ebnet«, Neville den kürzeren ziehen wird, so daß Drood Scherereien mit der Justiz bekommt.

– *Das Kalkdepot.* Ein weiteres zweischneidiges Indiz. Denn es stimmt zwar, daß Jasper ein gewisses Interesse für den fraglichen Kalk bezeugt, aber es stimmt auch, daß derselbe Jasper, um eine eventuelle Leiche verschwinden zu lassen, bereits über das Grabmal der Mrs. Sapsea verfügt. Im übrigen befindet sich das Depot, wie uns der Autor ausdrücklich wissen läßt, nahe am Eingang zu Durdles' Hof, nicht weit von Crisparkles Haus. Es ist also gut möglich, daß auch Neville es gesehen und erwogen hat.

– *Das Auge am Abzug.* Jaspers Auge funkelt in glühendem Haß, als er Helenas Zwillingsbruder aus der Ferne beobachtet. Ein solcher Haß erklärt sich kaum durch die Eifersucht auf einen völlig nebensächlichen Rivalen, und man versteht nicht recht, warum der Autor so darauf insistiert. – Es sei denn, murmelt Loredana vor sich hin, ohne den Mut, noch einmal in die Debatte einzugreifen, es sei denn, er wollte uns damit andeuten, daß der Onkel trotz allem auf seiten des Neffen steht... Der Colonnello der Carabinieri seinerseits bringt Dr. Wilmot mit einer technischen Frage in Verlegenheit: – Hat man vielleicht zur Zeit des Romans, fragt er, mit dem Auge am Abzug statt an der Kimme geschossen? Oder handelt es sich hier um ein Versehen von Dickens?[1]

– *Der gespenstische Schrei.* Die Referenten lehnen es kategorisch ab, sich in irgendeiner Weise über die Natur und mögliche Bedeutung dieses Schreis zu äußern. Sie nehmen jedoch das Datum zur Kenntnis, an dem ihn Durdles gehört haben will: die *Weihnachtsnacht* des vergangenen Jahres.

– *Der Turm und die Schlüssel.* Welchen Zweck mag die sonderbare Exedition gehabt haben? Nach Meinung aller außer dem ironischen Kröterich (demzufolge Jasper tatsächlich davon träumt, einen großen *Führer durch Cloisterham* zu schreiben, der ihm Ruhm und Reichtum einbringen soll, was er sich aber schämt zu sagen) ist es unbestreitbar, daß der Kantor drei Ziele verfolgt hat: 1.) die Treppen und Galerien zu inspizieren, die auf den Turm hinaufführen; 2.) dort oben angelangt, im Mondlicht zu prüfen, wo man am besten jemanden hinunterwerfen kann; und 3.) sich von dem vorher eigens zu diesem Zweck narkotisierten Durdles den Schlüssel zum Grabmal der Mrs. Sapsea zu besorgen.

[1] Im Original heißt es tatsächlich, daß Jasper Neville beobachtet, »as though his eye were at the trigger of a loaded rifle...«.

Alle drei Ziele scheinen erreicht, es bleibt nur eine gewisse Unsicherheit in Hinblick auf den Schlüssel. Oder genauer *die* Schlüssel, denn ...

LOREDANA (*die inzwischen keiner mehr stützen muß*): Um mit seinem Opfer auf den Turm zu steigen, wenn das wirklich seine Absicht war, hätte sich Jasper doch auch die Schlüssel zur Krypta und zum Turm selbst besorgen müssen.

POPEAU (*verächtlich*): *Mais voyons, ma pauvre fille!* Als Kantor hat Jasper freien Zugang zur Sakristei und kann sich dort die Schlüssel von Tope holen. Was man dagegen wirklich nicht versteht, ist, wieso Durdles nicht hinterher merkt, daß Jasper ihm den Schlüssel entwendet hat.

POIROT: Er könnte ihm den Schlüssel bloß für ein paar Minuten entwendet haben. Gerade so lange, um ...

POPEAU (*sarkastisch*): ... um hinzugehen und das Grabmal schon jetzt aufzuschließen? In der Hoffnung, daß Durdles bis Weihnachten nichts davon merkt? *Mais voyons, mon pauvre Monsieur!*

POIROT (*honigsüß*): Ich meinte die Zeit, die Jasper benötigt, um sich einen Abdruck von dem Schlüssel zu machen, mit dem Wachs, das er zweifellos mitgebracht hat. Aber das ist bloß eine Hypothese von Hercule Poirot, die er Ihnen kaum zu unterbreiten wagt – Ihnen, dem großen Hercule Popeau! (*Erregung und anhaltende Unruhe im Saal*) Jawohl, ich habe im Gästebuch des Hotels gesehen, daß Sie nicht nur einen ganz ähnlichen Nachnamen wie ich haben, sondern sogar denselben Vornamen: Hercule. Auch unsere Werdegänge sind merkwürdig ähnlich: Sie waren früher ein hoher Beamter der französischen Polizei, ich einer der belgischen. Ich muß gestehen, daß mir die Koinzidenz verdächtig vorkommt. Welche Erklärung haben Sie dafür?

POPEAU (*wutschnaubend*): Verdächtig kommen *Sie* mir vor! *Sie* sind es, der mir Erklärungen schuldet...

DR. WILMOT (*mit einem diplomatischen Blick auf die Uhr*): Es ist schon ziemlich spät. Ich würde sagen, wir überlassen die Fortsetzung dickensianischerweise den Nummern von Juli und August.

Dritter Teil
Die Nummern von Juli und August

X

Wie ist die Atmosphäre eines Kongresses, sei er national oder international, am Morgen des dritten Tages?

Nicht gerade beschwingt, Leser, nicht gerade euphorisch. Man hat zuviel geredet, über ernste wie über frivole Dinge. Man hat zuviel geraucht, aktiv oder passiv. Nicht alle haben sich mit den Matratzen und mit der Küche des Hotels anfreunden oder abfinden können, und manche verspüren allmählich gegen manche andere eine subtile Unduldsamkeit, ein heimliches und unerklärliches Gefühl, das von weitem mit der Mordlust verwandt ist. Wieder andere (zum Glück eine Minderheit) lassen sich dabei überraschen, wie sie unverwandt eine Türklinke oder eine Tischkante anstarren, mit dem gläsernen Blick dessen, der die fatale Frage nicht mehr verdrängen kann: »Was zum Teufel mache ich eigentlich hier?«

Gestern abend hat zudem niemand das U&O verlassen können. Auf dem Programm standen zwanglose Abendessen der verschiedenen Gruppen in typischen Trattorien von Rom, mit anschließendem folkloristischen Spektakel auf dem Colle Oppio. Aber als sie das Hotel verlassen wollten, sahen sich die – wie soll man sie nennen? Komplettierer? Komplettisten? Komplettatoren? – vor einer feindseligen Menge, die in den Garten eingefallen war und den Eingang blockierte.

Wer waren diese Randalierer, die nur mit knapper Not von einer Handvoll verdutzter Polizisten zurückgehalten werden konnten? Die Zeitungen von heute morgen sprechen von unbeugsamen Byronianern und fanatischen Mitteleuropa-Freaks, die mit Lautsprechern, Spruchbändern, Flugblättern und ein paar brennenden Puppen gegen den Ausschluß ihrer bevorzugten Werke von dem Kongreß demonstrierten. »KOMPLETTIERT DEN *DON JUAN*!« lauteten die maßvollsten Parolen; »WIE ENDET DER *MANN OHNE EIGENSCHAFTEN*?«; »*AMERIKA* bis auf den Grund!«

Zum Glück hat es keine Gewalttätigkeiten gegeben, obwohl eine Gruppe von Kafka-Extremisten erfolglos versucht hatte, durch einen Liefereingang in das U&O einzudringen. Unserem Colonnello der Carabinieri, der sich als Parlamentär hinausgewagt hatte, gelang es schließlich, einen Kompromiß auszuhandeln: Die Demonstranten sollten draußen und die Kongreßteilnehmer drinnen bleiben.

»Was ist denn das für ein Kompromiß?« tönte es von mehreren Seiten, und ein Historiker aus Freiburg versäumte nicht, an die Belagerung der Engelsburg zu erinnern, die Cellini so phantasievoll beschrieben hat, während die Erregung der Dissidenten draußen, die sich auf einen Teil der Partizipanten drinnen übertrug, Desertationen und abrupte Sinneswandel innerhalb der Arbeitsgruppen selbst auslöste.

»Also ich hab diesen Puccini bis hier!« proklamierte ein dänischer Musikologe zur allgemeinen Bestürzung; doch die Empörung, der Krach und das Durcheinander erreichten den Höhepunkt, als ein Latinist aus Omaha (Nebraska) den Vorschlag machte, lieber das *Satyricon* zu vollenden oder die verlorenen Komödien von Plautus zu rekonstruieren als »diese fade, auch so schon elend lange und elend langweilige *Römische Geschichte* des Titus Livius«.

Diese eher geräuschvollen als überzeugenden Entsakralisierungen (die Wildesten, Leser, wollten sogar Puccini und Leoncavallo, die *Unvollendete* und *O sole mio* in einen Sack stecken!) haben in der Presse ein übertriebenes Echo gefunden. Aber indem sie die Aufmerksamkeit von der Gruppe Drood ablenkten, haben sie auch verhindert, daß Reporter und Fotografen, die mehr auf Sensationen und Skandale als auf Vollständigkeit aus sind, sich eines Falles annahmen, der ein viel fetterer Leckerbissen für ihre Medien gewesen wäre.

Nach der Sitzung nämlich, obwohl Dr. Wilmot um Vertagung der Sache gebeten hatte, haben sich viele unserer Detektive um Poirot und den angeblichen Hercule Popeau geschart und sie mit Fragen bombardiert. Und aus ihrer Konfrontation ist dann schließlich die peinlichste aller Wahrheiten hervorgegangen: Der angebliche Hercule Popeau ist durchaus kein bloß angeblicher; es ist vielmehr Poirot, der sich, sei's auch nur aus Zerstreutheit (oder Raffinesse?) seiner Urheberin, den Namen und Werdegang des anderen mit ein paar kleinen Änderungen angeeignet hat.[1]

Aber wir stehen hier nicht im Dienst der Medien, Leser. Deshalb wollen wir uns nicht damit aufhalten, die Schmach des illustren Plagiators und den Triumph des bescheidenen Plagiierten auszumalen. Resümieren wir lieber die Diskussion, die sich daraus ergab und die der Moderator mit seinem gewohnten Takt vom speziellen Fall auf den allgemeinen Begriff des Plagiats abzulenken vermochte.

Dr. Wilmot: Es gibt übrigens auch eine Art von ganz unbewußtem Plagiat: ein Name, eine Idee, eine

[1] Geboren fast zwanzig Jahre vor Poirot aus der Feder von Mrs. Marie Adelaide Belloc-Lowndes (1868–1948), erreicht Hercule Popeau tatsächlich einen hohen Rang in der französischen Polizei und erscheint 1918, nach einem Zwischenspiel in der Spionageabwehr, als Privatdetektiv und nationalisierter Engländer in einer ganzen Serie melodramatischer Erzählungen der besagten Autorin (einer Schwester des berühmteren Hilaire Belloc, aber auch sie zu ihrer Zeit sehr bekannt; nach ihrem Roman *The Lodger*, 1913, hat Hitchcock einen berühmten Film gedreht). Hercule Poirot, komplett mit Pensionierung, Schnurrbart und grauen Zellen, kommt hingegen erst 1920 zur Welt (in *The Mysterious Affair at Styles* [deutsch *Das fehlende Glied in der Kette*], dem ersten Roman von Agatha Christie).

Situation, ja sogar die Keimzelle eines Plots, die ein Autor irgendwo von einem anderen Autor übernimmt, ohne es sich bewußtzumachen, und die er dann, womöglich erst Jahre später, besten Glaubens als eigenen Einfall wiederbenutzt.

LATINIST AUS JUAN-LES-PINS[1] (*der sich angewidert vom Verhalten seines Kollegen aus Omaha der Gruppe Drood angeschlossen hat*): In der Antike, wo es weder ein Urheberrecht gab noch einen Buchmarkt, der sich mit dem heutigen vergleichen ließe, stellte sich das Problem überhaupt nicht. Sogar das Wort »Plagiat« hatte keine Entsprechung im Lateinischen, wo *plagiarius* (von griechisch *plagios*, »schräg, verschlagen«) den »Seelenverkäufer« bezeichnete, der mit entflohenen Sklaven handelte oder allgemein einen Freien zum Sklaven machte.

WOLFE: Aber heute sind die Urheberrechte Bestandteil der Menschenrechte! Jede Verletzung des Copyright drückt sich in verlorenen, geraubten, von anderen Autoren eingesteckten Tantiemen aus.

HOLMES: In jedem Fall handelt es sich um kleinliche Streitereien, die eines Gentlemans nicht würdig sind. Entlehnungen, Übernahmen, Austausch und Wechsel von Themen oder Figuren von einem Autor zum andern haben seit jeher zum literarischen Spiel gehört.

DR. WILMOT: Als Beweis kann man gerade den Mr. Grewgious nehmen, jenen hinreißenden *solicitor*, den Stevenson in *Dr. Jekyll und Mr. Hyde* aufgreifen und weiterentwickeln wird, der aber seinerseits auf eine Figur in Sternes *Tristram Shandy* zurückgeht.

LOREDANA (*mit Wärme*): Was Sie alles für Sachen wissen, Dr. Wilmot!

MARLOWE und ARCHER (*leise*): Wir könnten dir noch ganz andere Sachen beibringen, Sugarbaby...

[1] Bei Antibes an der Côte d'Azur.

LOREDANA (*beiseite*): Die halten sich für überlegen, dabei sind sie bloß vulgär und eifersüchtig.

DR. WILMOT (*angespornt durch die Bewunderung des jungen Mädchens*): Und damit nicht genug. In einem anderen Roman übernimmt Stevenson auch die Idee des bösen Onkels, der sich überlegt, wie er seinen Neffen umbringen kann, indem er ihn von einem alten Turm stürzt, in einer stürmischen Nacht.

MARLOWE und ARCHER (*leise*): Was der alles für Sachen weiß, unser kluger Herr Doktor!

LOREDANA (*zwischen den Zähnen*): Was ihr doch für blöde Kerle seid!

P. PETROWITSCH: Aber mir scheint, was Stevenson im *Seltsamen Fall von Dr. Jekyll und Mr. Hyde* aus dem MED übernimmt, ist sehr viel mehr als nur eine einzelne Figur oder eine Reihe von äußeren Umständen. Er übernimmt das fundamentale Thema des Romans! Nämlich den Fall eines Menschen, der wie jeder von uns gute und böse Züge hat, aber in dem die Droge zu einer radikalen Aufspaltung und Verdoppelung führt, so daß die beiden Hälften, die gute und die böse, nicht nur unabhängig voneinander agieren, sondern auch jede *ohne Wissen* der anderen! So gesehen könnte das MED sehr gut den Titel tragen: *Der seltsame Fall von Mr. Jasper und dem Gottlosen*.

MAIGRET: Könnte es sein, daß diese Sicht schon von einem unserer Vorgänger angeregt worden ist?

DR. WILMOT: Von mehr als einem, wenn auch mit Varianten. Das ist auch der Grund, Kommissar, weswegen mich Ihre Frage gestern morgen in eine schwierige Lage gebracht hatte. Ich konnte nicht präzisieren, daß Jasper und der Opiumsüchtige alias der Gottlose ein und dieselbe Person und gleichzeitig *nicht* ein und dieselbe Person sind, ohne die brillante Lösung vorwegzunehmen, die nun der Richter Petrowitsch von selber gefunden hat.

KRÖTERICH: Das nennen Sie eine brillante Lösung? Nach all den Versprechen eines überraschenden Endes? Nein, also das ist zuviel, wenn das so ist, gehe ich raus, um mit denen da draußen zu demonstrieren!

LOREDANA: Das wäre aber nicht gentlemanlike, Mr. Toad. Wenn Sie eine bessere Idee haben, brauchen Sie's nur zu sagen, und ich bin sicher, daß Dr. Wilmot (*wirft Dr. Wilmot einen so intensiven Blick zu, daß es selbst dem Kröterich die Sprache verschlägt*) sich gebührend damit befassen wird.

DR. WILMOT: Aber vielleicht doch bitte erst morgen. Jetzt möchte ich lieber noch darauf hinweisen, daß es unter den Lösungen »à la Jekyll« einige recht überraschende, um nicht zu sagen spektakuläre gibt.

PATER BROWN: Sie werden uns doch nicht erzählen, daß der böse Jasper, wie Mr. Hyde, am Ende dreißig Zentimeter kleiner ist als der gute.

DR. WILMOT: Nein, die Weiterentwicklungen bleiben stets auf einer psychologischen Ebene. Aber zum Beispiel in der jüngsten Lösung dieser Art[1] besteht die Überraschung darin, daß Jasper in der Schlußszene, während er sich im Opiumrausch an die Fakten erinnert, das Verbrechen bis in die kleinsten Einzelheiten beschreibt, ohne jedoch im geringsten zu ahnen, daß er selber der Täter war.

KRÖTERICH (*relativ ruhig unter dem strengen Blick Loredanas*): In diesem Fall käme, wie ich schon anzudeuten Gelegenheit hatte, als erschwerender Umstand das Plagiat hinzu. Und zwar das Plagiat zum Nachteil eines Freundes. Denn der Mechanismus wäre derselbe wie der, den Wilkie Collins in seinem Roman *The Moonstone* verwendet hat, obwohl es dort um Diamantendiebstahl und nicht um Mord aus Eifersucht geht.

DR. WILMOT (*hüstelnd*): In der Tat. Aber ein anderer

[1] Charles Forsyte, *The Decoding of Edwin Drood*, London 1980.

»Jekyllianer«, der amerikanische Kritiker Edmund Wilson[1], hat einen Weg gefunden, die Schwierigkeit zu umgehen. Ihm zufolge hat Jasper den Mord an seinem Neffen nicht im Opiumrausch geplant und ausgeführt, sondern im Zustand der Selbsthypnose. Und die Erinnerung daran ist ihm unter dem tele-hypnotischen Einfluß von Helena wiedergekommen.

Pater Brown (*seinerseits hüstelnd*): Das macht nicht viel Unterschied. Im Gegenteil, ich frage mich, ob ein direktes Plagiat nicht besser wäre als eine schlechte Imitation. »Die minderen Künstler imitieren, die großen stehlen«, sagte der bereits zitierte T. S. Eliot.

Poirot (*durch das Zitat wiederaufgerichtet*): *Parfaitement!*

Mann in Schwarz[2]: Bis zu einem gewissen Punkt, Poirot, nur bis zu einem gewissen Punkt! Wie denken Sie darüber, Richter Petrowitsch?

P. Petrowitsch: Als zaristischer Richter muß ich jedes Eigentumsdelikt verurteilen, auch das literarische. Andererseits ist es wahr, daß der Künstler *»prend son bien où il le trouve«*, wie schon Molière zu seiner eigenen Rechtfertigung sagte. Allerdings gibt es Grenzen.

Popeau: Das will ich hoffen!

P. Petrowitsch: Selbst in der klassischen Antike, die in diesem Punkt extrem tolerant war, ist ein gewisser Ephoros, Schüler des Isokrates, der öffentlichen

[1] E. Wilson, »The Two Scrooges« (in *The Wound and the Bow*, 1939). Weiterer »Jekyllianer« von Rang: J. B. Priestley in seiner Dickens-Biographie (1961).

[2] Es handelt sich um einen sehr mageren und tatsächlich ganz in Schwarz gekleideten Kongreßteilnehmer, der bisher stets in der letzten Reihe gesessen und nie in die Debatte eingegriffen hatte. Auch während der Pausen hatte er sich meist abseits gehalten, war melancholisch durch den Garten spaziert und nur ab und zu stehengeblieben, um mißbilligend die Rosensträucher zu betrachten (die in der Tat recht ungepflegt sind).

Mißbilligung überantwortet worden, als man in seinen Werken nicht weniger als dreitausend Zeilen entdeckte, die er Wort für Wort von anderen Autoren abgeschrieben hatte.

DR. WILMOT: Aber spannen wir doch nicht den Karren vor die Ochsen, beschuldigen wir Dickens nicht des Plagiats, ehe wir nicht noch andere Hypothesen formuliert und erörtert haben. Die Persönlichkeitsspaltung Jaspers unter dem Einfluß des Opiums oder der Hypnose ist schließlich nur *eine* der beiden plausibelsten Lösungen, die bisher für den Fall Drood vorgeschlagen worden sind. In der anderen bleiben Opium und Hypnose ganz äußerliche Elemente, bloßes Beiwerk, da nämlich in ihr Jasper gar nicht der Schuldige ist.

KRÖTERICH (*sich an diese letzte Hoffnung klammernd*): Sie retten mir das Leben, Dr. Wilmot! Sagen Sie uns sofort, wie diese ...

DR. WILMOT (*eine Hand hebend*): Wie ich schon sagte, lieber Freund, ich will den Gang der Ermittlung nicht beeinflussen. Außerdem ist es schon ziemlich spät, das Hotel ist noch immer blockiert, ich möchte lieber schlafen gehen.

LOREDANA (*mit ostentativer Munterkeit*): Jaja, husch husch ins Bettchen, ins Bettchen! Jeder Kongreßteilnehmer in sein bequemes Zimmer (*und mit ganz leiser Stimme, damit es nur der Direktor des »Dickensian« hört, was jedoch nicht verhindern kann, daß es auch an Poirots überaus feine Ohren dringt*) und ich in mein Kämmerchen im Zwischenstock, Nr. 011, zweiter Korridor hinten rechts.

*

Dies, Leser, war es mehr oder weniger, was gestern abend im Urbis & Orbis geschah. Dies haben die

Mitglieder unserer Arbeitsgruppe – mit Ausnahme eventuell eines Paares – im Laufe der Nacht überdenken, überschlafen, vielleicht träumen können. In dieser Geistesverfassung stellen sie sich dem neuen Tag und dem *imprinting* der beiden ersten Kapitel der Julinummer.

Kapitel 13 *Beide in Bestform*

Miss Twinkletons Anstalt ging einer Periode heiterer Ruhe entgegen. Die Weihnachtsferien standen vor der Tür. Am nächsten Tag sollte enden, was früher und bis vor kurzem auch von der gebildeten Miss Twinkleton selbst »das Halbjahr« genannt worden war, aber neuerdings, eleganter und akademischer, »das Semester« genannt wurde. Ein merkliches Nachlassen der Disziplin hatte seit einigen Tagen das Nonnenhaus erfaßt. Private Gelage hatten in den Schlafräumen stattgefunden, wobei eine garnierte Zunge mit der Schere tranchiert und mit der Lockenkräuselzange herumgereicht worden war. Marmeladeportionen waren bei derselben Gelegenheit auf einem Teller-Service ausgeteilt worden, das aus Kräuselpapier gemacht worden war, und Primelwein war aus dem winzigen Meßglas gezecht worden, in dem die kleine Rickitts (eine jüngere Schülerin von schwächlicher Konstitution) ihre täglichen Eisentropfen zu nehmen pflegte. Die Hausmädchen waren mit diversen Resten von bunten Bändern und etlichen mehr oder minder heruntergetretenen Paar Schuhen bestochen worden, daß sie nichts von den Krümeln in den Betten verrieten; die luftigsten Gewänder waren zu diesen festlichen Gelegenheiten getragen worden, und die verwegene Miss Ferdinand hatte die Gesellschaft sogar mit einem spritzigen Solo auf dem mit Kräuselpapier umwickelten Kamm überrascht, bis sie von zwei Furien mit fliegendem Haar in ihrem eigenen Kissen erstickt worden war.

Und das waren nicht die einzigen Auflösungserscheinungen. Koffer tauchten in den Schlafräumen auf (wo sie zu anderen Zeiten strengstens verboten waren), und es begann ein ausgiebiges Packen, das in keinem Verhältnis zu den verpackten Dingen stand. Schenkungen in Gestalt von Restchen und Überbleibseln an Hautcreme und Pomade sowie an Haarnadeln wurden freigebig an die Umstehenden verteilt. Unter dem Siegel der allerstrengsten Verschwiegenheit wurden Vertraulichkeiten über Besuche der Jeunesse dorée von England ausgetauscht, die man »zu Hause« bei der ersten Gelegenheit erwarte. Zwar bekannte Miss Giggles (der in Gefühlsdingen etwas abging), sie für ihren Teil pflege derlei Huldigungen mit Fratzen zu beantworten, die sie der Jeunesse dorée schneide, aber diese junge Dame wurde von einer überwältigenden Mehrheit überstimmt.

Am letzten Abend vor den Ferien wurde es jedesmal ausdrücklich zu einer Ehrensache gemacht, daß niemand schlafen gehen dürfe und daß alles getan werden müsse, um Gespenster zum Spuken zu ermutigen. Doch dieser feste Vorsatz brach jedesmal unweigerlich zusammen, und alle jungen Damen schliefen sehr früh ein und waren am nächsten Morgen sehr früh auf den Beinen.

Die Schlußfeier fand dann am Tag der Abreise um zwölf Uhr mittags statt: Miss Twinkleton, unterstützt von Mrs. Tisher, gab einen kleinen Empfang in ihrem Privatsalon, wo der Tisch (die Globen waren bereits mit brauner Leinwand verhüllt) mit Gläsern voller Weißwein und Tellern voller Plätzchen gedeckt war. Miss Twinkleton sagte Ladies, wieder bringt uns ein zu Ende gehendes Jahr zu jener festlichen Zeit, in welcher die ersten Gefühle unserer Natur in unseren – jedes Jahr war Miss Twinkleton drauf und dran, »Busen« zu sagen, aber jedes Jahr hielt sie gerade noch am Rande des Ausdrucks inne und sagte statt dessen »Herzen« – Herzen, in unseren Herzen erwachen. Hmhm! – wieder bringt uns ein zu Ende gehendes Jahr, Ladies, zu einer Pause in unseren Studien – unseren hoffentlich fortgeschrittenen Studien –, und wie der Seemann in seiner Barke, der Krieger in seinem Zelte, der Gefangene in seinem Kerkerloch und der Reisende in seinen diversen Gefährten, so haben wir uns nach Hause gesehnt. Doch sagten wir je bei solcher Gelegenheit mit den eröffnenden Worten von Mr. Addisons eindrucksvoller Tragödie:

Die Dämm'rung weicht, der Morgen sinkt hernieder
Und führt den schwer umwölkten Tag herauf,
Den großen, den gewalt'gen Tag...?

Mitnichten! Vom Horizont bis hinauf zum Zenit war uns immer alles *couleur de rose*, denn alles duftete nach unseren Anverwandten und Freunden. Mögen *wir sie* auch diesmal so blühend vorfinden, wie *wir* es erwarten, mögen *sie uns* auch diesmal so blühend vorfinden, wie *sie* es erwarten! Ladies, wir wollen einander nun, mit unserer Liebe füreinander, alles Gute und glückliche Tage wünschen, bis wir einander wiedersehen. Und wenn die Zeit gekommen sein wird, unsere Pflichten wiederaufzunehmen (an dieser Stelle machte sich ein allgemeines Depressionsgefühl breit), unsere Pflichten, die ... unsere Pflichten, die ... dann wollen wir uns stets ins Gedächtnis rufen, was jener spartanische General einst sagte, mit jenen Worten, die zu bekannt sind, um hier wiederholt zu werden, vor jener Schlacht, die zu nennen hier müßig wäre ...

Sodann trugen die Dienstmädchen der Anstalt, angetan mit ihren besten Hauben, die Tabletts herum, und die jungen Damen nippten und knabberten, und die bestellten Droschken begannen die Straße zu verstopfen. Bald darauf kam der Moment des Abschiednehmens, und Miss Twinkleton übergab einer jeden jungen Dame, mit einen Kuß auf die Wange, ein zierliches Briefchen, adressiert an ihre nächsten Verwandten, »mit Miss Twinkletons besten Empfehlungen« in der Ecke. Dieses Schreiben überreichte sie mit einer Miene, als hätte es nicht das geringste mit der Rechnung zu tun, sondern wäre nur so etwas wie eine zarte und freudige Überraschung.

Rosa hatte dergleichen Abschiede schon so oft gesehen und wußte so herzlich wenig von irgendeinem anderen Zuhause, daß sie's zufrieden war, im Nonnenhause zu bleiben, und sie war's um so mehr zufrieden, als diesmal ihre neue Freundin bei ihr blieb. Und doch gab es in ihrer neuen Freundschaft einen weißen Fleck, den sie sich nicht verhehlen konnte. Seit Helena Landless die Enthüllungen ihres Bruders über seine Gefühle für Rosa mit angehört und sich vor Mr. Crisparkle zum Schweigen verpflichtet hatte, vermied sie peinlich jede Erwähnung von Edwin Droods Namen. Warum sie das tat, war Rosa nicht klar, aber daß sie es tat, spürte sie deutlich. Wäre es anders gewesen, hätte sie ihr ratloses kleines Herz von einigen Zweifeln und Ängsten befreien können, indem sie sich Helena anvertraute. So aber war ihr dieser Ausweg versperrt; sie konnte nichts anderes tun, als über ihre eigenen Schwierigkeiten nachgrübeln und sich mehr und mehr wundern, daß dieses Vermeiden von Edwins Namen immer noch anhielt, jetzt wo sie wußte – denn soviel hatte Helena ihr erzählt –, daß die beiden jungen Männer sich wieder versöhnen sollten, sobald Edwin hergekommen sein würde.

Es hätte ein hübsches Bild abgegeben, wie all die hübschen Mädchen ihre Mitschülerin Rosa im kalten Torweg des Nonnenhauses küßten und wie die sonnige kleine Kreatur herauslugte (ohne auf die schelmischen Fratzen zu achten, die, an Regenrinnen und Giebel geschnitzt, auf sie herablugten) und wie sie den abfahrenden Droschken nachwinkte, als ob sie den Geist der rosigen Jugend verkörperte, der an jenem Ort zurückblieb, um ihn während der Abwesenheit seiner Bewohner warm und hell zu erhalten. Die sonst so heisere High Street ward musikalisch beim Klang des in vielerlei Silberstimmen geflöteten Rufes »*Good-bye, Rosebud, Darling!*«, und das Abbild von Mr. Sapseas Vater über dem Torweg gegenüber schien der Menschheit sagen zu wollen: »Meine Herrschaften, schenken Sie Ihre geneigte Aufmerksamkeit diesem bezaubernden letzten verbliebenen Stückchen und bieten Sie mit einer der Gelegenheit würdigen Großzügigkeit!« Dann wurde die behäbige Straße, die für ein paar kribblige Augenblicke so ungewöhnlich spritzig, frisch und jugendlich gewesen war, wieder öde und leer, und Cloisterham war wieder es selbst.

Wenn Rosa in ihrem Boudoir nun Edwins Ankunft mit schwerem Herzen erwartete, so war auch Edwin diesmal nicht unbeschwert. Obwohl mit weit weniger Zielstrebigkeit begabt als das schöne Kind, das per Akklamation zur Feenkönigin in Miss Twinkletons Anstalt gekrönt worden war, hatte er doch ein Gewissen, und das hatte Mr. Grewgious aufgerüttelt. Die festen Überzeugungen dieses Herrn über das, was in einem Falle wie dem seinen richtig und falsch war, ließen sich nicht mit einem Achselzucken noch einem Lachen wegschieben. Sie würden unverrückbar bestehenbleiben. Ohne das Dinner in Staple Inn und ohne jenen Ring, den er seither in der Brusttasche trug, wäre Edwin ziemlich gedankenlos dem Tag ihrer Hochzeit entgegengeschlittert, leichthin darauf vertrauend, daß schon alles gutgehen werde. Doch jener ernste Appell an seine Verantwortung vor den Lebenden und den Toten hatte ihn zur Besinnung gebracht. Er mußte den Ring entweder Rosa geben oder ihn zurückbringen. Einmal vor eine so starre Alternative gestellt, begann er merkwürdigerweise, Rosas Ansprüche auf ihn weniger selbstsüchtig zu betrachten, als er es je zuvor getan hatte, und seiner selbst weniger sicher zu sein als je zuvor in all seinen leichtlebigen Tagen.

»Ich werde mich danach richten, was sie sagt und wie es zwischen uns weitergeht«, beschloß er, als er vom Torhaus zum Nonnenhaus ging. »Und was immer auch kommen mag, ich werde an seine Worte denken und versuchen, den Lebenden und den Toten treu zu sein.«

Rosa war ausgangsbereit angezogen. Sie hatte ihn schon erwartet. Es war ein klarer frostiger Tag, und Miss Twinkleton hatte den Gang an die frische Luft bereits gnädig genehmigt. So gingen die beiden zusammen hinaus, noch ehe es für Miss Twinkleton oder die Stellvertretende Hohepriesterin Mrs. Tisher notwendig geworden wäre, auch nur eine einzige ihrer üblichen Opfergaben auf dem Altar der Schicklichkeit darzubringen.

»Lieber Eddy«, sagte Rosa, als sie von der High Street abgebogen und in die stillen Gassen nahe der Kathedrale und des Flusses gelangt waren, »ich möchte etwas sehr Ernstes mit dir besprechen. Ich habe lange, lange darüber nachgedacht.«

»Ich möchte auch ernst mit dir sprechen, liebe Rosa. Ich meine ernsthaft und ehrlich.«

»Dank dir, Eddy. Und du wirst es nicht unfreundlich von mir finden, wenn ich anfange? Du wirst nicht denken, daß ich nur für mich spreche, wenn ich zuerst spreche? Nein, das wäre nicht edelmütig von dir, nicht wahr? Und ich weiß, du bist edelmütig!«

Er antwortete: »Ich hoffe, ich bin nicht unedelmütig zu dir, Rosa.« Er nannte sie nicht mehr Pussy. Nie wieder.

»Und wir brauchen auch nicht zu fürchten«, fuhr sie fort, »daß wir uns wieder zanken werden, nicht wahr? Denn siehst du, Eddy«, und dabei drückte sie seinen Arm, »wir haben beide soviel Grund, nachsichtig miteinander zu sein!«

»Wir werden es sein, Rosa.«

»So gefällst du mir! Eddy, laß uns mutig sein. Laß uns von heute an Bruder und Schwester sein.«

»Nie Mann und Frau werden?«

»Nie!«

Beide schwiegen ein Weilchen. Dann brachte er etwas mühsam hervor:

»Natürlich weiß ich, daß wir dies beide im Sinn hatten, Rosa, und natürlich muß ich ehrlicherweise zugeben, daß es nicht deine Schuld ist.«

»Nein, aber auch nicht deine, Lieber«, erwiderte sie mit rührendem Ernst. »Es hat sich so zwischen uns beiden ergeben. Du bist nicht wahrhaft glücklich mit unserer Verlobung, und ich bin auch nicht wahrhaft glücklich mit ihr. Ach, es tut mir ja so schrecklich leid, so schrecklich leid!« Dabei brach sie in Tränen aus.

»Mir tut es auch schrecklich leid, Rosa. Ganz schrecklich leid für dich.«

»Und mir für dich, mein Armer! Und mir für dich!«

Dieses kindlich reine Gefühl, dieses zarte und verständnisvolle Mitleid, das die beiden da füreinander empfanden, trug seinen Lohn in sich in Gestalt eines milden Lichtes, das es auf ihre Lage zu werfen schien. Ihre Beziehung wirkte mit einemmal nicht mehr so gezwungen oder launisch oder verfehlt, sondern wurde erhöht zu etwas mehr Selbstlosem, Ehrlichem, Herzlichem und Wahrhaftigem.

»Wenn wir gestern gewußt haben«, sagte Rosa, während sie

sich die Tränen trocknete, »und wir *haben* es gestern gewußt, und schon viele, viele gestern vorher, daß wir alles andere als gut zusammengepaßt haben in einer Beziehung, die wir uns nicht selber ausgesucht hatten, was können wir dann heute Besseres tun, als diese Beziehung ändern? Es ist ganz natürlich, daß wir heute traurig sind, und du siehst ja, *wie* traurig wir sind. Aber es ist doch viel besser, jetzt traurig zu sein als dann.«

»Als wann, Rosa?«

»Wenn es zu spät sein würde. Und dann würden wir außerdem auch noch böse aufeinander sein.«

Erneut versanken die beiden in Schweigen.

»Und weißt du«, fuhr Rosa unschuldig fort, »dann würdest du mich gar nicht mehr gut leiden können, und jetzt kannst du mich immer gut leiden, weil ich für dich keine Last oder Sorge mehr bin. Und ich kann dich jetzt auch immer gut leiden, und als deine Schwester werde ich dich nicht mehr hänseln oder dich als ein Spielzeug behandeln. Als ich noch nicht deine Schwester war, hab ich das oft gemacht, und dafür bitte ich dich um Verzeihung.«

»Oh, laß uns nicht davon anfangen, Rosa, sonst müßte ich dich um mehr Verzeihung bitten, als mir lieb ist.«

»Nein, Eddy, wirklich, du bist zu streng mit dir selbst, mein edelmütiger Bruder. Komm, wir wollen uns hier auf diese Ruinen setzen, und ich werde dir sagen, wie es mit uns gegangen ist. Ich glaube, ich weiß es, weil ich sehr viel darüber nachgedacht habe, seit du das letzte Mal hier warst. Du hast mich gemocht, nicht wahr? Du hast gefunden, ich wäre ein nettes kleines Ding?«

»Das finden alle, Rosa.«

»So, tun sie das?« Sie runzelte einen Moment nachdenklich die Brauen, dann platzte sie mit der scharfsinnigen Schlußfolgerung heraus: »Na schön, meinetwegen. Aber dann war's bestimmt nicht genug, daß du mich bloß so gefunden hast, wie mich alle finden!«

Das war nicht zu bestreiten. Es *war* nicht genug.

»Und genau das ist es, was ich meine. Genau so ist es mit uns gegangen«, sagte Rosa. »Du hast mich ganz gern gehabt, du hast dich an mich gewöhnt und hast dich an den Gedanken gewöhnt, daß wir heiraten würden. Du hast die Situation als eine Art unvermeidliche Gegebenheit akzeptiert, stimmt's? Du hast gedacht, es muß nun mal sein, also warum noch lange darüber diskutieren?«

Es war ihm neu und ungewohnt, sein eigenes Bild so klar in einem Spiegel zu sehen, den sie ihm hinhielt. Er hatte sie in seiner Überlegenheit über ihr bißchen Weiberverstand immer etwas gönnerhaft behandelt. War auch das nur wieder ein Beweis dafür, daß in der ganzen Art, wie sie einem lebenslangen Bunde entgegengeschlittert waren, etwas gründlich falsch gewesen war?

»Alles, was ich von dir sage, gilt auch genauso für mich, Eddy. Wenn es anders wäre, hätte ich wohl nicht den Mut, es zu sagen. Der Unterschied zwischen uns war nur, daß ich mich langsam daran gewöhnt hatte, darüber nachzudenken anstatt es wegzuschieben. Mein Leben ist nicht so geschäftig wie deins, weißt du, und ich habe nicht so viel zu bedenken. So hab ich sehr viel darüber nachgedacht und hab auch sehr viel darüber geweint – obwohl, das war nicht deine Schuld, armer Junge –, und da ist plötzlich mein Vormund gekommen, um mich auf meinen Weggang aus dem Nonnenhaus vorzubereiten. Ich hab versucht, ihm klarzumachen, daß ich mir noch nicht ganz schlüssig war, aber ich hab gezögert und hab mich schlecht ausgedrückt, und da hat er mich nicht verstanden. Aber er ist ein guter Mensch, ein wahrhaft herzensguter Mensch. Und er hat mir so freundlich erklärt und dabei doch so deutlich gemacht, wie ernsthaft wir alles bedenken sollten in unserer Lage, daß ich beschloß, bei der nächsten Gelegenheit mit dir zu reden, sobald wir wieder miteinander allein sein und nicht albern sein würden. Und wenn es grad eben so ausgesehen hatte, als ob's mir leicht gefallen wäre, davon anzufangen, weil ich so unvermittelt davon angefangen habe, dann glaub nicht, daß es wirklich so war, Eddy, weil – oh, es ist mir sehr schwer gefallen, und – oh, ich bin sehr, sehr traurig.«

Ihr volles Herz brach erneut in Tränen aus. Er legte den Arm um ihre Hüfte, und so gingen sie ein Stückchen am Fluß entlang.

»Dein Vormund hat auch mit mir gesprochen, liebe Rosa. Ich war vor meiner Abfahrt aus London bei ihm.« Seine rechte Hand fühlte in der Brusttasche nach dem Ring, aber er zog sie zurück mit der Überlegung: ›Wenn ich ihn doch zurückbringen muß, warum soll ich ihr dann jetzt noch davon erzählen?‹

»Und da hast du ernsthafter über uns nachgedacht, nicht wahr, Eddy? Und wenn ich nicht so mit dir geredet hätte, wie ich's getan habe, dann hättest du mit mir geredet, ja? Ich hoffe, du kannst ja sagen. Ich möchte nicht gerne denken müssen, ich hätte alles allein in Gang gebracht – obwohl es so ja wirklich viel besser für uns ist.«

»Ja, Rosa, ich hätte mit dir geredet, ich hätte dir alles auseinandergesetzt. Ich bin mit der Absicht hergekommen, das zu tun. Aber ich hätte nie so mit dir reden können, wie du mit mir geredet hast.«

»Sag nicht, du meinst, so kalt oder unfreundlich, Eddy, bitte sag das nicht, wenn's irgend geht.«

»Ich meine, so verständig und taktvoll, so klug und herzlich.«

»Ach, was für ein lieber Bruder du bist!« Sie küßte ihm in einer kleinen Aufwallung die Hand. »Die lieben Mädchen werden furchtbar enttäuscht sein«, fügte sie lachend hinzu, während die Tautropfen in ihren blanken Augen glitzerten. »Sie hatten sich so darauf gefreut, die Armen!«

»Ja, aber ich fürchte, noch viel schlimmer wird die Enttäuschung für Jack sein«, rief Edwin plötzlich erschrocken. »An Jack hatte ich noch gar nicht gedacht!«

Der schnelle und wachsame Blick, den ihm Rosa bei diesen Worten zuwarf, konnte ebensowenig zurückgeholt werden wie ein zuckender Blitz. Aber es schien, als hätte sie ihn sofort zurückgeholt, wenn sie gekonnt hätte, denn sie senkte die Augen verwirrt zu Boden und atmete rascher.

»Du bezweifelst doch nicht etwa, daß es für Jack ein harter Schlag sein wird, Rosa?«

Sie antwortete nur rasch und ausweichend: Warum sollte sie?

Darüber habe sie überhaupt noch nicht nachgedacht. Ihr scheine, der habe doch herzlich wenig mit der ganzen Sache zu tun.

»Liebes Kind! Glaubst du wirklich, daß einer, der in einen anderen so sehr vernarrt ist – Mrs. Topes Ausdrucksweise, nicht meine – wie Jack in mich, daß so einer nicht zwangsläufig wie vom Blitz getroffen sein muß, wenn sich mein Leben so plötzlich und gründlich verändert? Ich sage plötzlich, weil es für *ihn* ganz plötzlich sein wird, du verstehst.«

Sie nickte zwei- oder dreimal, und ihre Lippen öffneten sich, als wollte sie ja sagen. Aber sie gab keinen Laut von sich, und ihr Atem wurde nicht ruhiger.

»Wie soll ich es bloß Jack beibringen?« überlegte Edwin laut vor sich hin. Wäre er von dem Gedanken nicht so in Beschlag genommen gewesen, hätte ihm ihre sonderbare Erregung auffallen müssen. »Ich hatte noch gar nicht an Jack gedacht. Es muß ihm beigebracht werden, bevor es die ganze Stadt weiß. Morgen und übermorgen – am Weihnachtsabend und am Weihnachtstag – bin ich bei ihm zum Essen, aber ich kann ihm doch nicht das Fest verderben! Er ist immer so besorgt um mich und regt sich wegen jeder Kleinigkeit auf. Wenn er *das* jetzt erfährt, wird es ihn sicherlich umwerfen. Wie in aller Welt soll ich es ihm bloß beibringen?«

»Er muß es ja wohl erfahren, was?« fragte Rosa.

»Liebe Rosa! Wem sonst sollten wir uns anvertrauen, wenn nicht Jack?«

»Mein Vormund hat mir versprochen zu kommen, wenn ich ihn darum bitte. Ich werde ihm schreiben. Wär's dir recht, wenn *er* sich darum kümmern würde?«

»Hervorragende Idee!« rief Edwin. »Der andere Vormund, na klar! Nichts ist natürlicher. Er kommt her, er geht zu Jack, erzählt ihm, was wir vereinbart haben und macht ihm unseren Fall klarer, als wir es könnten. Er hat bereits schonend mit dir gesprochen, er hat bereits schonend mit mir gesprochen, er wird das Ganze auch *ihm* schonend beibringen. Jawohl, das ist die Lösung! Ich bin kein Feigling, Rosa, aber um dir ein Geheimnis anzuvertrauen, ich fürchte mich ein bißchen vor Jack.«

»Nein! *Du* fürchtest dich doch nicht vor ihm!« rief Rosa erbleichend und schlug die Hände zusammen.

»He, Schwesterchen Rosa, Schwesterchen Rosa, was siehst du denn für Gespenster vom Turm?« neckte sie Edwin. »Liebes Kind!«

»Du hast mich erschreckt.«

»Das war bestimmt nicht mit Absicht, aber es tut mir deshalb nicht weniger leid. Hast du wirklich auch nur für einen Augenblick glauben können, vielleicht wegen eines meiner unbedacht hingeworfenen Worte, daß ich mich vor dem lieben und herzensguten Jack buchstäblich fürchte? Was ich meinte, ist, daß er manchmal an einer Art Krampf oder Anfall leidet – ich hab's einmal gesehen –, und nun fürchte ich, daß eine so große Überraschung, wenn er sie direkt von mir erfährt, von einem, in den er so vernarrt ist, am Ende wieder solch einen Anfall auslösen könnte. Dies ist das Geheimnis, das ich dir anvertrauen wollte, und damit hätten wir noch einen weiteren Grund, warum lieber dein Vormund die Nachricht überbringen sollte. Er ist so grundsolide, so genau und exakt, daß er Jacks Sorgen im Nu zerstreut haben wird – während Jack bei mir immer so impulsiv und überfürsorglich ist und, ja, ich würde fast sagen, ein bißchen weibisch.«

Rosa schien überzeugt. Mag sein, daß sie mit ihrer ganz anderen Sicht von »Jack« das Dazwischentreten von Mr. Grewgious als schützend und tröstlich empfand.

An diesem Punkt schloß sich Edwin Droods rechte Hand erneut um den Ring in der kleinen Schachtel und wurde erneut gestoppt durch die Überlegung: ›Jetzt ist es sicher, daß ich ihn zurückgeben muß, also warum ihr noch davon erzählen?‹ – Diese zarte und mitfühlende Natur, die ihn so tief bedauern konnte, weil sie seine und ihre Kinderträume von einem gemeinsamen Glück dahinschwinden sah, und die sich so gelassen dareinfinden konnte, nun in einer neuen Welt allein zu sein, um sich aus neuen Blumen Kränze zu winden, nachdem die alten verwelkt waren, sie würde durch diese leidgetränkten Juwelen nur bekümmert werden, und wozu sollte das gut sein? Dieser

Ring war nur noch ein Zeichen für zerbrochene Freuden und gescheiterte Pläne; seine Juwelen waren gerade in ihrer Schönheit – wie jener Mann gesagt hatte, von dem man dergleichen am allerwenigsten erwartet hätte – fast ein grausamer Hohn auf die Lieben, die Hoffnungen und die Pläne der Menschen, die nichts vorauszubestimmen vermögen und nichts als vergänglicher Staub sind. Mochte der Ring bleiben, wo er war, dachte Edwin. Er würde ihn Rosas Vormund zurückgeben, wenn dieser gekommen sein würde, und Rosas Vormund würde ihn in das Geheimfach zurücklegen, aus dem er ihn widerwillig genommen hatte; und dort würde er wie ein alter Brief oder ein altes Gelöbnis oder andere Erinnerungen an längst zunichte gewordene Aspirationen unbeachtet liegenbleiben, bis er dereinst als Wertgegenstand verkauft werden und wieder in Umlauf kommen würde, um seinen Zyklus zu wiederholen.

Mochte der Ring bleiben, wo er war. Mochte er unbesprochen weiter in seiner Brusttasche ruhen. Wie immer klar oder unklar diese Gedanken durch Edwins Kopf gingen, die Schlußfolgerung, zu der er gelangte, war diese: Lassen wir ihn, wo er ist. Unter der gewaltigen Menge von herrlichen Ketten, die Tag und Nacht immerfort in den riesigen Eisenhütten von Zeit und Zufall geschmiedet werden, ward *eine* Kette im Augenblick dieser kleinen Schlußfolgerung geschmiedet, an die Grundfesten des Himmels und der Erde genietet und mit einer unbezwinglichen Zug- und Haltekraft versehen.

Die beiden gingen weiter am Fluß entlang. Sie begannen von ihren jeweiligen Plänen zu sprechen. Er würde seine Abreise aus England beschleunigen, und sie würde im Nonnenhaus bleiben, zumindest solange Helena dort blieb. Den lieben armen Mädchen dort mußte die Enttäuschung sanft beigebracht werden, und dazu mußte als erste Miss Twinkleton ins Vertrauen gezogen werden, noch bevor Mr. Grewgious eintreffen würde. Es mußte allen klargemacht werden, daß Rosa und Edwin die besten Freunde der Welt waren. Niemals seit ihrer Verlobung hatte es ein so ungetrübtes Einvernehmen zwischen ihnen gegeben. Und doch blieb auf beiden Seiten ein unausgesprochener

Vorbehalt: bei Rosa die Absicht, sich mit Hilfe ihres Vormunds ab sofort aus dem Unterricht ihres Musiklehrers zurückzuziehen, und bei Edwin eine bereits vage schweifende Spekulation über die eventuelle Möglichkeit, vielleicht gelegentlich etwas mehr über Miss Landless zu erfahren.

Während sie so plaudernd dahinspazierten, ging der klare frostige Tag zur Neige. Die Sonne tauchte weit hinter ihnen in den Fluß, und das alte Städtchen lag rotglühend vor ihnen, als ihr Spaziergang sich dem Ende näherte. Das gurgelnde Wasser warf ihnen schwappend seinen Seetang vor die Füße, als sie kehrtmachten, um das Ufer zu verlassen, und die Krähen schwebten krächzend über ihnen als dunklere Flecken in der dunkelnden Luft.

»Ich werde Jack auf mein baldiges Ausfliegen vorbereiten«, sagte Edwin leise, »und ich werde nur rasch deinen Vormund begrüßen, wenn er kommt, und dann gleich gehen, ehe sie miteinander zu sprechen beginnen. Es wird besser sein, wenn ich nicht dabei bin. Meinst du nicht auch?«

»Ja.«

»Wir wissen, daß wir richtig gehandelt haben, nicht wahr, Rosa?«

»Ja.«

»Und wir wissen auch, daß wir uns besser fühlen, sogar jetzt schon?«

»Und mit der Zeit werden wir uns noch viel, viel besser fühlen.«

Dennoch spürten sie in ihren Herzen einen Rest von Zärtlichkeit für die alten Positionen, die sie gerade aufgaben, so daß sie ihren Abschied in die Länge zogen. Als sie unter die Ulmen an der Kathedrale kamen, wo sie zuletzt gesessen hatten, blieben sie beide wie auf Verabredung stehen, und Rosa schaute zu Edwin auf, wie sie es nie zuvor getan hatte in den alten Tagen – denn es waren nun schon die alten.

»Gott segne dich, Lieber! Leb wohl!«

»Gott segne dich, Liebes! Leb wohl!«

Sie küßten sich innig.

»Jetzt bring mich bitte nach Hause, Eddy, und laß mich allein.«

»Schau dich nicht um, Rosa«, sagte er leise, während er seinen Arm unter den ihren schob und sie fortzog. »Hast du Jack nicht gesehen?«

»Nein. Wo?«

»Unter den Bäumen. Er hat uns gesehen, als wir einander Lebewohl sagten. Der arme Kerl. Er ahnt ja nicht, daß wir unsere Verlobung aufgelöst haben. Das wird ein harter Schlag für ihn sein, fürchte ich.«

Sie lief hastig los, ohne sich umzusehen, und lief weiter, bis die beiden unter dem Torhaus hindurch auf die High Street kamen. Dort fragte sie:

»Ist er uns gefolgt? Du kannst dich umsehen, ohne daß es so aussieht. Ist er hinter uns?«

»Nein. Doch! Da ist er! Grad kommt er aus dem Torweg hervor. Der liebe, mitfühlende alte Junge möchte uns nicht aus den Augen lassen. Oh, ich fürchte, er wird bitter enttäuscht sein!«

Sie zog hastig am Griff der scheppernden alten Klingel, und gleich darauf öffnete sich das Tor. Doch bevor sie hineinschlüpfte, warf sie Edwin einen letzten langen verwunderten Blick zu, als fragte sie ihn mit flehentlicher Emphase: »Oh, begreifst du denn nicht?« Und so befragt entschwand er aus ihrem Gesichtsfeld.

Kapitel 14
Wann werden diese drei sich wieder begegnen?

Weihnachtsabend in Cloisterham. Ein paar fremde Gesichter in den Straßen; ein paar andere Gesichter, halb fremd, halb vertraut, einst die von Kindern aus Cloisterham, jetzt die von Männern und Frauen, die nur gelegentlich in großen Abständen aus der weiten Welt zurückkommen und das Städtchen dann jedesmal seltsam geschrumpft finden, so als wäre es in der Zwischenzeit gleichsam durch unsachgemäßes Waschen eingelaufen. Für sie klingen das Läuten der Glocken und das Krächzen der Krähen vom Turm der Kathedrale wie Stimmen aus ihrer frühesten Kindheit. Leuten wie ihnen ist es passiert, während sie fern von hier auf dem Sterbebett lagen, daß sie sich einbildeten, der Boden ihres Zimmers sei übersät vom herbstlichen Laub der Ulmen des Kirchplatzes – so lebendig waren die raschelnden Laute und frischen Gerüche ihrer ersten Eindrücke wieder in ihnen geworden, als der Kreis ihres Lebens sich zu schließen begann und der Anfang das Ende berührte.

Jahreszeitliche Anzeichen finden sich überall. Rote Beeren leuchten hier und da am Zaun des Hilfskanonikuswinkels; Mr. und Mrs. Tope stecken einfühlsam zierliche Stechpalmenzweige in das Schnitzwerk des Chorgestühls, als steckten sie sie in die Knopflöcher an den Rockaufschlägen des Herrn Dekans und seines Kapitels. In den Läden herrscht verschwenderische Fülle, besonders an solchen Artikeln wie Korinthen, Rosinen, Gewürzen, kandierten Orangenschalen und Puderzucker. Eine ungewöhnliche Bereitschaft zu Galanterie und Ausschweifung liegt in der Luft, wie ein riesengroßer Mistelzweig beweist, der über dem Eingang des Obst- und Gemüseladens hängt, sowie ein kümmerlich kleiner Dreikönigskuchen, gekrönt von einer Harlekinsfigur (so kümmerlich klein, daß man versucht ist, ihn einen Sechskönigskuchen oder gar einen Zwölfkönigskuchen zu nennen), der in der Konditorei verlost wird, für einen Schilling das Los. An öffentlichen Lustbarkeiten fehlt es nicht. Die Wachsfiguren, die einen so tiefen Eindruck auf den besinnlichen Geist des Kaisers von China gemacht haben, sind auf besonderen Wunsch lediglich während der Weihnachtswoche zu sehen, in den Räumen des bankrotten Mietstallbesitzers droben am Ende der Gasse; und im Theater wird eine neue hochkomische Weihnachtspantomime herausgebracht, angekündigt durch ein Porträt von Signor Jacksonini, dem Clown, der sagt: »Hallo, wie geht's denn so – morgen?«, in voller Lebensgröße und fast ebenso deprimierend. Kurzum, Cloisterham ist munter und rührig, auch wenn man hier das Gymnasium und Miss Twinkletons Anstalt ausnehmen muß. Die Schüler des ersteren sind nach Hause gegangen, jeder verliebt in eine von Miss Twinkletons jungen Damen (die nichts davon ahnt), und an den Fenstern der letzteren tauchen nur hin und wieder die Hausmädchen auf. Bemerken wir nebenbei, daß diese Fräulein, wenn sie allein mit der konkreten Repräsentation ihres Geschlechts betraut sind, in den Grenzen der Schicklichkeit ausgelassener werden, als wenn sie sich diese Aufgabe mit Miss Twinkletons jungen Damen teilen müssen.

Drei sollen sich heute abend in Jaspers Torhaus begegnen. Wie verbringt jeder von ihnen den Tag?

Neville Landless, obgleich fürs erste von seinen Büchern erlöst – denn Mr. Crisparkles frisches Wesen ist durchaus nicht unempfänglich für die Reize eines Urlaubs –, sitzt lesend und schreibend mit konzentrierter Miene in seinem ruhigen Zimmer bis zwei Uhr nachmittags. Dann macht er sich daran, seinen Schreibtisch aufzuräumen, seine Bücher zu ordnen und seine verstreuten Papiere zu zerreißen und zu verbrennen. Er macht reinen Tisch mit aller angesammelten Unordnung, räumt seine sämtlichen Schubladen auf und läßt keinen Zettel oder Papierfetzen unvernichtet außer den direkt auf seine Studien bezogenen Notizen. Anschließend geht er zu seinem Schrank, wählt einige gewöhnliche Kleidungsstücke aus – darunter ein zweites Paar fester Schuhe und Socken zum Wandern – und packt sie in einen Rucksack. Der Rucksack ist neu, er hat ihn gestern in der High Street gekauft. Zusammen mit ihm hat er sich dort auch einen schweren Wanderstock gekauft, so einen mit kräftigem Griff und eisenbeschlagener Spitze. Den nimmt er nun prüfend zur Hand, schwingt ihn durch die Luft, wägt ihn und legt ihn dann zu dem Rucksack in eine Fensternische. Damit sind seine Vorbereitungen beendet.

Er zieht sich zum Ausgehen an und ist schon im Begriff zu gehen – tatsächlich hat er bereits sein Zimmer verlassen und ist im Treppenhaus dem Hilfskanonikus begegnet, der gerade aus seinem Schlafzimmer auf demselben Stockwerk kam –, da beschließt er, den Wanderstock lieber gleich jetzt mitzunehmen, und geht noch einmal zurück, um ihn zu holen. Mr. Crisparkle, der im Treppenhaus stehengeblieben ist, sieht ihn gleich darauf mit dem Stock wieder aus dem Zimmer kommen, nimmt ihm das Ding aus der Hand und fragt ihn lächelnd, wonach er beim Auswählen eines Wanderstocks gehe.

»Ehrlich gesagt, ich verstehe nicht viel davon«, antwortet Neville. »Ich hab ihn genommen, weil er so schwer ist.«

»Zu schwer, Neville, *viel* zu schwer.«

»Um sich beim Gehen darauf zu stützen, Sir?«

»Darauf zu stützen?« wiederholt Mr. Crisparkle und wirft sich in die Pose eines Wanderers. »Man stützt sich nicht auf den Stock, man hält sich damit nur im Gleichgewicht.«

»Mit ein wenig Übung werde ich's schon noch lernen, Sir. Sie wissen ja, ich komme nicht aus einem Wandererland.«

»Das stimmt«, sagt Mr. Crisparkle. »Also üben Sie noch ein bißchen, und dann machen wir mal ein paar schöne Meilen zusammen. Jetzt würde ich Sie noch wer weiß wo hinter mir lassen. Sind Sie zum Essen zurück?«

»Ich glaube nicht, wo wir so früh essen.«

»Na denn!«

Mr. Crisparkle nickt ihm freundlich zu und wünscht ihm in einem Ton, der (nicht ohne Absicht) unbedingtes Vertrauen und völlige Sorglosigkeit ausdrückt, einen schönen Tag.

Neville begibt sich zum Nonnenhaus und bittet, man möge Miss Landless Bescheid sagen, daß ihr Bruder wie verabredet da sei. Er wartet vor dem Tor, ohne die Schwelle zu überschreiten, da er sein Wort gegeben hat, Rosa nicht mehr über den Weg zu laufen.

Seine Schwester hält die gemeinsam übernommene Verpflichtung mindestens so hoch wie er und läßt ihn keinen Augenblick warten. Sie begrüßen einander herzlich und gehen unverzüglich landeinwärts davon.

»Ich will kein verbotenes Gelände betreten, Helena«, sagt Neville, als sie eine Weile gegangen sind und wieder umkehren, »aber du wirst gleich verstehen, daß ich nicht anders kann, als auf meine – wie soll ich sagen – auf meine Schwärmerei anzuspielen.«

»Solltest du das nicht lieber lassen, Neville? Du weißt doch, ich darf nichts davon hören.«

»Du darfst hören, was Mr. Crisparkle gehört und gebilligt hat, liebe Schwester.«

»Ja, das darf ich wohl hören.«

»Also hör zu. Ich bin nicht bloß selber unglücklich und voller Unruhe, ich bin mir auch bewußt, daß ich andere Leute aus der Ruhe bringe und durch meine Anwesenheit störe. Woher weiß ich, daß, wenn ich blöder Kerl nicht da wäre, du und ... und ... und der Rest jener Tischgesellschaft von damals, unseren liebenswürdigen Herrn Vormund einmal ausgenommen, nicht morgen mittag im Hilfskanonikuswinkel fröhlich zusammen speisen würden? Im Gegenteil, das ist sogar sehr wahrscheinlich. Mir ist nur allzu klar, daß ich bei der alten Dame kein sehr hohes Ansehen habe, und es ist leicht zu begreifen, wie hinderlich ich – besonders in dieser Jahreszeit – für die Gastlichkeit ihres wohlgeordneten Hauses sein muß, wenn man mich von jener einen Person fernhalten muß und es triftige Gründe gibt, mich nicht mit jener anderen Person zusammenzubringen, und ich bei jener dritten Person den allerschlechtesten Ruf genieße und so weiter. Das alles habe ich Mr. Crisparkle dargelegt, sehr sanft, du kennst ja seine selbstlose Art, aber ich habe es ihm dargelegt. Am meisten habe ich dabei aber betont, daß ich mich in einem elenden Kampf mit mir selbst befinde und daß eine kleine Ortsveränderung und ein paar Tage Abwesenheit mir vielleicht helfen können, besser damit fertig zu werden. Und so werde ich, da das Wetter klar und trocken ist, morgen früh zu einer längeren Wanderung aufbrechen und mich bemühen, allen – einschließlich mir selber, hoffe ich – aus dem Wege zu gehen.«

»Wann kommst du zurück?«

»In vierzehn Tagen.«

»Und du willst ganz alleine gehen?«

»Ich fühle mich wohler ohne Gesellschaft, selbst wenn es außer dir, liebe Helena, noch jemanden gäbe, der mir Gesellschaft leisten wollte.«

»Und Mr. Crisparkle ist voll einverstanden, sagst du?«

»Voll und ganz. Mag sein, daß er die Idee zuerst für eine trübe Anwandlung hielt, die einem grüblerischen Gemüt nicht guttun würde. Aber letzten Montag haben wir dann einen Abendspaziergang im Mondlicht gemacht, um in Ruhe darüber zu sprechen, und da habe ich ihm auseinandergesetzt, wie die Dinge in Wirklichkeit liegen. Ich habe ihm erklärt, daß ich ehrlich lernen will, mich zu beherrschen, und daß, wenn dieser Abend heute gut überstanden ist, es sicher besser sein wird, wenn ich für ein Weilchen von hier verschwinde. Ich könnte schwerlich vermeiden, gewisse Leute hier miteinander spazierengehen zu sehen, und das würde mir kaum guttun und mir sicher nicht helfen, die Sache zu vergessen. In vierzehn Tagen wird diese Gefahr wahrscheinlich fürs erste vorüber sein, und wenn sie am Ende noch einmal droht – na, dann kann ich ja wieder fortgehen. Im übrigen erhoffe ich mir wirklich viel von so einer körperlichen Ertüchtigung und gesunden Anstrengung. Du weißt, daß Mr. Crisparkle diesen Dingen großen Wert beimißt, wenn es darum geht, sich einen gesunden Geist in einem gesunden Körper zu erhalten, und sein Gerechtigkeitssinn würde es ihm nicht erlauben, für sich selber andere Naturgesetze gelten zu lassen als für mich. So hat er sich meiner Sicht der Dinge angeschlossen, als er überzeugt war, daß ich es ehrlich und ernst meine, und so werde ich morgen früh mit seiner vollen Einwilligung fortgehen. Früh genug, um nicht nur aus der Stadt zu sein, sondern auch außer Hörweite der Glocken, wenn die guten Leute zur Kirche gehen.«

Helena denkt darüber nach und findet es schließlich gut. Da Mr. Crisparkle einverstanden ist, kann sie es auch sein; aber sie betrachtet es auch von sich aus als eine gute Sache, als ein gesundes Vorhaben, das eine ehrliche Anstrengung und einen tatkräftigen Ansatz zur Besserung darstellt. Sie ist versucht, den armen Jungen dafür zu bedauern, daß er so ganz allein an dem großen Weihnachtsfest fortgehen wird; aber sie fühlt, daß es sehr viel besser ist, ihn zu ermutigen. Und so ermutigt sie ihn.

Wird er ihr schreiben?

Er wird ihr jeden zweiten Tag schreiben und alles berichten, was er erlebt hat.

Schickt er Wäsche und Kleidung voraus?

»Nein, liebe Helena. Ich reise wie ein Pilger, mit Stock und Ranzen. Der Ranzen – das heißt der Rucksack – ist schon gepackt und braucht nur noch umgeschnallt zu werden. Und hier ist der Stock.«

Er reicht ihn ihr. Sie macht dieselbe Bemerkung wie Mr. Crisparkle, daß er zu schwer sei, gibt ihn dann zurück und fragt, was für Holz das sei. Eisenholz.

Bis zu diesem Moment ist Neville ungewöhnlich heiter gewesen. Vielleicht hat die Notwendigkeit, Helena von seinem Vorhaben zu überzeugen und es folglich in hellstem Licht darzustellen, seine Stimmung gehoben. Vielleicht kommt jetzt, nachdem er das erfolgreich getan hat, ein Umschwung. Als der Tag zur Neige geht und die Lichter der Stadt vor ihnen aufblinken, macht er ein bedrücktes Gesicht.

»Ich wünschte, ich müßte nicht zu diesem Essen gehen, Helena.«

»Lieber Neville, was machst du dir solche Sorgen darüber? Denk nur, wie schnell es vorbei sein wird.«

»Wie schnell es vorbei sein wird!« wiederholt er düster. »Jaja. Aber die Sache gefällt mir nicht.«

Vielleicht werde es einen unangenehmen Augenblick geben, redet sie ihm beruhigend zu, aber das könne nur ein Augenblick sein. Er sei sich doch seiner selbst ganz sicher.

»Ich wollte, ich wäre mir auch alles anderen so sicher wie meiner selbst«, antwortet er.

»Wie seltsam du redest! Was meinst du damit?«

»Ach, Helena, ich weiß nicht. Ich weiß nur, daß die Sache mir nicht gefällt. Wie seltsam drückend und tot ist heute abend die Luft!«

Sie lenkt seine Aufmerksamkeit auf die kupferroten Wolken jenseits des Flusses und meint, es werde ein Sturm aufkommen. Er spricht kaum noch ein Wort, bis sie wieder am Nonnenhaus sind. Sie geht nicht gleich hinein, als sie sich verabschiedet haben, sondern bleibt noch ein Weilchen stehen und sieht ihm nach, während er die Straße hinuntergeht. Zweimal geht er unschlüssig am Torhaus vorbei, ohne einzutreten. Schließlich, als die Glocke der Kathedrale ein Viertel schlägt, dreht er sich ruckartig um und stürmt hinein.

Und so geht *er* jene Stufen hinauf.

Edwin Drood verbringt einen einsamen Tag. Aus seinem Leben ist etwas gewichen, was bedeutsamer war, als er gedacht hatte, und in der Stille seiner Kammer hat er letzte Nacht darüber geweint. Zwar geistert noch immer das Bild von Miss Landless durch seinen Hinterkopf, aber das hübsche und liebe kleine Geschöpf, das so viel entschlußkräftiger und klüger war, als er gedacht hatte, hält das Zentrum seiner Gedanken besetzt. Er denkt an Rosa mit dem Gefühl, ihrer nicht würdig gewesen zu sein, und malt sich aus, was sie einander hätten bedeuten können, wenn er vor einiger Zeit etwas ernster gewesen wäre, wenn er ihr einen höheren Wert beigemessen hätte, wenn er, anstatt sein Los im Leben als ein selbstverständliches Erbe zu betrachten, den richtigen Weg gesucht hätte, es schätzen zu lernen und zu verbessern. Und doch, trotz alledem und obwohl ein scharfer Schmerz in alledem sticht, halten die Eitelkeit und die Launen der Jugend das schöne Bild von Miss Landless in seinem Hinterkopf fest.

Das war schon ein seltsamer Blick von Rosa gewesen, als sie sich am Tor getrennt hatten! Bedeutete er, daß sie unter die Oberfläche seiner Gedanken geschaut hatte, bis hinunter in die dämmrigen Tiefen? Das wohl kaum, denn es war eher ein erstaunter und forschender Blick gewesen. Edwin entscheidet, daß er sich den Blick nicht deuten kann, obwohl er bemerkenswert ausdrucksvoll war.

Da er jetzt nur noch auf Mr. Grewgious wartet, um dann sofort nach dem Gespräch mit ihm abzureisen, beschließt er, sich mit einem letzten Bummel durch die Stadt und ihre Umgebung von Cloisterham zu verabschieden. Er denkt an die Zeiten, als er und Rosa da und dort spazierengegangen waren, reine Kinder noch, aber stolz, miteinander verlobt zu sein. Arme Kinder, denkt er voll selbstmitleidiger Wehmut.

Als er merkt, daß seine Uhr stehengeblieben ist, geht er in den Juwelierladen, um sie reparieren zu lassen. Der Juwelier redet etwas von einem Armband, nur so, scheinbar ganz ziellos, das er ihm gern einmal vorlegen würde, wenn er gestatte. Es würde sich – meint er – vortrefflich für eine junge Braut eignen, besonders wenn sie eine eher klein geratene Schönheit sei. Als er sieht, daß dem Armband nur kühles Interesse entgegengebracht wird, lenkt er die Aufmerksamkeit auf ein Fach mit Ringen für Herren. Hier hätten wir einen Typus von Ring, bemerkt er, einen sehr dezenten Siegelring, wie ihn Gentlemen gerne erstünden, wenn sie sich anschickten, ihren Familienstand zu verändern. Es handle sich um einen Ring von sehr gediegenem Äußeren. Mit dem Datum ihres Hochzeitstages innen eingraviert, hätten ihn schon mehrere Gentlemen jedem anderen Andenken vorgezogen.

Die Ringe werden ebenso kühl wie das Armband betrachtet. Edwin teilt dem Versucher mit, daß er keinen Schmuck trage außer der Uhr und der Kette, die er von seinem Vater habe, und der Krawattennadel.

»Das wußte ich schon«, antwortet der Juwelier, »denn neulich war Mr. Jasper hier wegen eines zerbrochenen Uhrglases, und da habe ich ihm diese Artikel gezeigt und dazu bemerkt, *falls* er den Wunsch haben sollte, einem nahen Verwandten ein Geschenk zu machen, aus welchem Anlaß auch immer ... Doch er sagte nur lächelnd, er habe ein Inventar aller Schmuckstücke, die sein Verwandter jemals trage, im Kopf, und das seien nur eine Uhr mit Kette und eine Krawattennadel.« Aber das müsse ja – denkt der Juwelier laut vor sich hin – nicht immer so bleiben, auch wenn es jetzt noch so sei. »Hier, Mr. Drood, auf zwanzig nach zwei habe ich Ihre Uhr gestellt. Denken Sie daran, sie immer rechtzeitig aufzuziehen.«

Edwin nimmt seine Uhr, befestigt sie wieder an der Kette und denkt im Hinausgehen: ›Guter alter Jack! Wenn ich mir eine Extrafalte in die Krawatte machen würde, er fände selbst *das* noch bemerkens-wert!‹

Er schlendert weiter durch die Straßen, um sich die Zeit bis zum Abend zu vertreiben. Irgendwie kommt es ihm heute so vor, als sähe ihn Cloisterham vorwurfsvoll an, als habe es etwas an ihm auszusetzen, so als hätte er es nicht gut behandelt; aber es scheint ihn weniger zornig als nachdenklich anzusehen. Seine gewohnte Sorglosigkeit hat einer besinnlichen, fast wehmütigen Stimmung Platz gemacht, mit der er die alten Stätten noch einmal betrachtet. Bald wird er weit fort von hier sein und sie vielleicht nie wiedersehen, denkt er. Armer Junge! Armer Junge!

Als es zu dämmern anfängt, begibt er sich in den ehemaligen Klosterweingarten. Eine volle halbe Stunde lang ist er dort bereits unter dem Glockengeläut der Kathedrale auf und ab gegangen, und es ist schon fast dunkel geworden, da erst bemerkt er eine Frau, die in einer Ecke neben einer kleinen Pforte am Boden hockt. Die Pforte beschließt einen schmalen Seitenweg, der in der Dämmerung wenig benutzt wird, und die Frau muß schon die ganze Zeit dort gehockt haben, obwohl er sie erst allmählich und spät bemerkt hat.

Er nimmt den Seitenweg und geht zu der kleinen Pforte. Im Licht einer nahen Laterne sieht er, daß die Frau eine hagere, ausgezehrte Erscheinung ist und daß sie ihr spitzes Kinn auf die Hände stützt und daß sie mit einer reglosen, blinden Art von Unverwandtheit vor sich hin starrt.

Von Natur aus freundlich, aber an diesem Abend besonders milde gestimmt, nachdem er die meisten Kinder und Alten, denen er begegnet ist, schon mit einem freundlichen Wort bedacht hat, beugt er sich nieder und spricht die Frau an.

»Sind Sie krank?«

»Nein, Süßer«, antwortet sie, ohne aufzublicken und ohne ihren starren Blick zu verändern.

»Sind Sie blind?«

»Nein, Süßer.«

»Sind Sie obdachlos, verirrt, ohnmächtig geworden? Was ist los mit Ihnen, warum sitzen Sie hier in der Kälte, ohne sich zu rühren?«

Langsam und mit großer Mühe scheint sie ihren Blick soweit zu konzentrieren, daß er auf Edwin ruhen kann; dann legt sich ein seltsamer Schleier über ihre Augen, und sie beginnt zu zittern.

Er richtet sich auf, weicht einen Schritt zurück und mustert sie mit einer Art von entsetztem Erstaunen, denn sie kommt ihm irgendwie bekannt vor.

›Mein Gott!‹ denkt er im nächsten Moment. ›Genau wie Jack damals an dem Abend!‹

Während er so auf sie nieder starrt, blickt sie zu ihm auf und wimmert: »Meine Lungen sind schwach, meine Lungen sind schlecht. Ach ich Arme, ich Arme, wie grauslich trocken rasselt mein Husten!« Und zur Bekräftigung hustet sie ganz entsetzlich.

»Wo kommen Sie her?«

»Aus London, Süßer.« (Der Husten schüttelt sie weiter.)

»Wo wollen Sie hin?«

»Nach London zurück, Süßer. Bin hergekommen, um nach 'ner Nadel in 'nem Heuhaufen zu suchen, und habse nich gefunden. Wie wär's, Süßer, gib mir drei Schilling Sixpence, und mach dir keine Sorgen um mich. Ich fahr nach London zurück und tu kein' mehr stören. Ich hab da'n Geschäft – ach, es geht mies, so mies, die Zeiten sind ja soo schlecht! –, aber ich krieg grad noch genug zusammen, um davon zu leben.«

»Nehmen Sie Opium?«

»Rauchen tu ich's«, stößt sie mühsam hervor, immer noch von ihrem Husten geplagt. »Gib mir drei Schilling Sixpence, Süßer, und ich werdse gut anlegen und dann zurückfahrn. Wenn du mir keine drei Schilling Sixpence geben willst, brauchste mir gar nix geben. Aber wenn du mir die drei Schilling Sixpence gibst, Süßer, werd ich dir was verraten.«

Er zieht das Geld aus der Tasche, zählt es ab und legt es ihr in die Hand. Sofort schließt sie die Hand über den Münzen und erhebt sich mit einem befriedigt krächzenden Kichern.

»'Gelt's Gott, junger Herr, 'gelt's Gott und dank' schön! Jetzt sag mir: Wie ist dein Vorname?«

»Edwin.«

»Edwin, Edwin, Edwin«, wiederholt sie in einen schläfrigen Singsang abgleitend, dann fragt sie plötzlich: »Ist die Kurzform davon nicht Eddy?«

»Manche sagen so, ja«, antwortet er errötend.

»Sagen ... Liebchen nicht so?« fragt sie versonnen.

»Wie soll ich das wissen?«

»Hast du kein Liebchen? Gar keins?«

»Gar keins.«

Sie macht Anstalten, sich mit einem nochmaligen »'Gelt's Gott und dank' schön, Süßer« zu entfernen, als er hinzufügt: »Sie wollten mir doch noch etwas verraten!«

»Ach ja, ach ja! Also paß auf. Pst-pst. Sei froh, daß dein Name nicht Ned ist.«

Er sieht sie sehr fest an und fragt: »Wieso?«

»Weil das 'n schlechter Name is im Moment.«

»Inwiefern schlecht?«

»Ein bedrohter Name, ein gefährlicher Name.«

»Das Sprichwort sagt, bedrohte Menschen leben lange«, erwidert er munter.

»Na, dann müßte Ned – so bedroht isser nämlich, wo immer

er jetz auch grad sein mag, während ich hier mit dir rede –, ewig müßt' der dann leben!«

Die Frau hat sich vorgebeugt, um ihm diese Worte ins Ohr zu raunen, wobei sie den Zeigefinger vor seinen Augen hin und her geschwenkt hat. Jetzt rafft sie sich auf und schlurft mit einem neuerlichen »'Gelt's Gott und dank' schön!« in Richtung Traveller's Twopenny davon.

Das ist nicht gerade ein aufmunterndes Ende eines trüben Tages. Für einen, der sich allein an einem abgelegenen Ort befindet, umgeben von Überresten aus alter Zeit und Verfall, ist es eher etwas, das schaudern macht. Edwin sieht zu, daß er in besser beleuchtete Straßen kommt, und im Weitergehen beschließt er, niemandem etwas davon zu erzählen, sondern es nur gegenüber Jack (dem einzigen, der ihn Ned nennt) am nächsten Morgen als einen kuriosen Zufall zu erwähnen; natürlich nur als einen Zufall und nicht als etwas, das der Erinnerung wert ist.

Gleichwohl haftet ihm das Erlebnis fester im Kopf, als es viele andere getan haben, die der Erinnerung weit eher wert gewesen wären. Ihm bleibt noch ein halbes Stündchen zu verbringen, bis es Zeit für jenes Essen wird, und als er über die Brücke und am Fluß entlang schlendert, hört er die Worte der Frau im aufkommenden Wind, am drohenden Himmel, im strudelnden Wasser und in den flackernden Lichtern. Ein feierliches Echo ertönt sogar aus den Glockenschlägen der Kathedrale, die ihn jäh zusammenfahren lassen, als er unter den Bogen des Torhauses einbiegt.

Und so geht *er* jene Stufen hinauf.

John Jasper verbringt einen angenehmeren und heitereren Tag als seine beiden Gäste. Da er in den Weihnachtsferien keine Musikstunden zu geben braucht, ist er außer während der Gottesdienste Herr seiner Zeit. Am Vormittag streift er durch die Läden und bestellt allerlei Delikatessen, die sein Neffe gern mag. Sein Neffe werde nicht lange bleiben, erzählt er den Ladeninhabern, und darum müsse er ein bißchen verwöhnt und gehätschelt werden. Unterwegs schaut er bei Mr. Sapsea vorbei und erwähnt, daß der liebe Ned und dieser leicht entzündbare junge Hitzkopf in Mr. Crisparkles Obhut heute abend zu ihm zum Essen kommen und dabei ihre Differenzen beilegen würden. Mr. Sapsea ist alles andere als gut auf den leicht entzündbaren jungen Hitzkopf zu sprechen. Er sagt, seine Pigmentierung sei »unenglisch«. Und was Mr. Sapsea einmal für unenglisch erklärt hat, das betrachtet er als ein für allemal in den Schlund der Hölle versunken.

John Jasper tut es aufrichtig leid, Mr. Sapsea so reden zu hören, weiß er doch, daß Mr. Sapsea nie etwas sagt, was keinen Sinn hätte, und daß er eine vertrackte Art hat, immer im Recht zu sein. Mr. Sapsea ist (dank einer sehr bemerkenswerten Koinzidenz) exakt derselben Meinung.

Mr. Jaspers Stimme ist heute besonders schön. Bei der ergreifenden Anrufung »Herr, gib, daß mein Herz allezeit bereit sei, Dein Gesetz zu befolgen«, erstaunt er die Gemeinde förmlich durch seine melodische Kraft. Nie hat er schwierige Musik so sicher und wohlklingend vorgetragen wie in der Kantate für diesen Tag. Sein nervöses Temperament läßt ihn schwierige Stücke manchmal etwas zu schnell nehmen, heute indes ist sein Tempo perfekt.

Das hat er vermutlich durch eine große geistige Ausgeglichenheit erreicht. Sein Kehlkopf an sich ist offenbar etwas empfindlich, denn Jasper trägt heute sowohl zu seinem Talar wie auch zu seiner normalen Kleidung einen langen schwarzen Schal aus fester, dicht gewebter Seide lose um den Hals geschlungen. Doch seine Ausgeglichenheit ist so bemerkenswert, daß Mr. Crisparkle sich veranlaßt sieht, ihn nach dem Gottesdienst darauf anzusprechen.

»Ich muß Ihnen für das Vergnügen danken, Jasper, das Sie mir heute mit Ihrem Gesang bereitet haben. Wunderschön! Ganz prächtig! Sie können sich selbst nicht so übertroffen haben, ohne daß es Ihnen, hoffe ich, auch persönlich ganz prächtig geht.«

»Es *geht* mir ganz prächtig.«

»Nichts unausgeglichen«, sagt der Hilfskanonikus mit einer

weichen Bewegung der Hand, »nichts unsicher, nichts forciert, nichts ausgelassen; alles meisterhaft durchgeführt, mit vollendeter Selbstkontrolle.«

»Danke. Ich hoffe es, wenn das nicht zu anmaßend ist.«

»Man könnte meinen, Jasper, Sie hätten eine neue Medizin gegen Ihr gelegentliches Unwohlsein ausprobiert.«

»Ach ja? Gut beobachtet, denn ich *habe* eine probiert.«

»Dann bleiben Sie dabei, mein Lieber«, sagt Mr. Crisparkle und klopft ihm freundlich ermutigend auf die Schulter, »bleiben Sie dabei.«

»Das werde ich.«

»Ich wünsche Ihnen viel Glück«, fährt Mr. Crisparkle fort, als sie aus der Kathedrale kommen, »in jeder Hinsicht.«

»Nochmals vielen Dank. Ich gehe ein Stück mit Ihnen, wenn Sie nichts dagegen haben. Ich habe noch reichlich Zeit, bis meine Gäste kommen, und ich möchte Ihnen gerne etwas sagen, was Sie, denke ich, freuen wird.«

»Und das wäre?«

»Nun, Sie erinnern sich, wir sprachen doch neulich von meinen schwarzen Anwandlungen.«

Mr. Crisparkles Miene verdüstert sich, und er schüttelt mißbilligend den Kopf.

»Ich sagte, ich würde Ihre Worte als Gegengift gegen meine schwarzen Anwandlungen benutzen, und Sie sagten, Sie hofften, ich würde die Zeugnisse dieser Anwandlungen bald in die Flammen werfen.«

»Das hoffe ich immer noch, Jasper.«

»Und mit allem Recht dieser Welt! Ich gedenke, mein diesjähriges Tagebuch am Ende des Jahres zu verbrennen.«

»Weil Sie...?« Mr. Crisparkles Miene hellt sich wieder auf, während er so beginnt.

»Sie greifen mir vor. Weil mir klargeworden ist, daß ich damals nicht auf der Höhe war – trübsinnig, mißmutig, niedergeschlagen, nennen Sie's, wie Sie wollen. Sie sagten, daß ich übertrieben hätte. Das stimmt.«

Mr. Crisparkles Miene hellt sich noch mehr auf.

»Damals konnte ich das nicht erkennen, eben *weil* ich nicht auf der Höhe war, aber jetzt geht es mir besser und ich kann es mit großem Vergnügen zugeben. Ich habe aus einer Mücke einen Elefanten gemacht, das ist alles.«

»Es freut mich ungemein«, ruft Mr. Crisparkle aus, »daß Sie das sagen!«

»Ein Mann, der ein monotones Leben führt«, fährt Jasper fort, »so daß er sich schließlich die Nerven oder den Magen verdirbt, brütet solange auf einer Idee herum, bis sie ihre Proportionen verliert. Das war bei mir der Fall, so ist es mir mit der fraglichen Idee ergangen. Deshalb werde ich das Beweismittel meines Falles verbrennen, wenn das betreffende Tagebuch voll ist, und den nächsten Band mit einer klareren Sicht der Dinge beginnen.«

»Das ist mehr«, sagt Mr. Crisparkle, als er vor den Stufen zu seiner Haustür stehenbleibt, um Jasper die Hand zu schütteln, »als ich hoffen konnte.«

»Nun ja, natürlich«, erwidert Jasper. »Sie hatten kaum Anlaß zu hoffen, daß ich so wie Sie werden würde. Sie bemühen sich immerzu, an Geist und Körper klar wie ein Kristall zu sein, und Sie *sind* es auch stets und verändern sich nie. Wogegen ich eher ein trübes, einsames, griesgrämiges Unkraut bin. Doch ich habe diesen Griesgram jetzt überwunden. Soll ich warten, während Sie drinnen fragen, ob Mr. Neville schon zu mir hinübergegangen ist? Wenn nicht, könnten wir zusammen hinübergehen.«

»Ich denke«, sagt Mr. Crisparkle, während er seine Haustür aufschließt, »daß er schon vor einiger Zeit gegangen ist. Jedenfalls weiß ich, daß er ausgegangen ist, und ich glaube, er ist noch nicht wieder zurück. Aber ich werde nachsehen. Wollen Sie nicht mit hereinkommen?«

»Meine Gäste warten«, antwortet Jasper lächelnd.

Der Hilfskanonikus verschwindet im Haus und ist gleich wieder da. Wie er vermutet habe, sei Mr. Neville noch nicht zurück; und wie er sich jetzt erinnere, habe Mr. Neville gesagt, er wolle direkt zu Mr. Jasper gehen.

»Schöne Manieren für einen Gastgeber!« sagt Mr. Jasper.

»Meine Gäste werden vor mir da sein! Was wollen wir wetten, daß ich die beiden in schönster Umarmung vorfinde?«

»Ich wette – oder würde es tun, wenn ich jemals Wetten einginge«, erwidert Mr. Crisparkle, »daß Ihre Gäste heute abend einen fröhlichen Gastgeber haben werden.«

Jasper nickt und wünscht lachend gute Nacht.

Er geht zurück bis zum Hauptportal der Kathedrale, biegt um die Ecke und strebt zu seinem Torhaus. Im Gehen singt er leise und ausdrucksvoll vor sich hin. Immer noch scheint es, als ob er heute zu keinem falschen Ton fähig wäre und durch nichts aus der Ruhe gebracht werden könne. Als er unter dem Torbogen seines Hauses angelangt ist, bleibt er einen Augenblick stehen, um sich den großen schwarzen Schal abzunehmen und in einer losen Schlinge über den Arm zu hängen. Während dieser kurzen Zeit ist sein Gesicht faltig und streng. Doch es hellt sich sofort wieder auf, als er sein Singen und seinen Weg fortsetzt.

Und so geht *er* jene Stufen hinauf.

Das rote Licht brennt ruhig den ganzen Abend lang über dem Torbogen wie in einem Leuchtturm am Rande der Flut geschäftigen Lebens. Gedämpfte Laute und Verkehrsgeräusche von der High Street dringen darunter hervor und schwappen auf den leeren Platz vor der Kathedrale, aber sonst kommt sehr wenig vorbei, außer böigen Windstößen. Ein heftiger Sturm zieht auf.

Der Platz vor der Kathedrale ist nie besonders hell erleuchtet, aber da die Böen viele der Gaslichter ausgeblasen haben (und in einigen Fällen auch die Laternen zerbrochen haben, so daß die Scherben klirrend zu Boden gefallen sind), ist er heute abend ungewöhnlich dunkel. Die Dunkelheit wird noch größer und dichter durch den aufgewirbelten Staub, umherfliegende dürre Zweige von den Bäumen und große Fetzen von den Krähennestern oben auf dem Turm. Die Bäume selbst ächzen und schwanken so sehr, während dieser greifbare Teil der Dunkelheit wild umherwirbelt, daß es scheint, als wären sie in

Gefahr, entwurzelt zu werden; und immer wieder bekundet ein krachendes Splittern, gefolgt von einem rauschenden Fall, daß ein großer Ast dem Sturm erlegen ist.

Ein Wind von solcher Stärke hat seit vielen Winternächten nicht geblasen. Schornsteine kippen auf die Straßen, und die Leute müssen sich an Laternenpfählen und Hausecken und aneinander festhalten, um nicht umgeweht zu werden. Die scharfen Böen lassen nicht nach, sondern nehmen an Zahl und Schärfe noch zu, bis um Mitternacht, als die Straßen leer sind, ein regelrechter Orkan durch Cloisterham tobt, an allen Haustüren rüttelnd und an allen Fensterläden zerrend, wie um die Leute zu warnen, nicht in ihren Betten liegenzubleiben, sondern rasch aufzustehen und mit ihm davonzufliegen, ehe ihnen das Dach über dem Kopf zusammenbricht.

Dennoch brennt das rote Licht ruhig weiter. Nichts ist ruhig außer dem roten Licht.

Die ganze Nacht lang bläst der Sturm, ohne abzuflauen. Erst am frühen Morgen, als es im Osten gerade so hell wird, daß die Sterne verblassen, beginnt er sich allmählich zu legen. Von diesem Moment an, nur hin und wieder noch wild auffahrend wie ein todwunder, sterbender Drache, wird er immer schwächer und schwächer, und als es ganz Tag geworden ist, regt sich nichts mehr.

Nun sieht man, daß die Zeiger der Kathedralenuhr abgebrochen sind, daß Teile der bleiernen Dachabdeckung losgerissen, aufgerollt und aufs Pflaster hinunter geweht worden sind und daß sich auch einige Steine oben am großen Turm gelöst haben. Weihnachtsmorgen her oder hin, ein Arbeitstrupp muß hinaufgeschickt werden, um das Ausmaß der Schäden festzustellen. Der Trupp, angeführt von Durdles, steigt hinauf, indes Mr. Tope und ein Häuflein frühaufgestandener Neugieriger sich unten im Hilfskanonikuswinkel zusammendrängen und, die Hände beschirmend über die Augen gelegt, hinaufspähen, um die Arbeiter oben auftauchen zu sehen.

Dieses Häuflein wird plötzlich aufgebrochen und von Mr. Jaspers Händen zerteilt. Alle Blicke werden zur Erde gezogen durch seine laute Frage an Mr. Crisparkle, der in einem offenen Fenster steht:

»Wo ist mein Neffe?«

»Er war nicht hier. Ist er nicht bei Ihnen?«

»Nein. Er ist gestern abend mit Mr. Neville zum Fluß hinuntergegangen, um den Sturm zu beobachten, und ist nicht wiedergekommen. Rufen Sie Mr. Neville!«

»Er ist heute früh fortgegangen.«

»Heute früh fortgegangen? Lassen Sie mich hinein! Lassen Sie mich hinein!«

Niemand blickt mehr zum Turm hinauf. Alle versammelten Augen sind auf Mr. Jasper gerichtet, der sich kreideweiß, halb angezogen, keuchend, an das Geländer vor dem Haus des Hilfskanonikus klammert.

XI

Der magere und melancholische, ganz in Schwarz gekleidete Mann, der schon gestern unsere Aufmerksamkeit erregt hatte, sitzt heute auf dem Podium neben Superintendent Battle und dem untersetzten Inspektor Bucket[1], beide von Scotland Yard. Wer mag er sein? Aus Zerstreutheit oder aufgrund seiner Vorliebe für das Schwarze (die in eigenartigem Kontrast zu seiner Schwäche für Rosen steht) trägt er sein Namensschildchen *unter* dem Revers. Weshalb wir uns momentan noch nicht in der Lage sehen, den Leser über seine Identität aufzuklären.

Das Hauptinteresse der Kongreßteilnehmer gilt übrigens nicht ihm, sondern dem klassischen beigen Tweedkostüm, das Loredana trägt, die heute morgen überhaupt *very british*, ja geradezu *oxfordian* wirkt, auch dank einer Kameenbrosche und dem im Nacken zu einem Knoten zusammengesteckten Haar.

Dr. Wilmot seinerseits prunkt mit einem blaßgelben Kaschmirtuch um den Hals, und seine Fliege sitzt heute weniger schief als gewöhnlich.

– Mitten in der vierten Nummer, eröffnet er die Debatte, beginnt also jene Spannung, die der Autor bis zum Ende nicht mehr abklingen lassen wollte, das heißt bis zu dem Punkt, an dem man endlich erfahren

[1] Der Leser wird sich erinnern, daß Bucket in *Bleakhaus* (1853) auftritt und somit der erste *detective inspector* der englischen Literatur ist. Dickens schuf ihn teilweise nach dem Vorbild des mit ihm befreundeten Inspektors Charles F. Field, desselben, in dessen Begleitung er 1869 die Opiumhöhle in Shadwell besuchte. Ein Eigenart von Bucket ist, daß er den Zeigefinger auf die Verdächtigen richtet und ihn sich dann ans Ohr hält, wie um auf seine Eingebungen zu horchen.

sollte, nicht nur, von wem, sondern vor allem auch, *ob* Rosas Ex-Verlobter ermordet worden ist.

Mann in Schwarz: Entschuldigen Sie, aber sollte die Spannung nicht erst ab der fünften oder sechsten Nummer beginnen? Demnach hätte der Autor sie hier zu früh eingeführt?

Dr. Wilmot: Nicht unbedingt. Wahrscheinlich hat Dickens unter dem wahren »Beginn der Spannung« die Ankunft einer mysteriösen neuen Person verstanden, eines gewissen Datchery, der erst in der Augustnummer auftritt. An diesem Punkt jedenfalls, so übereinstimmend die meisten Kommentatoren, war das Problem des Autors nicht, das Tempo des Romans zu beschleunigen, sondern es im Gegenteil zu retardieren. Daher sind die Schwierigkeiten, in die er laut eigener Aussage mit seinem Plot geraten war, wie folgt zu verstehen: Er hatte die Aufteilung seiner Geschichte schlecht kalkuliert und die ersten sechs Hefte zu voll gepackt, so daß er nun nicht mehr wußte, wie er die anderen sechs füllen sollte.

Mann in Schwarz: Entschuldigen Sie nochmals, aber das scheint mir absurd. Für einen so weitschweifigen und, wenn ich mir das zu sagen erlauben darf, allzugern abschweifenden Autor wie Dickens konnte es doch keine Schwierigkeit sein, weitere sechs Hefte zu füllen, anstatt weiterer vier oder fünf. Was nach meinem Dafürhalten bedeutet ... Aber was meinen Sie dazu, Superintendent?

Battle: Nun, ich weiß nicht, wer dieser mysteriöse Neuankömmling ist, aber auch ich würde sagen, die Geschichte muß noch viel, aber wirklich sehr viel komplizierter sein, als man es nach dem Bisherigen annehmen möchte.

Mann in Schwarz: Inspektor Bucket?

Bucket: Das scheint mir auch so. Denn sicher, da ist zwar die Sache mit dem Opium, da ist die Verdoppelung, wenn nicht Verdreifachung der Persönlichkeit des vermeintlichen Mörders, da ist ein hochkomplexer Tathergang und so weiter, aber das alles ist uns schon weitgehend dargelegt worden, sogar schon beinahe *zu* weitgehend, und das Eifersuchtsmotiv kennen wir auch schon. Wo also wäre das Problem? Wenn Jasper wirklich der Mörder wäre, würde ein halbwegs tüchtiger Polizist genügen, und im Handumdrehen wären wir bei seiner Entdeckung, seinem Geständnis, seinem Prozeß und seiner verdienten Hinrichtung.

MANN IN SCHWARZ: Genau. Und deshalb müßten wir, wenn der Autor – während er schon bei der sechsten Nummer war – gesagt hat, er sei in Schwierigkeiten mit seinem Plot geraten, daraus schließen, daß der Schuldige nicht Jasper ist.

KRÖTERICH: *Hear! Hear!*[1]

MANN IN SCHWARZ: Es sei denn, daß Jasper, wie ich keineswegs ausschließen möchte, irgendwie *mit den Zwillingen unter einer Decke steckt.*

DR. WILMOT (*die erregten Rufe und Kommentare des Publikums unterbrechend*): Das ist eine Hypothese, die bisher noch niemand vorgebracht hat. Aber da sie von Richard Cuff zur Debatte gestellt wird, müssen wir sie wohl ernst nehmen. (*Zu dem Mann in Schwarz*) Danke, Sergeant Cuff.

LOREDANA (*sichtlich beeindruckt, obwohl in »Oxbridge« unbeirrbarer Gleichmut gefordert ist*): Sergeant Cuff! Also Sie sind es!

*

Auch wer den verwickelten Fall des *Moonstone* nicht bis ins Letzte kennt (im Unterschied zu Loredana, die ihn

[1] Wörtlich »Hört! Hört!«; aber in englischsprachigen Kongressen entspricht dieser Ausruf unserem »Gut!«, »Bravo!« und dergleichen.

zweimal im Fernsehen gesehen hat), wird wissen, daß es ein Sergeant von Scotland Yard war, der das *mystery* aufgeklärt hat. Präzisieren wir jedoch sicherheitshalber, daß im *Old* Scotland Yard (vor seiner Umwandlung zum *Great* Scotland Yard und seiner anschließenden Verlagerung, unter dem Namen *New* Scotland Yard, an das Thames Embankment und später in die Victoria Street) ein »Sergeant« der Detective Force ein relativ hochrangiger Ermittler war. Dr. Wilmot hat sein heutiges *panel* nicht zufällig zusammengestellt: Anläßlich der vierten Nummer (oder der »*number of the mystery*«, wie Dickens selbst sie genannt hat) kann man wirklich sagen, daß Scotland Yard mit hochqualifizierten Kräften nach Cloisterham gekommen ist, um dort den höchstqualifizierten aller Ortstermine vorzunehmen. Folgen wir also den drei Beamten, während sie ebenso aufmerksam wie unsichtbar durch das alte Städtchen streifen.

Es ist der Nachmittag des 23. Dezember. In Miss Twinkletons Anstalt befinden sich, nachdem die anderen Mädchen in die Ferien gefahren sind, nur noch Helena und Rosa. Letztere ist schon zum Ausgehen angekleidet und wartet allein »in ihrem Boudoir« auf Drood. Da kommt er gerade, soeben aus London eingetroffen, um sie abzuholen. Da machen sie ihren Spaziergang zur Kathedrale. Und da die erwartete klärende Aussprache zwischen den beiden, aus der jedoch die drei Ermittler nichts erfahren, was sie nicht schon gewußt hätten.

Es folgt, nach dem Hinweis des Neffen auf die besorgniserregenden »Krämpfe« des Onkels, Rosas Entdeckung, daß der betreffende Onkel sie hinter den Bäumen versteckt beobachtet. Und weiter folgt, am Ende des Kapitels, die Abschiedsszene vor dem Tor – mit Jasper, der die beiden noch immer beobachtet, und dem tumben Drood, der darin noch immer nichts anderes als ein Zeichen liebevollen Interesses sieht, und Rosa, die ihrem davongehenden Ex-Verlobten einen langen Blick nachwirft, der zu besagen scheint und, damit es der Leser auch ja kapiert, sogar in klaren Worten besagt: »Oh, begreifst du denn nicht?«

»Zu blöd, dieser Kerl, um nicht als Toter zu enden«, lautet der zynische Kommentar von Bucket, der in den 20 Heften von *Bleak House* (zwei davon Doppelnummern) hart geworden ist angesichts der tagtäglichen schrecklichen Kämpfe ums Überleben in den Untergründen von London.

Battle ist im wesentlichen einverstanden: Ja, Drood ist der klassische »gute, aber nun wirklich allzu naive« Typ in den Kriminalromanen und -filmen, bei dem das Publikum letztlich immer ganz froh ist, wenn er endlich von der Bildfläche verschwindet. Womit nicht gesagt sein soll, daß er mit seiner Interpretation der Verfolgung nicht doch auch ein bißchen recht haben könnte. Es könnte sehr wohl sein, daß der wahre Grund, aus dem Jasper ihn beschattet, überhaupt nichts mit Eifersucht zu tun hat.

Cuff nickt zustimmend, beobachtet aber weiter die Fenster des Mädchenpensionats.

– Ich frage mich, sagt er, wieso Rosa allein war, als sie auf Drood gewartet hatte. Wo war Helena? Da alle anderen fort waren, hätte man doch erwarten können, daß die beiden Busenfreundinnen zusammensaßen, um zu schwatzen und Vertraulichkeiten auszutauschen. Aber nein, nix da. Weshalb ... Also ich weiß nicht, aber mir schwant, daß wir die beiden von jetzt an nicht mehr zusammen sehen werden.

*

»Weihnachtsabend in Cloisterham. Ein paar fremde Gesichter in den Straßen; ein paar andere ...« und so weiter.

Der eilige Leser wird in diesem Kapitelanfang nichts anderes als einen lokalen Farbtupfer gesehen haben. Inspektor Bucket jedoch, der die Dickenssche Vorgehensweise wie kaum einer kennt, hat sofort begriffen, daß die Erwähnung der fremden Gesichter kein Zufall ist. Und in der Tat, als er sich jetzt umsieht, entdeckt er alsbald eine (auch für uns) alte Bekannte.

– Da ist Lascar Sal, murmelt er und zeigt sie seinen Kollegen. – Ich folge ihr. Wir treffen uns später wieder.

Auch die zwei anderen trennen sich, der eine, um Neville, der andere, um Drood zu folgen (was Jasper betrifft, den sie schon mit seinem neuen schwarzen Seidenschal haben vorbeigehen sehen, so wissen sie, daß er für den ganzen restlichen Nachmittag in der Kathedrale zu tun haben wird).

Als Sergeant Cuff auf dem Weg zum Hilfskanonikuswinkel am Stadttheater vorbeikommt, bleibt er einen Augenblick stehen, um das große bunte Plakat zu betrachten, das für heute abend eine hochkomische Pantomime mit Signor Jacksonini unter dem Titel »Hallo, wie geht's denn so – morgen?« ankündigt. Auch dies ist selbstverständlich eine Anspielung, noch dazu eine besonders makabre, da in einer Narrenposse versteckt. Yoricks Schädel ist nicht weit. Und auch nicht Banquos Geist, bedenkt man den Titel des Kapitels.[1]

Nur ist dann, verglichen mit dieser Subtilität, die Szene im Hause Crisparkle von einer so plumpen, so dick aufgetragenen Deutlichkeit, daß sie erneut eher *für*

[1] Im Original: »When Shall These Three Meet Again?«, Anspielung auf den Beginn von *Macbeth*: »When shall we three meet again / In thunder, lightning or in rain?« (*A.d.Ü.*)

als gegen Neville zu sprechen scheint. Der rachsüchtige (wenn auch bekehrte) junge Hitzkopf, der zum Treffen mit seinem Rivalen und tödlichen Beleidiger einen schweren eisenbeschlagenen Stock mitnimmt! Und Crisparkle, der aus Zartgefühl (ja, ist er denn auf einmal ein Trottel geworden oder was?) nichts dazu sagt! Und derselbe Neville, der dann, nachdem er am frühen Nachmittag sorgfältig »alle seine Papiere« zerstört hat (was denn für Papiere? was sollen hier seine Papiere?), plötzlich verkündet, daß er dringend eine Luftveränderung brauche und daher morgen in aller Herrgottsfrühe fortgehen werde! Welcher nur halbwegs gewitzte Leser soll solche »Indizien« ernst nehmen?

Melancholisch *The Last Rose of Summer* pfeifend[1], notiert Sergeant Cuff sich trotzdem, ohne mit der Wimper zu zucken: »Schwerer eisenbeschl. Stock – Vernichtg. aller Papiere außer direkte Studiennotizen – Will anscheind. nächste Tage unauffindbar sein, vermutl. wg. Vermeidg. sofortig. Verhörs sowie Zeitgewinn bis Lage beruhigt.«

Doch der gewitzte Leser lächle nicht. Er folge lieber dem Sergeant, der seinerseits den beiden Zwillingen bei ihrem Abendspaziergang folgt, und höre sich mit ihm noch einmal deren Gespräch an. Es dreht sich ausschließlich um Dinge, die wir schon kennen, und auf den ersten Blick ist es uns auch ganz »normal« erschienen: keine unterschwelligen Nebenbedeutungen, nichts, was einen bei der Jagd nach *clues*[2] aufhorchen läßt. Aber wenn wir's uns noch einmal im Playback

[1] In Collins' Roman pflegt Sergeant Cuff, außer seiner Leidenschaft für die Rosenzucht, in den Momenten höchster Konzentration *Die letzte Rose des Sommers* zu pfeifen.

[2] Wir benutzen hier den englischen Terminus, Leser, um nicht dauernd das Wort »Indizien« zu wiederholen, aber auch, weil *clue* (von altenglisch *cliwe*, verwandt mit lateinisch *glomus*, »Knäuel«) vielleicht ausdrucksvoller ist, zumal mit seiner ursprünglichen Be-

anhören und kritisch überprüfen, erscheint die ganze Szene höchst merkwürdig.

Wenn es stimmt, daß Neville am nächsten Morgen weggehen will, um Rosa nicht zu begegnen, warum zögert er dann so lange, es seiner Schwester zu sagen? Und wieso denkt sie so lange darüber nach, obwohl sie doch angesichts der beklagten Schwärmerei ihres Bruders seinen Plan ohne weiteres gutheißen müßte? Neville scheint erleichtert und fast euphorisch, als seine rätselhafte Zwillingsschwester, nachdem er ihr versichert hat, daß Crisparkle einverstanden ist, sich ebenfalls einverstanden erklärt. Aber dann genügt eine kleine Bemerkung über das Gewicht seines Stockes, um einen »Umschwung« in seiner Stimmung hervorzurufen und ihn für den Rest des Spaziergangs stumm und bedrückt sein zu lassen. »Ich wünschte, ich müßte nicht zu diesem Essen gehen«, sagt er schließlich, als sie schon fast wieder beim Nonnenhaus sind.

Nun sollte bekanntlich der Grund für dieses Essen die Versöhnung mit Edwin Drood sein. Sie ist es, die seit zwei Wochen alle in Atem hält. Ihretwegen hatte Helena neulich abend ihrem Bruder vor Crisparkle eine große Szene gemacht, mit Appellen an seine Tugend und frommen Anrufungen des Himmels. Wenn es also etwas gab, worüber die beiden auf ihrem Spaziergang hätten sprechen sollen, dann war es diese Versöhnung. Aber sie sprechen erst ganz am Ende davon, kaum länger als eine halbe Minute und in einer Weise, daß man sich fragen kann, wovon sie in Wirklichkeit sprechen. Hören wir's uns noch einmal an:

»Neville (*bedrückt*): Ich wünschte, ich müßte nicht zu diesem Essen gehen, Helena.

Helena (*unbefangen*): Lieber Neville, was machst du

deutung »Faden« und daher auch »Führer«, der aus einem Labyrinth oder zur Lösung eines Rätsels führen kann.

dir solche Sorgen darüber? Denk nur, wie schnell es vorbei sein wird.

NEVILLE (*sarkastisch*): Wie schnell es vorbei sein wird! Jaja. Aber die Sache gefällt mir nicht.

HELENA (*beruhigend*): Vielleicht wird es einen unangenehmen Augenblick geben, aber das kann nur ein Augenblick sein. Du bist dir doch deiner selbst ganz sicher!

NEVILLE (*düster*): Ich wollte, ich wäre mir auch alles anderen so sicher wie meiner selbst.

HELENA (*die Brauen hebend*): Wie seltsam du redest! Was meinst du damit?

NEVILLE (*düsterer denn je*): Ach, Helena, ich weiß nicht. Ich weiß nur, daß die Sache mir nicht gefällt. Wie seltsam drückend und tot ist heute abend die Luft!«

Kein einziges Wort in diesem Dialog, notiert Cuff, das sich anders als nur in forcierter und sehr ungefährer Weise auf die Versöhnung mit Drood anwenden läßt. Und umgekehrt kein einziges, das nicht perfekt auf *seine Ermordung* paßt, falls die beiden »Anglo-Singhalesen« (oder was sonst sie sein mögen) extra deswegen aus Ceylon gekommen sein sollten. Als Experte für Kriminalfälle mit orientalischem Hintergrund weiß Sergeant Cuff, daß so etwas durchaus möglich ist.[1] Aber er weiß auch, daß der Mord in diesem Falle rituell ausgeführt werden müßte, das heißt durch Erdrosseln oder Ersticken, ohne Blutvergießen. Die Szene zwischen den beiden Zwillingen wäre demnach wie folgt zu interpretieren:

Neville sollte, wie seit einiger Zeit zwischen den beiden vereinbart, das Opfer mit bloßen Händen oder mit Hilfe einer Schlinge nach Art der indischen Thugs erdrosseln. Jedoch im letzten Moment fürchtet er, es

[1] Die drei Brahmanen, die Ablewhite in *The Moonstone* töten, kommen direkt aus Seringapatam.

nicht fertigzubringen, und besorgt sich daher den Stock, der seiner Schwester aus rituellen Gründen mißfällt. Andererseits ist zweifellos *sie* der führende Kopf, und in ihrem Plan (ob mit oder ohne Auflösung der Leiche im ungelöschten Kalk) war nicht vorgesehen, daß Neville sofort nach vollbrachter Tat aus Cloisterham verschwinden würde. Aber er fühlt sich partout nicht imstande zu bleiben, und so muß sie sich seinem Wunsch fügen; daß Crisparkle die überraschende »Wanderung« gebilligt und sogar zu ihr ermutigt hat, wird sie weniger verdächtig erscheinen lassen. Am schlimmsten ist aber, daß Neville anscheinend den fanatischen, absoluten Glauben verloren hat, der seine Schwester hingegen erfüllt. Es ist nicht nur die Ermordung Droods, sondern »alles andere«, was ihm nicht mehr gefällt (wer weiß, in was für eine Kette von Rache- oder Terroraktionen er sich hat hineinziehen lassen). Deshalb wirft die Schwester ihm vor, daß er »seltsam rede«; und dies ist auch die Bedeutung des langen besorgten Blickes, mit dem sie ihm nachsieht, als er davongeht.

*

»Ach ich Arme, ich Arme!«

Die Frau aus der Opiumhöhle von Shadwell, bei der Polizei bekannt unter dem Spitznamen Lascar Sal oder »Sally the Opium Eater«, war im Leben nicht anders, als sie im Roman geschildert wird. Zitternd und ausgezehrt, heiser, von einem Dauerhusten geschüttelt, schien sie, als Dickens sie kennenlernte, etwa sechzig bis siebzig Jahre alt. Tatsächlich war sie erst siebenundzwanzig, die Ärmste.[1]

[1] Nicht wenige unaufmerksame Kommentatoren und Übersetzer sprechen von der »Alten aus der Opiumhöhle«, da die Frau im Roman keinen Namen hat. Aber Dickens macht keine Angaben über ihr Alter und nennt sie nie eine »Alte«.

»Meine Lungen sind schwach, meine Lungen sind schlecht. Ach ich Arme...« jammert sie heiser zwischen Hustenanfällen weiter.

Aber das ist weder Selbstmitleid noch eine Methode, sich eine milde Gabe von Drood zu erbetteln (und schon gar nicht von den beiden unsichtbaren Polizisten neben ihm). Es ist eher eine Art resignierter Bilanz, ein elendes, aber pedantisch geführtes Register, das sie in ihren klareren Momenten fortschreibt, um festzustellen, wie weit es mit ihr gekommen ist.

Jetzt zum Beispiel fehlen ihr die dreieinhalb Schillinge für die Droge, und wenn sie die von diesem freundlichen jungen Mann kriegen kann, um so besser. Wenn nicht, auch egal. Denn sie hat sich in jedem Fall immer allein arrangiert, sie ist keine, die herumläuft, um andere anzubetteln und ihnen zur Last zu fallen. In London hat sie im übrigen, wie sie uns ausdrücklich wissen läßt, ein eigenes Geschäft, mit dem sie mehr oder weniger Gewinn macht, obwohl die Zeiten schlecht sind und das Geschäft mies geht.

»Ach, es geht mies, ich Arme!«

Und diesen letzten Rest von Würde, von beharrlich verteidigter Unabhängigkeit muß sogar Inspektor Bucket ihr zuerkennen, während er sie nun mit ihren drei Schillingen und Sixpence davongehen sieht zu jenem Refugium für Sünder, das sich Traveller's Twopenny nennt.

Superintendent Battle seinerseits bleibt noch stehen, um dem davongehenden Drood nachzusehen (anscheinend muß in den Kapiteln 13 und 14 jeder irgendwann stehenbleiben, um jemand anderem nachzusehen, der davongeht).

– »Armer Junge! Armer Junge!« wiederholt er mit den Worten des Autors. – Er ist wirklich ein braver und sympathischer Kerl, alles in allem. Schade, daß wir nicht hierbleiben können, um ihn zu retten.

– Schade vor allem, daß wir nicht zu sehen kriegen, wer ihn aus dem Weg räumt, sagt Bucket zynisch, nun auch an Cuff gewandt, der in diesem Moment dazukommt.

Es wird auch Zeit für die drei Polizisten, sich wieder in den Dickens Room zu begeben, wo man auf die Ergebnisse ihres Ortstermins wartet. Doch inzwischen haben die hitzigsten Kongreßteilnehmer, allen voran der Kröterich, schon auf eigene Faust begonnen, über die Kapitel 15 und 16 zu diskutieren. Höchste Zeit also für uns, Leser, sie uns ebenso rasch wie aufmerksam zu Gemüte zu führen.

Kapitel 15 *Beschuldigt*

Neville Landless war so früh aufgebrochen und so wacker ausgeschritten, daß er, als die Glocken in Cloisterham zum Morgengottesdienst läuteten, schon acht Meilen zurückgelegt hatte. Da es ihn um diese Zeit nach einem Frühstück verlangte, denn vor dem Aufbruch hatte er nur ein Stück trockenes Brot gegessen, kehrte er in das nächste Gasthaus am Wege ein, um sich zu stärken.

Gäste, die nach einem Frühstück verlangten, kamen – außer Pferden und Rindern, einer Klasse von Gästen, für die ausreichend mit Wassertrögen und Heu gesorgt war –, in den Gasthof Zum Planwagen so selten, daß es geraume Zeit dauerte, bis der Wagen auf die Gleise zu Tee und Toast mit Speck gebracht worden war. Derweilen saß Neville in einer Gaststube, deren Boden mit Sand bestreut war, und fragte sich, wie lange nach seinem Weggang das qualmende Feuer aus feuchtem Reisig wohl brauchen würde, um wieder jemanden zu wärmen.

In der Tat hielt dieser Gasthof Zum Planwagen – ein kühl abweisender Bau auf einer Hügelkuppe, wo der Boden vor dem Eingang von triefenden Hufen matschig getreten und mit zerstampftem Stroh vermengt war, wo im Schankraum eine keifende Wirtin ein kleines Kind schlug, das sich naß gemacht hatte (und nur *ein* rotes Söckchen trug), wo der Käse in einer Art gußeisernem Kanu auf einer Sandbank gestrandet war, zusammen mit einem muffigen Tischtuch und einem grüngriffigen Messer, wo das bleichgesichtige Brot in einem anderen Kanu Tränen aus Krümeln über seinen Schiffbruch vergoß, wo die private Familienwäsche, halb gewaschen und halb getrocknet, am öffentlichen Leben teilnahm, indem sie überall herumlag, wo der hungrige Reisende sich den Ranzen vollschlagen konnte und als Gratiszugabe kleine Weggefährten bekam, deren Name sich auf Ranzen reimt –, in der Tat hielt dieser »Planwagen«, wenn man all dies bedachte, schwerlich das auf dem gemalten Aushängeschild gegebene Versprechen, Mensch und Tier gute Bewirtung zu bieten. Doch der Mensch im vorliegenden Falle war nicht wählerisch, sondern nahm an Bewirtung, was er bekam, und zog weiter nach einer längeren Rast, als er benötigt hätte.

Ungefähr eine Viertelmeile nach dem Gasthof blieb er stehen und überlegte, ob er weiter der Landstraße folgen oder einen Feldweg zwischen hohen Hecken nehmen sollte, der über einen windigen, kahlen, nur mit Heidekraut bewachsenen Hügel führte und zweifellos auf der anderen Seite wieder in die Landstraße einmünden würde. Er entschloß sich für diesen Weg und stapfte ihn mit einiger Mühe hinauf, da er steil anstieg und von tiefen Wagenspuren gefurcht war.

Während er so dahinstapfte, bemerkte er plötzlich, daß hinter ihm andere Wanderer kamen. Da sie rascher gingen als er, trat er zur Seite, um sie vorbeizulassen. Aber sie benahmen sich höchst sonderbar. Nur vier von ihnen gingen vorbei. Vier andere verlangsamten ihre Schritte und zögerten, als wollten sie ihm folgen, sobald er sich wieder in Gang gesetzt hätte. Der Rest der Gruppe – vielleicht ein halbes Dutzend – machte kehrt und ging raschen Schrittes zurück.

Er blickte auf die vier Männer hinter ihm, dann auf die vier Männer vor ihm. Alle erwiderten seinen Blick. Er nahm seinen Gang wieder auf. Die vier vorne gingen weiter, wobei sie sich immerfort zu ihm umsahen, die vier hinten folgten dichtauf.

Als sie aus dem engen Feldweg auf den offenen Heidehang kamen und die Marschordnung so blieb, wie oft er auch nach rechts oder links auszubrechen versuchte, gab es keinen Zweifel mehr, daß diese Burschen ihn umzingelt hatten. Um eine letzte Probe zu machen, blieb er stehen. Alle acht blieben ebenfalls stehen.

»Was bedrängt ihr mich so?« fragte er den ganzen Trupp. »Seid ihr eine Räuberbande?«

»Gebt ihm keine Antwort«, sagte einer von ihnen; Neville konnte nicht sehen, wer es war. »Besser nichts sagen.«

»Besser nichts sagen?« wiederholte Neville. »Wer hat das gesagt?«

Niemand antwortete.

»Das ist ein guter Rat, wer immer ihn auch gegeben hat von euch feigen Kerlen«, fuhr er wütend fort. »Ich lasse mich nicht so einschließen zwischen vier Mann vorne und vier Mann hinten. Ich will vorbei, und ich werde jetzt an den vieren da vorne vorbeigehen.«

Alle standen still, er selbst inbegriffen.

»Wenn acht Mann oder vier Mann oder auch nur zwei gegen einen vorgehen«, fuhr er immer wütender fort, »dann hat der eine keine andere Chance, als seine Haut möglichst teuer zu verkaufen. Und bei Gott, das werde ich tun, wenn man mir weiter den Weg versperrt!«

Den Stock geschultert, marschierte er los, entschlossen, an den vieren vorne vorbeizugehen. Der größte und stärkste von ihnen sprang ihm rasch in den Weg, prallte mit ihm zusammen und riß ihn mit sich zu Boden, aber nicht ohne daß ihn der schwere Stock hart getroffen hätte.

»Überlaßt ihn mir!« rief der Mann mit gepreßter Stimme, während die beiden sich im Gras wälzten. »Fair play! Er hat die Statur eines Mädchens im Vergleich zu mir, und dazu hat er noch ein Gewicht auf dem Rücken. Überlaßt ihn mir, ich werde schon mit ihm fertig.«

Nach einer kurzen Rauferei am Boden, bei der sie einander hart genug zusetzten, daß sich beider Gesichter mit Blut beschmierten, nahm der Mann schließlich sein Knie von Nevilles Brust, stand auf und sagte: »So! Jetzt nehmt ihn schön in die Mitte, zwei von euch.«

Das geschah sofort.

»Ob wir eine Räuberbande sind, Mr. Landless«, sagte der Mann, während er etwas Blut ausspuckte und sich etwas mehr vom Gesicht wischte, »das werden Sie heute mittag schon besser wissen. Wir hätten Sie nicht angerührt, wenn Sie uns nicht dazu gezwungen hätten. Wir bringen Sie jetzt zur Landstraße runter, und da werden Sie Hilfe genug gegen Räuber finden, wenn Sie welche brauchen. Wisch ihm doch einer mal das Blut vom Gesicht, ihr seht doch, wie's ihm runterläuft!«

Als sein Gesicht gesäubert worden war, erkannte Neville in dem Sprecher Joe, den Kutscher des Cloisterhamer Pferde-Omnibusses, den er vorher nur einmal gesehen hatte, nämlich am Tag seiner Ankunft.

»Und was ich Ihnen jetzt erst mal rate, ist, nichts mehr zu sagen, Mr. Landless. Sie werden unten auf der Landstraße einen Freund finden, der auf Sie wartet – er ist den anderen Weg vorgegangen, als wir uns geteilt haben –, und Sie sagen besser kein Wort mehr, bis Sie bei ihm sind. Jemand soll den Stock nehmen, und dann los!«

Völlig verdattert starrte Neville in die Runde, ohne ein Wort zu sagen. Zwischen seinen beiden Begleitern, die ihn rechts und links untergehakt hatten, ging er wie in einem Traum; bis sie wieder zur Straße kamen, wo eine kleine Gruppe von Leuten auf sie wartete. Die Männer, die zuvor umgekehrt waren, gehörten zu dieser Gruppe, deren Zentralfiguren Mr. Jasper und Mr. Crisparkle waren. Nevilles Begleiter führten ihn vor den Hilfskanonikus und ließen ihn dort aus Respekt vor diesem Herrn los.

»Was soll das alles, Sir? Was ist los? Ich komme mir vor, als hätte ich den Verstand verloren!« rief Neville, während die Gruppe sich hinter ihm schloß.

»Wo ist mein Neffe?« fragte Jasper wild.

»Wo Ihr Neffe ist?« wiederholte Neville. »Was fragen Sie mich?«

»Ich frage Sie«, erwiderte Jasper, »weil Sie als letzter mit ihm zusammen waren und er nicht zu finden ist.«

»Nicht zu finden?« rief Neville bestürzt.

»Halt, halt!« griff Mr. Crisparkle ein. »Erlauben Sie, Jasper. Mr. Neville, Sie sind verwirrt. Ordnen Sie Ihre Gedanken, es ist von großer Wichtigkeit, daß Sie Ihre Gedanken ordnen. Hören Sie auf mich.«

»Ich will's versuchen, Sir, aber es kommt mir vor, als ob ich verrückt würde.«

»Sie haben Mr. Jaspers Wohnung letzte Nacht zusammen mit Edwin Drood verlassen?«

»Ja.«

»Wann?«

»War es um zwölf?« fragte Neville, während er sich an den verwirrten Kopf faßte und zu Jasper sah.

»Ganz recht«, sagte Mr. Crisparkle. »Dieselbe Uhrzeit hat mir auch Mr. Jasper genannt. Dann sind Sie zusammen zum Fluß hinuntergegangen?«

»Gewiß. Wir wollten sehen, wie der Sturm dort tobte.«

»Und was ist dann geschehen? Wie lange sind Sie dort geblieben?«

»Ungefähr zehn Minuten. Nicht länger, glaube ich. Danach sind wir zusammen zu Ihrem Haus gegangen, und da hat er sich vor der Tür von mir verabschiedet.«

»Hat er gesagt, er werde noch einmal zum Fluß hinuntergehen?«

»Nein. Er sagte, er werde direkt heimgehen.«

Die Umstehenden sahen einander an und sahen dann wieder auf Mr. Crisparkle. Zu dem Mr. Jasper, der Neville intensiv beobachtet hatte, nun mit leiser, deutlicher und argwöhnischer Stimme sagte: »Was sind das für Flecken da auf seinem Anzug?«

Aller Augen hefteten sich auf die Blutflecken an Nevilles Rock.

»Und hier sind die gleichen Flecken auf seinem Stock!« sagte Jasper und nahm den Stock aus der Hand seines Trägers. »Ich erkenne diesen Stock wieder, es ist seiner, er hatte ihn letzte Nacht bei sich. Was hat das zu bedeuten?«

»Um Gottes willen, Neville, erklären Sie uns, was das zu bedeuten hat!« drängte ihn Mr. Crisparkle.

»Der Mann dort und ich«, sagte Neville, auf den Kutscher Joe zeigend, »wir beide hatten vorhin einen kleinen Kampf um diesen Stock, und Sie können die gleichen Flecken auf seinem Rock finden, Sir. Was hätte ich tun sollen, als ich mich von acht Männern umringt fand? Konnte ich den wahren Grund ahnen, wenn sie mir keinen einzigen nannten?«

Sie gaben zu, daß sie es für richtig gehalten hatten zu schweigen und daß der Kampf tatsächlich stattgefunden hatte. Und doch blickten dieselben Männer, die ihn gesehen hatten, jetzt argwöhnisch auf die Blutspuren, die in der klaren kalten Luft schon getrocknet waren.

»Wir müssen zurück, Neville«, sagte Mr. Crisparkle. »Sie werden gewiß froh sein zurückzukommen, um sich von jedem Verdacht zu reinigen.«

»Gewiß, Sir.«

»Mr. Landless wird an meiner Seite gehen«, erklärte der Hilfskanonikus mit einem Blick in die Runde. »Kommen Sie, Neville!«

Sie machten sich auf den Rückweg, und alle mit einer Ausnahme folgten in loser Ordnung. Jasper ging an Nevilles anderer Seite und verließ keinen Augenblick diese Position. Er schwieg, während Mr. Crisparkle mehr als einmal seine eben gestellten Fragen wiederholte und Neville immer wieder dieselben Antworten gab; er schwieg weiter, während die beiden einige Erklärungsversuche ventilierten. Er schwieg beharrlich, obgleich Mr. Crisparkles ganze Art ihn unverkennbar aufforderte, sich an der Diskussion zu beteiligen, doch kein Appell konnte seine starren Züge in Bewegung bringen. Als sie sich der Stadt näherten und der Hilfskanonikus anregte, man solle vielleicht am besten gleich zum Bürgermeister gehen, nickte Jasper nur finster, sprach aber kein einziges Wort, bis sie in Mr. Sapseas Empfangszimmer standen.

Erst als Mr. Sapsea von Mr. Crisparkle über die Umstände informiert worden war, unter denen sie eine freiwillige Aussage vor ihm zu machen wünschten, brach Jasper das Schweigen, indem er erklärte, er setze sein ganzes Vertrauen, menschlich gesprochen, auf Mr. Sapseas Scharfsinn. Es gebe keinen vernünftigen Grund, warum sein Neffe sich plötzlich davongemacht haben sollte, es sei denn, Mr. Sapsea könne einen solchen vorbringen, in welchem Falle er, Jasper, sich beugen würde. Es sei ganz und gar unwahrscheinlich, daß sein Neffe zum Fluß zurückgegangen, im Dunkeln gestolpert, ins Wasser gefallen und ertrunken sei, es sei denn, dies würde Mr. Sapsea wahrscheinlich dünken, in welchem Falle er, Jasper, sich ebenfalls beugen würde. Es liege ihm gänzlich fern, irgendwen verdächtigen zu wollen, es sei denn, Mr. Sapsea meine, daß ein gewisser Verdacht nicht ganz von demjenigen zu trennen sei, mit dem sein Neffe vor seinem Verschwinden zuletzt gesehen worden war (und mit dem er vorher nicht eben auf gutem Fuße gestanden hatte), in welchem Falle er sich neuerlich beugen würde. Auf seine eigene Urteilskraft sei, da er von Zweifeln geplagt und von schlimmsten Befürchtungen heimgesucht werde, kein sicherer Verlaß; auf die von Mr. Sapsea hingegen sehr wohl.

Mr. Sapsea brachte seine Meinung dahingehend zum Ausdruck, daß der Fall eine dunkles Äußeres habe; mit einem Wort (und dabei ruhten seine Augen voll auf Nevilles Gesicht) eine *unenglische* Tönung. Nachdem er diesen Hauptpunkt festgestellt hatte, verfing er sich in einem dichteren Gewirr und Gestrüpp von Unsinn, als man es sogar von einem Bürgermeister erwartet hätte, und kam schließlich mit der brillanten Entdeckung heraus, daß einem Mitmenschen das Leben zu nehmen heiße, sich etwas zu nehmen, was einem nicht gehöre. Er schwankte, ob er nicht sofort einen Haftbefehl gegen Neville Landless ergehen lassen sollte, zwecks dessen unverzüglicher Verbringung wegen dringenden Tatverdachts ins Gefängnis, und er hätte es vielleicht sogar getan, hätte der Hilfskanonikus nicht entrüstet protestiert: er verbürge sich persönlich für das Verbleiben des jungen Mannes in seinem Hause und werde ihn eigenhändig vorführen, wann immer man es verlange. Mr. Jasper glaubte dann Mr. Sapsea dahingehend verstanden zu haben, daß er meine, man solle den Fluß mit Schleppnetzen absuchen und die Ufer genauestens inspizieren und einen detaillierten Bericht über das Verschwinden an alle umliegenden Orte sowie nach London schicken und überall Plakate und Bekanntmachungen anbringen, in welchen Mr. Edwin Drood dringend gebeten werde, falls er sich aus irgendeinem unbekannten Grunde aus seines Onkels Haus und Gesellschaft entfernt haben sollte, der tiefen Trauer und Verzweiflung jenes liebenden Anverwandten zu gedenken und ihm auf irgendeine Weise kundzutun, daß er noch am Leben sei. Mr. Sapsea fühlte sich vollkommen richtig verstanden, genau das habe er gemeint (obwohl er nichts davon gesagt hatte), und so wurden unverzüglich Maßnahmen zur Erreichung all dieser Ziele getroffen.

Es wäre schwer zu entscheiden, wer von den beiden tiefer unter Schrecken und Bestürzung litt: Neville Landless oder John Jasper. Abgesehen davon, daß Jaspers Position ihn nötigte, aktiv zu werden, während Neville zur Passivität gezwungen war, gab es keinerlei Unterschied zwischen ihnen. Beide wirkten niedergedrückt und gebrochen.

Beim ersten Licht am nächsten Morgen waren Männer auf dem Fluß an der Arbeit, während andere Männer – die sich größtenteils freiwillig dazu gemeldet hatten – die Ufer absuchten. Den ganzen Tag lang wurde die Suche fortgesetzt, auf dem Fluß mit Booten und Stangen und Schleppnetzen, an den schlammigen, schilfbewachsenen Ufern mit Anglerstiefeln, Beilen, Spaten, Seilen, Hunden und allen nur erdenklichen Hilfsmitteln. Sogar in der Nacht war der Fluß mit Laternen und Feuern gesprenkelt; noch an den entlegensten Buchten, in die das Wasser bei Flut hineinströmte, hatten sich Beobachtergrüppchen gebildet, die auf das Plätschern der Wellen horchten und spähten, ob sie nicht eine Last mit sich trugen; auf fernen Kieswegen am Meer und auf einsamen Landzungen, vor denen sich Strudel bildeten, flackerten ungewohnte Fackeln und regten sich vermummte Gestalten, als der nächste Tag dämmerte; aber keine Spur von Edwin Drood kam ans Licht der Sonne.

Auch am nächsten Tag ging die Suche weiter. Bald im Boot auf dem Wasser, bald am Ufer unter den Weiden oder watend im Schlamm zwischen Pfählen und spitzen Steinen an tiefer gelegenen Stellen, wo einsame Schifferzeichen und seltsam geformte Signale wie Gespenster dastanden, mühte und schuftete sich John Jasper ab. Doch ohne Erfolg, denn immer noch kam keine Spur von Edwin Drood ans Licht der Sonne.

Nachdem er seine Wachen auch für die folgende Nacht wieder aufgestellt hatte, so daß scharfe Augen jeden Gezeitenwechsel beobachteten, ging er erschöpft nach Hause. Zerzaust und verschmutzt, übersät mit getrockneten Schlammspritzern, die Kleider an vielen Stellen zerrissen, hatte er sich gerade in seinen Lehnstuhl fallen lassen, als Mr. Grewgious vor ihm stand.

»Seltsame Nachrichten das«, sagte Mr. Grewgious.

»Seltsame und schlimme Nachrichten.«

Jasper hatte nur kurz die schweren Augenlider gehoben, um das zu sagen, und ließ sie gleich wieder fallen, den Kopf erschöpft zur Seite gelegt.

Mr. Grewgious fuhr sich mit der Hand über Kopf und Gesicht und blickte stumm ins Feuer.

»Wie geht es Ihrem Mündel?« fragte Jasper nach einer Weile mit dünner, ermatteter Stimme.

»Die arme Kleine! Sie können sich ihren Zustand vorstellen.«

»Haben Sie seine Schwester gesehen?« fragte Jasper wie zuvor.

»Wessen?«

Die Kürze der Gegenfrage und die kühle und langsame Art, in der Mr. Grewgious dabei den Blick vom Feuer zu seinem Gesprächspartner drehte, hätte zu anderen Zeiten aufreizend sein können. Doch in seiner Niedergeschlagenheit und Erschöpfung öffnete Jasper nur die Augen und sagte: »Die des tatverdächtigen jungen Mannes.«

»Verdächtigen Sie ihn der Tat?« fragte Mr. Grewgious.

»Ich weiß nicht, was ich denken soll. Ich gelange zu keinem Schluß.«

»Ich auch nicht«, sagte Mr. Grewgious. »Aber weil Sie von ihm als dem tatverdächtigen jungen Mann gesprochen haben, dachte ich, *Sie* wären zu einem Schluß gelangt... Ich komme soeben von Miss Landless.«

»Was ist ihre Haltung?«

»Empörte Zurückweisung jeden Verdachts und ungebrochenes Vertrauen zu ihrem Bruder.«

»Die Ärmste!«

»Jedoch«, fuhr Mr. Grewgious fort, »nicht sie ist es, von der ich reden wollte. Es ist mein Mündel. Ich habe Ihnen etwas mitzuteilen, was Sie überraschen wird. Jedenfalls hat es mich überrascht.«

Jasper drehte sich mit einem ächzenden Grunzen in seinem Lehnstuhl zur anderen Seite.

»Sollen wir's lieber auf morgen verschieben?« fragte Mr. Grewgious. »Ich warne Sie! Ich glaube wirklich, es wird Sie überraschen.«

Jaspers Augen wurden aufmerksamer und konzentrierter, als sie Mr. Grewgious musterten, während er sich erneut über den Kopf strich und wieder ins Feuer sah, diesmal jedoch mit entschlossen zusammengekniffenen Lippen.

»Worum geht es denn?« fragte Jasper und setzte sich aufrecht.

»Sicher«, sagte Mr. Grewgious provozierend langsam und wie für sich, während er weiter ins Feuer sah, »ich hätte es früher wissen können, sie hatte es mir angedeutet. Aber ich bin ein so ausnehmend hölzerner Mensch, daß ich nichts bemerkt hatte. Ich hielt alles für abgemacht und geregelt.«

»Worum geht es denn?« fragte Jasper noch einmal.

Mr. Grewgious machte die Hände abwechselnd auf und zu, während er sie am Feuer wärmte, sah Jasper mit festem Blick von der Seite her an (ohne während der ganzen folgenden Szene etwas an dieser Handbewegung noch an diesem Blick zu ändern), und antwortete.

»Dieses junge Paar, der verschwundene junge Mann und Miss Rosa, mein Mündel, ist – obgleich sie schon so lange miteinander verlobt waren und sich schon so lange an ihre Verlobung gewöhnt hatten und so kurz vor der Hochzeit standen –«

Mr. Grewgious sah in dem Lehnstuhl ein kreideweißes Gesicht mit weit aufgerissenen Augen und zitternden weißen Lippen, und er sah zwei schmutziggraue Hände, die sich um die Armlehnen krampften. Ohne die Hände hätte er meinen können, er habe das Gesicht noch nie gesehen.

»Dieses junge Paar ist allmählich zu der Entdeckung gelangt – die wohl beide ziemlich gleichzeitig machten, denke ich –, daß sie glücklicher sein und sich in ihrem gegenwärtigen wie auch künftigen Leben wohler fühlen würden, wenn sie einander als gute Freunde verbunden blieben, oder sagen wir besser, als Bruder und Schwester anstatt als Mann und Frau.«

Mr. Grewgious sah in dem Lehnstuhl ein bleifarbenes Gesicht, auf dem schreckliche Tröpfchen oder Bläschen erschienen wie aus flüssigem Stahl.

»Dieses junge Paar faßte schließlich den heilsamen Entschluß, einander die beiderseitigen Entdeckungen offen, vernünftig und zartfühlend mitzuteilen. Sie trafen sich zu diesem Zweck. Nach einer aufrichtigen und edelmütigen Aussprache kamen sie überein, ihr bestehendes und ihr beabsichtigtes Verhältnis für alle Zeit aufzulösen.«

Mr. Grewgious sah eine geisterhafte Gestalt, die sich mit aufgerissenem Mund aus dem Lehnstuhl erhob und mit ausgestreckten Händen an den Kopf faßte.

»Einer der beiden jedoch, und zwar Ihr Neffe, geplagt von der Furcht, daß Sie in der Zärtlichkeit Ihrer Liebe zu ihm durch eine so tiefgreifende Änderung seiner Lebenspläne bitter enttäuscht sein würden, nahm für ein paar Tage davon Abstand, Ihnen das Geheimnis mitzuteilen, und bat mich, es Ihnen zu eröffnen, wenn ich herkommen würde, um mit Ihnen zu sprechen, und er schon fort sein würde. Nun spreche ich mit Ihnen, und er *ist* fort.«

Mr. Grewgious sah, wie die geisterhafte Gestalt den Kopf zurückwarf, sich mit beiden Händen die Haare raufte und sich zusammengekrümmt von ihm wegdrehte.

»Ich habe nun alles gesagt, was ich zu sagen habe; außer daß dieses junge Paar sich entschlossen und tapfer, wenn auch nicht ohne Tränen und Kummer, an genau jenem Abend Lebewohl gesagt hat, als Sie die beiden das letzte Mal zusammen gesehen haben.«

Mr. Grewgious hörte einen schrillen Schrei und sah keine geisterhafte Gestalt mehr, weder sitzend noch stehend; er sah nichts als einen Haufen zerrissener und schmutziger Kleider auf dem Fußboden.

Noch immer nichts an seiner Haltung ändernd, machte er seine Hände auf und zu, während er sie am Feuer wärmte, und sah auf den Haufen am Boden hinunter.

Kapitel 16 *Hingegeben*

Als John Jasper aus seiner Ohnmacht erwachte, fand er sich umhegt von Mr. und Mrs. Tope, die sein Besucher zu Hilfe gerufen hatte. Sein Besucher, äußerlich hölzern, saß steif auf einem Stuhl, die Hände auf den Knien, und sah ihm zu, wie er sich erholte.

»Na, da sind Sie ja wieder, so ist's schon viel besser, Sir«, sagte die tränenreiche Mrs. Tope. »Sie waren total erschöpft, ist ja auch kein Wunder!«

»Ein Mann«, sagte Mr. Grewgious in seiner üblichen Art, als wiederholte er eine auswendig gelernte Lektion, »kann sich nicht den Schlaf rauben und den Kopf grausam zermartern und den Körper durch extreme Anstrengung überbeanspruchen, ohne am Ende total erschöpft zu sein.«

»Ich hoffe, ich habe Sie nicht zu sehr erschreckt«, entschuldigte sich Jasper mit schwacher Stimme, als er in seinen Lehnstuhl gesetzt worden war.

»Aber nein, keineswegs«, antwortete Mr. Grewgious.

»Sie sind zu rücksichtsvoll.«

»Aber nein, keineswegs«, antwortete Mr. Grewgious erneut.

»Trinken Sie einen Schluck Wein, Sir«, sagte Mrs. Tope, »und essen Sie das Gelee, das ich Ihnen gemacht habe und das Sie heute mittag nicht anrühren wollten, obwohl ich Sie gewarnt habe, was dabei rauskommen würde, wo Sie doch schon nicht gefrühstückt hatten. Und Sie müssen auch einen Flügel von dem gebratenen Huhn essen, das ich schon mindestens zwanzigmal wieder habe wegtragen müssen. In fünf Minuten ist alles wieder auf dem Tisch, und vielleicht mag dieser gute Herr solange hierbleiben und aufpassen, daß Sie essen.«

Der gute Herr antwortete mit einem Grunzen, das ja oder nein oder alles oder nichts heißen konnte und das Mrs. Tope höchst verwirrend gefunden hätte, wenn ihre Aufmerksamkeit nicht vom Tischdecken abgelenkt worden wäre.

»Wollen Sie nicht ein wenig mitessen?« fragte Jasper, als das Tischtuch aufgelegt wurde.

»Vielen Dank, aber ich brächte keinen Bissen hinunter«, antwortete Mr. Grewgious.

Jasper aß und trank fast gierig. In der Hast, mit der er es tat, zeigte sich eine offenkundige Gleichgültigkeit für den Geschmack dessen, was er zu sich nahm, die nahelegte, daß er viel eher aß und trank, um sich vor neuen Schwächeanfällen zu schützen, als um seinen Gaumen zu erfreuen. Unterdessen saß Mr. Grewgious kerzengerade mit ausdruckslosem Gesicht und wie eingehüllt in eine strenge Art von unbeirrbar höflichem Protest, so als wollte er auf eine Einladung zum Gespräch antworten: »Vielen Dank, aber ich brächte nicht den kärglichsten Ansatz zu einer Bemerkung über irgendein Thema zustande.«

»Wissen Sie«, sagte Jasper, als er seinen Teller und sein Glas weggeschoben und ein paar Minuten lang nachdenklich dagesessen hatte, »wissen Sie, daß ich einen gewissen Trost in der Mitteilung finde, mit der Sie mich vorhin so erschreckt haben?«

»Ach wirklich?« erwiderte Mr. Grewgious in einem Ton, der keinen Zweifel daran ließ, daß er im stillen ergänzte: »Ich nicht, vielen Dank.«

»Nachdem ich mich von dem Schock erholt habe, den eine so gänzlich unerwartete Nachricht über meinen lieben Jungen mir bereiten mußte – eine Nachricht, die alle Luftschlösser, die ich für ihn gebaut hatte, mit einem Schlage zerstört hat –, und nachdem ich Zeit gehabt habe, über die Sache nachzudenken: doch, ja.«

»Ich werde mit Vergnügen Ihre Krümel auflesen«, sagte Mr. Grewgious trocken.

»Gibt es nicht eine gewisse Hoffnung – wenn ich mich täusche, sagen Sie's mir und verkürzen Sie meine Schmerzen –, gibt es nicht die Hoffnung, daß mein Neffe in seiner neuen Lage, als ihm bewußt wurde, wie lästig es sein würde, nun ständig und überall Erklärungen abgeben zu müssen, sich dieser Lästigkeit zu entziehen trachtete und die Flucht ergriffen hat?«

»So was könnte schon möglich sein«, sagte Mr. Grewgious sinnend.

»So was *ist* schon vorgekommen. Ich habe von Fällen gelesen, in denen Menschen, anstatt ein kurzes Glück zu erleben und dann den zudringlichen Fragern davon berichten zu müssen, lieber das Weite gesucht haben und lange nichts von sich hören ließen.«

»Ich halte es für möglich, daß so was schon vorgekommen ist«, sagte Mr. Grewgious immer noch sinnend.

»Als ich noch keinen Verdacht hatte und haben konnte«, fuhr Jasper fort, die neue Spur mit Eifer verfolgend, »daß der liebe verschwundene Junge mir etwas vorenthielt, noch dazu etwas so Wichtiges – wo gab es da für mich den geringsten Lichtschimmer am dunklen Himmel? Als ich noch glaubte, daß seine künftige Gattin hier sei und daß seine Hochzeit vor der Tür stehe, wie konnte ich da annehmen, daß er freiwillig fortgegangen sein könnte, noch dazu in einer so unerklärlichen, launischen und grausamen Weise? Nun aber, da ich weiß, was Sie mir gesagt haben, tut sich da nicht ein kleiner Spalt auf, durch den ein Lichtstrahl eindringen kann? Wenn man annimmt, daß er sich aus freien Stücken davongemacht hat, wird dann sein Weggang nicht leichter erklärlich und weniger grausam? Daß er sich kurz zuvor von seiner Verlobten getrennt hatte, ist an sich schon eine Art Grund für sein Fortgehen. Gewiß macht es seinen mysteriösen Weggang nicht weniger grausam für mich, aber es nimmt ihm die Grausamkeit gegenüber seiner Ex-Verlobten.«

Mr. Grewgious konnte nicht umhin, dem zuzustimmen.

»Und selbst was mich betrifft«, verfolgte Jasper die neue Spur weiter mit sichtlich wachsender Hoffnung, »der Junge wußte doch, daß Sie zu mir kommen würden; er wußte, daß Sie beauftragt waren, mir zu sagen, was Sie mir gesagt haben. Wenn Sie damit einen neuen Gedankengang in meinem perplexen Kopf angestoßen haben, dann ist vernünftigerweise aus denselben Prämissen zu folgern, daß er die Schlüsse vorausgesehen haben könnte, die ich daraus ziehen würde. Und angenommen, er *hat* sie vorausgesehen, dann würde doch auch die Grausamkeit mir gegenüber – und wer bin ich schon? John Jasper, Musiklehrer! – abnehmen.«

Erneut konnte Mr. Grewgious nicht umhin, dem zuzustimmen.

»Ich hatte meine Zweifel, und es waren schreckliche Zweifel«, sagte Jasper. »Aber Ihre Eröffnung, so niederschmetternd sie auch im ersten Augenblick war – enthüllte sie mir doch, daß mein teurer Junge mir etwas zu verbergen gehabt hatte, was mich, der ich ihn so herzlich liebte, bitter enttäuschen mußte –, weckt Hoffnung in mir. Und Sie zerstören diese Hoffnung nicht, wenn ich sie ausspreche, sondern geben zu, daß es eine begründete Hoffnung ist. Ja, ich fange an, es für möglich zu halten« – dabei klatschte er in die Hände –, »daß mein Neffe uns aus freien Stücken verlassen hat und daß er noch am Leben und wohlauf ist!«

In diesem Moment kam Mr. Crisparkle herein, und Jasper wiederholte zu ihm: »Ich fange an, es für möglich zu halten, daß mein Neffe uns aus freien Stücken verlassen hat und daß er noch am Leben und wohlauf ist!«

Mr. Crisparkle nahm sich einen Stuhl und fragte: »Wie das?«, woraufhin Mr. Jasper die eben vorgetragenen Argumente wiederholte. Selbst wenn sie weniger plausibel gewesen wären, als sie es waren, hätte der gute Hilfskanonikus sie nur allzu bereitwillig als Entlastung seines Zöglings willkommen geheißen. Aber auch er maß der Tatsache großes Gewicht bei, daß der verschwundene junge Mann sich unmittelbar vor seinem Verschwinden plötzlich in einer ganz neuen und ziemlich unangenehmen Lage gegenüber allen mit seinen Plänen und Angelegenheiten Vertrauten befunden hatte, und auch ihm schien diese Tatsache den Fall in ein neues Licht zu rücken.

»Als wir das letzte Mal bei Mr. Sapsea waren«, sagte Jasper, »habe ich ausgesagt« (und das hatte er wirklich getan), »daß es zwischen den beiden jungen Männern bei ihrer letzten Begegnung keinen Streit und keine Differenzen gegeben hatte. Wir alle wissen, daß ihre erste Begegnung leider keineswegs freundschaftlich war. Aber alles ging glatt und ruhig, als sie das letzte Mal zusammen in meinem Hause waren. Mein lieber Junge war nicht so munter wie üblich – er war bedrückt, das habe ich gleich bemerkt, und jetzt sehe ich mich veranlaßt, diesen Umstand hervorzuheben, um so mehr als ich nun weiß, daß es einen besonderen Grund für seine Bedrücktheit gab: einen Grund zudem, der ihn womöglich dazu bewogen hat, von hier zu verschwinden.«

»Ich bete zum Himmel, daß es sich so herausstellen möge!« rief Mr. Crisparkle.

»*Ich* bete zum Himmel, daß es sich so herausstellen möge!« wiederholte Jasper. »Sie wissen – und Mr. Grewgious soll es nun ebenfalls wissen –, daß ich Mr. Neville Landless gegenüber sehr voreingenommen war, wegen seines jähzornigen Benehmens bei jener ersten Gelegenheit. Sie wissen, daß ich wegen dieser unbeherrschten Heftigkeit mit den schlimmsten Befürchtungen für meinen lieben Jungen zu Ihnen kam. Sie wissen, daß ich sogar in mein Tagebuch eintrug – und ich habe Ihnen den Eintrag gezeigt –, daß ich düstere Vorahnungen seinetwegen hatte. Mr. Grewgious soll alles über den Fall erfahren. Ich möchte nicht, daß er aufgrund einer Unterlassung von mir nur einen Teil davon kennt und über einen anderen in Unkenntnis bleibt. Ich hoffe, er kann verstehen, daß die Mitteilung, die er mir gemacht hat, mich hoffnungsvoll aufatmen läßt, obwohl ich vor diesem mysteriösen Verschwinden zutiefst voreingenommen gegenüber dem jungen Landless war.«

Soviel Offenheit verwirrte Mr. Crisparkle ziemlich. Ihm wurde bewußt, daß er selbst nicht so offen gewesen war. Er gestand sich vorwurfsvoll ein, daß er bis jetzt zwei Fakten verschwiegen hatte: Nevilles zweiten heftigen Wutausbruch gegen Edwin Drood und die glühende Eifersucht gegen ihn, die, wie er sicher wußte, in Nevilles Brust aufgeflammt war. Er war von Nevilles gänzlicher Unschuld an dem häßlichen Verschwinden überzeugt, aber es sprachen so viele kleine Umstände gegen ihn, daß er sich scheute, ihr Gewicht noch um zwei weitere zu erhöhen. Er war einer der wahrhaftigsten Menschen der Welt, aber er hatte zu seinem großen Kummer erwogen, ob sein spontaner Drang, diese zwei Stückchen Wahrheit jetzt mitzuteilen, nicht darauf hinauslaufen würde, anstelle der Wahrheit ein Lügengebäude zu errichten.

Doch nun hatte er ein Vorbild vor Augen. Er zögerte nicht länger. Vor Mr. Grewgious als der Autoritätsperson, zu welcher der Anwalt durch seine das Geheimnis aufhellende Mitteilung geworden war (und hölzerner denn je ward Mr. Grewgious, als er sich in dieser unerwarteten Position wiederfand), bezeugte der Hilfskanonikus seine Anerkennung für Mr. Jaspers strengen Gerechtigkeitssinn, und nachdem er sein totales Vertrauen darauf zum Ausdruck gebracht hatte, daß sein Zögling früher oder später von jedem noch so geringen Verdacht völlig reingewaschen sein werde, gab er zu, daß sein Vertrauen in den jungen Herrn sich deshalb gebildet habe (obwohl er aus eigener Erfahrung wußte, daß dessen Temperament zu den jähzornigsten und wildesten gehörte und sich direkt gegen Mr. Jaspers Neffen entzündet hatte), weil Neville romantischerweise dieselbe junge Dame zu lieben glaubte. Jaspers zuversichtliche Stimmung hielt sogar dieser unerwarteten Erklärung stand. Er erbleichte zwar, wiederholte aber, daß er sich an die Hoffnung klammern werde, die er aus Mr. Grewgious' Worten geschöpft habe; und daß er, wenn keine Spur von seinem lieben Neffen gefunden werde, die zu dem schrecklichen Schluß führe, daß er aus dem Wege geräumt worden sei, solange wie irgend möglich an dem Gedanken festhalten werde, daß der gute Junge aus eigener Willensentscheidung verschwunden sein könnte.

Es begab sich nun, daß Mr. Crisparkle, als er aus dieser Konferenz von dannen ging, noch immer voller Unruhe und sehr in Sorge wegen des jungen Mannes, den er als eine Art Gefangenen in seinem Hause hielt, einen denkwürdigen Abendspaziergang machte.

Er ging zum Cloisterham-Wehr.

Das tat er öfter, und so war es an sich nichts Besonderes, daß seine Füße in diese Richtung strebten. Aber seine Unruhe hinderte ihn so sehr daran, sich ein Ziel vorzunehmen oder auch nur auf die Dinge zu achten, an denen er vorbeikam, daß er sich der Nähe des Wehrs erst bewußt wurde, als er das Rauschen des Wasserfalls dicht vor sich hörte.

›Wie bin ich hierher gekommen?‹ war sein erster Gedanke, als er stehenblieb.

›Warum bin ich hierher gekommen?‹ war sein zweiter.

Dann stand er und horchte intensiv auf das Wasser. Ein Zitat aus seiner Lektüre, über ätherische Zungen, die Namen von Menschen lallen[1], drang ihm so ungebeten ins Ohr, daß er es mit der Hand verscheuchte, als wäre es etwas Greifbares.

Es war eine sternklare Nacht. Das Wehr lag gut zwei Meilen oberhalb der Stelle am Fluß, zu der die beiden jungen Männer gegangen waren, um sich den Sturm anzusehen. Hier oben hatte man keine Suche unternommen, denn um die fragliche Zeit in der Weihnachtsnacht hatte die Ebbe bereits eine starke Strömung meerwärts erzeugt, und die wahrscheinlichsten Orte für die Entdeckung einer Leiche – falls es in jener Nacht dort zu einem tödlichen Unfall gekommen sein sollte – lagen naturgemäß alle, ob bei Ebbe oder bei Flut, zwischen jener Stelle und dem Meer.

Das Wasser rauschte über das Wehr wie immer, mit seinem normalen Geräusch in kalten sternklaren Nächten, und wenig war zu erkennen; dennoch hatte Mr. Crisparkle irgendwie das Gefühl, als läge etwas Ungewöhnliches in der Luft.

Er überlegte: Was war es? Und wo? Er mußte sich Klarheit darüber verschaffen. Welchen Sinn sprach es an?

Keiner seiner fünf Sinne meldete etwas Ungewöhnliches von dort. Er horchte erneut, und sein Gehör prüfte noch einmal, wie das Wasser über das Wehr rauschte: mit seinem normalen Geräusch in einer kalten sternklaren Nacht.

Da er sehr wohl wußte, daß der mysteriöse Fall, der ihm dauernd im Kopf herumging, an sich schon genügte, um dem Ort diese Unheimlichkeit zu geben, strengte er seine berühmten

[1] Im Original »airy tongues that syllable men's names«. Aus Miltons *Comus*, Zeilen 205–9 (*A.d.Ü.*).

Falkenaugen an, um die Dunkelheit zu durchdringen. Er trat näher ans Wehr und spähte zwischen die wohlbekannten Pfosten und Rippen. Nichts Ungewöhnliches war zu erkennen, nicht einmal als vager Schatten. Dennoch beschloß er, am nächsten Morgen in aller Frühe wiederzukommen.

Die ganze Nacht lang spukte das Wehr durch seinen unruhigen Schlaf, und bei Sonnenaufgang war er schon wieder dort. Es war ein klarer frostiger Morgen. Das ganze Bauwerk lag, als er am selben Punkt wie in der Nacht zuvor stand, klar und deutlich in allen Details erkennbar vor ihm. Er musterte es ein paar Minuten lang aufmerksam und wollte gerade die Augen abwenden, als sie unwiderstehlich zu einem bestimmten Punkt hingezogen wurden.

Er kehrte dem Wehr den Rücken und sah in die Ferne zum Himmel, danach zur Erde, dann drehte er sich wieder um und sah erneut auf den Punkt. Sofort stach er ihm wieder ins Auge, und jetzt konzentrierte er seine ganze Sehkraft auf ihn. Er konnte den Punkt nicht mehr aus den Augen verlieren, obwohl es nur ein winziger Fleck in der Landschaft war. Seine Augen konnten sich nicht von ihm lösen. Seine Hände begannen, seinen Rock aufzuknöpfen. Denn es frappierte ihn, daß an jenem Punkt, an einer Ecke des Wehrs, etwas glitzerte, was sich nicht von der Stelle rührte und nicht mit den glitzernden Wassertropfen herüberkam, sondern blieb.

Er vergewisserte sich noch einmal, dann riß er sich die Kleider vom Leibe, sprang in das eiskalte Wasser und schwamm zu der Stelle hinüber. Er kletterte an den Rippen empor und zog aus einer Ritze, wo sie sich mit ihrer Kette verfangen hatte, eine goldene Uhr mit den Initialen E.D.

Er brachte die Uhr ans Ufer, schwamm erneut zu dem Wehr, kletterte hinauf und tauchte hinab auf den Grund. Er kannte jedes Loch und jeden Winkel dort unten und tauchte und tauchte und tauchte, bis er die Kälte nicht mehr aushalten konnte. Er hatte erwartet, die Leiche zu finden, aber er fand nur eine Krawattennadel im schlammigen Grund.

Mit diesen Entdeckungen eilte er nach Cloisterham zurück,

schnappte sich Neville Landless und ging schnurstracks mit ihm zum Bürgermeister. Mr. Jasper wurde herbeigeholt, die Uhr und die Nadel wurden identifiziert, Neville wurde verhaftet, und eine Flut von wüsten und albernen Gerüchten ergoß sich über ihn. Er sei von so rachsüchtigem und gewalttätigem Wesen, daß er ohne seine arme Schwester, die als einzige einen gewissen Einfluß auf ihn habe und in deren Abwesenheit man ihm keinen Augenblick trauen könne, jeden Tag einen Mord begehen würde. Bevor er nach England gekommen sei, habe er etliche »Eingeborene« zu Tode peitschen lassen (unter »Eingeborenen« verstand man in Cloisterham irgendwelche Nomaden, die ihre Zelte mal in Asien, mal in Afrika, mal in Westindien und mal am Nordpol aufschlugen und von denen man annahm, daß sie immer schwarz und immer sehr tugendhaft waren, von sich selbst immer in der dritten Person sprachen und alle anderen *Massa* oder *Missie* nannten, je nach Geschlecht, und daß sie immerzu fromme Traktätchen obskursten Inhaltes lasen, in gebrochenem Englisch, die sie aber stets akkurat wie die reinste Muttersprache verstanden). Weiter habe Neville die grauen Haare der guten alten Mrs. Crisparkle fast vor Kummer ins Grab gebracht (diese originelle Formulierung stammte von Mr. Sapsea). Er habe wiederholt gesagt, daß er Mr. Crisparkle nach dem Leben trachte. Er habe wiederholt gesagt, daß er allen nach dem Leben trachte, um als einziger übrig zu bleiben. Er sei aus London von einem eminenten Philanthropen hergebracht worden, und warum? Weil dieser Philanthrop ausdrücklich erklärt habe: »Ich bin es meinen Mitmenschen schuldig, diesen jungen Mann dorthin zu bringen wo er, mit den Worten von Bentham gesagt, die größte Gefahr für die kleinste Zahl darstellt.«[1]

Solche Schrotschüsse aus den Donnerbüchsen von Dummköpfen hätten ihn kaum an lebenswichtigen Punkten getroffen. Aber er mußte auch dem geübten und wohlgezielten Feuer von

[1] Parodie auf die Formel von Jeremy Bentham (1748–1832): »Das größte Glück der größten Zahl ist die Grundlage von Moral und Gesetzgebung« (*A.d.Ü.*).

Präzisionswaffen standhalten. Er hatte den verschwundenen jungen Mann notorisch bedroht, und er hatte nach Aussage seines eigenen treuen Freundes und Lehrers, der so hart für ihn kämpfte, einen Grund zu bitterem Haß (den er selbst erzeugt und selbst zugegeben hatte) auf jenen Unglücklichen. Er hatte sich für die verhängnisvolle Nacht eine gefährliche Waffe besorgt und war am nächsten Morgen sehr früh fortgegangen, nachdem er die Abreise sorgfältig vorbereitet hatte. Als er gestellt wurde, hatte man Blutspuren an ihm gefunden; gewiß, sie konnten so zustande gekommen sein, wie er sie erklärte, aber es konnte auch anders gewesen sein. Bei einer gerichtlich verfügten Durchsuchung seines Zimmers und seiner Sachen war entdeckt worden, daß er am Nachmittag vor seinem Verschwinden alle seine Papiere vernichtet und seine Habe in Ordnung gebracht hatte. Die am Wehr gefundene Uhr war vom Juwelier als diejenige identifiziert worden, die dieser an jenem selben Nachmittag für Edwin Drood aufgezogen und auf zwanzig nach zwei gestellt hatte; sie war stehengeblieben, bevor man sie ins Wasser geworfen hatte, und nach dem entschiedenen Urteil des Juweliers war sie seitdem nicht wieder aufgezogen worden. Dies würde die Hypothese rechtfertigen, daß die Uhr ihrem Besitzer abgenommen worden war, bald nachdem er Jaspers Haus um Mitternacht verlassen hatte, in Gesellschaft der letzten Person, mit der er gesehen worden war, und daß sie erst einige Stunden später weggeworfen worden war. Warum weggeworfen? Nun, wenn er ermordet worden war und der Mörder die Leiche so kunstvoll entstellt oder versteckt oder beides hatte, daß er keine Identifikation mehr zu fürchten brauchte, es sei denn durch etwas, das der Ermordete bei sich trug, dann mußte der Mörder doch darauf bedacht sein, dem Toten die dauerhaftesten, bekanntesten und am leichtesten identifizierbaren Dinge abzunehmen, also eben die Uhr und die Krawattennadel. Gelegenheiten, sie in den Fluß zu werfen, hatte er genügend, wenn er derjenige war, der hier als Mörder verdächtigt wurde: Viele Leute hatten ihn in jenem Teil der Stadt – und faktisch überall in der Stadt – in einem elenden und sichtlich verstörten Zustand herumlaufen sehen. Was die Wahl der Stelle betraf, so war es selbstverständlich besser, wenn solche inkriminierenden Beweisstücke irgendwo anders als ausgerechnet bei ihm oder in seinem Besitz gefunden zu werden drohten. Was schließlich die versöhnliche Natur des vereinbarten Treffens der beiden jungen Männer anging, so ließ sich daraus sehr wenig zugunsten des jungen Landless ableiten; denn wie sich klar ergab, war das besagte Treffen ja nicht von ihm, sondern von Mr. Crisparkle angeregt worden, und Mr. Crisparkle hatte darauf gedrängt, und wer konnte sagen, wie unwillig oder übelgesinnt sein derart genötigter Zögling hingegangen war? Je näher man dessen Lage betrachtete, desto prekärer wurde sie in jeder Hinsicht. Sogar die vage Möglichkeit, daß der verschwundene junge Mann aus eigenem Antrieb verschwunden sein könnte, wurde noch unwahrscheinlicher durch die Aussage der jungen Dame, von der er sich kürzlich getrennt hatte; denn was sagte sie in großem Ernst und großer Sorge, als man sie befragte? Daß er ausdrücklich und enthusiastisch mit ihr beschlossen habe, die Ankunft ihres Herrn Vormunds Mr. Grewgious abzuwarten. Und doch war er dann verschwunden, bevor jener Gentleman kam.

Aufgrund dieser so vorgebrachten und untermauerten Verdachtsmomente wurde Neville verhaftet und nach seiner Vorführung vor dem Haftrichter eingesperrt, die Ermittlungen wurden intensiviert, und Jasper mühte sich Tag und Nacht. Aber es kam nichts Neues heraus. Da keine Entdeckung gemacht wurde, die den Tod des verschwundenen jungen Mannes bewies, mußte der des Mordes an ihm Verdächtigte schließlich entlassen werden. Neville wurde auf freien Fuß gesetzt. Die Folge war, was Mr. Crisparkle nur zu gut vorausgesehen hatte: Neville mußte die Stadt verlassen, da er nun von der Stadt gemieden oder mit Bann belegt wurde. Und selbst wenn dem nicht so gewesen wäre, hätte die liebe alte Porzellanschäferin sich zu Tode geängstigt vor Sorge um ihren Sohn und allgemein bei dem Gedanken, einen solchen Mitbewohner im Hause zu haben. Und selbst wenn auch dem nicht so gewesen wäre, hätte der Dienstvorgesetzte des Hilfskanonikus die Sache geregelt.

»Mr. Crisparkle«, sprach der Dekan, »menschliche Gerechtigkeit mag irren, aber sie muß entsprechend ihrer Einsicht handeln. Die Tage des Asylrechtes in der Kirche sind vorbei. Dieser junge Mann darf bei uns keine Freistatt mehr haben.«

»Sie meinen, er muß mein Haus verlassen, Sir?«

»Mr. Crisparkle«, erwiderte der umsichtige Dekan, »ich maße mir keine Autorität in Ihrem Hause an. Ich spreche nur mit Ihnen über die schmerzliche Notwendigkeit, in der Sie sich befinden, diesem jungen Manne die großen Vorteile Ihres Rates und Ihrer Belehrung entziehen zu müssen.«

»Das ist sehr beklagenswert, Sir«, gab Mr. Crisparkle zu bedenken.

»Ja, sehr«, pflichtete der Dekan ihm bei.

»Und wenn es eine Notwendigkeit ist...«, sagte Mr. Crisparkle stockend.

»Wie Sie es zu Ihrem Leidwesen feststellen müssen«, versetzte der Dekan.

Mr. Crisparkle verbeugte sich untertänig: »Es ist schwer, seinen Fall vorgreifend zu beurteilen, Sir, aber ich sehe ein...«

»Recht so. Perfekt. Ganz wie Sie sagen, Mr. Crisparkle«, unterbrach ihn der Dekan und nickte zufrieden. »Da kann man nichts machen. Kein Zweifel, kein Zweifel, da gibt's keine Alternative, wie Sie ganz richtig mit Ihrem gesunden Menschenverstand einsehen.«

»Trotzdem bin ich zutiefst überzeugt, daß er vollkommen unschuldig ist, Sir.«

»Je nu-u-n«, sagte der Dekan in einem eher vertraulichem Ton und blickte verstohlen umher, »das würde ich nicht generell so sagen. Nicht generell. Es gibt genügend Verdachtsmomente, um... nein, ich denke, das würde ich nicht generell so sagen.«

Mr. Crisparkle verbeugte sich erneut.

»Es steht uns vielleicht nicht gut an«, fuhr der Dekan fort, »Partei zu ergreifen. Keine Parteilichkeit! Wir Geistlichen müssen uns ein warmes Herz und einen kühlen Kopf bewahren und einen vernünftigen Mittelweg steuern.«

»Ich hoffe, Sie haben nichts dagegen, Sir, wenn ich öffentlich und mit Nachdruck erkläre, daß mein Zögling sofort wieder hier erscheinen wird, falls irgendein neuer Verdacht gegen ihn auftauchen oder ein neuer Umstand in dieser außergewöhnlichen Sache ans Licht kommen sollte.«

»Nicht das geringste«, antwortete der Dekan. »Und doch, wissen Sie, ich glaube nicht« – mit einer sehr hübschen und klaren Betonung der beiden letzten Worte –, »ich *glaube nicht*, daß ich das mit Nachdruck erklären würde. Erklären? Ja-a-a! Aber mit Nachdruck? N-n-nein. Ich glaube *nicht*. Letzten Endes, Mr. Crisparkle, wenn wir Geistlichen uns ein warmes Herz und einen kühlen Kopf bewahren, brauchen wir gar nichts mit Nachdruck zu tun.«

So mußte Neville Landless den Hilfskanonikuswinkel verlassen und ging, wohin immer er wollte oder konnte, mit einem Makel auf seinem Namen und seinem Ruf.

Erst da nahm John Jasper schweigend seinen Platz im Chor wieder ein. Ausgezehrt und mit geröteten Augen saß er da, seine Hoffnungen waren zusammengebrochen, seine Zuversicht war verschwunden, und seine schlimmsten Befürchtungen waren wiedergekommen. Einen oder zwei Tage später, beim Umziehen in der Sakristei, zog er sein Tagebuch aus der Rocktasche, schlug eine bestimmte Seite auf und gab Mr. Crisparkle mit einem vielsagenden Blick, aber ohne ein Wort zu sagen, den folgenden Eintrag zu lesen:

> Mein lieber Junge ist ermordet worden. Die Entdeckung der Uhr und der Krawattennadel beweist mir, daß er in jener Nacht ermordet worden ist und daß ihm der Mörder die Schmuckstücke abgenommen hat, um eine Identifizierung durch sie zu verhindern. Alle illusorischen Hoffnungen, die ich auf seine Trennung von seiner Verlobten gegründet hatte, streue ich in den Wind. Sie werden vor dieser verhängnisvollen Entdeckung zunichte. Hiermit schwöre ich und halte den Schwur in diesem Tagebuch fest: Daß ich über dieses Geheimnis mit keiner Menschenseele mehr sprechen werde, bis

ich den Schlüssel zu ihm in Händen halte. Daß ich weder in meiner Verschwiegenheit noch in meiner Suche je nachlassen werde. Daß ich den Mörder meines lieben Jungen auf sein Verbrechen festnageln werde. Und daß ich mein Leben hingeben werde für seine Vernichtung.

XII

Umdrängt von den Berichten der drei aus Cloisterham zurückgekehrten Polizisten, den Spekulationen der Ungeduldigen, die bereits das 15. Kapitel diskutieren, und den Protesten derer, die noch nicht soweit sind, kann man nicht gerade sagen, daß die Debatte über die »Nummer des Mystery« in aller erwünschten Ordnung verläuft. Und auch nicht – nach dem Urteil des Richters PORPHYRIJ – in aller erwünschten Glasnost. Mit anderen Worten, wir stehen vor einer Situation, die der Fußballreporter ein »konfuses Gewusel« nennen würde und in der sich nicht einmal der Schiedsrichter DR. WILMOT immer zurechtfindet.

So würde Inspektor BUCKET aufgrund der Stelle mit Sally, die seines Erachtens gekommen ist, um Ned zu retten, nachdem sie Jaspers Geheimnis erlauscht hat, am liebsten sofort zu dessen Verhaftung oder jedenfalls Festnahme schreiten. Doch dagegen protestiert der KRÖTERICH, nach dessen Ansicht die Opiumdealerin nicht richtig verstanden hat: seines Erachtens ist Ned, das heißt der unbekannte junge Mann, dessen Namen sie mehrmals auf den Lippen des nicht weniger unbekannten Kunden ihrer Opiumhöhle gehört hat, keineswegs der Mann, den der besagte Kunde, das heißt Jasper, in seinen Träumen zu erwürgen und vom Turm zu werfen gedachte, sondern im Gegenteil jemand, den er vor jemand anderem schützen wollte, weshalb er im Rausch davon träumt, diesen anderen zu vernichten.

Die Idee wird von ARCHER angenommen, aber von POPEAU höhnisch abgewiesen: *Ah, oui?* Und warum, *cher Monsieur*, warum prononciert dann Jasper im

Rausch immer nur den Namen seines Neffen und nie den seines phantomatischen Gegners?

– Vielleicht weil er ihn nicht gekannt hat, schaltet sich Maigret ein, und vielleicht kennt er ihn noch immer nicht. Denn wenn Neville...

– Pah! unterbricht ihn Popeau mit einem Foul, wofür er sich vom Schiedsrichter eine gelbe Karte holt. Was Dupin unterstützt von Cuff ausnutzt, um die Diskussion auf die erste Szene des zweiten Aktes von *Macbeth* zu bringen; dort nämlich gebe es eine signifikante Konkordanz mit...

– Mit dem Titel des 14. Kapitels! ruft Loredana von der Reservebank her, um vor dem Schiedsrichter eine gute Figur zu machen, wobei sie jedoch vergißt, daß die Worte der Hexe (»Wann werden wir drei uns wieder begegnen?«) den ersten und nicht den zweiten Akt von *Macbeth* eröffnen. Außerdem ist, wie der ein bißchen verlegene Dr. Wilmot ihr auch zu bedenken geben muß, die Shakespearsche Herkunft des Titels längst von allen Kommentatoren bemerkt worden, ohne daß irgendeiner von ihnen darin auch nur den allergeringsten Hinweis für die Lösung des Rätsels hätte finden können.

– Der Einwurf von Mademoiselle kommt dennoch sehr gelegen, erklärt Poirot galant, denn es ist ja nicht gesagt, daß aus dem erwähnten Titel nichts zu schließen wäre. Im übrigen kann ich mir vorstellen, daß der Kollege Dupin...

– Tatsache ist, übernimmt Dupin den Ball beziehungsweise, Pardon, das Wort, daß Dickens die »Mystery-Nummer«, ja sogar das zentrale Kapitel seines Romans unter das Zeichen des ersten Verses von *Macbeth* gestellt hat. Mehr als über diesen Vers an sich würde ich allerdings über den Umstand nachdenken, daß es in Shakespeares Tragödie um einen Mord geht, *bei welchem der faktische, aber widerstrebende Täter ein*

Ehemann ist, der auf Anstiftung und nach genauen Anweisungen seiner Ehefrau handelt. Nun ist Sergeant Cuff, der den letzten Dialog der beiden Zwillinge *in loco* mit angehört hat, der Meinung ...

– Ich bin der Meinung, übernimmt CUFF im Fluge, daß sich der fragliche Dialog sehr gut als Vorspiel zu einem Mord interpretieren läßt, *bei welchem der faktische, aber widerstrebende Täter ein Bruder ist, der auf Anstiftung und nach genauen Anweisungen seiner Schwester handelt.* Doch ich überlasse es dem Freund Dupin zu präzisieren, daß ...

Der erneute Querpaß wird jedoch glücklich vom COLONELLO DER CARABINIERI abgefangen, der ins Aus schießt, indem er bemerkt, daß Neville im Besitz eines regulären Passes sein müßte, da er doch aus dem Ausland kommt. Oder solle man etwa annehmen, daß er seinen Paß, ob echt oder gefälscht, zusammen mit seinen anderen Papieren vernichtet hat?

Die Frage wird von POPEAU als lächerlich abgetan, nicht aber von DR. WILMOT, der sofort ihren Kernpunkt erfaßt: Was wissen wir über die Identität der beiden Zwillinge außer dem, was der unzuverlässige Honeythunder behauptet hat, und dem, was sie selber von sich erzählen? Wir wissen nicht einmal, ob sie wirklich Bruder und Schwester sind, sofern sie keine eineiigen Zwillinge sind.

Eine Intervention von P. PETROWITSCH, der den umgekehrten Fall von Alexej und Nelly in den *Erniedrigten und Beleidigten* anführt, weckt jedoch weitere Zweifel in Kette (MARLOWE: Wer ist der Küster in Wirklichkeit? WOLFE: Wer sagt uns, daß Jasper und Drood wirklich Onkel und Neffe sind?), und erneut landet die Debatte im Aus.

Den Einwurf besorgt PATER BROWN, der CUFF anspielt, der zu DUPIN weitergibt, der auf die Frage der »Konkordanzen« zwischen dem Fall Drood und der

Geschichte von Macbeth zurückkommt: Auch letzterer läßt sich in der Tat, nachdem er mehrere Rückzugsversuche gemacht hat, von seiner Gefährtin dazu überreden (die zuvor die Geister angerufen hat, sie zu »entweiben«[1]), das »große Geschäft dieser Nacht zu enden«; und in seinem Grauen vor dem Verbrechen, das zu begehen er sich anschickt, sagt Macbeth, die Natur scheine ihm in dieser Nacht »wie tot«. Ähnlich sagt Neville im MED, als Helena ihn schließlich überredet hat, »die Sache« in dieser Nacht zu erledigen, die Luft sei »seltsam drückend und tot«.[2] Und in beiden Fällen bricht dann in jener Nacht – schließt DUPIN mit einem gezielten Schuß – ein so heftiger Sturm los, daß Schornsteine auf die Straßen kippen.[3]

– Tooor! ... Wir haben gewonnen! ... brüllt der KRÖTERICH, demzufolge der Schlußtreffer von DUPIN nach Vorlage von CUFF den Ausschlag für Jaspers Unschuld gibt. Aber natürlich sind nicht alle dieser Meinung, angefangen mit dem Schiedsrichter, und das anschließende Getümmel ...

(*Lärm und Geschrei, Getuschel am Mikrofon, dann plötzliche Stille*).

*

Wir haben die Direktübertragung abgebrochen, Leser, um das Ende der Begegnung besser verfolgen zu können. Hier also nun ein besser geordneter, wenn auch im Telegrammstil zusammengefaßter Bericht.

[1] »Unsex me here!« ruft LADY MACBETH, um sich aller weiblichen Mitleidsgefühle zu entledigen; und DUPIN nutzt die vorliegende Fußnote, um an die Raserei zu erinnern, mit der sich HELENA bündelweise die Haare ausriß, um sich zu vermännlichen.

[2] *Macbeth*, II, 1: »Now o'er the one half-world / Nature seems dead«; MED, 14: »What a strange dead weight there is in the air!«

[3] *Macbeth*, II, 3: »Our chimneys were blown down«; MED, 14: »Chimneys topple in the streets.«

WILMOT: Konkordanzen mit *Macbeth* sicherlich suggestiv, aber immer auch Möglichkeit simple Koinzidenzen. MED voller Anspielungen & Entlehnungen Shakespeare: z. B. heftige Szene, wenn Jasper Rosa unglückliche Liebe erklärt, merkwürdig ähnlich *Hamlet* III, 1, wo bleicher Prinz Liebe Ophelia *verleugnet*, mit Drohungen & diversen Ausfällen, um glauben zu machen, er verrückt. Daraus vielleicht zu schließen, Jasper selbes Ziel?

MAIGRET: Wissen nicht. Vielleicht einer unserer Vorgänger schon deduziert?

WILMOT (*zögernd*): Äh, ja... Eminentem Vertreter Jasperscher Unschuld zufolge, schon gestern erwähnt, wäre möglich, daß ... Aber möchte lieber nicht ... um nicht Ermittlungsgang zu präjudizieren...

KRŌTERICH: Darf man wenigstens wissen, ob eminenter Vertreter Jasperunschuld dann Meinung, daß Zwillinge bzw. vermeintliche Zwillinge schuld?

WILMOT: Nein, nein, schon gesagt, niemand je Zwillinge verdächtigt vor Sergeant Cuff.

KRŌTERICH (*shakespearisch*): *Hail, good sergeant!*[1]

POIROT: Besonders interessant m. E. Bemerkung Cuff über plötzliches Zögern Autor, Helena nochmals zusammen mit Rosa auftreten zu lassen.

CUFF: Und mit Neville! Tatsächlich wird Bruder/Pseudobruder seit Moment seiner Verhaftung bis schließlichem Aufbruch unbekanntes Ziel nie wieder im Gespräch mit Schwester/Pseudoschwester vorgeführt.

POPEAU: Vielleicht nicht miteinander sprechen, weil Streit?

POIROT: Vielleicht nicht miteinander sprechen, weil *Autor* inzwischen Probleme, sie miteinander sprechen zu lassen, ohne eigenes Spiel aufzudecken!

[1] *Macbeth*, I, 2

Cuff: Genau! Schon ihr Dialog *ante factum* wirkt gezwungen & Haaren herbeigezogen, trotz teuflischer Gewandtheit Romancier; aber wie *post factum* sie miteinander sprechen lassen, wenn Täter? Ebenso schwierig, uns vorzuführen Gespräche Helena/Rosa, weil Rosa schließlich nicht so dumm, sich nicht zu fragen, wieso eigentlich Helena so sicher Unschuld Bruder, nachdem soviel Sorgen wg. dessen jähzornigem Charakter. Viel einfacher für Autor, in Szene Grewgious/Jasper einzufügen, daß Haltung Miss Landless »Empörte Zurückweisung jeden Verdachts & ungebrochnes Vertrauen zu Bruder«.

Loredana (*sehr beeindruckt von Argumenten Cuff*): Also das wirklich wahr!... Wie kommt, daß eminenter Jasperunschuldvertreter von alledem nichts bemerkt, Dr. Wilmot?

Dr. Wilmot: Wie gesagt, Signorina, möchte lieber nicht...

Cuff: Jedenfalls meine Idee, daß auch in restlichen Nummern keine direkten Gespräche Helena/Rosa oder Helena/Neville mehr vorkommen werden.

Dr. Wilmot: Idee einerseits falsch, andererseits richtig. Vorziehe trotzdem momentan keine Präzisierung, um Fortgang nicht zu beeinflussen.

Loredana (*ungeduldig*) Aber Fred!

Mehrheit Kongressteilnehmer (*beeilt sich zu husten oder nasezuschneuzen, als ob nichts gewesen*). Minderheit (*grinst offen*). Dr. Wilmot (*zurechtrückt sich Krawatte mit oxbridgianischem Aplomb*).

P. Petrowitsch (*gutmütig zublinzelt verwirrtem Mädchen*): Daß Jasper sich reduziert auf elenden »Haufen Kleider«, als von Auflösung Neffenverlobung erfährt, erlaubt m. E. nur eine Erklärung: Zusammenbruch Täter wg. Sinnlosigkeit ruchloser Tat. Weshalb, um nicht unnütz Kopfzerbrechen und bei allem Verständnis für Zögern Moderator Vorwegnahme wasauchimmer, wüßte doch gern: Eminenter Unschuldvertreter denn irgendeine andere mehr oder minder plausible Erklärung gefunden?

DR. WILMOT (*vorbeugend weiteren Einwürfen Loredanas*): *Yes*. Betreffender Unschuldvertreter erklärt ziemlich plausibel »wahren Grund«, weshalb zusammengebrochener Onkel von »illusorischen Hoffnungen« spricht, die er auf besagte Verlobungsauflösung gegründet.

PATER BROWN: Herausfordere meinerseits jeden, Unschuldvertreter oder nicht, folgende Inkongruenzen & Unwahrscheinlichkeiten zu erklären: 1) Onkel, der so besorgt um Neffe, abwartet Morgendämmerung, um ihn suchen zu gehen; 2) Crisparkle, der auch nicht abwartet Rückkehr Neville von famoser Versöhnung, sondern seelenruhig schlafengeht, so daß am Morgen nicht weiß, wann genau Neville heimgekehrt; 3) erstes Verhör Neville zackzack erledigt, danach Reverend, als unversehens (per Telehypnose?) wiedergefunden Uhr am Wehr und *Nadel* am Flußgrund (!!!), bringt Schützling persönlich zum Bürgermeister zwecks erneutem Verhör (das übrigens Autor sich hütet, uns mitanhören lassen), erklärt sich dann aber trotzdem weiter »zutiefst überzeugt, Neville vollkommen unschuldig«; 4) Helena, Rosa, Reverend, allesamt völlig sicher, einschließlich Grewgious, der Schwester nur einmal kurz und Bruder noch nie gesehen. Ah, nein! Allzu seltsamer Fall! Autor zu sehr geneigt, auf Wahrscheinlichkeit zu pfeifen! So sehr, daß schon zu fragen, ob selber noch fähig gewesen, irgendeine Lösung auszutüfteln.

KRÖTERICH (*entmutigt*): Ojemine!

HOLMES (*sibyllinisch*): Er tüftelte als Lebender, vorzog jedoch als Toter zu schweigen.

PATER BROWN (*Einwürfe ignorierend*): Mit Ihrer Erlaubnis, Dr. Wilmot, würde gern ein Urteil zitieren, das seinerzeit ausgedrückt von meinem ... äh ... irdischen Schöpfer.

Dr. Wilmot (*vorbeugend s.o.*): Zitieren Sie, zitieren Sie nach Belieben, Pater.

Pater Brown: Also, als Vorsitzender in fiktivem Gerichtsprozeß gegen Jasper[1] urteilte G. K. Chesterton, aus Text MED gehe weder Schuld noch Unschuld wessenauchimmer hervor und nichtmal klar, ob Drood tot oder noch am Leben, da zuviel Unstimmigkeiten & unauflösliche Widersprüche im Text. Füge hinzu, daß hochangesehener Autor G. B. Shaw als Sprecher Geschworener selbem Prozeß nicht zögerte, Roman auch auf literarischer Ebene abzuqualifizieren als »kraftlose Geste eines Dreivierteltoten«.

P. Petrowitsch: Protestiere! Zurückweise Definition entschieden und abspreche Mr. Shaw jedwede Autorität, da einzig interessiert an »sozialer« Seite Werk Dickens und, enttäuscht über deren Fehlen in letztem Roman, zu dessen künstlerischer Qualität keinen Zugang.

Colonnello Carabinieri: Sehr richtig.

P. Petrowitsch: Danke. Zur künstlerischen Beurteilung erlaube mir eher anzuführen Meinung Dichter H. W. Longfellow (1807–82), demzufolge »MED, obwohl unvollendet, unter größten, wenn nicht größter Roman Dickens«. Von wegen kraftlose Geste! Von wegen Dreivierteltoter! Genügt Betrachtung Figuren wie Durdles, Twinkleton, Grewgious, Bazzard, Frau aus Opiumhöhle, um »Pranke« größten englischen Erzählergenies zu erkennen! Genügt schon Wirtshaus Planwagen mit Wirtin beim Verprügeln durchnäßtes Kind mit nur einer Socke!

*

[1] *The Trial of John Jasper*, stenographisches Protokoll, Veröffentlichung der Dickens Fellowship, London 1914.

Rufe »Gut!«, »Bravo!« haben Rede begrüßt. Viele versammelt um P. PETROWITSCH zu persönlicher Gratulation, und da kommt auch P. BROWN, uneingeschränkten Konsens auszudrücken: Habe Urteil Shaw aus Unparteilichkeitsstreben zitiert, aber teile es keineswegs!

Beide klein & rundlich, beide drollig gekleidet, doch außer tief religiös auch lebhaft & behende, ungeachtet kurzer Beine & Arme, schütteln P. P. und P. B. sich überschwenglich Hände unter neugierigem Blick POIROT. Welchem Zweifel kommen (wie HOLMES und DUPIN unschwer aus seinem Gesichtsausdruck schließen), ob soviel Ähnlichkeit purer Zufall. Hat Chesterton etwa, fragt sich belgischer Kriminalist, seinem berühmten Priester-Detektiv absichtlich Züge Dostojewskischen Untersuchungsrichters gegeben?

Doch geneigter LESER urteile selbst, denn POIROT schon bei folgenden Überlegungen: a) angenommen, Dickens MED bewußt nach Vorbild Bestseller Ex-Freund und Neo-Rivale Collins entworfen; b) sein Ziel, nach Aussage Biograph Forster, Beweis vor Lesern, daß er »besser kann«; allerdings c) Dickens keine Erfahrung mit echtguten Krimi-Plots und wohl auch keine ausgesprochene Begabung dafür; weshalb d) ehrgeiziges Ziel sich gegen ihn gekehrt und in MED trotz künstlerischer Qualitäten die von Vater P. BROWN[1] beklagten strukturellen Inkongruenzen erzeugt; aber e) Schlüssel Mystery bliebe jeden Fall Opium, und so »Jekyll-Lösung« unabweisbar, während f) auch suggestive »Beweise«, von Scotland Yard zusammengetragen gegen verhaßte Zwillinge, jede Bedeutung verlören, da bloße Zufallsprodukte.

Kurzum, allgemeines Weiterdrehen im Kreise, was offenbar auch Meinung MAIGRET, WOLFE, THORNDYKE

[1] Soll heißen von Chesterton, dem Putativ-Vater von P. BROWN.

und sogar Latinist aus Juan-Les-Pins, versehentlich eingetreten Dickens Room nach Rückkehr Toilette. Betreffs Marlowe & Archer, offenes Desinteresse und ostentative Überlegenheit Fuchs/Trauben hinsichtlich Loredana, die ihrerseits versunken in Bewunderung Fred. Welcher jetzt Vorschlag Unterbrechung zwecks Lunchpause, aber Empfehlung Rückkehr Punkt 15 Uhr für Imprinting & Diskussion Augustnummer.

Doch wie jeder weiß oder wissen sollte, Mensch denkt und Techniker lenken. So kommen nun Techniker & erklären, da aus gleichnamigen Gründen Imprinting nachmittags erst ab 16 Uhr möglich, wird Augustnummer jetzt sofort imprintet, wenn Kongreßteilnehmer einverstanden. Kongreßteilnehmer nicht alle einverstanden, da viele vorzögen, Text MED wenigstens einige Stunden loszusein. Andererseits Julinummer schon ausgiebigst diskutiert und angesichts Tatsache, daß Problem immer problematischer, Zeit drängt. Abstimmung per Handaufhebung, veranstaltet Dr. Wilmot, ergibt Mehrheit sofortiges Imprinting, also hier neue Nummer.

Kapitel 17
Philanthropie, professionelle und andere

Ein gutes halbes Jahr war ins Land gegangen, und Mr. Crisparkle saß in einem Wartezimmer im Londoner Hauptbüro des Hafens der Philanthropie und wartete auf eine Audienz bei Mr. Honeythunder.

Bei seinen sportlichen Aktivitäten während des Studiums hatte Mr. Crisparkle auch einige Professoren der Edlen Kunst des Faustkampfes kennengelernt und einigen ihrer behandschuhten Auftritte beigewohnt. Jetzt hatte er Gelegenheit zu bemerken, daß, was die phrenologische Bildung der Hinterköpfe betraf, die Bekennenden Philanthropen den Faustkämpfern überraschend ähnlich waren. In der Entwicklung all jener Organe, die eine Neigung begründen oder befördern, unseren Mitmenschen auf den Leib zu rücken, waren die Philanthropen ausgesprochen begünstigt. Mehrere ein und aus gehende »Bekenner« trugen genau jene aggressive Miene zur Schau, als wollten sie ihre stete Bereitschaft bekunden, den erstbesten Neuling zu Boden zu strecken, die Mr. Crisparkle gut aus den Kreisen der Boxfreunde in Erinnerung hatte. Einige besprachen die Einrichtung einer kleinen moralischen Besserungsanstalt irgendwo auf dem Lande, andere erklärten dieses oder jenes Schwergewicht als geeignet für diese oder jene gewichtige Rede, und alle waren sie den Sportsfreunden so ähnlich, daß die intendierten Resolutionen ebensogut hätten Runden sein können. In einem offiziellen Organisator ihrer Veranstaltungen, der für seine Taktiken auf der Rednertribüne sehr gerühmt wurde, erkannte Mr. Crisparkle das (in Schwarz gekleidete) Gegenstück eines dahingeschiedenen Wohltäters seiner Spezies, eines seinerzeit unter dem Namen Frosty-faced Fogo sehr bekannten Impresarios, der die Bildung des magischen Vierecks aus Seilen und Pflöcken zu überwachen pflegte. Es gab nur drei Punkte, in denen die Ähnlichkeit zwischen Boxern und Philanthropen Mängel aufwies. Erstens waren die Philanthropen sehr schlecht trainiert und sowohl im Gesicht wie am Leib mit einem Übermaß dessen behaftet, was unter Faustkampfexperten als Fettpolster bekannt ist. Zweitens fehlte den Philanthropen das gemütliche Temperament der Boxer, und sie bedienten sich einer nicht so gepflegten Sprache. Drittens bedurften ihre Kampfregeln dringend einer Revision, gestatteten sie doch nicht nur, den Gegner in die Seile zu drücken, sondern ihn bis an den Rand der Verzweiflung zu treiben; auch ihn zu schlagen, wenn er schon am Boden lag, ihn überallhin und auf jede Weise zu schlagen, ihn zu treten, auf ihm herumzutrampeln, ihm die Finger in die Augen zu drücken und ihn von hinten gnadenlos fertigzumachen. Unter diesen Aspekten waren die Bekenner der Edlen Boxkunst viel edler als die der Philanthropie.

Mr. Crisparkle war so tief in seine Gedanken über diese Ähnlichkeiten und Unähnlichkeiten versunken und zugleich so angelegentlich damit beschäftigt, die ein und aus gehende Menge zu beobachten – die anscheinend nichts anderes im Sinn hatte, als immerzu irgendwem irgendwas wegzuschnappen, ohne je irgendwem irgendwas zu geben –, daß er zweimal aufgerufen werden mußte, bevor er es hörte. Als er schließlich antwortete, wurde er von einem erbärmlich schlecht gekleideten und schäbig bezahlten Gehaltsempfänger der Philanthropie (dem es kaum schlechter hätte gehen können, wenn er in den Dienst eines erklärten Feindes der menschlichen Gattung getreten wäre) in Mr. Honeythunders Zimmer geführt.

»Sir«, tönte Mr. Honeythunder mit seiner schrecklichen Stimme wie ein Schulmeister, der einem Schüler, von dem er eine ganz miserable Meinung hat, Befehle erteilt, »setzen Sie sich.«

Mr. Crisparkle setzte sich.

Nachdem Mr. Honeythunder die restlichen paar Dutzend von ein paar tausend Rundschreiben unterzeichnet hatte, die eine entsprechende Anzahl von mittellosen Familien aufforderten, sich auf der Stelle einzufinden, um zu berappen und Philanthropen zu werden oder sich zum Teufel zu scheren, packte ein anderer erbärmlicher Gehaltsempfänger der Philanthropie (in hohem Maße desinteressiert, wenn der Eindruck nicht täuschte) die Rundschreiben in einen Korb und trug sie hinaus.

»Nun, Mr. Crisparkle«, sagte Mr. Honeythunder, als sie allein waren, drehte seinen Stuhl halb zu ihm herum, stemmte die Arme auf die Knie und runzelte die Brauen, als wollte er sagen: Mit *Ihnen* mache ich kurzen Prozeß! »Nun, Mr. Crisparkle, wir haben verschiedene Ansichten, Sie und ich, über die Heiligkeit des menschlichen Lebens.«

»Ach ja?« erwiderte der Hilfskanonikus.

»Jawohl, Sir.«

»Darf ich fragen«, sagte der Hilfskanonikus, »welche Ansicht Sie darüber haben?«

»Daß das menschliche Leben etwas ist, was heilig gehalten werden muß, Sir.«

»Darf ich fragen«, fuhr der Hilfskanonikus fort, »welche Ansicht Ihrer Meinung nach ich darüber habe?«

»Bei Gott, Sir!« antwortete der Philanthrop, stemmte die Arme noch mehr auf die Knie und starrte Mr. Crisparkle stirnrunzelnd an. »Das werden Sie doch wohl selber am besten wissen.«

»Ja schon. Aber weil Sie doch eingangs sagten, wir hätten darüber verschiedene Ansichten, verstehen Sie, deshalb – denn sonst hätten Sie das ja nicht sagen können – müssen Sie eine bestimmte Ansicht bei mir vorausgesetzt haben. Bitte, welche *haben* Sie bei mir vorausgesetzt?«

»Da wird ein Mann – und zwar ein *junger* Mann«, sagte Mr. Honeythunder, als ob dadurch die Sache unendlich viel schlimmer würde und er den Verlust eines alten Mannes leicht hätte verschmerzen können, »durch eine Gewalttat vom Gesicht der Erde hinweggefegt. Wie nennen Sie das?«

»Mord«, sagte der Hilfskanonikus.

»Und wie nennen Sie den Täter dieser Tat, Sir?«

»Mörder«, sagte der Hilfskanonikus.

»Es freut mich zu hören, daß Sie wenigstens soviel einräumen, Sir«, entgegnete Mr. Honeythunder in seinem verletzendsten Ton. »Und ich sage Ihnen ganz offen, das hatte ich nicht erwartet.« Dabei maß er Mr. Crisparkle erneut mit finsterem Blick.

»Haben Sie bitte die Güte, mir zu erklären, was Sie mit diesen höchst ungerechtfertigten Anwürfen meinen.«

»Ich sitze hier nicht«, entgegnete der Philanthrop, wobei seine Stimme zu einem Brüllen anschwoll, »um mich einschüchtern zu lassen, Sir!«

»Da ich der einzige andere bin, der hier sitzt, kann das niemand besser wissen als ich«, erwiderte der Hilfskanonikus sehr ruhig. »Aber ich unterbrach Ihre Erklärung.«

»Mord!« rief Mr. Honeythunder, ergriffen von einer Art polternder Träumerei und mit der typischen Rednergeste des Armeverschränkens sowie der typischen Rednergeste des von Abscheu erfüllten Kopfnickens nach jedem effektvollen Wort. »Blutvergießen! Abel! Kain! Ich habe nichts übrig für Kain. Ich weise die blutige Hand, wenn sie mir geboten wird, mit Schaudern zurück.«

Statt von seinem Stuhl aufzuspringen und sich vor Begeisterung heiser zu brüllen, wie es die philanthropische Bruderschaft bei ihren öffentlichen Versammlungen unweigerlich an dieser Stelle getan hätte, vertauschte Mr. Crisparkle nur in aller Ruhe die übereinandergeschlagenen Beine und sagte mild: »Lassen Sie sich von mir nicht in Ihrer Erklärung unterbrechen – wenn Sie damit anfangen.«

»Die Zehn Gebote sagen: kein Mord. *Kein* Mord, Sir!« fuhr Mr. Honeythunder fort und ließ eine Kunstpause folgen, als wollte er Mr. Crisparkle dafür zur Rede stellen, daß er unzweideutig behauptet hätte, es heiße: Du darfst ein bißchen morden, aber dann laß es bleiben.

»Und sie sagen auch: Du sollst kein falsches Zeugnis ablegen«, bemerkte Mr. Crisparkle.

»Genug!« röhrte Mr. Honeythunder mit einer Feierlichkeit und Strenge, die auf einer Versammlung alle Zuhörer schleunigst hätte in Deckung gehen lassen. »Ge-e-nug! Da meine einstigen Mündel nun volljährig sind und ich eine Verantwortung los bin, an die ich nicht ohne einen Schauder des Entsetzens zurückdenken kann, hier nun die Rechnungen, die Sie sich bereit erklärt haben, für die beiden entgegenzunehmen, und hier die Abschlußbilanz, die anzunehmen Sie sich verpflichtet haben und die Sie nicht früh genug annehmen können. Und lassen Sie mich noch hinzufügen, Sir: Ich wünschte, Sie hätten, als Mensch wie als Hilfskanonikus, etwas Besseres zu tun« – mit einem Nicken. »Etwas Besseres« – mit einem weiteren Nicken. »Et-was Besse-res!« – mit einem dritten Nicken und dann zur Bekräftigung noch einem dreifachen.

Mr. Crisparkle stand auf, ein bißchen erhitzt im Gesicht, aber vollkommen beherrscht.

»Mr. Honeythunder«, sagte er, während er die betreffenden Papiere an sich nahm, »ob ich etwas Besseres oder Schlechteres zu tun haben könnte, als ich es im Augenblick habe, ist eine Geschmacks- und Ansichtssache. Sie meinen vermutlich, ich sollte in Ihre Gesellschaft eintreten.«

»O ja, allerdings, Sir!« entgegnete Mr. Honeythunder mit einem drohenden Nicken. »Es wäre besser für Sie gewesen, wenn Sie das schon längst getan hätten!«

»Da bin ich anderer Meinung.«

»Oder«, sagte Mr. Honeythunder mit einem erneuten Nikken, »ich könnte mir denken, daß einer von Ihrer Profession besser daran täte, sich der Aufdeckung und Bestrafung von Schuldigen zu widmen, anstatt die Erfüllung dieser Pflicht einem Laien zu überlassen.«

»Ich betrachte meinen Beruf vielleicht unter einem Blickwinkel, der mich lehrt, daß seine erste Pflicht darin besteht, denen zu helfen, die sich in Not und Bedrängnis befinden, die einsam und bedrückt sind«, entgegnete Mr. Crisparkle. »Aber da ich fest davon überzeugt bin, daß es nicht zu meinem Beruf gehört, Bekenntnisse abzulegen, werde ich mich nicht weiter dazu äußern. Allerdings bin ich es Mr. Neville und Mr. Nevilles Schwester schuldig – und in viel geringerem Maße auch mir selbst –, Ihnen zu sagen: Ich *weiß*, daß ich zur Zeit jenes Vorfalls Mr. Nevilles Denken und Fühlen sehr genau kannte und völlig verstand. Und ohne im geringsten schönfärben oder verhehlen zu wollen, was an ihm zu beklagen war und der Besserung bedurfte, bin ich mir dennoch gewiß, daß seine Geschichte der Wahrheit entspricht. Im Gefühl dieser Gewißheit stehe ich ihm zur Seite. Solange diese Gewißheit anhält, werde ich ihm zur Seite stehen. Und könnte mich irgendeine Erwägung in diesem Entschlusse wankend machen, würde ich mich so sehr für meine Gemeinheit und Niedertracht schämen, daß keines Mannes dadurch gewonnene hohe Meinung von mir – noch die einer Frau – mich für den Verlust meiner Selbstachtung würde entschädigen können.«

Ein braver Kerl! Ein wahrer Mann. Und dazu so bescheiden. Von Geltungsbedürfnis war der Hilfskanonikus ebenso weit entfernt wie einst der Schuljunge, der auf den windigen Kricketfeldern stand und das Tor bewachte. Er tat einfach treu und unerschütterlich seine Pflicht, im Großen wie im Kleinen. So sind sie alle, die treuen Seelen, immer. So war, so ist und so wird jede treue Seele stets sein. Es gibt nichts Kleines für den wirklich Großen im Geiste.

»Wer hat denn dann Ihrer Ansicht nach die Tat getan?« fragte Mr. Honeythunder schroff.

»Der Himmel verhüte«, sagte Mr. Crisparkle, »daß ich in meinem Wunsch, einen Menschen reinzuwaschen, einen anderen leichthin verdächtige! Ich beschuldige niemanden.«

»Pfff!« machte Mr. Honeythunder verächtlich, denn das war nun wahrhaftig nicht das Prinzip, nach dem die Philanthropische Bruderschaft vorzugehen pflegte. »Und dabei, Sir, sind Sie alles andere als ein unparteiischer Zeuge, vergessen Sie das nicht!«

»Inwiefern sollte ich denn parteiisch sein?« erkundigte sich Mr. Crisparkle mit dem unschuldigen Lächeln eines Ahnungslosen.

»Es gab da eine gewisse Zahlung, Sir, die Ihnen für Ihren Zögling gemacht wurde und die Ihr Urteil ein bißchen verzerrt haben könnte«, antwortete Mr. Honeythunder grob.

»Vielleicht erwarte ich, sie auch weiterhin zu bekommen?« fragte Mr. Crisparkle interessiert. »Meinen Sie das auch?«

»Nun ja, Sir«, antwortete der professionelle Philanthrop, während er aufstand und die Hände in die Hosentaschen schob. »Ich laufe nicht herum und passe den Leuten Jacken an. Wenn jemand findet, ich hätte eine, die ihm paßt, dann kann er sie nehmen und tragen, wenn er will. Das ist seine Angelegenheit, nicht meine.«

Mr. Crisparkle starrte ihn mit gerechter Empörung an und rief ihn wie folgt zur Ordnung:

»Mr. Honeythunder, als ich vorhin hereinkam, hoffte ich, es nicht nötig zu haben, mich über die Einführung von öffentlichen Rednertricks und Tribünenmanieren in die stillen Gewässer des Privatlebens auszulassen. Aber Sie haben mir beide Unarten so kraß vor Augen geführt, daß ich es verdienen würde, von beiden übertölpelt zu werden, wenn ich sie weiterhin ohne ein Wort überginge. Es sind abscheuliche Tricks und Manieren.«

»Ich will gerne glauben, Sir, daß sie *Ihnen* nicht passen, wenn Sie gestatten.«

»Es sind«, wiederholte Mr. Crisparkle, ohne auf den Einwurf zu achten, »abscheuliche Tricks und Manieren. Sie verletzen sowohl den Gerechtigkeitssinn, den ein Christenmensch haben sollte, als auch die Zurückhaltung, die einen Gentleman auszeichnet. Sie, Mr. Honeythunder, unterstellen jemandem, ein großes Verbrechen begangen zu haben, den ich in Kenntnis der Begleitumstände und mit zahlreichen triftigen Gründen für gänzlich unschuldig halte. Und weil ich in diesem entscheidenden Punkt anderer Meinung bin als Sie, zu welchem demagogischen Rednertrick greifen Sie da? Sie attackieren mich umstandslos und behaupten, ich hätte nicht nur keinen Begriff von der Scheußlichkeit des Verbrechens, sondern sei sogar noch sein Helfer und Komplize! Genauso willkürlich haben Sie mich bei einer anderen Gelegenheit als Ihren Opponenten hingestellt und den demagogischen Rednertrick angewandt, ein feierliches Bekenntnis zum Glauben an irgendeinen lächerlichen Unfug oder gemeingefährlichen Betrug abzulegen. Ich lehne es ab, daran zu glauben, und schon greifen Sie zu Ihrem Rednertrick, lauthals zu verkünden, ich glaubte an nichts, und leugnete, weil ich mich nicht vor Ihrem selbstgemachten falschen Gott beugen will, den wahren Gott! Ein andermal machen Sie die großartige Entdeckung, daß Krieg ein Unheil ist, und schlagen vor, ihn mittels einer Reihe von verqueren Resolutionen abzuschaffen, die Sie in die Luft werfen wie den Schwanz eines Papierdrachens. Ich bestreite die Originalität Ihrer Entdeckung und erkläre, daß ich nicht das geringste Vertrauen in die von Ihnen vorgeschlagene Abhilfe habe. Und wieder ist Ihr demagogischer Rednertrick, mich als jemanden hinzustellen, der sich an den Greueln des Schlachtfeldes ergötzt wie der leibhaftige Böse! Ein andermal, bei einem anderen Ihrer demagogischen Ausfälle, möchten Sie den Nüchternen für den Betrunkenen büßen lassen. Ich bitte Sie um ein wenig Rücksicht auf das Wohlsein, die Behaglichkeit und Erfrischung auch des Nüchternen, und sofort erklären Sie demagogisch, ich hätte ein krankhaftes Verlangen, Gottes Geschöpfe in Schweine und wilde Tiere zu verwandeln! In all diesen Fällen laufen Ihre Anhänger, Förderer und Sympathisanten – Ihre regulären Bekenner aller Grade – wie ebenso viele wildgewordene Malaien Amok, unterstellen mit der größten Unverfrorenheit die niedrigsten und gemeinsten Motive – ich erinnere nur an einen jüngsten Fall bei Ihnen selbst, der Ihnen die Schamröte ins Gesicht treiben sollte –, und operieren mit Zahlen, von denen Sie wissen, daß sie so willkürlich einseitig sind wie eine komplizierte Buchführung, in der es nur eine Haben- und keine Sollseite gibt oder nur eine Soll- und keine Habenseite. Aus all diesen Gründen, Mr. Honeythunder, betrachte ich die Rednertribüne schon im öffentlichen Leben als ein hinlänglich schlechtes Beispiel und eine hinlänglich schlechte Schule. Ins Privatleben übertragen, wird sie jedoch zu einer unerträglichen Plage.«

»Das ist starker Tobak, Sir!« rief der Philanthrop.

»Das will ich hoffen«, erwiderte Mr. Crisparkle. »Guten Morgen.«

Sprach's und verließ im Sturmschritt den Hafen der Philanthropie, aber bald fiel er wieder in seine gewohnte flotte Gangart und hatte auch bald wieder ein Lächeln auf den Lippen, als er im Weitergehen daran dachte, was wohl die Porzellanschäferin gesagt hätte, wenn sie gesehen hätte, wie er es dem Mr. Honeythunder in dieser netten kleinen Auseinandersetzung gegeben hatte. Denn Mr. Crisparkle besaß gerade genug harmlose Eitelkeit, um sich in der Hoffnung zu wiegen, daß er hart zugeschlagen und dem Philanthropen gehörig das Fell gegerbt habe.

Er begab sich nach Staple Inn, aber nicht zu P.J.T. und Mr. Grewgious. Viele knarrende Stufen stieg er hinauf, bis er zu einer Mansardenwohnung im obersten Stockwerk gelangte, drehte den Knauf der unverriegelten Tür und stand neben dem Tisch von Neville Landless.

Ein Hauch von Abgeschiedenheit und Einsamkeit hing über den Räumen und ihrem Bewohner. Er wirkte sehr angeschlagen und sie ebenfalls. Die schrägen Decken, die schweren rostigen Schlösser und Kamingitter, die wuchtigen Läden und Balken, die langsam vor sich hin moderten, ließen an ein Gefängnis denken, und der Insasse hatte das hagere Gesicht eines Gefangenen. Dabei schien die Sonne durch das häßliche Dachfenster herein, das ein eigenes Schutzdach über die Schindeln vorkragen ließ, und auf der brüchigen rauchgeschwärzten Brüstung darunter hüpften einige der verblendeten Spatzen des Ortes rheumatisch wie kleine gefiederte Krüppel, die ihre Krücken im Nest gelassen haben, und es gab ein Flirren lebendiger Blätter ganz in der Nähe, das die Luft veränderte und eine unvollkommene Art von Musik in ihr machte, die auf dem Lande melodisch geklungen hätte.

Die Räume waren spärlich möbliert, aber reichlich mit Büchern ausgestattet. Alles sah nach armer Studentenbude aus. Daß es Mr. Crisparkle war, der die Bücher ausgesucht und geliehen oder geschenkt hatte (oder alle drei Funktionen in sich vereinte), hätte man leicht an dem freundlichen Blick sehen können, den er beim Eintreten auf sie warf.

»Wie geht's, Neville?«

»Ich bin guten Mutes, Mr. Crisparkle, und arbeite viel.«

»Ich wünschte, Ihre Augen wären nicht ganz so groß und nicht ganz so glänzend«, sagte der Hilfskanonikus, während er langsam die Hand losließ, die er gedrückt hatte.

»Sie glänzen bei Ihrem Anblick«, erwiderte Neville. »Wenn Sie mich im Stich ließen, würden sie bald trübe genug dreinblicken.«

»Fassen Sie Mut!« ermunterte ihn der andere. »Kämpfen Sie sich durch, Neville!«

»Mir scheint, wenn ich im Sterben läge, würde ein Wort von Ihnen mich wieder aufrichten. Wenn mein Herz stehenbliebe, würde Ihre Berührung es wieder zum Schlagen bringen«, sagte Neville. »Aber ich *habe* Mut gefaßt, und es geht mir glänzend.«

Mr. Crisparkle drehte Nevilles Gesicht etwas mehr ins Licht.

»Ich möchte *hier* etwas mehr Farbe sehen, Neville«, sagte er und zeigte auf seine eigene blühende Wange als Muster. »Ich möchte, daß Sie mehr an die Sonne gehen.«

Neville ließ plötzlich den Kopf hängen und antwortete mit leiser Stimme: »Dafür bin noch nicht stark genug. Vielleicht kommt das noch, aber jetzt könnte ich es noch nicht ertragen. Wenn Sie so wie ich durch die Straßen von Cloisterham gegangen wären, wenn Sie so wie ich gesehen hätten, wie die Leute mich angeschaut haben und wie die besseren Leute mir stumm ausgewichen sind, damit ich ihnen nicht zu nahe kam oder sie gar berührte, dann würden Sie es nicht unvernünftig finden, daß ich mich nicht bei Tageslicht hinaustraue.«

»Mein armer Junge!« sagte der Hilfskanonikus in einem so tief mitfühlenden Ton, daß der junge Mann gerührt seine Hand ergriff. »Ich habe nie gesagt, daß es unvernünftig wäre, ich habe es auch nie gedacht. Ich wünschte nur, daß Sie es öfter täten.«

»Und das wäre für mich auch der stärkste Beweggrund, es zu tun. Aber ich kann es noch nicht. Ich komme noch nicht von der Vorstellung los, daß mich die Augen selbst der Ströme von Fremden hier in dieser riesigen Stadt mit Argwohn betrachten. Ich fühle mich gezeichnet und gebrandmarkt, selbst wenn ich – was ich als einziges tue – bei Nacht ausgehe. Aber dann gibt mir die Dunkelheit Schutz, und das macht mir Mut.«

Mr. Crisparkle legte ihm eine Hand auf die Schulter und sah im Stehen zu ihm hinunter.

»Wenn ich meinen Namen hätte ändern können«, fuhr Neville fort, »hätte ich es getan. Aber wie Sie mir weise klargemacht haben, kann ich das nicht, da es wie ein Schuldbekenntnis aussähe. Wenn ich weit fortgehen könnte, würde mir das vielleicht Erleichterung bringen, aber daran ist aus demselben Grund nicht zu denken. In jedem Fall würde es heißen, ich wolle mich verstecken oder fliehen. Es ist schon ein bißchen hart, sich so angebunden zu fühlen, und dabei unschuldig zu sein, aber ich beklage mich nicht.«

»Und Sie dürfen auch keine Hilfe von einem Wunder erwarten«, sagte Mr. Crisparkle mitfühlend.

»Nein, Sir, das weiß ich. Die einzige Hoffnung, die mir bleibt, ist das normale Vergehen der Zeit und der Umstände.«

»Es wird Ihnen schließlich recht geben, Neville.«

»Das glaube ich auch und hoffe, es noch zu erleben.«

Da er jedoch bemerkte, daß die trübsinnige Stimmung, in die er verfiel, einen Schatten auf den Hilfskanonikus warf, und da er (vielleicht) auch spürte, daß die breite Hand auf seiner Schulter nicht mehr ganz so fest drückte, wie sie es mit ihrer natürlichen Kraft bei der ersten Berührung getan hatte, riß er sich zusammen und sagte:

»Beste Bedingungen jedenfalls, um zu studieren! Und Sie wissen ja, Mr. Crisparkle, wie dringend mir Studien aller Art nottun. Ganz abgesehen davon, daß Sie mir geraten haben, mich auf das schwierige Studium der Rechte zu verlegen, und natürlich lasse ich mich vom Rat eines solchen Freundes und Helfers leiten. Eines solch *guten* Freundes und Helfers!«

Er nahm die tröstende Hand von seiner Schulter und küßte sie. Mr. Crisparkle sah stumm auf die Bücher, aber nicht mehr so strahlend wie vorhin bei seinem Eintritt.

»Ich entnehme Ihrem Schweigen hierzu, daß mein ehemaliger Vormund dagegen ist, Mr. Crisparkle?«

Der Hilfskanonikus antwortete: »Ihr ehemaliger Vormund ist ein... ein höchst unvernünftiger Mensch, und es hat für keinen vernünftigen Menschen irgendeine Bedeutung, ob er dagegen oder dafür oder auch dazwischen ist.«

»Ein Glück, daß ich genug besitze, um mit einiger Sparsamkeit davon leben zu können, bis ich fertig studiert habe«, seufzte Neville halb düster, halb beruhigt, »und bis ich recht bekomme. Sonst wäre ich ein lebender Beweis für das Sprichwort: Während das Gras wächst, stirbt das Vieh.«

Mit diesen Worten schlug er einige Bücher auf, und bald war er in ihre mit Randbemerkungen übersäten Seiten vertieft, während Mr. Crisparkle erläuternd, korrigierend und beratend neben ihm saß. Seine Pflichten in der Kathedrale erschwerten dem Hilfskanonikus diese Besuche und erlaubten sie ihm nur alle paar Wochen, aber für Neville Landless waren sie ebenso nützlich wie kostbar.

Als sie mit dem vorgesehenen Pensum fertig waren, traten die beiden ans Fenster und sahen auf das kleine Stück Garten hinunter. »Nächste Woche«, sagte Mr. Crisparkle, »wird Ihre Einsamkeit zu Ende sein, und Sie werden eine aufmerksame Gefährtin haben.«

»Ja, und doch«, seufzte Neville, »scheint mir dies hier kein passender Ort für meine Schwester!«

»Das sehe ich anders«, sagte der Hilfskanonikus. »Hier gibt es viel zu tun, und hier fehlt es gerade an weiblichem Gefühl, Verstand und Mut.«

»Ich meinte«, erklärte Neville, »die Gegend hier ist so trübe, so unweiblich, und Helena wird hier keine passende Freundin oder Gesellschaft finden.«

»Denken Sie nur daran«, sagte Mr. Crisparkle, »daß *Sie* hier sind und daß Ihre Schwester Sie wieder ins Sonnenlicht führen soll.«

Sie schwiegen eine Weile, dann fing Mr. Crisparkle wieder an: »Als wir das erstemal miteinander sprachen, Neville, sagten Sie mir, daß Ihre Schwester aus den Widrigkeiten Ihres früheren Lebens um soviel besser als Sie herausgekommen sei, wie der Cloisterhamer Kathedralenturm höher als die Schornsteine des Hilfskanonikuswinkels ist. Erinnern Sie sich?«

»Sehr gut!«

»Damals war ich geneigt, das für eine schwärmerische Übertreibung zu halten. Wie ich jetzt darüber denke, spielt keine Rolle. Ich möchte nur unterstreichen, daß Ihre Schwester Ihnen in puncto Stolz ein großes und leuchtendes Beispiel sein sollte.«

»Sie ist es in *allen* Punkten, die zur Bildung eines edlen Charakters gehören.«

»Meinetwegen, aber nehmen wir einmal diesen. Ihre Schwester hat gelernt, ihren Stolz zu beherrschen. Sie hat ihn sogar dann noch unter Kontrolle, wenn er durch ihre Liebe zu Ihnen verletzt wird. Zweifellos hat sie in denselben Straßen tief gelitten, in denen Sie tief gelitten haben. Zweifellos wird ihr Leben durch dieselben Wolken verdunkelt wie Ihres. Aber indem sie ihren Stolz zu einer großartigen Haltung gebändigt hat, die weder hochmütig noch aggressiv ist, sondern ganz auf dem Vertrauen in Sie und in die Wahrheit beruht, hat sie sich ihren Weg durch jene Straßen erkämpft, bis sie ihn jetzt genauso hoch geachtet wie jeder andere gehen kann. Jeden Tag und jede Stunde ihres Lebens seit Edwin Droods Verschwinden ist sie – für Sie – Bosheiten und Dummheiten entgegengetreten, wie nur eine tapfere und sehr disziplinierte Natur es kann. Und sie wird es weiter tun bis zum Ende. Ein anderer, schwächerer Stolz mag gebrochen zusammensinken, nie aber einer wie ihrer: ein Stolz, der kein Zurückweichen kennt und der nicht die Oberhand über sie gewinnen kann!«

Die blasse Wange neben ihm errötete bei dem Vergleich und der darin enthaltenen Mahnung. »Ich werde alles tun, was ich kann, um ihrem Beispiel zu folgen«, sagte Neville.

»Tun Sie das, und seien Sie ein wahrhaft tapferer Mann, so wie sie eine wahrhaft tapfere Frau ist«, schloß Mr. Crisparkle in energischem Ton. »Es wird langsam dunkel. Wollen Sie mich ein Stückchen begleiten, wenn es ganz dunkel geworden ist? Beachten Sie: nicht ich bin es, der auf die Dunkelheit wartet.«

Neville antwortete, er werde sofort mitkommen. Aber Mr. Crisparkle sagte, er müsse noch rasch einen Höflichkeitsbesuch bei Mr. Grewgious machen; er werde auf einen Sprung zu ihm hinübergehen und Neville dann unten an der Treppe erwarten.

Mr. Grewgious saß, kerzengerade wie üblich, bei seinem Wein in der Dämmerung am offenen Fenster: das Weinglas und die Karaffe auf dem runden Tisch neben seinem Ellenbogen, er selbst und seine Beine auf dem Fenstersitz, am ganzen Körper nur *ein* Gelenk, wie bei einem Stiefelknecht.

»Wie geht es Ihnen, Reverend?« sagte Mr. Grewgious mit herzlichen Angeboten von Gastfreundschaft, die ebenso herzlich abgelehnt wurden. »Und wie geht es Ihrem Schutzbefohlenen in der Dachwohnung drüben, die ich das Vergnügen hatte, Ihnen als leerstehend und geeignet zu empfehlen?«

Mr. Crisparkle antwortete geziemend.

»Es freut mich, daß Ihnen die Wohnung genehm ist«, sagte Mr. Grewgious, »denn es bereitet mir ein gewisses Vergnügen, ihn unter den Augen zu haben.«

Da Mr. Grewgious die Augen ziemlich weit nach oben richten mußte, um Nevilles Fenster zu sehen, waren seine letzten Worte eher bildlich als wörtlich zu nehmen.

»Und wie haben Sie Mr. Jasper zurückgelassen, Reverend?«

Mr. Crisparkle hatte ihn in einer recht guten Verfassung zurückgelassen.

»Und wo haben Sie Mr. Jasper zurückgelassen, Reverend?«

Mr. Crisparkle hatte ihn in Cloisterham zurückgelassen.

»Und wann haben Sie Mr. Jasper zurückgelassen, Reverend?«

Diesen Morgen.

»Hm!« machte Mr. Grewgious. »Und er sagte nicht, daß er vielleicht herkommen werde?«

»Wie herkommen?«

»Irgendwie«, sagte Mr. Grewgious.

»Nein.«

»Weil er nämlich hier ist«, sagte Mr. Grewgious, der während all dieser Fragen angespannt aus dem Fenster gesehen hatte. »Und er sieht nicht sehr gut aus, oder?«

Mr. Crisparkle reckte den Hals zum Fenster, als Mr. Grewgious hinzufügte:

»Wenn Sie freundlicherweise hier hinter mich treten, so daß Sie im Dunkel des Zimmers bleiben, und Ihren Blick auf das Treppenfenster im zweiten Stock des Hauses dort drüben richten, so werden Sie, denke ich, schwerlich umhin können, dort ein Individuum schleichen zu sehen, in dem ich unseren lokalen Freund erkenne.«

»Sie haben recht!« rief Mr. Crisparkle.

»Hm!« machte Mr. Grewgious erneut. Dann fügte er hinzu, während er den Kopf so abrupt umdrehte, daß er beinahe mit Mr. Crisparkles Kopf zusammengestoßen wäre: »Was, würden Sie sagen, führt unser Freund dort im Schilde?«

Die letzte Eintragung in Mr. Jaspers Tagebuch schoß Mr. Crisparkle jäh durch den Kopf, und er fragte Mr. Grewgious, ob er es für möglich halte, daß Neville durch eine Überwachung zermürbt werden solle.

»Eine Überwachung?« wiederholte Mr. Grewgious nachdenklich. »Ja!«

»Die ja nicht nur an sich schon eine Folter und Qual für ihn wäre«, rief Mr. Crisparkle erregt, »sondern ihn auch der Qual aussetzen würde, sich immer wieder von neuem verdächtigt zu sehen, was er auch tun und wohin er auch gehen mag?«

»Ja, gewiß!« sagte Mr. Grewgious immer noch nachdenklich. »Sehe ich recht, daß er dort unten auf Sie wartet?«

»Kein Zweifel.«

»Dann *hätten* Sie doch bitte die Güte, mich zu entschuldigen, wenn ich Sie nicht hinausbegleite, und hinunterzugehen, um ihn abzuholen, und mit ihm Ihres Weges zu gehen, ohne auf unseren lokalen Freund zu achten?« sagte Mr. Grewgious. »Es bereitet mir ein gewisses Vergnügen, heute abend *ihn* unter den Augen zu haben, verstehen Sie?«

Mr. Crisparkle tat mit einem bedeutsamen Nicken, wie ihm geheißen, holte Neville ab und ging mit ihm davon. Sie aßen zusammen zu Abend und trennten sich an der noch unfertigen, unausgebauten Bahnstation: Mr. Crisparkle, um nach Hause zu fahren, Neville, um durch die Straßen zu wandern, über die Brücken zu gehen, im Schutze der Dunkelheit einen ausgedehnten Stadtrundgang zu machen und sich müde zu laufen.

Es war Mitternacht, als er von seinem einsamen Ausflug zurückkam und seine Treppe hinaufstieg. Die Nacht war sehr warm, und die Fenster im Treppenhaus standen alle weit offen. Als er oben ankam, durchfuhr ihn ein kurzer Schreck (denn es gab dort keine anderen Kammern als seine) beim Anblick eines Fremden, der auf dem Fensterbrett saß, aber eher wie ein waghalsiger Glaser als wie ein normaler, um sein Genick besorgter Amateur – tatsächlich saß er mehr draußen als drinnen im Fenster, so daß man hätte meinen können, er sei statt der Treppe die Regenrinne heraufgekommen.

Der Fremde sagte nichts, bis Neville seinen Schlüssel in die Tür steckte; dann, offenbar durch diese Handlung von seiner Identität überzeugt, sprach er ihn an.

»Verzeihen Sie bitte«, sagte er und schwang sich mit einem offenen, freundlichen Lächeln und einer gewinnenden Art vom Fensterbrett. »Die Bohnen.«

Neville stand sprachlos.

»Kletterbohnen«, sagte der Besucher. »Rote. Nächste Haustüre hinten.«

»Ah!« rief Neville. »Und die Reseda und der Goldlack?«

»Ebenfalls.«

»Bitte treten Sie ein.«

»Danke.«

Neville zündete seine Kerzen an, und der Besucher setzte sich. Ein gutaussehender Herr mit jugendlichem Gesicht, aber einer Figur, die in ihrer Robustheit und Breitschultrigkeit älter wirkte; sagen wir, ein Mann von ungefähr achtundzwanzig oder höchstens dreißig Jahren; so tief sonnengebräunt, daß der Gegensatz zwischen dem braunen Gesicht und der weißen Stirne, die im Freien von der Hutkrempe überschattet wurde, sowie dem weißen Stück Kehle, das unter dem Halstuch hervorlugte, fast komisch gewirkt hätte, wären nicht die breiten Schläfen, die hellen blauen Augen, das dichte braune Haar und die beim Lächeln blitzenden Zähne gewesen.

»Ich habe bemerkt«, sagte er, »– mein Name ist Tartar.«

Neville deutete eine Verbeugung an.

»Ich habe bemerkt – verzeihen Sie –, daß Sie sich häufig hier einschließen und daß Sie anscheinend Gefallen an meinem Garten hier oben finden. Wenn Sie gern etwas mehr davon hätten, könnte ich ein paar Leinen und Stage zwischen Ihrem und meinem Fenster auswerfen, an denen die Bohnen sich sofort rüberranken würden. Ich habe auch ein paar Kästen mit Reseda und Goldlack, die könnte ich – mit einem Bootshaken, den ich zu Hause habe – durch die Dachrinne zu Ihren Fenstern rüberschieben und, wenn sie Wasser oder Pflege brauchen, wieder zu mir zurückziehen und, wenn sie dann klar Schiff sind, wieder zu Ihnen rüberschieben, so daß sie Ihnen keine Mühe bereiten. Ich konnte mir diese Freiheit nicht nehmen, ohne Sie um Erlaubnis zu fragen, und so bin ich hergekommen, um Sie darum zu bitten. Tartar, Nachbarwohnung, nächste Haustür.«

»Sie sind sehr liebenswürdig.«

»Aber ich bitte Sie, nein. Ich müßte mich eher dafür entschuldigen, daß ich so spät gekommen bin. Aber da ich bemerkt habe, daß Sie – verzeihen Sie – im allgemeinen bei Nacht ausgehen, dachte ich, es würde Sie weniger stören, wenn ich Ihre Rückkehr abwartete. Ich fürchte immer, fleißige Leute bei der Arbeit zu stören, da ich selber ein Nichtstuer bin.«

»Danach sehen Sie aber gar nicht aus.«

»Nein? Das nehme ich als ein Kompliment. Tatsächlich hatte ich die Offizierslaufbahn in der Royal Navy begonnen und war bereits Kapitänleutnant, als ich den Dienst quittierte. Aber als ein Onkel, der vom Dienst in der Marine verbittert war, mir sein Vermögen unter der Bedingung vermachte, daß ich die Marine verließe, nahm ich die Erbschaft an und reichte meinen Abschied ein.«

»Vor kurzem, nehme ich an.«

»Nun, ich hatte mich vorher schon an die zwölf bis fünfzehn Jahre lang in der Welt umgetan. Hierher bin ich etwa neun Monate vor Ihnen gekommen; ich hatte *eine* Ernte vor Ihrer Ankunft. Den Platz habe ich gewählt, weil ich zuletzt auf einer kleinen Korvette gedient hatte und wußte, daß ich mich heimischer fühlen würde, wenn ich ständig Gelegenheit hätte, mit dem Kopf an die Decke zu stoßen. Außerdem würde es einem, der von Kind auf an Bord von Schiffen gelebt hat, nie guttun, plötzlich im Luxus zu leben. Im übrigen dachte ich, da ich mein Leben lang an ein winziges Stückchen Land gewöhnt war, würde ich den Umgang mit einem großen Landgut am besten dadurch lernen, daß ich mit Blumenkästen anfinge.«

So launisch das alles gesagt wurde, klang doch ein heiterer Ernst darin an, der es doppelt launisch machte.

»Aber jetzt«, sagte der Kapitänleutnant, »habe ich lange genug über mich selbst geredet. Das ist sonst nicht meine Art, hoffe ich. Es war nur, um mich auf zwanglose Weise vorzustellen. Wenn Sie mir die Erlaubnis geben, um die ich Sie gebeten habe, erweisen Sie mir einen großen Dienst, denn ich hätte dann etwas mehr Beschäftigung. Und Sie brauchen nicht zu fürchten, daß es irgendeine Störung oder Beeinträchtigung Ihrer Ruhe mit sich bringt, denn das möchte ich nicht im entferntesten.«

Neville antwortete, er sei ihm sehr verbunden und nehme das freundliche Angebot gerne an.

»Es freut mich sehr, Ihre Fenster ins Schlepptau nehmen zu dürfen«, sagte der Kapitänleutnant. »Nach dem, was ich von Ihnen gesehen hatte, wenn ich die Blumen vor meinem Fenster pflegte und Sie herüberschauten, waren Sie mir – verzeihen Sie – ein bißchen zu fleißig und anfällig vorgekommen. Darf ich fragen, ob Ihre Gesundheit irgendwie beeinträchtigt ist?«

»Ich habe an einer... Gemütsaffektion gelitten«, antwortete Neville verwirrt, »die mich in den Krankenstand versetzt hatte.«

»Verzeihen Sie bitte«, sagte Mr. Tartar.

Mit dem größten Zartgefühl verlagerte er sein Interesse wieder auf die Fenster und fragte, ob er einmal aus einem hinaussehen dürfe. Als Neville es öffnete, schwang er sich unversehens hinaus, als müßte er in einer Notlage mit einer ganzen Wachmannschaft in die Takelage klettern und wollte mit gutem Beispiel vorangehen.

»Um Himmels willen!« rief Neville. »Tun Sie das nicht!

Wohin wollen Sie, Mr. Tartar? Sie werden sich noch das Genick brechen!«

»Keine Angst!« erwiderte der Kapitänleutnant und sah sich gelassen auf dem Dach um. »Alles fest und sicher hier. Die versprochenen Leinen und Stage werden gesetzt sein, bevor Sie morgen früh aufstehen. Darf ich diese Abkürzung nach Hause nehmen und Ihnen gute Nacht wünschen?«

»Mr. Tartar!« flehte Neville. »Bitte nicht! Es macht mich ganz schwindelig, Ihnen bloß zuzusehen!«

Aber Mr. Tartar war schon mit einer grüßenden Handbewegung und mit der Geschmeidigkeit einer Katze durch seine feuerbohnenumrankte Luke geschlüpft, ohne ein Blatt zu knikken, und in seine Kajüte weggetaucht.

Im selben Moment schob Mr. Grewgious die Tüllgardine an seinem Schlafzimmerfenster beiseite, um das letzte Mal an diesem Abend Nevilles Dachkammer »unter den Augen« zu haben. Zum Glück ruhten seine Augen auf der Vorder- und nicht auf der Rückseite des Hauses, sonst hätte ihn die bemerkenswerte Erscheinung auf dem Dach womöglich als unheimliches Phänomen um seine Nachtruhe gebracht. Aber da Mr. Grewgious nichts dort oben sah, nicht einmal ein Licht in den Fenstern, wanderte sein Blick von den Fenstern hinauf zu den Sternen, als versuchte er in ihnen etwas zu lesen, was ihm verborgen war. Viele von uns würden das gerne tun, wenn sie's könnten; aber keiner von uns kennt bisher auch nur das Alphabet der Sterne – oder scheint imstande, es je in diesem Dasein zu lernen –, und wenige Sprachen kann man lesen, solange man ihre Schrift nicht beherrscht.

Kapitel 18
Ein Neuankömmling in Cloisterham

Etwa um dieselbe Zeit erschien ein Fremder in Cloisterham, ein Mann mit weißem Haar und schwarzen Augenbrauen. Bis oben eingeknöpft in einen enganliegenden blauen Überrock, mit lederner Weste und grauen Hosen, hatte er etwas Militärisches an sich, aber er stellte sich im Krummstab (dem altehrwürdigen Hotel, wo er mit einem Handkoffer abgestiegen war) als ein alleinstehender Müßiggänger vor, der von seinen Einkünften lebe; des weiteren tat er kund, daß er die Absicht habe, sich in der malerischen alten Stadt für ein paar Monate einzumieten, um sich eventuell ganz dort niederzulassen. Beides erklärte der Fremde im Speisesaal des Hotels vor allen, die es etwas angehen mochte oder nicht, während er, rücklings an den leeren Kamin gelehnt, im Stehen auf seine gebratene Seezunge, sein Kalbskotelett und sein Glas Sherry wartete. Und da der Kellner (bei dem chronisch ruhigen Geschäftsgang im Krummstab) alle repräsentierte, die es etwas angehen mochte oder nicht, nahm er die ganze Information allein zur Kenntnis.

Der weiße Kopf dieses fremden Herrn war ungewöhnlich groß und sein weißer Haarschopf ungewöhnlich dick und üppig. »Ich nehme an, Herr Ober«, sagte er und schüttelte seine Mähne wie ein Neufundländer, ehe er sich zum Essen niedersetzte, »es wird sich doch hier irgendwo eine passende Wohnung für einen alten Junggesellen auftreiben lassen, oder?«

Der Kellner zweifelte nicht daran.

»Etwas Altes«, sagte der fremde Herr. »Nehmen Sie doch bitte mal einen Augenblick meinen Hut vom Haken, ja? Danke, nein, ich will ihn nicht haben. Sehen Sie mal rein. Was lesen Sie da?«

Der Kellner las: »Datchery.«

»Jetzt wissen Sie meinen Namen«, sagte der fremde Herr. »Dick Datchery. Sie können den Hut wieder hinhängen, danke.

Ich sagte gerade, etwas Altes wäre mir recht, etwas Ausgefallenes und Exzentrisches, etwas Ehrwürdiges, Architektonisches und schön Unbequemes.«

»An unbequemen Wohnungen haben wir, denke ich, eine reiche Auswahl in der Stadt, Sir«, antwortete der Kellner mit bescheidener Zuversicht in die diesbezüglichen Möglichkeiten von Cloisterham. »Jawohl, ich bezweifle nicht, daß wir Sie *insoweit* durchaus zufriedenstellen können, wie eigen Sie immer auch sein mögen. Aber eine *architektonische* Wohnung?!« Das schien dem Kellner Sorgen zu machen, und er schüttelte düster den Kopf.

»Dann vielleicht etwas *Kathedralisches*«, schlug Mr. Datchery vor.

»Mr. Tope«, meinte der Kellner und rieb sich das Kinn, während seine Miene sich aufhellte, »Mr. Tope wäre wohl der beste für diesbezügliche Auskünfte.«

»Wer ist Mr. Tope?« fragte Dick Datchery.

Der Kellner erklärte, daß es sich um den Küster der Kathedrale handle und daß Mrs. Tope früher einmal selbst Zimmer vermietet habe, beziehungsweise sie habe welche zum Vermieten angeboten, aber da niemand sie je habe mieten wollen, sei das Pappschild in Mrs. Topes Fenster, lange Zeit eine Cloisterhamer Institution, dann schließlich verschwunden; wahrscheinlich sei es eines Tages heruntergefallen, und niemand habe es wieder aufgestellt.

»Ich werde Mrs. Tope einen Besuch abstatten«, sagte Mr. Datchery. »Nach dem Essen.«

So wurde ihm nach dem Essen beschrieben, wie man dorthin kam, und er machte sich auf den Weg. Aber da der Krummstab ein Hotel in äußerst zurückgezogener Lage war und die Wegbeschreibung des Kellners sich einer fatalen Genauigkeit befleißigt hatte, fand er sich bald nicht mehr zurecht und lief ratlos immer wieder um den Turm der Kathedrale herum, wann immer er einen Blick auf ihn erhaschen konnte, mit der vagen Idee im Kopf, daß die Wohnung des Küsters irgendwo ganz in der Nähe sein mußte und daß es bei seiner Suche – wie in dem bekannten

Kinderspiel – wärmer wurde, wenn er den Turm sah, und kalt, wenn er ihn nicht sehen konnte.

Ihm wurde tatsächlich recht kalt, als er auf ein Stückchen Friedhof kam, wo ein unglückliches Schaf graste. Unglücklich deshalb, weil ein gräßlicher kleiner Bengel es durch das Gitter mit Steinen bewarf und ihm bereits ein Bein gelähmt hatte und sehr angeregt das hehre sportsmännische Ziel verfolgte, ihm auch die drei anderen zu brechen, um es so zu erlegen.

»Wieder getroffen!« schrie der Bengel, während das arme Tier einen Sprung machte. »Und ihm ’n Loch in die Wolle gebrannt!«

»Laß das Schaf in Ruhe!« sagte Mr. Datchery. »Siehst du nicht, daß du es schon gelähmt hast?«

»Lüge«, erwiderte der Sportsmann, »’s is schon vorher lahm gegangn, ’ch hab’s gesehn, und da hab ich’s mit’n paar Steine geworfen als Widdy-Warnung, daß es seinem Herrn nich seine Hammelkeule weiter schtrappazian tut.«

»Komm mal her.«

»Will nich. Fang’se mich doch.«

»Dann bleib eben stehen, und zeig mir, wo’s zu Mr. Topes Wohnung geht.«

»Wie kann ich stehnbleim und Ihn’ zeign, woßu Missa Topes seine Wohnung geht, wenn Missa Topes seine Wohnung auffe annere Seite vonne Katterale is, und über die Kreuzung rüber und um’n Haufen Ecken rum? Sowas Blööö-des!«

»Zeig mir, wo das ist, und ich geb dir was.«

»Na dann komm’se mal!«

Nach diesem munteren Dialog ging der Bengel voran, und nicht lange darauf blieb er in einiger Entfernung vor einem gewölbten Torweg stehen und zeigte hin.

»Sehnse da rüba. Sehnse Fenster ’n’ Tür da?«

»Das ist Topes Wohnung?«

»Lüge; isse nich. Das is Jasper seine.«

»Ach wirklich?« sagte Mr. Datchery und sah mit einem gewissen Interesse von neuem hin.

»Jawoll, und näher geh’ch nich ran, sag ich Ihn’.«

»Wieso nicht?«

»Weil ich will nich inne Luft hochgehom wern und meine Träger zerrissen krieng und gewürgt wern, nee wirklich nich, nich von dem! Wartense nur, dem knall ich nochma 'n schön' hartn Stein hintn an sein' schön' hartn Detz knall ich dem! Jetz sehnsema da auffe annere Seite rüber, nich auf die, wo Jasper seine Tür is, auffe annere Seite.«

»Ich sehe.«

»Stückchen rein da auf der Seite, da is 'ne niedrige Tür, zwei Stufen runter. Das is Topes seine, mit seim Nam' auf'm ovalen Schild.«

»Gut. Sieh her«, sagte Mr. Datchery und zog einen Schilling hervor. »Du schuldest mir die Hälfte von dem.«

»Lüge! Nix schuld ich Ihn', garnix, ich hab Sie noch nie gesehn.«

»Ich sage dir, du schuldest mir die Hälfte von dem, weil ich keinen halben Schilling in der Tasche habe. Also wirst du das nächste Mal, wenn du mich triffst, irgendwas anderes für mich tun, um mir deine Schulden zu bezahlen.«

»Na gut, einverstanden.«

»Wie heißt du, und wo wohnst du?«

»Vize, im Travellers' Twopenny, hinterm Park.«

Der Junge flitzte mit dem Schilling davon, aus Angst, daß es Mr. Datchery reuen könnte, blieb jedoch in sicherer Entfernung stehen und gab für den glücklichen Fall, daß dem anderen nicht ganz wohl bei der Sache sein sollte, einen kleinen Teufelstanz zum besten, um ihn von der Unwiderruflichkeit ihres Abkommens zu überzeugen.

Mr. Datchery lüftete seinen Hut, um seine weiße Mähne erneut zu schütteln, schien sich geschlagen zu geben und ging, wohin ihn der Junge gewiesen.

Mr. Topes Dienstwohnung, die über eine obere Treppe mit der des Kantors verbunden war (daher Mrs. Topes Haushälterinnendienste bei Jasper), war von sehr bescheidenen Proportionen und erinnerte in mancher Hinsicht an ein kaltes Verlies. Ihre alten Mauern waren massiv, und die Zimmer schienen eher aus ihnen herausgehauen als vor deren Bau geplant worden zu sein. Die Eingangstür führte unmittelbar in einen Raum mit undefinierbarem Grundriß und gewölbter Decke, der seinerseits in einen weiteren Raum mit undefinierbarem Grundriß und gewölbter Decke führte, beide mit kleinen Fenstern in der Dicke der Mauern. Diese zwei Kammern, dumpf an Atmosphäre und düster im Hinblick auf ihre natürliche Beleuchtung, waren die Wohnung, die Mrs. Tope so lange einer uninteressierten Stadt angeboten hatte. Mr. Datchery war jedoch interessiert. Er fand, daß er, wenn er bei offener Eingangstür darin saß, sich am Schauspiel der vorbeikommenden Passanten erfreuen könnte, die durch den Torweg hin und her gingen, und daß es dann hell genug sein würde. Er fand, daß, wenn Mr. und Mrs. Tope, die über ihm wohnten, für ihre Aus- und Eingänge eine kleine Seitentreppe benutzten, die geradewegs auf den Kirchplatz führte (durch eine Tür, die nach außen aufging, zur Überraschung und zum Ärger der raren Passanten, die auf dem schmalen Weg dort vorbeikamen), er allein und ungestört sein würde wie in einer separaten Wohnung. Er fand, daß der Mietpreis erträglich und alles so anheimelnd unbequem war, wie man es sich nur wünschen konnte. So erklärte er sich bereit, die Wohnung auf der Stelle zu mieten und im voraus zu bezahlen, um am nächsten Abend einzuziehen, unter der Bedingung, daß er zuvor noch eine Referenz von Mr. Jasper einholen dürfe, dem Bewohner des Torhauses, zu dem sich das Loch-in-der-Mauer des Küsters wie ein Annex oder Anbau verhielt.

Der arme gute Herr sei sehr einsam und sehr traurig, sagte Mrs. Tope, aber sie habe keinen Zweifel, daß er »für sie sprechen« werde. Vielleicht habe Mr. Datchery etwas gehört von dem, was hier letzten Winter passiert sei?

Mr. Datchery hatte eine so ungenaue Kenntnis von dem betreffenden Vorfall, als er ihn sich in Erinnerung zu rufen versuchte, wie es bei ihm zu erwarten war. Er bat Mrs. Tope um Verzeihung, als sie sich genötigt sah, ihn in jeder Einzelheit seiner summarischen Wiedergabe der Fakten zu korrigieren, gab aber zu bedenken, daß er nur ein alter Junggeselle sei, der von seinen bescheidenen Einkünften so müßig lebe, wie er nur könne, und daß so viele Leute immerzu so viele andere Leute aus dem Wege räumten, daß es für einen alten Knaben von schlichter Gemütsart wie ihn recht schwierig sei, die Umstände der verschiedenen Fälle unvermischt im Gedächtnis zu behalten.

Da Mr. Jasper sich bereit zeigte, für Mrs. Tope zu sprechen, wurde Mr. Datchery, der ihm seine Karte geschickt hatte, eingeladen, sich über die Hintertreppe zu ihm hinauf zu bemühen. Der Bürgermeister sei auch da, sagte Mrs. Tope, aber der sei nicht »in dem Sinne als Besuch« zu betrachten, da er und Mr. Jasper dicke Freunde seien.

»Ich bitte um Verzeihung«, sagte Mr. Datchery und machte mit dem Hut unterm Arm einen Kratzfuß, womit er sich an beide Herren gleichzeitig wandte. »Eine selbstsüchtige Vorsichtsmaßnahme meinerseits, die niemanden als mich persönlich interessiert. Aber als alter Junggeselle, der von seinen Einkünften lebt und sich mit dem Gedanken trägt, es für die ihm noch verbleibende Lebensspanne an diesem lieblichen Ort hier in Ruhe und Frieden zu tun, erlaube ich mir zu fragen, ob die Topes ehrbare Leute sind.«

Mr. Jasper konnte die Frage ohne das allergeringste Zögern bejahen.

»Danke, das genügt mir vollkommen, Sir«, sagte Mr. Datchery.

»Mein Freund, der Bürgermeister«, fügte Mr. Jasper hinzu und führte Mr. Datchery mit einer gravitätischen Handbewegung dem genannten Potentaten vor, »dessen Empfehlung selbstredend sehr viel bedeutsamer für einen Fremden ist als die eines obskuren Menschen, wie ich einer bin, wird sicher ebenfalls zu ihren Gunsten sprechen, dessen bin ich gewiß.«

»Seine Exzellenz, der Herr Bürgermeister«, sagte Mr. Datchery mit einer tiefen Verbeugung, »verpflichten mich zu unendlicher Dankbarkeit.«

»Sehr gute Leute, die Topes, Sir«, sagte Mr. Sapsea huldvoll. »Sehr gute Ansichten. Sehr gutes Benehmen. Sehr ehrerbietig. Sehr geschätzt von Dekan und Kapitel.«

»Seine Exzellenz, der Herr Bürgermeister«, sagte Mr. Datchery, »stellen ihnen ein Zeugnis aus, auf das sie wahrhaftig stolz sein können. Ich würde Ihro Gnaden gern fragen, wenn es mir gestattet ist: Sicherlich gibt es viele sehr interessante Dinge in der Stadt unter Ihro Gnaden segensreicher Regierung?«

»Wir sind, Sir«, antwortete Mr. Sapsea, »eine alte Stadt und eine kirchliche Stadt. Wir sind, wie es sich für solch eine Stadt gehört, eine verfassungstreue Stadt und schätzen und halten unsere ruhmreichen Privilegien hoch.«

»Ihro Gnaden«, sagte Mr. Datchery mit einer Verbeugung, »erfüllen mich mit dem lebhaften Wunsche, mehr über diese Stadt zu erfahren, und bestärken in mir die Neigung, meine Tage hier zu beschließen.«

»Offizier im Ruhestand, Sir?« fragte Mr. Sapsea.

»Seine Exzellenz der Herr Bürgermeister erweisen mir zuviel Ehre«, erwiderte Mr. Datchery.

»Marine, Sir?«

»Abermals«, wiederholte Mr. Datchery, »erweisen mir Seine Exzellenz der Herr Bürgermeister zuviel Ehre.«

»Diplomatie ist ein schöner Beruf«, sagte Mr. Sapsea im Ton einer allgemeinen Bemerkung.

»Und hier, ich bekenne es, sind Ihro Gnaden Herr Bürgermeister mir über«, sagte Mr. Datchery mit einem treuherzigen Lächeln und einer erneuten Verbeugung. »Selbst ein diplomatischer Vogel muß solch einem Schützen erliegen.«

Nun, das alles war Balsam für Mr. Sapsea. Hier stand ein echter Gentleman von besten, um nicht zu sagen adeligen Manieren, gewohnt, mit Leuten von Rang und Würden zu verkehren, der ein schönes Beispiel dafür gab, wie man sich einem Bürgermeister gegenüber zu benehmen hatte. Es lag etwas in dieser Anredeform in der dritten Person, was Mr. Sapsea besonders angemessen für seine Verdienste und seine Stellung fand.

»Aber ich bitte jetzt untertänigst um Vergebung«, sagte Mr. Datchery. »Ihro Gnaden Herr Bürgermeister werden's mir nachsehen, wenn ich mich für einen Augenblick dazu verleiten ließ, Ihro Zeit zu beanspruchen und die bescheidenen Ansprüche zu vergessen, die mein Hotel, der Krummstab, auf die meine erheben darf.«

»Aber nicht doch, Sir«, sagte Mr. Sapsea. »Ich bin im Begriff, nach Hause zu gehen, und wenn Sie unterwegs einen Blick auf das Äußere unsere Kathedrale werfen möchten, wird es mir eine Freude sein, sie Ihnen zu zeigen.«

»Ihro Gnaden Herr Bürgermeister«, sagte Mr. Datchery, »sind über die Maßen gütig und liebenswürdig.«

Da Mr. Datchery, nachdem er Mr. Jasper seine Empfehlungen entboten hatte, partout nicht zu bewegen war, vor Seiner Exzellenz den Raum zu verlassen, schritt Seine Exzellenz voran die Treppe hinunter; Mr. Datchery folgte, den Hut unterm Arm, und seine weiße Mähne wehte im lauen Abendwind.

»Dürfte ich Ihro Gnaden fragen«, sagte Mr. Datchery, »ob der Herr, den wir soeben verlassen haben, der nämliche ist, von dem ich in der Nachbarschaft hörte, er leide sehr schwer am Verlust eines Neffen und widme sein ganzes Leben dem Ziel, ihn zu rächen?«

»Er ist der nämliche Herr. John Jasper, Sir.«

»Würden Ihro Gnaden mir erlauben zu fragen, ob es starke Verdachtsmomente gegen jemanden gibt?«

»Mehr als Verdachtsmomente, Sir«, erwiderte Mr. Sapsea. »Quasi Gewißheit.«

»Nun sieh einer an!« rief Mr. Datchery.

»Aber die Beweise, Sir, die Beweise müssen Steinchen für Steinchen zusammengetragen werden«, sagte der Bürgermeister. »Wie ich immer sage, erst das Ende krönt das Werk. Es genügt nicht, daß die Justiz sich ihrer Sache moralisch gewiß ist, sie muß sich ihrer Sache auch *im*-moralisch gewiß sein, das heißt gesetzlich.«

»Ihro Gnaden«, sagte Mr. Datchery, »erinnern mich an das Wesen des Gesetzes. Immoralisch. Wie wahr!«

»Wie ich immer sage, Sir«, fuhr der Bürgermeister geschwollen fort, »der Arm des Gesetzes ist ein starker Arm und ein langer Arm. So sehe *ich* es. Ein starker Arm und ein langer Arm.«

»Wie zwingend! – Und doch wiederum, wie wahr!« murmelte Mr. Datchery.

»Und ohne zu verraten, was ich die ›Geheimnisse des Gefängnisses‹ nenne«, sagte Mr. Sapsea, »– ›Geheimnisse des Gefängnisses‹ ist der Ausdruck, den ich in der Gerichtsverhandlung benutzt habe –«[1]

»Und welcher andere Ausdruck als der von Ihro Gnaden benutzte würde die Sache treffen?«

»Also ohne sie, wie gesagt, zu verraten, prophezeie ich Ihnen, denn ich kenne den eisernen Willen des Herrn, den wir soeben verlassen haben – ich wage den kühnen Schritt, diesen Willen eisern zu nennen, wegen seiner Stärke –, prophezeie ich Ihnen also, wie gesagt, daß in diesem Falle der lange Arm den Schuldigen erreichen und der starke Arm ihn treffen wird. – Hier sehen Sie unsere Kathedrale, Sir. Die besten Kenner bewundern sie freudig, und die besten Bürger unserer Stadt geben zu, daß sie ein wenig eitel auf sie sind.«

Die ganze Zeit über war Mr. Datchery mit dem Hut unterm Arm und der weißen Mähne im Wind gegangen. Einen Moment lang hatte er plötzlich die Vorstellung, seinen Hut vergessen zu haben, als Mr. Sapsea ihn nun berührte, und faßte sich unwillkürlich an den Kopf, als erwartete er, dort einen anderen Hut vorzufinden.

»Aber setzen Sie ihn doch auf, Sir«, sagte Mr. Sapsea in großmütigem Ton, als wollte er sagen: »Seien Sie versichert, ich werde keinen Anstoß daran nehmen.«

»Sehr gütig von Ihro Gnaden, aber ich trage ihn unterm Arm, weil ich den Kopf gern kühl habe«, antwortete Mr. Datchery.

Sodann bewunderte er die Kathedrale, und Mr. Sapsea zeigte ihm alles, als hätte er selbst es erdacht und erbaut; gewiß gab es auch ein paar Einzelheiten, die er nicht billigte, aber die überging er, als hätten die Bauleute in seiner Abwesenheit ein bißchen gepfuscht. Nachdem die Kathedrale besichtigt war, führte er

[1] Im Original »secrets of the prison-house«: Sapsea zitiert unwissentlich *Hamlet*, I, 5. (*A.d.Ü.*)

seinen Gast zum Friedhof und blieb stehen, um die Schönheit des Abends hervorzuheben, als sie sich – ganz zufällig – in nächster Nähe von Mrs. Sapseas Grabmal befanden.

»Und übrigens«, sagte Mr. Sapsea wie einer, der sich aus großer Höhe herniedersteigend plötzlich erinnert, wie Apoll, der vom Olymp herabgeschossen kommt, um seine vergessene Leier zu holen, *»dies* hier ist eines unserer Kleinodien. Die Anteilnahme der Leute hier hat es zu einer besonderen Sehenswürdigkeit gemacht, und ab und zu sieht man Fremde, die es sich kopieren. Ich kann den Wert nicht beurteilen, da es sich um eine kleine Komposition von mir selbst handelt. Aber ich kann Ihnen versichern, Sir, es war nicht einfach, den Text aufzusetzen. Im Gegenteil, es war ziemlich schwierig, ihn so elegant zu formulieren.«

Mr. Datchery geriet über Mr. Sapseas Komposition in ein solches Entzücken, daß er ungeachtet seiner Absicht, den Rest seiner Tage in Cloisterham zu verbringen, womit er vermutlich noch viele Gelegenheiten finden würde, die Grabinschrift zu kopieren, sie sich auf der Stelle in sein Notizbuch übertragen hätte, wäre nicht in dem Augenblick ihr materieller Erzeuger und Bewahrer vorbeigeschlurft, nämlich Durdles, den Mr. Sapsea prompt herbeirief, nicht unzufrieden über die Möglichkeit, ihm ein leuchtendes Beispiel für das Verhalten gegenüber Höhergestellten zu präsentieren.

»He, Durdles! – Dies ist der Steinmetz, Sir, eine unserer lokalen Persönlichkeiten. Jeder hier kennt Durdles. Durdles, das ist Mr. Datchery, ein Herr, der sich hier niederlassen will.«

»Würd' ich an seiner Stelle nich tun«, knurrte Durdles. »Wir sind'n schwieriges Völkchen hier.«

»Sie sprechen sicher nicht von sich selbst, Mr. Durdles«, erwiderte Mr. Datchery, »und erst recht nicht von Ihro Gnaden.«

»Wer is Ihro Gnaden?« fragte Durdles.

»Ihro Gnaden Herr Bürgermeister.«

»Dem bin ich noch nie vorgestellt worden«, sagte Durdles mit einem alles andere als untertänigen Blick auf Seine Exzellenz, »und wenn ich's werde, hab ich noch Zeit genug, ihn zu begnadigen. Bis dahin, mein ich, gilt nach wie vor:

Sapsea heißt der Mister,
ganz so wie sein Vater,
und beruflich ist er,
hier der Aukschionater.«

In diesem Moment erschien Vize auf dem Schauplatz (angekündigt durch eine fliegende Austernschale) und verlangte von Mr. Durdles, den er überall vergeblich gesucht habe, auf der Stelle die Summe von ganzen drei Pennies als tariflich vereinbarten Lohnaufschlag »rausgerückt« zu bekommen. Während der angesprochene Gentleman, sein Bündel unterm Arm, die Münzen langsam aus der Tasche kramte und abzählte, informierte Mr. Sapsea den neuen Bürger von Cloisterham über Durdles' Gewohnheiten, Gewerbe, Domizil und Reputation. »Ich nehme an, ein neugieriger Fremder kann Sie nach Feierabend einmal besuchen und Ihre Werke besichtigen kommen«, sagte Mr. Datchery daraufhin.

»Jeder Gentleman is mir jeden Abend willkommen, wenn er Schnaps für zweie mitbringt«, erwiderte Durdles mit einem Penny zwischen den Zähnen und einigen Halfpennies zwischen den Fingern. »Und wenn er so nett is und zweimal für zweie mitbringt, isser doppelt willkommen.«

»Ich werde kommen. He, du, Master Vize, was bist du mir schuldig?«

»Ne Arbeit.«

»Dann merk dir, du kannst es mir mit der ehrlichen Arbeit abzahlen, daß du mir zeigst, wo Durdles wohnt, wenn ich hingehen will.«

Mit einer markerschütternden Breitseite von Pfiffen durch seine Zahnlücke machte sich Vize aus dem Staub.

Seine Exzellenz der Beweihräucherte und sein Beweihräucherer gingen zusammen weiter, bis sie sich unter vielerlei Komplimenten vor des Beweihräucherten Haustüre trennten; und selbst da noch trug des Beweihräucherten Beweihräucherer seinen Hut unterm Arm und ließ sein dichtes weißes Haar im Winde flattern.

Selbigen Abends sprach Mr. Datchery zu sich selbst, als er sein weißes Haar im gaslichtbeleuchteten Spiegel über dem Kamin des Krummstäblichen Speisesaales betrachtete und ausschüttelte: »Für einen alten Junggesellen von schlichter Gemütsart, der müßig von seinen Einkünften lebt, habe ich einen ganz schön arbeitsreichen Nachmittag gehabt.«

Kapitel 19
Schatten auf der Sonnenuhr

Wieder hat Miss Twinkleton ihre Abschiedsrede gehalten, begleitet von Weißwein und Plätzchen, und wieder sind die jungen Damen in ihre jeweiligen Elternhäuser abgefahren. Helena Landless hat das Nonnenhaus verlassen, um sich um ihren Bruder zu kümmern, und die hübsche Rosa ist allein.

Cloisterham ist so hell und sonnig in diesen Sommertagen, daß die Kathedrale und die Klosterruinen wirken, als ob ihre dicken Mauern durchsichtig wären. Ein sanftes Glühen scheint eher aus ihrem Innern herauszuleuchten als von außen auf sie herabzustrahlen, so mildwarm blicken sie auf die heißen Weizenfelder und die rauchenden Landstraßen in der Ferne hinaus. Die Gärten in Cloisterham strotzen von reifenden Früchten. Einst zogen um diese Zeit staubige Pilger in lärmenden Haufen durch den erfrischenden Schatten der Stadt; jetzt lungern wandernde Tagelöhner, die ein Zigeunerleben zwischen der Heu- und der Weizenernte führen und aussehen, als ob sie direkt aus dem Staub der Erde gemacht wären, so über und über mit Staub bedeckt sind sie, auf den kühlen Stufen vor den Haustüren herum und versuchen, ihre nicht mehr flickbaren Schuhe zu flicken, oder werfen sie als hoffnungslose Fälle in die Gossen der Stadt und kramen nach anderen in den Bündeln, die sie bei sich tragen samt ihren noch unbenutzten, mit Stroh umwickelten Sicheln. An allen mehr öffentlichen Brunnen sind Scharen von diesen Nomaden dabei, sich die nackten Füße zu kühlen und mit viel Gespritz und Geplantsche aus der hohlen Hand zu trinken; derweil die Cloisterhamer Polizeistreifen sie argwöhnisch von der Seite mustern und sichtlich ungeduldig darauf warten, daß diese Eindringlinge wieder aus den Mauern der Stadt verschwinden, um sich erneut auf den glühenden Landstraßen schmoren zu lassen.

Am späten Nachmittag eines solchen Tages, als der letzte

Gottesdienst in der Kathedrale vorbei ist und die Seite der High Street, auf der das Nonnenhaus steht, in gnädigem Schatten liegt, außer dort, wo sich der verwunschene alte Garten zwischen den Zweigen der Bäume nach Westen hin öffnet, wird Rosa von einem Dienstmädchen zu ihrem Schrecken gemeldet, daß Mr. Jasper sie zu sehen wünsche.

Hätte er diesen Zeitpunkt mit voller Absicht gewählt, um sie möglichst schutzlos vorzufinden, er hätte keine bessere Wahl treffen können. Vielleicht *hat* er ihn mit dieser Absicht gewählt. Helena Landless ist fort, Mrs. Tisher ist auf Urlaub, und Miss Twinkleton hat sich (in ihrer nichtprofessionellen Daseinsform) mitsamt einer Kalbfleischpastete zu einem Picknick begeben.

»Oh, warum, warum, *warum* hast du bloß gesagt, daß ich zu Hause bin!« ruft Rosa hilflos.

Das Mädchen erwidert, Mr. Jasper habe gar nicht danach gefragt. Er habe gesagt, er wisse, daß sie zu Hause sei, und bitte darum, ihr gemeldet zu werden.

›Was soll ich nur tun? Was soll ich nur tun?‹ denkt Rosa händeringend.

Mit dem Mut der Verzweiflung sagt sie im nächsten Atemzug, sie werde zu Mr. Jasper in den Garten kommen. Ihr schaudert bei dem Gedanken, im Hause mit ihm eingeschlossen zu sein, aber viele Fenster des Hauses gehen zum Garten hinaus, dort kann sie gesehen und gehört werden, kann in der freien Luft schreien und davonlaufen. Das ist die verrückte Idee, die ihr durch den Kopf schießt.

Sie hat Jasper seit jener verhängnisvollen Nacht nicht mehr gesehen, außer bei ihrer Vernehmung vor dem Bürgermeister, die er als Vertreter seines verschwundenen Neffen mit finsterer Aufmerksamkeit und brennend vor Rachgier verfolgt hatte. Sie hängt sich ihren Gartenhut über den Arm und geht hinaus. Kaum sieht sie ihn von der Tür aus an dem halbhohen Säulenstumpf der Sonnenuhr lehnen, überfällt sie wieder das schreckliche alte Gefühl, von ihm beherrscht zu werden. Sie fühlt, daß sie auch jetzt noch zurückweichen würde, aber daß ihre Füße unwiderstehlich zu ihm hingezogen werden. Sie kann nichts dagegen tun und setzt sich mit gesenktem Kopf auf die Gartenbank neben der Sonnenuhr. Sie kann vor Abscheu nicht zu ihm aufsehen, hat aber wahrgenommen, daß er Trauerkleidung trägt. Genau wie sie. Das war zu Anfang noch nicht so, aber der Verschwundene gilt mittlerweile längst als tot und wird als Toter betrauert.

Als erstes will Jasper ihre Hand berühren. Aber sie spürt die Absicht und zieht ihre Hand zurück. Dann sind seine Augen starr auf sie gerichtet, wie sie weiß, obwohl ihre eigenen nichts als das Gras sehen.

»Ich habe eine gewisse Zeit lang darauf gewartet«, fängt er an, »wieder zu meinen Pflichten bei Ihnen gerufen zu werden.«

Nachdem sie mehrmals ihre Lippen, die er, wie sie weiß, scharf beobachtet, zu einer anderen zögernden Antwort geschürzt hat und schließlich zu keiner mehr, haucht sie: »Pflichten, Sir?«

»Ihnen Stunden zu geben, Ihnen als Ihr treuer Musiklehrer zu dienen.«

»Ich habe die Musikstunden aufgegeben.«

»Nicht aufgegeben, würde ich sagen. Bloß unterbrochen. Ihr Vormund hat mir gesagt, Sie hätten sie unter dem Schock unterbrochen, den wir alle so schmerzlich empfunden haben. Wann werden Sie wieder anfangen?«

»Nie wieder, Sir.«

»Nie wieder? Sie hätten nicht mehr tun können, wenn Sie meinen Jungen geliebt hätten.«

»Ich *habe* ihn geliebt!« ruft Rosa in jähem Zorn.

»Ja, aber nicht ganz ... wie soll ich sagen ... nicht ganz in der richtigen Weise. Nicht in der vorgesehenen und erwarteten Weise. Wie ja auch mein lieber Junge leider etwas allzu selbstbewußt und selbstzufrieden war – womit ich jedoch keine Parallele zwischen ihm und Ihnen ziehen will –, um so zu lieben, wie er hätte lieben sollen, beziehungsweise wie jeder andere an seiner Stelle geliebt haben würde ... geliebt haben *müßte*!«

Sie sitzt stumm in derselben Haltung da, nur noch mehr in sich zusammengezogen.

»Dann sollte also die Mitteilung, daß Sie Ihren Musikunterricht unterbrochen hätten, eine höfliche Umschreibung dafür sein, daß Sie ihn ganz aufgeben wollten?«

»Ja«, sagt Rosa plötzlich lebhaft. »Die Höflichkeit war die meines Herrn Vormunds, nicht meine. Ich hatte ihm gesagt, daß ich ganz aufhören wollte und daß ich entschlossen war, meinen Vorsatz durchzuführen.«

»Und sind Sie es noch immer?«

»Ich bin es noch immer, Sir. Und ich bitte Sie, mir keine weiteren Fragen darüber zu stellen. Auf jeden Fall werde ich nicht mehr antworten. Das immerhin steht in meiner Macht.«

Sie ist sich so tief bewußt, daß er sie mit glühender Bewunderung ansieht wegen der Zornesröte, die in ihr aufsteigt und sie erfüllt, daß sie den eben gefundenen Mut gleich wieder verliert und mit einem Gefühl von Scham, Verletztheit und Angst zu kämpfen hat, ganz ähnlich wie an jenem Abend damals am Klavier.

»Ich werde Sie nicht weiter befragen, da Sie so entschieden dagegen sind. Ich werde Ihnen ein Geständnis machen.«

»Ich will nichts hören, Sir!« ruft Rosa aufspringend.

Diesmal berührt er sie mit der vorgestreckten Hand. Davor zurückweichend sinkt sie wieder auf ihren Platz zurück.

»Wir müssen manchmal entgegen unseren Wünschen handeln«, sagt er leise zu ihr. »Und Sie müssen es jetzt tun, sonst fügen Sie anderen mehr Schlimmes zu, als Sie je wiedergutmachen können.«

»Was für Schlimmes?«

»Gleich, gleich. Sie stellen *mir* Fragen, sehen Sie, und das ist sicher nicht fair, wenn Sie mir verbieten, *Ihnen* Fragen zu stellen. Trotzdem will ich die Frage jetzt gleich beantworten. Liebste Rosa! Bezaubernde Rosa!«

Sie springt erneut auf.

Diesmal berührt er sie nicht. Aber sein Gesicht hat einen so bösen und drohenden Ausdruck, während er an die Sonnenuhr gelehnt dasteht – womit er gleichsam dem Gesicht des Tages selbst seinen schwarzen Stempel aufdrückt –, daß ihre Flucht durch den Schrecken gebannt wird, als sie ihn ansieht.

»Ich vergesse nicht, durch wie viele Fenster man uns sehen kann«, sagt er mit einem Blick zu ihnen. »Ich werde dich nicht mehr berühren. Ich werde dir nicht näher kommen, als ich es jetzt bin. Setz dich hin, und niemand wird sich groß wundern, wenn dein Musiklehrer lässig gegen einen Säulenstumpf gelehnt mit dir spricht, nach allem, was passiert ist und was wir beide damit zu tun haben. Setz dich hin, meine Geliebte.«

Sie will erneut fliehen – ist schon beinahe fort –, und erneut hält sein Blick sie zurück, indem er düster die Folgen androht. Mit einem gefrorenen Ausdruck starrt sie ihn an und setzt sich wieder.

»Rosa, selbst als mein lieber Junge mit dir verlobt war, liebte ich dich wahnsinnig. Selbst als ich dachte, das Glück, dich zum Weibe zu haben, wäre ihm sicher, liebte ich dich wahnsinnig. Selbst als ich bestrebt war, ihn dir glühender ergeben zu machen, liebte ich dich wahnsinnig. Selbst als er mir das Bild deines lieblichen Antlitzes schenkte, das er so nachlässig hingeworfen hatte, und ich es angeblich seinetwegen so hinhängte, daß ich es immer im Blickfeld hatte, während ich es in Wahrheit deinetwegen unter Qualen verehrte, liebte ich dich wahnsinnig. Bei der widerwärtigen Arbeit des Tages, im schlaflosen Jammer der Nacht, umgeben von schmutzigen Wirklichkeiten oder auf der Reise durch die Paradiese und Höllen der Visionen, in die ich mich mit deinem Bild in den Armen stürzte, liebte ich dich wahnsinnig.«

Wenn etwas seine Worte noch abscheulicher für sie machen könnte, als sie es schon von sich aus sind, dann der Gegensatz zwischen der Gewalttätigkeit seines Blickes und seiner Sprechweise und der Lässigkeit seiner Haltung.

»Das alles habe ich schweigend ertragen. Solange du ihm gehörtest oder ich annahm, daß du ihm gehörtest, habe ich mein Geheimnis loyal verborgen. War es nicht so?«

Diese Lüge, diese grobe Unwahrheit in scheinbar so wahren Worten ist mehr, als Rosa ertragen kann. Mit flammender Empörung antwortet sie:

»Sie waren schon immer so falsch, Sir, wie Sie es jetzt sind. Sie waren auch falsch zu ihm, täglich und stündlich. Sie wissen, daß Sie mir das Leben durch Ihre ewigen Nachstellungen zur Qual gemacht haben. Sie wissen, daß ich aus Angst vor Ihnen nicht gewagt habe, ihm die großmütigen Augen zu öffnen, und daß Sie mich gezwungen haben, um seinetwillen, weil er ein so vertrauensvoller, so guter, guter Junge war, ihm die Wahrheit vorzuenthalten, ihm nicht zu sagen, daß Sie ein schlechter, schlechter Mensch sind!«

Während die lässige Haltung, die er weiter einnimmt, sein erregtes Mienenspiel und seine konvulsivisch zuckenden Hände absolut teuflisch erscheinen läßt, erwidert er mit dem Ausdruck verzückter Bewunderung:

»Wie schön du bist! Wenn du dich aufregst, bist du noch schöner als sonst. Ich frage nicht nach deiner Liebe. Gib mir dich und deinen Haß. Gib mir dich und diese reizende Wut. Gib mir dich und diese hinreißende Verachtung – das wird mir genügen.«

Zornestränen springen der bebenden kleinen Schönheit in die Augen, und ihr Gesicht wird flammendrot; doch als sie erneut aufspringt, um ihn empört zu verlassen und Schutz im Haus zu suchen, streckt er seine Hand zur Türe, wie um sie aufzufordern, hineinzugehen.

»Ich hab's dir gesagt, du seltene Zauberin, du süße Hexe, du mußt bleiben und mich anhören, sonst richtest du mehr Schlimmes an, als du je wiedergutmachen kannst. Du hast mich gefragt, was für Schlimmes. Bleib, und ich will es dir sagen. Geh, und ich werde es tun.«

Erneut schwankt Rosa vor seinem drohenden Blick, obwohl sie nicht weiß, was er androhen will, und bleibt. Ihr Atem geht schwer, als ob sie ersticken müßte, aber sie preßt sich eine Hand auf die Brust und bleibt.

»Ich habe bereits gestanden, daß meine Liebe wahnsinnig ist. Sie ist so wahnsinnig, daß ich, wären die Bande zwischen mir und meinem verlorenen Jungen nur um einen seidenen Faden schwächer gewesen, vielleicht sogar ihn von deiner Seite gerissen hätte, als du ihn vorzogst.«

Ein Schleier legt sich über die Augen, die sie für einen Moment zu ihm hebt, als wäre sie einer Ohnmacht nahe.

»Sogar ihn«, wiederholt er. »Jawohl, sogar ihn! Rosa, du siehst mich und hörst mich. Urteile selbst, ob je ein anderer Verehrer dich wird lieben und weiterleben können, wenn sein Leben in meiner Hand liegt.«

»Was wollen Sie damit sagen, Sir?«

»Ich will dir damit zeigen, wie wahnsinnig meine Liebe ist. Bei den jüngsten Ermittlungen ist durch Mr. Crisparkle herausgekommen, daß der junge Landless ihm gestanden hatte, ein Rivale meines verlorenen lieben Jungen gewesen zu sein. Das ist in meinen Augen ein unverzeihlicher Frevel. Derselbe Mr. Crisparkle weiß von mir persönlich, daß ich mein Leben der Entdeckung und Vernichtung des Mörders geweiht habe, wer immer er sein mag, und daß ich entschlossen bin, mit niemandem über das Geheimnis zu sprechen, solange ich nicht die Lösung gefunden habe und den Mörder wie in einem Netz darin fangen kann. Ich habe seither geduldig daran gearbeitet, es immer mehr um ihn zuzuziehen, und während ich hier mit dir rede, zieht es sich weiter zu.«

»Ihr Glaube, falls Sie an die Schuld von Mr. Landless glauben, ist nicht Mr. Crisparkles Glaube, und der ist ein guter Mensch«, versetzt Rosa.

»Mein Glaube ist mein eigener, und den behalte ich für mich, Angebetete meines Herzens! Die Verdachtsmomente können sich so bedrohlich *auch gegen einen Unschuldigen* häufen, daß sie, wenn sie gehörig gelenkt, geschärft und zugespitzt werden, ihn erdrücken können. Ein einziges fehlendes Glied, entdeckt durch hartnäckige Ermittlungen gegen einen Schuldigen, beweist seine Schuld, so schwach die Beweiskette vorher gewesen sein mag, und er muß sterben. Ob unschuldig oder nicht, der junge Landless ist in tödlicher Gefahr.«

»Wenn Sie tatsächlich annehmen«, wendet Rosa erbleichend ein, »daß ich Mr. Landless favorisiere oder daß Mr. Landless jemals in irgendeiner Weise an mich herangetreten wäre, dann irren Sie sich.«

Er tut den Einwand mit einer verächtlichen Handbewegung und gekräuselten Lippen ab.

»Ich war dabei, dir zu zeigen, wie wahnsinnig ich dich liebe. Jetzt noch wahnsinniger als zuvor, denn ich bin bereit, auf den zweiten Inhalt zu verzichten, der mein Leben bisher erfüllt hatte, um es von nun an allein mit dir zu teilen und keinen anderen Lebensinhalt mehr zu haben als dich. Miss Landless ist deine Freundin geworden. Liegt dir etwas an ihrem Seelenfrieden?«

»Sie ist mir lieb und teuer.«

»Liegt dir etwas an ihrem guten Namen?«

»Ich sagte doch, Sir, sie ist mir lieb und teuer.«

»Unabsichtlich«, bemerkt er lächelnd, während er die Hände auf der Sonnenuhr faltet und sein Kinn darauf stützt, so daß die Unterhaltung von den Fenstern aus (wo ab und zu ein Gesicht auftaucht) wie die munterste und amüsanteste Plauderei aussieht, »unabsichtlich verletze ich dich durch meine Fragen. Daher werde ich jetzt nur noch Tatsachen konstatieren und keine Fragen mehr stellen. Dir liegt viel am guten Namen deiner Busenfreundin, und dir liegt viel an ihrem Seelenfrieden. Dann befreie sie vom Schatten des Galgens, mein Engel!«

»Sie erdreisten sich, mir einen Antrag zu machen?«

»Geliebte, ich erdreiste mich, dir einen Antrag zu machen. Sag nichts mehr. Wenn es etwas Schlimmes ist, dich zu vergöttern, bin ich der schlechteste Mensch auf Erden; wenn es etwas Gutes ist, bin ich der beste. Meine Liebe zu dir übertrifft jede andere Liebe, und meine Treue zu dir ist über jede andere Treue erhaben. Gib mir Hoffnung auf deine Gunst, und ich werde für dich jeden Meineid schwören.«

Rosa faßt sich an die Schläfen, schiebt ihr Haar zurück und starrt ihn verwirrt und voller Entsetzen an, als versuche sie sich seine wahre Absicht aus den Bruchstücken, die er ihr vorsetzt, zusammenzureimen.

»Beachte in diesem Moment nichts anderes, mein Engel, als die Opfer, die ich dir vor die Füße lege, vor diese deine teuren Füße, vor denen ich mich in den schwärzesten Staub werfen würde, um sie zu küssen und meinen Kopf unter sie zu legen wie ein Sklave. Da hast du die Treue, die ich meinem lieben Jungen nach seinem Tode bewahren wollte. Trample darauf herum!«

Er macht eine Handbewegung, als würfe er etwas Kostbares vor ihre Füße.

»Da den unverzeihlichen Frevel gegen meine Anbetung deiner Person. Gib ihm einen Fußtritt!«

Eine ähnliche Handbewegung.

»Da meine sechs Monate langen Mühen und Plagen für eine gerechte Sühne. Zerstampfe sie!«

Ein drittes Mal die Bewegung.

»Da mein verpfuschtes Leben, das vergangene wie das gegenwärtige. Da die trostlose Leere meines Herzens und meiner Seele. Da meine verlorene Ruhe, meine Verzweiflung. Tritt sie in den Staub! Aber nimm mich, und sei's, um mich tödlich zu hassen!«

Die furchtbare Leidenschaftlichkeit des Mannes, die nun ihren Höhepunkt erreicht hat, erfüllt Rosa mit einem solchen Entsetzen, daß der Bann bricht, der sie an ihren Platz genagelt hatte. Rasch eilt sie zum Haus, aber im Nu ist Jasper an ihrer Seite und raunt ihr ins Ohr.

»Rosa, ich habe mich wieder in der Gewalt. Ich gehe ruhig neben dir zum Haus. Ich werde auf ein Zeichen der Ermutigung warten und hoffen. Ich werde nicht verfrüht zuschlagen. Gib mir ein Zeichen, daß du mir zuhörst.«

Sie bewegt kaum merklich und krampfhaft die Hand.

»Kein Wort darüber zu irgendwem, sonst folgt der Schlag so sicher wie die Nacht dem Tag. Noch ein Zeichen, daß du mir zuhörst.«

Sie bewegt nochmals die Hand.

»Ich liebe dich, liebe dich, liebe dich! Selbst wenn du mich jetzt wegstoßen würdest – aber du wirst nicht –, würdest du mich nie loswerden. Niemand darf sich zwischen uns drängen. Ich würde dich bis in den Tod verfolgen.«

Als das Mädchen ihm das Gartentor öffnen kommt, zieht er zum Abschied ruhig den Hut und geht davon, ohne mehr Erregung zu zeigen als das Bildnis von Mr. Sapseas Vater gegenüber. Rosa fällt auf der Treppe in Ohnmacht und wird behutsam in ihr Zimmer getragen und auf ihr Bett gelegt. Ein Gewitter sei im Anzug, sagen die Mädchen, und die heiße und stickige Luft habe die Ärmste wohl überwältigt. Kein Wunder, ihnen selber hätten den ganzen lieben langen Tag lang die Knie gezittert.

Kapitel 20 *Diverse Fluchten*

Kaum war Rosa wieder zu sich gekommen, stand ihr die ganze eben geführte Unterredung gleich wieder lebendig vor Augen. Ja es schien ihr sogar, als hätten die Worte sie bis in ihre Ohnmacht hinein verfolgt und wären keinen Moment aus ihrem Bewußtsein gewichen. Was sollte sie tun? Vor lauter Angst konnte sie keinen klaren Gedanken fassen, sie wußte nur eins: Sie mußte vor diesem schrecklichen Manne fliehen.

Aber wohin fliehen und wie? Niemandem außer Helena hatte sie etwas von ihrer Angst vor Jasper verraten. Wenn sie zu Helena ging und ihr erzählte, was geschehen war, könnte gerade dieser Schritt jenes schlimme Unheil herbeiführen, das anrichten zu *können* er gedroht hatte und anrichten zu *wollen* sie ihm jederzeit zutraute. Je schrecklicher er in ihrer erregten Erinnerung und Phantasie erschien, desto beunruhigender empfand sie ihre Verantwortung: Der kleinste Fehler von ihr, im Tun wie im Lassen, konnte seine Bösartigkeit gegen Helenas Bruder entfesseln.

Während der letzten sechs Monate war Rosa stürmisch hin und her gerissen gewesen. Ein unbestimmter, nie ausgesprochener Verdacht trieb sie um, der abwechselnd in ihr aufstieg und wieder absank, sich verdichtete und wieder verlor. Jaspers Hingabe an seinen Neffen, solange dieser am Leben war, und sein unermüdlicher Eifer beim Ermitteln der Umstände seines Todes, falls er tot war, waren in Cloisterham so sehr Stadtgespräch, daß niemand fähig schien, ihn eines falschen Spiels zu verdächtigen. »Bin ich so verdorben in meinen Gedanken«, hatte sich Rosa gefragt, »daß ich mir eine Verdorbenheit vorstellen kann, die für andere unfaßbar ist?« Sodann hatte sie überlegt, ob ihr Verdacht vielleicht aus der Abneigung kam, die sie schon früher vor Jasper empfunden hatte, noch ehe die Sache geschehen war. Wenn ja, wäre das dann nicht ein Beweis für die Unhaltbarkeit ihres Verdachts? Weiter hatte sie überlegt: »Welches Motiv könnte er haben, wenn mein Verdacht begründet ist?« Und war beschämt über die Antwort, die ihr sofort in den Sinn kam: »Das Motiv, *mich* zu gewinnen!« Sie schlug sich die Hände vors Gesicht, als wäre der leiseste Schatten des Gedankens, einen Mord auf eine solch eitle Nichtigkeit zu gründen, ein fast ebenso großes Verbrechen.

Sie ging noch einmal alles im Geiste durch, was er bei der Sonnenuhr im Garten gesagt hatte. Er hatte weiter darauf beharrt, das Verschwinden als einen Mord zu betrachten, in Übereinstimmung mit seinem ganzen öffentlichen Auftreten seit dem Moment, als die Uhr und die Krawattennadel gefunden worden waren. Wenn er die Aufklärung des Verbrechens fürchten müßte, würde er dann nicht eher die Hypothese eines freiwilligen Verschwindens bestärken? Er hatte sogar erklärt, wenn die Bande zwischen ihm und seinem Neffen schwächer gewesen wären, hätte er womöglich »sogar ihn« von ihrer Seite gerissen. Sagt man so etwas, wenn man die Tat wirklich begangen hat? Er hatte von seiner Bereitschaft gesprochen, ihr seine sechs Monate langen Mühen und Plagen für eine gerechte Sühne vor die Füße zu legen. Spricht man so und mit solcher Leidenschaft, wenn diese Mühen und Plagen alle nur vorgetäuscht waren? Hätte er sie dann auf eine Stufe gestellt mit der Trostlosigkeit seines Herzens und seiner Seele, seinem verpfuschten Leben, seiner verlorenen Ruhe und seiner Verzweiflung? Das erste Opfer, das er ihr bringen wollte, war die Treue gewesen, die er seinem lieben Jungen nach dessen Tod bewahren wollte. Zweifellos wogen all diese Tatsachen schwer gegenüber einer vagen Phantasterei, die sich kaum traute, Gestalt anzunehmen. Und doch war er ein so schrecklicher Mensch! Kurzum, die arme Rosa (denn was konnte sie schon vom kriminellen Gehirn wissen, wenn sogar seine professionellen Erforscher es dauernd mißverstehen, weil sie immer wieder versuchen, es mit dem Durchschnittsgehirn des Durchschnittsmenschen in Einklang zu bringen, anstatt es als eine schreckenerregende Abnormität zu erkennen), die arme Rosa gelangte auf keinem Wege zu einem anderen Schluß, als daß Jasper eben *wirklich* ein schrecklicher Mensch war und sie vor ihm fliehen mußte.

Die ganze Zeit über war sie Helenas Stütze und Trost gewesen. Sie hatte ihr immer wieder versichert, daß sie von der Unschuld ihres Bruders fest überzeugt sei und angesichts seines Unglücks tiefes Mitgefühl mit ihm habe. Aber sie hatte ihn seit Edwins Verschwinden nicht mehr gesehen, noch hatte Helena je ein Wort über sein Geständnis vor Mr. Crisparkle betreffend seine Gefühle für Rosa gesagt, obwohl dieses Geständnis als ein interessanter Bestandteil des Falles weit und breit bekannt war. Neville Landless war für sie bloß Helenas unglücklicher Bruder und nichts weiter. Die Versicherung, die sie ihrem verhaßten Verehrer gegeben hatte, war die strikte Wahrheit gewesen, obwohl es vielleicht besser gewesen wäre – überlegte sie jetzt –, wenn sie sich beherrscht und ihm diese Befriedigung nicht gegeben hätte. So sehr sich die zerbrechliche kleine Rosa vor Jasper fürchtete, geriet ihr Geist doch in Wallung bei dem Gedanken, daß er die Wahrheit von ihren eigenen Lippen erfahren hatte.

Doch wo sollte sie hingehen? Irgendwohin, wo er sie nicht erreichen konnte – aber das war keine Antwort auf die Frage. Es mußte schon ein bestimmter Ort sein. Sie beschloß, zu ihrem Vormund zu gehen, und zwar sofort. Das Gefühl, das sie Helena am ersten Abend ihrer Bekanntschaft anvertraut hatte, war jetzt so stark geworden – das Gefühl, vor Jasper nicht sicher zu sein und selbst hinter den dicken Mauern des alten Klosters keinen Schutz vor seiner unheimlichen Verfolgung zu finden –, daß keine rationale Überlegung ihre Ängste zu stillen vermochte. Die Anziehungskraft des Abstoßenden hatte sie so lange beherrscht und jetzt einen so bedrohlichen Gipfel erreicht, daß ihr zumute war, als hätte der schreckliche Mann die Macht, sie zu behexen. Selbst jetzt, als sie aufstand, um sich reisefertig zu machen, und einen Blick aus dem Fenster warf, überlief es sie eiskalt beim Anblick der Sonnenuhr, an die er sich während seiner Liebeserklärung gelehnt hatte, und sie fuhr schaudernd zurück, als wäre etwas von seinem entsetzlichen Wesen auf dem Stein zurückgeblieben.

Sie schrieb ein paar Zeilen an Miss Twinkleton, in denen sie ihr erklärte, daß sie einen dringenden Grund habe, ihren Vormund zu besuchen, und zu ihm gefahren sei; die gute Dame solle sich aber nicht beunruhigen, denn es sei alles in Ordnung mit ihr. Dann packte sie rasch ein paar völlig unnütze Dinge in eine winzige Reisetasche, legte das Briefchen an eine Stelle, wo es gut sichtbar war, und ging, leise das Tor hinter sich schließend, hinaus.

Es war das erste Mal, daß sie allein draußen war, selbst durch die High Street von Cloisterham war sie nie ohne Begleitung gegangen. Aber da sie alle Wege und Winkel gut kannte, eilte sie direkt zu der Ecke, wo der Pferde-Omnibus abfuhr. Der Kutscher wollte gerade losfahren.

»Halt, warten Sie, Joe, nehmen Sie mich bitte mit. Ich muß dringend nach London.«

In weniger als einer Minute war Rosa unter Joes Fittichen auf dem Weg zur Bahnstation. Joe nahm sich ihrer an, als sie dort eintrafen, setzte sie sicher in ein Abteil und verstaute eigenhändig ihr Reisetäschchen, als ob es ein zentnerschwerer Überseekoffer wäre, den sie auf keinen Fall heben dürfe.

»Können Sie, wenn Sie zurück sind, rasch bei Miss Twinkleton vorbeigehen und ihr sagen, daß Sie mich wohlbehalten haben abfahren sehen, Joe?«

»Wird gemacht, Miss.«

»Und bitte alles Liebe von mir, Joe.«

»Jawohl, Miss – und das hätt' ich nicht ungern selber von Ihnen!« Aber den Nachsatz sprach Joe nicht aus, den dachte er nur.

Dann, als Rosa ernstlich nach London enteilte, hatte sie endlich Muße, die Gedanken wiederaufzunehmen, die ihre plötzliche Hast unterbrochen hatte. Die empörte Vorstellung, daß sie durch Jaspers Liebeserklärung befleckt worden sei und diesen Makel nur durch den Appell an einen ehrlichen und aufrichtigen Menschen abwaschen könne, half ihr eine Zeitlang über ihre Ängste hinweg und bestärkte sie in ihrem impulsiven Entschluß. Doch als der Abend dunkler und dunkler wurde und die große Stadt näher und näher rückte, begannen sich die in solchen Fällen üblichen Zweifel zu regen. War diese plötzliche Abreise nicht im Grunde doch eine überstürzte, panikartige Flucht? Was würde Mr. Grewgious dazu sagen? Würde sie ihn überhaupt antreffen? Und was sollte sie tun, wenn er nicht da war? Was würde aus ihr werden, allein in der großen fremden, von Menschen wimmelnden Stadt? Hätte sie nicht lieber abwarten und sich Rat holen sollen? Würde sie, wenn sie jetzt noch zurückfahren könnte, es nicht gerne und dankbar tun? – Solche und ähnliche unangenehme Fragen bestürmten und verunsicherten sie immer mehr. Schließlich fuhr der Zug über den Dächern der Häuser in London ein, und unten lagen die griesgrauen Straßen mit ihren schon angezündeten, aber an diesem warmen und hellen Sommerabend noch unnötigen Laternen.

»Hiram Grewgious, Esquire, Staple Inn, London«: Das war alles, was Rosa von ihrem Bestimmungsort wußte; aber es war genug, um sie in einer ratternden Droschke durch griesgraue Straßenwüsten zu schicken, wo Scharen von Leuten sich an den Ecken der Höfe und Gassen drängten, um ein wenig Luft zu schnappen, während Scharen von anderen Leuten sich mit einem dumpf-monotonen Geräusch von schlurfenden Füßen über das warme Pflaster schoben und alle Menschen und alles in ihrer Umgebung so griesgrau und schäbig war.

Da und dort erklang Straßenmusik, aber das machte die Szene nicht heiterer. Keine Drehorgel konnte die Risse kitten, keine Pauke vertrieb die graue Sorge. Wie die Kirchenglocken, die ebenfalls da und dort erklangen, schienen sie nur Echos von den Backsteinwänden und Staub von allem aufsteigen zu lassen. Und was die verstimmten Blasinstrumente betraf, so schienen ihre Herzen und Seelen gebrochen vor Sehnsucht nach dem Lande.

Die ratternde Droschke hielt endlich vor einem Torweg mit festverschlossenem Tor, dessen Besitzer anscheinend sehr früh zu Bett gegangen war und große Furcht vor Einbrechern hatte. Rosa entließ ihre Droschke, klopfte schüchtern ans Tor und wurde samt winziger Tasche und allem von einem Wachmann eingelassen.

»Wohnt Mr. Grewgious hier?«

»Mr. Grewgious wohnt dort, Miss«, sagte der Wachmann und zeigte weiter hinein.

So ging Rosa weiter hinein, und als die Uhren zehn schlugen, stand sie auf P.J.T.'s Schwelle und fragte sich, warum P.J.T. keine Tür zur Straße hatte.

Geleitet von einem Schild mit Mr. Grewgious' Namen, stieg sie die Treppe hinauf und klopfte leise mehrere Male an die Tür. Aber nichts rührte sich, und da Mr. Grewgious' Türklinke bei ihrer Berührung nachgab, trat sie ein und sah ihren Vormund am offenen Fenster sitzen, während eine abgeschirmte Lampe weit entfernt von ihm auf einem Tisch in der anderen Ecke brannte.

Sie trat näher zu ihm im Zwielicht des Zimmers. Er sah sie und rief mit gedämpfter Stimme: »Gütiger Himmel!«

Rosa fiel ihm aufschluchzend um den Hals, und dann sagte er, während er ihre Umarmung erwiderte:

»Mein Kind, mein Kind! Ich dachte, du wärst deine Mutter! Aber was ist denn, was ist denn geschehen?« fügte er besänftigend hinzu. »Mein liebes Kind, was hat dich hierher gebracht? Wer hat dich hierher gebracht?«

»Niemand. Ich bin allein gekommen.«

»Du meine Güte!« stieß Mr. Grewgious hervor. »Allein gekommen? Warum hast du mir nicht geschrieben, daß ich dich abholen sollte?«

»Ich hatte keine Zeit. Ich mußte mich ganz plötzlich entschließen. Der arme, arme Eddy!«

»Ja ja, der arme Junge!«

»Sein Onkel hat mir eine Liebeserklärung gemacht! Oh, ich halte das nicht mehr aus!« rief Rosa plötzlich in Tränen ausbrechend und mit ihrem kleinen Fuß aufstampfend. »Mir graut vor ihm, und ich bin zu Ihnen gekommen, damit Sie mich und uns alle vor ihm schützen, wenn Sie das wollen.«

»Gewiß will ich das!« rief Mr. Grewgious in einem überraschenden Anfall von Energie. »Verdammt soll er sein!

Verflucht seine Pläne!
Umsonst seine Tricks!
Auch all sein Gewähne
Soll helfen ihm nix!«

Nach diesem höchst ungewöhnlichen Ausbruch lief Mr. Grewgious ganz außer sich im Zimmer umher, allem Anschein nach unentschieden, ob er einen Anfall von enthusiastischer Loyalität oder von anklägerischer Kampfeslust hatte.

Schließlich blieb er stehen, wischte sich übers Gesicht und sagte: »Entschuldige bitte, mein liebes Kind, aber es wird dich freuen zu hören, daß ich mich jetzt wohler fühle. Bitte erzähl mir jetzt nichts weiter, sonst kriege ich einen neuen Anfall. Du brauchst Erfrischung und Stärkung. Was hast du als letztes zu dir genommen? War es Frühstück, Mittagessen, Tee oder Abendbrot? Und was willst du als nächstes haben? Soll es Frühstück, Mittagessen, Tee oder Abendbrot sein?«

Die respektvolle Zärtlichkeit, mit welcher er Rosa halb vor ihr kniend behilflich war, ihren Hut abzunehmen und ihr hübsches Haar von ihm zu lösen, bot einen Anblick echter Ritterlichkeit. Und wer, der Mr. Grewgious nur oberflächlich kannte, hätte Ritterlichkeit von ihm erwartet, noch dazu die echte und nicht die bloß vorgetäuschte?

»Auch für deine Unterkunft muß gesorgt werden«, fuhr er fort, »und du sollst das schönste Zimmer im Furnival's haben. Auch für deine Toilette muß gesorgt werden, und du wirst alles bekommen, was eine Unlimitierte Erste Kammerzofe – damit meine ich ein Erstes Zimmermädchen, das hinsichtlich seiner Spesen keiner Limitierung unterliegt – dir besorgen kann. Ist das hier eine Tasche?« Er fixierte die Tasche scharf, und tatsächlich mußte man scharf hinsehen, um sie im Dämmerlicht überhaupt zu erkennen. »Ist das dein Eigentum, mein liebes Kind?«

»Ja, Sir. Ich habe sie mitgebracht.«

»Besonders groß ist sie nicht«, sagte Mr. Grewgious freimütig, »wenn auch bewundernswert gut kalkuliert, um die Tagesration eines Kanarienvogels aufzunehmen. Hast du vielleicht einen Kanarienvogel mitgebracht?«

Rosa lächelte und schüttelte den Kopf.

»Wenn du einen mitgebracht hättest, wäre er mir willkommen gewesen, und ich glaube, es hätte ihm Spaß gemacht, in seinem Bauer vors Fenster gehängt zu werden und sich im Sängerwettstreit mit den Spatzen von Staple Inn zu messen, deren Leistungen zugegebenermaßen nicht immer ganz ihren Absichten entsprechen – wie es ja bei so vielen von uns der Fall ist! Aber du hast mir noch nicht gesagt, welche Mahlzeit du gerne hättest, mein liebes Kind. Wie wär's mit einem schönen Potpourri aus allen?«

Rosa dankte und sagte, sie könne jetzt nur eine Tasse Tee vertragen. Mr. Grewgious lief, nachdem er mehrere Male hinausgerannt und wieder hereingestürmt war, um solche zusätzlichen Posten wie Marmelade, Eier, Brunnenkresse, gesalzenen Fisch und gebratenen Schinken zu erwähnen, barhäuptig hinüber zu Furnival's Inn, um seine diversen Anweisungen zu geben. Die bald darauf in die Praxis umgesetzt wurden, und rasch war der Tisch gedeckt.

»Herrgott im Himmel!« rief Mr. Grewgious, während er die Lampe auf den Tisch stellte und Rosa gegenüber Platz nahm. »Das ist mal ein neues Gefühl für einen armen alten hölzernen Junggesellen, also wirklich!«

Rosas ausdrucksvolle kleine Augenbrauen fragten ihn, was er meine.

»Das Gefühl, eine reizende junge Person im Zimmer zu haben, die es weiß tüncht, frisch streicht, tapeziert, mit vergoldetem Stuck dekoriert und rundherum prächtig macht!« sagte Mr. Grewgious. »Ach ja, ach ja!«

Es lag etwas Trauriges in seinem Seufzer, und da Rosa ihn gerade mit ihrer Teetasse streifte, wagte sie es, ihn auch mit ihrer kleinen Hand zu berühren.

»Dank dir, mein Liebes«, sagte Mr. Grewgious. »Hm! Reden wir ein bißchen!«

»Leben Sie immer hier, Sir?« fragte Rosa.

»Ja, mein Liebes.«

»Und immer allein?«

»Immer allein. Allerdings habe ich tagsüber Gesellschaft von einem Herrn namens Bazzard, meinem Schreiber.«

»*Der* wohnt aber nicht hier?«

»Nein, nach Dienstschluß geht er seiner Wege. Tatsächlich ist er zur Zeit gerade auf Urlaub, und eine Kanzlei im Erdgeschoß, mit der ich in geschäftlicher Verbindung stehe, leiht mir einen Ersatzmann. Allerdings wäre es überaus schwierig, Mr. Bazzard wirklich zu ersetzen.«

»Er muß Ihnen sehr zugetan sein«, sagte Rosa.

»Wenn er's ist, kämpft er mit heroischer Ausdauer dagegen an«, erwiderte Mr. Grewgious, nachdem er sich die Sache überlegt hatte. »Aber ich denke nicht, daß er's ist. Nicht besonders. Weißt du, er ist unzufrieden, der arme Kerl.«

»Und wieso ist er unzufrieden?« war die natürliche Frage.

»Er fühlt sich hier fehl am Platze«, sagte Mr. Grewgious sehr geheimnisvoll.

Rosas Augenbrauen formten sich erneut zu einem erstaunt fragenden Ausdruck.

»So fehl am Platze«, fuhr Mr. Grewgious fort, »daß ich unentwegt das Gefühl habe, ich müßte mich bei ihm entschuldigen. Und er fühlt – auch wenn er's nie sagt –, daß ich allen Grund dazu habe.«

Bei den letzten Worten war Mr. Grewgious so tief geheimnisvoll geworden, daß Rosa nicht wußte, wie sie weitermachen sollte. Während sie noch darüber nachdachte, ging Mr. Grewgious unversehens ein zweites Mal aus sich heraus.

»Na gut, reden wir darüber. Wir sprachen von Mr. Bazzard. Es ist ein Geheimnis und noch dazu Mr. Bazzards Geheimnis, aber die reizende junge Person an meinem Tisch macht mich so ungewöhnlich mitteilsam, daß ich mich gedrängt fühle, es ihr unter dem Siegel der strengsten Verschwiegenheit anzuvertrauen. Was, meinst du wohl, hat Mr. Bazzard getan?«

»O Gott!« rief Rosa, rückte ihren Stuhl etwas näher und

mußte unwillkürlich an Jasper denken. »Doch nichts Schlimmes, hoffe ich?«

»Er hat ein Theaterstück geschrieben«, sagte Mr. Grewgious in ehrerbietigem Flüsterton. »Ein Drama.«

Rosa schien sehr erleichtert.

»Und niemand«, fuhr Mr. Grewgious im selben Ton fort, »niemand will um keinen Preis etwas davon hören, es herauszubringen.«

Rosa schaute nachdenklich drein und nickte langsam, als wollte sie sagen: Jaja, so was kommt vor, und keiner weiß recht, warum!

»Nun, siehst du«, sagte Mr. Grewgious, »und *ich* könnte kein Theaterstück schreiben.«

»Nicht mal ein schlechtes?« fragte Rosa unschuldig, die Brauen erneut in Aktion.

»Nein. Selbst wenn ich zum Tode auf dem Schafott verurteilt wäre und kurz vor meiner Hinrichtung stünde, und es käme ein reitender Bote mit der Begnadigung für den verurteilten Sträfling Grewgious unter der Bedingung, daß er ein Theaterstück schriebe, müßte ich meinen Kopf notgedrungen wieder auf den Block legen und den Scharfrichter bitten, seines extremen Amtes zu walten – soll heißen«, setzte Mr. Grewgious hinzu und faßte sich unter das Kinn, »sich dieser meiner singulären Extremität anzunehmen.«

Rosa sah aus, als überlegte sie, was *sie* in einer derart unangenehmen Situation tun würde.

»Infolgedessen«, fuhr Mr. Grewgious fort, »würde mich Mr. Bazzard in *jedem* Fall als ihm unterlegen empfinden. Wenn ich aber sein Chef bin, verstehst du, wird der Fall noch bedeutend schlimmer.«

Mr. Grewgious schüttelte ernst den Kopf, als fände er die Beleidigung ein bißchen allzu schlimm, obwohl er selbst ihr Urheber war.

»Wie sind Sie denn sein Chef geworden, Sir?« fragte Rosa.

»Eine sehr natürliche Frage«, sagte Mr. Grewgious. »Reden wir darüber. Mr. Bazzards Vater, der ein Landwirt in Norfolk ist, wäre beim leisesten Wink, daß sein Sohn ein Theaterstück geschrieben hat, wütend mit Dreschflegel, Heugabel und jedem anderen zu Angriffszwecken geeigneten landwirtschaftlichen Gerät über ihn hergefallen. So hat mir der Sohn eines Tages, als er mir den Pachtzins seines Vaters brachte (den ich einnehme), sein Geheimnis anvertraut und mir dargelegt, daß er entschlossen sei, seinem Genie zu folgen, wodurch er jedoch in Gefahr geriete, Hungers zu sterben, und daß er dafür nicht geschaffen sei.«

»Seinem Genie zu folgen, Sir?«

»Nein, mein Kind«, sagte Mr. Grewgious, »Hungers zu sterben. Es war unmöglich, diesen Punkt zu bestreiten, also daß Mr. Bazzard nicht zum Verhungern geschaffen war, und daraufhin legte Mr. Bazzard mir weiter dar, daß es wünschenswert sei, wenn ich zwischen ihn und ein so ganz und gar für ihn ungeeignetes Schicksal träte. Auf diese Weise ist Mr. Bazzard mein Schreiber geworden, und das empfindet er sehr stark.«

»Freut mich, daß er dankbar ist«, sagte Rosa.

»So habe ich das eigentlich nicht gemeint, liebes Kind. Ich meinte, er empfindet die Erniedrigung. Es gibt da noch einige andere Genies, mit denen Mr. Bazzard Bekanntschaft gemacht hat, die ebenfalls Dramen geschrieben haben, bei denen ebenfalls niemand um keinen Preis etwas davon hören will, sie herauszubringen, und diese erlesenen Geister widmen einander ihre Werke gegenseitig in höchst panegyrischer Weise. Auch Mr. Bazzard ist Adressat einer solchen Widmung geworden. Nun, und siehst du, *mir* hat noch nie jemand ein Stück gewidmet!«

Rosa sah ihn an, als wünschte sie, er wäre der Adressat von tausend hymnischen Dedikationen.

»Was natürlich Mr. Bazzard auch wieder gegen den Strich geht«, fuhr Mr. Grewgious fort. »Er ist manchmal sehr kurz angebunden mit mir, und dann spüre ich, daß er denkt: ›Dieser Holzkopf ist nun mein Chef! Ein Kerl, der bei Strafe des Todes kein Stück schreiben könnte und nie eines gewidmet bekommen wird mit dem Ausdruck der tiefsten Verehrung und der wärmsten Gratulation zu dem hohen Rang, den er sich in den Augen der Nachwelt erworben hat!‹ Sehr peinlich, sehr peinlich. Deshalb überlege ich mir immer, bevor ich ihm eine Anweisung gebe: ›Vielleicht paßt ihm dieses nicht‹ oder ›Er könnte es übelnehmen, wenn ich ihn jenes bitte‹, und so kommen wir ganz gut miteinander aus. Ja, eigentlich besser, als ich es hätte erwarten können.«

»Hat sein Stück einen Namen, Sir?« fragte Rosa.

»Ganz unter uns«, antwortete Mr. Grewgious, »es hat einen, der nicht treffender sein könnte, es heißt ›Der Stachel der Sorge‹. Aber Mr. Bazzard hofft – und ich hoffe es auch –, daß dieser Stachel eines Tages herauskommen wird.«

Es war nicht schwer zu erraten, daß Mr. Grewgious die Bazzard-Geschichte nicht nur deswegen so ausführlich erzählt hatte, weil er seinem Drang zur Geselligkeit und Mitteilsamkeit Genüge tun wollte, sondern mindestens ebensosehr auch, um den Gedanken seiner Besucherin eine kleine Erholung vom Anlaß ihres Besuchs zu verschaffen.

»Und nun, mein liebes Kind«, sagte er an diesem Punkt, »wenn du nicht zu müde bist, mir ein bißchen genauer zu erzählen, was heute geschehen ist – aber nur, wenn du dich jetzt wirklich dazu imstande fühlst –, würde ich es gern hören. Ich kann's vielleicht besser verdauen, wenn ich eine Nacht drüber schlafe.«

Rosa, die sich nun wieder beruhigt hatte, gab ihm einen genauen Bericht von ihrem Gespräch mit Jasper. Mr. Grewgious strich sich etliche Mal über den Kopf, während er zuhörte, und bat sie um Wiederholung der Teile, die Neville und Helena betrafen. Als sie fertig war, saß er eine Weile ernst und nachdenklich schweigend da.

»Klar erzählt«, war das einzige, was er schließlich sagte, »und ich hoffe, auch klar hier verstaut«, dabei strich er sich erneut über den Kopf. »Sieh mal, mein Liebes«, sagte er dann und führte sie ans offene Fenster, »dort wohnen sie. Das dunkle Fenster dort drüben.«

»Darf ich morgen zu Helena gehen?« fragte Rosa.

»Darüber möchte ich lieber erst noch eine Nacht schlafen«,

antwortete er zweifelnd. »Jetzt laß mich dich in dein Zimmer bringen, du mußt müde sein.«

Sprach's und half ihr wieder beim Aufsetzen ihres Hutes, hängte sich selber das kleine Reisetäschchen über den Arm, das auf Erden von keinerlei Nutzen war, und führte sie an der Hand (mit einer gewissen feierlich-gravitätischen Unbeholfenheit, als schreite er zu einem Menuett) über die Straße zu Furnival's Inn. An der Tür des Hotels übergab er sie der Unlimitierten Ersten Kammerzofe und sagte, er werde, während sie hinaufginge, um ihr Zimmer zu besichtigen, unten warten, für den Fall, daß sie lieber ein anderes Zimmer wolle oder noch irgend etwas vermisse.

Rosas Zimmer war luftig, sauber, behaglich und beinahe heiter. Die Unlimitierte hatte alles hingelegt, was in der winzigen Tasche fehlte (mithin so gut wie alles, was Rosa irgend benötigen konnte), und Rosa trippelte rasch die vielen Stufen wieder hinunter, um ihrem Vormund für seine umsichtige und liebevolle Fürsorge zu danken.

»Nicht doch, nicht doch, mein liebes Kind!« wehrte er geschmeichelt ab. »Ich bin es, der dir zu danken hat für dein bezauberndes Zutrauen und deine bezaubernde Gesellschaft. Das Frühstück bekommst du in einem anmutigen kleinen Salon (sehr passend zu deiner Figur), und ich werde um zehn Uhr bei dir sein. Ich hoffe, du fühlst dich nicht allzu fremd hier an diesem fremden Ort.«

»O nein, ich fühle mich so sicher.«

»Ja, du kannst sicher sein, daß die Treppen feuerfest sind«, sagte Mr. Grewgious, »und daß jeder Ausbruch des verzehrenden Elements von der Feuerwache bemerkt und rechtzeitig erstickt werden würde.«

»Das meinte ich nicht«, erwiderte Rosa. »Ich meinte, ich fühle mich so sicher vor *ihm.*«

»Da ist ein festes Eisengitter, das ihn fernhalten wird«, sagte Mr. Grewgious lächelnd, »und Furnival's ist besonders gut bewacht und beleuchtet, und *ich* wohne gleich über die Straße!« Im Hochgefühl seines Rittertums schien er den letztgenannten

Schutz für allein ausreichend zu halten, und im selben Gefühl sagte er beim Hinausgehen zum Portier: »Wenn jemand von den Hotelgästen heute nacht den Wunsch haben sollte, mir eine Botschaft über die Straße hinüberzuschicken, so liegt eine Krone für den Boten bereit.« Im selben Gefühl ging er dann noch fast eine Stunde lang vor dem Eisengitter auf und ab, nicht ohne von Zeit zu Zeit mit ein wenig besorgter Miene zwischen den Stäben hindurchzuspähen, als hätte er eine Taube auf eine hohe Stange in einem Löwenkäfig gesetzt und fürchtete, sie werde herunterfallen.

*

In der Nacht geschah nichts, was die müde Taube hätte aufscheuchen können, und am Morgen erwachte sie frisch und munter. Schlag zehn Uhr erschien Mr. Grewgious zusammen mit Mr. Crisparkle, der auf einen Sprung aus dem Fluß bei Cloisterham aufgetaucht war.

»Miss Twinkleton war so beunruhigt, Miss Rosa«, erklärte der Hilfskanonikus, »sie kam so verstört mit Ihrem Briefchen zu Mama und mir, daß ich, um sie zu beruhigen, gleich mit dem ersten Morgenzug losgefahren bin. Gestern hätte ich noch gewünscht, Sie wären zu *mir* gekommen, aber jetzt denke ich, Sie haben recht daran getan, zu Ihrem Vormund zu fahren.«

»Ich hatte auch wirklich an Sie gedacht«, sagte Rosa, »aber der Hilfskanonikuswinkel ist so nahe bei *ihm* ...«

»Verstehe. Es war ganz natürlich.«

»Ich habe Mr. Crisparkle alles erzählt«, sagte Mr. Grewgious, »was du mir gestern abend erzählt hast, mein liebes Kind. Natürlich hätte ich es ihm sofort geschrieben, aber nun ist er ja selber gekommen. Was besonders freundlich von ihm ist, da er gerade erst kürzlich hier war.«

»Haben Sie entschieden«, fragte Rosa die beiden Herren, »was für Helena und ihren Bruder zu tun ist?«

»Nun, ehrlich gestanden«, sagte Mr. Crisparkle, »ich bin ziemlich ratlos. Wenn sogar Mr. Grewgious noch schwankt, dessen Kopf soviel besser als meiner ist und der mir eine ganze Nacht des Nachdenkens voraus hat, was soll ich da erst sagen?«

In diesem Augenblick steckte die Unlimitierte den Kopf durch die Tür (nachdem sie angeklopft hatte und hereingebeten worden war) und meldete, daß ein Herr gekommen sei, der mit einem anderen Herrn namens Crisparkle zu sprechen wünsche, wenn ein solcher Herr da sei. Wenn kein solcher Herr da sei, bitte der Herr um Verzeihung für seinen Irrtum.

»Ein solcher Herr *ist* da«, sagte Mr. Crisparkle, »aber er ist gerade beschäftigt.«

»Handelt es sich um einen sehr dunkelhaarigen Herrn?« fragte Rosa besorgt und drängte sich an ihren Vormund.

»Nein, Miss, sein Haar ist eher braun.«

»Sind Sie sicher, daß es nicht schwarz ist?« fragte Rosa aufatmend.

»Ganz sicher, Miss. Braunes Haar und blaue Augen.«

»Vielleicht«, meinte Mr. Grewgious mit seiner gewohnten Vorsicht, »könnte es gut sein, ihn zu empfangen, Reverend, wenn Sie nichts dagegen haben. Wenn man Schwierigkeiten hat oder in einer Klemme steckt, weiß man nie, in welcher Richtung sich ein Ausweg öffnen könnte. Es ist eines meiner Geschäftsprinzipien in solchen Fällen, keine Richtung von vornherein auszuschließen, sondern die Augen in jeder Richtung offenzuhalten. Ich könnte dazu eine Anekdote erzählen, aber das wäre jetzt nicht der richtige Moment.«

»Nun denn, mit Miss Rosas Erlaubnis, lassen Sie den Herrn herein.«

Der Herr kam herein, entschuldigte sich mit offener, aber unaufdringlicher Miene, daß er Mr. Crisparkle nicht alleine antraf, trat dann vor den Hilfskanonikus und stellte ihm lächelnd die unerwartete Frage: »Wer bin ich?«

»Sie sind der Herr, den ich vor ein paar Minuten unter den Bäumen von Staple Inn habe rauchen sehen.«

»Stimmt. Da habe ich Sie auch gesehen. Wer bin ich noch?«

Mr. Crisparkle konzentrierte seine Aufmerksamkeit auf das gutaussehende, sehr sonnengebräunte Gesicht, und der Geist eines lange verschollenen Jungen schien undeutlich vor ihm aufzusteigen.

Der Herr sah eine vage Erinnerung die Züge des Hilfskanonikus aufhellen und sagte, wiederum lächelnd: »Was wünschen Sie heute zum Frühstück? Marmelade ist alle.«

»Warten Sie einen Moment!« rief Mr. Crisparkle und hob die rechte Hand. »Gleich hab ich's ... Tartar!«

Die beiden schüttelten sich mit größter Herzlichkeit die Hände und gingen sodann bis zu dem – für Engländer – unerhörten Punkt, einander die Hände auf die Schultern zu legen und sich freudig in die Augen zu sehen.

»Mein alter *Fag*!«

»Mein alter *Master*!«[1]

»Du hast mich vor dem Ertrinken gerettet!« rief Mr. Crisparkle.

»Wonach du dann schwimmen gelernt hast, weißt du noch?« sagte Mr. Tartar.

»Gott sei mir gnädig!« rief Mr. Crisparkle.

»Amen!« sagte Mr. Tartar.

Und wieder schüttelten sie sich überaus herzlich die Hände.

»Stellen Sie sich vor«, rief Mr. Crisparkle mit glänzenden Augen, »Miss Rosa Bud und Mr. Grewgious, stellen Sie sich Mr. Tartar vor, wie er nach mir tauchte, der kleinste Junior an unserer Schule nach mir, einem großen schweren Senior, und wie er mich an den Haaren packte und ans Ufer schleppte, als ob er ein Riesenfisch wäre!«

»Ja, stellen Sie sich vor, ich als sein *Fag* hätte ihn absaufen lassen!« sagte Mr. Tartar. »Aber da er in Wahrheit mein bester Beschützer und Freund war und mir mehr Gutes getan hat als alle meine *Masters* zusammen, trieb mich ein irrationaler Impuls, ihn zu packen oder mit ihm unterzugehen.«

»Hmhm! Erlauben Sie mir, die Ehre zu haben, Sir«, sagte da

[1] Diener und Herr an traditionellen englischen Schulen, wo ein jüngerer Schüler oder »Junior« einen älteren oder »Senior« als seinen *master* zu bedienen hatte, so ähnlich wie der »Leibfuchs« seinen »Leibburschen« in deutschen Studentenverbindungen (*A.d.Ü.*).

Mr. Grewgious und trat mit ausgestreckter Hand vor, »denn ich erachte es wirklich als eine Ehre. Ich bin stolz, Ihre Bekanntschaft zu machen. Ich hoffe, Sie haben sich nicht erkältet. Ich hoffe, Sie haben nicht zuviel Wasser geschluckt und dadurch Unannehmlichkeiten gehabt. Wie ist es Ihnen seither ergangen?«

Es war durchaus nicht klar, ob Mr. Grewgious wußte, was er sagte, obwohl es klar auf der Hand lag, daß er etwas sehr Freundliches und Anerkennendes sagen wollte.

Hätte der Himmel, dachte Rosa, doch damals ihrer ertrinkenden Mutter einen so mutigen und gewandten Lebensretter geschickt! Und dabei war er damals noch so jung und spirrig gewesen!

»Ich möchte keine Komplimente dafür, danke vielmals, aber ich glaube, ich habe eine Idee«, verkündete Mr. Grewgious unvermittelt, nachdem er ein paarmal durchs Zimmer gelaufen und dann plötzlich so ruckartig stehengeblieben war, daß alle ihn anstarrten und sich fragten, ob er einen Erstickungsanfall oder einen Krampf hatte. »Ich *glaube*, ich habe eine Idee. Mir scheint, ich hatte bereits das Vergnügen, Mr. Tartars Namen als den des Mieters der Dachwohnung im Nachbarhaus neben dem Eckhaus gesehen zu haben?«

»Ja, Sir«, sagte Mr. Tartar, »da haben Sie recht.«

»Da habe ich recht«, sagte Mr. Grewgious. »Haken wir das ab«, und er hakte es mit dem rechten Daumen auf seiner linken Handfläche ab. »Kennen Sie zufällig den Namen Ihres Nachbarn in der Dachwohnung neben der Ihren?« fragte er weiter und trat sehr nahe an Mr. Tartar heran, als wollte er vermeiden, durch seine Kurzsichtigkeit etwas von dessen Mienenspiel zu versäumen.

»Landless.«

»Haken wir das ab«, sagte Mr. Grewgious, lief von neuem durchs Zimmer und kam wieder zurück. »Keine persönliche Bekanntschaft, nehme ich an, Sir?«

»Flüchtig, aber ein bißchen schon.«

»Haken wir auch das ab«, sagte Mr. Grewgious, lief ein

weiteres Mal durchs Zimmer und kam zurück. »Welcher Art ist Ihre Bekanntschaft, Mr. Tartar?«

»Ich fand, daß er aussah wie einer, dem es nicht besonders gutgeht, und da bat ich ihn um die Erlaubnis – erst vor ein paar Tagen oder so –, meine Blumen da oben mit ihm zu teilen, das heißt, den Blumengarten vor meinen Fenstern bis zu seinen Fenstern auszudehnen.«

»Würden Sie bitte die Freundlichkeit haben, sich zu setzen?« sagte Mr. Grewgious. »Ich *habe* eine Idee!«

Alle gehorchten, Mr. Tartar nicht weniger prompt als die anderen, obwohl er keine blasse Ahnung hatte, worum es ging. Mr. Grewgious setzte sich in die Mitte, legte die Hände flach auf die Knie und trug seine Idee in der bei ihm üblichen Weise vor, als hätte er den Vortrag auswendig gelernt.

»Ich bin mir noch nicht darüber im klaren, ob es unter den gegenwärtigen Umständen klug ist, wenn das schöne und zarte Mitglied unserer gegenwärtigen Runde offen in Kontakt mit Mr. Neville oder Miss Helena tritt. Ich habe Grund zu der Annahme, daß ein lokaler Freund von uns – gegen den ich, mit Erlaubnis meines hochwürdigen Freundes hier, einen kurzen, aber herzlichen Fluch ausstoßen möchte – dort umherschleicht und herumspioniert. Wenn er's nicht selber tut, hat er vielleicht einen Informanten beauftragt, der in Gestalt eines Wachmannes oder Pförtners oder sonstigen Eckenstehers von Staple Inn auf der Lauer liegt. Andererseits hat Miss Rosa natürlicherweise den Wunsch, ihre Freundin Miss Helena wiederzusehen, und es wäre vielleicht nicht unwichtig, daß zumindest Miss Helena – wenn nicht durch sie auch ihr Bruder – von Miss Rosa privat erführe, was geschehen und womit gedroht worden ist. Teilen Sie meine Einschätzung der Lage im großen und ganzen?«

»Ich teile sie vollauf«, sagte Mr. Crisparkle, der sehr aufmerksam zugehört hatte.

»Wie auch ich es zweifellos täte«, setzte Mr. Tartar lächelnd hinzu, »wenn ich sie verstünde.«

»Immer hübsch langsam, Sir«, sagte Mr. Grewgious, »wir werden Sie gleich voll ins Vertrauen ziehen, wenn Sie so freundlich sind, es zu gestatten. Nun, wenn also unser lokaler Freund einen Spitzel angesetzt hat, dürfte es einigermaßen klar sein, daß dieser Spitzel nur den Auftrag haben kann, die von Mr. Neville bewohnten Zimmer im Auge zu behalten. Hat er unserem lokalen Freund dann berichtet, was für Leute dort ein und aus gehen, so kann sich unser lokaler Freund kraft seiner eigenen Vorkenntnisse sicher schon denken, um wen es sich handelt. Niemand kann jedoch darauf angesetzt werden, ganz Staple Inn zu überwachen oder sich mit den Besuchern anderer Wohnungen zu befassen – abgesehen natürlich von meiner.«

»Ich fange an zu verstehen, worauf Sie hinauswollen«, sagte Mr. Crisparkle, »und ich kann Ihre Vorsicht nur in höchstem Maße gutheißen.«

»Ich brauche nicht zu wiederholen, daß ich noch immer keine Ahnung von dem Warum und Wozu habe«, sagte Mr. Tartar, »aber auch ich verstehe, worauf Sie hinauswollen, also lassen Sie mich hier gleich sagen, daß meine Zimmer Ihnen jederzeit uneingeschränkt zur Verfügung stehen.«

»Na also!« rief Mr. Grewgious und fuhr sich triumphierend über den Kopf. »Jetzt haben wir alle die Idee erfaßt. Nicht wahr, auch du, mein liebes Kind?«

»Ich glaube schon«, sagte Rosa mit leichtem Erröten, als Mr. Tartar einen raschen Blick zu ihr warf.

»Na siehst du. Also du gehst jetzt mit Mr. Crisparkle und Mr. Tartar hinüber nach Staple Inn«, sagte Mr. Grewgious, »während ich in meiner üblichen Weise allein aus und ein und ein und aus gehe. Du gehst mit diesen beiden Herren hinauf zu Mr. Tartars Wohnung, schaust dir Mr. Tartars Blumengarten an und wartest dort, bis Miss Helena ans Fenster kommt, oder gibst ihr ein Zeichen, daß du nebenan bist, und dann kannst du frei mit ihr reden, und kein Spion kommt euch auf die Schliche.«

»Ich fürchte nur, ich werde ...«

»Was denn, mein liebes Kind?« fragte Mr. Grewgious, als sie zögerte. »Doch nicht Angst haben?«

»Nein, das nicht«, sagte Rosa schüchtern, »aber Mr. Tartar

zur Last fallen. Mir scheint, wir verfügen ein bißchen allzu frei über seine Wohnung.«

»Ich versichere Ihnen«, entgegnete dieser, »sie wird mir für immer verschönt erscheinen, wenn Ihre Stimme auch nur ein einziges Mal darin erklingt.«

Rosa, die nicht recht wußte, was sie darauf sagen sollte, schlug die Augen nieder und fragte ihren Vormund gehorsam, ob sie dann jetzt ihren Hut aufsetzen solle. Da Mr. Grewgious der Meinung war, sie könne nichts Besseres tun, entschwand sie zu diesem Zweck auf ihr Zimmer. Mr. Crisparkle nutzte die Gelegenheit, um Mr. Tartar summarisch über Nevilles und Helenas Lage ins Bild zu setzen; die Gelegenheit erwies sich als lang genug, da der Hut offenbar mehr Sorgfalt als gewöhnlich erforderte.

Mr. Tartar bot Rosa den Arm, und Mr. Crisparkle ging allein voran.

›Armer Eddy, armer Eddy!‹ dachte Rosa, als sie losgingen.

Mr. Tartar schwenkte seine rechte Hand durch die Luft, während er den Kopf zu Rosa beugte und angeregt plauderte.

›Sie war noch nicht so kraftvoll und sonnengebräunt, als sie Mr. Crisparkle das Leben rettete‹, dachte Rosa, während sie auf seine Hand sah, ›aber sie muß auch schon damals sehr fest und entschieden gewesen sein.‹

Mr. Tartar erzählte ihr, daß er Seemann gewesen war und jahrelang alle Meere befahren hatte.

»Wann gehen Sie wieder zur See?« fragte Rosa.

»Nie mehr!«

Rosa fragte sich, was wohl die Mädchen sagen würden, wenn sie jetzt sehen könnten, wie sie am Arm dieses Seemannes über die breite Straße ging. Und sie dachte sich, daß die Passanten sie sicher sehr klein und hilflos finden mußten, im Vergleich zu der starken Gestalt des Mannes an ihrer Seite, der sie aufheben und aus jeder Gefahr hätte forttragen können, Meilen und Meilen weit, ohne anzuhalten.

Sie dachte sich gerade weiter, daß seine in die Ferne gerichteten blauen Augen aussahen, als ob sie gewohnt wären, die

Gefahr von weitem zu erspähen und sie ohne zu blinzeln näher und näher kommen zu sehen, als sie ihre Augen hob und fand, daß er aussah, als dächte er gerade etwas über *ihre* Augen.

Das verwirrte die kleine Rosebud ein bißchen und mag der Grund dafür gewesen sein, warum sie später nie recht wußte, wie sie (mit seiner Hilfe) zu seinem luftigen Garten aufgestiegen war und in ein Wunderland gekommen zu sein schien, das auf einmal zu blühen begann wie das Land auf der Spitze des Zauberbohnenstengels. Möge es immerdar blühen!

Vierter Teil
Die letzte Nummer

XIII

Eigentlich müßten wir schon am vierten Tag des Kongresses sein, Leser. Wir müßten uns schon beeilen, die letzte Nummer zu diskutieren. Statt dessen sind wir noch am Nachmittag des dritten Tages und sitzen in einem Sightseeing-Bus, der sich auf der Via Ostiense in Richtung Zentrum bewegt. Gerade fahren wir an der Basilika ***San Paolo fuori le Mura** vorbei. Wie kommt es zu dieser raum-zeitlichen Entgleisung?

Um sie zu erklären, müssen wir eine weitere halbe Stunde zurückgehen: zu dem Zeitpunkt, an dem, pünktlich um 15 Uhr, alle Mitglieder unserer Gruppe wieder im Dickens Room versammelt sind. Gerade nehmen die Referenten ihre Plätze auf dem Podium ein. Gerade will der Moderator die Sitzung eröffnen. Da erscheint eine sehr dunkelhaarige Hosteß mit sehr großen Brillengläsern, die ihr das Flair eines in den Lehrerinnenberuf übergewechselten Fotomodells geben, und verkündet, daß der Bus für die Sightseeing-Tour draußen warte.

Was für ein Bus? Was für eine Sightseeing-Tour?

Aus einem raschen Wortwechsel zwischen Loredana und der Schwarzhaarigen (die Antonia heißt) geht hervor, daß jede Arbeitsgruppe das Recht auf eine Stadtrundfahrt mit Führung hat und daß jetzt die Gruppe Drood an der Reihe ist.

LOREDANA (*auf die Kongreßteilnehmer zeigend*): Aber sie haben schon das Imprint gekriegt! Sie haben die ganze Augustnummer im Kopf!

ANTONIA: Mir hat man nichts von der Nummer gesagt. Mir hat man nur gesagt, ich soll sie alle zum Forum Romanum und dann zum Petersdom bringen.

Los, komm schon, draußen ist so ein herrliches Wetter! Was hältst du die Armen hier unten begraben!

Der Latinist aus Juan-les-Pins, der empört über seinen Kollegen aus Omaha endgültig zu den Dickensianern übergewechselt ist, schlägt einen Mittelweg vor: Die Debatte könnte doch auch im Bus geführt werden, da gäbe es doch bestimmt ein Mikrofon, oder?

Gewiß, bestätigt Antonia, sogar zwei: eins für sie selbst zu touristischen Zwecken und eins zur Verfügung eventueller Vortragender.

So kommt es, daß wir außer der prunküberladenen Basilika (die Antonia zu Recht der allgemeinen Verachtung preisgibt, wegen ihrer scheußlichen »Restaurierung« aus vorjapanischer Zeit, nach dem Brand von 1823) auch das Kapitel 17 hinter uns lassen, das zwar köstliche Seiten über Honeythunder, aber kaum irgendwelche Indizien enthält.

– Beachten wir immerhin, bemerkt Cuff, daß der Autor hier erstmals einen gewissen Vorbehalt bezüglich Crisparkles Vertrauen zu dem jungen Landless einführt. Sechs Monate vorher hatte derselbe Crisparkle noch gesagt, er sei zutiefst überzeugt von Nevilles vollkommener Unschuld. Jetzt sagt er zwar, er sei sich ihrer gewiß, fügt aber hinzu, er werde Neville zur Seite stehen, »solange diese Gewißheit anhält«. Könnte man daraus nicht schließen, daß Dickens hier einen Versuch macht, die Hände frei zu bekommen?

– Aber sicher doch! meint Loredana mit weiblicher Logik. Der Reverend muß inzwischen gemerkt haben, daß Nevilles Schwester hinter ihm her ist, und da denkt er an die schreckliche Szene, die seine Mutter ihm machen würde, wenn er sich einfangen ließe.

– Sehr richtig, stimmt der Colonnello der Carabinieri zu. Denn wir dürfen nicht vergessen, und es ist sehr gut, daß die Signorina Loredana uns daran erinnert, daß die Signora Crisparkle keineswegs die Sympathie und die Nachsicht ihres Sohnes mit dem Beschuldigten teilt! Im Gegenteil, sie hat von Anfang an betont, wie gefährlich er ist! Und wer weiß, ob das nicht für den Autor schon eine Maßnahme war, eine sehr vernünftige in meinen Augen, sich die Hände frei zu halten.

– Moment mal, unterbricht hier die Signorina Antonia, die über den Zweifeln an Nevilles Unschuld und über den eigenen Invektiven gegen die Basilika linker Hand ganz vergessen hat, auf die ***Heidnische Begräbnisstätte** hinzuweisen, die der Bus gerade rechter Hand hinter sich gelassen hat. Dort nämlich war es, erklärt sie, wo nach der frommen Legende der Apostel Paulus heimlich im Grab der Matrone Lucina beigesetzt worden sein soll, nach seiner Enthauptung unweit des U&O, genauer gesagt an dem Ort Tre Fontane.

Die Businsassen nehmen es höflich zur Kenntnis, aber durch natürliche Assoziation mit dem Grab der Matrone Sapsea kommt das Gespräch sofort wieder auf das MED, genauer gesagt auf das 18. Kapitel.

– »Das meistdiskutierte Kapitel aller Bücher der Neuzeit« nach der zweifellos überzogenen, aber bezeichnenden Ansicht des Droodisten J. Y. Watt[1], sagt Dr. Wilmot. Tatsächlich haben sich die Gelehrten über keinen anderen Punkt so sehr gestritten wie über die Identität von Datchery, dem geheimnisvollen und offensichtlich verkleideten Neuankömmling, der sich in Cloisterham einmietet, um Ermittlungen über Jasper anzustellen.

– Also meiner Meinung nach ist er dieser... wie hieß er noch gleich?... dieser Angestellte von Mr. Grewgious, den wir schon im 11. Kapitel kennengelernt hatten und der... ah ja: Bazzard. Also ich bin der Meinung, Datchery ist Bazzard, sagt Antonia.

[1] John Y. Watt, *A Student's Study on Edwin Drood*, London o.J. (1913).

Diese Erklärung ruft ein erstauntes Schweigen hervor, sogar der Busfahrer dreht den Kopf verblüfft zu der Sprecherin, auf die Gefahr hin, mit dem Lastwagen zu kollidieren, den er gerade überholt.

– Aber du... wie kannst du... woher weißt du..., stammelt schließlich Loredana. Willst du mir etwa erzählen, du hättest dieses MED schon auf eigene Rechnung gelesen? Oder bist du womöglich auch telepathisch?

Die Wahrheit ist viel einfacher, Leser. Da sie wußte, daß sie die Gruppe Drood würde herumführen müssen, und in ihrem Bemühen, die Interessen ihrer Kunden so weit wie möglich zu teilen, hat die gewissenhafte Hosteß sich vorher der subliminalen Lektüre des Romans unterzogen. Und wie ihr Dr. Wilmot nun mit einem Kompliment bestätigt, ist ihre Hypothese alles andere als absurd.

– Für 33,7% der Droodisten ist Datchery Bazzard, erklärt der Direktor des *Dickensian*. Aber für gute 20%, fügt er hinzu, handelt es sich um Helena in Männerkleidung oder um Neville, für 17% um Tartar[1] und für 15% sogar um Edwin Drood, der nicht tot ist und nun zurückkommt, um den ruchlosen Onkel zu entlarven. Was die restlichen 14,2% betrifft, so verteilen sich die Ansichten wie folgt: a) Grewgious selbst, b) ein von Grewgious beauftragter Detektiv, der aber nicht Bazzard ist, c) ein von niemandem beauftragter Detektiv, der aber von dem Fall gehört hat und gekommen ist, um auf eigene Faust Ermittlungen anzustellen, d) Edwin Drood selbst, den Jasper als tot hatte liegenlassen, der aber nicht tot war, e) ein Unbekannter, der jedoch leider unbekannt bleiben muß, da auch hier das MED viel zu unklar und verworren ist, um klare Schlüsse zu

[1] Die chronologischen Schwierigkeiten dieser Hypothese erklären sich für ihre Vertreter mit einer Kapitelumstellung (das 18. Kapitel sollte ursprünglich das 19. sein und umgekehrt).

erlauben. Diese zuletzt genannte Ansicht – schließt Dr. Wilmot – wird selbstverständlich auch von G. K. Chesterton vertreten, während Cecil Chesterton (Jaspers Verteidiger in dem bereits erwähnten fiktiven Prozeß von 1914) zu den »Bazzardianern« gehört.[1]

LOREDANA: Antonia hat recht, es muß Bazzard sein. Als Detektiv ist er jedenfalls einer, der sich zu helfen weiß, immerhin ist er schon bis zu Durdles und zu dem Sapsea-Grabmal mit seiner grotesken Inschrift gelangt.

ANTONIA: Wir gelangen statt dessen gerade, sehen Sie dort links, zur ***Pyramide des Caius Cestius**, die mit ihren 37 m Höhe, ihrer 4 × 6 m großen Grabkammer, in der Belzoni nicht steckengeblieben wäre, und mit ihrer Inschrift ...

LATINIST (*bestrebt, vor Antonia eine gute Figur zu machen*): ... ihrer schönen Inschrift in augusteischen Lettern, die besagt, daß C. Cestius (gest. 12 v. Chr.) Mitglied des Kollegiums der *Septemviri epulones* (Ausrichter von religiösen Festmählern) war und daß der Bau seines Grabmals 330 Tage gedauert hat.

DR. WILMOT: Interessant ist auch zu wissen, daß Dickens auf seiner Romreise 1845, wie beschrieben in *Pictures from Italy* (1846), diese Pyramide im Mondlicht bewundert hat ...

ANTONIA: ... die zusammen mit der nahen ***Porta San Paolo** (der antiken *Porta Ostiensis*) eine der malerischsten Ansichten von Rom bildet ...

DR. WILMOT: ... wobei er nicht versäumte, daran zu erinnern, daß im angrenzenden ***Protestantischen Friedhof** die Gebeine von Keats und Shelley liegen.

Der Leser wird seinerseits nicht versäumen, die per-

[1] Die Hypothese der »Bazzardianer« wird bestärkt durch die Tatsache, daß Grewgious' Gehilfe »zur Zeit gerade auf Urlaub« ist, als Rosa nach London kommt.

fekte Fusion von touristischem, allgemein kulturellem und speziell auf Fragen der Restaurierung bezogenem Diskurs zu bewundern, die wir dank der japanischen Sponsoren erreicht haben. Weniger angemessen erscheint uns dagegen die Bemerkung, mit welcher Marlowe und Archer versuchen, ein Gespräch mit Antonia anzuknüpfen: – Klopfen wir auf Holz, Signorina, aber bei so vielen Gräbern und Friedhöfen scheint es uns schwer vorstellbar, daß Drood überlebt haben soll.[1]

Antonia findet die Bemerkung übrigens selber nicht sehr geschmackvoll und übergeht sie mit Schweigen, um lieber mit dem Latinisten ein angeregtes Gespräch über die *Prima Deca* von Titus Livius anzuknüpfen (die sie ebenfalls auf subliminalem Wege rezipiert hat). Der Bus ist unterdessen auf die Piazza Albania gelangt, die sich als total verstopft erweist, was die anderen nutzen, um über das Kapitel 19 mit seinem drohenden »Schatten über der Sonnenuhr« zu sprechen.

LOREDANA: Ein ziemlich fieser Kerl jedenfalls.

DUPIN: Nicht wenn wir die Hypothese akzeptieren, daß Jasper seine wahnsinnige Liebe zu Rosa nur simuliert, um in den Augen des oder der wirklich Schuldigen als Ermittler ungefährlich zu erscheinen. Die Analogie mit der Szene zwischen Hamlet und Ophelia scheint mir sehr bedeutsam unter diesem Aspekt. Und nehmen wir dann noch die Konkordanzen mit *Macbeth* hinzu, die auf die beiden Landless-Zwillinge als die Mörder zu deuten scheinen ...

[1] Der zynische Bucket hat bereits einen Grund genannt, warum Drood entgegen der Ansicht von rund einem Drittel der Droodisten tot sein müßte. Der entscheidende Grund scheint uns jedoch der mit Diamanten und Rubinen besetzte Ring zu sein, den Dickens ihn sorgfältig in der Westentasche verwahren läßt: Wozu sollte dieser Ring dienen, wenn nicht zur späteren Identifikation des im ungelöschten Kalk halbzerstörten Leichnams?

POIROT: Aber nach dem oben erwähnten Unschuldvertreter wären die beiden Landless doch keineswegs die Mörder, wenn ich recht verstanden habe.

DR. WILMOT: Nein, ihm zufolge ... aber nun kann ich ebensogut verraten, daß es sich bei dem erwähnten Unschuldvertreter um Sir Felix Aylmer handelt, den bekannten Schauspieler und Theaterhistoriker, dessen Buch *The Drood Case* von 1964 die MED-Forschung revolutioniert hat.

KRÖTERICH (*für sich*): O Gott. Mir schwant Fürchterliches.

DR. WILMOT: Nach Aylmer also wäre der Mörder keine der Personen, die wir kennen. Es handelt sich vielmehr um einen Fanatiker, eine Art Terroristen, der aus dem Nahen Osten gekommen ist, um Edwin nach mohammedanischem Brauch für eine schwere Beleidigung büßen zu lassen, die Edwins Vater (der in Ägypten gelebt hat, wie wir wissen) der islamischen Religion angetan haben sollte ...

ALLE (*einschließlich Antonias und des Latinisten, die ihre Diskussion über die »Prima Deca« unterbrochen haben*): Der Fall Rushdie! ...

DR. WILMOT: Langsam, langsam. Aylmer erwägt die religiöse Hypothese als erste, wobei er zu bedenken gibt, daß die Steine am Ring in Edwins Besitz aus der berühmten Plünderung von Mekka im Jahre 1813 stammen könnten, an der europäische Offiziere im Dienst von Mehmet Ali teilnahmen ...

ALLE (*bis auf Antonia, die Collins nicht gelesen hat, aber seltsamerweise einschließlich des Latinisten*): Aber dann würde es sich ja exakt um den gleichen Fall wie im *Moonstone* handeln! Mitsamt dem Opium und allem ...

DR. WILMOT: Genau. Und daher greift Aylmer, der ein so schamloses Plagiat bei Dickens nicht für möglich hält, auf das Motiv der Blutrache zurück: auf die unverzeihliche Beleidigung, die Edwins Vater einem islamischen Notablen angetan haben soll, dessen Nachkommen daraufhin – dieser These zufolge – geschworen haben, sich an dem Sohn zu rächen, und zwar an einem 24. Dezember, dem Tag der Beleidigung. Jasper andererseits, der wußte, was für eine Drohung über Edwins Haupt schwebte, und der darum einen ganzen Plan entwickelt hat, um sie abzuwenden, ist nicht Edwins Onkel, sondern sein Stiefbruder (mütterlicherseits), und die Frau aus der Opiumhöhle ist die Großmutter von Rosa, deren Vater ja, wie wir wissen...

KRÖTERICH: Genug, genug, um Himmels willen! Ich hab's ja geahnt, daß wir aus dem Regen in die Traufe kommen: Erst ein Schuldiger, der wider alle Regeln auch schon der Verdächtige Nummer eins war, und jetzt ein anderer, auf den nicht der geringste Verdacht fallen konnte, weil wir keine Ahnung haben konnten, daß er überhaupt existierte!... Nein, also bitte, wo *sind* wir denn! Poirot, sagen Sie doch mal was!

POIROT: *Mon dieu*, Tatsache ist, wenn der Mörder ein völlig Unbekannter ist, verliert der Mord von unbekannter Hand viel von seinem... äh... Charme. Der klassische Fall ist der des schon in Betracht gezogenen zufällig vorbeigekommenen Landstreichers. In unserem Fall freilich, wenn Aylmer recht hätte...

KRÖTERICH: In unserem Fall ist es dasselbe: jemand, den wir noch nie gesehen und von dem wir noch nie gehört haben! Ein vollkommen Unbekannter!

POIROT: Nicht ganz so vollkommen. Immerhin hatte Kommissar Maigret schon seine Existenz und seine Pläne vorausgeahnt.

MAIGRET: *Mon dieu*, ich hatte bloß überlegt, aus welchem Grund Jasper in seinen Opiumphantasien immer den Namen seines Neffen genannt haben könnte, auch wenn der Feind, den er zu vernichten träumte, ein anderer war. Und dieser Grund könnte effektiv der gewesen sein, daß Jasper von der Existenz eines Feindes wußte und dessen Mordpläne gegen Edwin kannte, aber noch nicht über seine Identität im Bilde war.

POIROT: Mit anderen Worten: Jasper weiß seit langem, daß *jemand* in der Weihnachtsnacht versuchen wird, seinen Neffen zu töten, aber er weiß nicht, *wer* es ist, und auch wenn ihm später, als die beiden Zwillinge eintreffen, der Verdacht kommt, daß Neville der unbekannte Killer sein könnte, kann er nicht sicher sein.

ANTONIA: Aber dann gibt es etwas anderes, was ich absolut nicht verstehe. Nämlich: wenn Jasper von der Drohung weiß, die über seinem Neffen schwebt, und einen ganzen Plan aufgestellt hat, um sie abzuwenden, wieso geht er dann ausgerechnet in der Weihnachtsnacht seelenruhig schlafen und läßt Edwin mit dem vermutlichen Killer spazierengehen?

DR. WILMOT: Aylmers Erklärung ist etwas umständlich, aber man kann nicht sagen, daß sie nicht auf ihre Art stichhaltig wäre. Und ich würde nicht einmal ausschließen, daß Dickens sich etwas mehr oder weniger Ähnliches ausgedacht hatte, denken wir nur an die Vorliebe seines Publikums für verwickelte Familiengeschichten mit anglo-orientalischem Hintergrund. Also, Aylmer zufolge...

Die Erklärung ist in der Tat etwas umständlich, Leser. Deshalb begnügen wir uns mit der folgenden Zusammenfassung im Telegrammstil:

Moslemfamilie hat Schuld von Vater auf Sohn übertragen und Edwin zum Tod nach heiligem Blutrachegesetz verurteilt. Aber nach anderem heiligem Gesetz Urteil nicht vollstreckbar, solange Edwin Rosas Verlobter. Denn Rosas Vater, obwohl mit Edwins Vater befreundet, hatte besagte Familie gut behandelt und dafür von ihr Sicherheit seiner Person, seiner Nachkommen & deren Partner oder künftigen Partner garantiert bekommen. Rächer muß also vorher klä-

ren, ob Edwin noch Rosas Verlobter, und darf nur exekutieren, wenn nicht. Deswegen Jasper immer so bemüht (außer Nevilles Haß anzustacheln, damit dieser sich verrät, falls Rächer) zu wissen, ob Täubchen sich noch lieben. Als Jasper dann (fälschlich) glaubt, daß ja, und sicher, daß Rächer heiliges Gesetz respektieren wird, kann er beruhigt schlafengehen. Bleibt Frage: woher wußte Rächer von Bruch Verlobung? Antwort: Rächer heimlich ganzes Gespräch Rosa/Edwin mitangehört, während Jasper, aufgehalten in Kathedrale wg. Abendgottesdienst, nur zärtlichen Schlußkuß gesehen und gedacht Kuß Liebe.

Busfahrer (*der in aller Ruhe zuhören konnte, da der Bus immer noch eingekeilt auf der total verstopften Piazza Albania steht*): Wunderschöne Geschichte!

*

Der Leser, der in einer mittsommerlichen römischen Verkehrsverstopfung, nach einem längeren Aufenthalt auf der Piazza Albania, unmerklich wieder auf dem Viale Aventino ins Rollen gekommen wäre, hätte kein Interesse daran, sich rechts zu halten. Denn auf dieser Seite könnte er, wenn er sich erneut für längere Zeit in der Nähe des ***Circus Maximus** eingekeilt fände, nichts anderes betrachten als das schauderhafte moderne **Gebäude der FAO**, flankiert von dem nicht weniger abstoßenden **Post- und Telegraphenministerium**. Hielte er sich dagegen so weit wie möglich links, so könnte er den phantastischen und unverstellten Anblick der ***Südwesthänge des Palatin** bei Sonnenuntergang bewundern, sofern die Sonne nicht inzwischen untergegangen ist.

In unserem Falle steht sie noch ziemlich hoch, aber das Schauspiel ist gleichwohl grandios, und Antonia, unterstützt durch den Latinisten, bemüht sich weidlich, es angemessen zu kommentieren, von den domitianischen Bauten im Westen über die Stützbogen des Septimius Severus (20 bis 30 m hoch) weiter südlich bis zu den Resten des berühmten *Septizonium* an der äußersten Südecke. Doch schon fängt der KRÖTERICH wieder mit seinen nervtötenden Quengeleien an: »*Questa e quella per me pari sono!*« ruft er sarkastisch (was heißen soll: ob die »Jekyllsche« Lösung oder die des unbekannten Killers, für ihn sei's das gleiche), und fügt hinzu, das erneute Auftreten der Lascar Sal in Kapitel 22 lasse keine anderen Alternativen.

Aber das Kapitel 22 ist doch noch gar nicht *imprinted* worden, wird man sagen. Wie kann hier auf einmal von ihm die Rede sein? Wir haben vergessen zu erwähnen, daß, als die Verstopfung auf dem Viale Aventino sich hinzog, die Debatte über die Augustnummer sich allmählich erschöpfte. THORNDYKE hatte anläßlich des »Schattens über der Sonnenuhr« hervorgehoben, über welche hypnotischen Kräfte Jasper verfügt, dem es allein mit dem Blick gelingt, Rosa nicht nur zu paralysieren, sondern ihr am Ende sogar zweimal das verlangte Zeichen der Aufmerksamkeit zu entlocken. DUPIN hatte dann auf den »hamletischen« Ursprüngen der Szene insistiert und bemerkt, daß Jasper da und dort geradezu in Blankversen spricht.[1] Und Sergeant CUFF hatte schließlich daran erinnert, daß er ja schon vorausgesagt hatte (mit »partieller« Zustimmung von Dr. Wilmot), daß der Autor uns keine privaten Gespräche zwischen Helena und Rosa mehr mitanhören lassen würde und schon gar keine zwischen Helena und Neville.

[1] Der pingelige POIROT bestätigte später, er habe insgesamt neun gezählt, davon drei hintereinander (»I endured it all in silence. So long as / you were his, or so long as I supposed / you to be his, I hid my secret loyally«); dazu diesen anderthalbfachen von unleugbar Shakespearischem Zuschnitt: »I shall not strike too soon. Give me a sign / that you attend to me.«

– Inzwischen, hatte der Sergeant hinzugefügt, sind sechs Monate seit der fatalen Nacht vergangen. Wir sind auf den letzten Seiten der fünften Nummer. Und die drei *haben sich noch kein einziges Mal wieder gesprochen*, jedenfalls nicht in unserer Gegenwart. Eine Situation, die schwerlich länger so weitergehen kann, ohne den Verdacht des Lesers zu wecken.

COLONNELLO DER CARABINIERI: Sehr richtig!

CUFF: Eben, und so muß Dickens nun Abhilfe schaffen, und unter dem Vorwand »der Feind hört mit« erklärt er uns honigsüß durch den Mund von Mr. Grewgious: »Ich weiß nicht, ob es unter den gegenwärtigen Umständen klug wäre, Miss Rosa offen in Kontakt mit Mr. Neville oder Miss Helena treten zu lassen. Andererseits hat Miss Rosa natürlich den Wunsch, ihre Freundin wiederzusehen, und es wäre nicht schlecht, wenn zumindest diese von Miss Rosa privat erführe (um es dann ihrem Bruder weiterzusagen), was geschehen und womit gedroht worden ist.« Eine Erklärung, die sich ...

KRÖTERICH: *Hear, hear!*

CUFF: Eine Erklärung, die sich meines Erachtens in folgenden Klartext rückübersetzen läßt: »Ich sehe nicht, wie ich als Autor diese drei privat miteinander sprechen lassen kann, ohne mein Spiel aufzudecken. Andererseits ist es nur natürlich, daß der Leser Verdacht schöpft, wenn ich so weitermache. Deshalb muß ich in der nächsten Nummer zumindest Rosa mit Helena sprechen lassen. Aber dank eines meiner genialen Einfälle, in Zusammenhang mit Jaspers Machenschaften, wird das versprochene ›private Gespräch‹ alles andere als privat ablaufen.«

Was für ein genialer Einfall mochte das sein? Die Neugier der Businsassen auf die nächsten Weiterungen der Geschichte war nun so groß geworden, daß LOREDANA schließlich per Funktelefon im U&O angerufen hatte: ob man nicht zum sofortigen Teleimprinting der letzten Nummer schreiten könne, durch die im Bus befindlichen Kopfhörer für die Simultanübersetzung müßte das doch gehen?

In Nullkommanichts hatten sich die erbetenen subliminalen Impulse über den Bus ergossen, und noch ehe der Palatin in Sicht gekommen war, hatte die Arbeitsgruppe schon die gesamte Septembernummer intus: jene, die Dickens am 8. Juni 1870 auf der sechst- oder siebtletzten Seite abgebrochen hatte und die der Leser hier anschließend lesen kann.

Loredana: Aber...

Ach ja, einen Moment noch, Leser. Im Eifer des In- und Durcheinanders von Rom-Sightseeing und Roman-Debatte haben wir noch zwei, drei weitere Dinge vergessen, die wir hier nachtragen müssen:

A: Warum ist das Kapitel 20 »Diverse Fluchten« betitelt? Wo sind diese Fluchten? Ein hinterhältiges Wortspiel im Englischen, hat Loredana erklärt, da *flight* sowohl Flucht wie auch Flug heißen kann. Die *Divers flights* sind daher: Rosas Flucht aus Cloisterham, die Ankunft des Zuges in London quasi im Fluge (»über den Dächern der Häuser«: es handelt sich um eine Hochbahn) und Rosas Aufstieg zu dem »luftigen Garten« des wunderbaren Mr. Tartar.

B: Anläßlich des Gesprächs von Fenster zu Fenster zwischen Tartar und dem »armen Studenten« hat P. Petrowitsch scherzhaft von einem »Kafka-Plagiat« gesprochen. Warum? Weil Kafka, der ein ausdauernder Leser von Dickens war (dessen »Reichtum und bedenkenloses mächtiges Hinströmen« er in einer Tagebuchnotiz rühmt), sich wohl von dieser Szene zu den Gesprächen von Balkon zu Balkon zwischen Karl und dem »armen Studenten« in *Amerika* inspirieren ließ.

C: Der Latinist hat in seinem immer angeregteren Gespräch mit Antonia gestanden, daß er ein glühender Bewunderer von Wilkie Collins ist. Wie eigenartig (hat sie bemerkt) für einen Gelehrten aus Juan-les-Pins! Die Sache ist die (hat er ihr erklärt), daß es gerade ein Roman von Collins war, der ihn, und zwar aus Liebe zu dessen Heldin, dazu gebracht hat, Latein zu studieren. Ah, und wie (hat sie sofort wissen wollen) hieß der Roman, und wie hieß die Heldin? Worauf er jedoch errötend verstummt war, weshalb wir diese Präzisierung auf später verschieben müssen.

Kapitel 21 *Griesgraue Tage kommen*

Mr. Tartars Zimmer waren die freundlichsten, saubersten und ordentlichsten, die man je unter der Sonne, dem Mond und den Sternen gesehen hat. Die Böden waren so gründlich geschrubbt, daß man hätte meinen können, der Londoner Ruß habe sich losgelöst und ein für allemal davongemacht. Die Messinggegenstände in Mr. Tartars Besitz waren Zoll für Zoll so blank geputzt und poliert, daß sie wie metallene Spiegel glänzten. Kein Fleck, kein Kleckser noch Spritzer beschmutzte die Reinheit der Tartarschen Hausgötter, seien sie groß, klein oder von mittlerer Statur. Sein Wohnzimmer glich einer Admiralskajüte, sein Badezimmer einem Milchladen, sein Schlafzimmer, ringsum mit Schränkchen und Schubfächern ausgestattet, glich einer Samenhandlung, und seine hübsch im Gleichgewicht schwebende Hängematte schwankte leicht in der Mitte, als ob sie atmete. Alles, was Mr. Tartar besaß, hatte seinen bestimmten Platz: seine See- und Landkarten hatten ihren Platz, seine Bücher hatten ihn, seine Bürsten, seine Stiefel, seine Kleider, seine Korbflaschen, seine Ferngläser und anderen Instrumente. Alles war in Reichweite. Regal, Ablage, Wandschrank, Haken und Schublade waren alle gleichermaßen leicht zu erreichen und gleichermaßen so angebracht, daß sie möglichst keinen Platz verschwendeten und immer noch einige Fingerbreit boten, in denen bequem etwas verstaut werden konnte, was nirgendwoanders hingepaßt hätte. Sein blitzblankes kleines Silberservice stand so ordentlich auf der Anrichte, daß ein verirrter Salzlöffel sich sofort verraten hätte; seine Toilettengegenstände lagen so säuberlich auf dem Waschtisch ausgebreitet, daß ein unreinlicher Zahnstocher sofort aufgefallen wäre. Ebenso die Erinnerungsstücke, die Mr. Tartar von seinen Reisen mitgebracht hatte. Ausgestopft, getrocknet, blankpoliert oder auf andere Weise konserviert, je nach ihrer Natur: Vögel, Fische, Reptilien,

Waffen, Kleidungsstücke, Muscheln, Algen, Gräser oder Andenken an Korallenriffe, alles befand sich an seinem ganz speziellen Platz und hätte an keinen anderen Platz besser plaziert werden können. Farbe und Firnis schienen irgendwo unsichtbar bereitzuliegen, um eventuelle Fingerspuren, wo immer sie auftauchen sollten, sofort zu beseitigen. Kein Kriegsschiff war je so sorgsam vor nachlässiger Berührung bewahrt und blitzblank gehalten worden. An diesem hellen Sommertag war eine Zeltplane über Mr. Tartars Blumengarten aufgespannt, wie nur ein Seemann sie aufzuspannen verstand; und der Gesamteindruck war so vollendet der eines abfahrbereiten Schiffes, daß der Blumengarten zum Achterdeck hätte gehören können und das Ganze majestätisch mit allem an Bord hätte ablegen können, wenn Mr. Tartar nur die in einer Ecke hängende Flüstertüte an die Lippen gesetzt und heiser befohlen hätte, den Anker zu lichten, sich munter ins Zeug zu legen und alle Segel zu hissen.

Mr. Tartar, der die Honneurs auf diesem galanten Schiff machte, paßte vollkommen zu allem übrigen. Wenn ein Mann ein liebenswertes Steckenpferd reitet, das vor nichts scheut und nach niemandem ausschlägt, ist es immer angenehm, ihn es mit Sinn für das Komische daran reiten zu sehen. Und wenn der Mann von Natur aus herzlich und offen ist, dabei vollkommen frisch und unbefangen, so kann bezweifelt werden, ob er jemals in einer vorteilhafteren Lage erscheinen könnte. So hätte Rosa naturgemäß gedacht (selbst wenn sie *nicht* mit allen einer Ersten Dame der Admiralität oder Ersten Meeresfee geschuldeten Ehrbezeugungen über das Schiff geführt worden wäre), daß es bezaubernd war, Mr. Tartar zuzusehen und zu hören, wie er sich über seine diversen Vorrichtungen halb lustig machte und halb freute. So würde Rosa naturgemäß in jedem Falle gedacht haben, daß dieser sonnenverbrannte Seemann einen sehr vorteilhaften Eindruck machte, als er, nachdem die Besichtigung beendet war, sich zartfühlend aus seiner Admiralskajüte zurückzog, wobei er sie ersuchte, sich ganz als deren Königin zu betrachten, und sie mit einem Wink der Hand, die Mr. Crisparkles Leben gerettet hatte, einladend auf den Blumengarten verwies.

»Helena! Helena Landless! Bist du dort?«

»Wer spricht da zu mir? Doch nicht Rosa?« Und ein zweites schönes Gesicht erschien.

»Ja, liebste Freundin!«

»Na sowas, wie kommst du denn hierher, Schätzchen?«

»Ich ... ich weiß es selber nicht recht«, sagte Rosa errötend. »Mag sein, daß ich träume.«

Wieso errötend? Die beiden Gesichter waren doch da allein mit den anderen Blumen. Gehört die Röte etwa zu den Früchten des Landes auf dem Zauberbohnenstengel?

»*Ich* träume nicht«, sagte Helena lächelnd. »Sonst würde ich mich weniger wundern. Wie sind wir so unverhofft hier zusammengekommen – oder so nahe zusammen?«

Unverhofft war es gewiß, dort oben zwischen den rußigen Giebeln und Schornsteinen der Nachbarschaft von P.J.T. und den aus dem Salzmeer aufgeblühten Blumen. Aber Rosa war wach und erzählte rasch, wie sie hierhergekommen war und das ganze Weshalb und Warum der Geschichte.

»Und Mr. Crisparkle ist auch hier«, fügte sie hinzu, als sie fertig war. »Und kannst du dir das vorstellen: Er hat ihm vor langer Zeit einmal das Leben gerettet!«

»Das kann ich mir leicht bei Mr. Crisparkle vorstellen«, antwortete Helena tief errötend.

(Noch ein Erröten im Zauberbohnenland!)

»Ja, aber es war nicht Mr. Crisparkle«, erwiderte Rosa sofort.

»Ich verstehe nicht, Liebste.«

»Es war sehr nett von Mr. Crisparkle, sich das Leben retten zu lassen«, sagte Rosa, »und er hätte seine hohe Meinung von Mr. Tartar nicht ausdrucksvoller zeigen können. Aber es war Mr. Tartar, der ihn gerettet hatte.«

Helenas dunkle Augen blickten sehr ernst auf das helle Gesicht zwischen den Blättern, und in einem leiseren und nachdenklicheren Ton fragte sie:

»Ist Mr. Tartar jetzt bei dir, Liebes?«

»Nein, weil ... er hat seine Wohnung mir überlassen ... uns, meine ich. Oh, sie ist wunderschön!«

»Wirklich?«

»Ja, sie ist wie das Innere des schönsten Schiffes, das je die Meere befahren hat. Sie ist wie ... wie ...«

»Wie ein Traum?« schlug Helena vor.

Rosa antwortete mit einem kleinen Kopfnicken und roch an den Blumen.

Helena sagte nach einer kurzen Pause, in der sie jemanden zu bedauern schien (wenn Rosa sich das nicht nur einbildete): »Mein armer Neville arbeitet in seinem Zimmer, weil hier die Sonne gerade so heiß brennt. Ich glaube, er sollte lieber nicht erfahren, daß du so nahe bist.«

»Oh, das glaube ich auch!« rief Rosa sehr prompt.

»Ich nehme an«, fuhr Helena zweifelnd fort, »er muß wohl alles erfahren, was du mir erzählt hast, aber ich bin nicht sicher. Frag doch mal Mr. Crisparkle, Liebes, was er dazu meint. Frag ihn, ob ich Neville von dem, was du mir erzählt hast, so viel oder so wenig erzählen soll, wie es mir gutdünkt.«

Rosa zog sich in ihre Prachtkajüte zurück und stellte die Frage. Der Hilfskanonikus meinte, Helena solle nach eigenem Gutdünken handeln.

»Ich danke ihm vielmals«, sagte Helena, als Rosa mit der Antwort wieder zum Vorschein gekommen war. »Frag ihn, ob es besser wäre zu warten, bis dieser Elende irgendwelche neuen Anschläge oder Bosheiten gegen Neville unternimmt, oder zu versuchen, ihm zuvorzukommen. Ich meine, irgendwie herauszufinden, ob uns da wirklich etwas im Dunkeln bedroht.«

Der Hilfskanonikus fand diese Frage so schwierig zu beantworten, daß er nach zwei oder drei vergeblichen Versuchen empfahl, Mr. Grewgious zu fragen. Da Helena zustimmte, begab er sich (sehr erkennbar einen Müßiggänger vortäuschend) über den kleinen Hof zum Hause von P.J.T. und trug dort die Frage vor. Mr. Grewgious hielt sich entschieden an das allgemeine Prinzip, nach welchem man, wenn man sich einen Vorteil vor einem Räuber oder wilden Tier verschaffen kann, es unbedingt tun soll; und im vorliegenden Falle war er entschieden der Ansicht, daß John Jasper ein Räuber *und* ein wildes Tier sei.

So beraten, kam Mr. Crisparkle zurück und erstattete Rosa Bericht, die ihrerseits Helena Bericht erstattete. Diese, die jetzt an ihrem Fenster beharrlich dem Fluß ihrer Gedanken folgte, sann darüber nach.

»Können wir auf Mr. Tartars Hilfsbereitschaft rechnen?« fragte sie schließlich.

O ja! dachte Rosa schüchtern. O ja, glaubte Rosa schüchtern versichern zu können. Aber sollte sie nicht Mr. Crisparkle fragen? »Ich halte deine Autorität in diesem Punkt für nicht weniger gut als seine, Schätzchen«, sagte Helena mit Entschiedenheit, »und du brauchst deswegen nicht wieder zu verschwinden.« Wie seltsam von Helena!

»Siehst du«, fuhr sie nach erneutem Nachdenken fort, »Neville kennt hier niemanden sonst, er hat mit niemandem sonst auch nur ein einziges Wort gewechselt. Wenn Mr. Tartar ihn offen und häufig besuchen käme, wenn er öfter mal eine Minute für ihn übrig hätte, wenn er es vielleicht sogar täglich tun würde, dann könnte vielleicht was dabei herauskommen.«

»Dann könnte vielleicht was dabei herauskommen, Liebste?« wiederholte Rosa und sah ihre schöne Freundin sehr erstaunt an. »Dann könnte vielleicht?«

»Wenn Nevilles Bewegungen tatsächlich überwacht werden, und wenn der Zweck dieser Übung tatsächlich darin besteht, ihn von allen Freunden und Bekannten zu isolieren und ihm das Leben immer mehr zur Qual zu machen (was offenbar die Drohung sein soll, die dir gemacht worden ist), erscheint es dir dann nicht wahrscheinlich«, sagte Helena, »daß sein Feind sich irgendwie mit Mr. Tartar in Verbindung setzen würde, um ihn vor weiteren Besuchen bei Neville zu warnen? In welchem Falle wir nicht nur die blanke Tatsache, sondern auch die näheren Begleitumstände von Mr. Tartar erführen.«

»Ich verstehe!« rief Rosa und verschwand auf der Stelle wieder in ihre Prachtkajüte.

Kurz darauf erschien ihr hübsches Gesicht wieder, diesmal viel röter, und sie sagte, sie habe es Mr. Crisparkle gesagt und Mr. Crisparkle habe Mr. Tartar hereingeholt und Mr. Tartar –

»der jetzt hier wartet, für den Fall, daß du ihn sprechen willst«, setzte Rosa hinzu – habe sich bereit erklärt, ihrer Idee entsprechend zu handeln und noch an diesem selben Tage damit zu beginnen.

»Ich danke ihm herzlich«, sagte Helena. »Bitte richte ihm das aus.«

Erneut nicht wenig verwirrt zwischen dem Blumengarten und der Kajüte schwankend, tauchte Rosa mit ihrer Botschaft hinein, tauchte mit neuen Versicherungen von Mr. Tartar wieder hervor und stand hin- und hergerissen zwischen Helena und ihm, womit sie jedoch bewies, daß Verwirrtheit nicht unbedingt immer unbeholfen und plump machen muß, sondern bisweilen auch ein sehr reizendes Bild abgeben kann.

»Und jetzt, liebste Freundin«, sagte Helena, »wollen wir an die Vorsicht denken, die uns fürs erste nur dieses eine Gespräch erlaubt hat, und uns trennen. Außerdem höre ich Neville kommen. Fährst du zurück?«

»Zu Miss Twinkleton?« fragte Rosa.

»Ja.«

»Oh, das könnte ich nie mehr. Nein, bestimmt nicht, nach jenem fürchterlichen Gespräch!« sagte Rosa.

»Und wo willst du dann hingehen, Schätzchen?«

»Jetzt, wo ich's überlege ... ich weiß nicht«, sagte Rosa. »Ich habe noch gar nichts beschlossen, aber mein Vormund wird mich schon irgendwo unterbringen. Mach dir keine Sorgen, ich werde schon irgendwohin gehen.«

(Das war allerdings wahrscheinlich.)

»Und werde ich durch Mr. Tartar von meiner Rosenknospe hören?« fragte Helena.

»Ja, ich nehme doch an, durch ...« Rosa blickte errötend zurück, statt den Namen zu nennen. »Aber sag mir noch eins, bevor wir uns trennen, liebste Helena. Sag mir, daß du ganz, ganz sicher bist, daß ich's nicht verhindern konnte.«

»Was denn verhindern, Liebste?«

»Daß er böse und rachsüchtig wurde. Ich konnte mich doch nicht mit ihm einlassen, oder?«

»Du weißt, wie sehr ich dich liebe«, antwortete Helena entrüstet, »aber ich sähe dich lieber tot zu Füßen dieses Verruchten liegen!«

»Das ist mir ein großer Trost! Und bitte, sag das auch deinem armen Bruder, ja? Und sag ihm einen schönen Gruß von mir, und daß ich voller Mitgefühl an ihn denke. Und daß er mich bitte nicht hassen soll.«

Mit einem traurigen Kopfschütteln, als ob das eine ganz überflüssige Bitte wäre, warf Helena ihrer Freundin zärtlich zwei Kußhände zu, und ihre Freundin warf ihr gleichfalls zwei Kußhände zu, und dann erschien eine dritte Hand (eine braungebrannte) zwischen den Blumen und Blättern und half ihrer Freundin hinein.

Die Erfrischung, die Mr. Tartar in der Admiralskajüte ans Licht zauberte, indem er lediglich den Türknopf eines Wandschränkchens und den Griff einer Schublade berührte, war ein verwirrend zauberhaftes Mahl. Wundervolle Makronen, funkelnde Liköre, magisch konservierte tropische Gewürze und Gelees aus himmlischen exotischen Früchten breiteten sich im Nu und in üppiger Fülle aus. Doch Mr. Tartar konnte die Zeit nicht anhalten, und die Zeit raste so unbarmherzig schnell dahin, daß Rosa bald wieder aus dem Zauberbohnenland zurück auf die Erde und in die Wohnung ihres Vormunds mußte.

»Und nun, mein liebes Kind«, sagte Mr. Grewgious dort, »was ist jetzt als nächstes zu tun? Oder um denselben Gedanken anders zu wenden, was machen wir jetzt mit dir?«

Rosa konnte nur mit gebührender Zerknirschung dreinschauen, um darzutun, daß sie sich selber und allen anderen sehr im Wege stehend empfand. Eine vage Idee, für den Rest ihres Lebens in einem feuerfesten Zimmer viele Treppen hoch in Furnival's Inn zu wohnen, war der einzige Ansatz zu einem Plan, der ihr untergekommen war.

»Mir ist eingefallen«, sagte Mr. Grewgious, »daß die werte Dame Miss Twinkleton gelegentlich während der Ferien nach London kommt, um ihren Bekanntenkreis zu erweitern und sich für Gespräche mit hauptstädtischen Eltern, falls gewünscht, bereitzuhalten. Wie wär's, wenn wir, bis wir Zeit gefunden haben, uns anderweitig umzusehen, Miss Twinkleton einlüden, herzukommen und einen Monat bei dir zu bleiben?«

»Und wo, Sir?«

»Wie wär's, wenn wir«, erklärte Mr. Grewgious, »für einen Monat eine möblierte Wohnung in der Stadt anmieteten und Miss Twinkleton einlüden, sich darin während dieses Zeitraumes um dich zu kümmern?«

»Und danach?« fragte Rosa.

»Danach«, sagte Mr. Grewgious, »wären wir nicht schlechter dran als jetzt.«

»Ich glaube, das könnte die Sache erleichtern«, stimmte Rosa zu.

»Dann laß uns gehen«, sagte Mr. Grewgious und stand auf, »um nach einer möblierten Wohnung zu suchen. Zwar könnte mir nichts angenehmer sein, als die charmante Gesellschaft von gestern abend an allen noch verbleibenden Abenden meines Lebens zu haben, aber das hier ist keine passende Umgebung für eine junge Dame. Also laß uns auf Abenteuer ausziehen und auf die Suche nach einer möblierten Wohnung gehen. Unterdessen wird Mr. Crisparkle hier, der im Begriff steht, unverzüglich nach Hause zurückzufahren, sicher die Freundlichkeit haben, Miss Twinkleton aufzusuchen und sie einzuladen, sich kooperierend an unserem Plan zu beteiligen.«

Mr. Crisparkle nahm den Auftrag willig entgegen und verabschiedete sich. Mr. Grewgious und sein Mündel brachen zu ihrer Expedition auf.

Da jedoch Mr. Grewgious' Vorstellung von der Suche nach einer möblierten Wohnung darin bestand, sich vor einem Haus mit dem entsprechenden Schild im Fenster auf der gegenüberliegenden Straßenseite aufzubauen und das Haus anzustarren, dann auf verschlungenen Wegen an die Rückseite des Hauses zu gelangen und es von dort aus anzustarren, danach aber nicht hineinzugehen, sondern ein anderes Haus derselben Prüfung mit denselben Ergebnissen zu unterziehen, kamen sie nur sehr langsam voran. Schließlich besann er sich auf eine ziemlich entfernte

Verwandte von Mr. Bazzard, eine Witwe, die ihn einmal gebeten hatte, seinen Einfluß in der Mieterwelt geltend zu machen, und die in der Southampton Street am Bloomsbury Square wohnte. Der Name dieser Dame, der in strengen Großbuchstaben von beträchtlicher Größe, doch ohne jegliche Angabe von Geschlecht oder Stand, auf einem Messingschild an der Tür prangte, war Billickin.

Konstitutionelle Schwäche und überwältigende Wahrheitsliebe waren die charakteristischen Züge von Mrs. Billickin. Matt kam sie aus ihrem rückwärtigen Salon mit einer Miene, als wäre sie extra deswegen gerade nach einer ganzen Serie von Ohnmachtsanfällen zu sich gebracht worden.

»Ich hoffe, es geht Ihnen gut, Sir«, sagte sie, als sie ihren Besucher erkannte, und machte einen Knicks.

»Danke, ganz gut. Und Ihnen, Ma'am?« erwiderte Mr. Grewgious.

»Mir geht es gerade so gut«, hauchte Mrs. Billickin mit ersterbender Stimme, »wie's mir immer gehn tut.«

»Mein Mündel und eine ältere Dame«, sagte Mr. Grewgious, »suchen eine standesgemäße Bleibe für einen Monat oder so. Haben Sie Wohnungen frei, Ma'am?«

»Mr. Grewgious«, erwiderte Mrs. Billickin, »ich will Sie nicht hinters Licht führen, beileibe nicht. Ich *habe* Wohnungen frei.«

Das sagte sie mit einer Miene, als wollte sie hinzufügen: »Verurteilen Sie mich zum Scheiterhaufen, wenn Sie wollen, aber solange ich lebe, werde ich aufrichtig sein.«

»Nun, und was wären das für Wohnungen, Ma'am?« fragte Mr. Grewgious jovial, um eine gewisse Strenge in Mrs. Billickins Stimme zu zähmen.

»Da wär' dieses Wohnzimmer, nennen Sie's wie Sie wollen, Miss, aber es ist der vordere Salon«, sagte Mrs. Billickin, indem sie Rosa in das Gespräch mit einbezog, »weil nämlich, der hintere Salon, das ist der, an dem ich hänge und den ich nich hergeben werde; und dann gibt's oben im obersten Stock noch zwei Schlafzimmer mit Gasleitung. Ich will Ihnen nich erzähln, daß der Boden im Schlafzimmer fest wäre, denn fest isser nich. Der Gasleger selber hat zugegeben, daß wenn er seine Arbeit ordentlich machen soll, dann müßt'er unter den Dielen durchgehn, und das würde die Auslagen für einen Jahresmieter nicht lohnen. So läuft jetz die Leitung über den Dielen längs, und es is am besten, ich sach Ihnen das lieber gleich.«

Mr. Grewgious und Rosa wechselten leicht erschrockene Blicke, obwohl sie nicht die geringste Ahnung hatten, welche latenten Schrecken diese Leitungsführung implizieren mochte. Mrs. Billickin faßte sich an ihr Herz, als hätte sie es von einer schweren Last befreit.

»Na schön! Aber das Dach ist doch wohl in Ordnung«, sagte Mr. Grewgious aufatmend.

»Mr. Grewgious«, erwiderte Mrs. Billickin, »wenn ich Ihnen erzähln würde, Sir, daß kein Stockwerk über sich haben genauso wär' wie eins über sich haben, würd' ich Ihnen was vormachen, und das will ich nich. Nein, Sir. Ihre Dachziegel *werden* klappern, wenn's windig ist, in der Höhe da oben, da können Sie machen, was Sie wollen. Ich fordere Sie heraus, Sir, seien Sie, wer Sie wollen, versuchen Sie mal, Ihre Dachziegel ruhig zu halten, versuchen Sie's nur mal!« Nach dieser hitzigen Attacke auf Mr. Grewgious wurde Mrs. Billickin etwas ruhiger, um ihre moralische Autorität über ihn nicht zu mißbrauchen. »Deszufolge«, fuhr sie milder fort, aber weiterhin mit ihrer unbestechlichen Aufrichtigkeit, »deszufolge wär's mehr als zwecklos für mich, den beschwerlichen Weg mit Ihnen da rauf in den Oberstock hochzusteigen, und dann sagen Sie zu mir: ›Mrs. Billickin, was seh ich denn da für einen Fleck an der Decke, denn für einen Fleck muß ich das betrachten?‹, und dann antworte ich Ihnen: ›Ich versteh Sie nich, Sir.‹ Nein, Sir, ich will nich so verhohlen sein. Ich versteh Sie *wohl*, noch eh Sie's überhaupt ausgesprochen ham versteh ich Sie. Es is die Feuchtigkeit, Sir. Mal kommt sie rein, mal kommt sie nich rein. Sie können Ihr halbes Leben lang trocken da oben liegen, aber der Tag wird kommen, und es is am besten, Sie wissen's gleich, da werden Sie sowas von patschnaß sein, daß ein triefender Lappen gar kein Ausdruck is.«

Mr. Grewgious schien sehr unangenehm berührt von der Vorstellung, so triefnaß in der Patsche zu sitzen.

»Haben Sie noch irgendwelche anderen Wohnungen frei, Ma'am?« fragte er.

»Mr. Grewgious«, antwortete Mrs. Billickin sehr feierlich, »jawohl. Sie fragen mich, ob ich noch welche habe, und meine offene und ehrliche Antwort is jawohl, ich habe. Der erste und der zweite Stock is frei, und es sind süße Zimmer.«

»Na bitte! Und gegen *die* ist doch wohl nichts einzuwenden, oder?« sagte Mr. Grewgious, wie um sich selber Mut zu machen.

»Mr. Grewgious«, versetzte Mrs. Billickin, »entschuldigen Sie, aber da is die Treppe. Solang Sie sich nich im Geiste auf die Treppe vorbereitet ham, führt Sie die Treppe ganz unvermeidlich zu großen Mißhellichtkeiten. Sie können nicht, Miss«, wandte sie sich in vorwurfsvollem Ton an Rosa, »einen ersten Stock, und einen zweiten Stock schon gleich gar nicht, auf dieselbe Höhe tun wie den Salon im Erdgeschoß. Nein, das können Sie nich, Miss, das liegt außerhalb Ihrer Macht, also wozu wolln Sie's dann versuchen?«

Mrs. Billickin trug ihre Argumente mit großem Nachdruck vor, als hätte Rosa in sturer Verbohrtheit beschlossen, das Unmögliche zu versuchen.

»Können wir diese Räume mal sehen, Ma'am?« fragte ihr Vormund.

»Mr. Grewgious«, wandte sich Mrs. Billickin wieder an diesen, »Sie können. Ich will's Ihnen nicht verhehlen, Sir, Sie können.«

Sprach's und schickte ihr Dienstmädchen in den rückwärtigen Salon nach ihrem Schal (denn seit unvordenklichen Zeiten galt bei ihr die Fiktion, daß sie nirgendwohin gehen konnte, ohne warm verpackt zu sein), ließ sich sorgfältig einhüllen und ging voran die Treppe hinauf. Auf den Stufen hielt sie mehrmals vornehm inne, um Atem zu schöpfen, und oben angelangt, griff sie rasch nach ihrem Herzen, als wollte es fast schon herausfallen und wäre gerade noch rechtzeitig von ihr aufgefangen worden.

»Und der zweite Stock?« fragte Mr. Grewgious, als er den ersten zufriedenstellend fand.

»Mr. Grewgious«, sagte Mrs. Billickin und drehte sich feierlich zu ihm um, als wäre nun der Moment gekommen, eine klare Verständigung über einen schwierigen Punkt zu erzielen und eine ernste Vereinbarung zu treffen, »der zweite Stock is über diesem.«

»Können wir den auch sehen, Ma'am?«

»Jawohl, Sir«, antwortete Mrs. Billickin, »er is offen wie der hellichte Tag.«

Da der zweite Stock sich gleichfalls als zufriedenstellend erwies, zog Mr. Grewgious sich mit Rosa zu einer kurzen Beratung in eine Fensternische zurück, bat dann um Tinte und Feder und setzte einen kleinen Vertrag auf. In der Zwischenzeit nahm sich Mrs. Billickin einen Stuhl und gab eine Art Inhaltsangabe oder Zusammenfassung der Frage zum besten.

»Fünfundvierzig Schilling die Woche, zahlbar am Monatsende, sind sicherlich in dieser Jahreszeit«, sagte sie, »für beide Parteien nur vernünftig. Es is weder Bond Street noch gar der St.-James-Palast, aber das hat ja auch keiner behauptet. Auch hat keiner zu leugnen versucht – und warum sollte er auch? –, daß der Torweg zu einem Stall führt. Ställe müssen sein. Was die Bedienung angeht, es kommen zwei Mädchen, die guten Lohn bezahlt kriegen. Krach hat's wegen den Handwerkern gegeben, aber schmutzige Stiefel auf frischem Steinboden waren eindeutige Beweise, und sagen lassen wollten die sich eh nix. Kohle wird entweder *per* Feuerstelle oder *pro* Eimer berechnet.« Sie betonte die beiden Präpositionen, als bezeichneten sie einen feinen, aber immensen Unterschied. »Hunde sind ungern gesehn. Außer daß sie Dreck machen, wern sie auch leicht gestohlen, und dann schleicht sich allerlei Verdacht ein und es gibt Verdruß.«

Inzwischen hatte Mr. Grewgious den Vertrag fertig und das Handgeld parat. »Ich habe für die beiden Damen unterzeichnet, Ma'am«, sagte er, »und Sie wollen bitte so freundlich sein und für sich selbst unterzeichnen, Vor- und Nachname, hier bitte.«

»Mr. Grewgious«, sagte Mrs. Billickin mit einem erneuten Ausbruch von Offenheit. »Nein, Sir! Den Vornamen müssen Sie schon entschuldigen.«

Mr. Grewgious starrte sie an.

»Das Türschild dient mir als Schutz«, erklärte sie, »und es funktioniert auch so, und da geh ich nich von ab!«

Mr. Grewgious starrte Rosa an.

»Nein, Mr. Grewgious, Sie müssen schon entschuldigen. Solange dies Haus nur unbestimmt als dem Billickin seins bekannt ist und der Pöbel nich weiß, wo dieser Billickin sich versteckt hält, nahe der Haustür oder unten im Keller, und wieviel er wiegt und wie groß er is, solange fühl ich mich sicher. Aber mich auf eine Erklärung als alleinstehende Frau einlassen, nein, Miss! Auch Sie würden sicher nich einen Augenblick wünschen«, fügte Mrs. Billickin tiefgekränkt hinzu, »so einen Vorteil aus Ihrer Weiblichkeit zu ziehen, wenn Sie nicht durch schlechte Beispiele dazu gebracht würden!«

Rosa errötete, als hätte sie einen ganz ungehörigen Versuch gemacht, die gute Dame irgendwie zu übervorteilen, und ersuchte Mr. Grewgious dringend, sich mit der angebotenen Unterschrift zu begnügen. So wurde denn der mit aristokratischer Verve ausgefertigte Schriftzug Billickin dem Dokument beigefügt.

Sodann wurden noch Details geregelt, damit die Damen am übernächsten Tag einziehen konnten, wenn Miss Twinkleton vernünftigerweise zu erwarten war, und Rosa ging am Arm ihres Vormunds zurück zu Furnival's Inn.

Sieh da, Mr. Tartar spazierte dort vor dem Hotel auf und ab! Als er sie kommen sah, blieb er stehen und kam ihnen entgegen.

»Wie wär's«, schlug er vor, »wenn wir eine kleine Bootspartie den Fluß hinauf machten, wo das Wetter heute so herrlich und die Flut gerade günstig ist? Ich habe ein eigenes Boot an den Temple Stairs.«

»Ich bin schon lange nicht mehr auf dem Fluß gewesen«, sagte Mr. Grewgious, der nicht abgeneigt schien.

»Ich bin noch nie auf dem Fluß gewesen«, sagte Rosa.

Kaum eine halbe Stunde später saßen sie schon im Boot und fuhren flußaufwärts. Die Flut war mit ihnen, der Nachmittag war bezaubernd. Mr. Tartars Boot war perfekt. Er und Lobley (sein Bootsmann) ruderten. Mr. Tartar hatte, wie es schien, auch eine Jacht unten in Greenhithe liegen, und sein Bootsmann war beauftragt, sich um diese Jacht zu kümmern, und jetzt war er zu diesem Dienst abgestellt. Er war ein lustiger Mann mit strohblondem Haar und Backenbart und einem großen roten Gesicht. Er sah aus wie das Bild der Sonne auf alten Holzschnitten, da sein Haar-und-Bart ihn ringsum wie Strahlen umstand. Strahlend im Bug des Bootes sitzend, bot er einen prächtigen Anblick mit seinem weit offenstehenden Marinehemd, Brust und Arme übersät mit Tätowierungen aller Art. Lobley schien sich kaum anzustrengen, ebensowenig wie Mr. Tartar, und doch bogen sich ihre Ruder beim Pullen und das Boot schoß dahin. Mr. Tartar plauderte, als ob er nichts täte, mit Rosa, die wirklich nichts tat, und mit Mr. Grewgious, dessen Tätigkeit sich darin erschöpfte, daß er ganz falsch steuerte – aber was tat's, wenn eine Drehung von Mr. Tartars geschickter Hand oder ein bloßes Grinsen von Mr. Lobley über den Bug alles wieder in Ordnung brachte! Die Flut trug sie auf die munterste und flotteste Weise dahin, bis sie zum Essen bei einem immergrünen Garten anlegten, der hier nicht weiter identifiziert zu werden braucht. Danach trat die Flut entgegenkommenderweise ihren Platz an die Ebbe ab, als hätten sich die Gezeiten an diesem Tage ausschließlich in den Dienst dieses Grüppchens gestellt, und als sie faul unter Weiden dahintrieben, versuchte Rosa sich ein wenig im Rudern und kam mit kräftiger Hilfe glänzend voran; auch Mr. Grewgious versuchte es und landete ohne jede Hilfe auf dem Rücken mit einem Ruder unter dem Kinn. Dann wurde eine Ruhepause unter den Zweigen eingelegt (welche Ruhe!), während Lobley das Boot reinigte, die Kissen und Fußstützen und dergleichen zurechtrückte und wie ein Seiltänzer auf dem Bootsrand entlangbalancierte, als wären Schuhe für ihn ein Aberglaube und Strümpfe die reinste Sklaverei. Dann kam die süße Rückfahrt unter dem köstlichen Duft von blühenden Linden und dem melodischen Plätschern der Wellen, und viel zu bald warf die große schwarze Stadt ihre Schatten auf das Wasser, und ihre dunklen Brücken spannten sich darüber, wie der Tod sich über das Leben spannt, und der immergrüne Garten schien auf immerdar unerreichbar in weiter Ferne.

»Können die Menschen nicht irgendwann einmal ohne griesgraue Tage durchs Leben gehen?« fragte sich Rosa am nächsten Morgen, als die Stadt wieder sehr griesgrau war und alles den sonderbar unbehaglichen Eindruck machte, als ob es auf etwas wartete, was nicht kommen wollte. Nein, dachte Rosa. Jetzt, wo die Schultage in Cloisterham vorbei und vergangen waren, würden die griesgrauen Tage wohl öfter kommen und ihr auf triste Weise vertraut werden.

Aber was erwartete Rosa denn? Erwartete sie Miss Twinkleton? Miss Twinkleton kam pünktlich. Aus ihrem rückwärtigen Salon trat die Billickin, um Miss Twinkleton zu empfangen, und im selben Moment sprühte Krieg aus der Billickins Augen.

Miss Twinkleton hatte eine Menge Gepäck mitgebracht, nämlich außer den eigenen Sachen auch die gesamte Habe von Rosa. Die Billickin nahm es übel, daß Miss Twinkleton, verwirrt durch all dieses Gepäck, es verabsäumte, die unverwechselbare Herrin des Hauses mit der gebührenden Klarheit wahrzunehmen. Hoheitsvolle Würde bestieg daher ihren finsteren Thron über der Billickins Brauen. Und als Miss Twinkleton, während sie aufgeregt ihre Koffer und Schachteln überzählte, von denen sie siebzehn hatte, versehentlich die Billickin höchstselbst als Nummer elf mitzählte, sah sich die B. genötigt zu protestieren.

»Es kann gar nicht früh genug klargestellt werden«, sagte sie mit einer vor lauter Direktheit schon fast aufdringlichen Offenheit, »daß die Person des Hauses keine Schachtel is noch auch ein Bündel noch gar ein Mantelsack – nee wiaklich nich, tut mir äahlich leid, Miss Twinkleton, auch kein Bettelweib.« Diese letzte Absage bezog sich auf die zweieinhalb Schillinge, die Miss Twinkleton versehentlich der B. statt dem Droschenkutscher in die Hand drücken wollte.

So abgewiesen, fragte Miss Twinkleton verwirrt, »welcher Herr« denn dann zu bezahlen sei. Da es zwei Herren mit solchem Anspruch gab (denn Miss Twinkleton war mit zwei Droschken gekommen), hielt ihr jeder der beiden, als sie bezahlt worden waren, seine zweieinhalb Schillinge auf der flachen Hand entgegen und klagte stumm, mit stierem Blick und heruntergeklapptem Unterkiefer, vor Himmel und Erde über das ihm angetane Unrecht. Erschreckt von diesem alarmierenden Schauspiel, legte Miss Twinkleton in jede Hand einen weiteren Schilling, wobei sie gleichzeitig in erregten Tönen an das Gesetz appellierte und erneut ihr Gepäck abzählte, diesmal unter Mitzählung der beiden Herren, was die Endsumme komplizierte. In der Zwischenzeit gingen die beiden Herren, jeder sehr scharf seinen letzten Schilling ansehend, als ob er sich dadurch verdoppeln könnte, murrend die Treppe hinunter, kletterten auf ihre Kutschböcke und fuhren davon, während Miss Twinkleton völlig aufgelöst auf einer Hutschachtel sitzend in Tränen ausbrach.

Die Billickin betrachtete diese Demonstration der Schwäche ohne Mitleid und ordnete an, es solle »ein junger Mann reingeholt« werden, um mit dem Gepäck zu kämpfen. Als der Gladiator die Arena verließ, zog Frieden ein, und die neuen Mieter setzten sich zu Tisch.

Aber die Billickin hatte irgendwie in Kenntnis gebracht, daß Miss Twinkleton eine Pensionatsleiterin war. Der Sprung von dieser Kenntnis zu der Schlußfolgerung, daß Miss Twinkleton anfangen könnte, *sie* etwas zu lehren, war leicht. »Aber das wern Sie nich tun«, monologisierte die Billickin, »*ich* bin nicht Ihre Schülerin, was immer sie«, womit Rosa gemeint war, »sein mag, das arme Ding!«

Andererseits war Miss Twinkleton, nachdem sie sich umgezogen und ihre Lebensgeister wiedergewonnen hatte, beseelt von dem milden Wunsch, die Gelegenheit zu nutzen und soweit irgend möglich ein heiter-gelassenes Vorbild abzugeben. In glücklichem Kompromiß zwischen ihren beiden Daseinszuständen war sie bereits, ihre Handarbeit vor sich, die ausgewogene lebhafte ältere Kameradin mit einem leichten, aber gerade richtigen Bildungsvorsprung, als die Billickin eintrat.

»Ich will nicht vor Ihnen verhehlen, meine Damen«, sagte die B., in ihren Ausgehschal gehüllt, »weil es nicht meine Art is, weder meine Motive noch meine Handlungen zu verhehlen, daß ich mir die Freiheit nehme, bei Ihnen reinzuschauen, um meiner Hoffnung Ausdruck zu geben, daß Ihnen das Essen gemundet hat. Wenn die Köchin auch keine Studierte is und bloß biedere Hausmannskost zubereiten kann, sollte ihr Lohn doch ein groß genuger Antrieb sein, daß sie sich zu was Höherem aufschwingt als bloß zu irgendwas Gebratenem oder Gesottenem.«

»Wir haben sehr gut gegessen«, sagte Rosa. »Danke.«

»Gewohnt«, ergänzte Miss Twinkleton in einem gnädigen Ton, der für die argwöhnischen Ohren der Billickin den Zusatz »gute Frau« mit anklingen zu lassen schien, »gewohnt an eine reichliche und nahrhafte, wenngleich schlichte und gesunde Kost, haben wir keinen Anlaß gefunden, unsere Abwesenheit von dem alten Städtchen und dem methodischen Haushalt, in welchen der ruhige Lauf unseres Schicksals uns bisher geworfen hatte, zu beklagen.«

»Es dünkte mir gut, meiner Köchin zu sagen«, gestand die Billickin in einem Schwall von Aufrichtigkeit, »und ich hoffe, Sie werden mir zustimmen, Miss Twinkleton, daß es eine richtige Vorsichtsmaßnahme war, daß in Anbetracht, daß die junge Dame an eine Kost gewohnt ist, die wir hier eher ärmlich nennen würden, daß man sie deshalb lieber nur schrittweise an was Besseres gewöhnen sollte. Denn ein plötzlicher Sprung von knapper Nahrung zu reichlicher Nahrung und von dem, was man Mischmasch nennt, zu dem, was man Methode nennen kann, verlangt eine kräftige Konstutizion, wie man sie nich oft bei jungen Leuten findet, besonders nicht, wenn ihre Kräfte durch Schulspeisung untergraben sind.«

Wie man sieht, trat die Billickin jetzt offen gegen Miss Twinkleton an, in der sie inzwischen eindeutig ihre natürliche Feindin identifiziert hatte.

»Ihre Bemerkungen«, entgegnete Miss Twinkleton von einer

bergeshohen moralischen Warte herab, »sind zweifellos gut gemeint; doch gestatten Sie mir den Hinweis, daß Sie einer irrigen Sicht der Dinge aufsitzen, die sich nur Ihrem extremen Mangel an genauer Information zuschreiben läßt.«

»Meine Informiazion«, entgegnete die Billickin mit einer Extrasilbe, die dem Wort zugleich höflich und machtvoll Nachdruck verleihen sollte, »meine Informiazion, Miss Twinkleton, hab ich aus meiner Erfahrung, und die gilt doch gewöhnlich, denk ich, als eine gute Richtschnur. Aber ob so oder anders, ich bin als junges Mädchen in ein sehr vornehmes Pensionat gesteckt worn, von dem die Chefin mindestens so'ne Dame wie Sie war, etwa in Ihrem Alter, oder vielleicht 'n paar Jahre jünger, und von dem Tisch da ist mir eine solchene Blutarmut zugeflossen, daß ich mein ganzes Leben lang dran zu knabbern gehabt hab.«

»Sehr wahrscheinlich«, sagte Miss Twinkleton, immer noch von ihrer hohen Warte herab, »und sehr bedauerlich. Rosa, Liebes, wie kommst du mit deiner Arbeit voran?«

»Miss Twinkleton«, fuhr die Billickin vornehm fort, »bevor ich mir den Wink zu Herzen nehm und mich zurückzieh, wie sich's für 'ne Dame gehört, würd ich Sie als Dame noch gerne fragen, ob ich daraus zu entnehmen hab, daß in die Wahrheit meiner Worte Zweifel gezogen werden?«

»Ich wüßte nicht, worauf Sie eine solche Mutmaßung gründen wollten«, begann Miss Twinkleton, als die Billickin sie schroff unterbrach:

»Legen sie mir gefälligst bitte schön keine Mutmaßungen in den Mund, die ich nicht selber da reingelegt habe. Ihr Redefluß ist groß, Miss Twinkleton, und das wird sicher von Ihren Schülern bei Ihnen erwartet, und sicher gilt es auch als seines Geldes wert. *Keine* Zweifel, da bin ich *ganz* sicher. Aber da ich für keinen Redefluß nich bezahle und auch keinen geschenkt kriegen will, erlaube ich mir, meine Frage zu wiederholen.«

»Wenn Sie sich auf die Dürftigkeit Ihrer Zirkulation beziehen ...«, begann Miss Twinkleton erneut, als die Billickin sie erneut schroff unterbrach:

»Ich hab keinen solchenen Ausdruck gebraucht.«

»Also dann, wenn Sie sich auf Ihre Blutarmut beziehen...«

»Die ich mir«, betonte die Billickin, »in einem Pensionat zugezogen habe...«

»...dann«, fuhr Miss Twinkleton fort, »ist alles, was ich dazu sagen kann, daß ich aufgrund Ihrer Versicherung wohl oder übel glauben muß, daß es sich in der Tat um ein sehr armes Blut handelt. Und ich kann nicht umhin hinzuzufügen, daß, wenn dieser unselige Umstand Ihre Konversation beeinflußt, dies sehr zu beklagen ist und es höchst wünschenswert wäre, daß Ihr Blut reicher wäre. Rosa, Liebes, wie kommst du mit deiner Arbeit voran?«

»Hmhm! Bevor ich mich zurückziehe, Miss«, sagte die Billickin zu Rosa, Miss Twinkleton mit erhabener Geste aus ihrer Wahrnehmung tilgend, »hätte ich gerne zwischen Ihnen und mir klargestellt, daß meine Kontakte in Zukunft nur mit Ihnen allein laufen. Ich kenne hier keine ältere Dame, Miss. Keine, die älter wäre als Sie.«

»Ein höchst begrüßenswertes Arrangement, Rosa, Liebes«, bemerkte Miss Twinkleton.

»Es is nich, Miss«, sagte die Billickin mit einem sarkastischen Lächeln, »weil ich die Mühle besitzen würde, von der man sacht, daß alte Jungfern darin wieder jung gemahlen werden könnten (wie herrlich wär' das für manche von uns!), sondern weil ich mich ganz auf Sie beschränke.«

»Wann immer ich der Person des Hauses irgendeine Mitteilung zu machen wünsche, Rosa, Liebes«, bemerkte Miss Twinkleton mit majestätischer Liebenswürdigkeit, »werde ich es dich wissen lassen, und du wirst so freundlich sein, des bin ich gewiß, es an die zuständige Adresse weiterzureichen.«

»Einen guten Abend, Miss«, sagte die Billickin zugleich herzlich und vornehm distanziert. »Da Sie in meinen Augen allein hier sind, wünsch ich Ihnen einen recht guten Abend mit meinen besten Wünschen und fühle mich, wie ich äahlich zu meim Glück sagen kann, nicht gedrungen, meine Verachtung für irgendein Indifiduum, das zu Ihrem Unglück zu Ihnen gehört, zum Ausdruck zu geben.«

Mit dieser Abschiedsrede zog sich die Billickin würdevoll zurück, und von diesem Moment an befand sich Rosa in der ruhelosen Position eines Federballs zwischen zwei Schlägern. Nichts konnte getan werden, ohne daß zuvor ein hartes Match gespielt wurde. So sagte Miss Twinkleton etwa, betreffend die täglich neu aufkommende Frage des Speisezettels, wenn die drei Damen versammelt waren:

»Rosa, Liebes, vielleicht willst du mit der Person des Hauses besprechen, ob sie uns eine Lammkeule oder, falls das nicht geht, ein Hühnchen braten kann.«

Worauf die Billickin dann entgegnete (ohne daß Rosa ein einziges Wort gesagt hätte): »Wenn Sie besser Bescheid wüßten, Miss, was es beim Metzger wann für ein Fleisch gibt, würden Sie sich nich lange mit dem Gedanken an eine Lammkeule abgeben. Erstens, weil die Lämmer längst Schafe sind, und zweitens, weil es sowas wie Schlachttage gibt und sowas wie Tage, wo *nicht* geschlachtet wird. Was Hühnchen angeht, also die müssen Ihnen ja schon bis *hier* stehen, Miss, gar nich davon zu reden, daß Sie, wenn Sie selbst auf den Markt gehn, immer das älteste Stück mit den zähesten Beinen kaufen, grad als ob Sie gewohnt wärn, es nach der Billigkeit auszusuchen. Seien Sie mal'n bißchen erfinderisch, Miss. Üben Sie sich mal'n bißchen als Hausfrau. Los, lassen Sie sich was anderes einfallen!«

Auf diese Ermunterung, dargeboten mit der nachsichtigen Geduld einer klugen und verständnisvollen Expertin, antwortete dann Miss Twinkleton errötend:

»Oder, mein Liebes, du könntest der Person des Hauses eine Ente vorschlagen.«

»Oh, Miss!« rief dann die Billickin (immer noch ohne daß Rosa ein einziges Wort gesprochen hätte), »Sie überraschen mich wirklich, wenn Sie von Enten sprechen! Reden wir nich davon, daß die Jahreszeit dafür praktisch vorbei is und sie sehr teuer sind, aber es tut mir in der Seele weh, wenn ich Sie Ente essen seh. Weil die Brust, die ja doch das einzige zarte Stück an der Ente is, sich immer ichweißnichwohin verflüchtigt, und auf Ihren Teller kommt bloß sowas dürres Haut-und-Knochiges!

Versuchen Sie's noch mal, Miss. Denken Sie'n bißchen mehr an sich selber und nich so viel an die andern. Wie wär's mit 'ner Portion Kalbsbries oder'm Stück Hammel? Etwas, wo Sie'ne Schangse haben, was von abzukrieng.«

Manchmal konnte der Kampf auch sehr hitzig entbrennen und wurde dann mit einer solch erbitterten Härte geführt, daß ein Klingenkreuzen wie dieses dagegen recht müde erschien. Aber fast immer erzielte die Billickin die weit höhere Punktzahl, und selbst wenn sie schon ganz am Boden zu liegen schien, kam sie immer noch mit Seitenhieben von der unerwartetsten und außergewöhnlichsten Art wieder hoch.

All dies änderte freilich nichts am griesgrauen Stand der Dinge in London, beziehungsweise an jenem Eindruck, den London auf Rosa machte, als wartete es auf etwas, das nie kam. Müde vom Plaudern mit Miss Twinkleton, während sie ihre Handarbeit machte, regte sie an, beim Arbeiten vorzulesen, womit Miss Twinkleton als bewunderte und bewährte Vorleserin sofort einverstanden war. Aber Rosa mußte bald entdecken, daß Miss Twinkleton unkorrekt vorlas. Sie ließ die Liebesszenen weg, schob Passagen zum Lob des weiblichen Zölibats ein und machte sich anderer schreiender, wenngleich frommer Betrügereien schuldig. Nehmen wir nur als typisches Beispiel die folgende glutvolle Stelle: »Innigst Geliebte und Angebetete, sagte Edward, das liebe Köpfchen an seine Brust drückend und das Seidenhaar durch seine kosenden Finger ziehend, von denen er es wie Goldregen fallen ließ; innigst Geliebte und Angebetete, laß uns fliehen aus dieser unbarmherzigen Welt und aus der sterilen Kälte derer mit Herzen von Stein, hin zu dem reichen und warmen Paradiese der Treue und Liebe.« In Miss Twinkletons betrügerischer Version lautete das gezähmt: »Meine mir auf immer mit Zustimmung unserer Eltern beiderseits und mit Billigung des silberhaarigen Herrn Bezirkspfarrers Anverlobte, sagte Edward, respektvoll die zarten, im Nähen, Sticken, Häkeln und anderen echt weiblichen Künsten so geschickten Finger an seine Lippen führend, laß mich deinen Herrn Vater aufsuchen gehen, noch ehe des morgigen Tages Dämmerung im

Westen versunken ist, und ihm vorschlagen, uns ein Heim in der Vorstadt zu suchen, wo es bescheiden sein mag, aber unseren Mitteln entspricht, und wo er uns stets als abendlicher Gast willkommen sein wird, und wo jedes Einrichtungsstück sowohl Sparsamkeit atmet wie auch das immerwährende Wechselspiel von erworbener Bildung und angeborenen Gaben des dem häuslichen Glücke vorstehenden Engels.«

Als die Tage vergingen und nichts geschah, begannen die Nachbarn zu sagen, das hübsche Mädchen bei Billickin, das so oft und so sehnsuchtsvoll aus den trüben Wohnzimmerfenstern blickte, scheine wohl langsam seine Lebensgeister zu verlieren. Das hübsche Kind hätte sie vielleicht wirklich verloren, wäre es nicht zufällig auf einige Bücher über Reisen und Abenteuer zur See gestoßen. Um deren Romantik zu kompensieren, machte Miss Twinkleton beim Vorlesen möglichst viel Aufhebens von allen Längen- und Breitengraden, Positionsangaben, Winden, Strömungen, Vorgebirgen und anderen statistischen Werten (die sie nicht deshalb für weniger instruktiv hielt, weil sie ihr nicht das geringste sagten), indes Rosa aufmerksam zuhörte und am meisten aus dem machte, was ihrem Herzen am nächsten stand. So ging es beiden besser als zuvor.

Kapitel 22 *Wieder Dämmerung*

Obwohl Mr. Crisparkle und John Jasper sich täglich in der Kathedrale begegneten, geschah nichts zwischen ihnen, das sich irgendwie auf Edwin Drood bezog, seit jenem Tag vor über einem halben Jahr, als Jasper dem Hilfskanonikus stumm die abschließende und entschlossene Eintragung in seinem Tagebuch gezeigt hatte. Aber es ist unwahrscheinlich, daß sie sich je begegneten, sooft es auch sein mochte, ohne daß beide an die Geschichte denken mußten. Es ist unwahrscheinlich, daß sie sich je begegneten, sooft es auch sein mochte, ohne daß jeder der beiden den anderen als ein undurchdringliches Geheimnis empfand. Jasper als Ankläger und Verfolger von Neville Landless und Mr. Crisparkle als dessen treuer Anwalt und Beschützer mußten schließlich in einen solchen Gegensatz zueinander geraten, daß jeder von ihnen mit lebhaftem Interesse die Ausdauer und die nächsten Schritte des anderen verfolgte. Aber keiner der beiden berührte das Thema.

Da Verstellung dem Hilfskanonikus wesensfremd war, muß er offen gezeigt haben, daß er jederzeit gern auf das Thema zu sprechen gekommen wäre, ja es sogar zu besprechen wünschte. Aber der hartnäckigen Schweigsamkeit Jaspers war auf diese Weise nicht beizukommen. Teilnahmslos, verdrossen, einsiedlerisch, entschieden und so fixiert auf eine einzige Idee und ihr einmal festgesetztes Ziel, daß er sie mit niemandem teilen wollte, lebte er abseits vom Leben der Menschen. Wenn man bedenkt, daß er unermüdlich eine Kunst ausübte, die ihn in mechanische Harmonie mit anderen brachte und sich nicht ausüben ließ, ohne daß zwischen ihm und ihnen die schönsten formalen Beziehungen und Übereinstimmungen bestanden, war es schon seltsam, daß der Geist dieses Mannes moralisch und inhaltlich mit nichts von dem, was ihn umgab, übereinstimmte oder auch nur Wechselbeziehungen unterhielt. Dies aber war es im Grunde, was er seinem verlorenen Neffen anvertraut hatte, bevor der Anlaß für seine gegenwärtige Unbeugsamkeit eingetreten war.

Daß er über Rosas plötzliche Abreise im Bilde war und ihren Grund leicht erraten haben mußte, war nicht zu bezweifeln. Nahm er an, er hätte sie so tief erschreckt, daß sie niemandem ein Wort darüber zu sagen wagte, oder glaubte er, daß sie jemandem – zum Beispiel Mr. Crisparkle selbst – die Einzelheiten seines letzten Gesprächs mit ihr anvertraut hatte? Mr. Crisparkle konnte sich darüber nicht schlüssig werden. Er konnte nur als gerecht denkender Mann zugeben, daß es an und für sich kein Verbrechen war, sich in Rosa zu verlieben, so wenig wie sich bereit zu erklären, die Liebe über die Rache zu stellen.

Den schlimmen Verdacht gegen Jasper, den gefaßt zu haben Rosa so sehr schockiert hatte, schien Mr. Crisparkle nicht zu hegen. Sollte dieser Verdacht je in Helenas oder Nevilles Gedanken gespukt haben, so hatte ihn keiner der beiden je mit einem Sterbenswörtchen erwähnt. Mr. Grewgious machte kein Hehl aus seiner tiefen Abneigung gegen Jasper, aber er führte sie niemals auch nur im entferntesten auf einen solchen Grund zurück. Und da er ein ebenso diskreter wie exzentrischer Mensch war, erwähnte er niemals einen gewissen Abend, an dem er seine Hände an Jaspers Kaminfeuer gewärmt und ungerührt auf einen gewissen Haufen schmutziger und zerrissener Kleider am Boden geblickt hatte.

Das schläfrige Cloisterham war, wenn es für einen Moment erwachte, um sich flüchtig einer sechs Monate alten und vom Gericht ad acta gelegten Geschichte zu entsinnen, ziemlich gleichmäßig in zwei Lager gespalten: für die einen war John Jaspers geliebter Neffe von dessen jähzornigem Nebenbuhler heimtückisch oder in offenem Kampf getötet worden, für die anderen hatte er sich aus eigenem Antrieb davongemacht. Alsdann hob das schläfrige Städtchen kurz den Kopf, um festzustellen, daß der trauernde Jasper immer noch voller Hingabe auf der Suche war und auf Rache sann, und döste wieder ein. Dies war im großen und ganzen der Stand der Dinge zu dem Zeitpunkt, an dem diese Geschichte nun angelangt ist.

Die Türen der Kathedrale sind für die Nacht geschlossen worden, und der Kantor, der sich für die nächsten zwei oder drei Gottesdienste hat beurlauben lassen, macht sich auf den Weg nach London. Er fährt mit denselben Vehikeln dorthin,. mit denen Rosa gefahren ist, und trifft dort wie Rosa an einem heißen, staubigen Abend ein.

Sein Reisegepäck ist nicht schwer zu tragen, und er geht zu Fuß zu einem zwielichtigen Hotel an einem kleinen Platz hinter Aldersgate Street, nahe der Hauptpost. Es fungiert sowohl als Hotel wie als Pension wie auch als Logierhaus, je nach den Wünschen der Gäste. Im neuen Eisenbahn-Anzeiger annonciert es sich als ein junges Unternehmen, das schüchtern ans Licht zu treten beginnt. Verschämt, fast als wolle es sich dafür entschuldigen, gibt es dem Reisenden zu verstehen, man erwarte von ihm nicht nach guter alter englischer Hotelmanier, daß er sich eine Pintflasche süßer schwarzer Schuhwichse zum Trinken bestelle, um sie dann wegzuschütten; dafür läßt es durchblicken, daß er anstelle des Magens die Schuhe gewichst bekommen könne und daß er vielleicht auch ein Bett und ein Frühstück bekommen könne und außerdem noch Bedienung und einen Portier, der die ganze Nacht über wach sei, alles für einen festen, vorher vereinbarten Preis. Aus solchen und ähnlichen Anzeichen schließen viele echte Briten zutiefst bekümmert, daß die heutigen Zeiten gleichmacherisch alles einebneten – außer den Landstraßen, von denen es bald in ganz England keine mehr geben werde.

Jasper ißt appetitlos und geht bald wieder fort. Ostwärts und immer weiter ostwärts führt ihn sein Weg durch schmutzige Straßen, bis er sein Ziel erreicht: einen elenden Hof, einen der elendesten unter den vielen seinesgleichen.

Er steigt eine morsche Treppe hinauf, öffnet eine Tür, späht in einen stickigen dunklen Raum und fragt: »Bist du allein?«

»Allein, Süßer. Pech für mich und Glück für dich«, antwortet eine krächzende Stimme. »Komm rein, komm rein, wer du auch bist! Ich kann dich nich sehn, eh ich nich'n Streichholz angemacht hab, aber mir kommt deine Stimme bekannt vor. Wir kennen uns, nich?«

»Mach dein Streichholz an und sieh selbst.«

»Das werd ich, Süßer, das werd ich, aber meine Hand zittert so, daß ich kein Streichholz halten kann. Und ich huste so, daß ich die Streichhölzer hintun kann, wo ich will, ich find sie nich wieder. Sie springen und zappeln, wie wenn sie lebendig wärn, wenn ich so huste und huste. Kommst du von 'ner Reise zurück, Süßer?«

»Nein.«

»Nich von der See?«

»Nein.«

»Na, 's gibt eben Kunden vom Land und Kunden von der See. Ich bin 'ne Mutter für beide. Anders als Jack der Chinese auf der drüberen Seite im Hof. Der is kein Vater für beide. Das is ihm nicht gegeben. Und er kennt auch nich das Geheimnis der richtigen Mischung, obwohl er genausoviel berechnet wie ich, die's kennt, und sogar mehr, wenn er's kriegen kann. – Ah, hier is'n Streichholz, aber wo is jetz die Kerze? Wenn mich erst mein Husten wieder packt, kann ich zwanzig Streichhölzer aushusten, eh ich eins ankriege.«

Aber sie findet die Kerze und zündet sie an, bevor der neue Hustenanfall kommt. Er packt sie im Augenblick des Erfolgs, und sie setzt sich hin, schaukelt vor und zurück und keucht zwischendurch »Oje, meine armen Lungen, meine Lungen sind ja so grauslich schlecht, meine Lungen sind löchriger wie'n Sieb«, bis der Anfall vorbei ist. Solange er andauert, hat sie keine Sehkraft und auch sonst keine Kräfte, die nicht vom Kampf gegen den Husten absorbiert wären; doch als er dann nachläßt, strengt sie ihre Augen an, und sobald sie ein Wort herausbringt, ruft sie verblüfft:

»Was, *du* bist es?«

»So überrascht, mich zu sehen?«

»Ich hab gedacht, ich würd dich nie wiedersehn, Süßer. Ich hab gedacht, du wärst tot und im Himmel.«

»Wieso?«

»Ich hab's nich für möglich gehalten, daß du lebendig solange wegbleiben könntest von deiner armen alten Seele, die das Rezept für die richtige Mischung hat! Und in Trauer bist du auch! Wieso bist du nicht ab und zu hergekomm' und hast dir als Trost 'n paar Pfeifchen genehmigt? Oder hast du vielleicht Geld geerbt und brauchst gar kein' Trost?«

»Nein!«

»Wer is denn gestorben, Süßer?«

»Ein Verwandter.«

»Und woran isser gestorben, Schätzchen?«

»Am Tod wahrscheinlich.«

»Oh, was sind wir heut abend kurz angebunden!« ruft die Frau mit einem versöhnlichen Lachen. »Kurz und schnippisch! Aber wir haben schlechte Laune, weil wir dringend 'n Pfeifchen brauchen, nich wahr? Wir sind schon ganz runter mit den Nerven, was, Süßer? Aber hier is der richtige Ort, um sich wieder aufzupäppeln, hier is der Ort, wo man die schlechte Laune wegrauchen kann.«

»Na, dann mach mir mal eine fertig«, sagt der Besucher, »wenn du soweit bist.«

Er zieht sich die Schuhe aus, lockert sich die Krawatte und legt sich quer über das Fußende des schmutzigen Bettes, den Kopf auf die linke Hand gestützt.

»Jetz wirst du langsam wieder der alte«, sagt die Frau beifällig. »Ja, jetz erkenn ich mein' alten Kunden wieder! Hast du versucht, dir selber was zu mischen während der langen Zeit, Süßer?«

»Ab und zu hab ich's auf meine Weise genommen.«

»Mußt du nich machen. Is nich gut fürs Geschäft und is auch nich gut für dich. Wo is denn mein Tintenfäßchen, und wo is mein Fingerhut und mein Löffelchen? Paß auf, jetz wird mein süßes Schätzchen es auf 'ne kunstvolle Weise nehmen!«

Während sie sich an die Arbeit macht und auf den schwachen Funken in ihrer hohlen Hand zu blasen beginnt, spricht sie von Zeit zu Zeit in einem zufrieden näselnden Ton, ohne ihre

Tätigkeit zu unterbrechen. Wenn er spricht, tut er es, ohne sie anzusehen, als wären seine Gedanken schon im voraus weit in die Ferne geschweift.

»Ich hab dir schon 'ne Menge Pfeifen gestopft, so alles in allem, was, Süßer?«

»Ziemlich viele.«

»Wie du das erste Mal gekommen bist, warst du noch ganz grün, stimmt's?«

»Ja, ich war leicht zu befriedigen, damals.«

»Aber dann bist du schnell vorangekommen und warst bald soweit, daß du deine Pfeifen mit den Besten rauchen konntest, stimmt's?«

»Ja. Und mit den Schlechtesten.«

»Gleich hab ich's fertig für dich. Wie schön du damals immer gesungen hast, wie du die ersten Male gekommen bist! Weißt du noch, du hast immer den Kopf gesenkt und hast gesungen, bis du weg warst, wie'n Vögelchen. Hier, jetz isses fertig, Süßer.«

Er nimmt ihr die Pfeife sehr vorsichtig aus der Hand und steckt sich das Mundstück zwischen die Lippen. Die Frau setzt sich neben ihn, bereit, die Pfeife wieder zu füllen. Als er ein paar Züge schweigend inhaliert hat, fragt er zweifelnd:

»Ist das so stark wie sonst?«

»Wovon sprichst du, Süßer?«

»Na, wovon wohl, wenn nicht von dem, was ich rauche!«

»Is genau wie immer. Is immer dasselbe.«

»Schmeckt aber anders. Und ist schwächer.«

»Du hast dich eben mehr dran gewöhnt.«

»Ja, das wird's sein, sicher. Paß auf...« Er hält inne, bekommt einen träumerischen Ausdruck und scheint vergessen zu haben, daß er ihr etwas sagen wollte. Sie beugt sich über ihn und raunt ihm ins Ohr.

»Ich hör zu. Du hast grad eben gesagt, paß auf. Ich hab grad eben gesagt, ich hör zu. Wir haben grad eben davon gesprochen, daß du dich dran gewöhnt hast.«

»Weiß ich alles. Ich hab nur nachgedacht. Paß auf. Stell dir vor, dir geht was im Kopf herum. Etwas, das du gern tun würdest.«

»Ja, Süßer. Etwas, das ich gern tun würde.«

»Aber wozu du dich noch nicht ganz entschlossen hast.«

»Ja, Süßer.«

»Ob du's tun sollst oder nicht, verstehst du?«

»Ja.«

Sie stochert mit einer Nadel in dem Pfeifenkopf herum.

»Würdest du's, wenn du hier liegen und rauchen würdest, in deiner Phantasie tun?«

Sie nickt. »Immer und immer wieder.«

»Genau wie ich! Ich hab's immer und immer wieder getan. Ich hab's wohl hunderttausendmal hier in diesem Raum getan.«

»Hoffentlich war's angenehm, Süßer.«

»Es *war* angenehm!«

Er sagt das mit einem wilden Blick und einer jähen Gebärde, als wolle er auf sie losgehen. Sie fährt ungerührt fort, den Inhalt des Pfeifenkopfes zu lockern und mit ihrem kleinen Spatel wieder aufzufüllen. Als er sie so intensiv beschäftigt sieht, sinkt er in seine vorherige Haltung zurück.

»Es war eine Reise, eine schwierige und gefährliche Reise. Das war's, was mir im Kopf herumging. Eine gewagte und sehr riskante Reise, über Abgründe, wo ein falscher Tritt das Ende bedeutet. Schau hinunter, schau da hinunter! Siehst du, was da auf dem Grunde liegt?«

Er hat sich vorgebeugt, um das zu sagen, und zeigt auf den Boden wie auf etwas, das weit unten in der Tiefe liegt. Die Frau blickt nicht auf die Stelle, auf die er zeigt, sondern in sein krampfhaft verzerrtes Gesicht, das sehr nahe an ihres herankommt. Sie scheint zu wissen, welchen Einfluß ihre vollkommene Ruhe auf ihn haben wird; wenn es so ist, hat sie sich jedenfalls nicht verrechnet, denn er legt sich wieder hin.

»Also, ich sagte, ich hätte es wohl hunderttausendmal getan. Was rede ich da? Ich hab's millionen- und billionenmal getan. Ich hab's so oft und über so lange Zeit hin getan, daß es, als es dann wirklich eintrat, den Aufwand gar nicht mehr wert schien, so schnell war's vorbei.«

»Is das die Reise, zu der du so lange weg warst?« fragt sie ruhig.

Er starrt sie durch den Rauch seiner Pfeife an, und während sich seine Augen langsam verschleiern, antwortet er: »Das ist die Reise.«

Er verfällt in Schweigen. Seine Augen sind manchmal geschlossen und manchmal offen. Die Frau sitzt neben ihm und achtet sehr aufmerksam auf die Pfeife, die er die ganze Zeit zwischen den Lippen hat.

»Ich möchte wetten«, sagt sie, als er sie ein paar Sekunden lang starr angesehen hat, mit einem seltsamen Blick, als sähe er sie aus großer Entfernung an, »ich möchte wetten, daß du die Reise auf viele Arten gemacht hast, wenn du sie so oft gemacht hast?«

»Nein, immer nur auf eine Art.«

»Immer auf dieselbe?«

»Ja.«

»Auf dieselbe, wie du sie dann zuletzt wirklich gemacht hast?«

»Ja.«

»Und es hat dir immer denselben Spaß gemacht, sie so andauernd zu wiederholen?«

»Ja.«

Im Augenblick scheint er zu keiner anderen Antwort fähig als zu dieser trägen einsilbigen Zustimmung. Wohl um sicherzugehen, daß es sich nicht um die Zustimmung eines Automaten handelt, formuliert sie die Frage im nächsten Satz anders.

»Isses dir nie übergeworden, Süßer? Hast du nie dran gedacht, zur Abwechslung mal was andres zu machen?«

Er rafft sich in eine sitzende Haltung auf und fährt sie an: »Was meinst du? Was will ich hier wohl? Wozu bin ich wohl hergekommen?«

Sie legt ihn sanft wieder hin und gibt ihm die heruntergefallene Pfeife zurück, nachdem sie die Glut darin mit ihrem Atem wieder angefacht hat; dann sagt sie krächzend:

»Sicher, sicher! Ja, ja, ja! Jetz komm ich langsam mit. Du warst zu schnell für mich. Jetz kapier ich's. Du bist in der Absicht hergekommen, diese Reise mal wieder zu machen. Na klar, hätt ich mir auch gleich denken können, so wie du da drauf stehst!«

Er antwortet zuerst mit einem Lachen und dann mit einem grimmigen Zähneknirschen: »Jawohl, ich bin in der Absicht hergekommen. Immer wenn ich mein Leben nicht mehr ertragen konnte, bin ich gekommen, um mir Erleichterung zu verschaffen, und *hab* sie gekriegt. Jawohl, es *war* eine! Es *war* eine!« Die letzten Worte wiederholt er mit außerordentlicher Vehemenz und mit dem Knurren eines Wolfes.

Sie beobachtet ihn sehr aufmerksam, so als überlege sie sich dabei ihre nächste Bemerkung. Die lautet: »Da war doch ein Reisegefährte, Süßer.«

»Hahaha!« Er bricht in ein lautes, fast wieherndes Gelächter aus.

»Wenn ich denke«, wiehert er, »wie oft er mitgereist ist und weiß doch nichts davon. Wenn ich denke, wie oft er die Reise gemacht hat, und nie hat er die Straße gesehen!«

Die Frau kniet auf dem Boden, sie hat die Arme dicht vor ihm auf der Bettdecke gekreuzt und das Kinn auf die Arme gelegt. In dieser kauernden Haltung beobachtet sie ihn. Die Pfeife fällt ihm aus dem Mund. Sie steckt sie wieder hinein, legt ihm die Hand auf die Brust und rollt ihn sanft hin und her. Worauf er zu sprechen beginnt, als ob sie etwas gesagt hätte.

»Ja! Ich hab immer zuerst diese Reise gemacht, bevor die Farbenspiele anfingen und die großen Landschaften kamen und die prunkvollen Prozessionen. Sie konnten immer erst anfangen, wenn mir die Reise aus dem Kopf war. Vorher hatte ich für nichts anderes Platz.«

Erneut verfällt er in Schweigen. Erneut legt sie ihm die Hand auf die Brust und rollt ihn sanft hin und her, so wie eine Katze mit einer halbtoten Maus spielen mag. Erneut beginnt er zu sprechen, als ob sie etwas gesagt hätte.

»Was? Das hab ich doch schon gesagt! Wenn es dann endlich Wirklichkeit wird, geht es so schnell vorbei, daß es zum erstenmal unwirklich scheint. Horch!«

»Ja, Süßer. Ich höre.«

»Zeit und Ort sind beide da.«

Er ist aufgesprungen und flüstert, als ob er im Dunkeln stünde.

»Zeit und Ort und der Reisegefährte?« fragt sie ebenfalls flüsternd und hält ihn sanft am Arm.

»Wie könnte die Zeit dasein ohne den Reisegefährten? Still! Die Reise ist gemacht. Aus und vorbei.«

»So schnell?«

»Sagte ich doch. So schnell. Warte ein bißchen. Dies ist eine Vision. Ich muß sie ausschlafen. Sie war zu kurz und zu leicht. Ich brauche eine bessere Vision als diese, diese ist die kümmerlichste von allen. Kein Kampf, kein Bewußtsein von einer Gefahr, kein Flehen ... aber halt, *das* hab ich noch nie gesehen.« Er zuckt zusammen.

»Was hast du noch nie gesehn, Süßer?«

»Schau dir das an! Schau, was für ein armseliges, elendes Ding das ist! *Das* muß Wirklichkeit sein! Vorbei ...«

Er hat diese unzusammenhängenden Sätze mit wilden Gebärden begleitet, die aber jetzt mehr und mehr zu einer dumpfen Starre erlahmen, während er wie ein Klotz auf das Bett zurücksinkt.

Aber die Frau will noch mehr wissen. Mit ihren katzenhaften Bewegungen rollt sie ihn weiter umher und horcht, rollt ihn weiter und horcht, redet leise auf ihn ein und horcht. Als klar ist, daß er fürs erste auf keinerlei Reizung mehr reagieren wird, steht sie langsam mit enttäuschter Miene auf, schlägt ihm leicht mit dem Handrücken ins Gesicht und wendet sich ab.

Sie geht jedoch nicht weiter als bis zu dem Lehnstuhl vor dem Kamin. Dort setzt sie sich, stützt einen Ellbogen auf einen Arm und das Kinn auf die Hand und betrachtet den reglos daliegenden Körper. »Einmal hab ich gehört«, krächzt sie leise vor sich hin, »als ich da lag, wo du jetz liegst, und du dir deine Gedanken über mich gemacht hast, wie du gesagt hast ›Nix zu verstehn‹. Ich hab auch gehört, wie du das bei noch zwei andern außer mir gesagt hast. Aber sei dir man nich zu sicher, Schätzchen, sei dir man bloß nich zu sicher!«

Ohne zu blinzeln, katzenhaft lauernd, fügt sie nach einer kurzen Pause hinzu: »Nich so stark wie sonst? Ha! Vielleicht nich im ersten Moment. Da kannst du schon recht haben. Aber Übung macht den Meister. Vielleicht hab ich das Geheimnis gefunden, wie man dich zum Reden bringt, Schätzchen.«

Einstweilen sagt er jedoch nichts mehr. Schwer und still liegt er da, nur ab und zu auf häßliche Weise im Gesicht oder an den Gliedern zuckend. Der Kerzenstummel brennt nieder, die Frau nimmt das verlöschende Ende zwischen die Finger und entzündet daran eine neue Kerze, rammt dann den tropfwarmen Rest tief in den Leuchter und drückt ihn mit der neuen Kerze fest, als lüde sie eine übelriechende, unappetitliche Zauberwaffe. Die neue Kerze brennt ihrerseits nieder, und er liegt immer noch reglos da. Schließlich wird der letzte Kerzenstummel gelöscht, und das Tageslicht schaut herein.

Es hat noch nicht lange hereingeschaut, da setzt Jasper sich fröstelnd und zitternd auf, macht sich langsam bewußt, wo er ist, und zieht sich an, um zu gehen. Die Frau nimmt mit einem »'gelt's Gott, Süßer, 'gelt's Gott« entgegen, was er ihr gibt, und scheint sich erschöpft zum Schlafen hinlegen zu wollen, als er den Raum verläßt.

Aber der Schein kann trügen oder wahr sein, und diesmal trügt er, denn kaum haben die Stufen aufgehört, unter Jaspers Tritten zu knarren, schleicht sie ihm nach, wobei sie entschlossen vor sich hin knurrt: »Du sollst mir nich noch mal durch die Lappen gehn!«

Es gibt keinen anderen Weg aus dem Hof als durch das Tor zur Straße. Lauernd späht sie ihrem Kunden aus dem Hausflur nach, um zu sehen, ob er sich umdreht. Er dreht sich nicht um, bis er wankenden Schrittes verschwindet. Sie folgt ihm, späht ihm aus dem Hof nach, sieht ihn immer noch wankend davongehen, ohne sich umzudrehen, und bleibt ihm in Sichtweite auf den Fersen.

Er geht zur Rückseite der Aldersgate Street, klopft an eine Tür und wird sofort eingelassen. Die Frau drückt sich in einen benachbarten Hauseingang und beobachtet den, in dem er verschwunden ist. Bald wird ihr klar, daß es sich um ein Hotel handeln muß und daß er sich dort nur vorübergehend aufhalten wird. Ihre Geduld ist auch nach Stunden noch nicht erschöpft. Zur Stärkung kann sie sich Brot an der nächsten Ecke kaufen, und Milch bekommt sie, als der Karren an ihr vorbeigeschoben wird.

Um die Mittagszeit kommt Jasper wieder heraus. Er hat sich umgezogen, hat aber nichts in der Hand und auch keinen Gepäckträger bei sich. Also fährt er jetzt noch nicht wieder zurück aufs Land. Die Frau folgt ihm ein Stückchen, zögert dann plötzlich, macht kehrt und geht geradewegs zu dem Haus, das er soeben verlassen hat.

»Ist der Herr aus Cloisterham da?«

»Eben fortgegangen.«

»Schade. Wann fährt er wieder nach Cloisterham?«

»Heute abend um sechs.«

»Vergelt's Gott und vielen Dank. Der Herr segne ein Geschäft, wo man 'ne höfliche Frage sogar so'ner armen Seele wie mir so höflich beantwortet!«

»Du sollst mir nich noch mal durch die Lappen gehn!« wiederholt die arme Seele dann auf der Straße, nicht mehr so höflich. »Das letzte Mal bist du mir entwischt, als dieser Omnibus, den du am Ende deiner Reise genommen hast, zwischen der Bahnstation und dem Ort gehalten hat. Ich war nich mal sicher, ob du überhaupt ausgestiegen bist. Jetz weiß ich's. Tja, mein lieber Herr aus Cloisterham, ich werde *vor dir* dort sein und auf dich warten. Ich hab mir geschworen, du gehst mir nich noch mal durch die Lappen!«

So spaziert nun die arme Seele noch am selben Abend in Cloisterham durch die High Street, betrachtet die vielen wunderlichen Giebel des Nonnenhauses und verbringt die Zeit so gut sie kann, bis es neun schlägt; zu dieser Stunde nämlich hat sie Grund zu der Annahme, daß die eintreffenden Omnibus-Passagiere für sie interessant sein könnten. Die freundliche Dunkelheit zu dieser Stunde macht es ihr leicht herauszufinden, ob dem so ist oder nicht; und es ist so, denn der Passagier, der ihr nicht noch einmal durch die Lappen gehen soll, trifft pünktlich mit den anderen ein.

»Jetz wollma dochma sehn, was aus dir wird. Geh los!«

Eine Bemerkung, die in die Luft gemacht worden ist. Aber sie könnte genausogut auch an den Passagier gerichtet worden sein, so gehorsam geht er die High Street hinunter, bis er zu einem Torweg gelangt, in dem er überraschend verschwindet. Die arme Seele beschleunigt ihre Schritte, sputet sich und biegt kurz nach ihm in den Torweg ein, sieht aber nur eine Hintertreppe auf der einen Seite und auf der anderen einen altertümlichen Raum mit gewölbter Decke, in dem ein Herr mit großem Kopf und weißem Haar sitzt und schreibt, seltsamerweise bei offener Tür, durch die er alle Passanten beäugt, als ob er ein Zöllner wäre; dabei ist der Weg frei.

»Hallo!« ruft er leise, als sie stehenbleibt. »Wen suchen Sie denn?«

»Hier is doch eben ein Herr vorbei, Sir, grad eben. Ein Herr in Trauer.«

»Freilich ist er das. Was wollen Sie von ihm?«

»Wissen, wo er wohnt, lieber Herr.«

»Wo er wohnt? Da, die Treppe rauf.«

»Vielen Dank, guter Herr. Pst-pst! Wie is'n sein Name?«

»Zuname Jasper, Vorname John. Mr. John Jasper.«

»Hat er auch'n Geschäft, guter Herr?«

»Geschäft? Ja. Er ist Kantor.«

»Ganter?«

»Kantor.«

»Was'n das?«

Mr. Datchery steht von seinen Papieren auf und kommt an die Tür. »Wissen Sie, was eine Kathedrale ist?« fragt er lächelnd.

Die Frau nickt.

»Nun, und was ist es?«

Sie schaut verwirrt drein und sucht nach einer Definition für Kathedrale, bis ihr schließlich einfällt, daß es leichter ist, auf den Gegenstand selbst zu zeigen, der sich hoch und massig gegen den nachtblauen Himmel und die ersten Sterne abzeichnet.

»Richtig. Gehen Sie morgen früh um sieben da rein, dort können Sie Mr. John Jasper sehen und hören.«

»Vielen Dank! Vielen Dank!«

Der frohlockende Ton dieser Danksagung entgeht nicht der Aufmerksamkeit des alten Junggesellen von schlichter Gemütsart, der müßig von seinen Einkünften lebt. Er sieht die Frau an, verschränkt die Hände auf dem Rücken, wie es die Gewohnheit solcher alten Junggesellen ist, und schlendert an ihrer Seite auf den hallenden Kirchplatz hinaus.

»Oder«, fügt er hinzu und deutet mit dem Kopf nach hinten, »Sie können auch gleich zu Mr. Jasper raufgehen.«

Die Frau schüttelt mit schlauem Lächeln den Kopf.

»Ach, Sie wollen gar nicht mit ihm sprechen?«

Sie wiederholt ihre stumme Antwort und formt mit den Lippen ein tonloses Nein.

»Sie können ihn dreimal täglich aus der Ferne bewundern, wenn Sie das wollen. Wär' allerdings ein ziemlich weiter Weg, wenn Sie extra dafür hergekommen sind.«

Die Frau blickt rasch auf. Wenn Mr. Datchery meint, sie ließe sich so leicht dazu verleiten, ihm zu verraten, woher sie kommt, ist er von einer viel schlichteren Gemütsart als sie. Aber sie spricht ihn frei vom Verdacht eines so raffinierten Hintergedankens, als sie ihn so dahinschlendern sieht wie den patentierten Nichtstuer der Stadt, mit seinem unbedeckten weißen Haar, das im Abendwind weht, und seinen müßigen Händen, die in den Hosentaschen mit losen Münzen klimpern.

Das Geklimper der Münzen klingt attraktiv in den habgierigen Ohren der Frau. »Würden Sie wohl so nett sein und mir'n bißchen unter die Arme greifen, lieber Herr, daß ich meine Übernachtung in der Herberge hier bezahlen kann und morgen wieder nach Hause komme? Ich bin 'ne arme Seele, bin ich wahrhaftig, und mich plagt ein arger Husten.«

»Sie kennen anscheinend die Herberge hier und sind, wie ich sehe, direkt auf dem Wege dorthin«, sagt Mr. Datchery milde, während er weiter mit den Münzen klimpert. »Sind Sie schon öfter hier gewesen, gute Frau?«

»Nur einmal in meim ganzen Leben.«

»Ach ja?«

Sie sind zum Eingang des ehemaligen Klosterweingartens gelangt. Beim Anblick dieses Ortes fällt der Frau ein Erlebnis ein, das sich als beispielhaftes Verhaltensmodell hinstellen läßt. Sie bleibt am Tor stehen und sagt energisch:

»Ich schwör's Ihnen, ob Sie's glauben oder nich: Genau hier hat mir mal'n junger Mann drei Schilling Sixpence gegeben, als ich mir fast die Lunge ausm Leib rausgehustet hab auf dieses Gras hier. Ich hatte ihn um drei Schilling Sixpence gebeten, und er hat sie mir gegeben.«

»War's nicht ein bißchen gewagt, die genaue Summe zu nennen?« fragt Mr. Datchery immer noch klimpernd. »Ist es nicht eher üblich, die Höhe des Betrags offenzulassen? Hätte der junge Mann nicht den Eindruck bekommen können – nur den Eindruck –, daß ihm etwas vorgeschrieben wurde?«

»Sieh mal, Süßer«, erwidert sie in vertraulichem Ton, »ich brauchte das Geld für 'ne Medizin, die mir guttut und mit der ich auch handle. Das hab ich dem jungen Mann gesagt, und da hat er mir das Geld gegeben, und ich hab's ehrlich bis zum letzten Penny dafür angelegt. Und dieselbe Summe möcht ich auch jetzt gern wieder anlegen, und wenn Sie mir das Geld geben, werd ich's ehrlich so anlegen bis zum letzten Penny, bei meiner Seele!«

»Und was wäre das für eine Medizin?«

»Ich will ehrlich mit Ihnen sein, vorher so ehrlich wie hinterher. Es is Opium.«

Mr. Datchery sieht sie mit einem plötzlich veränderten Ausdruck an.

»Ja, es is Opium, Süßer. Nicht mehr und nicht weniger. Und in einer Hinsicht isses damit ganz wie bei 'nem menschlichen Wesen: daß man immer hört, was alles dagegen spricht, aber selten, was man auch Gutes von ihm sagen kann.«

Mr. Datchery beginnt sehr langsam, die erbetene Summe abzuzählen. Gierig seine Hände beobachtend spricht sie weiter über das große Beispiel, das sie ihm vorgehalten hat.

»Es war letzten Weihnachtsabend, gleich nachdem's dunkel geworden war, das eine Mal, wo ich schon mal hier gewesen bin, als der junge Herr mir die drei Schilling Sixpence gegeben hat.«

Mr. Datchery hört auf zu zählen, stellt fest, daß er sich verzählt hat, schüttet die Münzen zusammen und fängt noch einmal von vorne an.

»Und der Name von diesem jungen Herrn«, fügt sie hinzu, »war Edwin.«

Mr. Datchery läßt ein paar Münzen fallen, bückt sich, um sie aufzuheben, und hat ein von der Anstrengung rot angelaufenes Gesicht, als er fragt:

»Woher kennen Sie den Namen des jungen Herrn?«

»Ich hab ihn danach gefragt, und da hat er's mir gesagt. Ich hab ihn nur die zwei Sachen gefragt: wie sein Vorname is und ob er'n Liebchen hätte. Und da hat er Edwin gesagt und daß er keins hätte.«

Mr. Datchery bleibt stehen, die abgezählten Münzen in der Hand, als wäre er in eine tiefe Betrachtung ihres Wertes versunken und könnte sich nicht von ihnen trennen. Die Frau beäugt ihn argwöhnisch und mit dem Ärger schon auf dem Siedepunkt für den Fall, daß der präsumptive Spender sich, seine Spende betreffend, eines Besseren besinnen sollte; doch er reicht ihr das Geld, als wolle er sich das Opfer rasch aus dem Sinn schlagen, und sie geht mit vielen servilen Dankesbezeugungen ihres Weges.

John Jaspers Lampe brennt, und sein Leuchtturm leuchtet, als Mr. Datchery allein zu ihm zurückkehrt. Wie Seeleute auf gefahrvoller Reise, wenn sie sich einer felsigen Steilküste nähern, hinter den Strahlen des Leuchtfeuers den darunterliegenden Hafen suchen, den sie vielleicht nie erreichen werden, so ist Mr. Datcherys suchender Blick auf diese Bake und hinter sie gerichtet.

Sein Ziel bei dieser Rückkehr in seine Wohnung ist jedoch lediglich, sich jenen Hut aufzusetzen, der ein so überflüssiger Bestandteil seiner Garderobe zu sein scheint. Die Uhr am Turm der Kathedrale schlägt zehn Uhr dreißig, als er erneut auf den Kirchplatz hinaustritt; er zögert und sieht sich um, als erwarte er, nachdem die magische Stunde geschlagen hat, in welcher der Steinmetz Durdles nach Hause gesteinigt werden kann, den mit dieser Steinigung beauftragten kleinen Teufel irgendwo zu erblicken.

Tatsächlich ist jener Geist des Bösen ganz in der Nähe zugange. Da er im Moment nichts Lebendiges zum Steinigen hat, entdeckt Mr. Datchery ihn bei der ruchlosen Übung, die Toten zu steinigen, durch die Stäbe des Friedhofsgitters hindurch. Der kleine Teufel findet das ein vergnügliches und anregendes Tun; erstens, weil die Ruhestätte der Toten als heilig gilt, und zweitens, weil die hohen Grabsteine im Dunkeln den Toten selber hinreichend ähneln, um die köstliche Vorstellung zu erlauben, daß es ihnen weh tut, wenn sie getroffen werden.

Mr. Datchery begrüßt ihn mit: »Hallo Blinzel!«

Der so Begrüßte erwidert den Gruß mit: »Hallo Mr. Dick!« Offensichtlich verkehren die beiden inzwischen auf vertrautem Fuß miteinander.

»Aber hörnse mal«, sagt der Junge vorwurfsvoll, »nich daß Se rumlaufen und mein' Namen überall bekanntmachen! Ich werd nie keinen Namen nich anerkenn', merkense sich das. Wenn ich mal ins Kittchen komm, und die fragen mich, für ums in ihr Buch reinzuschreim: ›Wie is dein Name?‹, dann sag ich: ›Findets doch selber raus.‹ Genau wie wennse mich fragen: ›Was is deine Relijon?‹, sag ich: ›Findets doch selber raus.‹«

(Was, nebenbei gesagt, dem Staat recht schwerfallen dürfte, wie viele Statistiken er sich auch anlegen mag.)

»Außerdem«, fügt der Junge hinzu, »gibts keine Famillje von Blinzels.«

»Na, ich denke doch, es muß eine geben.«

»Lüge, 's gibt keine. Die Gäste im Traveller's ham mich so genannt, weil ich nie richtig schlafen kann und die ganze Nacht in einer Tour rausgeklingelt werd, so daß ich immer ein Auge aufmach, eh ich das andere zumachen tu. Das isses, was Blinzel bedeutet. Vize ist der eheste Name, mit demse mich anklagen könn', aber auch bei dem kriengse mich nich dazu, daß ich'n anerkenn'.«

»Also lassen wir's künftig bei Vize. Wir sind gute Freunde, wir zwei, was, Vize?«

»Dicke Freunde.«

»Ich hab dir die Schulden erlassen, die du nach unserer ersten Begegnung bei mir gehabt hast, und seitdem sind eine Menge von meinen Sixpences in deine Tasche gewandert, was, Vize?«

»Ja, und noch besser is, daß Sie auch kein Freund von dem Jasper sind. Was dem Kerl aber auch einfällt, mich einfach so in die Luft hochzuhem!«

»Tzz, tzz, also wirklich! Aber denk jetzt nicht mehr an ihn. Heute abend kommt einer von meinen Schillingen zu dir rübergewandert, Vize. Du hast vorhin jemanden in die Herberge reingelassen, mit dem ich gesprochen habe, eine kranke Frau, die immerzu hustet.«

»Die Pafferin«, nickt Vize mit einem schlauen, verständnisinnigen Blick und tut, als rauchte er eine Pfeife, wobei er den Kopf sehr weit zur Seite neigt und die Augen gräßlich weit außerhalb ihrer Höhlen rollt. »Pafft Oopchum.«

»Wie heißt sie?«

»Ihre Keenichliche Hoheit Prinzessin Pafferin.«

»Sie muß noch'n anderen Namen haben. Wo wohnt sie?«

»In London oben. Mang die Blauen.«

»Bei den Seeleuten?«

»Sag ich doch, mang die Blauen. Und die Kinesen. Und andere Messerstecher.«

»Ich möchte gern, daß du für mich rausfindest, wo genau sie wohnt.«

»Gut. Lassense'n rüberwandern.«

Ein Schilling wechselt den Besitzer, und in diesem Geist des Vertrauens, der alle geschäftlichen Transaktionen zwischen Ehrenmännern durchdringen sollte, wird dieser Teil des Geschäfts als erledigt betrachtet.

»Aber jetz was Komisches!« platzt Vize los. »Was glaumse wohl, wohin Ihre Keenichliche Hoheit morgen früh gehn will?

Hol mich der Deibel, aber die will in die KAAT-TEE-RAAA-LE!« Er zieht das Wort so lang wie möglich in seiner Begeisterung und stampft mit dem Fuß auf und biegt sich in einem schrillen Lachanfall.

»Woher weißt du das?«

»Na, weil sie's mir grad vorhin erst gesacht hat. Sie hat gesacht, sie muß extra früh raus deswegen. Vize, hatse zu mir gesacht, ich muß früh aufstehn und mich so schön machen wie ich kann, weil ich muß rübergehn in die KAAT-TEE-RAA-LE!« Er trennt die Silben mit derselben Inbrunst wie zuvor, und als er findet, daß sein Sinn für das Lächerliche nicht durch bloßes Fußaufstampfen befriedigt wird, verfällt er in einen langsamen und gravitätischen Tanz, wie ihn seines Erachtens vielleicht der Dekan vollführen soll.

Mr. Datchery nimmt die Mitteilung mit höchst zufriedener, wenngleich nachdenklicher Miene entgegen und beendet die Konferenz. In seine sonderbare Behausung zurückgekehrt, sitzt er lange über einem Abendessen aus Brot, Käse, Salat und Bier, das Mrs. Tope ihm hingestellt hat, und sitzt noch immer, als er das Essen längst beendet hat. Schließlich steht er auf, öffnet die Tür eines Eckschranks und betrachtet einige rohe Kreidestriche auf ihrer Innenseite.

»Ich mag«, sagt Mr. Datchery, »diese alte Kneipenmethode der Buchführung. Unverständlich außer für den Buchführenden. Der Buchführende bleibt aus dem Spiel, der Schuldner ist in der Kreide... Hm! Ein sehr kleines Konto ist das, ein sehr dürftiges kleines Konto!«

Er seufzt über die Dürftigkeit seines Kontos, nimmt ein Stück Kreide aus einem Fach des Eckschranks und hält es zögernd in der Hand, unschlüssig, wie er das Konto fortführen soll.

»Ich denke, ein mittelgroßer Strich«, beschließt er, »ist alles, was ich hinzufügen kann.« Er tut, was er gesagt hat, schließt die Schranktür und geht zu Bett

Ein strahlender Morgen geht über dem alten Städtchen auf. Seine ehrwürdigen Gebäude und Ruinen sind überwältigend schön, das üppige Efeu glänzt in der Sonne, und die dichtbelaubten Bäume rauschen leise in der balsamischen Luft. Glitzernde Lichtreflexe auf bewegten Zweigen, Vogelgezwitscher, Düfte aus Gärten, Wäldern und Feldern – oder besser gesagt aus jenem einzigen großen Garten, den die ganze bebaute Insel in der Zeit ihrer Ernte darstellt – dringen in die Kathedrale ein, überlagern ihren Erdgeruch und predigen die Auferstehung und das Leben. Die kalten, jahrhundertealten Steingräber werden warm, und helle Lichtflecken dringen bis in die strengsten Marmorecken, wo sie flatternd tanzen, als hätten sie Flügel.

Es kommt Mr. Tope mit seinen großen Schlüsseln, schließt gähnend auf und öffnet das Tor. Es kommt Mrs. Tope mit ihrem Gefolge von dienstbaren Geistern. Es kommen zur rechten Zeit der Organist und die Balgtreter, die durch den roten Vorhang auf der Empore hinabspähen, sorglos in dieser Höhe Staub von Büchern abklopfen und ihn von Registerknöpfen und Pedalen abwischen. Es kommen vereinzelte Krähen aus verschiedenen Himmelsrichtungen zum großen Turm zurück, vielleicht weil sie Vibrationen mögen und wissen, daß Glocke und Orgel sie ihnen gleich geben werden. Es kommt eine wirklich sehr kleine und versprengte Gemeinde, hauptsächlich aus dem Hilfskanonikuswinkel und aus dem engsten Umkreis der Kathedrale. Es kommen der Reverend Mr. Crisparkle, frisch und munter, und seine Amtsbrüder, nicht ganz so frisch und munter. Es kommen die Chorknaben eilig gelaufen (immer in Eile, immer im letzten Moment ihre Nachthemden überstreifend, wie Kinder, die nicht ins Bett gehen wollen), und es kommt der Kantor und Chorleiter Mr. John Jasper an der Spitze des Zuges. Als letzter kommt Mr. Datchery, setzt sich in eines der vielen leeren Gestühle und schaut sich um nach Ihrer Königlichen Hoheit Prinzessin Pafferin.

Der Gottesdienst ist schon weit fortgeschritten, bevor Mr. Datchery Ihre Königliche Hoheit entdecken kann. Endlich aber hat er sie im Schatten ausgemacht. Sie steht hinter einem Pfeiler, gut versteckt vor den Blicken des Chorleiters, den sie mit größter Aufmerksamkeit betrachtet. Ohne etwas von ihrer Anwesenheit zu ahnen, singt und psalmodiert er aufs schönste.

Sie grinst, wenn er am innigsten singt, und – ja, Mr. Datchery sieht es! – droht ihm mit geballter Faust hinter dem schützenden Pfeiler.

Mr. Datchery sieht noch einmal hin, um sich zu überzeugen. Jawohl, jetzt wieder! So häßlich und verwittert wie eine der phantastischen Schnitzereien unter den Armlehnen des Chorgestühls, so boshaft wie der leibhaftige Böse, so hart wie der große bronzene Adler, der die heiligen Schriften auf seinen Schwingen trägt (ohne daß sie ihn bekehrt hätten, jedenfalls nach dem wilden Ausdruck zu schließen, den der Bildhauer ihm verliehen hat), kreuzt sie die hageren Arme vor der Brust und schüttelt drohend beide Fäuste gegen den Kantor.

Im selben Moment, verborgen hinter dem Eisengitter des Chors, nachdem er der Wachsamkeit von Mr. Tope durch seine schlauen Kniffe und Tricks entgangen ist, späht Vize scharfäugig durch die Stäbe und blickt erstaunt von der Droherin zu dem Bedrohten.

Der Gottesdienst geht zu Ende, und die Gläubigen gehen auseinander, um zu frühstücken. Mr. Datchery nähert sich draußen seiner letzten neuen Bekannten, als die Chorknaben (ebenso eilig aus ihren Nachthemden schlüpfend, wie sie zuvor hineingeschlüpft waren) davongerannt sind.

»Nun, gute Frau, einen schönen guten Morgen. Haben Sie ihn gesehen?«

»Ich *hab* ihn gesehn, ich *hab* ihn gesehn!«

»Und Sie kennen ihn?«

»Und ob ich ihn kenne! Ich kenn' ihn besser als alle die Hochwürdigen Personen zusammen!«

Die fürsorgliche Mrs. Tope hat ihrem Mieter ein sehr feines, leckeres Frühstück hingestellt. Bevor er sich zu Tisch setzt, öffnet er seinen Eckschrank, nimmt das Stück Kreide heraus und verlängert das Konto um einen dicken Strich, der von oben bis unten über die ganze Länge der Schranktüre geht. Dann setzt er sich mit gutem Appetit.

XIV

Wir waren beim Circus Maximus stehengeblieben und bei der verqualmten Szene in der Opiumhöhle, über der die letzten Hoffnungen des Kröterichs zusammengebrochen sind.

– Entweder oder, präzisiert der unerbittliche Ästhet des Verbrechens: Entweder Jasper erlebt im Opiumrausch noch einmal den Mord an seinem Neffen, von dem er so oft geträumt und den er dann wirklich begangen hat; oder, wenn Aylmer recht hat, er phantasiert bloß zum x-ten Mal, daß er den unbekannten Killer getötet habe, der jedoch unerkannt entkommen ist, nachdem er Drood erdrosselt und seine Leiche versteckt oder vernichtet hat.[1] In beiden Fällen hat Edwin Drood nun jedes Interesse verloren, zumindest für mich.

Aber Cuff und Dupin geben nicht auf.

– Das einzig Klare an der Sache ist, sagt Dupin, daß der Autor bisher sorgfältig vermieden hat, seine Protagonisten über den Fall diskutieren zu lassen. Jasper als erster hat geschworen, darüber »mit keiner Menschenseele« zu sprechen, solange er nicht selbst den Mörder gefunden hat. Crisparkle weigert sich aus Prinzip, »solch einen Verdacht« gegen wen auch immer zu hegen. Rosa kommt nicht umhin, Jasper zu verdächti-

[1] In Wahrheit, nach der »Rekonstruktion« von Aylmer, glaubt der unbekannte Rächer nur, Drood getötet zu haben, als er ihn mit dem Seidenschal, den er Jasper entwendet hatte, stranguliert hat; aber Drood hat den Anschlag überlebt, ist wieder zu sich gekommen und glaubt (wegen des Schals, den er um seinen Hals gewickelt findet), daß es sein Onkel gewesen sei, der ihn habe ermorden wollen; daraufhin flieht er nach Ägypten, von wo er erst zum Happy-End wieder zurückkommt.

gen, aber sie tut sich schwer, ihren Verdacht anzuerkennen, und ist über sich selber »schockiert«. Grewgious macht »kein Hehl aus seiner tiefen Abneigung« gegen jenen finsteren Gesellen, aber er führt sie »niemals auch nur im entferntesten« auf einen Mordverdacht zurück. Helena hat sich verpflichtet, niemals mit ihrer Freundin über die »Schwärmerei« ihres Bruders zu sprechen, und mit dieser Entschuldigung läßt der Autor sie über gar nichts mehr sprechen. Was den fraglichen Bruder betrifft, so hat er sich mit solchem Eifer ans Studieren gemacht, daß er den Kopf nicht mehr von seinen Büchern hebt, außer um Crisparkle die Hand zu küssen und sich für »gezeichnet und gebrandmarkt, aber unschuldig« zu erklären. Nun – fährt DUPIN fort – ist dies der Stand der Dinge bereits seit über sechs Monaten. Schließlich muß es Dickens selbst aufgegangen sein, wie Cuff zu Recht bemerkt hat, daß er nicht so weitermachen kann, ohne den Leser Verdacht schöpfen zu lassen; darum hat er uns ein »privates Gespräch« zumindest zwischen Helena und Rosa versprochen. Aber Cuff hatte auch vorausgesehen...

Ein wütendes Hupkonzert unterbricht den Redner und läßt die Zuhörer von den Sitzen auffahren. Was ist geschehen? Geschehen ist, daß der BUSFAHRER, der aufmerksam den Fall Drood verfolgt, es versäumt hat, ein gleiches mit den Fahrzeugen vor ihm zu tun, womit er die verständliche Ungeduld aller Nachfolgenden erregt hat. Die kleine Lücke zwischen den Fahrzeugen ist jedoch rasch gefüllt, und bald stehen alle wieder fest eingekeilt auf der Piazza di Porta Capena. Der Bus versucht nun – greift ANTONIA vor –, in die Via dei Cerchi einzubiegen, um durch das langgestreckte Tal des Circus Maximus zu fahren, wo, wie jeder weiß, der ***Raub der Sabinerinnen** stattgefunden hat.

– Ja, übernimmt CUFF derweilen im Fluge, ich hatte

auch vorausgesehen, daß der Autor sich mit einem neuen Trick aus der Affäre ziehen würde, mit einem neuen Beweis seines außerordentlichen Talents, den Leser hinters Licht zu führen. Und was bitte hat er gemacht? Er hat es geschafft, ein Gespräch als privat erscheinen zu lassen, insofern es nur zwischen Helena und Rosa geführt wird, das in Wirklichkeit öffentlich ist, da es sich zwischen zwei Fenstern abspielt, hinter denen auch die anderen zuhören.[1] Ergebnis: eine fidele, aufgesetzt muntere Operettenszene, in der über alles gesprochen wird, nur nicht über den Grund, der sie alle dort zusammengeführt hat. Kein einziges Mal wird das mysteriöse Verschwinden von Drood angesprochen. Sogar sein Name scheint tabu geworden zu sein.

Busfahrer: Man sieht, dieser Dickens will sich auf keinen Fall festlegen, Dottore.

Cuff: Genauso ist es. Die Umstände des Verschwindens sind bisher völlig im dunkeln geblieben, und der Autor vermeidet es systematisch, darauf zurückzukommen. Alles, was wir haben, ist Nevilles erstes kurzes Verhör, in dem er aussagt, er sei in der fraglichen Nacht etwa um zehn nach zwölf zurückgekommen, nachdem er ein paar Minuten mit Drood am Flußufer verbracht habe. Alles andere ist Nebel. Sogar die amtliche Untersuchung ist ohne unser Beisein erfolgt – daß sie stattgefunden hat, wissen wir nur, weil Rosa sich ein halbes Jahr später zufällig daran erinnert, daß auch sie vorgeladen war.

Busfahrer: Ich würde sagen, Dottore, der Autor hat sich gehütet, uns auch vorzuladen, damit er nicht auf unsere Fragen antworten muß.

Dupin: Genau. Wieso zum Beispiel, hätten wir fra-

[1] Der »arme Neville« soll zwar, wie Helena sagt, in seinem Zimmer arbeiten, aber glaubt jemand ernstlich, daß er nicht ebenfalls da ist und zuhört?

gen können, hat Crisparkle nicht auf die Rückkehr seines Schützlings gewartet? Sollte er etwa zufällig von einer bleiernen Müdigkeit überfallen worden sein, nachdem er den Tee getrunken hatte, den seine Mutter (wie er glaubte) ihm auf den Nachttisch gestellt hatte? Und der besorgte Jasper, in dessen Fenster das Licht bis zum Morgengrauen brannte: Warum hat er so lange gewartet, bevor er sich auf die Suche nach seinem Neffen machte? Sollte auch er von einem unüberwindlichen Schlafbedürfnis gepackt worden sein? Was Helena betrifft, so ist uns gesagt worden, daß sie normalerweise das Zimmer mit Rosa teilte. Wenn sie also in jener Nacht ausgegangen wäre, hätte Rosa es merken müssen. Aber wer sagt uns, da das Pensionat ja wegen der Weihnachtsferien leer war, daß Helena nicht einen Vorwand gefunden hatte, um das Zimmer zu wechseln? All dies sind Tatumstände, die jede amtliche Untersuchung, selbst unter der Führung von Sapsea, hätte zu klären erlauben müssen. Statt dessen aber...

Wehe, wenn man Chauffeure, seien sie Bus- oder Taxifahrer, zu Vertraulichkeiten einlädt. Denn der unsere hat sich schon wieder umgedreht, um sich einzumischen, anstatt weitere drei Meter vorzurücken, wie er es gekonnt und gemußt hätte. Als das Hupkonzert nachläßt, faßt Superintendent BATTLE die Lage zusammen:

– Am Anfang des letzten Kapitels der letzten Nummer hat Dickens selbst die Geschehnisse resümiert und dann ungeniert geschlossen: »Dies war im großen und ganzen der Stand der Dinge zu dem Zeitpunkt, an dem diese Geschichte nun angelangt ist.« In Wahrheit kann von einem Stand der Dinge keine Rede sein, und wir sind nirgendwo angelangt. Cuff und Dupin haben sehr gut erkannt, mit was für einem Problem wir es zu tun haben: *Die konkreten Beweise der Schuld von jemandem in einem Fall zu finden, dessen konkrete Umstände uns alle-*

samt vorenthalten worden sind und in dem es praktisch allen verwehrt ist zu sprechen.

– Ein höchst ungewöhnliches Problem! kommentiert der BUSFAHRER, während er in die Via dei Cerchi einbiegt.

– Ein ganz gewöhnliches Problem, wenn es um Mafia-Verbrechen geht, korrigiert ihn heftig der COLONNELLO DER CARABINIERI.

*

Die Mafia-Hypothese hat alle erheitert, und die Atmosphäre entspannt sich, auch weil das Einbiegemanöver in die Via dei Cerchi perfekt gelungen ist. Der Bus fährt nun vergleichsweise flott durch das Tal zwischen dem Palatin und dem ***Aventin-Hügel**, der jedoch, von dieser Seite aus gesehen, den Blicken nichts anderes darbietet als das groteske **Denkmal für Giuseppe Mazzini in Meditation versunken** (1949) auf einem breiten Marmorsockel mit Statuen und Hochreliefs.

– Dickens, erinnert allerdings DR. WILMOT, war ein glühender Bewunderer des großen Genuesen, den er persönlich gekannt hat und dessen *Schule von Clerkenwell* (von Mazzini gegründet zugunsten der italienischen Kinder, die in den Straßen Londons Drehorgel spielten) er eine großzügige Spende zukommen ließ.

Doch wir erreichen jetzt das *Forum Boarium* (den ältesten Markt von Rom, älter sogar als die Stadt selbst), und nun stellt sich das Problem, wie wir von da aus zum Forum Romanum gelangen. Empfiehlt sich die Überquerung besagten Marktes (jetzt ***Piazza della Bocca della Verità**, einer der sehenswertesten und malerischsten Plätze der Stadt, aber auch einer der verstopftesten), um sich dann weiter durch die Via del Teatro di Marcello zu quälen und in die tausend Gefahren der Piazza Venezia zu stürzen? Oder versuchen wir es lieber mit der abenteuerlichen Abkürzung durch die Via S. Giovanni Decollato, die Via della Consolazione und die Via del Carcere Tulliano?

Der *Mund der Wahrheit* (ein antiker Kanalverschlußdeckel in Form einer großen Maske, deren Mund nach der Überlieferung Lügnern die Hand abbeißt) würde viele Teilnehmer reizen, darunter auch LOREDANA, die neckisch bemerkt, wenn man JASPER dazu bringen könnte, seine Hand dort hineinzustecken, wäre der Fall praktisch gelöst.

– Nur daß es nach Ansicht der Jekyllianer, hält WOLFE dagegen, zwei Jaspers gibt: einen guten und redlichen und einen bösen und verlogenen. Woher soll der antike Kanalverschlußdeckel wissen, um welchen von beiden es sich handelt?

So entscheidet man sich, es mit der Via di San Giovanni Decollato zu versuchen, die sehr eng ist, aber deren gleichnamige (also Johannes dem Enthaupteten gewidmete) Kirche aus dem 16. Jahrhundert (einst im Besitz des florentinischen Johanniterordens, der den zum Tode Verurteilten Beistand leistete) den Vorteil hat, daß sie eine sogenannte »historische Kammer« enthält, die nicht ganz uninteressant für die Gruppe Drood ist.

– Diese Kammer nämlich, erklärt ANTONIA, enthält Gegenstände, die mit berühmten Hinrichtungen zu tun haben, unter anderem mit derjenigen der Beatrice Cenci (der sogenannten »schönen Vatermörderin«) und ihres Bruders Giacomo. Und wer weiß, ob nicht jene düstere Familiengeschichte (aus welcher Shelley die bekannte Tragödie entnahm) jemanden zu ein paar neuen Ideen über die beiden Landless' anregt?

Die Kirche erweist sich indes als geschlossen, und Antonia muß sich damit begnügen, von dem kleinen Platz aus, auf dem der Bus etwas weiter oben für einen Moment halten kann, die nüchterne Fassade zu zeigen und zu erwähnen, daß es im Kreuzgang des dazugehörigen Klosters sieben Gemeinschaftsgräber für die mittellosen Verurteilten gab: sechs für die Männer und eins für die Frauen.

– Na großartig! kommentieren Marlowe und Archer, denen der nekrologische Charakter dieser Sightseeing-Tour immer mehr auf den Magen schlägt.

Dr. Wilmot zeigt indessen auf eine vergitterte Maueröffnung dicht vor dem Bus, hinter der ein verfallener Hof zu sehen ist.

– Dort war es vermutlich, erklärt er, wo Dickens sich am 8. März 1845, auf einen wackligen Holzstoß geklettert, die Enthauptung eines Raubmörders ansah, der eine deutsche Gräfin mit einem Stock erschlagen hatte.

– Eine bayerische, präzisiert der Colonnello der Carabinieri, der den Fall genau in Erinnerung hat: Die Unglückliche befand sich auf einer Pilgerreise nach Rom, unbedachterweise zu Fuß und ohne Begleitung, und der Mörder, ein nicht vorbestrafter junger Mann aus dem Umland von Viterbo, erschlug sie mit seinem Wanderstock, um sich in den Besitz ihrer Barschaft und ihres Schmuckes zu bringen. Er machte dann allerdings den Fehler, einen der Schmuckgegenstände seiner Frau zu schenken, welche, beunruhigt von der Sache, ihrem Beichtvater davon erzählte. Welcher dann seinerseits ... äh ... ich weiß nicht, ob Dickens das berichtet ...

– Er deutet es an, beruhigt ihn Dr. Wilmot.

– ... welcher dann also seinerseits unser Kommando in Viterbo darüber informierte. Wonach selbstverständlich die Gerechtigkeit ihren Lauf nehmen mußte.

– Die Enthauptung fand genau da statt, wo wir uns jetzt befinden, fährt der Direktor des *Dickensian* fort, und Dickens schildert sie in den zitierten *Pic-*

tures from Italy mit makabrer und geradezu sadistischer Detailfreudigkeit. So notiert er zum Beispiel, daß trotz perfekten Funktionierens der Guillotine der Hals des robusten Enthaupteten ganz verschwunden gewesen sei, da er sich teils in den Kopf und teils in den Rumpf zurückgezogen habe.

– Oh, wie gräßlich! rufen Loredana und Antonia mit entsetzter Miene, während der Busfahrer, ebenfalls sichtlich tief beeindruckt, rasch wieder anfährt.

Das unbehagliche Schweigen, das folgt, wird schließlich von Richter Porphyrij Petrowitsch gebrochen.

– Ich kenne die *Pictures from Italy* sehr gut, sagt er, und ich gestehe, auch mich haben die Seiten über die Exekution jenes Unseligen sprachlos gelassen. Nicht so sehr, weil sich Dickens, einst Gegner der Todesstrafe, nun zu ihrem Befürworter gewandelt hatte. Auch nicht wegen der abgeschmackten, vielleicht von seinem Antipapismus inspirierten Witzelei, nach welcher das Wort »enthauptet« ein »zweifelhaftes Kompliment an Sankt Johannes den Täufer« darstelle. Nein, was ich wirklich zweifelhaft finde, ist seine moralistische Verachtung der Menge, die gekommen sei, um »sich dem Vergnügen des Spektakels zu überlassen«. Und wozu bitteschön war *er* gekommen, sogar drei Stunden vor Beginn des Spektakels, damit er einen guten Platz bekam? »Ha, ich bin eben ich, und die andern sind die andern!« muß er sich in diesem wie in vielen, allzu vielen anderen Fällen seines Lebens gesagt haben. Was selbstverständlich, verstehen wir uns recht, nichts an meiner uneingeschränkten Bewunderung für den Künstler ändert.

– Nun, das sind Dinge, über die sich schwer in einem Bus diskutieren läßt…, beginnt Dr. Wilmot mit verständlichem Widerwillen.

Doch Inspektor Bucket, der über den Mord an der bayerischen Gräfin nachgedacht hat, lenkt die Aufmerksamkeit glücklich wieder auf den Fall Drood.

– Nachdem er Edwin mit seinem schweren Stock erschlagen hat (bemerkt er nämlich, wobei er sich mit seiner typischen Geste den Zeigefinger ans Ohr hält, wie um auf seine Eingebungen zu horchen), könnte Neville ihn seiner Wertgegenstände beraubt haben, um einen Raubmord vorzutäuschen. Wonach er die Uhr und die Nadel ins Wehr geworfen und den Diamantring seiner Schwester geschenkt haben könnte, in der Gewißheit, daß sie sich, anders als die Landfrau aus der Gegend von Viterbo, sehr wohl hüten würde, dem Reverend Crisparkle davon zu erzählen. Aber wer weiß, ob der Autor sich nicht vorgenommen hatte, sie es ihm am Ende doch noch beichten zu lassen?

Die ingeniöse Parallelsetzung findet den prompten Beifall des Kröterichs, demzufolge nicht der geringste Zweifel daran bestehen kann. Es sei doch ganz klar, sagt er befriedigt, daß Dickens den Fall des singhalesischen Pseudo-Zwillings dem des Enthaupteten von Viterbo nachgebildet habe, mit dem einzigen Unterschied, daß am Ende auch Helena aufs Schafott steigen sollte. Nicht umsonst schließlich, fügt er perfektionistischerweise hinzu, habe es im Kreuzgang des Klosters der mildtätigen Brüderschaft auch ein Gemeinschaftsgrab für Frauen gegeben.

Der Colonnello der Carabinieri ist nicht überzeugt.

– Der Schmuck, den der Raubmörder aus Latium seiner Frau geschenkt hat, wendet er ein, war zwar ein Ring, aber allem Anschein nach von geringem Wert und jedenfalls nicht mit Diamanten und Rubinen besetzt. Außerdem habe ich, als ich vorhin »mit seinem Wanderstock« sagte, mich vielleicht etwas ungenau ausgedrückt. Denn um seinen Mord zu begehen, hatte sich der Mörder jener deutschen Touristin nicht eines zur Waffe zweckentfremdeten Gegenstandes aus seinem Besitz bedient, sondern des Pilgerstockes seines eigenen Opfers. Der Fall weist somit beträchtliche Unterschiede auf.

– Nur daß Neville selber sagt, als er seinen Stock der angeblichen Schwester zeigt, erwidert prompt der KRÖTERICH, es handle sich um einen Pilgerstock. Die sinistre Anspielung scheint mir sonnenklar!

Unterdessen ist der Bus jedoch auf die Piazza della Consolazione unter dem Südhang des Kapitolshügels gelangt, und ANTONIA lenkt die Aufmerksamkeit auf einen Felsvorsprung an der Westecke.

– Dort oben war es, erklärt sie, von wo die überführten Hochverräter und anderen Schwerverbrecher hinuntergestürzt wurden. Nach übereinstimmender[1] Meinung der Gelehrten handelt es sich um den berühmten ***Tarpejischen Felsen**, von dem als erste die Tochter des Konsuls Sp. Tarpeius gestürzt worden war, nach vorheriger Zerquetschung unter den Schilden der Sabiner.

– Aber wir, sagt LOREDANA scherzend, wen würden wir dort am Boden zerschellen sehen, wenn wir dieselbe Vision haben könnten wie Jasper in der Opiumhöhle? »Aus und vorbei!« sagt er, wenn ich mich recht erinnere, als er vermutlich vom Turm hinunterblickt.

– Mir scheint, sagt CUFF erinnernd, daß er auch sagt: »So schnell!« Oder sagt das die Frau in der Opiumhöhle? Auf jeden Fall sind es die gleichen Worte, die Helena vor dem Delikt zu Neville gesagt hat: »Denk nur, wie schnell es vorbei sein wird.«

– Wenn es jemanden interessiert, sagt PORPHYRIJ PETROWITSCH, es sind auch dieselben Worte, mit

[1] Allerdings nicht einstimmiger, präzisiert der LATINIST.

denen Dickens die Seiten über die Exekution in Rom beschließt: »Aus und vorbei!«

Es interessiert die engagierteren Dickensianer sehr, aber MARLOWE und ARCHER werden jetzt langsam sauer: – Also das soll doch hier schließlich eine touristische Stadtrundfahrt sein! Müssen wir wirklich andauernd auf diesen Dickens und dieses MED zurückkommen?

ANTONIA beruhigt sie: Wenn der Verkehr auf der Via della Consolazione es zuläßt, kommen wir in Kürze zu dem berühmten ***Carcer Tullianus**, später **Mamertinus** genannt, welcher erstens seinen Namen nicht Servius Tullius verdankt, wie man früher irrtümlich glaubte, sondern einem Springquell (lat. *tullus*), der hier entsprang und noch immer entspringt, weshalb der Raum ursprünglich als Zisterne diente und erst in republikanischer Zeit, erweitert um eine darüberliegende Zelle, in einen Kerker für die zum Tode Verurteilten umfunktioniert wurde, wo unter anderen starben: Vercingetorix (enthauptet), Jugurtha (erdrosselt) und die Mitverschwörer des Catilina (»*vixerunt*«, kommentierte Cicero, »sie haben ausgelebt« oder freier: »aus und vorbei«). Und welcher zweitens nichts mit Dickens und dem MED zu tun hat.

– Bis auf einen gewissen Punkt, sagt mit feinem Lächeln DR. WILMOT, bis auf einen gewissen Punkt. Denn nach Aussage seines Illustrators Fildes[1] hatte Dickens anscheinend daran gedacht, die Schlußszene des Romans in einer Todeszelle spielen zu lassen, und er hatte sogar schon vor, sich die sinnliche Anschauung durch einen Besuch im Zuchthaus von Maidstone zu verschaffen. Jedenfalls hat er ohne Zweifel den Ma-

[1] Von dem wir weiter unten das Deckblatt sehen werden, das er für das MED gezeichnet hat, sowie den berühmten Kupferstich *Der leere Stuhl*.

mertinischen Kerker besucht, dessen obere Zelle (später umbenannt in **Capella di S. Pietro in Carcere**) ihn besonders reizte wegen der »Stöcke und Eisenstäbe, Küchenmesser und Dolche, Pistolen und anderen Gewaltwerkzeuge«, die dort, nachdem sie – wie er berichtet – zu diversen Mordtaten gedient hatten, »noch gebrauchsfrisch« ausgestellt waren.

Der Irrtum Antonias bringt alle zum Lachen, inklusive sie selbst, die nun den Fahrer anweist, sich rechts zu halten, um in die Via delle Grazie einzubiegen und auf den Mamertinus zu verzichten. So gelangen wir schließlich zu einem Nebeneingang (der normalerweise geschlossen ist, aber den sich Antonia gebieterisch öffnen läßt) des ****Forum Romanum**.

XV

Der Besucher des Römischen Forums, der jetzt in das enge Souterrain hinabstiege, das man zu Unrecht als das »Grab des Romulus« angesehen hat, in dem jedoch unter einem rechteckigen schwarzen Marmorstein (dem berühmten ***Lapis Niger**) echte und sehr bedeutende Reste aus der Königszeit fortbestehen, würde dort ANTONIA und den LATINISTEN bei dem Versuch überraschen, die rätselhafte *bustrophedische Inschrift auf pyramidenförmigem Stelenstumpf* zu entziffern, die (abgesehen von der sogenannten »Fibula von Preneste«, wahrscheinlich eine Fälschung) zweifellos die älteste bekannte lateinische Inschrift ist. Aber wo stecken die anderen Exkursionsteilnehmer?

Wieder an die Oberfläche gestiegen, könnte der Besucher den Kommissar MAIGRET in jenem Manne erkennen, der gerade dort unter dem ***Triumphbogen des Septimius Severus** seine Pfeife anzuzünden versucht, und Sherlock HOLMES mit seinem Freund WATSON in den beiden vorgeblichen Touristen, die sich über das *Miliarium Aureum* beugen, den goldenen Meilenstein (nahe dem *Umbilicus Urbis*, dem Nabel der Stadt), um darauf die Entfernungen zwischen Rom und den wichtigsten Städten des Reiches zu kontrollieren. Doch wer weiß, ob der Besucher die Kriminalisten THORNDYKE und DR. FELL oder gar den obskuren POPEAU in jenem Terzett erkennen würde, das soeben in die ***Curia** eingetreten ist (wo sich der Senat zu versammeln pflegte), um dort die feierlichen *Anaglypha Traiani* zu bewundern, die einst die Rednertribüne der **Rostra** schmückten.

Was den Rest der Arbeitsgruppe Drood betrifft, so

ist er es müde geworden, auf Antonia zu warten, und hat sich grüppchenweise da und dorthin zerstreut: die einen zur ***Basilica Aemilia** und zum ***Tempel des Antoninus und der Faustina**, die andern zum ***Haus der Vestalinnen**, die dritten noch weiter in Richtung des ***Titusbogens**. Wie soll man unter diesen Bedingungen feststellen, ob nicht jemand, womöglich auf die Suggestionen des *genius loci* vertrauend, zu interessanten neuen Schlußfolgerungen über das MED gelangt ist?

»Das Geheimnis eines Geheimnisses, ein Geheimnis im Quadrat!« haben wir Hastings ausrufen hören, während er Poirot zwischen die *suggestiven Reste marmorner Monumente* gefolgt war, die ein kleines Labyrinth nahe der ***Juturnischen Quelle** bilden. Worauf der belgische Detektiv ironisch erwidert hatte: »Warum nicht im Kubik?« Und dabei hatte er genau das kubische Heiligtum des *Genius aquarum* fixiert.

Bisher war jedoch, es muß gesagt werden, der Beitrag von Poirot recht bescheiden gewesen; aus seiner Antwort schien uns vor allem Verlegenheit zu sprechen. In jedem Falle wird sein Dialog mit Captain Hastings nun von Dupin unterbrochen, der sich von den *Rostra* kommend die Rede in Erinnerung ruft, die Antonius dort auf englisch gegen die Mörder Cäsars gehalten hat: »Friends, Romans, countrymen ...«

– Auf ebenjenen Rostra, ruft er ebenfalls in Erinnerung, wurde das Haupt des Cicero ausgestellt, nachdem er auf Befehl desselben Antonius von bezahlten Killern umgebracht worden war. Allerdings war Antonius nicht das Ungeheuer an Grausamkeit, als das er gewöhnlich hingestellt wird. Auch in jenem Falle, wie in dem von Macbeth, war die wirkliche Anstifterin seine Frau: die nicht zögerte, die Zunge des großen Redners mit einem Nagel durchbohren zu lassen.

Eine Anspielung auf die wahre Natur von Helena?

Wir überqueren den *Vicus Tuscus*, um in den antiken Justizpalast zu gehen, sprich in die ***Basilica Julia**, wo Polizei und Gendarmerie (vertreten durch die DREI VON SCOTLAND YARD und den COLONNELLO DER CARABINIERI) im Gespräch mit der Richterschaft (verkörpert durch PORPHYRIJ PETROWITSCH) zu sehen sind. Der improvisierte »Gipfel« hat jedoch nicht das MED zum Gegenstand. Die Diskussion geht vielmehr um das alte Problem der Delinquenten, die von den Ordnungskräften mit vieler Mühe gefaßt und eingelocht und dann von den Richtern unter den verschiedensten Vorwänden immer wieder auf freien Fuß gesetzt werden. Was sei denn – fragt beiläufig der COLONNELLO – hierzu die Meinung von Dickens gewesen?

P. PETROWITSCH: Dickens beklagte die »krankhafte Sympathie für Delinquenten aller Art«, die er in der viktorianischen Gesellschaft grassieren sah. Wie er es ja übrigens auch im MED ausdrückt: das »Durchschnittsgehirn des Durchschnittsmenschen« müsse klar unterschieden werden vom »kriminellen Gehirn«, das »eine schreckenerregende Abnormität« darstelle. Sein ... äh ... Gerechtigkeitsideal war mithin recht simpel: Todesstrafe für Mörder, lebenslängliches Gefängnis für alle andern, vom Straßenräuber bis zum Taschendieb und zum gewöhnlichen Schläger, wenn sie als Gewohnheitsverbrecher erkannt worden sind.

DR. WILMOT (*der sich mit LOREDANA genähert hat*): Was die einfachen Landstreicher angeht, um nicht von den falschen zu sprechen ...

POIROT (*der gerade mit HASTINGS auf dem Vicus Tuscus vorbeikommt*): Welchen falschen Landstreichern?

DR. WILMOT: Denen, die er mit unvergleichlicher Komik in seinen Anmerkungen zur ***Piazza di Spagna** beschreibt, wo er sich weder für die *spektakuläre barocke Freitreppe* interessiert noch – da ihm das Barock ein Greuel ist – für den *Barkenbrunnen* von P. Bernini, sondern für die Individuen unterschiedlicher sozialer Herkunft, die verkleidet als Büffelhirten, Pilger, Briganten, Schafhirten der Römischen Campagna und dergleichen mehr auf der besagten Treppe herumlungerten, um sich als Modelle für die ausländischen Maler anzubieten. Er nennt sie geradezu »die falschesten Landstreicher der Welt«, weil es, wie er schreibt, »ihresgleichen auf keinem anderen römischen Platz und in keinem anderen Teil der bewohnten Welt gibt«.

LOREDANA: Und die echten Landstreicher? Wollte er auch die zu lebenslänglichem Gefängnis verurteilt haben?

DR. WILMOT: Nein, in einigen seiner Romane behandelt er sie sogar mit einer gewissen Nachsicht. Aber wir wissen, daß er diejenigen, die vor seinem Haus in Gadshill vorbeikamen, das an der Landstraße nach Dover lag, als eine »verfluchte Pest« betrachtete. Schon ihr Anblick ging ihm auf die Nerven. So sehr, daß er, da sein Anwesen auf der anderen Seite der Straße weiterging, sich eine Unterführung bauen ließ, um zu vermeiden, daß er beim Hinübergehen mit ihnen in Berührung kam.

HASTINGS: Schwächen der menschlichen Natur, wie man sie auch bei den größten Geistern finden kann. Ich erinnere mich, wie der Kommandant meiner Brigade an der Somme, ein ansonsten überaus tapferer Offizier...

Die Kriegserinnerungen von Hastings verfehlen es selten, gähnende Leere zu schaffen. Im Handumdrehen fällt allen ein, was sie noch unbedingt sehen müssen, die einen den ***Rundtempel der Vesta**, die andern den des sogenannten **Divus Romulus**[1], wieder andere die interessanten Sammlungen des **Antiquarium Forense**, und sie eilen auseinander.

[1] Sohn des Maxentius, 307 als Kind gestorben und vergöttlicht.

ANTONIA und der LATINIST sind übrigens, als sie endlich aus ihrem Untergrund aufgetaucht waren, nur wenige Schritte gegangen und stehen schon wieder vor einem steinernen Sockel mit Widmungsinschrift. Warum dieses anhaltende Interesse an Epigraphen? Sollte es etwas mit Sapsea zu tun haben, fragen wir uns beim Näherkommen. Aber die Inschrift betrifft einen Sieg, den jemand (dessen Name mit dem Meißel ausgetilgt worden scheint) im Krieg gegen die Goten errungen hat, und bald begreifen wir, daß die beiden anderes im Kopf haben als den Fall Drood.

– Wir sind gegen Ende des weströmischen Reiches, erklärt der Latinist gerade. Mit seinem Sieg über Radagais bei Fiesole (406) gelingt es dem großen Stilicho, die Invasion der Goten aufzuhalten. Aber dann fällt er bei Honorius in Ungnade und wird enthauptet (408); sogar sein Name wird (zum Zwecke der *damnatio memoriae*) aus der Inschrift entfernt, die wir gerade lesen. Nun hat Alarich freie Bahn, und im Jahre 410 erobert er Rom. Dies ist der tragische Rahmen, in dem Wilkie Collins ...

– Ja? ermuntert ihn Antonia, an seinen Lippen hängend.

– ... in dem Wilkie Collins, wie gesagt, in seinem Jugendroman die Geschichte einer jungen Römerin erzählt, der wunderschönen Antonina ...

– Antonina! ruft Antonia gerührt und schmiegt sich an den jungen Gelehrten. – Und du hast noch gezögert, es mir zu sagen, nach allem, was zwischen uns unter dem *Lapis Niger* gewesen ist?

Danach wird der Dialog so albern und kindisch, daß wir uns rasch davonmachen, auch aus Diskretion[1], um

[1] Wie wir später von anderen Kongreßteilnehmern erfahren, die im Gegenteil stehengeblieben waren, um zuzuhören, heißt der oben erwähnte Jugendroman *Antonina oder der Fall von Rom*, und der Latinist ist ein so begeisterter Collins-Fan, daß er von ihm sogar die

uns ins Zentrum des Forums und zum mittleren Abschnitt der ***Via Sacra** zurückzubegeben. Dieser Abschnitt, der leicht ansteigt, wenn man vom Vicus Tuscus kommt, hieß in der Antike *Clivus Sacer*. Und hier ist es, Leser, wo die Dinge eine seltsame Wendung zu nehmen beginnen.

Einfluß von alten Weissagungen, wie jener, die den legendären Mettius Curtius dazu trieb, sich mit seinem Pferd in den gleichnamigen und nahen *Lacus* zu stürzen? Oder von magisch-religiösen Kulten wie dem um den *Heiligen Feigenbaum* gleich nebenan? Oder womöglich im Zusammenhang mit den von Livius erwähnten *matronae veneficae*, die, als sie von einem *viator* (Gerichtsdiener) zum Forum geladen wurden, zugaben, daß sie die Brunnen mit zweideutigen Säften vergiftet hatten? Tatsache ist, daß sich das Verhalten von Marlowe und Archer, als sie den erwähnten *Clivus* hinaufgehen, nicht auf natürliche Weise erklären zu lassen scheint.

Bis zu diesem Moment war ihr Verhalten vollkommen natürlich gewesen, wenn auch kritisierbar. So hatten sie zum Beispiel (erfolglos) versucht, sich auch an weniger attraktive Touristinnen heranzumachen. Dann hatten wir sie einen Wärter fragen hören – der pikiert verneinte –, ob es im Forum eine nicht alkoholfreie Bar gebe. Jetzt aber sehen wir sie plötzlich wie angestochen umherrennen zwischen den *Resten privater Gebäude aus republikanischer Zeit*, die den besagten Clivus flankieren; besonders zieht es sie immer wieder zu einer rechteckigen Fläche mit Spuren von Ziegelfußboden und zu den Fundamenten eines weitläufigeren Gebäudes mit kleinen Kammern rechts und links an zwei sich überkreuzenden Korridoren.

entlegensten Romane gelesen hat, deren Handlung er gerne bei jeder Gelegenheit allen und jedem erzählt.

Was suchen die beiden dort? Befragt von dem vorbeikommenden HOLMES, scheinen sie aus einer somnambulen Betäubung zu erwachen und gestehen, daß sie selbst keine Ahnung haben. Darauf sehen wir Holmes sich verdüstern und begreifen sofort, warum.

Der Leser wird sich an die einzigartigen Phänomene erinnern, die bei der ersten subliminalen Übertragung aufgetreten waren. Jemand (die Dame aus Arezzo?) war in eine Art hypnotischen Schlaf gefallen, der von Halluzinationen begleitet war; und jemand anderer (Holmes wahrscheinlich) hatte sich gesagt, daß ihm »gewisse Dinge«, obwohl sie scheinbar in keinem Zusammenhang mit dem Fall Drood standen, »gar nicht gefallen« wollten. Nun hatte Holmes, wie wir wissen, ja seinerzeit den Geist von Dickens beschworen, um von ihm zu erfahren, wer der Mörder sei, aber der Geist hatte ihm geantwortet, er ziehe es vor, daß die Wahrheit nicht herauskomme. Man begreift daher, daß ihn jedes paranormale Vorkommnis im Verlauf des Kongresses alarmieren muß, erst recht also die authentische Trance, das eigentliche Phänomen des Hellsehens, dem wir soeben beigewohnt haben.

Denn, sagen wir's unverblümt, es ist völlig ausgeschlossen, daß mutige, aber ungehobelte Detektive wie Marlowe und Archer eine klassisch-archäologische Bildung haben, die es ihnen erlauben würde, auch nur zwischen dem ***Tempel des Saturn** und der ***Basilica des Maxentius** zu unterscheiden. Wie also kann es dann sein, daß sie so unwiderstehlich von jenem Raum mit Ziegelfußboden angezogen werden und von jenem Bau mit Reihen von Kammern an den Seiten zweier sich überkreuzender Korridore? Wer hat ihrem Unterbewußtsein mitgeteilt, daß ersterer (1908 von Boni anhand von Resten des Ausschanks identifiziert) eine Taverne gewesen war und letzterer (wie später von Bartoli entdeckt) ein geräumiges Bordell?

Jetzt jedenfalls, wo die beiden wieder zu sich gekommen sind, beeilen sie sich, die Gruppe und das Forum zu verlassen, um ihre Recherchen in der Stadt fortzusetzen. Sie werden morgen früh auf eigene Kosten ins Hotel zurückkehren.

Aber die Phänomene hören nicht auf. ANTONIA, vielleicht wegen ihrer sentimentalen Bindung an den Lapis Niger, hat plötzlich die Idee, daß die *profilierten Basen* an den Seiten des Souterrains nicht zwei »kauernde Löwen« getragen hatten, wie der Ausgräber Boni vermutete, sondern zwei große Hunde. WOLFE, den wir im Antiquarium Forense wiederfinden, starrt beeindruckt auf einen kleinen *urceus* (Krug), der zusammen mit anderen Tongefäßen auf dem **Archaischen Begräbnisplatz** gefunden worden und in einer Vitrine an einem Fenster ausgestellt ist. »Die Karaffe!« hören wir ihn schlafwandlerisch murmeln. Inspektor BUCKET und Superintendent BATTLE fühlen sich unversehens von einem heftigen Drang erfüllt, sofort zur Piazza di Spagna zu eilen, um die wahre Natur der angeblich dort herumlungernden Landstreicher zu überprüfen. Während POPEAU, unter dem Titusbogen stehend, mit einem anklagenden Finger auf ein bärtiges und verwahrlost wirkendes Individuum zeigt, das mit einem abgewetzten Beutelsack neben sich hinter dem Ausgangstor auf den Stufen zum **Tempel des Jupiter Stator** sitzt. »Mörder! Mörder!« hören wir ihn wie im Traum wiederholen, aber mit einer solchen Überzeugung, daß der COLONNELLO DER CARABINIERI einen vorbeikommenden Brigadier anweist, die Identität des Beschuldigten festzustellen.

Und siehe da, der Leser wird es nicht glauben: es handelt sich effektiv um einen *falschen Landstreicher*, nämlich einen professionellen und reichlich mit Zahlungsmitteln versehenen Schriftsteller, der hierhergekommen ist, um sich Inspiration für einen neuen Roman zu holen, der zur Zeit des Kaisers Augustus spielen soll.

Doch der LATINIST findet daran nichts Sonderbares.

– Auch der junge Collins, sagt er scherzend, kam hierher, um sich zwischen diesen Ruinen Inspiration zu holen, und es ist nicht gesagt, daß er dabei tadellos gekleidet war. Zumal er Antonina noch nicht kannte!

– Womöglich hatte auch er einen Beutelsack, lacht ANTONIA gickernd.

Aber da sie und der Latinist bei der Sitzung gestern vormittag noch nicht dabeigewesen waren, wissen sie auch nichts von der mysteriösen Halluzination, die sich dort ereignet hatte – in der es gleichfalls um Hunde ging, um eine Karaffe an einem Fenster und einen falschen Landstreicher, der sich dann als der wahre Mörder entpuppt. Als LOREDANA sie darüber aufklärt, schweigen auch sie betroffen.

XVI

Es ist neun Uhr morgens, Leser. Die Kongreßteilnehmer eilen zum Dickens Room. Wir machen jedoch einen Schritt zurück, um rasch zu sehen, wie der gestrige Ausflug zu Ende gegangen ist. Wie man sich erinnern wird, sollte die Sightseeing-Tour ja mit einem Besuch im Petersdom enden, gekrönt von einer Besichtigung der ***Sixtinischen Kapelle** mit ihren großartigen, von den Japanern gesponserten Restaurierungen.

Aber als das Ziel schon fast erreicht war, wurde der BUSFAHRER plötzlich von einer heftigen Abstoßungskrise gepackt. Zweifelte er etwa – fragten ihn die beiden Hostessen streng – an der Großartigkeit besagter Restaurierungen?

Nein, nein, das sei es nicht, sagte er, es sei nur eben, daß er die Fresken von Michelangelo, besonders das große an der hinteren Wand, einfach nicht ausstehen könne. Die seien ihm absolut unerträglich.

– Meinen Sie jetzt speziell das *Jüngste Gericht*? Finden Sie es vielleicht ein bißchen, sagen wir, *überfüllt*? fragten die beiden Mädchen noch einmal.

Er wußte es nicht, er hatte das Bild noch nie gesehen; aber er verabscheue es – erklärte er mit seltsam verzerrter Stimme – »als typisches Beispiel des Frühbarock, das die unerträglichen Scheußlichkeiten ankündigt, mit denen dann später Bernini und Konsorten ganz Rom überziehen sollten«. Sprach's und drehte eine gefährliche U-Kurve, um den Viale di Trastevere zu erreichen und auf schnellstem Wege zum U&O zurückzufahren.

ANTONIA und LOREDANA hatten ihn zur Vernunft

bringen wollen, aber DR. WILMOT riet ihnen leise, nicht zu widersprechen. Erst später im Hotel, in der entspannteren Atmosphäre nach dem Essen, kam er dann auf das Thema zurück.

– Es muß sich um ein weiteres dieser paranormalen Phänomene gehandelt haben, sagte er. Denn ich weiß zwar nicht, ob es jemand bemerkt hat, aber...

– Ja, stimmte PORPHYRIJ PETROWITSCH ihm zu, ich weiß zwar nicht, ob auf medialem Wege oder auf welchem sonst, aber der Busfahrer hat in seinem Anfall von Abscheu gegen Michelangelo und das Barock nichts anderes wiedergegeben als die Gedanken von Dickens. In den *Pictures* nämlich...

– Und nicht nur in den *Pictures*, präzisierte der Direktor des *Dickensian*. Dasselbe, identisch formulierte Urteil (das, um die Wahrheit zu sagen, nicht sehr glücklich ist, wie alle Dickensschen Urteile in Fragen der bildenden Künste) findet sich auch in einem Brief aus Rom an seinen Freund und Biographen Forster.

An diesem Punkt hatte HOLMES mit der Faust auf den Tisch geschlagen und war hinausgegangen mit den Worten, nun gebe es keinen Zweifel mehr, es sei der Geist von Dickens gewesen, der all diese Phänomene hervorgerufen habe, um seiner Forderung Nachdruck zu verleihen, daß die Wahrheit über den Fall Drood nicht ans Licht kommen dürfe.

– Was bedeuten würde, daß wir ihr nahe sind, hatte der COLONNELLO DER CARABINIERI richtig bemerkt.

Aber Gideon FELL, Experte für übernatürliche Fälle, die sich dann als ganz anders gelagert herausstellen, trug eine andere Hypothese vor: Der Busfahrer habe, bestochen von industriellen Konkurrenten der Sponsoren, seinen Anfall simuliert, um den Gang der Ermittlung irrezuleiten.

– *Bon*, aber wie erklären Sie sich dann die anderen Fälle? wollte MAIGRET wissen, der auch nicht an Geister glaubt, aber nicht sieht, wie die angenommenen Konkurrenten der Sponsoren es geschafft haben sollen, MARLOWE und ARCHER in gelehrte Archäologen zu verwandeln oder Hunde, Karaffen und Pseudo-Landstreicher heraufzubeschwören, um die Kongreßteilnehmer auf eine falsche Fährte zu führen.

Eine plausiblere Erklärung war dann von PATER BROWN vorgetragen worden, der zunächst daran erinnerte, daß die Kirche (wie übrigens auch Dickens) seit jeher die spiritistischen Glaubensvorstellungen und die mit ihnen verbundenen Praktiken mißbilligt habe.

– Nichts aber, fuhr er dann fort, verbietet uns anzunehmen, daß der menschliche Geist über Fähigkeiten *natürlicher* Art verfügt, die nur bisher noch wenig bekannt sind, wie zum Beispiel die sogenannten telepathischen Kräfte. Wir selber sind in der gestrigen Sitzung zu Protagonisten eines ebenso komplexen wie konfusen psychischen Austauschs geworden, in dem sich Gedankenfetzen eines jeden von uns automatisch anderen übertrugen. Nun, und dasselbe kann doch auch heute nachmittag geschehen sein.

KRÖTERICH: Aber der Busfahrer...

P. BROWN: Der Busfahrer, da stimme ich Ihnen vollkommen zu, konnte Dickens' gewagtes Urteil über das Barock und das Spätwerk von Michelangelo nicht kennen. Aber Dr. Wilmot und Richter Petrowitsch kannten es! Es ist also gar nicht nötig, den Geist von Dickens zu bemühen, um ...

P. PETROWITSCH: Ich hatte aber in dem Moment überhaupt nicht daran gedacht.

DR. WILMOT: Ich auch nicht. Ich hatte es sogar völlig vergessen wegen der effektiven ... äh ... Irrelevanz der Dickensschen Ansichten.

P. BROWN: Ein Grund mehr. Ich würde nicht ausschließen, daß unter bestimmten Umständen gerade vergessene oder für irrelevant gehaltene Einzelheiten tendenziell zum Gegenstand unbewußter Übertragungen werden.

COLONNELLO DER CARABINIERI: Sehr richtig.

P. BROWN: Nehmen wir den Fall jener... öffentlichen Lokale, nennen wir sie so, die, obwohl sie auf wenige Steine reduziert sind, unsere beiden amerikanischen Kollegen so stark angezogen haben. Irre ich mich in der Annahme, daß einer von uns, vielleicht unser Freund Latinist, die Bestimmung dieser Lokale sehr genau kannte? Und daß er es gewesen sein muß, der diese Kenntnis unbewußt...

LATINIST (*sehr energisch unter dem zweifelnden Blick Antonias*): Ganz und gar unbewußt! Es sind Lokale, die ich, abgesehen von meinem Interesse für die Graffiti, die man dort manchmal finden kann, nicht...

P. BROWN: Das glaube ich Ihnen gern. Doch kommen wir nun zu den Hunden, der Karaffe und dem vorgeblichen Landstreicher. Auch bei ihnen würde man sagen, sie verdankten sich unbewußten telepathischen Übertragungen. Allerdings gibt es da ein paar Unterschiede: erstens scheinen sie irgendwie mit dem MED zusammenzuhängen, obwohl im MED überhaupt nicht von ihnen die Rede ist, zweitens sind sie bereits wiederholt aufgetreten, und drittens wissen wir nicht, woher sie kommen, soll heißen, *wer sie übertragen hat*, obwohl der Verdächtige Nummer 1, wenn ich mich hier einmal so ausdrücken darf, natürlich Dr. Wilmot ist...

DR. WILMOT (*argwöhnisch von allen betrachtet außer von Loredana, die ihm vertrauensvoll den Arm drückt*): Aber ich...

P. BROWN: Ich weiß schon, was Sie sagen wollen. Sie waren an dem stürmischen Gedankenaustausch gestern vormittag nicht beteiligt, da Sie das Imprint nicht bekommen hatten. Aber jemand anderes im

Saal kann Fragmente Ihrer Gedanken *aufgefangen* haben, und dieser oder diese andere hat sie dann übertragen.

COLONNELLO DER CARABINIERI: Mir ist berichtet worden, daß eine Dame ohne Namensschild während des Gedankenaustauschs den Saal in verdächtiger Eile verlassen hat. Ich könnte sie suchen lassen und vorladen, um mich zu vergewissern. Ich könnte auch eine Gegenüberstellung mit dem Besch ... mit Dr. Wilmot, wollte ich sagen, veranlassen.

P. BROWN: Ich meine, Dr. WILMOT sollte zunächst einmal in seinem eigenen Gedächtnis forschen. Denn vielleicht hatte sich der Autor ja vorgenommen, jene Hunde, jene Karaffe und so weiter in seiner Auflösung am Ende zu benutzen, und wer weiß, ob das nicht, sei's auch nur indirekt, aus irgendeiner Zeugenaussage hervorgeht – oder aus irgendeiner Andeutung von Dickens selbst, die Dr. Wilmot für irrelevant gehalten und daher vergessen hat.

P. PETROWITSCH: Aber es könnte sich auch um Elemente handeln, die irgendein Droodist in *seiner* Auflösung verwendet hat, ohne daß sie durch irgendeine Zeugenaussage abgesichert waren – wie der von Aylmer erfundene Killer oder der Regenschirm, den der Amerikaner Kerr[1] in seiner burlesken Lösung eingeführt hat.

Mit dieser trocken-pragmatischen Note, Leser, schlossen die Überlegungen gestern abend. Der verwirrte Dr. Wilmot hätte wirklich gerne sofort angefangen, in seinem Gedächtnis zu forschen, aber wir haben deutlich gesehen, wie LOREDANA ihn am Ärmel fortzog, während ANTONIA dasselbe mit dem LATINISTEN

[1] O. C. Kerr (Pseudonym für R. H. Newell), *The cloven foot*, New York 1870. Kerr zufolge hatte Jasper außer der Erinnerung an sein Verbrechen auch seinen Regenschirm verloren; weshalb, als er ihn dann wiederfindet ...

tat, der gerade HASTINGS die Handlung von *Das Spukhotel* erzählte, einem Roman von Collins aus dem Jahr 1878.[1] Bis auf ein paar Unermüdliche, die noch bei einem letzten Gläschen plauderten, waren dann alle zu Bett gegangen.

*

Für die Sitzung von heute morgen mache der Leser sich auf eine Enttäuschung gefaßt. Kein Licht fällt auf das telepathische Rätsel. Obwohl er seine Forschungen bis in die frühen Morgenstunden fortgesetzt hat (wie sein übermüdetes Aussehen beweist), ist dem Direktor des *Dickensian* nichts eingefallen, was die mysteriösen Phänomene mit dem MED oder der ausgedehnten Literatur über das MED zu tun haben könnten. Er bezweifelt daher, daß er selbst am Ursprung der Phänomene stand; denn, wie er sagt, »ich mag zwar Hunde oder Karaffen vergessen haben, aber ich glaube, an einen falschen Landstreicher würde ich mich bestimmt erinnern«.

Wie dem auch sei – fügt er hinzu –, nachdem wir nun die Untersuchung der sechs verfügbaren Hefte beendet haben, empfiehlt es sich, das Sekundärmaterial zu überprüfen. Wozu vor allem gehören:

a) die Notizen von Dickens, die wir schon erwähnt hatten, über Aufbau und Kapiteleinteilung der ersten sechs Nummern;

b) die Kürzungen, Korrekturen und Zusätze, die der Autor im Manuskript oder in den Fahnen vorgenommen hat;

c) das sogenannte »Sapsea-Fragment«, das heißt ein paar handgeschriebene Seiten ungewissen Datums, in denen vom Auftauchen eines gewissen Poker in Cloi-

[1] *The Haunted Hotel, or A Mystery of Modern Venice*, London 1878.

sterham die Rede ist, der sich an Sapsea heranzumachen versucht, um ihm Einzelheiten über das Verschwinden von Drood zu entlocken. Es handelt sich um eine erste, noch rudimentäre Skizze des Neuankömmlings Datchery, die Dickens dann völlig umgearbeitet hat und die keinerlei zusätzliche Indizien über die Identität Datcherys bietet.

– Selbstredend, präzisiert Dr. Wilmot, haben die größten Droodisten sich über dieses Material hergemacht in der Hoffnung, ihm diese oder jene Hypothese abzugewinnen. Ohne daß sie jedoch, meiner Ansicht nach, irgendeinen Hinweis gefunden hätten, den es zu diskutieren verlohnte.

Der pedantische POPEAU würde trotzdem gern zur subliminalen Übertragung auch dieses Materials schreiten, aber alle anderen vertrauen dem Moderator und bitten ihn fortzufahren.

– Zumal die Zeit drängt! ruft der KRÖTERICH.[1]

– Das restliche Material, fährt Dr. Wilmot also fort, besteht aus den verschiedenen »vertraulichen Enthüllungen«, die Dickens seinen Familienangehörigen und engsten Freunden gemacht haben soll. Da ist zum Beispiel jene, die wir schon kennen, über die anhaltende »Spannung bis zum Ende«. Da ist die Erklärung seines Illustrators Fildes über die Idee, die Schlußszene in einer Todeszelle spielen zu lassen. Da ist die Erklärung von Wills[2] über die »ernsten Schwierigkeiten«, in die der Autor nach eigenem Bekunden mit dem Plot geraten sei, als er an der sechsten Nummer arbeitete – Schwierigkeiten, die Wills zufolge seine Müdigkeit noch vergrößerten und vielleicht zur Beschleunigung

[1] Morgen nämlich, Leser, ist der fünfte und letzte Arbeitstag; denn für Samstag stehen mehrere Festlichkeiten und Feiern auf dem Programm, und am Sonntag fahren alle wieder nach Hause.

[2] Chefredakteur seiner Zeitschrift *All the Year Round*, die 1859 an die Stelle von *Household Words* getreten war.

seines Endes beitrugen. Und da ist schließlich die umstrittene Aussage Forsters, auf die sich alle Rekonstruktionen der »Jekyllianer« stützen, nach welcher Dickens seinem Freund und Biographen anvertraut haben soll, a) daß Jasper der Schuldige sei, und b) daß die Überraschung darin bestehen sollte, daß Jasper am Ende den Mord an seinem Neffen haarklein in allen Einzelheiten beschreiben werde, *»aber so, als erzähle er das Verbrechen eines andern«*, da er sich seiner Tat nicht bewußt sei.

KRÖTERICH: Forster war ein Lügner! Ein aufdringlicher und eitler Prahlhans, der vorgab, ein so enger Vertrauter des großen Schriftstellers zu sein, daß es ihm stets und immer gelungen sei, sich alles von ihm erzählen zu lassen. Er mutmaßte, wo er nichts wußte, und erfand ohne Skrupel wild drauflos, weshalb ihn Dickens einmal sogar aus dem Haus gejagt hat. Ich schlage vor, seine Aussage nicht zu berücksichtigen.

DR. WILMOT: Ich sagte ja schon, seine Aussage ist umstritten. Und das aus Gründen, die ... äh ... nicht sehr verschieden von denen sind, die unser Freund eben angeführt hat. Aber dasselbe gilt auch für die von anderen berichteten und einander oft widersprechenden »Vertraulichkeiten« des Autors über das wirkliche Schicksal von Drood oder die wahre Identität von Datchery. Alles, was wir daraus entnehmen können, ist, daß Dickens, bedrängt von Neugierigen und keinem vertrauend, sich für die Methode entschieden hatte, jedem das erstbeste, was ihm gerade in den Sinn kam, zu »enthüllen«.

POIROT: Auch der Königin?

Die Frage von Poirot überrascht alle, uns eingeschlossen. Was weiß der belgische Detektiv über die Beziehungen zwischen Dickens und Königin Victoria? Aus einem feinen Lächeln des Richters Petrowitsch, des einzigen versierten Dickensianers im Saal außer dem Direktor des *Dickensian*, erraten wir die Wahrheit. Unser kurzer Rückblick am Anfang dieses Kapitels war zu kurz gewesen. Gestern abend, nachdem alle anderen schlafen gegangen waren, haben wir zwar bemerkt und berichtet, daß ein paar Unermüdliche noch bei einem letzten Gläschen aufgeblieben waren. Aber schläfrig, wie wir waren, haben auch wir darauf verzichtet, ihrem Gespräch zu folgen, da wir es als irrelevant für den Fall Drood betrachteten. Nun aber begreifen wir, daß Poirot – aus Mangel an Vertrauen zu dem von Loredana überbeanspruchten Dr. Wilmot? oder um das Tempo zu beschleunigen? – den Richter Porphyrij Petrowitsch einer gedrängten Befragung unterzogen hatte.

Was genau er ihn gefragt hat, werden wir nun nicht mehr erfahren. Auf jeden Fall aber muß ihm Petrowitsch unter anderem die hübsche Episode erzählt haben, die Dr. Wilmot nun zum besten gibt.

Dr. Wilmot: Im März 1870, als die erste Nummer des MED schon allseits mit fieberhafter Ungeduld erwartet wurde, empfing Königin Victoria den Autor im Buckingham-Palast. Und wie es scheint, versprach ihr Dickens im Scherz, dafür zu sorgen, daß sie jede neue Nummer »mit einem guten Vorsprung vor den gewöhnlichen Sterblichen« bekomme. Allerdings ging auch das Gerücht (man weiß nicht, ob es künstlich lanciert war, um den Absatz zu steigern), daß er versprochen hätte, ihr die Lösung des Rätsels im voraus zu enthüllen.[1] Tatsache ist, daß er ihr bei jener Gelegenheit eine gebundene Luxusausgabe seiner Werke zueignete, und daß Ihre Majestät ihm in den ersten Junitagen, als er dabei war, die sechste Nummer des MED zu been-

[1] Das kann seine Bedeutung haben. Denn falls jemand nicht wollte, daß das Geheimnis des MED je ans Licht komme, wußte er nun, daß er nicht bis zum letzten Moment warten durfte, um es zu verhindern.

den, aus Balmoral Castle einen Brief schrieb, um ihn über den »wunderschönen Effekt« zu informieren, den jene Bände in einem Bücherregal ihres Lieblingssalons bewirkten. Eine verschlüsselte Erinnerung an sein Versprechen?

LOREDANA (*zu Wilmot, außer sich vor Freude in ihrer Verehrung für das englische Königshaus*): *Her Majesty!* ... Aber das ist ja wunderbar! Warum hast du ... warum haben Sie uns das nicht schon früher erzählt?

ANTONIA[1] (*zu dem Gelehrten aus Juan-les-Pins, dessen republikanische Gefühle sie zu teilen begonnen hat*): Ich sehe keinen Unterschied zu den gewöhnlichen Sterblichen. Siehst du einen?

Der Direktor des *Dickensian* ignoriert die Unterbrechung und dreht sich, nachdem er einem Assistenten in grauem Kittel einen Wink gegeben hat, zu der weißen Leinwand um, die heute die Tafel neben dem Podium ersetzt.

– Aber der Brief aus Balmoral Castle, fährt er fort, kam in Gadshill erst am 10. Juni an, einenTag nachdem ... Bitte Abbildung 1.

Die Lichter im Saal erlöschen, und auf der Leinwand erscheint *Der leere Stuhl*, der berühmte Kupferstich nach einer Zeichnung von Luke Fildes, der noch heute in manchen alten englischen Pensionen den Speisesaal oder den Salon ziert.

*

Obwohl klar und wie immer ein wenig professoral, ist Dr. Wilmots Stimme nicht frei von Emotionen, als er nun in dem dunklen Saal und vor dem bedrückten

[1] Es liegt auf der Hand, daß Antonia, nachdem sie so intensiv in die gestrigen Phänomene involviert war, von den Sponsoren autorisiert worden ist, sich der Gruppe Drood fest anzuschließen.

Schweigen des Auditoriums die letzten Tage von Dikkens heraufbeschwört.

– Im Laufe des Monats Mai, den er in London verbrachte, hatten sich seine Kreislaufstörungen verschlimmert. Die Niederschrift der sechsten Nummer, die er am 10. Juni zum Druck geben sollte, war im Rückstand. Aber in der Ruhe von Gadshill bessert sich sein Zustand. Jeden Morgen geht er zur Arbeit hinüber in das kleine Chalet seiner »Wilderness«, ein Wäldchen auf seinem Grundstück jenseits der Straße nach Dover, und erst am Nachmittag kehrt er zurück, nachdem er eine gute Anzahl Seiten gefüllt hat.

Vielleicht waren die Schwierigkeiten, von denen Wills einige Tage zuvor gesprochen hatte, inzwischen gelöst. Jedenfalls hatte seine wunderbare Erfindungskraft, jenes »bedenkenlose mächtige Hinströmen« der Phantasie, das Kafka an ihm vor allem bewunderte,

Abb. 1

nicht abgenommen. Man bedenke nur, noch auf den allerletzten Seiten, die unübertreffliche Skurrilität der Szene zwischen Vize und Datchery vor den alten Gräbern. Nur aus Blindheit, aus totalem Unverständnis, konnte Shaw in dem unvollendeten Roman »die kraftlose Geste eines Dreivierteltoten« erblicken. Und was Collins angeht, so war es gewiß sein postumer Groll, ob berechtigt oder nicht, der ihm jene giftige Definition eingab, nach welcher das MED nichts anderes sei als »Dickens' letzter bemühter Versuch, das melancholische Alterswerk eines ausgebrannten Hirns«.

Am 7. Juni fehlen nur noch etwa fünfzehn Seiten an der sechsten Nummer. Der Autor gönnt sich einen halben Tag Ruhe. Er führt Mamie und Georgina[1] zum Spaziergang aus, er fährt in der Kalesche nach Rochester, um Briefe aufzugeben, und kommt mit chinesischen Lampions zurück, die er trotz seines Humpelns (er litt auch an schmerzhaften Ödemen am Fuß und an der linken Hand), sich nicht nehmen läßt, eigenhändig im Wintergarten aufzuhängen.

Tags darauf sitzt er wieder an der Arbeit im Chalet, wo er ein weiteres halbes Dutzend Seiten schreibt und korrigiert. Morgen werde er fertig sein, sagt er der Schwägerin bei der Rückkehr. Dann setzt er sich wie gewöhnlich in sein Arbeitszimmer an den Schreibtisch, den wir hier vor uns haben, um seine Korrespondenz zu erledigen. Es ist fünf Uhr nachmittags. Gegen halb sieben geht er ins Eßzimmer. Aber die Schwägerin (Mamie ist nicht da, sie ist zu ihrer Schwester nach London gefahren) sieht ihn wankend eintreten, das Gesicht schmerzverzerrt. Schon seit einer Stunde fühle er sich sehr elend, sagt er, während er auf einen Stuhl

[1] Die ältere Tochter und die Schwägerin, mit denen der Schriftsteller zusammenlebte, seit er sich von seiner Frau getrennt hatte. Die andere Tochter, Kate, war mit dem Bruder von Wilkie Collins verheiratet und wohnte in London.

sinkt. Dann beginnt er zusammenhanglose Sätze zu stammeln, steht auf und sagt, er müsse sofort nach London, und bricht von neuen Schwindeln erfaßt bewußtlos zusammen.

Trotz der sofortigen Intervention des örtlichen Arztes, Dr. Steele, und der Bemühungen zweier aus London herbeigeeilter Spezialisten kommt er nicht wieder zu Bewußtsein. Die Diagnose lautete auf Gehirnschlag. Er starb am Spätnachmittag des 9. Juni. Auf der Zeichnung seines Freundes und Illustrators Luke Fildes, die dann von Kitton gestochen wurde, haben wir sein Arbeitszimmer exakt so gesehen, wie er es am Tag zuvor verlassen hatte: mit den noch nicht expedierten Briefen und dem vom Schreibtisch zurückgeschobenen »leeren Stuhl« ... Licht, bitte.

XVII

– *En attendant Poirot!* scherzt Loredana, während Dr. Wilmot mit bedeutsamem Blick seine Taschenuhr konsultiert, die drei Uhr fünfzehn anzeigt.

Normalerweise überaus pünktlich, läßt Poirot nämlich für die Nachmittagssitzung schon seit einer Viertelstunde auf sich warten. Was um so ärgerlicher ist, als, wie der Kröterich von neuem bemerkt:

– Die Zeit drängt! Bis morgen abend müssen wir unsere Ergebnisse vorlegen! Immer vorausgesetzt, daß der Schuldige nicht am Ende doch Jasper oder der unbekannte Killer ist, in welchem Fall ich mich weigern werde, den Abschlußbericht zu unterschreiben!

Im übrigen warten wir nicht nur auf Poirot (von dem Captain Hastings behauptet, nicht zu wissen, wo er geblieben ist). Es fehlen auch Thorndyke und der Colonnello der Carabinieri, die ebenfalls sonst immer pünktlich waren. Und es fehlt... ach nein, da kommt er ja gerade mit Antonia, der Collins-begeisterte Latinist.

Um zwanzig nach drei eröffnet der Moderator die Sitzung, indem er dem Assistenten von heute vormittag mit einem Zeichen bedeutet, seinen Platz am Diaprojektor wieder einzunehmen.

– Das letzte Dokument, das wir uns noch ansehen müssen, sagt er, ist die Illustration auf dem Deckblatt, die Fildes nach präzisen Anweisungen des Autors für das MED gezeichnet hat. Die Illustration ist bei allen Nummern immer dieselbe, wie ich, glaube ich, schon gesagt habe. Aber dafür gibt es, wie J. Cuming Walters resümiert hat, »keine zwei Droodisten, die jemals die gleiche Interpretation gegeben hätten«.[1] Abbildung 2, bitte.

Nach dem melancholischen Gefühl, daß der *Leere Stuhl* in allen zurückgelassen hat, reizt nun das naive, figurenreiche und bewegte Deckblatt des MED zu eher humoristischen Kommentaren. Dennoch sind die Bemerkungen von Maigret und Dupin, mit denen die Diskussion beginnt, nicht so leichthin gesagt, wie es scheint.

MAIGRET: Das junge Paar, das da oben links aus der Kathedrale kommt, scheint den viktorianischen Käufern zu garantieren, daß die Geschichte ein glückliches Ende im Hafen der Ehe nehmen wird. Aber wer sind die Brautleute? Nach dem Ausdruck von Jasper zu schließen, der die beiden nägelkauend betrachtet (wenn er die Figur rechts oben ist, neben dem Dekan und dem Hilfskanonikus), handelt es sich um Rosa, die ihren Liebestraum mit Mr. Tartar glücklich gekrönt hat. Allerdings müßte die Hochzeit traditionsgemäß *nach* der Entdeckung des Mörders stattfinden. Und was macht dann Jasper da, wenn er der Mörder ist? Er müßte doch schon hingerichtet sein oder zumindest in der Todeszelle sitzen.

DUPIN: Im übrigen müßte das Ende, um wirklich ein *glückliches* Ende zu sein, nach dem, was wir in der letzten Nummer erfahren haben, eine *Doppelhochzeit* sein: Rosa mit Tartar und Helena mit Crisparkle. Und man stelle sich vor, der Illustrator hätte sich eine so schöne Gelegenheit entgehen lassen! Demnach wäre zu schließen, daß die Dinge eine ganz andere Wendung genommen haben und daß in der Todeszelle nicht Jasper sitzt, sondern Helena mit ihrem unseligen Bruder oder Pseudobruder.

[1] J. Cuming Walters, The Complete MED, London 1912.

No. I.] APRIL, 1870. [Price One Shilling.

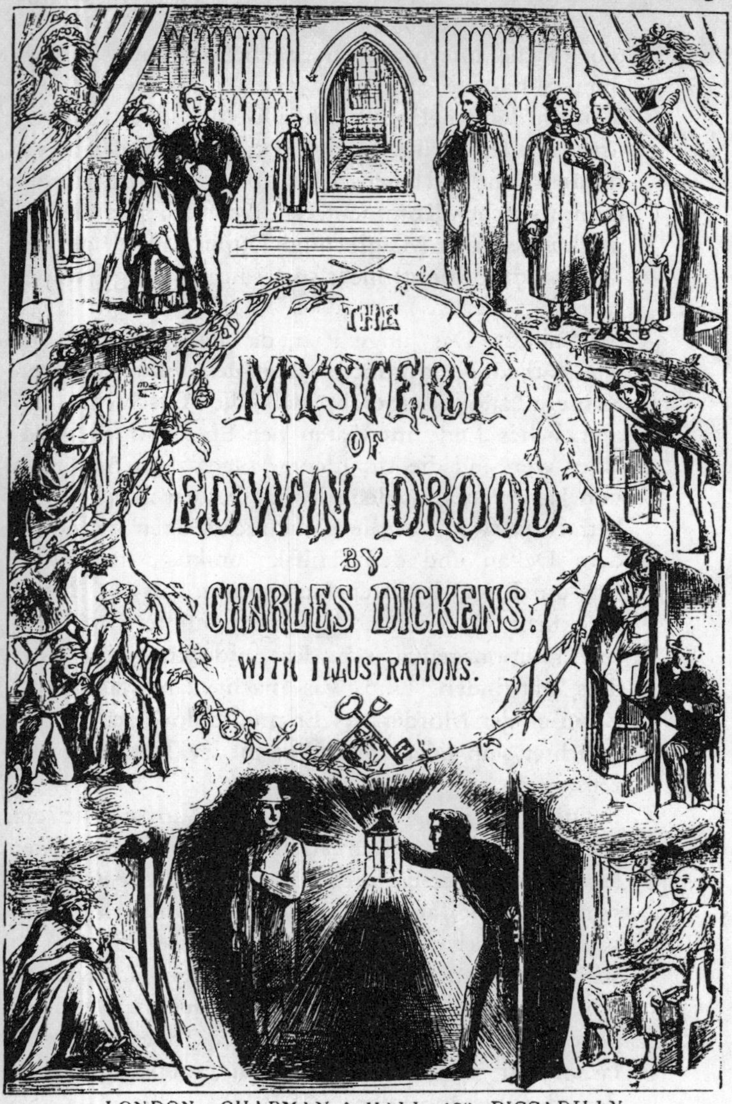

LONDON: CHAPMAN & HALL, 193, PICCADILLY.

Advertisements to be sent to the Publishers, and ADAMS & FRANCIS, 59, Fleet Street, E.C.

[*The right of Translation is reserved.*]

Abb. 2

KRÖTERICH: Ihr Wort in Gottes Ohr!

P. PETROWITSCH: Bedenken wir aber, daß die auf dem Deckblatt dargestellten Episoden, abgesehen von derjenigen in der Mitte unten, sich buchstäblich zwischen Opiumschwaden abspielen, die aus den Pfeifen der beiden Rauchenden unten rechts und links aufsteigen. Bei welchen es sich offenkundig um die Frau aus der Opiumhöhle und ihren chinesischen Konkurrenten auf der anderen Seite des Hofes handelt. Die Szene oben ist also ...

DR. WILMOT: Ja, fast alle »Jekyllianer« insistieren auf diesem Punkt, zumindest in Hinblick auf die obere Szene. Es handelt sich ihnen zufolge nicht um die Schlußszene des Romans, sondern um den Alptraum Jaspers, der den Tag von Rosas Hochzeit mit Edwin herannahen sieht und im Opiumrausch sein Verbrechen zu planen beginnt. Was die beiden kleinen Szenen links darunter betrifft, so macht es keinen Unterschied, ob sie geträumt sind oder nicht: In der oberen blickt ein Mädchen, vermutlich Rosa, auf die »Vermißt«-Meldung[1], die nach Droods Verschwinden in Cloisterham und Umgebung angeschlagen worden ist, und in der unteren kniet Jasper vor Rosa, um ihr seine Liebe zu erklären.

LEUTNANT DER CARABINIERI: Und die Szene rechts?

Das Licht geht an, Leser, und gibt uns Gelegenheit, vorn in der ersten Reihe den betreffenden Leutnant zu entdecken, der während der Diaprojektion hereingekommen ist, um den gewöhnlich von seinem Vorgesetzten besetzten Platz einzunehmen.

(»Tenente Mattei«, stellt er sich mit einer höflichen Verbeugung vor. »Der Signor Colonnello läßt sich entschuldigen, er ist dienstlich in der Kaserne aufgehalten, weshalb er mich beauftragt hat, ihn über den

[1] Im Original »LOST«.

Fortgang der Ermittlungen zu unterrichten.«) Bei der Gelegenheit werfen wir einen Blick in den Saal, aber weder Poirot noch Thorndyke sind aufgetaucht. Das Licht erlischt wieder.

Dr. Wilmot: Die Szene rechts gegenüber kann nicht Jasper darstellen, der im Traum (oder in Wirklichkeit) seinen Neffen auf den Turm hinaufführt, um ihn dort zu erdrosseln und hinunterzustürzen. Denn wer wäre dann der dritte Mann? Es muß sich also um eine reale Szene im Zuge der *späteren Ermittlungen* handeln, obwohl Datchery nicht zu erkennen ist. Nach Ansicht des schon zitierten Edmund Wilson sind die drei Männer auf der Wendeltreppe Neville, Crisparkle und Grewgious, die Datchery auf den Turm hinauffolgen, um Jasper dort zu überraschen, der triebhaft an den Ort seines Verbrechens zurückgekehrt ist.

Bucket: Also diese Jekyllianer ziehen bei jeder Gelegenheit das Opium hervor, aber wenn's ihnen nicht in den Kram paßt, vergessen sie's einfach.

Battle: Genau. War's nicht derselbe Wilson, der erst die behauptete Persönlichkeitsspaltung Jaspers mit dem Opium erklärte, dann aber meinte, das Geständnis am Ende werde Helena ihm durch Hypnose entlocken, da sonst das Collins-Plagiat allzu deutlich wäre? Nun, und genauso macht er's auch jetzt wieder: Die Szene oben erklärt er mit den Opiumschwaden, die von unten aufsteigen, aber die Szene rechts darunter nicht, weil sie sonst im Widerspruch zu seiner Interpretation stünde. Zu bequem!

Tenente Mattei (*auf Anhieb die Sympathie des Kröterichs gewinnend*): Wenn die Dinge so liegen, finde ich Wilsons Vorgehen auch zu bequem.

Dr. Wilmot: Ich sage nicht nein. Aber kommen wir nun zu der Zeichnung unten in der Mitte. Sie ist das Lieblings- und Paradestück all derer, die von Jaspers Schuld überzeugt sind – der »Anti-Jasperianer«, um sie mal so zu nennen, die durchaus nicht alle Jekyllianer sind beziehungsweise, um auch sie einmal anders zu nennen, »Bipersonalisten«. Für viele ist Jasper ein durch und durch ruchloser Bösewicht, ein »Gottloser« im biblischen Sinne, dessen Drogenabhängigkeit keineswegs eine Entschuldigung darstellt.

TENENTE MATTEI (*die Sympathie des Kröterichs wieder verlierend*): Sehr richtig.

SERGEANT CUFF: Ich kann mir schon denken, wie die Anti-Jasperianer die Zeichnung interpretieren, und bis zu einem gewissen Punkt kann ich ihre Auffassung teilen. Der Mann mit der Laterne ist Jasper, der in das Grab von Mrs. Sapsea eingedrungen ist, um den Sarg zu öffnen und den Inhalt zu kontrollieren.

DR. WILMOT: Richtig. Als er schließlich begriffen hat, daß Datchery ein Detektiv ist, den Grewgious auf ihn angesetzt hat, als er durch seine Methode des Horchens und Spähens aus den unerwartetsten Verstecken schließlich sogar von dem Ring erfahren hat und mit Recht fürchtet, daß er sich noch zwischen den kalzinierten Resten des von ihm in dem Grab versteckten Leichnams befindet, ist er gekommen, um den betreffenden Ring zu holen.

DUPIN: Aber Datchery, der dann am Ende kein anderer als Bazzard ist, hat sich das entscheidende Geheimnis nicht aus Versehen entfahren lassen. Im Gegenteil, durch ostentatives Getuschel mit Grewgious im Schatten der Kathedrale hatte er Jasper dazu gebracht, sich heimlich den beiden zu nähern und ihr Gespräch zu belauschen. Da hat er den Köder ausgeworfen, und als Jasper anbeißt und noch in derselben Nacht mit seiner Laterne im Grab erscheint, steht er plötzlich gespenstisch und drohend vor ihm.

DR. WILMOT: Ja, während die Jasper-Verteidiger sich mit allerlei Phantasie-Erklärungen aus der Affäre zu ziehen versuchen[1], ist dies die Erklärung der angesehensten Jasper-Verurteiler. Nur sind sich nicht alle von ihnen, wie ich schon sagte, über die Identität des mysteriösen Detektivs einig. Für einige ist Datchery Helena, verkleidet als ... Datchery. Für andere ist Datchery Bazzard, der die Falle aufgebaut hat, aber das gespenstische Individuum im Grab ist nicht er, sondern Helena, *verkleidet als Drood*, oder besser *als Droods Gespenst*, und auf diese Weise, indem sie außer dem Schreck nun auch noch ihre hypnotischen Kräfte einsetzt, entlockt sie ihm das Geständnis.

P. PETROWITSCH (*hüstelnd*): Hmhm, ich weiß nicht, welchen Wert ein unter solchen Umständen erreichtes Geständnis hat. Aber wer immer das gespenstische Individuum auch sein mag, und wenn wir uns wirklich im Grab von Mrs. Sapsea befinden, sicher ist, daß sich mit Jaspers Erscheinen die Waage entschieden zu seinen Ungunsten neigt.

CUFF: Warum?

Die in sehr resolutem Ton gestellte Frage ist praktisch eine Behauptung des Gegenteils. Alle begreifen, daß der hohe Beamte von Scotland Yard eine eigene Erklärung dagegenzusetzen hat. Und diese Erklärung wird (wie der Moderator mit liebenswürdigem Lächeln sagt) sicherlich weniger phantastisch sein als die bisher von den verschiedenen Jasper-Verteidigern vorgetragenen. Aber auch zweifellos sehr viel ausführlicher, und daher ist es schade, daß Thorndyke und Poirot nicht da sind, um sie zu hören.

– Weshalb, fügt Dr. Wilmot hinzu (während das wieder angehende Licht bestätigt, daß die beiden Plätze noch immer leer sind), weshalb ich vorschlagen

[1] Für Aylmer spielt sich die Szene nicht im Grab der Mrs. Sapsea ab, sondern an einem anderen, nicht weiter präzisierten Ort, wo Jasper sich mit Neville oder einem anderen nicht weiter präzisierten Individuum trifft, in dem er den unbekannten Killer argwöhnt.

würde, auch weil es schon spät ist, die Fortsetzung auf morgen zu verschieben, wenn hoffentlich ...

– Gewiß, sagt Cuff nicht weniger liebenswürdig. Aber mein Beitrag muß keineswegs sehr ausführlich sein. Ich wollte nur bemerken, daß auch die Jasper-Verteidiger eine Sache vergessen haben: nämlich daß Jasper, wie uns unermüdlich wiederholt wird, *gleichfalls ermittelt*. Warum also muß sich die Waage »entschieden zu seinen Ungunsten neigen«, wenn er sich mit dem anderen Ermittler im Grab von Mrs. Sapsea trifft? Meine Idee ist eher, daß Datchery von diesem Moment an, als auch ihm die Wahrheit zu dämmern beginnt, insgeheim mit Jasper zusammenarbeitet, um die wahren Mörder zu entlarven.

KRÖTERICH (*auf dem Gipfel der Erregung*): Ich schlage vor, diese unwiderlegliche Konklusion sofort den Sponsoren vorzulegen! Die Mörder sind die beiden sinistren Ceylonesen! John Jasper ist unschuldig wie ein *new born babe!*[1]

HOLMES (*düster*): Mag sein, und das würde auch mir sehr gut passen ... Aber dann sehe ich nicht, warum der Autor mir in seiner Botschaft aus dem Jenseits gesagt hat, er wolle nicht, daß die Wahrheit herauskommt ... Nein, hinter Droods Verschwinden muß noch etwas anderes stecken, etwas noch viel Schrecklicheres! Und übrigens sehe ich immer noch nicht, was damit dann die ...

Er bricht ab. Wir begreifen, daß sein detektivischer Instinkt gegen das Versprechen ankämpft, das er dem Geist von Dickens gegeben hat. Schließlich schüttelt er den Kopf und verzichtet auf die Fortsetzung seines

[1] »Unschuldig wie ein neugeborenes Kind«: ein typischer Ausdruck im Englischen, freilich im Gegensatz (wie Pater Brown bemerkt) zu der pessimistischen Ansicht des hl. Augustinus, nach welcher ein neugeborenes Kind bereits in jeder Hinsicht ein »gottloser Mensch« ist.

Satzes. So nehmen alle den Vorschlag von Dr. Wilmot an und erheben sich, um den Saal zu verlassen.

Aber Loredana, die von einem professionellen Zweifel befallen scheint, rührt sich nicht vom Podium.

– Ich verstehe das nicht! sagt sie schließlich. Es kann doch nicht sein, daß zwei so korrekte Leute wie Mr. Poirot und Mr. Thorndyke einfach so wegbleiben, ohne uns etwas zu sagen!

ANTONIA (*von ihrem Platz zu Loredana*). Ich verstehe das auch nicht. Oder vielleicht verstehe ich es nur zu gut: Was meinst du? Denkst du nicht, daß ...

LOREDANA: Und *wie* ich das denke!

ANTONIA: Dann warte, ich gehe mal nachsehen.

Vertraut mit den Gebräuchen in den großen internationalen Hotels erraten alle die Wahrheit, noch ehe Antonia zurückgekehrt ist, in der Hand zusammengefaltete Zettel, die aussehen wie die hellblauen Vordrucke für telefonische Nachrichten an der Rezeption. Auch ein Telex ist dabei.

– Alle sind als dringend bezeichnet, alle sind korrekt adressiert an Dr. Frederick Wilmot c/o Dickens Room, sagt Loredana, während sie die Zettel ordnet und in der Reihenfolge ihrer Ankunft dem Moderator reicht. – Sie sind einfach bloß in der Rezeption liegengeblieben.

– *O tempora!* kommentiert der Latinist für alle.

Dr. Wilmot liest vor:

»14 h 15, telefonische Nachricht aus Rom von Mr. Poirot und Mr. Thorndyke: *Dringende auswärtige Nachforschungen über Fall D., kommen wahrscheinlich verspätet. Bitten uns zu entschuldigen und ohne uns weiterzumachen.*« – »14 h 45, dito aus Spoleto (PG): *Können unmöglich vor heute abend zurück sein.*« – »15 h 30, dito aus Monte San Savino (AR)[1] von Mr. Poirot: *Bin erst morgen vormittag*

[1] PG und AR sind die postalischen Kürzel für die Provinzen Perugia und Arezzo (*A.d.Ü.*).

zurück.« – »16 h, Telex aus Pisa: *Hoffe morgen nachmittag dazusein. Thorndyke.*«

Nach dem Eintreffen dieser Nachrichten konzentrieren sich, wie nicht anders zu erwarten, die Neugier und das Verlangen nach einer Erklärung auf Captain Hastings und Rechtsanwalt Astley, den grauen Begleiter Thorndykes.

Was heißt »auswärtige Nachforschungen«? Und wieso in Spoleto? Wieso in dem toskanischen Kleinstädtchen Monte San Savino? Und in Pisa? Gibt es womöglich eine Beziehung zwischen dem dortigen charakteristischen Turm, der so einzigartig in den *Pictures* beschrieben wird, und dem Turm der Kathedrale von Cloisterham? Und wieso kündigt Poirot seine Rückkehr für morgen vormittag an, während Thorndyke »hofft«, morgen nachmittag wieder da zu sein?

Aber Hastings bekräftigt, wenn auch verlegen und vermutlich nicht ganz der Wahrheit entsprechend, er habe nicht einmal gewußt, daß Poirot das U&O verlassen wollte, und Astley verschließt sich in einem förmlichen »*No comment*«.

Der Argwohn verlagert sich daraufhin auf den Latinisten, den einige nach der Vormittagssitzung in einem intensiven Gespräch mit Poirot gesehen haben wollen, und sogar auf Antonia (Popeau zufolge hatten die beiden einen »gehetzten Blick«, als sie verspätet zur Nachmittagssitzung kamen). Andere hingegen, die sich Gedanken über das gleichzeitige Verschwinden des Colonnello gemacht haben, versuchen den Leutnant Mattei zu stellen; der aber sagt, er müsse sofort zurück in die Kaserne, und verabschiedet sich mit einer militärisch knappen Verbeugung, wenn auch nicht ohne bewundernden Blick für Loredana und Antonia (den die beiden Mädchen mit geschmeicheltem Lächeln erwidern).

Der Rest des Abends vergeht mit mehr oder minder phantastischen oder scherzhaften Mutmaßungen; wie der von Maigret über Spoleto, das mit seinem bekannten Theaterfestival vielleicht Licht in einige der zahlreichen Anspielungen des MED auf Theaterstücke bringen könnte. Aber bestimmte andere, eher evidente Schlußfolgerungen muß jeder für sich behalten haben. Denn es scheint uns kaum glaubhaft, daß niemandem, Ausländer hin oder her, etwas im Zusammenhang mit Monte San Savino aufgefallen ist. Oder daß allen die außergewöhnliche Schnelligkeit entgangen sein soll (die ein außergewöhnliches Transportmittel impliziert), mit der die beiden Detektive sich in Umbrien und der Toskana fortbewegt haben. Was schließlich Pisa angeht, so liegt seine Bedeutung klar auf der Hand, zumindest für uns, wenn wir es in Zusammenhang mit den Ortsveränderungen von Thorndyke bringen und mit seiner »Hoffnung«, bis morgen nachmittag zurück zu sein.

Für den Rest können wir nur auf morgen warten.

XVIII

– Der Fall D. mag »auswärtige Nachforschungen« erfordern, aber er verlangt auch eine gewisse Pünktlichkeit, sagt etwas trocken der Direktor des *Dickensian*, während er die blauen Zettel von gestern noch einmal durchsieht. – Und übrigens hat uns Poirot ja gebeten, auch ohne ihn weiterzumachen. Deshalb würde ich jetzt sagen, daß wir, wenn keine anderen Nachrichten mehr . . .[1]

– Sehr richtig, stimmt der COLONNELLO DER CARABINIERI zu, der pünktlich gekommen ist, wie es seiner Gewohnheit entspricht, und demonstrativ die fragenden Blicke der Neugierigen übersieht.

– Wir könnten vielleicht einstweilen eine Rekapitulation vornehmen, sagt PORPHYRIJ PETROWITSCH, und die Hauptthesen einander gegenüberstellen. Von denen es, wie mir scheint, drei gibt.

– Vier, korrigiert ihn MAIGRET. Vergessen wir nicht den falschen Landstreicher.

– Ach Gott . . ., sagt lächelnd der Ankläger Raskolnikows, aber bitte, warum nicht? Wir wissen, daß durch Cloisterham im Roman wie durch Rochester in der Wirklichkeit unablässig allerlei fahrendes Volk gezogen kam, das von Gravesend nach Dover und umgekehrt zog. Nun haben wir es jedoch als . . . äh . . . literarisch absurd ausgeschlossen, sagen wir so, daß Drood von einem *echten* Landstreicher umgebracht worden ist, etwa bei einem Raubüberfall wie jene

[1] Andere Nachrichten sind keine mehr gekommen, Leser. Und für den Fall, daß noch welche kommen, paßt Antonia an der Rezeption auf, um sie sofort herzubringen. Es scheint daher auch uns richtig weiterzumachen.

deutsche Gräfin auf der Pilgerstraße nach Rom. Doch wie, wenn nun der Mörder der unbekannte moslemische Killer wäre, verkleidet als orientalischer Vagabund? Gewiß, diese Lösung würde unserem Freund Kröterich ebensowenig gefallen, aber sie hätte nichts Unmögliches an sich. Allerdings wäre sie lediglich eine Variation über das Thema des unbekannten Killers, und die Hauptthesen blieben nach wie vor drei.

– Mir scheint sogar, man könnte sie auf zwei reduzieren, sagt Dupin, insofern ...

– Moment, Moment! greift der Moderator ein. Sehen wir uns erst einmal an, welches die drei sind! Sonst bringen wir am Ende alles durcheinander.

Sehr richtig, pflichtet der Colonnello D'Attilio bei (von dem wir nun endlich auch den Namen erfahren haben). Und übereinstimmend wird die Darlegung der drei Thesen dem Diskussionsleiter selbst anvertraut.

These A

Die erste ist die von Edmund Wilson vorgetragene und dann von Charles Forsyte weiterentwickelte These, nach der nicht nur Jasper der Mörder ist, sondern auch das Motiv und der Tathergang genau die erwarteten sind. Eifersüchtig auf seinen Neffen wegen Rosa, haßt Jasper ihn dermaßen, daß er plant, ihn zu erdrosseln und obendrein vom Turm hinunterzustürzen; danach wird er die Leiche im ungelöschten Kalk vernichten und die Überreste im Sapsea-Grab verbergen. Aber Datchery/Bazzard identifiziert die Reste anhand des Goldringes, und der mörderische Onkel muß schließlich gestehen.

Der naheliegende Einwand gegen diese These ist, daß dann das Geheimnis kein Geheimnis war, da man schon alles wußte. Antwort: Das Geheimnis besteht in der Persönlichkeitsspaltung beziehungsweise -verdoppelung Jaspers, die erst am Ende dramatisch enthüllt wird.

Von den Einwänden gegen diese Antwort lautet der wichtigste, der von den Vertretern der These B erhoben wird: So dramatisch die Enthüllung der doppelten Persönlichkeit auch sein mag, das Publikum, von Wilkie Collins inzwischen an wirklich mysteriöse Kriminalfälle gewöhnt, wäre furchtbar enttäuscht gewesen, und Dickens konnte nicht so naiv sein, das nicht vorauszusehen.

Wenn es mir erlaubt ist (fügt Dr. Wilmot hinzu), einen persönlichen Einwand vorzutragen, so meine ich, daß das Motiv der Eifersucht, ob nun mit der Persönlichkeitsspaltung verbunden oder nicht, in keinem Verhältnis zur Brutalität des *modus operandi* steht. Warum sollte der Onkel, nicht zufrieden mit der Beseitigung seines Neffen, um freien Weg bei Rosa zu haben, sich auch noch an seiner Leiche vergehen? Warum sollte er, bevor er ihn erdrosselte, ihn *terrorisiert und um Gnade flehend vor sich auf den Knien* sehen wollen?[1] Schließlich ist doch *er* der Verräter, schließlich war es doch nicht so, daß Drood ihm perfiderweise das Mädchen ausgespannt hätte!

Deswegen meine ich, wenn Jasper wirklich der Mörder ist, muß etwas anderes dahinter stecken. Und hier läge dann das wahre Geheimnis. In diesem Zusammenhang ist an eine subtile Frage zu erinnern, die Colonnello D'Attilio schon ganz zu Anfang gestellt hatte: »Der Süchtige verläßt im Morgengrauen die Opiumhöhle und trifft erst im letzten Moment zum Abendgottesdienst ein. Er kann also nicht vor 13 Uhr aus London abgefahren sein. Wo und wie hat er die Zeit bis zur Abfahrt verbracht?« Der Autor sagt uns

[1] Das nämlich ist es, was Jasper zu der Frau in der Opiumhöhle sagt, als er im Rausch von seiner »Vision« und seinem »Reisegefährten« spricht.

darüber nichts, und für einmal mag das noch angehen, es könnte ein Zufall sein. Aber die Sache wiederholt sich im letzten Kapitel: Erneut verläßt Jasper im Morgengrauen die Höhle und fährt, wie uns der Autor ausdrücklich wissen läßt (jedoch ohne ein Wort der Erklärung), erst um 18 Uhr wieder nach Cloisterham ab. Es ist also klar, daß Jasper in London irgendwelchen mysteriösen Beschäftigungen nachgeht, die nichts mit seiner Opiumsucht zu tun haben. Aber inwiefern haben sie mit Drood zu tun? Das scheint mir ein Problem zu sein, mit dem die Vertreter der These A sich beschäftigen müßten.

THESE B

Dies ist die These des »unbekannten Killers«, die Sir Felix Aylmer entwickelt hat und für die er selbst zwei Möglichkeiten anbietet: a) die moslemische Blutrache und b) die terroristische Aktion infolge einer schweren Beleidigung, welche Droods Vater der islamischen Religion angetan hatte. Aylmer selbst zieht die Blutrachen-Variante vor, da andernfalls das Plagiat von Collins' *Moonstone* allzu evident wäre.

Nach These B jedenfalls zielt Jaspers Plan, wie wir schon gestern sahen, ganz und gar auf die Verteidigung Droods und nicht auf dessen Beseitigung. Besonders suggestiv ist die Erklärung für den »gespenstischen Schrei«, den Durdles in der Weihnachtsnacht *des vorangegangenen Jahres* gehört hat: Auch an jenem Weihnachtsabend (an dem sich die schwere Beleidigung jährt, die den Blutrache-Mechanismus ausgelöst hat) ist ein unbekannter Killer nach Cloisterham gekommen; aber als er feststellen muß, daß Drood noch immer mit Rosa verlobt ist, verschiebt er die Exekution. Dennoch steigt er, da er nun schon einmal da ist, auf den Turm, um das Terrain zu sondieren, und stürzt aus Versehen hinunter, wobei er den betreffenden Schrei ausstößt. Jasper, der nicht nur den Schrei, sondern auch den dumpfen Aufschlag gehört hat, findet den Leichnam, errät, daß es sich um den Killer handelt, und beeilt sich, ihn in den Fluß zu werfen. Doch genau dieser Vorfall ist es, der ihn auf die schreckliche Idee bringt, wie er den Killer des nächsten Jahres ausschalten könnte. Was seine mysteriöse Beschäftigung in London angeht, so kann man nicht sagen, daß Aylmers Erklärung nicht im Einklang mit seiner These stünde: Mütterlicherseits ein Ägypter, spricht Jasper perfekt arabisch und hat überdies einen dunklen Teint; so kann er sich leicht in die moslemischen Kreise der Londoner Hafenviertel einschleichen, um herauszufinden, wer der zu erwartende nächste Killer sein wird.

THESE C

Die dritte können wir die »These von Scotland Yard« nennen. Denn sie ist hier von Sergeant Cuff in Zusammenarbeit mit Inspektor Bucket und Superintendent Battle entwickelt worden. Aber mir scheint, daß diese These, in der zum erstenmal in der Geschichte des MED die beiden Landless' als Mörder angeklagt werden, inzwischen auch die Zustimmung von Dupin, von Kommissar Maigret und fraglos auch von unserem Freund Kröterich findet.

KRÖTERICH: Entweder die angeblichen Zwillinge oder der falsche Landstreicher! Für mich kommt These B ebensowenig in Betracht wie These A. Und ich sehe auch nicht, wie die drei Thesen sich laut unserem Freund Dupin auf zwei reduzieren lassen sollen.

MAIGRET: In gewisser Weise lassen sie sich sogar auf eine einzige reduzieren.

DUPIN: Mag sein, aber ehe wir zu Synthesen kommen, sollten wir analysieren. Also: These B und unsere

These C operieren beide mit einem Killer. Aber in These B ist dieser Killer *allen* unbekannt, auch dem Leser, da er mit keiner der uns bekannten Romanpersonen identisch ist. In diesem Sinne ist die These zweifellos völlig unhaltbar. Es geht nicht an, einen so mysteriösen Fall dadurch lösen zu wollen, daß man im letzten Moment einen völlig Unbekannten aus dem Hut zieht, der aus einem anderen Kontinent angereist kommt und von dessen Existenz niemand etwas ahnen konnte. In unserer These dagegen ist der Killer zwar unbekannt in dem Sinne, daß Jasper nicht weiß, wer es sein wird; aber am Ende stellt sich heraus, daß es nicht einer, sondern zwei Personen des Romans waren, die wir schon längst kannten.

Man kann also sagen, daß die beiden Thesen einander ergänzen, obwohl natürlich noch vieles zu klären bleibt. Nach Aylmer zum Beispiel ist Drood, wie wir wissen, nicht tot, sondern geflohen im Glauben, es sei Jasper gewesen, der ihn ermorden wollte. Nach unserer These ist er dagegen tot, und seine Überreste liegen mitsamt dem Goldring im Sapsea-Grab. Aber wie sind sie dorthin gelangt? Das ist es, was wir noch herausfinden müssen. Einstweilen mache ich darauf aufmerksam, daß wir es in beiden Thesen mit einem ungeeigneten und stümperhaften Killer zu tun haben. Der Aylmersche, der ein versierter Strangulator sein müßte, läßt Drood halb erwürgt liegen, und unserer, statt rituell nach den Instruktionen seiner eisern-fanatischen Schwester vorzugehen, tötet unbeholfen und ohne Überzeugung mit einem Wanderstock.

KRÖTERICH: Ausgezeichnet!

DUPIN: Was das Tatmotiv angeht – Blutrache oder religiöser Fanatismus –, so spricht nichts gegen die zweite Möglichkeit. Wir denken nicht wie Aylmer oder wie die Anhänger der These A, daß Dickens, Plagiat hin oder her, sich gescheut hätte, die ihm am besten erscheinende Lösung zu wählen. Nach dem halben Mißerfolg seines letzten Romans, vor allem aber nach dem durchschlagenden Erfolg des *Moonstone*, hatte sich seine Eifersucht auf den ehemaligen Schützling, ehemaligen Mitarbeiter und nun auch ehemaligen Freund Wilkie Collins in grollendes Ressentiment und erklärte Verachtung verwandelt: Collins sei bloß »ein geschickter Handwerker, und nicht mal ein besonders geschickter«, hatte er zu seinem Chefredakteur Wills gesagt. Als er nun seinen ersten Kriminalroman schrieb, wollte er vermutlich dem Publikum demonstrieren, daß er auch auf diesem Gebiet besser war als sein Rivale – und das womöglich genau mit denselben Ingredienzen.

P. Brown: Ich fürchte, so war es tatsächlich. Der kennt das Herz des Menschen nicht und schon gar nicht das Herz des Künstler-Menschen, der nicht aus jener Bemerkung zu Wills den inneren Monolog ableiten kann, den Dickens wirklich gedacht hat: »Ach ja? Ich am Ende? Ich ausgelaugt und erledigt? Ha, dem werde ich's zeigen, diesem aufgeblasenen Gernegroß und all den andern! Die Leute wollen ein *mystery*, einen Kriminalroman? Wohlan, ich werde euch lehren, wie man einen großen Kriminalroman schreibt, und ich werde dieselben Ingredienzen dazu nehmen wie dieser Dutzendschreiberling, dieser platte Möchtegern-Romancier! Aber ich werde Relief und Leben reinbringen, ich werde richtige Personen erschaffen, richtige Orte und Milieus, eine richtige Dramatik, richtige Spannung und *by Jove*, das alles in richtiger Prosa!« Jawohl, wir können nicht ausschließen, daß am Ursprung des MED dieser innere Wutanfall stand, dieser zugleich von Neid und Stolz erfüllte Wunsch, den »Stümper« Collins zu demütigen, den Parvenü mit einem Hieb der Löwenpranke hinwegzufegen, den lachhaften Lehrling Mores zu lehren, der es wagte, sich als Rivale aufzuspielen! Die Ehre, die alte Freundschaft, die Skrupel, alles ist beiseite geschoben. Und wenn das *mystery* dann, sei's wegen des drogensüchtigen Jasper, sei's wegen der terroristischen Zwillinge aus dem Morgenland, als ein Plagiat des *Moonstone* erscheint, um so besser: Es handelt sich um ein gewolltes und höhnisches Plagiat.

P. PETROWITSCH: Ich war bisher ein Anhänger der These A. Die Verdoppelung eines Jasper als Vorläufer von Dr. Jekyll, als Symbol für den Kampf zwischen Gut und Böse, schien mir (und scheint mir immer noch) der Dickensschen Feder würdiger. Allerdings hat uns der Autor in der ersten Hälfte des Buches fast nur das Böse in Jasper gezeigt. Wo steckt das Gute? Mir scheint, daß der Kampf sich ein bißchen verzögert.

Ich wäre daher bereit, mich der These C anzuschließen, wenn wir auf die schauermärchenhafte »moslemische Blutrache« verzichten könnten. Etwas wie der Fall Rushdie schiene mir interessanter, es würde auch besser zum Charakter der beiden Landless' passen. Im übrigen brauchen wir uns gar nicht auf den rituellen islamischen oder hinduistischen Terrorismus zu beschränken (letzterer repräsentiert durch die bekannte *Vama çara*, den »Heilsweg der Linken Hand«). Es war im März 1869, als der zwanzigjährige Netschajew in Genf eintraf, um Propaganda für jenen explosiven *Revolutionären Katechismus* zu machen, der Bakunin so gut gefiel und der junge Fanatiker aller Länder zu den absurdesten Formen von Terrorismus trieb. Könnte es nicht sein, daß Dickens sich daran inspiriert hatte? Immerhin war es im August desselben Jahres, daß er an Forster schrieb: »Ich habe eine sehr kuriose neue Idee für meinen neuen Roman. Eine Idee, die ich nicht mitteilen kann (sonst wäre das Interesse des Buches dahin), aber die sehr stark ist, wenn auch schwer zu realisieren.«

Kröterich: *Hear, hear!*

P. Brown, N. Wolfe, G. Fell (*äußern sich nicht ausdrücklich, lassen aber durch ihre Haltung erkennen, daß auch sie sich langsam der These C zuzuwenden*).

Sergeant Cuff: Auch wir von Scotland Yard würden die »moslemische Blutrache« lieber fallenlassen. Eine terroristische Aktion wie die von Netschajew-Bakunin oder die gegen Rushdie propagierte erschiene uns zweifellos passender für den Charakter Helenas (der klassischen »zu allem bereiten« Fanatikerin) und Nevilles (des klassischen »reumütigen« Terroristen). Man denke nur, welche Bedeutung in diesem Licht jenes »alberne Gerücht« annehmen könnte, das der Autor im 16. Kapitel andeutet: wonach Neville zu werweißwas fähig wäre, »ohne seine arme Schwester, die als einzige einen gewissen Einfluß auf ihn habe und in deren Abwesenheit man ihm keinen Augenblick trauen könne«.

Ferner gibt es da diese Papiere, die Neville vor seinem Fluchtversuch vernichtet. Was für Papiere sollten das sein, wenn es sich um eine Blutrache handelt, also um eine Familiensache? Selbst angenommen, es gab welche, hätte der Rächer doch keinen Grund gehabt, sie sich aus Ceylon mitzubringen! Dagegen ist es typisch für ungeschickte Terroristen, einschlägige Flugblätter, Nachrichten und Propagandaschriften mit sich herumzutragen (wenn nicht gar Netschajews *Revolutionären Katechismus*, der 1842 noch nicht existierte).

Man beachte schließlich, daß in These B, obwohl der Killer nicht Neville ist, Jasper ihn als den Killer *verdächtigt*. Was sowohl sein Verhalten ihm gegenüber erklärt wie auch das heimliche Einverständnis (wegen Edwins Verlobung mit Rosa), das zwischen den beiden zu bestehen scheint und das auch ich vorausgesetzt hatte. Aber wenn die Familiengeschichte entfällt, müssen wir einen anderen Grund finden, der Edwins Exekution an die Auflösung seiner Verlobung knüpft.

KRÖTERICH: Den werden wir finden!

DR. WILMOT: Oder wenn es ihn gibt, wird ihn der Computer finden können. Was wir hier finden müssen, ist die Lösung in ihren Grundzügen.

*

Es ist uns peinlich, Leser. Die Vormittagssitzung ist zu Ende gegangen und die am Nachmittag hat begonnen, und weder Poirot noch Thorndyke sind wiederaufgetaucht.

Andererseits, was könnten sie schon noch Großes beitragen, beginnen sich auch die Kongreßteilnehmer zu fragen. Inzwischen hat die These C den Konsens der Mehrheit gewonnen, auch wenn ihre Ausarbeitung noch nicht ganz abgeschlossen ist.

– Meines Erachtens, sagt DUPIN gerade, ist das größte Problem, das wir noch lösen müssen, die Frage, die ich bereits heute morgen gestellt habe: Wenn Drood nicht mit heiler Haut davongekommen ist, wie es Aylmer will, sondern seine sterblichen Reste zusammen mit dem Ring im Grab der Mrs. Sapsea gefunden werden, *wie sind sie dann dorthin gekommen?* Wir könnten annehmen, daß die Zwillinge sie dorthin geschafft haben, um den Verdacht auf Jasper zu lenken, dessen Plan zur Ausschaltung des unbekannten Killers sie kannten. Aber woher kannten sie ihn, diesen Plan?

Die Erklärung ist vielleicht einfacher, als es scheint, und sie erklärt auch jene Unwahrscheinlichkeit, die keinem unserer Vorgänger aufgefallen war. Man wird sich erinnern, daß in der Nacht des Verbrechens, nachdem sie sich so viele Sorgen um ihre jeweiligen Schützlinge gemacht hatten, weder Jasper noch Crisparkle wach geblieben sind, um auf die Rückkehr der beiden zu warten. Der Grund dafür ist nach meiner Hypothese, daß Neville vorsorglich beide mit dem Laudanum aus Mrs. Crisparkles Heilkräuterschränkchen betäubt hat. Nun, und da erscheint Helena (die, wie schon vermutet, das Zimmer gewechselt hat, um ungesehen das Nonnenhaus verlassen zu können) in Jaspers Torhaus, um zu kontrollieren, ob die Droge gewirkt hat. Und im selben Moment verfällt Jasper unter der Wirkung besagter Droge in seinen gewohnten Monolog und enthüllt ihr unbewußt seinen Plan!

Helena braucht also nur noch den Schlüssel zum Grab an sich zu nehmen und zum Fluß hinunterzulaufen, wo sie Neville findet, der Drood inzwischen getötet hat, allerdings nicht rituell. Doch was geschehen ist, ist geschehen. Helena steckt die Uhr und die Nadel ein (um sie am nächsten Tag ins Wehr zu werfen), läßt aber den goldenen Ring, wo er ist, da er zur Identifizierung dienen muß. Dann tragen die beiden (das Mädchen ist stark wie ein Mann) die Leiche in Durdles' Hof, senken sie in den ungelöschten Kalk, holen die Überreste heraus und bringen sie in das Grabmal der Mrs. Sapsea, um sie dort in dem schon von Jasper geöffneten Sarg zu verstecken.[1]

CUFF: Was die Ermittlungen von Datchery/Bazzard betrifft, so hatte ich ja schon vorausgesehen, daß sie nach seiner Begegnung mit Jasper im Grab eine andere Wendung nehmen würden. Im Unterschied nicht nur zu Rosa, Crisparkle, Grewgious und Co., sondern auch zu allen bisherigen Analytikern des Falles Drood,

[1] Diese Operationen des Kalzinierens der Leiche und des Herausholens und Abtransportierens der Reste mögen dem Leser sehr schwierig erscheinen. Aber wie S. Netschajew erklärt (und seine Erklärung kann auch für den religiösen Fanatiker gelten): »Der Terrorist darf nur eine einzige Wissenschaft haben, nämlich die der Zerstörung; und zu diesem Zweck muß er die Mechanik, die Physik, die Chemie und sogar die Medizin studieren, um möglichst gründlich zerstören zu lernen.«

steht nämlich Bazzard nicht unter dem perversen und betörenden Einfluß Helenas. Sobald ihn Jasper erst einmal mit seiner freimütigen Erklärung überzeugt hat, werden die beiden zusammenarbeiten, um das Geständnis der Zwillinge zu erreichen, und sie werden es bekommen. Aber ich glaube, Kommissar Maigret möchte hierzu etwas sagen.

MAIGRET: Man könnte meinen, daß Neville sich leichter als Helena zu einem Geständnis bringen ließe, wegen seiner charakterlichen Schwäche und seiner Bereitschaft zur Reue. Aber im viktorianischen England gibt es noch kein Gesetz, das reumütigen Terroristen Strafminderung verspricht. Neville weiß, daß ihn auf jeden Fall der Galgen erwarten würde (dessen Schatten Jasper in Kapitel 19 auch prophetisch auf Helena fallen läßt[1]). Daher wird er gerade aufgrund seiner Schwäche unbeugsam schweigen. Bleibt seine Schwester (oder angebliche Schwester), die aus entgegengesetzten Gründen unbeugsam ist. Aber erinnnern wir uns an These A, in der Jaspers Geständnis mit den hypnotischen Kräften Helenas erklärt wird. Helena hat zwar, wie sie zu Rosa sagte, keine Angst vor Jaspers analogen Kräften, weil sie sich für die Stärkere hält. Aber wer sagt uns, daß es ihm in einer Art hypnotischem Zweikampf am Ende nicht doch gelingt, sie zu besiegen? So wird es Helena sein, die in Hypnose gesteht – und sie wird es genau in der Weise tun, in der nach These A (basierend auf der vertraulichen Mitteilung, die Dickens Forster gemacht haben soll) Jasper hätte gestehen sollen, nämlich indem sie alles haarklein in allen Einzelheiten beschreibt, *»aber so, als erzähle sie das Verbrechen eines andern«*. Deswegen meinte ich, daß die

[1] »Wenn dir am Seelenfrieden deiner Busenfreundin gelegen ist«, sagt er zu Rosa, »dann befreie sie vom Schatten des Galgens.«

drei Thesen, indem sie einander ergänzen, sich letztlich auf eine einzige reduzieren.

Poirot: Aber Sie sprachen auch von einer vierten These, Kommissar, die wir passenderweise die These D nennen könnten.

Die These D

Jawohl, Leser. Keiner der Anwesenden, die alle gebannt den zwingenden Schlußfolgerungen der These C lauschten, hat die Rückkehr Poirots bemerkt. Dabei ist er schon vor ein paar Minuten eingetreten und diskret an der Tür stehengeblieben, um zuzuhören. Aber natürlich läßt keiner sich seine Überraschung anmerken, auch stellt keiner dem wiederaufgetauchten Detektiv irgendwelche voreiligen Fragen. Denn alle wissen, daß das bei ihm ganz zwecklos wäre.

– Die These D, begnügt sich der Colonnello D'Attilio mit einem Kopfnicken zu wiederholen. – Sehr richtig.

Maigret (*zu Poirot, während dieser sich zu seinem Platz begibt*): Ich schließe daraus, daß Sie uns subliminal abgehört haben, *cher ami.*[1] Sie wissen also, daß ich mich dabei auf den falschen Landstreicher bezog. Aus Ihren Anrufen schließe ich weiter, daß Sie mit Thorndyke in der Provinz Arezzo waren und daß Thorndyke von dort aus zum Flughafen Pisa gefahren ist, um vermutlich nach London zu fliegen.

Dupin: Ich würde außerdem auf eine Komplizenschaft des Colonnello D'Attilio schließen, der nicht umsonst ebenfalls gestern nachmittag abwesend war. Denn es ist nicht zu erkennen, wie man um 14 h 15 in

[1] In der Tat ist Poirot, als er von seiner Expedition zurückkam, zuerst in das technische Büro gegangen, um die Protokolle der letzten Sitzungen subliminal abzuhören.

Rom sein kann, um 14 h 45 in Spoleto, um 15 h 30 in der Provinz Arezzo und um 16 h in Pisa, ohne über einen Hubschrauber der Polizei oder der Carabinieri zu verfügen.

D'ATTILIO: Man kann Ihnen nichts verbergen, Dupin. Ich gebe zu, daß ich den Helikopter zur Verfügung gestellt habe, nachdem ich auf Wunsch Poirots die Aussage der Angehörigen jener Dame eingeholt hatte, deren Bruder nach ihrer eigenen Angabe Chefarzt in Arezzo ist.

Der Leser kann seinerseits aus alledem schließen, welche Bedeutung Poirot an einen bestimmten Punkt den Halluzinationen der betreffenden Dame beziehungsweise den von ihr auf telepathischem Wege emp- oder aufgefangenen Gedankenfetzen gegeben haben muß. Aber an welchem Punkt war das? Was hat ihn dazu gebracht, einen Helikopter der Carabinieri zu bemühen, um zusammen mit Thorndyke Ermittlungen in dieser Richtung anzustellen?

POIROT (*als hätte er unsere Frage erraten*): Bei den Ermittlungen zu einem Kriminalfall sind es, wie jeder weiß, fast immer die Lügen, die Auslassungen, die Momente des Verstummens und Schweigens, mehr als die offenen Geständnisse, die uns auf die richtige Spur bringen. Unsere Ermittlung über den Fall Drood bildet da keine Ausnahme. Beinahe von Anfang an hatte ich den Verdacht, daß uns hier jemand die Wahrheit verschweigt, und etwas später richtete sich mein Verdacht auch noch auf einen anderen. Aber erst gestern morgen hatte ich den unwiderleglichen Beweis. Da bin ich dann ...

POPEAU (*mit seiner empörten Stimme die überraschten Ausrufe der anderen übertönend*): Was denn für einen Beweis? Wovon reden Sie überhaupt? Sind sie verrückt geworden?

POIROT: Danke. Wenn man mir diese Frage stellt,

heißt daß gewöhnlich, daß der Fall gelöst ist. Was den Beweis angeht, so kann man hier wirklich einmal sagen: *Videntes non vident.*

Latinist: *Videntes non vident et audientes non audiunt.* Sie haben Augen, zu sehen, und sehen doch nicht. Sie haben Ohren, zu hören, und hören doch nicht.

Poirot: Jawohl, den Beweis hatten Sie alle vor Augen und haben ihn doch nicht gesehen. Einer von Ihnen, und ich muß leider sagen, ich spreche hier von Porphyrij Petrowitsch, hat auch Ohren, zu hören, und hat doch nicht gehört. Aber davon später. Ich sagte gerade, als ich den betreffenden Beweis hatte, bin ich zu den Carabinieri gegangen, um sie umgehend zu informieren. Welche dann, in der Person unseres Freundes Colonnello D'Attilio...

D'Attilio: Ja, wir haben unsererseits umgehend Nachforschungen angestellt, die binnen kurzem zur Identifikation der Gesuchten führten. Diese gehört zu einer angesehenen Familie aus Arezzo und nahm, wie es scheint, an diesem Kongreß nur aus reiner Neugierde teil. Aus der telefonischen Aussage ihrer Angehörigen ging auch hervor, daß die Dame am Dienstag spätnachmittags nach Monte San Savino, dem Wohnsitz der Familie, zurückgekehrt war, und zwar in einem Zustand schwerer Verwirrung, in dem sie von Hunden, Karaffen, Fenstern und mörderischen Pseudo-Landstreichern sprach. Am selben Abend ist sie dann jedoch der Obhut ihrer Angehörigen entwichen und nach Spoleto gefahren, wo sie spätnachts aufgegriffen wurde, als sie delirierend in den Ruinen des antiken Theaters umherirrte. Nach Aussage von lokalen Zeugen sprach sie unter anderem von einem unheilverkündenden schottischen Uhu sowie von einer italienischen Mausefalle.

Dupin (*mysteriös*): Das würde meines Erachtens zu These C passen.

POIROT: Genau. Bevor wir nach Monte San Savino weiterflogen, sind wir daher in Spoleto gelandet, wo uns die Zeugen bestätigt haben, was sie gesagt hatten. Einer von ihnen hat auch präzisiert, daß Uhu und Mausefalle nach den Worten der Delirierenden mit einem Mord zusammenhingen. Denn sie habe mehrmals geschrien: »Deswegen hat er ihn umgebracht!«

DUPIN: Das paßt jetzt aber nicht zu These C!

POIROT: Aber zur These D. Denn als wir zu der Patientin kamen, oder besser gesagt zu der Telepathin, und obwohl ihr Chefarzt-Bruder sich einem regelrechten Verhör widersetzte, konnten wir ihr eine zumindest summarische Beschreibung des Mörders entlokken – welcher, sehr merkwürdig bei einem Landstreicher, sei er falsch oder echt, *eine Brille trug*. Und die ist es dann natürlich gewesen, die mir endlich die Augen geöffnet hat.

HOLMES (*totenbleich*): Nein!... Poirot, um Gottes willen, nein!

POIROT: Bedauere, Holmes, Sie wissen sehr wohl, wenn man mich bittet, die Wahrheit zu finden, gehe ich bis ans Ende.

DR. WILMOT (*trocken*): Ich erlaube mir daran zu erinnern, daß uns nur noch sehr wenig Zeit bleibt. Und ich weiß nicht, ob dieser Kongreß der richtige Ort für Deduktionen ist, die sich auf Spiritismus oder Telepathie gründen.

POIROT (*ebenso trocken*): Sehr richtig, Dr. Wilmot. Wir alle hätten es vorgezogen, uns allein auf die Fakten zu gründen, wenn Sie uns diese nicht bewußt vorenthalten hätten.

LOREDANA: Also das ist unerhört! Das ist un-ge-*heuer*-lich! Das ist ver-*rückt*!

POIROT: Selbe Antwort wie zu Monsieur Popeau, *chère amie*. Im übrigen, was den Spiritismus betrifft, war es gerade meine totale Skepsis in dieser Hinsicht, die mich vor allem Holmes verdächtigen ließ. Die Geister konnten nichts mit der Sache zu tun haben, das war mir klar. Aber wenn ein Detektiv seines Kalibers überzeugt war, daß Dickens *nicht gewollt hätte*, daß die Wahrheit über den Fall Drood ans Licht kommt, dann mußte es einen handfesten Grund dafür geben. Holmes hatte, wie wir wissen, den Fall lange vor uns studiert. Und dabei mußte er, sagte ich mir, zu Schlußfolgerungen gekommen sein, die ihn selbst erschreckt hatten. Infolgedessen hatte er sie unbewußt verdrängt und durch die Geschichte mit der spiritistischen Séance ersetzt. Aber jetzt muß ihm die Erinnerung wiedergekommen sein, nach dem Einwurf zu schließen, den er soeben gemacht hat.

Holmes (*ignoriert stumm und gesenkten Kopfes die Blicke der Kollegen und die leisen Fragen von Watson*).

Wilmot (*ignoriert düsteren Blickes und gleichfalls in undurchdringliches Schweigen gehüllt die drängenden Fragen von Loredana*).

Poirot: Aber kommen wir zu Monte San Savino zurück. Oder besser gesagt, fahren wir von dort weiter: Thorndyke nach London via Pisa und ich nach Rom, wo ich auch den heutigen Vormittag mit bio- und bibliographischen Recherchen ... äh ... *direkter Art* verbracht habe.

Kröterich: Kluge Vorsichtsmaßnahme, wo man hier ... äh ... niemandem mehr vertrauen kann.

Poirot: Allerdings waren es mehrere Fährten, die ich verfolgt hatte, und so war eine gewisse Geduld erforderlich, sie alle einzeln zurückzugehen. Beginnen wir mit dem Theater. Es liegt auf der Hand, daß der »unheilverkündende schottische Uhu«, der sich im Kopf der Dame aus Arezzo festgesetzt hatte und zweifellos aus dem Kopf von Holmes oder von Wilmot kam, kein anderer war als jener »owl, the fatal bellman«, den Lady Macbeth hört, während ihr

Gatte, von ihr angestachelt, den armen Duncan ermordet.

DUPIN: Daran gibt es nicht den geringsten Zweifel.

POIROT: Und es gibt ebensowenig Zweifel daran, daß die »italienische Mausefalle« nichts anderes ist als *The Mousetrap*: der englische Titel jener angeblich italienischen Tragödie, die Hamlet, in *Hamlet*, die Wanderschauspieler vor seinem mörderischen Stiefvater und seiner denaturierten Mutter spielen läßt. Nun hatte Dupin ganz richtig bemerkt, wie oft im MED sowohl auf *Hamlet* wie auf *Macbeth* angespielt wird. Und er hatte hervorgehoben, daß in beiden Tragödien (beziehungsweise in allen dreien, wenn man das angeblich italienische Original mitzählt, in dem der Ermordete Gonzago geheißen haben soll) ein mörderisches Ehepaar vorkommt, das an Ruchlosigkeit, vor allem der Frau, dem Zwillingsgeschwisterpaar Helena-Neville in nichts nachsteht. Aber er hatte, scheint mir, nicht genügend auf das Element des *Theaters im Theater* geachtet.

COL. D'ATTILIO, P. BROWN, P. PETROWITSCH, LATINIST und ANDERE: Vielleicht wegen des üblen Mißbrauchs, der heute damit getrieben wird!

POIROT: Völlig einverstanden. Gleichwohl ist es nicht zu leugnen, daß es im MED von Theateranspielungen nur so wimmelt, angefangen mit der makabergrotesken Pantomime *Hallo, wie geht's denn so – morgen?* des vorgeblich italienischen Clowns Signor Jacksonini. Und es ist nicht zu leugnen, daß der Neo-Inquisitor Bazzard (ohne Zweifel ist Datchery kein anderer als er) selber Theaterstücke verfaßt, was zumindest in jener Zeit recht ungewöhnlich für einen Kanzleiangestellten war. Es scheint mir schwer vorstellbar, daß dies alles nicht auf eine entschieden theaterhafte Lösung im Schlußteil des MED hinauslaufen sollte.

Dupin: Glauben Sie, daß Bazzard, um die Mörder zu entlarven, ein Theater im Theater machen sollte?

Poirot: Nicht unbedingt. Ich glaube, daß Dickens am Ende *Theater im Roman* machen wollte. Und daß ebendies die »neue Idee« war, der originelle Einfall, die echte Überraschung, die der Autor – der ja schon immer ein Theaterfan war – den Lesern des MED zu bereiten gedachte.

Popeau (*sarkastisch*): Hat Ihnen das auch die Dame aus Arezzo gesagt?

Poirot: Nein, das hat mir unser Freund Latinist gesagt. Aber in gewisser Weise war auch Kommissar Maigret schon soweit gekommen, als er bemerkt hatte, daß das Geständnis am Ende, *wer immer es ablegt*, jene spezielle Form annehmen würde, die Dickens gegenüber Forster erwähnt hatte. Eine Geschichte, die der Schuldige erzählen oder aufschreiben würde, als ob die Handlung und die Personen reine Phantasie wären. Eine Art Szenario für ein Drama in starken Farben. Aber ich denke, unser Freund aus Juan-les-Pins kann Ihnen die Sache besser darlegen als ich

Antonia (*sehr stolz*): Er wird sie hervorragend darlegen.

Latinist (*ebenfalls stolz, aber sehr cool*): Zwei Ausländer von ungewisser Nationalität, vielleicht Zigeuner, die sich als Bruder und Schwester ausgeben, planen die Ermordung eines Engländers. Aber der Bruder oder angebliche Bruder verliert an einem bestimmten Punkt den Mut und würde sich gerne zurückziehen, während die Schwester erbarmungslos insistiert. Sie ist es sogar, die den Mordplan perfektioniert: Die Leiche soll chemisch zerstört und die Reste sollen an einem geheimen und unzugänglichen Ort verborgen werden. So geschieht es, und viele Monate lang weiß man nicht, ob es sich um ein freiwilliges Verschwinden oder um ein Verbrechen gehandelt hat. Am Ende war der Ort aber doch nicht so geheim und unzugänglich! Die Reste werden anhand eines Gegenstandes, den das chemische Mittel nicht zersetzt hatte, identifiziert.

ANTONIA: Gut!

LATINIST: Aber wer ist der Schuldige? An diesem Punkt interveniert ein Ermittler, der sich aktiv mit Theater beschäftigt. Er legt der angeblichen Schwester nahe, die offenbar über hypnotische Kräfte verfügt und von düsteren Phantasien heimgesucht wird, für ihn ein Drama in starken Farben nach elisabethanischem Gusto zu schreiben. Sie tut es, und das Ergebnis ist eine perfekte theatralische Rekonstruktion des Verbrechens, dargestellt wie in *Hamlet* von Personen, die sich von den realen Personen nur durch ihre Namen unterscheiden.

ANTONIA (*während der Latinist sich zufrieden zurücklehnt*): Ist das nicht wunderbar?

LOREDANA (*für einen Augenblick den geplagten Wilmot mit ihren Fragen verschonend*): Ich kapiere überhaupt nichts. Was soll denn daran so bemerkenswert sein? François (*so heißt der Latinist*) hat doch bloß den Gang der Handlung nach These C resümiert!

POIROT: So scheint es. In Wirklichkeit, wie ich persönlich anhand des raren Bandes habe nachprüfen können, hat er zugleich sehr getreu den Gang der Handlung von *The Haunted Hotel* resümiert – und das ist ein Roman von Wilkie Collins aus dem Jahre 1878.

*

Poirot ist kein Hellseher, Leser. Wenn er sich aufgemacht hat, um nach jenem mittelmäßigen und praktisch unbekannten Roman von Collins zu fahnden, mit dem sich bisher kein einziger MED-Spezialist beschäftigt hat[1], so weil er vorgestern abend den Latinisten mit Captain Hastings darüber hatte reden hören. Aus demselben Grunde hatte er auch vor seiner Abfahrt ein langes Gespräch mit dem Collins-Fan gehabt.

Aber man kann sich leicht vorstellen, vor welchem Problem Poirot dann nach seiner Entdeckung stand. Schließt man den puren Zufall aus, so gab es faktisch nur drei Möglichkeiten. Die erste war, daß Collins den Gang der Handlung des MED samt Theater-Finale rekonstruiert hatte, um ihn als Plot für seinen eigenen Roman zu benutzen (der freilich in einem ganz anderen Milieu und unter ganz anderen Umständen spielt[2]). Aber warum sollte er das getan haben, wenn er das MED als ein »melancholisches Alterswerk eines ausgebrannten Hirns« betrachtete? Die zweite Möglichkeit war, daß Dickens selbst seinem früheren Freund und Mitarbeiter den Gang der Handlung mitsamt der Theater-Idee erzählt hatte. Aber auch hier: warum sollte er das getan haben, wenn er ihn doch als Rivalen fürchtete, mochte er ihn auch als Stümper behandeln? Was die dritte Möglichkeit angeht ...

Poirot: Die dritte Möglichkeit ist, daß der originelle Einfall und seine Entwicklung *von Collins stammten*. Und daß Collins mit Dickens darüber gesprochen hatte, bevor sich das Verhältnis der beiden verschlech-

[1] Vielleicht auch wegen des irreführenden Titels »Das Spukhotel«. Dabei geht es in dem Roman gar nicht um Gespenster, es handelt sich vielmehr um hypnotische Kräfte der Protagonistin. Kurioserweise haben viele Droodisten statt dessen auf den viel unbestimmteren Ähnlichkeiten des MED mit der 1871 erschienenen Collins-Erzählung *Miss or Mrs.?* insistiert.

[2] Außerdem hat in Collins' Roman die Mörderin bereits von sich aus Neigungen zum Theater und schreibt ihr Geständnis-Drama im Zustand der Selbsthypnose. Helena dagegen schreibt es nach These C unter dem hypnotischen Einfluß von Jasper. Freilich kann auch sie literarische Ambitionen gehabt haben, wie es bei Terroristen nicht selten vorkommt.

terte. Und daß Dickens sich in seinem grenzenlosen Egoismus die Idee ungeniert angeeignet hatte.

Der Leser wird sich nun sicher denken, daß der Saal an dieser Stelle erneut von Protesten und empörten Aufschreien widerhallt. Doch mitnichten. Ein bestürztes Schweigen lastet jetzt auf dem Dickens Room. Und in dieses Schweigen hinein spricht Poirot mit neutraler Stimme und gleichbleibend sachlichem Tonfall weiter.

POIROT: Das erklärt auch andere Dinge. *Viele* andere Dinge. Es erklärt zum Beispiel eine zweite, singuläre Art von Parallelismus zwischen der Geschichte des MED und dem Roman von Collins. In dem nämlich das Theaterstück, das die Mörderin ihrem Auftraggeber liefern sollte, *mittendrin abbricht* – und zwar genau an dem Punkt, an dem das Verbrechen begangen und in allen Einzelheiten beschrieben worden ist, aber die weiteren Schritte der Mörder sowie der Ermittler noch fehlen. Und der Grund für dieses Abbrechen ist das plötzliche Ableben der Autorin, die tot am Boden gefunden wird, *an Gehirnschlag gestorben*, neben ihrem Manuskript. Und das betreffende Manuskript, dessen Schrift immer wirrer wird, weist die »*Zeichen eines ausgebrannten Hirns*« auf. Sehen wir uns nun die Abbildung 3 an, die in Forsters Dickens-Biographie zu finden ist und in den meisten Werken über das MED wiedergegeben wird, aber die Dr. Wilmot nicht für nötig befunden hat, uns hier vorzulegen.

Der Assistent mit dem Diaprojektor, dessen Eintritt wir nicht bemerkt haben, projiziert die Abbildung 3 auf die Leinwand. Und Loredana geht fast schlafwandlerisch hin, um das Licht zu löschen.

POIROT: Bitte sehr.Hier haben wir, konfrontiert mit einer klaren Probe aus dem Autograph des *Oliver Twist* (unten), eine Probe der letzten Seite des MED mit ihrer gedrängten und konfusen Anordnung, ihren zahllosen

A brilliant morning shines on the old city. Its antiquities and ruins are surpassingly beautiful, with the lusty ivy gleaming in the sun, and the rich trees waving in the balmy air. Changes of glorious light from moving boughs, songs of birds, scents from gardens, woods and fields – or rather from the one great garden of the whole cultivated island in its yielding time – penetrate into the Cathedral, subdue its earthy odour, and preach the Resurrection and the Life. The cold stone tombs of centuries ago grow warm, and flecks of brightness dart into the sternest marble corners of the building, fluttering there like wings. Comes Mr Tope with his large keys, and yawningly unlocks and sets open. Come Mrs Tope and attendant sweeping sprites. Come, in due time, organist and bellows-boy, peeping down from the red curtains in the loft, fearlessly flapping dust from books up at that remote elevation, and whisking it from stops and pedals. Come sundry rooks from various quarters of the sky, back to the great tower; who may be presumed to enjoy vibration, and to know that bell and organ are going to give it them. Come a very small and straggling congregation indeed: chiefly from Minor Canon Corner and the Precincts. Come Mr Crisparkle, fresh and bright; and his ministering brethren, not quite so fresh and bright. Come the choir in a hurry (always in a hurry, and struggling into their nightgowns at the last moment, like children shirking bed), and comes John Jasper leading their line. Last of all comes Mr Datchery into a stall, one of a choice empty collection very much at his service, and glancing about him for Her Royal Highness the Princess Puffer.

The service is pretty well advanced before Mr Datchery can discern the Royal Highness. But by that time he has made her out, in the shade. She is behind a pillar, carefully withdrawn from the Choir-master's view, but regards him with the closest attention. All unconscious of her presence, he chants and sings. She grins when he is most musically fervid, and – yes, Mr Datchery sees her do it! – shakes her fist at him behind the pillar's friendly shelter.

"No" – replied the Dodger "not here, for this ain't the shop for justice, besides which my attorney is a breakfasting this morning with the Wice President of the House of Commons, but I shall have something to say elsewhere, and so will he and so will a wery numerous and respectable circle of acquaintance as'll make them beaks wish they'd never been born, or that they'd got their footmen to hang 'em up to their own hat-pegs afore they let 'em come out this morning to try it on upon me. I'll –"

"There: he's fully committed": interposed the clerk: "Take him away."

Abb. 3

Korrekturen und Einfügungen und ihrer kaum lesbaren Schrift. Aber zugleich damit haben wir auch die Geschichte, die *mittendrin abbricht*, wir haben die angeblichen »*Zeichen eines ausgebrannten Hirns*«, und wir haben nur wenig später den Tod *durch Gehirnschlag*. Ich bezweifle nicht, daß in Collins' Gespenster-Roman (in dem in Wirklichkeit keine Gespenster spuken, aber sie müssen im Kopf des Autors gespukt haben) diese dreifache und entsetzliche Anspielung durch nichts anderes inspiriert worden ist als durch ebendiese Abbildung 3 und durch den obsessiven, unauslöschlichen Haß, den Collins immer noch gegen Dickens hegte: gegen den Mann, der ihm, nachdem er ihn gedemütigt und beleidigt hatte, nun auch noch den Plot und die zentrale Idee des Theaters im Roman gestohlen hatte. Meine Zweifel betreffen vielmehr den »Gehirnschlag«. Sehen wir uns noch einmal die Abbildung 1 an.

Die Stille ist beinahe greifbar geworden, Leser. Aber man spürt, daß die Spannung kurz vor der Explosion steht. In dieser Erwartung, und während aller Augen sich auf die Leinwand heften, sehen auch wir uns noch einmal die Abbildung 1 an, oben auf Seite 493 ... Fertig? Da plötzlich ertönt Loredanas erstickter Schrei.

LOREDANA: Die Karaffe!!! ––

POIROT: Jawohl. Vor dem Fenster. Die Wasserkaraffe, die gewöhnlich auf Dickens' Schreibtisch stand und deren Existenz Dr. Wilmot scheinbar ganz vergessen hatte. Erinnern wir uns, daß er, als er in die Enge gedrängt worden war, schließlich zwanglos gesagt hatte: »Ich mag zwar Hunde oder Karaffen vergessen haben, aber ich glaube, an einen falschen Landstreicher würde ich mich bestimmt erinnern.«

KRÖTERICH: Der klassische Trick, das Geringere zuzugeben, um das Größere zu verleugnen!

POIROT: Ganz recht. Andererseits wußte er, daß er nicht umhinkommen würde, uns den berühmten Stich zu zeigen; aber er rechnete damit, daß niemand auf diese unscheinbare kleine Karaffe vor dem großen Fenster achten würde.[1] Und so wäre es auch gekommen, hätte er es nicht mit ... äh ... Hercule Poirot zu tun gehabt, der damit den konkreten Beweis in die Hand bekam, das entscheidende Ende des Knäuels.

POPEAU: Wozu denn den Beweis? Von welchem Knäuel? Was hat denn das alles mit dem Fall Drood zu tun?

POIROT: Nichts, jedenfalls nicht direkt. Den Mörder von Edwin Drood hat bereits Scotland Yard mit Hilfe von Dupin gefunden. Jetzt befassen wir uns mit der These D, die nicht den Fall Drood betrifft, sondern das Verbrechen des falschen Landstreichers.

WILMOT (*plötzlich entschieden*): Also gut, Poirot. Können wir einen Moment unter vier Augen sprechen?

POIROT: Gewiß, *cher ami*. Aber vielleicht möchte auch unser Freund Holmes ...

HOLMES (*sich erhebend*): Ja, ich wäre auch gerne dabei.

Die drei gehen hinaus auf den Flur, wohin wir uns beeilen, ihnen zu folgen. Sie sprechen leise und ruhig miteinander. Holmes nickt mehrmals befriedigt mit dem Kopf, während auch die Züge des Moderators sich entspannen. Dann begibt Dr. Wilmot sich zu einer Telefonzelle, kommt nach zwei Minuten zurück, und die drei gehen wieder in den Saal, wo Poirot seinen Bericht fortsetzt.

POIROT: Als ich vorhin sagte, Dr. Wilmot habe uns die Tatumstände bewußt verschwiegen, wollte ich ihn damit nicht beschuldigen, uns von Anfang an getäuscht zu haben. Auch er hatte wie Holmes die Wahrheit über den Fall D., als sie ihm dunkel zu dämmern begann, unbewußt aus dem Gedächtnis verdrängt.

[1] Außer natürlich, Leser, der Leser!

Aber sie muß ihm dann irgendwann wiedergekommen sein – wer weiß, vielleicht als er die Karaffe vergrößert auf der Leinwand sah. Deswegen hat er dann sofort versucht, diesmal bewußt, wenn auch ungeschickt, uns über das Faktum der Hunde zu täuschen.

WILMOT: Wieso ungeschickt? Dieses Faktum habe ich einfach verschwiegen.

POIROT: Aber zu spät. Als Sie uns den halben Tag der Ruhe beschrieben, den Dickens sich am 7. Juni gegönnt hatte, am Tag vor seinem letzten Zusammenbruch, waren Sie im Begriff, uns darüber zu informieren. Aber auf einmal haben die Namen *Don* und *Linda* Sie zurückschrecken lassen. Und so sagten Sie, Dickens habe an dem betreffenden Nachmittag »*Mamie* und *Georgina* zum Spaziergang ausgeführt«, also seine ältere Tochter und seine Schwägerin. Aber Ihr unwillkürliches Zögern vor den Namen, so kurz es auch war, konnte einem Hercule Poirot nicht entgehen! So wenig, wie ihm die Deplaziertheit des Ausdrucks »zum Spaziergang ausführen« entging, bezogen auf einen älteren, kranken und humpelnden Schriftsteller, der ausgeht, um mit zwei völlig gesunden Frauen einen Spaziergang zu machen. Nein, in Wirklichkeit, wie ich heute morgen bei meinem Recherchen verifizieren konnte, waren es Don und Linda, die Dickens ausführte, die beiden großen Wachhunde (ein Neufundländer und ein Bernhardiner), die er gewöhnlich an der Kette in seinem Garten hielt. Die Tochter Mamie war übrigens gar nicht mehr da, sie war schon nach London zu ihrer Schwester Kate gefahren.

P. PETROWITSCH: Stimmt! Seltsam, daß mir das nicht aufgefallen war, obwohl ich die Forstersche Biographie gelesen habe und mich sehr genau an die Beschreibung jenes Nachmittags erinnere!

POIROT: Das heißt nur, daß auch Sie vor der entsetzlichen Wahrheit zurückgeschreckt sind. Es kann keinen Zweifel geben, die telepathische Dame aus Arezzo meinte genau diese beiden Wachhunde, als sie dachte »DESWEGEN HABEN DIE HUNDE NICHT ...«. Aber *was* haben sie nicht? Für »Kompletatoren« wie uns kann es doch nicht schwierig sein, diesen abgebrochenen Satz zu vervollständigen: »Deswegen haben die Hunde nicht ...«

LOREDANA (*mit kaum hörbarer Stimme*): »Deswegen haben die Hunde nicht gebellt!«

POIROT: Und wieso hätten sie bellen sollen?

LOREDANA (*wie eben*): Wegen des falschen Landstreichers, der in den Garten eingedrungen war und sich mit seinem Giftfläschchen dem Fenster näherte.

POIROT: Und wieso haben sie nicht gebellt?

LOREDANA (*verbirgt ihr Gesicht in den Händen und antwortet nicht*).

ANTONIA (*nimmt ihren Mut in beide Hände*): Weil der Landstreicher nicht nur falsch, sondern auch den beiden Hunden sehr gut bekannt war, obwohl sie ihn in letzter Zeit nicht mehr oft gesehen hatten.

POIROT: Genau. Collins war, bevor ...

POPEAU (*fassungslos*): Collins? Wollen Sie uns etwa erzählen, daß Dickens ermordet worden ist? Und daß Wilkie Collins der Mörder war?

POIROT: Aber natürlich, *cher ami*.

POPEAU (*sich damit als genau jener Polizistentyp entlarvend, der immer erst kapiert, wenn alle anderen längst begriffen haben*): *Ça alors!*[1]

POIROT: Collins also, wie ich sagte, war, bevor sein Verhältnis zu Dickens sich verschlechterte, einer der häufigsten Besucher des Hauses in Gadshill gewesen. Nicht nur die Hunde kannten ihn daher sehr gut, sondern auch er kannte sehr gut die Gewohnheiten

[1] »Na so was!« böte sich als geeignete Übersetzung für diesen typisch französischen Ausruf des Erstaunens an (*A.d.Ü.*).

seines Ex-Freundes. Er wußte, daß Dickens im Sommer gewöhnlich zum Schreiben in das Chalet in seiner »Wilderness« hinüberging und erst nachmittags zurückkam, um die Korrespondenz in seinem ebenerdigen Arbeitszimmer zu erledigen. Er wußte, daß dort unweit des Fensters eine Wasserkaraffe zu stehen pflegte. Er wußte schließlich auch von Kate Dickens, die mit seinem Bruder Charles verheiratet war, daß der Gesundheitszustand ihres Vaters sich verschlechtert hatte und daß die Drohung eines Gehirnschlags über ihm hing. So konnte sein *modus operandi* denkbar einfach sein – bis auf den Umstand der Brille. Collins war nämlich sehr kurzsichtig und mußte die Brille auch auf die Gefahr hin tragen, daß er daran erkannt wurde, während er sich, verkleidet als Landstreicher, auf der Straße von Gadshill in der Nähe des Hauses herumtrieb, um auf den günstigen Augenblick zu warten. Dieser kam dann, als Georgina, nachdem sie die Nachmittagspost auf den Schreibtisch gelegt und das Wasser in der Karaffe erneuert hatte, sich in ihre obengelegenen Zimmer zurückzog. Mamie war, wie wir wissen und wie auch er wußte, nicht da. Sein einziges Risiko war also, daß sein präsumptives Opfer zurückkam, ehe er das Gift in die Karaffe geschüttet und sich davongemacht hatte.[1] Aber Dickens war in die mühsame Niederschrift jener letzten Seite vertieft, die wir gesehen haben, und kam daher erst später.

MARLOWE (*die dramatische Pause nutzend, die Poirot nicht versäumt hat, seinen letzten Worten folgen zu lassen*): Sehr clever, Poirot. Aber wo sind die handfesten Beweise? Wir wissen nicht mal, um welches Gift

[1] Ein weiteres »Risiko« war, daß Dickens sich der Karaffe nicht bedienen würde. Aber er hatte sie extra auf seinem Schreibtisch wegen der vielen Pillen, die er im Laufe des Tages einnehmen mußte. Und falls sich ein anderer ihrer bedient hätte, wäre die Wirkung nicht tödlich gewesen.

es sich gehandelt haben soll! Während die Symptome, wie sie Dr. Steele und dann die beiden Londoner Spezialisten beschrieben haben, perfekt auf die Diagnose Gehirnschlag passen.

Poirot: Aber Dickens ist *wirklich* an einem Gehirnschlag gestorben, wenn das benutzte Gift Digitalin war. Bekanntlich ist es die Eigenart der Digitalis-Präparate, einen raschen Anstieg des Blutdrucks zu bewirken. Um also ein plötzliches Aneurysma zu provozieren, das dann zum Bruch einer Schlagader führte, konnten bei Dickens' Zustand ein paar Zentigramm genügen.

Archer: Aber die Indizien genügen nicht! Kein Gericht hätte Collins aufgrund Ihrer Rekonstruktion verurteilt. Wir bräuchten einen konkreten Beweis!

Poirot: Das weiß ich sehr gut. Und eben um den zu bekommen, ist Dr. Thorndyke nach London geflogen. Aber wir brauchen nicht auf seine Rückkehr zu warten, die offenbar durch irgendeinen Flughafenstreik verzögert wird. Das Telex, das er mir heute morgen geschickt hat, besteht nur aus einem einzigen Wort, ist aber völlig klar für jeden, der den Zweck seiner Reise erraten hat (*zieht das Telex aus der Tasche und reicht es dem Direktor des »Dickensian«*). Zu Ihrer streng vertraulichen Information, Dr. Wilmot: Sobald Sie es gelesen haben, können Sie es vernichten.[1]

[1] Es liegt auf der Hand, Leser, daß Thorndyke von London nach Gadshill gefahren ist, wo er sich, verkleidet als Landstreicher, ans Fenster von Dickens' Arbeitszimmer geschlichen hat (das in dem zum Museum umgewandelten Haus so geblieben ist, wie es war), um sich für einen Moment die Karaffe zu greifen und eine Probe ihres Bodensatzes zu entnehmen, die er dann in seinem Laboratorium analysiert hat. Es liegt auf der Hand, daß das eine Wort, aus dem sein Telex bestand, das Wort »Digitalin« war.

Epilog

Tja, Leser, der Fall D. war also der Fall Dickens. Die weiteren Angaben und Erklärungen Poirots sind jetzt nur noch von relativem Interesse. Es gibt allerdings noch eine traurige Überlegung desselben Poirot, die wir dem Leser nicht vorenthalten wollen. Wer weiß, ob Dickens, als er zu Wills über seine Schwierigkeiten mit dem Plot sprach, nicht auf Gewissensbisse und reumütige Selbstbesinnungen anspielte, die ihn schließlich dazu gebracht hatten, das Finale zu ändern und auf die Idee des Theaters im Roman zu verzichten? Was jedoch Collins, der schon ab den ersten Heften das Produkt seines Geistes wiedererkannt haben mußte[1], natürlich nicht wissen konnte. Weshalb er – genau wie Jasper nach These A – sein Verbrechen beging, ohne zu ahnen, daß der verhaßte Rivale inzwischen in sich gegangen war.

Was die mildernden Umstände seines Verbrechens betrifft, so können wir hier leider nicht das lange und leidenschaftliche Plädoyer des Latinisten wiedergeben, der, nachdem er zunächst die angeborene Güte und

[1] Eine andere Hypothese wäre, daß Dickens selbst ihn darauf hingewiesen haben könnte, jedoch mit der Behauptung (die er egozentrischerweise inzwischen selbst glaubte), die Idee sei ursprünglich von ihm gewesen. Es gibt immerhin ein Beispiel für ähnlich unverfrorenes Verhalten von Dickens auf diesem Gebiet. Mitte 1869 hatte ein anderer Mitarbeiter seiner Zeitschrift *All the Year Round*, R. Lytton, ihm die erste Folge einer Erzählung geschickt, die auffällige Ähnlichkeiten mit dem MED hinsichtlich des Verhältnisses von Onkel und Neffe aufwies. Dickens lehnte sie ab mit der Begründung, sie erinnere thematisch zu sehr an eine bereits von einem anderen Autor veröffentlichte Erzählung. Von dieser anderen Erzählung hat jedoch kein Analytiker des MED jemals eine Spur gefunden.

Sanftheit des Angeklagten herausgestellt hatte, dann seine langjährige Verehrung für Dickens, dann seine schmerzhaften chronischen Leiden, die auch das Opium nicht mehr zu lindern vermochte, und nachdem er darüber hinaus vor allem das »zunehmend unwürdige« Verhalten von Dickens ihm gegenüber geschildert hatte, seine Verteidigung mit den Worten beschloß: »Wenn Wilkie ihn wirklich umgebracht hat, hat er recht getan!«

Kommen wir lieber auf das kleine Konzil zurück, das im Flur zwischen Wilmot, Holmes und Poirot abgehalten worden war. Oder besser: überlassen wir es dem letztgenannten, in einer seiner klassischen gedrängten Schlußerklärungen darauf zurückzukommen.

Von Anfang an (*erklärt also Poirot*) hatte dieser Kongreß im Zeichen des Plagiates gestanden. Da war das Plagiat, das Dickens an Collins' *Moonstone* begangen zu haben schien und das unsere Vorgänger völlig irregeleitet hat, anstatt sie auf die richtige Fährte zu bringen. Da war die angebliche und nicht weniger irreführende Ableitung des Stevensonschen Dr. Jekyll aus dem Dikkensschen Jasper, erschwert um zwei weitere kleine Plagiate desselben Stevenson: die Geschichte von dem Onkel, der seinen Neffen von einem Turm zu stürzen gedenkt, in *Kidnapped*, und die Ableitung des Anwalts Utterson aus dem Anwalt Grewgious – welch letzteren übrigens Dickens seinerseits aus einer Figur von Sterne abgeleitet haben sollte. Ferner haben wir gesehen, daß Dickens bestimmte Szenen aus *Macbeth* und *Hamlet* bewußt nachgestellt hat, sei's um uns subtile Indizien gegen die Landless-Zwillinge an die Hand zu geben, sei's um uns auf die Überraschung im Finale mit dem Theater im Roman vorzubereiten.

Bis hierher jedoch (*fährt Poirot fort*) sind wir im Bereich der literarischen Imitation und der reinen *fiction*

Das Plagiat wird ernst und die Koinzidenz höchst eigenartig, wenn wir erleben müssen, wie die Realität die Fiktion imitiert. So muß der realste der Detektive, *moi même*, der unnachahmliche Poirot, sich als unbewußte Imitation eines ... äh ... phantomartigen Detektivs wie Popeau entdecken! Und so erscheinen auf der Straße von Gadshill jene imaginären, ja doppelt eingebildeten »Männer in Steifleinen«, die den dicken Falstaff verprügelt haben sollen, wie eine Art Präludium zu den realen Landstreichern (von denen einer nicht minder real, aber falsch ist), die dort an jenem schicksalhaften 8. Juni 1870 vorbeiziehen.

War es ein Zufall (*fragt sich Poirot*), daß mir jene Phantome einfielen, als uns Dr. Wilmot von dem Dickensschen Haus und Garten in Gadshill erzählte? Wie Sie wissen, glaube ich nicht an Vorahnungen[1], aber es ist sicher, daß ich sofort einen unerklärlich düsteren Eindruck hatte. So kam es, daß ich über Holmes' irreale Befürchtungen nachzudenken begann und mich fragte, ob sie nicht am Ende eine reale Grundlage hatten.

Doch begeben wir uns nun aus dem Haus in Gadshill (*hebt Poirot nach einer Kunstpause neu an*) in das Schloß Helsingör, um uns jene Fiktion »zweiten Grades« anzusehen, als die man die Szene des Theaters im Theater im 3. Akt betrachten kann. Hier sehen wir den Schauspieler, der den Mörder Lucianus in der angeblich italienischen Tragödie spielt, wie er heimlich in den Garten des Opfers eindringt – »Gedanken schwarz,

[1] Soll heißen, er glaubt nicht an Vorahnungen als übernatürliche Phänomene; aber er glaubt, daß sie ein Resultat unbewußter Deduktionen sein können, welche das Subjekt aus Fakten gewonnen hat, die ihm schon vorher bekannt waren. Dies gilt auch (nach Ansicht Poirots) für Hamlets Ausruf: »O my prophetic soul!«, der impliziert, daß Hamlet die Wahrheit schon viel früher »vorausgeahnt« hatte, als sie ihm durch den Geist enthüllt wurde.

Nachwort des Übersetzers

Der vorstehende Text ist, wie auf dem Titelblatt angegeben, dem besonderen Anlaß entsprechend aus dem Englischen und dem Italienischen übersetzt worden. Soll heißen, der Text des MED (»Das Geheimnis«) aus dem Dickensschen Original und das Protokoll der »Ermittlung« aus dem Italienischen von Fruttero & Lucentini. Den Mut, mich an eine komplette Neuübersetzung des Fragment gebliebenen letzten Romans von Dickens zu wagen, habe ich aus zwei Quellen geschöpft: einerseits aus der (leicht zu gewinnenden) Einsicht in die Korrekturbedürftigkeit der beiden bisherigen deutschen Übersetzungen – deren erste und quasi zeitgenössische (Emil Lehmann, Leipzig 1870) genau ein Jahrhundert später für die Dünndruckausgabe der Dickensschen Werke im Münchner Winkler Verlag nachgedruckt worden ist, und deren zweite, dem Autor gegenüber respektvollere (Paul Heichen, Naumburg 1897) sich derzeit nur in guten Bibliotheken findet –, andererseits aus der Bewunderung für die oft hervorragende Qualität der italienischen Übersetzung von Luca Lamberti, die Fruttero & Lucentini benutzt (und vielleicht auch ein wenig bearbeitet) haben.

Leitgedanke beim Übersetzen aus dem Englischen war daher, in Zweifelsfällen die italienische Lösung zu privilegieren und eine deutsche Entsprechung dafür zu finden. Nun gibt es freilich »Zweifelsfälle« beim Übersetzen auf Schritt und Tritt, wie der Leser weiß oder wissen sollte, und keine allseits anerkannte Autorität hält allseits anerkannte Kriterien zu ihrer Lösung bereit, weshalb ich mich in manchen Fällen gern und dankbar an die von meinen Autoren gewählten Lösungen hielt – etwa wenn es im zentralen Kapitel 14 für das wiederholte »And so he goes up the postern stair« im Italienischen heißt: »È così che lui sale quei gradini«, zu deutsch: »Und so geht er jene Stufen hinauf«. In einigen Fällen blieb mir gar nichts anderes übrig, als mich an den italienischen Wortlaut zu halten, da er es ist, der dann tal quale in der anschließenden Kongreßdebatte erörtert wird – etwa wenn am Ende von Kapitel 7 das originale »a slumbering gleam of fire« mit »un cupo bagliore d'odio«, zu deutsch »ein düsterer Funke von Haß« wiedergegeben und dann im

Folgenden die Frage erörtert wird, wer da auf wen einen »Haß« haben mag.

Grundsätzlich habe ich mich bemüht, möglichst viel von Dickens' reicher und farbiger, zugleich aber oft auch recht eigenwilliger (und gerade in ihrer Eigenwilligkeit überraschend »modern« anmutender) Sprache ins Deutsche hinüberzubringen. Das gilt sowohl für die bisweilen geradezu kinohafte Verwendung des Präsens als Erzähltempus (glänzender Beleg für Eisensteins These »Dickens, das ist schon das Kino«)[1]*, als auch für die überall durchscheinende Ironie auf die Juristen- und Bürokratensprache (der übrigens in Fruttero & Lucentinis »Ermittlung« eine subtile Parodie auf den internationalen Kongreßjargon entspricht). Aus den gleichen Gründen wollte ich, wenn irgend möglich, auch die zahlreichen (und im Original sehr kabarettistischen) Cockney-Passagen nicht unterschlagen, von den Reden des Steinmetzen Durdles und seines steinewerfenden Schattens bis zu dem fabelhaften Dialog zwischen der feinen Miss Twinkleton und der fein sein wollenden Mrs. Billickin. So habe ich versucht, dafür eine Art gesamtdeutschen Großstadt-Slang ohne allzu eindeutiges Lokalkolorit zu erfinden – solche Lösungen können ohnehin immer nur vage Annäherungen sein.*

Jenseits all dieser Ironien, Parodien und Grotesken wird dem Leser jedoch, so hoffe ich, auch ein Stück von dem in Deutschland weniger bekannten melancholischen Dickens erkennbar, den Arno Schmidt voller Ehrfurcht den »Herrn der Dämmerung« genannt hat. Passagen wie die – zu Recht von den Ermittlern Porphyrij Petrowitsch und Nero Wolfe gerühmte – Beschreibung der abendlichen Kathedrale auf Seite 166f. sind viel schwerer zu übersetzen gewesen als manches »brillante« Kabinettstück.

Burkhart Kroeber

[1] In seinem Aufsatz »Dickens, Griffith und wir« von 1942.

Inhalt

Dritter Teil Die Nummern von Juli und August